Frederick Forsyth
DAS SCHWARZE MANIFEST

Frederick Forsyth

Das Schwarze Manifest

ROMAN

Deutsch von
Wulf Bergner, Peter Pfaffinger
und Bernhard Robben

C. Bertelsmann

Die Originalausgabe erschien 1996
unter dem Titel »Icon« bei Bantam Press, London

Umwelthinweis:
Dieses Buch und der Schutzumschlag wurden auf
chlorfrei gebleichtem Papier gedruckt.
Die Einschrumpffolie (zum Schutz vor Verschmutzung) ist aus
umweltschonender und recyclingfähiger PE-Folie.

2. Auflage
Copyright © Transworld Publishers 1996
Copyright © der deutschsprachigen Ausgabe 1996 bei
C. Bertelsmann GmbH, München
Satz: Uhl + Massopust, Aalen
Druck und Bindung: Graph. Großbetrieb Pößneck
Printed in Germany
ISBN 3-570-02425-3

FÜR SANDY

Personen der Handlung

Im gesamten Buch auftretend

JASON MONK	ehemaliger Agent der amerikanischen Central Intelligence Agency (CIA)
SIR NIGEL IRVINE	ehemaliger Chef des britischen Secret Intelligence Service (SIS)
IGOR W. KOMAROW	Vorsitzender der rechtsradikalen russischen Partei UPK
ANATOLI W. GRISCHIN	ehemaliger KGB-Oberst, Chef des Sicherheitsdienstes der UPK
IWAN MARKOW	amtierender russischer Präsident ab Juli 1999
UMAR GUNAJEW	KGB-Offizier in Oman; später Mafiaboß in Moskau

In Teil eins auftretend

RUSSEN

GENNADI SJUGANOW	Vorsitzender der Kommunistischen Partei Rußlands
JOSEF TSCHERKASSOW	russischer Präsident bis Juli 1999
BORIS KUSNEZOW	Propagandachef der Partei UPK
LEONID SAIZEW	Raumpfleger in der UPK-Zentrale
NIKITA AKOPOW	Privatsekretär Igor Komarows
NIKOLAI ILJITSCH TURKIN	KGB-Offizier, von Jason Monk angeworben

STANISLAW ANDROSOW	Oberst, KGB-Resident in der sowjetischen Botschaft, Washington
OLEG GORDIEWSKI	KGB-Oberst, vom britischen SIS angeworben
WADIM TSCHERNOW	Chefinspektor, Einbruchsdezernat der Moskauer Miliz
MICHAIL GORBATSCHOW	Generalsekretär der KPdSU 1985–1991
GENERAL WIKTOR TSCHEBRIKOW	KGB-Vorsitzender 1985
GENERAL WLADIMIR KRJUTSCHKOW	Leiter der Ersten Hauptverwaltung des KGB 1985
GENERAL WITALI BOJAROW	Leiter der Zweiten Hauptverwaltung des KGB 1985
PJOTR SOLOMIN	GRU-Offizier, von Jason Monk angeworben
PROF. GEORGI KUSMIN	Gerichtsmediziner, Moskau
PAWEL WOLSKI	Kriminalinspektor, Morddezernat der Moskauer Miliz
JEWGENI NOWIKOW	Kriminalinspektor, Morddezernat der Moskauer Miliz
WLADIMIR METSCHULAJEW	KGB-Oberst, Aldrich Ames' Führungsoffizier in Rom und später
WALERI KRUGLOW	sowjetischer Diplomat, von Jason Monk angeworben
WASSILI LOPATIN	Kriminalinspektor, Morddezernat der Moskauer Miliz
PROF. IWAN BLINOW	Atomphysiker, von Jason Monk angeworben

BRITEN

CELIA STONE	Stellvertreterin des Presseattachés der britischen Botschaft, Moskau

Hugo Gray	SIS-Offizier in der britischen Botschaft, Moskau
Jock MacDonald	SIS-Stationsleiter in der britischen Botschaft, Moskau
Bruce »Gracie« Fields	SIS-Offizier in der britischen Botschaft, Moskau
Jeffrey Marchbanks	Leiter der Rußlandabteilung, SIS-Zentrale, London
Sir Henry Coombs	SIS-Chef in London
Mrs. (jetzt Lady) Thatcher	britische Premierministerin 1985
Brian Worthing	Chefredakteur der Londoner Zeitung *Daily Telegraph*
Mark Jefferson	Starkolumnist des *Daily Telegraph*
Lady (Penny) Irvine	Ehefrau Sir Nigel Irvines
Ciaran	ehemaliger Angehöriger der Special Forces
Mitch	ehemaliger Angehöriger der Special Forces
Sir William Palmer	beamteter Staatssekretär im Außenministerium

AMERIKANER

Carey Jordan	ehemaliger stellvertretender CIA-Direktor (Beschaffung), Langley
Aldrich Ames	ehemaliger CIA-Referatsleiter und Verräter
Ken Mulgrew	ehemaliger CIA-Agent und Freund von Ames
Harry Gaunt	ehemaliger Leiter der Rußlandabteilung, CIA-Zentrale, Langley
Saul Nathanson	Finanzier, Washington und Wyoming

In Teil zwei auftretend

ALEXEI II.	Patriarch von Moskau und aller Russenländer
PATER MAXIM KLIMOWSKI	Diener/Butler des Patriarchen
DMITRI BORODIN	Kriminalinspektor, Morddezernat der Moskauer Miliz
BRIAN VINCENT ALIAS MARKS	ehemaliger Angehöriger der Special Forces
GENERAL NIKOLAI NIKOLAJEW	pensionierter sowjetischer Panzerveteran
DR. LANCELOT PROBYN	Genealoge des College of Arms, London
PATER GREGOR RUSAKOW	wandernder Erweckungsprediger
ASLAN, MAGOMED, SCHARIF	tschetschenische Gangster und Leibwächter
GENERAL JURI DROSDOW	ehemaliger KGB-Spionagechef
LEONID BERNSTEIN	Vorstandsvorsitzender der Moskowski-Bundesbank
ANTON GUROW	Programmdirektor eines kommerziellen TV-Senders in Moskau
GENERAL WALENTIN PETROWSKI	Chef des Dezernats Organisiertes Verbrechen der Moskauer Miliz
GENERAL MISCHA ANDREJEW	Kommandeur der Division Tamanskaja
GENERAL WJATSCHESLAW BUTOW	stellvertretender Verteidigungsminister, Moskau
GENERAL SERGEI KORIN	Kommandeur der Präsidentengarde im Kreml

ERSTER TEIL

1

Es war der Sommer, in dem der Preis für einen kleinen Brotlaib auf über eine Million Rubel stieg.

Es war der Sommer der dritten aufeinanderfolgenden Weizenmißernte und des zweiten Jahres mit Hyperinflation.

Es war der Sommer, in dem in den hintersten Winkeln abgelegener Provinzstädte die ersten Russen an Unterernährung zu sterben begannen.

Es war der Sommer, in dem der Präsident in seiner Limousine zusammenbrach, zu weit von ärztlicher Hilfe entfernt, um gerettet werden zu können, und in dem ein alter Raumpfleger ein Schriftstück stahl.

Danach würde nichts mehr so wie früher sein.

Es war der Sommer des Jahres 1999.

Es war drückend heiß an diesem Nachmittag, und der Fahrer mußte mehrmals hupen, bevor der Pförtner aus seiner Loge gehastet kam, um das schwere Holztor des Kabinettsgebäudes zu öffnen.

Der Leibwächter des Präsidenten ließ sein Fenster herunter, um dem Mann zuzurufen, er solle gefälligst nicht schlafen, während der lange schwarze Mercedes 600 langsam unter dem Torbogen hindurch und auf den Staraja Ploschad hinausrollte. Der erbärmliche kleine Mann bemühte sich, militärisch zu grüßen, als der mit vier weiteren Leibwächtern besetzte zweite Wagen, ein russischer Tschaika, der Limousine folgte. Dann waren sie verschwunden.

Auf dem Rücksitz des Mercedes saß Präsident Tscherkassow allein, tief in Gedanken versunken, vorne sein Fahrer von der Moskauer Miliz und sein von der Gruppe Alpha gestellter persönlicher Leibwächter.

Während die zurückbleibenden grauen Moskauer Außenbezirke allmählich in Felder und Wälder übergingen, war der russische

Präsident zutiefst bedrückt, wozu er auch allen Grund hatte. Er bekleidete seit drei Jahren sein Amt, in das er als Ersatzmann für den kränkelnden Boris Jelzin gewählt worden war, und diese Jahre, in denen er den Absturz seines Landes ins Elend hatte beobachten müssen, waren die schlimmste Zeit seines Lebens gewesen.

Damals im Winter 1995, als er noch Ministerpräsident gewesen war – von Jelzin selbst ernannt, damit er als »Technokrat« die Wirtschaft auf Vordermann brachte –, waren die Russen zu den Wahlurnen gegangen, um eine neue Duma, ein neues Abgeordnetenhaus, zu wählen.

Die Parlamentswahl war wichtig, aber nicht entscheidend. In den Jahren zuvor hatte vor allem Boris Jelzin dafür gesorgt, daß immer mehr Macht von der Duma auf den Präsidenten übergegangen war. Im Winter 1995 war der große Sibirer, der vier Jahre zuvor bei dem versuchten Staatsstreich im August 1991 von einem Panzer herunter agierte, als großer Kämpfer für die Demokratie nicht nur die Bewunderung Rußlands, sondern auch des Westens errungen und sich selbst zum Präsidenten aufgeschwungen hatte, nur noch ein Schatten seiner selbst.

Jelzin, der sich von seinem zweiten Herzanfall binnen drei Monaten erholte und durch Medikamente schwammig und aufgedunsen war, verfolgte die Parlamentswahl in einer Klinik auf den Sperlingsbergen, den ehemaligen Leninbergen, nordöstlich von Moskau. Und er mußte erleben, wie seine eigenen politischen Schützlinge auf den Platz der drittstärksten Fraktion in der Duma zurückfielen. Daß dies keine so gravierenden Folgen wie möglicherweise in einer westlichen Demokratie hatte, war vor allem auf die Tatsache zurückzuführen, daß dank Jelzin der größte Teil der wahren Macht in den Händen des Präsidenten lag. Wie in Amerika gab es in Rußland eine exekutive Präsidentschaft, aber im Gegensatz zu Amerika fehlte das Geflecht aus Kontrollen und Ausgleichsmaßnahmen, mit dem der US-Kongreß das politische Gleichgewicht zum Weißen Haus herstellen kann. Im Prinzip konnte Jelzin durch Dekrete regieren – und genau das tat er auch.

Aber die Parlamentswahl zeigte immerhin, woher der Wind wehte, und lieferte Hinweise auf den Trend bei der für Juni 1996 angesetzten weitaus wichtigeren Präsidentenwahl.

Die neue Kraft am politischen Horizont war im Winter 1995 – eine wahre Ironie des Schicksals – die Kommunistische Partei. Nach siebzig Jahren kommunistischer Tyrannei, fünf Jahren von Gorbatschows Reformen und fünf Jahren Jelzin begann das russische Volk, sich wehmütig an die gute alte Zeit zu erinnern.

Die Kommunisten unter ihrem Vorsitzenden Gennadi Sjuganow malten ein rosiges Bild von früheren Zeiten: garantierter Arbeitsplatz, sicherer Lohn, preiswerte Lebensmittel und Recht und Ordnung. Unerwähnt blieben der Despotismus des KGB, die Sklavenarbeitslager des Archipel GULAG und die Unterdrückung jeglicher Rede- und Reisefreiheit.

Die russischen Wähler waren jetzt zutiefst enttäuscht von den beiden einst gepriesenen Rettern: Kapitalismus und Demokratie. Das zweite Wort wurde verächtlich ausgesprochen. Für viele Russen, die sich von allgegenwärtiger Korruption und grassierendem Verbrechen umgeben sahen, war alles eine große Lüge gewesen. Als die Stimmen ausgezählt waren, stellten die Kryptokommunisten die stärkste Fraktion in der Duma und hatten Anspruch auf das Amt des Parlamentspräsidenten.

Zweitstärkste Fraktion nach den Linken wurden ihre scheinbar erbittertsten Gegner, die Neofaschisten Wladimir Schirinowskis, des Vorsitzenden der unter falscher Flagge segelnden Liberaldemokratischen Partei. Im Wahljahr 1991 hatte dieser primitive Demagoge mit seiner Vorliebe für bizarres Verhalten und Ausdrücke aus der Fäkaliensprache erstaunlich gut abgeschnitten, aber sein Stern war im Sinken begriffen. Trotzdem stand er noch hoch genug, um ihn zum Vorsitzenden der zweitstärksten Fraktion zu machen.

Zwischen diesen beiden Blöcken wurden die Zentrumsparteien, die auf den von ihnen eingeführten Wirtschafts- und Sozialreformen beharrten, die drittstärkste Fraktion.

Der eigentliche Effekt dieser Wahl war jedoch, daß sie den Boden für den Präsidentschaftswahlkampf 1996 bereiteten. An der Dumawahl hatten sich dreiundvierzig selbständige Parteien beteiligt, und alle Parteivorsitzenden erkannten, daß sie ihre Kräfte durch Wahlbündnisse bündeln mußten.

Noch vor dem Sommer schlossen die Kryptokommunisten sich

mit ihren natürlichen Verbündeten, der Agrarier- oder Bauernpartei, zur Sozialistischen Union zusammen – eine clevere Bezeichnung, weil sie zwei Buchstaben aus dem alten Staatsnamen UdSSR enthielt. Ihr Vorsitzender blieb Sjuganow.

Bei den Ultrarechten gab es ebenfalls Vereinigungsbestrebungen, gegen die Wladimir Schirinowski jedoch erbittert opponierte. »Wlad der Verrückte« rechnete sich aus, die Präsidentenwahl ohne die Unterstützung der übrigen Rechtsparteien gewinnen zu können.

Die russische Präsidentenwahl findet wie die französische in zwei Durchgängen statt. In der ersten Runde konkurrieren alle Kandidaten gegeneinander – aber nur die auf den Plätzen eins und zwei kommen in die Stichwahl. Schirinowski landete weit hinten. Die klügeren politischen Strategen der Ultrarechten waren verständlicherweise wütend auf ihn.

Das Dutzend Zentrumsparteien vereinigte sich – mehr oder weniger – zur Demokratischen Allianz, und im Frühjahr 1996 blieb die entscheidende Frage, ob Boris Jelzins Gesundheitszustand es ihm erlauben würde, nochmals als Präsident zu kandidieren und die Wahl zu gewinnen.

Seinen Niedergang würden Historiker später an einem einzigen Wort festmachen: Tschetschenien.

Nachdem Jelzins Geduld ein Jahr zuvor aufs äußerste strapaziert worden war, hatte er die gesamte Macht des russischen Heeres und der Luftwaffe gegen einen kleinen, kriegerischen Stamm von Bergbewohnern eingesetzt, dessen selbsternannter Führer auf völliger Unabhängigkeit von Moskau bestand. Daß die Tschetschenen Schwierigkeiten machten, war nichts Neues – ihr Widerstand ging bis auf die Zarenzeit und noch weiter zurück. Sie hatten es irgendwie geschafft, die Ausrottungsfeldzüge mehrerer Zaren und des Grausamsten von allen, Josef Stalin, zu überleben. Irgendwie hatten sie die wiederholten Verwüstungen ihres winzigen Heimatlands, Deportationen und Völkermord überlebt und sich weiter zur Wehr gesetzt.

Der Einsatz der gesamten russischen Militärmacht gegen sie war eine übereilte Entscheidung, die nicht zu einem schnellen, glorreichen Sieg führte, sondern zur völligen Zerstörung der tschetschenischen Hauptstadt Grosny – alles vor laufenden Kameras und in herrlichen Farben – und zu einem endlosen Strom russischer Soldaten, die in Leichensäcken aus dem Feldzug heimkehrten.

Als ihre Hauptstadt in Trümmern lag, zogen die Tschetschenen, die noch immer bis an die Zähne bewaffnet waren – hauptsächlich mit Waffen, die korrupte russische Generale ihnen verkauft hatten –, sich in die Berge zurück, die sie so gut kannten und aus denen niemand sie so leicht vertreiben konnte. Dieselbe russische Armee, die ihr ruhmloses Vietnam bei dem Versuch erlebt hatte, Afghanistan zu besetzen und zu halten, schuf sich jetzt ein zweites in den wilden Vorbergen des Kaukasus.

Hatte Boris Jelzin seinen Feldzug gegen die Tschetschenen angefangen, um sich nach traditionellen russischen Begriffen als starker Mann zu beweisen, wurde dieses Manöver zu einem Fehlschlag. Durch das ganze Jahr 1995 hindurch gierte er nach seinem Endsieg, der ihm immer wieder versagt blieb. Die Stimmung der russischen Bevölkerung, die ihre jungen Söhne in Leichensäcken aus dem Kaukasus heimkehren sah, wurde erbittert tschetschenenfeindlich, aber sie wandte sich auch gegen den Mann, der ihr keinen Sieg bringen konnte.

Unter Aufbietung seiner letzten Kraftreserven gewann Boris Jelzin im zweiten Wahlgang mit einigem Vorsprung das Rennen um die Präsidentschaft. Ein Jahr später war er erledigt. An seine Stelle trat der Technokrat Josef Tscherkassow, Vorsitzender der zentristischen russischen Heimatlandpartei, die jetzt der breitgefächerten Demokratischen Allianz angehörte.

Tscherkassow schien gut zu beginnen. Aus dem Westen erhielt er nicht nur die besten Wünsche, sondern auch die wichtigeren weiteren Kredite, die dazu beitrugen, die russische Volkswirtschaft einigermaßen in Gang zu halten. Auf Drängen des Westens schloß er einen Friedensvertrag mit Tschetschenien, und obwohl die rachsüchtigen Russen sich nicht mit dem Gedanken anfreunden konnten, die Rebellion der Tschetschenen sollte doch erfolgreich gewesen sein, war das Heimholen der Soldaten populär.

Innerhalb von achtzehn Monaten ging dann einiges schief. Dafür gab es zwei Gründe: erstens die Raubzüge der russischen Mafia, die sich letztlich einfach als zu belastend für die Volkswirtschaft Rußlands erwiesen, und zweitens ein weiteres unüberlegtes militärisches Abenteuer. Ende 1997 drohte Sibirien, wo neunzig Prozent aller russischen Bodenschätze konzentriert waren, mit Abspaltung. Sibirien blieb die am wenigsten gezähmte aller russischen Provinzen. Aber unter seinem Permafrostboden lagen noch kaum erforschte Öl- und Erdgasvorkommen, zu denen vergleichsweise sogar Saudi-Arabien unterversorgt wirkte. Dazu kamen Gold, Diamanten, Bauxit, Mangan, Wolfram, Nickel und Platin. Auch Ende der neunziger Jahre war Sibirien weiterhin das letzte unerschlossene Land dieses Planeten.

Dann gingen in Moskau Berichte ein, in Sibirien seien japanische und vor allem südkoreanische *Jakusa*-Abgeordnete unterwegs, die auf Abspaltung drängten. Präsident Tscherkassow, der von seiner Runde aus Speichelleckern schlecht beraten wurde und anscheinend nichts aus den Fehlern seines Vorgängers in Tschetschenien gelernt hatte, setzte die Armee nach Osten in Marsch. Dieser Entschluß löste eine Doppelkatastrophe aus. Nach zwölf Monaten ohne militärisches Resultat mußte er einer Verhandlungslösung zustimmen, die den Sibirern weit mehr Selbständigkeit und Kontrolle über die Erträge ihres eigenen Reichtums einräumte, als sie je besessen hatten. Und zweitens stürzte dieses Abenteuer Rußland in eine Hyperinflation.

Die Regierung versuchte, ihre Probleme mit der Notenpresse zu lösen. Im Sommer 1999 waren die Tage, an denen ein Dollar wie Mitte der neunziger Jahre fünftausend Rubel gekostet hatte, nur noch eine schöne Erinnerung. Im Schwarzerdegebiet am Kuban waren in den Jahren 1997 und 1998 zwei Getreidemißernten eingebracht worden, und die Ernte aus Sibirien blieb liegen, bis sie verrottet war, weil Partisanen die Bahngleise sprengten. In den Städten erreichte der Brotpreis astronomische Höhen. Präsident Tscherkassow klammerte sich an sein Amt, war jedoch offensichtlich nicht mehr an der Macht.

Auf dem flachen Land, das sich wenigstens selbst hätte ernähren können müssen, waren die Zustände am schlimmsten. Die Kolchosen – mit dünner Kapitaldecke, ohne genügend Arbeitskräfte, mit zusammenbrechender Infrastruktur – lagen brach, und ihre fruchtbaren Böden produzierten Unkräuter. Auf Provinzbahnhöfen haltende Züge wurden von der Landbevölkerung – hauptsächlich älteren Menschen – belagert, die an den Waggonfenstern Möbel, Kleidungsstücke und Antiquitäten gegen Geld oder noch lieber gegen Essen feilboten. Sie fanden nur wenige Käufer.

In Moskau, der Hauptstadt und dem Schaufenster des Landes, schliefen Mittellose auf den Kais entlang der Moskwa und in Hinterhöfen. Die Polizei – in Rußland als Miliz bezeichnet –, die den Kampf gegen das Verbrechen praktisch aufgegeben hatte, bemühte sich, sie zusammenzutreiben und in Züge in ihre Heimat zu setzen. Tagtäglich trafen jedoch weitere Menschen ein, die Arbeit, Essen und Unterstützung suchten. Aber vielen von ihnen würde nichts anderes übrigbleiben, als auf den Straßen Moskaus zu betteln und zu sterben.

In den ersten Frühlingsmonaten des Jahres 1999 gab der Westen es schließlich auf, weitere Hilfsgelder in dieses Faß ohne Boden zu schütten, und die ausländischen Investoren, sogar die Partner der russischen Mafia, zogen sich zurück. Wie eine im Krieg Flüchtende, die zu oft vergewaltigt worden ist, sank die russische Wirtschaft in den Straßengraben und starb an Verzweiflung.

Das waren die trübseligen Gedanken, die Präsident Tscherkassow durch den Kopf gingen, als er an diesem heißen Sommertag zu seinem Landsitz hinausfuhr.

Sein Fahrer kannte die Strecke zur Datscha des Präsidenten draußen jenseits von Usowo an der Moskwa, wo die Luft unter den Bäumen kühler war. Früher hatten die Bonzen des sowjetischen Politbüros ihre Datschen in den Wäldern an dieser Biegung des Flusses gehabt. In Rußland hatte sich viel geändert, aber doch nicht so viel.

Der Verkehr war nur spärlich, weil Benzin teuer war, und die von ihnen überholten Lastwagen bliesen riesige schwarze Qualmwolken aus ihren Auspuffen. Hinter Archangelskoje fuhren sie über die Brücke und bogen auf die Straße am Fluß ab, der im Sommerdunst still der Großstadt hinter ihnen entgegenströmte.

Fünf Minuten später hatte Präsident Tscherkassow das Gefühl, nicht mehr genug Luft zu bekommen. Obwohl die Klimaanlage voll arbeitete, drückte er auf die Taste, um das hintere Seitenfenster neben seinem Kopf herunterzulassen und sich Luft von draußen ins Gesicht wehen zu lassen. Sie war heißer, aber nun konnte er etwas besser atmen. Wegen der Trennscheibe bemerkten weder sein Fahrer noch der Leibwächter, daß er das Fenster geöffnet hatte. Rechts zweigte die Straße nach Peredelkino ab. Als sie an der Abzweigung vorbeifuhren, lehnte der russische Präsident sich nach links und fiel seitlich über den Rücksitz.

Als erstes fiel dem Fahrer auf, daß der Kopf des Präsidenten aus seinem Rückspiegel verschwunden war. Eine gemurmelte Bemerkung machte den Leibwächter darauf aufmerksam, der sich den Kopf verrenkte, um nach hinten zu sehen. Im nächsten Augenblick hielt der Mercedes schlingernd am Straßenrand.

Hinter ihm kam auch der Tschaika zum Stehen. Der Chef des Begleitkommandos, ein ehemaliger Speznas-Oberst, sprang vom Beifahrersitz und rannte nach vorn. Seine Männer sprangen mit schußbereiten Waffen aus dem Wagen und bildeten einen schützenden Kreis. Sie wußten nicht, was passiert war.

Der Oberst erreichte den Mercedes. Tscherkassows persönlicher Leibwächter hatte die hintere Tür geöffnet und beugte sich in den Wagen. Der Oberst riß ihn zurück, um besser sehen zu können. Der Präsident lag halb auf der Seite, halb auf dem Rücken, hatte die Augen geschlossen und atmete geräuschvoll, fast hechelnd.

Das nächste Krankenhaus mit einer erstklassigen Intensivstation war die Staatsklinik Nummer eins in den viele Kilometer entfernten Sperlingsbergen. Der Oberst setzte sich neben Tscherkassow, der offenbar einen Herzanfall erlitten hatte, und befahl dem Fahrer, hier zu wenden und zur Ringautobahn zurückzufahren. Der leichenblasse Fahrer gehorchte. Über sein Mobiltelefon alarmierte der Oberst die Klinik und forderte einen Krankenwagen an, der ihnen die halbe Strecke entgegenkommen sollte.

Dieses Treffen fand eine halbe Stunde später auf dem Mittelstreifen der Autobahn statt. Sanitäter schafften den Bewußtlosen aus seiner Limousine in den Krankenwagen und bemühten sich um ihn, während der aus drei Fahrzeugen bestehende Konvoi in die Klinik zurückraste.

Dort wurde der Präsident von dem diensthabenden Chefkardiologen betreut und eiligst auf die Intensivstation verlegt. Die Herzspezialisten setzten alles ein, was sie hatten, die neuesten und besten Geräte, aber ihre Bemühungen kamen trotzdem zu spät. Die Linie auf dem Monitor wollte sich nicht bewegen, sondern blieb ein langer Leuchtstrich, zu dem ein hoher Summton gehörte. Um 16.10 Uhr richtete der Chefkardiologe sich auf und schüttelte den Kopf. Der Mann mit dem Defibrillator trat zurück.

Der Oberst tippte eine Kurzwahlnummer in sein Mobiltelefon ein. Nach dem dritten Klingeln meldete sich jemand. Der Oberst sagte:

»Geben Sie mir das Büro des Ministerpräsidenten.«

Sechs Stunden später ging die *Foxy Lady* draußen auf der Meeresdünung weit vor Westindien auf Heimatkurs. Unten auf dem Achterdeck holte der Bootsmann Julius die Leinen ein, nahm die Drahtverstärkungen ab und verstaute die Angelruten. Ihre Charterfahrt hatte einen ganzen Tag gedauert und war erfolgreich gewesen.

Während Julius die Verstärkungen mit den grellbunten Plastikködern ordentlich kreisförmig aufschoß, um sie in den Gerätekasten zurücklegen zu können, riß das amerikanische Ehepaar zwei Bierdosen auf und saß zufrieden unter dem Sonnensegel, um seinen Durst zu löschen.

Im Fischbehälter befanden sich zwei riesige Thunfische mit jeweils knapp zwanzig Kilogramm und ein halbes Dutzend großer Dornwelse, die vor einigen Stunden noch unter einem jetzt zehn Meilen entfernten Seegrasfeld gelauert hatten.

Der Skipper auf der Kommandobrücke überprüfte seinen Kurs und schob dann die Leistungshebel nach vorn, um das Boot aus der fürs Schleppangeln richtigen Fahrt auf hohe Reisefahrt zu bringen. Seiner Berechnung nach würden sie in weniger als einer Stunde in Turtle Cove einlaufen.

Die *Foxy Lady* schien zu wissen, daß ihre Tagesarbeit fast getan war und ihr Liegeplatz in dem geschützten Hafen am Kai gegenüber der Tiki Hut auf sie wartete. Sie reckte ihren Bug hoch, senkte ihr Heck tiefer ins blaue Wasser und nahm mit weißer Hecksee rasch Fahrt auf. Julius warf seine Pütz ins vorbeiströmende Wasser und spülte das Achterdeck erneut ab.

Als Schirinowski Vorsitzender der »Liberaldemokraten« gewesen war, hatte die Parteizentrale sich in einem heruntergekommenen

Gebäude in der von der Sretenkastraße abzweigenden Fischgasse befunden. Besucher, die nicht mit den Eigenarten von »Wlad dem Verrückten« vertraut waren, hatten verwundert festgestellt, wie schäbig sie war. Der Verputz bröckelte ab, hinter den Fenstern hingen zwei von Fliegen verdreckte Plakate des Demagogen, und die Fußböden hatten seit einem Jahrzehnt keinen nassen Mop mehr gesehen. Hinter der abgestoßenen schwarzen Tür fanden Besucher eine düstere Eingangshalle mit einem Stand, an dem T-Shirts mit dem Porträt des Parteichefs auf der Brust verkauft wurden, und fahrbaren Kleiderständern mit den vorschriftsmäßigen schwarzen Lederjacken, die seine Anhänger trugen.

Oben an der Treppe, die trübselig braun gestrichen und ohne Läufer war, befand sich auf dem ersten Absatz ein vergittertes Fenster, an dem ein mürrischer Wachmann sich nach dem Anliegen des Besuchers erkundigte. Nur wenn diese Frage zufriedenstellend beantwortet wurde, durfte der Besucher zu den schäbigen Räumen hinaufsteigen, in denen Schirinowski hofhielt. Harte Rockmusik dröhnte durchs ganze Gebäude. Diese Aufmachung hatte der exzentrische Faschist für die Parteizentrale vorgezogen, weil sie sein Image förderte, er sei keiner der Bonzen, sondern ein einfacher Mann aus dem Volk. Aber Schirinowski war längst nicht mehr hier, und seine Liberaldemokratische Partei war mit den anderen ultrarechten und neofaschistischen Parteien zur Union Patriotischer Kräfte vereinigt worden.

Ihr unangefochtener Führer war Igor Komarow, ein Mann ganz anderen Kalibers. Obwohl er sein Privatbüro anderswo hatte, behielt er das Gebäude in der Fischgasse, weil er die prinzipielle Logik einsah, daß man den Armen und Entrechteten, um deren Stimmen er warb, zeigen müsse, daß die Union Patriotischer Kräfte sich keine teuren Extravaganzen leiste.

Nach seinem Ingenieurstudium hatte Komarow unter den Kommunisten, aber nicht für sie gearbeitet, bis er zur Halbzeit der Jelzin-Periode beschlossen hatte, Politiker zu werden. Er hatte sich für die Liberaldemokratische Partei entschieden, und obwohl er Schirinowski wegen seiner Trunkenheitsexzesse und ständigen sexuellen Anspielungen insgeheim verachtete, hatte seine unauffällige Arbeit im Hintergrund ihn ins Politbüro, in den innersten

Parteirat gebracht. Von dort aus hatte er bei zahlreichen Geheimtreffen mit den Führern anderer rechtsradikaler Parteien die Bündelung der gesamten Rechten in der UPK betrieben. Schirinowski wurde vor vollendete Tatsachen gestellt, akzeptierte widerstrebend die Existenz der Union Patriotischer Kräfte und ging in die Falle, bei ihrer ersten Vollversammlung den Vorsitz zu übernehmen.

Diese Vollversammlung verabschiedete eine Entschließung, die seinen Rücktritt forderte, und schickte ihn in die Wüste. Komarow weigerte sich, den Vorsitz zu übernehmen, sorgte jedoch dafür, daß er an eine Null, an einen Mann ohne Charisma und mit wenig Organisationstalent ging. Ein Jahr später war es dann eine Kleinigkeit, das Gefühl der Enttäuschung im Vorstand der UPK auszunutzen, den Lückenbüßer zu verdrängen und selbst die Führung zu übernehmen. Mit Wladimir Schirinowskis Anziehungskraft und Politikerkarriere war es zu Ende.

Binnen zwei Jahren nach der Wahl von 1996 begann der Niedergang der Kryptokommunisten. Ihre Anhänger waren schon immer Menschen in mittleren Jahren und die Alten gewesen, und sie hatten nun Schwierigkeiten, Geld aufzutreiben. Ohne Unterstützung durch Großbanken reichten allein die Mitgliedsbeiträge nicht mehr aus. Kapital und Anziehungskraft der Sozialistischen Union schwanden.

Im Jahr 1998 war Komarow der unumstrittene Führer der Ultrarechten und in bester Position, um die wachsende Verzweiflung des russischen Volkes, für die es reichlich Gründe gab, für seine Zwecke auszunutzen.

Aber trotz aller Armut, trotz allem Elend gab es andererseits auch protzigen Reichtum, der die Menschen staunen ließ. Die neuen Reichen hatten Unsummen von Geld, viel davon in Devisen. Sie rasten in langgestreckten Limousinen – aus amerikanischer oder deutscher Herstellung, weil die Autofabrik SIL nicht mehr produzierte – durch die Stadt, oft von einer Motorradeskorte begleitet, die ihnen den Weg freimachte, und im allgemeinen von einem zweiten Wagen mit Leibwächtern gefolgt.

Abend für Abend waren sie im Foyer des Bolschoitheaters, in den Bars und Bankettsälen der Hotels Metropol und National anzutreffen, und ihre Nutten waren in Nerz und Zobel gehüllt, dufteten nach Pariser Parfüms und trugen glitzernden Diamantschmuck zur Schau. Die neuen Großkotze waren noch großkotziger als die früheren Bonzen.

In der Staatsduma schrien die Abgeordneten durcheinander, schwenkten Anträge zur Geschäftsordnung und verabschiedeten Entschließungen. »Das erinnert mich an alles«, sagte ein englischer Auslandskorrespondent, »was ich jemals über die letzten Tage der Weimarer Republik gehört habe.«

Der einzige Mann, der vielleicht einen Hoffnungsschimmer anzubieten hatte, war Igor Komarow.

In den zwei Jahren seit seiner Machtergreifung im rechten Parteienspektrum hatte Komarow die meisten in- und ausländischen Beobachter überrascht. Hätte er sich damit begnügt, nur ein überragender politischer Organisator zu sein, wäre er lediglich irgendein weiterer Apparatschik gewesen. Aber er veränderte sich. Zumindest glaubten das die Beobachter. Eher besaß er eine Gabe, von der er bisher bewußt nicht Gebrauch gemacht hatte.

Komarow machte sich einen Namen als leidenschaftlicher und charismatischer Volksredner. Sobald er ans Rednerpult trat, staunten alle, die sich an den stillen, zurückhaltenden, pedantischen Mann erinnerten, der er im Privatleben war. Er wirkte wie verwandelt. Seine Stimme wurde zu einem hallenden, volltönenden Bariton, der die vielen Redensarten und Modulationen des Russischen höchst wirkungsvoll einsetzte. Er konnte seine Stimme fast zu einem Flüstern herabsenken, so daß sein Publikum sich trotz der Mikrofone anstrengen mußte, um zu hören, was er sagte, und dann wieder zu flammendem Pathos erheben, das die Massen aufspringen ließ und selbst die Skeptiker zu jubelndem Beifall hinriß.

Er entwickelte sich rasch zu einem Meister auf seinem eigenen Spezialgebiet, den Massenkundgebungen. Er mied im Fernsehen übertragene Kamingespräche und sogar Fernsehinterviews, weil er wußte, daß sie im Westen vielleicht ankamen, aber nichts für Rußland waren. Russen laden nicht allzuoft Gäste zu sich nach Hause ein – und schon gar nicht die ganze Nation.

Ebensowenig war er daran interessiert, sich feindseliger Fragen erwehren zu müssen. Jede seiner Reden war sorgfältig inszeniert, aber deshalb um so wirkungsvoller. Er sprach ausschließlich vor

Versammlungen von Getreuen seiner Partei, bei denen nur Kameras seines eigenen Filmteams unter Leitung des brillanten jungen Regisseurs Litwinow zugelassen waren. Geschnitten und redigiert, wurden diese Filme zur landesweiten Fernsehausstrahlung zu seinen eigenen Bedingungen – vollständig und ungekürzt – freigegeben. Das ließ sich erreichen, indem er Sendezeit kaufte, statt sich auf die Launen von Nachrichtenmoderatoren zu verlassen.

Sein Thema war immer das gleiche und immer populär: Rußland, Rußland und noch mal Rußland. Er zog über die Ausländer her, deren internationale Verschwörungen Rußland in die Knie gezwungen hatten. Er forderte die Ausweisung aller »Schwarzen« – die umgangssprachliche russische Bezeichnung für Armenier, Georgier, Aserbaidschaner und andere Menschen aus dem Süden, von denen viele zu den reichsten kriminellen Profiteuren gehörten. Er rief nach Gerechtigkeit für das arme, entrechtete russische Volk, das sich eines Tages gemeinsam mit ihm erheben würde, um die glorreiche Vergangenheit wiederherzustellen und den Schmutz zu beseitigen, der die Straßen des Mutterlandes verstopfte.

Komarow versprach allen alles. Für die Arbeitslosen würde es Arbeit, einen gerechten Tageslohn für ein ehrliches Tagewerk, Essen auf dem Tisch und wieder Würde geben. Für die Alten, deren Ersparnisse die Inflation aufgefressen hatte, würde es wieder eine stabile Währung und ein kleines finanzielles Polster für einen behaglichen Lebensabend geben. Für alle in der Uniform der *Rodina*, des heiligen Mutterlandes, würde es wieder Stolz geben, der sie die Demütigungen der durch ausländisches Kapital in Führungspositionen gelangten Memmen vergessen ließe.

Und sie hörten ihn. Im Rundfunk und Fernsehen hörten sie ihn in den Weiten der Steppe. Die Soldaten der einst so großen russischen Armee hörten ihn unter Zeltleinwand zusammengedrängt, in einer endlosen Serie von Rückzügen aus dem sowjetischen Machtbereich, aus Afghanistan, Ostdeutschland, der Tschechoslowakei, Ungarn, Polen, Lettland, Litauen und Estland vertrieben.

Die Bauern hörten Komarow in ihren in den Weiten Rußlands verstreuten Hütten und *Isbas*. Die Angehörigen des ruinierten Mittelstands hörten ihn zwischen den wenigen Möbelstücken, die sie noch nicht versetzt hatten, um Essen auf den Tisch und ein paar

Kohlen in den Ofen zu bekommen. Selbst die Industriebosse hörten ihn und träumten davon, daß ihre Hochöfen eines Tages wieder brausend arbeiten würden. Und als er ihnen versprach, der Engel des Todes werde grimmige Ernte unter den Betrügern und Verbrechern halten, die ihre geliebte Mutter Rußland vergewaltigt hatten, liebten sie ihn.

Im Frühjahr 1999 lud Igor Komarow auf Drängen seines PR-Beraters, eines sehr cleveren jungen Mannes, der ein amerikanisches Ivy League College absolviert hatte, zu einer Reihe von Privatgesprächen ein. Der junge Boris Kusnezow wählte die Gesprächspartner gut aus: hauptsächlich Senatoren, Abgeordnete und Journalisten des konservativen Flügels quer durch Amerika und Westeuropa. Diese Gespräche verfolgten den Zweck, deren Ängste zu beschwichtigen.

Die Kampagne war ein brillanter Erfolg. Die meisten Gäste erwarteten bei ihrer Ankunft, das zu finden, was ihnen vorausgesagt worden war: einen fanatischen rechtsradikalen Demagogen, der wahlweise als Rassist oder Neofaschist oder als beides bezeichnet wurde.

Statt dessen sahen sie sich einem nachdenklichen, unauffällig gekleideten Mann mit guten Manieren gegenüber. Da Komarow kein Englisch sprach, saß sein PR-Berater als Dolmetscher neben ihm und steuerte zugleich das Gespräch. Äußerte sein verehrter Führer etwas, das im Westen falsch interpretiert werden konnte, machte Kusnezow daraus einfach etwas, das im Englischen akzeptabler klang. Das merkte niemand, denn er hatte darauf geachtet, nur Gäste einzuladen, die kein Russisch sprachen.

So konnte Komarow ihnen erklären: Als praktizierende Politiker haben wir alle unsere Wählerschaft, die wir nicht unnütz vor den Kopf stoßen dürfen, wenn wir gewählt werden wollen. Deshalb müssen wir manchmal etwas sagen, das die Wähler von uns hören wollen, obwohl die Verwirklichung viel schwieriger werden kann, als wir vorgeben. Und die Senatoren nickten verständnisvoll.

Oder er führte aus: In den älteren westlichen Demokratien wird weithin anerkannt, daß alle gesellschaftliche Disziplin mit Selbstdisziplin beginnt, so daß die von außen, vom Staat verordnete Disziplin weniger strikt sein kann. Aber wo alle Formen der Selbstdisziplin zerfallen sind, muß der Staat unter Umständen härter durchgreifen, als in Europa akzeptabel wäre. Und die Abgeordneten nickten verständnisvoll.

Den konservativen Journalisten erläuterte er: Die Wiederherstellung einer stabilen Währung ist einfach nicht möglich, ohne daß anfangs drakonische Maßnahmen gegen Verbrechen und Korruption ergriffen werden. Die Journalisten schrieben, Igor Komarow sei ein Mann, der in wirtschaftlichen und politischen Fragen wie der Zusammenarbeit mit dem Westen vernünftigen Argumenten zugänglich sei. Er stehe vielleicht zu rechts, um in einer europäischen oder amerikanischen Demokratie akzeptabel zu sein, und seine hitzige Demagogie klinge für westliche Ohren vielleicht etwas beängstigend, aber für Rußland in seiner gegenwärtigen Notlage sei er möglicherweise der richtige Mann. Jedenfalls werde er die Präsidentenwahl im Juni 2000 ziemlich sicher gewinnen – das zeigten alle Meinungsumfragen. Die Weitblickenden täten gut daran, ihn zu unterstützen.

In Präsidialbüros, Botschaften, Ministerien und Sitzungsräumen überall im Westen stieg Zigarrenrauch zur Decke auf, und Köpfe nickten.

Im Norden des Moskauer Innenstadtgebiets, knapp innerhalb des Boulevardrings und auf halber Strecke des Kiselnyboulevards, zweigt eine Seitenstraße ab. In der Mitte ihrer Westseite liegt ein kleiner Park, ungefähr zweitausend Quadratmeter groß, der auf drei Seiten von einer aus Hohlblocksteinen errichteten Mauer umgeben und zur Straße hin durch drei Meter hohe, grüngestrichene Stahlplatten abgeschirmt ist, über denen gerade noch die Wipfel einer Reihe Koniferen zu erkennen sind. In die Stahlwand ist ein zweiflügliges Tor, ebenfalls aus Stahl, eingelassen.

Der kleine Park ist in Wirklichkeit der Garten eines vorrevolutionären eleganten Stadthauses oder Herrensitzes, der Mitte der achtziger Jahre mit großem Aufwand renoviert worden ist. Trotz seines modernen und funktionellen Inneren ist die klassische Fassade in Pastelltönen gehalten und der Stuck über Türen und Fenstern weiß abgesetzt. Dies war die eigentliche Parteizentrale Igor Komarows.

Hielt ein Besucher vor dem Tor, befand er sich im Erfassungsbereich der über ihm montierten Überwachungskamera und meldete sich über eine Sprechanlage an. Der Posten in einem Wachhäuschen dicht hinter dem Tor, mit dem er sprach, übermittelte seinen Namen ans Sicherheitsbüro in der Villa.

Öffnete sich das Tor, konnte der Wagen zehn Meter weiterfahren, bis er vor einer Doppelreihe nadelspitzer Stahldorne stand. Hinter ihm schloß sich das auf Rollen gleitende Stahltor automatisch. Nun kam der Wachposten aus seinem Häuschen, um die Papiere des Besuchers zu kontrollieren. Waren sie in Ordnung, ging er in sein Häuschen zurück und drückte auf einen Knopf. Die Stahldorne wurden elektrisch versenkt, und der Wagen konnte zu dem mit Kies bedeckten Vorhof weiterfahren, wo er schon von weiteren Wachposten erwartet wurde.

Auf beiden Seiten der Villa verlief ein fest an die gegenüberliegende Mauer geschraubter Maschendrahtzaun bis zu den Ecken des Areals. Hinter dem Maschendrahtzaun waren die Hunde. Es gab zwei Teams, die jeweils nur ihrem eigenen Hundeführer gehorchten. Die Hundeführer lösten sich allnächtlich ab. Nach Einbruch der Dunkelheit wurden die Zauntüren geöffnet, und die Wachhunde hatten auf dem gesamten Areal freien Auslauf. Ab diesem Zeitpunkt blieb der Mann am Tor in seinem Wachhäuschen. Kam spät Besuch, mußte er den Hundeführer verständigen, damit er die Tiere zurückpfiff.

Um zu vermeiden, daß das Personal von den Hunden angefallen wurde, gab es einen unterirdischen Gang von der Rückseite der Villa zu einer engen Gasse, die auf den Kiselnyboulevard hinausführte. Der Gang war durch drei Türen mit Tastenfeldschlössern gesichert: eine in der Villa, eine auf halbem Weg und eine draußen an der Gasse. Dies war der Ein- und Ausgang für Lieferanten und Personalangehörige.

Nachts, wenn die Büroangestellten gegangen waren und die Hunde frei herumliefen, taten zwei Wachmänner Dienst in der Villa. Sie hatten ihren eigenen Raum mit Fernseher und Teeküche – aber ohne Betten, weil sie nicht schlafen sollten. Alle halbe Stunde patrouillierten sie abwechselnd durch die zweistöckige Villa, bis sie von der zur Frühstückszeit eintreffenden Tagschicht abgelöst wurden. Komarow traf erst später ein.

Aber Staub und Spinnweben respektieren kein noch so hohes Amt, und wenn allabendlich, außer an Sonntagen, der Summer von der Gasse her ertönte, ließ einer der Wachmänner den Raumpfleger ein.

Raumpflegepersonal besteht in Moskau fast ausschließlich aus Frauen, aber Komarow zog es vor, sich nur mit Männern zu umgeben, und dazu gehörte auch der Raumpfleger, ein harmloser alter Soldat namens Leonid Saizew. Der Familienname bedeutet im Russischen »Hase«, und wegen seines hilflosen Auftretens, des abgewetzten alten Militärmantels, den er sommers wie winters trug, und der drei Vorderzähne aus Edelstahl, die in seinem Mund blinkten – die zahnärztliche Versorgung in der Roten Armee war ziemlich primitiv gewesen –, nannte das Wachpersonal in der Villa ihn einfach Hase. Am Abend nach dem Tod des russischen Präsidenten wurde er wie üblich um zweiundzwanzig Uhr eingelassen.

Es war ein Uhr morgens, als der Alte mit Mop und Eimer in der Hand und den Staubsauger hinter sich herziehend das Büro von Komarows Privatsekretär N. I. Akopow erreichte. Der Hase war diesem Mann nur einmal begegnet, als vor ungefähr einem Jahr einige der leitenden Mitarbeiter noch sehr spät gearbeitet hatten. Der Mann war äußerst unfreundlich zu ihm gewesen und hatte ihn mit einem Schwall von Schimpfworten aus seinem Büro gejagt. Seit damals hatte er sich manchmal ein bißchen dafür gerächt, indem er sich in Akopows bequemem Ledersessel niedergelassen hatte.

Da er wußte, daß die Wachmänner unten waren, ließ der Hase sich in den Drehsessel sinken und genoß die luxuriöse Behaglichkeit der Lederpolster. Er hatte nie einen Sessel dieser Art besessen, würde nie einen besitzen. Auf der Schreibunterlage lag ein Schriftstück: ungefähr vierzig Schreibmaschinenseiten mit Spiralbindung zwischen Vorsatzblättern aus schwarzem Zeichenpapier.

Der Hase fragte sich, warum es dort liegengeblieben war. Normalerweise sperrte Akopow alles in seinen Wandsafe. Das tat er anscheinend gewohnheitsmäßig, denn der Hase hatte hier noch nie ein Schriftstück gesehen, und die Schreibtischschubfächer waren immer abgesperrt. Er klappte den schwarzen Umschlag auf und las den Titel. Dann schlug er aufs Geratewohl irgendeine Seite auf.

Er konnte nicht fließend lesen, aber er kam einigermaßen zurecht. Bei seiner Pflegemutter hatte er vor vielen Jahren lesen gelernt, dann bei den Lehrern in der staatlichen Volksschule und schließlich bei einem freundlichen Offizier in der Armee.

Was er sah, beunruhigte ihn. Einen Absatz las er mehrmals durch; manche Worte waren zu lang und zu kompliziert, aber er verstand ihre Bedeutung. Seine arthritischen Hände zitterten, als er weiterblätterte. Warum sollte Komarow solche Dinge sagen? Noch dazu über Leute wie seine Pflegemutter, die er geliebt hatte? Er verstand nicht alles, aber es machte ihm Sorgen. Sollte er vielleicht die Wachmänner unten danach fragen? Aber sie würden ihm nur eine Kopfnuß geben und ihn anbrüllen, er solle sich zu seiner Arbeit zurückscheren.

Eine Stunde verstrich. Die Wachmänner hätten patrouillieren müssen, aber sie hockten wie gebannt vor ihrem Fernseher, in dem eine Sondersendung die Bevölkerung darüber informierte, daß der Ministerpräsident nach Artikel 59 der russischen Verfassung für eine Übergangszeit von drei Monaten die Amtspflichten des Präsidenten übernommen hatte.

Der Hase las einige Absätze wieder und wieder durch, bis er ihre Bedeutung verstanden hatte. Aber die wahre Bedeutung hinter dieser Bedeutung blieb ihm unverständlich. Igor Komarow war ein großer Mann. Er würde der nächste russische Präsident werden, nicht wahr? Warum sollte er also solche Dinge über die Pflegemutter des Hasen sagen – und andere Leute wie sie –, wo sie doch schon lange tot war?

Um zwei Uhr morgens stopfte der Hase sich das Schriftstück vorn ins Hemd, beendete seine Arbeit und bat dann, hinausgelassen zu werden. Die Wachmänner verließen widerwillig ihren Fernseher, um ihm die Türen zu öffnen, und der Hase trollte sich in die Nacht davon. Er ging etwas früher als sonst, aber das war den Wachmännern egal.

Saizew überlegte, ob er heimgehen sollte, und tat es dann lieber doch nicht. Er war zu früh dran. Wie üblich verkehrten keine Busse, Straßenbahnen oder U-Bahnen mehr. Er mußte immer zu Fuß heimgehen, manchmal im Regen, aber er brauchte die Arbeit. Sein Heimweg dauerte eine Stunde. Ging er gleich heim, würde er seine Tochter und die Kleine wecken. Das würde ihr nicht gefallen. Also wanderte er weiter ziellos durch die Straßen und überlegte, was er tun sollte.

Gegen halb vier fand er sich auf dem Kremlewskaja-Kai unterhalb der südlichen Kremlmauer wieder. Überall auf dem Kai schliefen Stadtstreicher und Obdachlose, aber er fand eine Bank, auf der etwas Platz war, setzte sich und starrte über den Fluß hinaus.

Während sie auf die Insel zuliefen, war die See wie an jedem Nachmittag ruhiger geworden, als wolle sie den Fischern und Seeleuten sagen, der heutige Wettstreit sei beendet und der Ozean rufe bis morgen einen Waffenstillstand aus. An Steuerbord wie an Backbord konnte der Skipper jetzt mehrere andere Boote erkennen, die ebenfalls den Wheeland Cut ansteuerten – die nordwestliche Rifflücke, durch die man von See aus in die seichte Lagune gelangte.

An Steuerbord rauschte Arthur Dean mit seiner ungedeckten *Silver Deep* vorbei, die acht Knoten schneller als die *Foxy Lady* lief. Der Insulaner winkte grüßend, und der amerikanische Skipper winkte zurück. Er sah im Heck der *Silver Deep* zwei Taucher sitzen und vermutete, daß sie gemeinsam das Korallenriff vor Northwest Point erkundet hatten. Heute würde es bei den Deans Hummer zum Abendessen geben.

Bevor er die *Foxy Lady* durch die Einfahrt steuerte, ging er mit der Geschwindigkeit herunter, weil auf beiden Seiten rasiermesserscharfe Korallen nur eine Handbreit unter der Wasseroberfläche lauerten. Sobald die Lücke passiert war, richtete er sich auf mühelose zehn Minuten entlang der Küste nach Turtle Cove ein.

Der Skipper liebte die *Foxy Lady*, die für ihn sein Lebensunterhalt und seine Geliebte zugleich war. Sie war eine zehn Jahre alte, einunddreißig Fuß lange Bertram Moppie – ursprünglich nach der Frau ihres Konstrukteurs Dick Bertram benannt –, und obwohl sie weder das größte noch das luxuriöseste Charterboot in Turtle Cove war, nahm ihr Eigner und Skipper es mit der *Foxy Lady* mit jeder See und jedem Fisch auf. Als er vor fünf Jahren auf die Inseln übergesiedelt war, hatte er sie durch eine Kleinanzeige im Fachblatt

Boat Trader von einer Werft in Südflorida aus zweiter Hand gekauft und dann Tag und Nacht an ihr gearbeitet, bis sie das rassigste Boot der gesamten Inselgruppe war. Und obwohl er den Kaufpreis noch immer abstottern mußte, hatte ihn noch kein Dollar gereut, den er für sie ausgegeben hatte.

Im Hafen bugsierte er die *Foxy Lady* an ihren Liegeplatz, der durch ein weiteres Boot von der *Sakitumi* seines amerikanischen Kollegen Bob Collins getrennt war, stellte den Motor ab und verließ die Kommandobrücke, um seine Gäste zu fragen, ob ihnen der Tag gefallen habe. Er habe ihnen ausgezeichnet gefallen, versicherten sie ihm und bezahlten die Charter mit einem großzügigen Trinkgeld für ihn und Julius. Als sie von Bord gegangen waren, blinzelte er Julius zu, ließ ihn das Trinkgeld und die Fische behalten, nahm seine Mütze ab und fuhr sich mit einer Hand durch sein zerzaustes blondes Haar.

Dann überließ er es dem grinsenden Insulaner, klar Schiff zu machen, alle Angelruten und Rollen mit Süßwasser abzuspülen und die *Foxy Lady* für die Nacht blitzblank zurückzulassen. Er würde später zurückkommen, um sie abzuschließen, bevor er heimging. Aber vorerst hatte er das Bedürfnis nach einem Daiquiri mit Limone pur, deshalb schlenderte er die Pier entlang zum Banana Boat und grüßte unterwegs alle, wie sie auch ihn grüßten.

2

Auch nach zwei Stunden auf der Parkbank am Fluß hatte Leonid Saizew noch immer keine Lösung seines Problems gefunden. Er wünschte sich jetzt, er hätte das Schriftstück nicht an sich genommen. Er wußte nicht wirklich, warum er das getan hatte. Wenn sie's rauskriegten, würde er bestraft werden. Andererseits schien das Leben ihn schon immer bestraft zu haben, und er hatte nie recht verstanden, warum.

Der Hase war 1936 in einem kleinen Dorf westlich von Smolensk zur Welt gekommen. Es war nicht weiter sehenswert, sondern ein ärmliches Dorf, wie sie zu Zehntausenden übers Land verstreut waren: eine einzelne Straße, im Sommer staubig, im Herbst ein Schlammfluß und im Winter steinhart gefroren. Natürlich ungepflastert. Etwa dreißig Häuser, einige Scheunen und die ehemaligen Bauern, deren Besitz zu einer stalinistischen Kolchose zwangsvereinigt war. Sein Vater war Landarbeiter, und sie hausten in einer elenden Kate unmittelbar an der Durchgangsstraße.

Etwas weiter die Straße hinunter lebte der Dorfbäcker über seinem kleinen Laden. Leonids Vater warnte ihn vor dem Umgang mit dem Bäcker, den er als *Jewreij* bezeichnete. Der Kleine wußte nicht, was das bedeutete, aber es war offenbar nicht gut, das zu sein. Andererseits sah er, daß seine Mutter dort ihr Brot kaufte, das sehr gut war.

Er begriff nicht recht, warum er nicht mit dem Bäcker reden sollte, denn er war ein jovialer Mann, der manchmal in der Tür seines Ladens stand, Leonid zublinzelte und ihm eine *bulotschka* zuwarf – ein warmes, klebriges Gebäck, frisch aus dem Backofen. Wegen der Ermahnung seines Vaters lief er hinter den Viehstall, um das Gebäck heimlich zu essen. Der Bäcker und seine Frau hatten zwei Töchter, die er gelegentlich aus dem Laden spitzen sah, obwohl sie nie zum Spielen herauszukommen schienen.

An einem Tag Ende Juli 1941 kam der Tod ins Dorf. Allerdings wußte der kleine Junge nicht gleich, daß dies der Tod war. Er hörte das Rasseln und Rumpeln und rannte sofort aus der Scheune. Von der Überlandstraße her kamen riesige eiserne Ungetüme aufs Dorf zugerasselt. Das vorderste machte zwischen den Häusern halt. Leonid stand auf der Straße, um es besser sehen zu können.

Es wirkte riesig, so groß wie ein Haus, aber es fuhr auf Ketten und hatte eine lange Kanone, die nach vorn wies. Ganz oben über der Kanone stand ein Mann, dessen Oberkörper ins Freie ragte. Er nahm seinen dick gepolsterten Helm ab und legte ihn neben sich. Dann drehte er sich zur Seite und blickte auf Leonid herab.

Das Kind sah, daß dieser Mann fast weißblondes Haar und so blaßblaue Augen hatte, als leuchte der Sommerhimmel von hinten geradewegs durch seinen Schädel. Aus seinem ausdruckslosen Blick sprach weder Liebe noch Haß, nur eine gewisse Langeweile. Der Mann griff ziemlich langsam an sein Koppel und zog eine Pistole aus ihrer Ledertasche.

Irgend etwas sagte Leonid, daß hier etwas nicht stimmte. Er hörte das dumpfe Krachen von Handgranaten, die durch Fenster geworfen wurden, und gellende Schreie. Er bekam Angst, machte kehrt und lief weg. Dann hörte er einen Knall, und irgend etwas zerzauste ihm die Haare. Er flüchtete hinter den Viehstall, begann zu weinen und rannte weiter. Hinter sich hörte er ein stetiges Hämmern, und der Geruch nach brennendem Holz wurde stärker, als immer mehr Häuser in Flammen aufgingen. Er sah den Wald vor sich und lief weiter.

Im Wald wußte er nicht, was er tun sollte. Er schluchzte noch immer, rief nach seiner Mama und seinem Papa. Aber sie kamen nicht. Sie kamen niemals mehr.

Er begegnete einer Frau, die laut um ihren Mann und ihre Töchter weinte, und erkannte Gosposcha Dawidowa, die Frau des Bäkkers. Sie umarmte ihn und drückte ihn an ihren Busen, und er verstand nicht, warum sie das tat – und was würde sein Vater denken, weil sie doch eine *Jewreijka* war?

Das ganze Dorf war niedergebrannt, und die SS-Panzerabteilung hatte kehrtgemacht und war weitergerasselt. Im Wald fanden sich einige weitere Überlebende zusammen: Später trafen sie auf Partisanen: harte, bärtige bewaffnete Männer, die in den Wäldern hausten. Unter Führung eines Partisanen zog die Flüchtlingskolonne nach Osten, immer weiter nach Osten.

Wenn Leonid müde wurde, trug Gosposcha Dawidowa ihn, bis sie endlich nach vielen Wochen Moskau erreichten. Dort schien sie einige Leute zu kennen, von denen sie Unterkunft, Essen und Trost erhielten. Sie waren nett zu ihm und sahen mit ihren Ringellocken von den Schläfen bis zum Kinn und den breitkrempigen Hüten wie Gospodin Dawidow aus. Obwohl Leonid kein *Jewreij* war, bestand Gosposcha Dawidowa darauf, ihn zu adoptieren, und versorgte ihn jahrelang.

Nach dem Krieg entdeckten die Behörden, daß er nicht wirklich ihr Sohn war, trennten die beiden und wiesen ihn in ein Waisenhaus ein. Als sie Abschied nehmen mußten, schluchzte er herzzerreißend, und sie weinte ebenfalls laut, aber er sah sie nie wieder. Im Waisenhaus lernte er dann, daß *Jewreij* einen Juden bezeichnete.

Der Hase saß auf seiner Bank und dachte über das Schriftstück unter seinem Hemd nach. Er begriff nicht völlig, was Ausdrücke wie »totale Extermination« oder »völlige Annihilation« bedeuteten. Diese Wörter waren zu lang für ihn, aber er glaubte nicht, daß es gute Wörter waren. Er konnte nicht verstehen, warum Komarow das Menschen wie Gosposcha Dawidowa antun wollte.

Im Osten erschien ein rosa Streifen am Morgenhimmel. Jenseits des Flusses in einem großen Stadtpalais am Sofiskaja-Kai klemmte ein Royal Marine sich eine zusammengelegte Flagge unter den Arm und begann die Treppe zum Dach hinaufzusteigen.

Der Skipper griff nach seinem Daiquiri, stand vom Tisch auf und trat an das massive Holzgeländer. Er sah ins Wasser hinunter und blickte dann auf den in der Abenddämmerung liegenden Hafen hinaus. »Neunundvierzig«, sagte er sich. »Neunundvierzig und noch immer Schulden beim Company Store. Jason Monk, du wirst langsam alt und taugst nichts mehr.«

Er nahm einen Schluck und fühlte die von dem Rum mit Limonensaft ausgehende wohlige Wärme.

»Hol's der Teufel, es ist ein ziemlich gutes Leben gewesen. Jedenfalls ereignisreich.«

Dabei hatte es nicht so angefangen. Begonnen hatte es in einem recht bescheidenen Holzhaus in der Kleinstadt Crozet im Süden Mittelvirginias, unmittelbar östlich des Shenandoah-Nationalparks, fünf Meilen von der Fernstraße von Waynesboro nach Charlotteville entfernt.

Albemarle County ist ein landwirtschaftlich strukturiertes Gebiet voller Erinnerungen an den Amerikanischen Bürgerkrieg, der zu achtzig Prozent in Virginia stattgefunden hat, was kein Virginier jemals vergessen wird. In der örtlichen County Grade School hatten die meisten seiner Klassenkameraden Väter, die Tabak oder Sojabohnen anbauten oder Schweine züchteten – oder alles zusammen taten.

Im Gegensatz dazu arbeitete Jason Monks Vater als Förster im Shenandoah-Nationalpark. Als Angestellter im Forestry Service war noch keiner Millionär geworden, aber für einen Jungen war das ein schönes Leben, auch wenn Geld bei ihnen daheim immer knapp war. Ferien waren nicht zum Faulenzen, sondern dazu da, Möglichkeiten zu finden, durch Ferienarbeit etwas dazuzuverdienen, um die Familienfinanzen aufzubessern.

Er erinnerte sich daran, wie sein Vater ihn als Kind mit in den Nationalpark hinaufgenommen hatte, der sich über die Blue Ridge Mountains erstreckte, um ihm die Unterschiede zwischen Rottannen, Hemlocktannen, Fichten und Eichen zu erklären. Manchmal begegneten sie Wildhütern, und er hörte mit großen Augen und Ohren zu, wenn sie von Schwarzbären und Weißschwanzhirschen erzählten oder über die Jagd auf Truthähne, Moorhühner und Fasane berichteten.

Später lernte er, mit unfehlbarer Sicherheit zu schießen, Fährten zu suchen, sich anzupirschen, ein Lager aufzuschlagen und es am nächsten Morgen wieder spurlos zu beseitigen, und als er groß und stark genug war, arbeitete er in den Ferien in Holzfällercamps.

Nachdem er von seinem fünften bis zum zwölften Lebensjahr die County Grade School besucht hatte, wechselte er kurz nach seinem dreizehnten Geburtstag auf die County High School in Charlottesville über und stand jeden Morgen vor Tagesanbruch auf, um aus Crozet in die große Stadt zu fahren. In der High-School sollte sich etwas ereignen, das sein ganzes Leben verändern würde.

Damals, im Jahr 1944, hatte ein bestimmter amerikanischer Sergeant sich mit Tausenden seiner Kameraden von Omaha Beach aufgerappelt, um weiter ins Hinterland der Normandie vorzustoßen. Irgendwie außerhalb von St. Lô war er als Versprengter ins Visier eines deutschen Scharfschützen geraten. Aber er hatte Glück, denn er kam mit einem Streifschuß am Oberarm davon. Der dreiundzwanzigjährige Amerikaner kroch ins nächste Bauernhaus, wo die Familie seine Wunde versorgte und ihm Unterschlupf gewährte. Als die sechzehnjährige Tochter des Hauses ihm in die Augen sah, während sie kalte Kompressen auf seine Wunde drückte, wurde ihm bewußt, daß er schwerer getroffen war, als jede deutsche Kugel ihn hätte treffen können.

Ein Jahr später kehrte er aus Berlin in die Normandie zurück, hielt um ihre Hand an und ließ sich im Obstgarten des Bauernhofs ihres Vaters von einem Militärgeistlichen der US Army mit ihr trauen. Weil Franzosen nicht in Obstgärten heiraten, wiederholte der Dorfpfarrer diese Zeremonie später in seiner Kirche. Dann nahm er seine junge Frau mit zu sich heim nach Virginia.

Zwanzig Jahre später war er stellvertretender Direktor der County High School in Charlottesville, und seine Frau schlug ihm vor, da ihre Kinder sie nicht mehr brauchten, könne sie in der Schule als Französischlehrerin arbeiten. Zwar stand das Fach schon lange auf dem Lehrplan, aber da Mrs. Josephine Brady hübsch und charmant war und außerdem Französin, waren Plätze in ihren Kursen hochbegehrt.

Im Herbst 1965 meldete sich ein Neuer für den Französischkurs an: ein ziemlich schüchterner Blondschopf mit gewinnendem Lächeln, der Jason Monk hieß. Binnen Jahresfrist konnte sie beschwören, noch nie einen Ausländer so perfekt französisch sprechen gehört zu haben. Der Junge mußte ein Naturtalent sein, denn geerbt konnte er dieses Talent nicht haben. Aber er besaß es jedenfalls – nicht nur die Beherrschung von Grammatik und Satzbau, sondern auch die Fähigkeit, völlig akzentfreies Französisch zu sprechen.

Im letzten Schuljahr besuchte Jason sie oft zu Hause, und sie lasen gemeinsam Malraux, Proust, Gide und Sartre (der für die damalige Zeit unglaublich erotisch war), aber ihre Lieblingsautoren waren die älteren romantischen Dichter Rimbaud, Mallarmé,

Verlaine und de Vigny. Es war nicht beabsichtigt, aber es passierte trotzdem. Vielleicht waren die Dichter daran schuld, aber trotz des Altersunterschieds, der ihnen beiden egal war, hatten sie eine kurze Affäre.

Noch vor seinem achtzehnten Geburtstag beherrschte Jason Monk zwei Fähigkeiten, die für Teenager in Südvirginia ungewöhnlich waren: Er sprach ausgezeichnet Französisch und war ein sehr guter Liebhaber. Mit achtzehn meldete er sich freiwillig zum Militär.

Im Jahr 1968 war der Vietnamkrieg voll entbrannt. Viele junge Amerikaner versuchten, sich vor einem Einsatz in Südostasien zu drücken. Wer sich als Freiwilliger für drei Jahre verpflichtete, wurde mit offenen Armen empfangen.

Monk absolvierte die Grundausbildung und füllte dabei irgendwann einen detaillierten Personalfragebogen aus. In die recht optimistische Spalte »Fremdsprachen« schrieb er »Französisch«. Daraufhin wurde er ins Dienstzimmer des Lageradjutanten gerufen.

»Sprechen Sie wirklich französisch?« fragte der Offizier. Monk berichtete, wo er die Sprache gelernt hatte. Der Adjutant rief die High-School an und sprach mit der Schulsekretärin, die bei Mrs. Brady nachfragte und dann zurückrief. Das dauerte einen ganzen Tag. Monk wurde erneut zum Lageradjutanten gerufen. Diesmal war ein Major von G2, dem militärischen Nachrichtendienst, anwesend.

Außer vietnamesisch sprachen die meisten älteren Bewohner dieser ehemals französischen Kolonie auch französisch. Monk wurde nach Saigon geflogen. Er war dort zwei Jahre im Einsatz und tat zwischendurch ein Jahr Dienst in der Heimat.

An seinem Entlassungstag ließ sein Kommandeur ihn zu sich rufen. In seinem Dienstzimmer saßen zwei Zivilisten. Nachdem der Oberst ihnen Monk vorgestellt hatte, verließ er den Raum.

»Nehmen Sie bitte Platz, Sergeant«, sagte der ältere und umgänglichere der beiden Männer. Er spielte mit seiner Bruyèrepfeife, während sein ernsthafter Begleiter in einen Französischschwall ausbrach. Monk antwortete ebenso fließend. So ging es zehn Minuten lang weiter. Dann wandte der Mann, der französisch gesprochen hatte, sich mit einem Grinsen an seinen Kollegen.

»Er ist gut, Carey, er ist verdammt gut.« Er verließ ebenfalls den Raum.
»Also, was halten Sie von Vietnam?« fragte der Zurückbleibende. Er war etwa vierzig und hatte ein faltiges Gesicht mit amüsiertem Ausdruck. Man schrieb das Jahr 1971.
»Es ist ein Kartenhaus, Sir«, sagte Monk. »Und es ist dabei einzufallen. In spätestens zwei Jahren müssen wir hier raus.«
Carey schien seiner Meinung zu sein. Er nickte mehrmals.
»Sie haben recht, aber das dürfen Sie der Army nicht erzählen. Was haben Sie jetzt vor?«
»Das weiß ich noch nicht genau, Sir.«
»Nun, Ihre Entscheidungen müssen Sie selbst treffen. Aber Sie besitzen eine Gabe, die mir beispielsweise fehlt. Mein Freund dort draußen ist Amerikaner wie Sie und ich, aber er ist bis zu seinem zwanzigsten Lebensjahr in Frankreich aufgewachsen. Wenn er sagt, daß Sie gut sind, genügt mir das. Warum wollen Sie also nicht weitermachen?«
»Sie meinen, mit einem Studium, Sir?«
»Allerdings. Die Kosten werden größtenteils von der G. I. Bill übernommen. Onkel Sam findet, daß Sie das verdient haben. Nutzen Sie diese Möglichkeit.«
Während seiner Dienstzeit hatte Monk den größten Teil seines Soldes heimgeschickt, um zum Unterhalt seiner jüngeren Geschwister beizutragen.
»Auch für die G. I. Bill muß man tausend Dollar in bar haben«, stellte er fest.
Carey zuckte mit den Schultern. »Die tausend Dollar ließen sich aufbringen, vermute ich. Wenn Sie als Hauptfach Russisch wählen.«
»Und wenn ich's tue?«
»Dann sollten Sie mich anrufen. Die Organisation, für die ich arbeite, kann Ihnen vielleicht etwas anbieten.«
»Das würde vier Jahre dauern, Sir.«
»Oh, wir sind geduldige Leute, wo ich arbeite.«
»Wie haben Sie von mir erfahren, Sir?«
»Drüben in Vietnam sind einige unserer Leute aus dem Phoenix Program auf Sie und Ihre Arbeit aufmerksam geworden. Ihre Infor-

manten haben mehrmals gute Tips über den Vietcong geliefert. Das hat ihnen gefallen.«

»Sie kommen aus Langley, stimmt's, Sir? Sie sind die CIA.«

»Oh, nicht die ganze. Nur ein kleines Rädchen.«

Tatsächlich war Carey Jordan weit mehr als bloß ein kleines Rädchen. Er sollte später zum stellvertretenden Direktor (Beschaffung) aufsteigen – zum Leiter der gesamten Auslandsspionage.

Monk befolgte seinen Rat und schrieb sich daheim in Charlottesville an der University von Virginia ein. Er trank wieder Tee mit Mrs. Brady, aber nur noch als Freund. Er studierte slawische Sprachen und lernte akzentfrei Russisch, so daß sein Professor, selbst ein Russe, ihn als »bilingual« bezeichnete. Im Jahr 1975 schloß er sein Studium als Fünfundzwanzigjähriger ab und wurde kurz nach seinem nächsten Geburtstag in die CIA aufgenommen. Nach der üblichen Grundausbildung in Fort Peary – bei der CIA einfach als »die Farm« bekannt – tat er Dienst in Langley, danach in New York und schließlich wieder in Langley.

Erst fünf Jahre später und nach vielen, vielen Lehrgängen sollte er seinen ersten Auslandsposten erhalten – in der kenianischen Hauptstadt Nairobi.

Corporal Meadows von den Royal Marines tat an diesem herrlichen Morgen des sechzehnten Juli 1999 seine Pflicht. Er ließ die Karabiner der verstärkten Flaggenkante in die Ösen der Flaggenleine einschnappen und zog die Flagge am Mast hoch. Dort wehte sie in der Morgenbrise und verkündete aller Welt, wer unter ihr residierte.

Die britische Regierung hatte das hübsche alte Stadtpalais am Sofiskaja-Kai dem ursprünglichen Besitzer, einem Zuckermagnaten, kurz vor der Revolution abgekauft, es zu ihrer Botschaft umgebaut und sich seit damals darin behauptet.

Josef Stalin, der letzte Diktator, der die Staatsgemächer im Kreml tatsächlich bewohnt hatte, war jeden Morgen aufgestanden, hatte die Vorhänge geöffnet und gleich jenseits des Flusses die britische Flagge wehen sehen. Das hatte ihn jedesmal geärgert. Die Briten wurden mehrmals unter Druck gesetzt, um sie zum Auszug zu bewegen. Aber sie weigerten sich.

Im Lauf der Jahre wurde das Stadtpalais zu klein, um alle Botschaftsabteilungen aufnehmen zu können, die in Moskau benötigt wurden, so daß einzelne Abteilungen über die gesamte Stadt verstreut waren. Aber trotz wiederholter Angebote, alle Abteilungen in einem einzigen Botschaftskomplex unterzubringen, antwortete London höflich, es ziehe die jetzige Lage am Sofiskaja-Kai vor. Da das Gebäude exterritoriales, britisches Gebiet war, blieb die Botschaft dort.

Leonid Saizew saß auf dem gegenüberliegenden Flußufer und beobachtete, wie die britische Flagge wehte, während das erste Tageslicht die Hügel im Osten erhellte. Der Anblick rief eine alte Erinnerung in ihm wach.

Mit achtzehn Jahren war der Hase zur Roten Armee eingezogen und nach der üblichen minimalen Grundausbildung zu einer Panzerbrigade in Ostdeutschland versetzt worden. Dort diente er als Gefreiter, weil er nach Ansicht seiner Ausbilder nicht einmal das Zeug zum Korporal hatte.

An einem Sommertag des Jahres 1955 hatte er bei einem Geländemarsch durch die Wälder um Potsdam den Anschluß an seine Gruppe verloren. Er irrte orientierungslos und verängstigt weiter, bis er endlich auf einen sandigen Waldweg hinausstolperte. Dort blieb er plötzlich wie angewurzelt stehen und war vor Angst wie gelähmt. Zehn Meter von ihm entfernt stand ein offener Jeep, der mit vier Soldaten besetzt war. Sie befanden sich anscheinend auf einer Streifenfahrt und hatten hier eine Pause eingelegt.

Zwei Soldaten saßen noch im Fahrzeug; die beiden anderen standen rauchend daneben. Jeder der vier hatte eine Bierflasche in der Hand. Er wußte sofort, daß sie keine Russen waren. Sie waren westliche Ausländer, Angehörige der Alliierten Militärmission in Potsdam, die 1945 gemäß dem Viermächteabkommen, von dem er natürlich nichts wußte, ins Leben gerufen worden war. Er wußte nur, daß sie der Feind waren, der gekommen war, um den Sozialismus zu vernichten und dabei möglichst auch ihn umzubringen.

Sie hörten zu reden auf, als sie ihn sahen, und starrten ihn alle vier an. Einer von ihnen sagte:»*'Allo, 'allo. What 'ave we 'ere? A bleeding Russky. 'Allo, Ivan.*«

Er verstand natürlich kein Wort. Er hatte eine Maschinenpistole umhängen, aber sie schienen sich nicht im geringsten vor ihm zu fürchten. Im Gegenteil: *Er* hatte Angst vor ihnen. Zwei von ihnen trugen schwarze Barette mit messingglänzenden Abzeichen, die mit einem weiß-roten Federbusch unterlegt waren. Auch wenn er das nicht wußte, hatte er das Regimentsabzeichen der Royal Fusiliers vor sich.

Einer der Soldaten neben dem Fahrzeug stieß sich von der Karosserie ab und schlenderte auf ihn zu. Er hätte sich vor Angst fast in die Hose gemacht. Der Mann war ebenfalls jung – mit roten Haaren und Sommersprossen. Er grinste Saizew an und hielt ihm eine Flasche hin.

»*Come on, mate. 'Ave a beer!*«

Leonid fühlte die Kälte der mit Feuchtigkeit beschlagenen Flasche in seiner Hand. Der ausländische Soldat nickte aufmunternd. Das Bier würde natürlich vergiftet sein. Er setzte die Flasche an seinen Mund und hob sie hoch. Die kalte Flüssigkeit schoß gegen seinen Gaumen. Das Zeug war stark, besser als russisches Bier, und schmeckte gut, aber er mußte davon husten. Karottenkopf lachte.

»*Go on, then. 'Ave a beer!*« sagte er. Weitere für Saizew unverständliche Laute. Zu seiner Verblüffung kehrte der ausländische Soldat ihm den Rücken zu und schlenderte die wenigen Meter zu seinem Fahrzeug zurück. Der Mann hatte nicht mal Angst vor ihm. Er war bewaffnet, er vertrat hier die Rote Armee, und diese Ausländer schienen grinsend Witze zu reißen.

Er stand unter den Bäumen, trank das kalte Bier und fragte sich, was Oberst Nikolajew davon halten würde. Der Oberst war Saizews Brigadekommandeur. Er war erst ungefähr dreißig, aber ein vielfach ausgezeichneter Kriegsheld. Einmal war er bei Saizew stehengeblieben und hatte ihn nach seinen Angehörigen, nach seiner Herkunft gefragt. Der Gefreite hatte geantwortet, er komme aus dem Waisenhaus. Der Oberst hatte ihm auf den Rücken geklopft und ihm versichert, jetzt habe er ein Heim gefunden. Er verehrte Oberst Nikolajew.

Er hatte zuviel Angst, um ihnen ihr Bier vor die Füße zu kippen, und außerdem schmeckte es sehr gut, auch wenn es vergiftet war. Also leerte er die Flasche ganz. Kurze Zeit später kletterten die beiden ausgestiegenen Soldaten hinten in den Jeep und setzten ihre Barette auf. Der Fahrer ließ den Motor an, und sie fuhren davon.

Ohne Hast, ohne Angst vor ihm. Der Rothaarige drehte sich noch einmal um und winkte ihm zu. Sie waren der Feind, sie hatten vor, in Rußland einzufallen, aber sie winkten ihm zu.

Als sie außer Sicht waren, warf er die leere Flasche möglichst weit in den Wald und stapfte auf dem Weg weiter, bis er schließlich einen russischen Militärlaster anhalten konnte, der ihn in die Kaserne zurückbrachte. Der Sergeant verdonnerte ihn zu einer Woche Küchendienst, weil er sich verlaufen hatte, aber Leonid erzähle niemandem von den Ausländern oder dem Bier.

Bevor der ausländische Jeep davonfuhr, fiel ihm auf, daß er am vorderen rechten Kotflügel eine Art Regimentsabzeichen trug, während über dem Reserverad am Heck eine Peitschenantenne wippte. An der Antenne war eine etwa dreißig mal dreißig Zentimeter große Flagge angebracht. Sie wies drei Kreuze auf: ein stehendes in Rot und zwei diagonale in Rot und Weiß – alles auf blauem Untergrund. Eine komische Flagge in Rot, Weiß und Blau.

Vierundvierzig Jahre später hatte er sie plötzlich wieder vor sich – über dem Dach eines Gebäudes jenseits des Flusses. Damit war das Problem des Hasen gelöst. Er wußte, daß er Akopow das Schriftstück nicht hätte stehlen dürfen, aber jetzt konnte er's nicht mehr zurückbringen. Aber vielleicht würde niemand merken, daß es fehlte. Also würde er's den Leuten mit der komischen Flagge geben, die einem Bier schenkten. Sie würden wissen, was damit zu tun war.

Er stand von seiner Bank auf und machte sich am Fluß entlang auf den Weg zur Großen Steinbrücke, die über die Moskwa zum Sofiskaja-Kai hinüberführt.

Nairobi 1983

Als der kleine Junge Kopfschmerzen und leichtes Fieber bekam, dachte seine Mutter zuerst an eine Sommergrippe. Gegen Abend schrie der Fünfjährige jedoch vor Kopfschmerzen und hielt seine Eltern die ganze Nacht wach. Morgens fragten ihre Nachbarn in der sowjetischen Diplomatenwohnsiedlung, die auch kaum geschlafen hatten, weil die Wände dünn und ihre Fenster wegen der Hitze offen waren, was dem Kleinen fehle.

An diesem Morgen fuhr die Mutter mit ihrem Sohn zum Arzt.

Keine der Ostblockbotschaften hatte einen eigenen Arzt, sondern alle teilten sich einen. Dr. Swoboda gehörte zum Personal der tschechoslowakischen Botschaft, aber er betreute die gesamte kommunistische Gemeinschaft. Er war ein guter und gewissenhafter Arzt, der nur wenige Minuten brauchte, um der russischen Mutter zu versichern, ihr Sohn habe lediglich einen leichten Malariaanfall. Er verabreichte die entsprechende Dosis eines der Noviquin/Paludrin-Derivate, die für russische Ärzte damals das Mittel der Wahl waren, und gab ihr weitere Tabletten mit, die täglich eingenommen werden sollten.

Das Mittel schlug nicht an. Zwei Tage lang verschlechterte sich der Zustand des Kleinen weiter. Fieber und Schüttelfrost nahmen zu, und das Kind schrie vor Kopfschmerzen. Der sowjetische Botschafter zögerte nicht, einen Besuch im Nairobi General Hospital zu gestatten. Da die Mutter kein Englisch sprach, wurde sie von ihrem Mann, dem Zweiten Sekretär (Handel) Nikolai Iljitsch Turkin, begleitet.

Auch Dr. Winston Moi war ein sehr guter Arzt, und er kannte sich mit Tropenkrankheiten vermutlich besser aus als der Tscheche. Er untersuchte den Kleinen gründlich und richtete sich dann lächelnd auf.

»Plasmodium falciparum«, verkündete er. Der Vater beugte sich mit verständnislosem Stirnrunzeln nach vorn. Sein Englisch war gut, aber doch nicht *so* gut. »Eine Malariavariante, die leider gegen alle Mittel auf Chloroquinbasis, wie sie mein geschätzter Kollege Dr. Swoboda verschrieben hat, resistent ist.«

Dr. Moi injizierte dem Kleinen intravenös ein sehr wirksames Breitbandantibiotikum. Es schien zu helfen. Zumindest anfangs. Aber als nach einer Woche die Wirkung des Antibiotikums abklang, zeigte sich wieder das alte Krankheitsbild. Unterdessen war die Mutter nahezu hysterisch. Sie lehnte alle Formen ausländischer Medizin ab und bestand darauf, mit ihrem Sohn nach Moskau zurückzufliegen. Der Botschafter war einverstanden.

In Moskau wurde der Junge in eine der exklusiven KGB-Kliniken eingeliefert. Das war möglich, weil der Zweite Sekretär (Handel) Nikolai Turkin in Wirklichkeit KGB-Major Turkin von der Ersten Hauptverwaltung war.

Die Klinik war gut, und da KGB-Offiziere überall auf der Welt im Einsatz sein können, hatte sie eine erstklassige Abteilung für Tropenmedizin. Wegen der ungeklärten Erkrankung des Kleinen nahm der Chefarzt, Professor Glasunow, sich seines Falls persönlich an. Er studierte beide Krankenakten aus Nairobi und ordnete eine Reihe von Computertomographien und Ultraschalluntersuchungen an, die damals der medizintechnisch letzte Schrei und anderswo in der UdSSR praktisch nicht erhältlich waren.

Die Schnittbilder machten Glasunow große Sorgen. Sie ließen eine Serie von Abszessen erkennen, die sich im Körper des Jungen an verschiedenen Organen bildeten. Als er die Mutter des Kleinen in sein Arbeitszimmer bat, war sein Gesichtsausdruck ernst.

»Ich weiß, welche Erkrankung vorliegt, zumindest bin ich mir meiner Sache ziemlich sicher, aber sie kann nicht behandelt werden. Mit massiven Antibiotikadosen hat Ihr Sohn vielleicht noch einen Monat zu leben. Wahrscheinlich nicht länger. Ich bedaure sehr, Ihnen keine andere Auskunft geben zu können.«

Die weinende Mutter wurde hinausgeführt. Eine mitfühlende Assistenzärztin erklärte ihr, was diagnostiziert worden war. Ihr Junge hatte Melioidose, eine in Afrika höchst seltene, aber in Südostasien häufiger vorkommende ungewöhnliche Krankheit. Sie war von den Amerikanern während des Vietnamkriegs identifiziert worden.

Amerikanische Hubschrauberpiloten waren die ersten Opfer dieser neuartigen und meist tödlichen Krankheit geworden. Untersuchungen zeigten, daß ihre Rotorblätter im Schwebeflug über Reisfelder dünne Wasserschleier aufwirbelten, die einige Piloten eingeatmet hatten. Der gegen alle bekannten Antibiotika resistente Bazillus befand sich im Wasser. Das wußten die Russen, denn obwohl sie damals nichts von ihren eigenen Forschungsergebnissen preisgaben, saugten sie wie ein Schwamm alles Wissen aus dem Westen auf. Professor Glasunow erhielt automatisch sämtliche medizinischen Fachzeitschriften aus dem Westen.

In einem langen Telefongespräch, das von Weinkrämpfen unterbrochen wurde, teilte Gosposcha ihrem Mann mit, ihr Sohn werde sterben. An Melioidose sterben. Major Turkin notierte sich diesen Namen. Dann ging er zu Oberst Kuljow, der als KGB-Resident in

Nairobi sein Vorgesetzter war. Der Oberst ließ Mitgefühl erkennen, blieb aber knallhart.

»Wir sollen uns an die Amerikaner wenden? Sind Sie übergeschnappt?«

»Genosse Oberst, wenn die Yankees die Krankheit identifiziert haben, und noch dazu vor sieben Jahren, haben sie vielleicht etwas dagegen.«

»Aber wir können sie nicht danach fragen«, widersprach der Oberst. »Hier geht's um unser nationales Prestige.«

»Hier geht's um das Leben meines Sohns!« rief der Major.

»So, das reicht. Sie können abtreten.«

Obwohl Turkin wußte, daß er damit seine Karriere gefährdete, suchte er den Botschafter auf. Der Diplomat war nicht grausam, aber auch er ließ sich nicht umstimmen.

»Interventionen unseres Außenministeriums beim State Department sind selten und immer auf Staatsangelegenheiten beschränkt«, erklärte er dem jungen Offizier. »Weiß Oberst Kuljow übrigens, daß Sie hier sind?«

»Nein, Genosse Botschafter.«

»Dann werde ich es ihm um Ihrer Zukunftsaussichten willen nicht erzählen. Und auch Sie halten den Mund. Aber die Antwort lautet trotzdem nein.«

»Wäre ich ein Mitglied des Politbüros...«, begann Turkin aufgebracht.

»Aber das sind Sie nicht. Sie sind ein junger Stabsoffizier von zweiunddreißig Jahren, der seiner Heimat mitten in Kenia dient. Ihr Sohn tut mir leid, aber ich kann nichts für ihn tun.«

Als Nikolai Turkin die Treppe hinunterstapfte, überlegte er sich voller Wut, daß Generalsekretär Juri Andropow durch Medikamente am Leben erhalten wurde, die täglich aus London eingeflogen wurden. Dann ging er los, um sich zu besaufen.

In die britische Botschaft hineinzukommen, war gar nicht so leicht. Von der anderen Straßenseite aus konnte Saizew das große ockergelbe Gebäude und sogar das Dach der Säulenvorhalle sehen, die sich schützend über den riesigen, prächtig geschnitzten Holzportalen erhob. Aber es war unmöglich, einfach dort drüben hineinzugehen.

Entlang der Vorderfront des Gebäudes, dessen Jalousien um diese Zeit noch geschlossen waren, verlief eine Stahlblechwand mit zwei breiten Toren – je eines für ein- und ausfahrende Autos. Diese elektrisch betätigten Wellblechtore waren fest geschlossen. Rechts neben den Toren befand sich der Fußgängereingang, der jedoch mit zwei Gittertüren gesichert war. Auf dem Bürgersteig waren zwei russische Milizionäre postiert, die jeden Botschaftsbesucher kontrollierten. Der Hase hatte nicht die Absicht, sich von *denen* kontrollieren zu lassen. Hinter dem ersten Sperrgitter folgte nach einem Korridor eine zweite Gittertür. Zwischen ihnen stand das mit zwei von den Briten besoldeten russischen Wachmännern besetzte Wachlokal des Sicherheitsdienstes der Botschaft. Sie ließen sich den Grund jedes Besuchs sagen und fragten dann in der Botschaft nach. Zu viele Russen, die ein Visum wollten, hatten versucht, sich durch diesen Eingang ins Gebäude zu mogeln.

Saizew schlurfte ziellos zur Rückseite des Botschaftsgebäudes, wo in einer schmalen Straße der Eingang zur Visaabteilung lag. Obwohl die Tür sich erst in drei Stunden öffnen würde, war die Warteschlange schon um sieben Uhr gut hundert Meter lang. Viele hatten offenbar die ganze Nacht hier verbracht. Sich der Schlange erst jetzt anzuschließen, hätte fast zwei Tage Wartezeit bedeutet. Er kehrte gemächlich zur Vorderfront des Gebäudes zurück. Diesmal starrten die Milizionäre ihn lange prüfend an. Saizew bekam es mit der Angst zu tun und schlurfte den Kai entlang davon, um in sicherer Entfernung abzuwarten, bis die Botschaft öffnete und die Diplomaten eintrafen.

Kurz vor zehn Uhr tauchten die ersten Engländer auf. Sie kamen mit Autos. Jedes Fahrzeug mußte vor der Einfahrt halten und wurde offenbar kontrolliert, bevor das Tor sich rumpelnd öffnete, um sich hinter dem Wagen wieder zu schließen. Saizew, der alles aus einiger Entfernung beobachtete, dachte daran, einen Autofahrer anzusprechen, aber alle hatten ihre Fenster geschlossen, und die Milizionäre waren nur wenige Meter entfernt. Die Leute in den Autos würden glauben, er sei irgendein Bittsteller, und ihre Fenster erst recht geschlossen halten. Dann würde er verhaftet werden. Die Miliz würde herausbekommen, was er angestellt hatte, und Akopow benachrichtigen.

Leonid Saizew war es nicht gewöhnt, komplexe Probleme zu lösen. Er war verwirrt, aber auch auf seine Idee fixiert. Er wollte das entwendete Schriftstück unbedingt den Leuten mit der komischen Flagge geben. Also blieb er diesen ganzen heißen Vormittag lang auf seinem Posten und beobachtete und wartete.

NAIROBI 1983
Wie alle sowjetischen Diplomaten verfügte Nikolai Turkin nur über wenig Devisen, zu denen auch die kenianische Währung gehörte. Der Ibis Grill, Alan Bobbe's Bistro und das Carnivore waren für seine beschränkten Mittel doch etwas zu teuer. Er ging ins Thorn Tree Café im New Stanley Hotel in der Kimathi Street, setzte sich im Garten an einen Tisch in der Nähe der großen, alten Akazie, bestellte einen Wodka und ein Bier zum Nachtrinken und saß in tiefer Verzweiflung da.

Eine halbe Stunde später stand ein Mann in seinem Alter, der an der Bar ein kleines Bier getrunken hatte, von seinem Hocker auf und ging zu ihm hinüber. Turkin hörte eine Stimme auf englisch sagen: »Hey, nicht unterkriegen lassen, alter Junge, vielleicht wird alles doch nicht so schlimm.«

Der Russe sah auf. Er kannte den Amerikaner vage. Irgend jemand aus ihrer Botschaft. Turkin arbeitete in der für Spionageabwehr zuständigen Verwaltung K der Ersten Hauptverwaltung. Er hatte nicht nur den Auftrag, alle sowjetischen Diplomaten zu überwachen und die hiesigen KGB-Unternehmen abzusichern, sondern mußte auch auf westliche Ausländer achten, die vielleicht angeworben werden konnten. In dieser Funktion durfte er mit anderen Diplomaten, auch aus dem Westen, verkehren – eine Freiheit, die kein »gewöhnlicher« Russe aus dem Botschaftspersonal genoß.

Gerade wegen dieser Bewegungs- und Kontaktfreiheit vermutete die CIA, was Turkin wirklich tat, und hatte eine schmale Akte über ihn angelegt. Aber der Mann bot keinen Angriffspunkt. Er war ein in der Wolle gefärbter Funktionär des Sowjetregimes.

Turkin hatte den Amerikaner seinerseits in Verdacht, für die CIA zu arbeiten, denn er hatte gelernt, *alle* amerikanischen Diplomaten seien vermutlich CIA-Agenten – eine schöne Illusion, aber ein Irrtum, der den Vorteil hatte, alle Zweifel auszuschließen.

Der Amerikaner setzte sich und streckte ihm seine Rechte hin. »Jason Monk. Sie sind Nikolai Turkin, stimmt's? Wir sind uns letzte Woche auf der Gartenparty der Engländer begegnet. Sie machen ein Gesicht, als hätten Sie gerade von Ihrer Versetzung nach Grönland erfahren.«

Turkin betrachtete den Amerikaner. Er hatte einen weizenblonden Haarschopf, der ihm in die Stirn fiel, und ein liebenswürdiges Grinsen. Sein Gesichtsausdruck wirkte arglos; vielleicht war er doch nicht bei der CIA. Er machte den Eindruck eines Mannes, mit dem man reden konnte. An jedem anderen Tag hätte Nikolai Turkin seine jahrelange Ausbildung beherzigt und wäre höflich, aber unverbindlich gewesen. Aber dies war nicht jeder andere Tag. Er *mußte* mit irgend jemandem reden. Er begann zu sprechen und schüttete dem Amerikaner sein Herz aus. Monk reagierte besorgt und mitfühlend. Er notierte sich das Wort Melioidose auf einem Bierdeckel. Sie gingen erst lange nach Einbruch der Dunkelheit auseinander. Der Russe kehrte in seine bewachte Diplomatensiedlung, Monk in sein Apartment in der Harry Thuku Road zurück.

Celia Stone war sechsundzwanzig, schlank, schwarzhaarig und hübsch. Außerdem war sie die Stellvertreterin des Presseattachés der britischen Botschaft in Moskau – ihr erster Auslandsposten, seit sie nach ihrem Russischstudium am Girton College in Cambridge vor zwei Jahren in den diplomatischen Dienst eingetreten war. Außerdem genoß sie ihr Leben.

An diesem sechzehnten Juli trat sie aus dem großen Portal des Botschaftsgebäudes und sah zum Parkplatz hinunter, auf dem ihr kleiner, aber praktischer Rover stand. Von ihrem Standort aus konnte sie sehen, was Saizew wegen der hohen Stahlblechwand verborgen blieb. Sie stand auf der obersten der fünf Stufen, die zu dem asphaltierten Parkplatz hinunterführten, der von gepflegten Rasenflächen, Buschgruppen, Stauden, niedrigen Bäumen und Blumenrabatten in voller Blütenpracht umgeben war. Ein Blick über die Stahlwand zeigte ihr jenseits der Moskwa die pastellgelb, ocker, cremefarben und weiß aufgetürmte Masse des Kreml, aus der die goldenen Zwiebeltürme und Kuppeln der einzelnen Kirchen und Kathedralen die Zinnen der roten Festungswälle überragten. Ein herrliches Bild.

Von beiden Seiten führte eine Rampe, die nur der Botschafter befahren durfte, zum Portal hinauf. Gewöhnliche Sterbliche parkten unten und kamen zu Fuß herauf. Einmal hatte ein junger Diplomat seiner Karriere erheblich geschadet, als er bei strömendem Regen die Rampe hinaufgefahren war und seinen VW-Käfer unter dem Säulenvordach geparkt hatte. Als wenige Minuten später der Botschafter eintraf, war die Zufahrt blockiert, so daß er aus dem Rolls-Royce steigen und zu Fuß hinaufgehen mußte. Er kam klatschnaß und stinksauer an.

Celia Stone tänzelte die Treppe hinunter, nickte dem Wachmann am Tor zu, stieg in ihren hellroten Rover und ließ den Motor an. Als sie die Ausfahrt erreichte, glitt das Stahltor schon zur Seite. Sie rollte auf den Sofiskaja-Kai hinaus und bog nach links zur Steinbrücke ab, um zum Mittagessen mit einem Journalisten der Zeitung *Sewodnja* zu fahren. Sie merkte nicht, daß ein ärmlich gekleideter alter Mann ihr in verzweifelter Hast zu folgen versuchte. Und ihr war nicht bewußt, daß ihr Wagen der erste war, der die Botschaft an diesem Vormittag verlassen hatte.

Die Bolschoi Kamjenny most oder Große Steinbrücke ist die älteste ständige Brücke über die Moskwa. Vor ihr gab es nur Pontonbrücken, die im Frühjahr errichtet und im Winter abgebaut wurden, sobald das Eis so tragfähig war, daß sie nicht mehr gebraucht wurden.

Wegen ihrer Abmessungen überspannt die Steinbrücke nicht nur den Fluß, sondern auch den Sofiskaja-Kai. Um sie vom Kai aus zu erreichen, muß man als Autofahrer links abbiegen, etwa hundert Meter zurückfahren, bis die Brückenauffahrt ebenerdig ist, dort wenden und zur Brücke hinauffahren. Aber als Fußgänger kann man die Treppe hinauflaufen, die vom Kai zur Brücke hinaufführt. Genau das tat der Hase.

Als der rote Rover vorbeifuhr, stand Saizew auf dem Gehsteig der Steinbrücke und schwenkte die Arme. Die junge Frau am Steuer starrte ihn verwundert an und fuhr weiter. Saizew nahm die aussichtslose Verfolgung auf. Aber er hatte sich das russische Kennzeichen gemerkt und sah das Auto auf der Nordseite der Brücke halblinks ins Verkehrsgewühl des Borowizkiplatzes abbiegen.

Celia Stones Ziel war der Rosy O'Grady Pub in der Snamenkastraße. Dieses Lokal mit dem für Moskau exotisch klingenden Namen ist tatsächlich ein irischer Pub und das Lokal, in dem der irische Botschafter an Silvester anzutreffen ist, wenn es ihm gelingt, die letzte der langweiligeren Botschaftspartys rechtzeitig zu verlassen. Celia Stone hatte sich dafür entschieden, ihren russischen Journalisten dorthin zum Mittagessen einzuladen.

Da immer weniger Russen sich ein Auto oder das Benzin dafür leisten konnten, fand sie mühelos einen Parkplatz gleich um die Ecke, stieg aus und ging das kurze Stück zurück. Wie immer, wenn ein als Ausländer erkennbarer Passant sich einem Restaurant näherte, kamen die Bettler und Obdachlosen aus ihren Hauseingängen oder rappelten sich vom Bürgersteig auf, um ihn aufzuhalten und um Essen anzubetteln.

Vor ihrer Versetzung war sie als junge Diplomatin im Londoner Außenministerium über die hiesigen Verhältnisse informiert worden, aber die Realität schockierte sie jedesmal wieder. Sie kannte die Bettler in der Londoner U-Bahn und in New Yorker Seitenstraßen: die Obdachlosen, die aus irgendwelchen Gründen die Gesellschaftsleiter hinuntergerutscht waren, um sich auf ihrer untersten Sprosse einzurichten. Doch das waren überwiegend Menschen, die sich für ein Bettlerdasein entschieden hatten, in dem Unterstützung durch Wohltätigkeitsorganisationen stets nur ein paar Straßen weit entfernt war.

Aber in Moskau, der Hauptstadt eines Landes, das vor einer wirklichen Hungersnot stand, waren die Unglücklichen, die um Geld und Essen bettelten, noch vor nicht allzu langer Zeit Bauern, Soldaten, Büroangestellte oder Verkäufer gewesen. Bei ihrem Anblick fühlte sie sich an Fernsehdokumentarfilme aus Ländern der Dritten Welt erinnert.

Wadim, der hünenhafte Türsteher des Rosy O'Grady, sah sie kommen, rannte ihr entgegen und stieß mehrere seiner russischen Landsleute grob beiseite, um einem wichtigen, mit harter Währung zahlenden Gast des Restaurants seines Arbeitgebers freie Bahn zu verschaffen.

Celia, die es kränkend fand, wie die Bettler durch einen anderen Russen gedemütigt wurden, protestierte schwach, aber Wadim reckte einfach seinen langen, muskulösen Arm zwischen sie und die Reihe ausgestreckter Hände, riß die Restauranttür auf und geleitete sie hinein.

Der Gegensatz zwischen der schmutzigen Straße mit den Hungernden und dem geselligen Geplauder von etwa fünfzig Gästen, die sich zum Mittagessen Fleisch oder Fisch leisten konnten, hätte nicht krasser sein können. Als gutherziger Mensch hatte Celia immer ein schlechtes Gewissen, wenn sie auswärts zu Mittag oder zu Abend aß, und bemühte sich, das Essen auf ihrem Teller mit dem Hunger dort draußen in Einklang zu bringen. Der joviale russische Journalist, der ihr von einem Ecktisch aus zuwinkte, hatte dieses Problem nicht. Er studierte die Sakuski-Vorspeisen auf der Karte und entschied sich für Eismeergarnelen aus Archangelsk.

Saizew, der sein Ziel unbeirrbar weiterverfolgte, suchte den ganzen Borowizkiplatz nach dem roten Rover ab, aber das Auto blieb verschwunden. Auf der Suche nach dem auffällig roten Wagen lief er auch die rechts und links abzweigenden Seitenstraßen ab – ebenfalls vergeblich. Zuletzt folgte er dem breiten Boulevard jenseits des Platzes. Zu seinem freudigen Erstaunen sah er nach etwa zweihundert Metern den Rover, der von dem Pub aus gleich um die Ecke geparkt war.

Saizew, der sich durch nichts von den anderen unterschied, die mit der Geduld der völlig Geschlagenen warteten, bezog in der Nähe des Rovers Position und begann wieder zu warten.

Nairobi 1983
Seit Jason Monks erstem Jahr an der University of Virginia, waren zehn Jahre vergangen, und er hatte kaum noch Verbindung mit ehemaligen Studienfreunden. Aber er erinnerte sich noch gut an Norman Stein. Die beiden – den mittelgroßen, aber athletischen Footballspieler vom Land und den unsportlichen Sohn eines jüdischen Arztes aus Fredericksburg – hatte eine seltsame Freundschaft verbunden. Vor allem ihr gemeinsamer Sinn für ironisch trockenen Humor hatte sie Freunde werden lassen. Während Monk eine auffällige Begabung für Sprachen hatte, war Stein das Beinahegenie des Biologiedepartments gewesen.

Er hatte sein Studium ein Jahr vor Monk mit *summa cum laude* abgeschlossen und auf der Medical School fortgesetzt. Sie waren auf die übliche Weise in Verbindung geblieben – durch Weihnachtskarten. Aber vor zwei Jahren, unmittelbar vor seiner Versetzung nach Kenia, war Monk in ein Washingtoner Restaurant gekommen, in dem sein Studienfreund allein an einem Tisch saß. Sie hatten sich eine halbe Stunde lang unterhalten, bis Dr. Steins Lunchpartner aufgekreuzt war. In dieser Zeit hatten sie persönliche Neuigkeiten ausgetauscht, wobei Monk allerdings hatte lügen und behaupten müssen, er arbeite im Außenministerium.

Stein war Arzt geworden, hatte sich auf Tropenmedizin spezialisiert und freute sich gerade über seine neue Stellung in dem Forschungslabor, das dem Walter Reed Army Hospital angegliedert war. In seinem Apartment in Nairobi suchte Jason Monk aus seinem Adreßbuch Steins Telefonnummer heraus und rief ihn an. Nach dem zehnten Klingeln meldete sich eine undeutliche Stimme.

»Yeah.«

»Hi, Norm. Ich bin's – Jason Monk.« Pause.

»Großartig. Wo bist du?«

»In Nairobi.«

»Wunderbar. Nairobi. Natürlich. Und wie spät ist's dort?«

Monk sagte es ihm. Mittag.

»Nun, hier ist's fünf Uhr morgens, verdammt noch mal, und mein Wecker ist auf sieben gestellt. Ich bin die halbe Nacht wegen des Babys wach gewesen. Es kriegt Zähne, verstehst du? Vielen Dank auch, Kumpel.«

»Immer mit der Ruhe, Norm. Hör zu, ich muß dich was fragen. Hast du schon mal von einer Krankheit namens Melioidose gehört?«

Stein antwortete nicht gleich. Als er dann wieder sprach, klang seine Stimme überhaupt nicht mehr verschlafen.

»Wie kommst du darauf?«

Monk erzählte die Story, die er sich zurechtgelegt hatte. Ein russischer Diplomat kam darin nicht vor. Er behauptete, der fünfjährige Kranke sei der Sohn eines Mannes, den er in Nairobi kenne. Die Lebenserwartung des Kleinen betrage offenbar nur noch wenige Wochen. Aber er, Monk, habe vage gehört, Onkel Sam habe Erfahrungen mit dieser seltenen Krankheit gesammelt.

»Gib mir deine Nummer«, verlangte Stein. »Ich muß ein paar Leute anrufen. Ich melde mich dann wieder.«
Es war fünf Uhr nachmittags, als Monks Telefon klingelte.
»Vielleicht gibt's wirklich etwas«, sagte der Epidemiologe. »Aber laß dich warnen: Das revolutionäre Mittel befindet sich erst im Entwicklungsstadium. Wir haben einige Tests gemacht, die gut verlaufen sind. Bisher. Aber es ist noch nicht einmal bei der FDA registriert. Und erst recht nicht von ihr freigegeben. Unsere Tests sind noch nicht abgeschlossen.«

In den USA muß die Federal Drug Administration (FDA) jedes Medikament freigeben, bevor es verkauft werden darf. Was Dr. Stein beschrieb, war ein sehr frühes Cephalosporin-Antibiotikum, das 1983 noch keinen Namen hatte. Ende der achtziger Jahre würde es dann als Ceftazidim auf den Markt kommen. Damals hieß es einfach CZ-1. Heute ist es das Standardmittel gegen Melioidose.

»Es kann Nebenwirkungen haben«, fuhr Stein fort. »Die kennen wir nicht.«

»Wie lange dauert's, bis diese Nebenwirkungen auftreten?« fragte Monk.

»Keine Ahnung.«

»Nun, was ist zu verlieren, wenn der Junge sonst in drei Wochen tot ist?«

Stein seufzte schwer. »Ich weiß nicht recht. Das verstößt gegen sämtliche Vorschriften.«

»Ehrenwort, davon erfährt niemand was. Komm schon, Norm – für die Miezen, die ich früher für dich aufgerissen habe!«

Das schallende Gelächter drang bis aus Chevy Chase, Maryland, an sein Ohr.

»Erzähl das ja nicht Becky, sonst dreh' ich dir den Hals um«, sagte Dr. Stein und legte auf.

Achtundvierzig Stunden später wurde für Monk ein Päckchen in der Botschaft abgegeben. Ein internationaler Kurierdienst hatte es nach Nairobi befördert. Es enthielt eine Thermosflasche mit Trockeneis. Auf einem ohne Unterschrift beigelegten Zettel stand, das Eis kühle zwei Ampullen. Monk rief bei der Handelsabteilung der sowjetischen Botschaft an und ließ dem Zweiten Sekretär Turkin eine Nachricht übermitteln. *Vergessen Sie nicht, daß wir uns heute um 18 Uhr auf ein Bier treffen wollen.* Die Nachricht wurde natürlich erst Oberst Kuljow vorgelegt.

»Wer ist dieser Monk?« fragte er Turkin.

»Ein amerikanischer Diplomat. Er scheint von der amerikanischen Politik in Afrika enttäuscht zu sein. Ich versuche, ihn als Quelle zu gewinnen.«

Kuljow nickte nachdrücklich. Das war gute Arbeit; so was machte sich in seinem Bericht nach Jasenewo immer gut.

Als Monk ihm im Thorn Tree Café sein Päckchen überreichte, machte Turkin ein besorgtes Gesicht, weil er fürchtete, jemand von seiner Seite könnte diese Übergabe beobachtet haben. Das Päckchen konnte Geld enthalten.

»Was ist das?« fragte er.

Monk sagte es ihm. »Vielleicht schlägt es nicht an, aber es kann jedenfalls nicht schaden. Es ist alles, was wir haben.«

Der Russe erstarrte, sein Blick wurde eisig.

»Und was wollen Sie für dieses ... Geschenk?« Der Amerikaner erwartete natürlich eine Gegenleistung.

»Sie haben mir die Wahrheit über Ihren Sohn erzählt? Oder nur geschauspielert?«

»Keine Schauspielerei. Diesmal nicht. Sonst schauspielern wir immer, Leute wie Sie und ich. Aber diesmal nicht.«

Tatsächlich hatte Monk bereits im Nairobi General Hospital nachgefragt. Dr. Winston Moi hatte bestätigt, daß Turkins Sohn lebensgefährlich erkrankt war. Schlimm, dachte er, aber wir leben in einer schlimmen Welt. Er stand auf. Eigentlich hätte er den Mann jetzt erpressen müssen, damit er etwas herausrückte, etwas Geheimes verriet. Aber er wußte, daß diese Geschichte mit dem kleinen Jungen ausnahmsweise stimmte, kein Schwindel war. Hätte er sich jetzt so verhalten müssen, wäre er lieber Straßenkehrer in der Bronx gewesen.

»Behalten Sie's, mein Freund. Hoffentlich hilft's. Es kostet nichts.«

Er wandte sich ab, um zu gehen. Dann hörte er eine Stimme hinter sich.

»Mr. Monk, Sie verstehen Russisch?«

Der Amerikaner nickte. »Ein bißchen.«

»Das habe ich mir gedacht. Dann wissen Sie, was das Wort *spasibo* heißt.«

Sie kam kurz nach vierzehn Uhr aus dem Rosy O'Grady Pub und ging zu ihrem Wagen. Der Rover hat eine Zentralverriegelung. Als sie jetzt die Fahrertür aufsperrte, war automatisch auch die Beifahrertür entriegelt. Sie war mit angelegtem Sicherheitsgurt und laufendem Motor abfahrbereit, als die Beifahrertür aufgerissen wurde. Sie sah erschrocken auf. Er stand gebückt an der offenen Autotür. Abgewetzter uralter Militärmantel, am Aufschlag vier Orden mit schmuddeligen Bändern, Stoppelkinn. Als er den Mund öffnete, blinkten drei Vorderzähne aus Edelstahl. Er warf ihr einen schmalen Ordner auf den Schoß. Dank ihrer guten Russischkenntnisse konnte sie später wiederholen, was er gesagt hatte.

»Bitte, Mister Botschafter geben. Für das Bier.«

Sein Anblick erschreckte sie. Er war offensichtlich verrückt, vielleicht schizophren. Solche Leute konnten gefährlich sein. Celia Stone war kreidebleich, als sie davonfuhr, und die offene Tür pendelte heftig, bis die Bewegungsenergie des Wagens sie zuknallen ließ. Sie warf die lächerliche Bittschrift – oder was immer das sein mochte – in den Fußraum vor dem Beifahrersitz und fuhr zur Botschaft zurück.

3

Kurz vor Mittag an eben diesem sechzehnten Juli drückte Igor Komarow in seinem Büro im ersten Stock der Villa in einer Seitenstraße des Kiselnyboulevards auf die Sprechtaste der Gegensprechanlage, die ihn mit seinem Privatsekretär verband.

»Haben Sie schon Gelegenheit gehabt, das Schriftstück zu lesen, das ich Ihnen gestern überlassen habe?« fragte er.

»Gewiß, Gospodin Präsident«, bestätigte Akopow. »Wirklich brillant, wenn ich mir die Bemerkung erlauben darf.« Komarow wurde von allen Mitarbeitern als Gospodin Präsident angesprochen, was sich auf seine Stellung als Präsident des Exekutivkomitees der Union Patriotischer Kräfte bezog. Außerdem waren sie ohnehin davon überzeugt, daß er nächstes Jahr weiterhin Gospodin Präsident sein würde – allerdings aus einem anderen Grund.

»Danke«, sagte Komarow, »dann bringen Sie's mir bitte zurück.«

Die Gegensprechanlage wurde knackend ausgeschaltet. Akopow stand auf und trat an seinen Wandsafe. Er kannte die Kombination auswendig und stellte die sechs Zahlen nacheinander auf dem Mittelrand ein. Dann zog er die Safetür auf und wollte das Schriftstück mit dem Umschlag aus schwarzem Zeichenpapier herausnehmen. Es lag nicht darin.

Er räumte seinen Safe verwirrt Akte für Akte, Schnellhefter für Schnellhefter aus. Eisige Angst – teils Panik, teils ungläubiges Staunen – erfaßte ihn. Er riß sich zusammen und fing noch einmal von vorn an. Die um seine Knie herum auf dem Teppich liegenden Ordner wurden einzeln in die Hand genommen und durchgeblättert. Nirgends ein schwarz gebundenes Schriftstück. Auf seiner Stirn bildeten sich winzige Schweißperlen. Er hatte den ganzen Vormittag zufrieden in seinem Büro gearbeitet, weil er der Überzeugung gewesen war, am Abend zuvor alle vertraulichen Schriftstücke in den Safe gesperrt zu haben. Das tat er immer; er war ein Gewohnheitstier.

Nach dem Wandsafe waren die Schreibtischschubladen an der Reihe. Nichts. Er suchte den Fußboden unter seinem Schreibtisch ab und räumte dann alle Regale und Schränke aus. Kurz vor ein Uhr klopfte er bei Igor Komarow an, wurde vorgelassen und gestand, das Schriftstück nicht finden zu können.

Der Präsidentschaftskandidat starrte ihn mehrere Sekunden lang an.

Der Mann, den praktisch alle Welt für den nächsten russischen Präsidenten hielt, war ein höchst komplexer Mensch, der es vorzog, vieles von sich hinter seiner öffentlichen Persona strikt geheimzuhalten. Ein größerer Gegensatz zu seinem Vorgänger, dem abgesetzten Schirinowski, den er jetzt offen als Hanswurst bezeichnete, war kaum denkbar.

Komarow war mittelgroß, weder dick noch dünn, hatte kurzgeschnittenes eisgraues Haar und trug keinen Bart. Zu seinen auffälligsten Idiosynkrasien gehörten ein übertriebenes Bedürfnis nach persönlicher Reinlichkeit und sein Abscheu gegen körperliche Kontakte. Im Gegensatz zu den meisten russischen Politikern, deren Jovialität sich darin äußerte, daß sie einem auf den Rücken klopften, mit Wodka zuprosteten und einen Arm um die Schultern legten, bestand Komarow bei seinem persönlichen Gefolge auf steifer Förmlichkeit in Kleidung und Ausdrucksweise. Auch er selbst legte nur sehr selten die Uniform der Schwarzen Garde an und trug meist einen grauen Zweireiher mit weißem Hemd und Krawatte.

Nach Jahren in der Politik konnten nur sehr wenige behaupten, ihm persönlich nahezustehen, und niemand wagte, sich als sein Vertrauter auszugeben. Nikita Iwanowitsch Akopow war seit einem Jahrzehnt sein Privatsekretär, aber ihre Beziehung war noch immer die zwischen einem Herrn und seinem ihm sklavisch ergebenen Diener.

Im Gegensatz zu Jelzin, der bestimmte Mitarbeiter in den Rang von Saufkumpanen und Tennispartnern erhoben hatte, gestattete Komarow allen Informationen nach nur einem einzigen Mann – Oberst Anatoli Grischin, dem Chef seines Sicherheitsdienstes –, ihn mit seinem Vornamen anzureden.

Wie alle erfolgreichen Politiker verstand Komarow sich jedoch darauf, das Chamäleon zu spielen. Für die Medien wurde er bei den seltenen Gelegenheiten, bei denen er ihre Vertreter zu empfangen geruhte, der ernste Staatsmann. Auf eigenen Kundgebungen verwandelte er sich auf eine Art und Weise, die Akopow jedesmal wieder zutiefst bewunderte. Am Mikrofon erschien der Redner, ein Mann der kleinen Leute, der ihre Hoffnungen, Ängste und Wünsche, ihren Zorn und ihre Bigotterie unfehlbar treffend ausdrückte. Für sie, und nur für sie, gab er den jovialen, volkstümlichen Politiker.

Unter diesen beiden Personen verbarg sich noch eine dritte: die eine, die Akopow fürchtete. Schon das Gerücht, unter der äußeren Lackschicht existiere ein dritter Mann, reichte aus, um alle in Komarows Umgebung – Parteifunktionäre, Mitarbeiter und Wachpersonal – in dem Zustand ständiger Ergebenheit zu halten, den er forderte.

Nur zweimal in zehn Jahren war Nikita Akopow Zeuge geworden, wie der dämonische Zorn dieses Mannes aufgewallt und völlig außer Kontrolle geraten war. Bei einem Dutzend anderer Gelegenheiten hatte er den Kampf um Beherrschung dieser Wut und ihre schließliche Unterdrückung miterlebt. In den beiden Fällen, in denen er seinen Zorn nicht hatte beherrschen können, hatte Akopow zusehen müssen, wie der Mann, der ihn dominierte, faszinierte und kontrollierte, den er anbetete und dem er hörig war, sich in einen kreischenden, tobenden Dämon verwandelt hatte.

Er hatte das Telefon, Vasen und eine Schreibgarnitur nach dem zitternden Untergebenen geworfen, der sein Mißfallen erregt hatte, bis dieser hohe Offizier der Schwarzen Garde völlig am Boden gewesen war. Er hatte die übelsten Ausdrücke benutzt, die Akopow jemals gehört hatte, Mobiliar zertrümmert und im zweiten Fall sein Opfer so brutal mit einem Ebenholzlineal mißhandelt, daß man ihn hatte zurückreißen müssen, damit er den Mann nicht umbrachte.

Akopow kannte die Anzeichen für einen bevorstehenden Wutausbruch des UPK-Präsidenten. Komarow wurde leichenblaß, seine ganze Art noch förmlicher und höflicher, aber auf seinen Backenknochen brannten zwei hektische rote Flecken.

»Soll das heißen, daß Sie's verloren haben, Nikita Iwanowitsch?«
»Nicht verloren, Gospodin Präsident. Anscheinend verlegt.«

»Dieses Schriftstück ist vertraulicher als alles, was Sie jemals in Händen gehalten haben. Sie haben es gelesen. Sie verstehen, warum.«

»Allerdings, Gospodin Präsident.«

»Es gibt insgesamt nur drei Ausfertigungen, Nikita Iwanowitsch. Zwei liegen in meinem eigenen Safe. Niemand außer einer winzigen Gruppe meiner allerengsten Mitarbeiter wird sie jemals zu sehen bekommen. Ich habe es sogar eigenhändig getippt. Ich, Igor Komarow, habe alle Seiten selbst getippt, um sie keiner Schreibkraft anvertrauen zu müssen. So vertraulich ist dieses Schriftstück.«

»Sehr klug, Gospodin Präsident.«

»Und weil ich Sie zu dieser winzigen Gruppe zähle... gezählt habe, haben Sie es lesen dürfen. Jetzt melden Sie mir, daß Sie es verloren haben.«

»Verlegt, glauben Sie mir, nur zeitweilig verlegt, Gospodin Präsident.«

Komarow starrte ihn mit seinem hypnotischen Blick an, der Skeptiker zur Kollaboration umstimmen oder Abtrünnige in Angst und Schrecken versetzen konnte.

»Wann haben Sie es zuletzt gesehen?«

»Gestern abend, Gospodin Präsident. Ich bin länger hiergeblieben, um es in Ruhe lesen zu können. Ich bin um acht Uhr gegangen.«

Komarow nickte. Das Wachbuch der Nachtschicht würde diese Angabe bestätigen oder widerlegen.

»Sie haben es mitgenommen. Entgegen meiner ausdrücklichen Anweisung hat das Schriftstück dieses Gebäude verlassen.«

»Nein, Gospodin Präsident, ich kann's beschwören! Ich habe es in den Safe gesperrt. Ich würde niemals ein vertrauliches Schriftstück herumliegen lassen oder gar mitnehmen.«

»Es liegt jetzt nicht im Safe?«

Akopow schluckte, aber sein Mund war ausgedörrt.

»Wie oft sind Sie heute vormittag schon an Ihrem Safe gewesen?«

»Noch gar nicht, Gospodin Präsident. Als Sie mich vorhin zur Rückgabe aufgefordert haben, bin ich erstmals an den Safe gegangen.«

»Er ist abgesperrt gewesen?«

»Ja, wie üblich.«

»Ist er aufgebrochen worden?«
»Anscheinend nicht, Gospodin Präsident.«
»Sie haben Ihr Büro durchsucht?«
»Von oben bis unten, von vorne bis hinten. Ich weiß keine Erklärung dafür.«
Igor Komarow dachte einige Minuten lang nach. Hinter seiner ausdruckslosen Miene fühlte er Panik in sich aufsteigen. Zuletzt rief er die Sicherheitszentrale im Erdgeschoß an.
»Riegeln Sie das Gebäude ab. Niemand darf herein, keiner darf hinaus. Verständigen Sie Oberst Grischin. Er soll sich persönlich bei mir melden. Schnellstens. Wo er auch ist, was er auch tut, ich will ihn innerhalb einer Stunde hier bei mir sehen.«
Er ließ die Sprechtaste der Gegensprechanlage los und sah seinen blassen, zitternden Privatsekretär an.
»Sie gehen in Ihr Büro zurück. Sie reden oder telefonieren mit niemandem. Sie warten dort auf weitere Anweisungen.«

Als intelligente, ledige und hundertprozentig moderne junge Frau war Celia Stone schon lange der Überzeugung, es sei ihr gutes Recht, sich mit wem auch immer zu vergnügen, wann immer es ihr Spaß machte.
Im Augenblick hatte sie Lust auf die harten jungen Muskeln Hugo Grays, der vor knapp zwei Monaten – ein halbes Jahr nach ihr – aus London nach Moskau versetzt worden war. Als stellvertretender Kulturattaché war er in der gleichen Besoldungsgruppe wie sie, aber zwei Jahre älter und ebenfalls ledig.
Beide hatten je ein kleines, aber funktionelles Apartment in einem Wohnblock für britisches Botschaftspersonal unweit des Kutusowskiprospekts: ein quadratisches Gebäude mit einem Innenhof, auf dem man gut parken konnte, und russischen Milizionären an der Schranke an der Einfahrt. Selbst im heutigen Rußland nahm jeder selbstverständlich an, daß alle Ein- und Ausfahrten registriert wurden, aber die Bewachung verhinderte wenigstens, daß die Autos aufgebrochen wurden.
Nach dem Mittagessen fuhr sie in den schützenden Kokon der Botschaft am Sofiskaja-Kai zurück und schrieb ihren Bericht über das Gespräch mit dem Journalisten. Ihre Hauptgesprächsthemen

waren der Tod Präsident Tscherkassows am Vortag und seine voraussichtlichen Konsequenzen gewesen. Sie hatte dem Journalisten versichert, das britische Volk interessiere sich weiterhin sehr für die Ereignisse in Rußland, und konnte nur hoffen, daß er ihr das abgenommen hatte. Sie würde es wissen, wenn sein Artikel erschien.

Gegen siebzehn Uhr fuhr sie in ihr Apartment zurück, um ein Bad zu nehmen und kurz zu ruhen. Um zwanzig Uhr war sie mit Hugo Gray zum Abendessen verabredet; danach hatte sie vor, ihn in ihre Wohnung mitzunehmen, und nicht den Wunsch, in dieser Nacht allzuviel zu schlafen.

Um sechzehn Uhr hatte Oberst Anatoli Grischin sich davon überzeugt, daß das fehlende Schriftstück sich nicht innerhalb des Gebäudes befand. Jetzt saß er in Igor Komarows Büro und teilte ihm diese Tatsache mit.

Über vier Jahre hinweg waren die beiden Männer voneinander abhängig geworden. Grischin hatte 1994 gründlich desillusioniert seine KGB-Karriere als Oberst in der Zweiten Hauptverwaltung an den Nagel gehängt. Seit dem offiziellen Ende der kommunistischen Herrschaft im Jahr 1991 war der frühere KGB seiner Überzeugung nach nur noch ein Schatten seiner selbst. Bereits vorher, im September 1991, hatte Michail Gorbatschow den größten Sicherheitsapparat der Welt zerschlagen und seine Abteilungen in selbständige Dienste umgewandelt.

Die Erste Hauptverwaltung, die im Ausland aufzuklären hatte, war in ihrer alten Zentrale in Jasenewo außerhalb des Autobahnrings geblieben, aber in Auslandsnachrichtendienst oder SWR umbenannt worden. Das war schlimm genug.

Schlimmer war jedoch, daß Grischins eigene Abteilung, die Zweite Hauptverwaltung, die früher für innere Sicherheit, die Enttarnung von Spionen und die Unterdrückung von Dissidenten zuständig gewesen war, verstümmelt, in FSB umbenannt und angewiesen worden war, die eigene Macht auf eine Karikatur ihrer einstigen Größe zu reduzieren.

Bei Grischin hatte das nur Verachtung ausgelöst. Das russische Volk brauchte Disziplin, straffe und gelegentlich harte Disziplin, und die Zweite Hauptverwaltung hatte sie ausgeübt. Er ertrug die Reformen drei Jahre lang, weil er hoffte, Generalmajor zu werden, und schied dann aus. Ein Jahr später wurde er von Igor Komarow, damals erst Mitglied des Politbüros der alten Liberaldemokratischen Partei, als Chef seines persönlichen Sicherheitsdienstes angestellt.

Die beiden Männer waren gemeinsam zu Macht und Prominenz aufgestiegen, und ihr Aufstieg war noch längst nicht zu Ende. Im Lauf der Jahre hatte Grischin eine Komarow treu ergebene persönliche Schutztruppe aufgestellt: die Schwarze Garde, die nun aus sechstausend durchtrainierten jungen Männern bestand, die er persönlich befehligte.

Unterstützt wurde die Garde von den Jungen Kämpfern, der zwanzigtausend Köpfe starken Jugendorganisation der UPK – von der korrekten Ideologie durchdrungen und fanatisch loyal –, die er ebenfalls befehligte.

Der bescheidenste seiner Anhänger konnte Komarow auf offener Straße vertraulich ansprechen, aber das gehörte zu der in Rußland von einem »Mann des Volkes« erwarteten Kameraderie. In seiner privaten Umgebung bestand Komarow darauf, daß alle Mitarbeiter, außer einigen wenigen Vertrauten, den vorgegebenen formellen Umgangston beibehielten.

»Sie wissen bestimmt, daß das Schriftstück nicht mehr in diesem Gebäude ist?« fragte Komarow.

»Das ist ausgeschlossen, Igor Wiktorowitsch. Wir haben es zwei Stunden lang praktisch auf den Kopf gestellt. Jedes Regal, jeden Schrank, jede Schublade, jeden Safe. Jedes Fenster und jede Fensterbank ist kontrolliert worden, jeder Quadratmeter außerhalb des Gebäudes. Ein Einbruch liegt garantiert nicht vor.

Der Fachmann des Safeherstellers hat seine Überprüfung gerade beendet. Der Safe ist nicht gewaltsam geöffnet worden. Er ist von jemandem geöffnet worden, der die Kombination gekannt hat – oder das Schriftstück hat nie darin gelegen. Der Müll von gestern abend ist beschlagnahmt und durchsucht worden. Nichts.

Die Hunde sind ab neunzehn Uhr frei herumgelaufen. Danach hat niemand mehr das Gebäude betreten – die beiden Wachmänner der Nachtschicht hatten die Tagschicht um achtzehn Uhr abgelöst, und die Tagschicht ist zehn Minuten später gegangen. Akopow ist bis zwanzig Uhr in seinem Büro gewesen. Der Hundeführer von letzter Nacht ist geholt worden. Er schwört, daß er seine Hunde gestern abend dreimal zurückgepfiffen hat, um Mitarbeiter, die noch spät gearbeitet hatten, hinausfahren zu lassen, und daß Akopow der letzte gewesen ist. Das beweist auch das Wachbuch.«

»Also?« fragte Komarow.

»Fahrlässigkeit oder Böswilligkeit. Die beiden Wachmänner der Nachtschicht werden eben aus ihrer Unterkunft geholt. Ich erwarte sie jeden Augenblick. Sie sind von Akopows Weggang um zwanzig Uhr bis zum Eintreffen der Tagschicht um sechs Uhr im Gebäude allein gewesen. Danach ist die Tagschicht hier allein gewesen, bis gegen acht Uhr das Büropersonal zur Arbeit gekommen ist. Zwei Stunden. Aber die Wachmänner der Tagschicht schwören, hier oben seien sämtliche Türen abgesperrt gewesen. Das bestätigen alle, auch Akopow, die in diesem Stockwerk arbeiten.«

»Ihre Theorie, Anatoli?«

»Akopow hat das Schriftstück versehentlich oder absichtlich mitgenommen. Oder er hat vergessen, es wegzusperren, und jemand von der Nachtschicht hat es gestohlen. Die Wachmänner haben einen Generalschlüssel für alle Bürotüren.«

»Sie tippen also auf Akopow?«

»Er ist natürlich der Hauptverdächtige. Seine Wohnung ist durchsucht worden. In seiner Gegenwart. Nichts. Ich habe vermutet, er habe es mitgenommen und dann seine Aktentasche verloren. Im Verteidigungsministerium ist das einmal passiert. Ich habe damals die Ermittlungen geleitet. Wir haben festgestellt, daß keine Spionage, sondern verbrecherische Fahrlässigkeit vorgelegen hat. Der Schuldige ist ins Straflager gewandert. Aber Akopow hat seine Aktentasche noch. Sie ist von drei Mitarbeitern identifiziert worden.«

»Also hat er's absichtlich getan?«

»Möglicherweise. Aber eines ist mir unklar: Warum ist er heute morgen ins Büro gekommen und hat darauf gewartet, geschnappt zu werden? Er hat zwölf Stunden Zeit gehabt, um zu verschwinden. Ich möchte ihn ... äh ... gründlich vernehmen. Um eine Mitschuld ausschließen zu können oder ein Geständnis zu bekommen.«

»Erlaubnis erteilt.«
»Und danach?«
Igor Komarow drehte seinen Sessel etwas zur Seite und sah aus dem Fenster. Er überlegte einige Zeit.
»Akopow ist ein sehr guter Privatsekretär gewesen«, sagte er dann. »Aber nach diesem Vorfall werde ich mir einen neuen suchen müssen. Problematisch ist jedoch, daß er das Schriftstück kennt. Sein Inhalt ist äußerst vertraulich. Würde Akopow in untergeordneter Stellung weiterbeschäftigt oder entlassen, könnte er Ressentiments empfinden oder sogar versucht sein, sein Wissen preiszugeben. Das wäre bedauerlich, höchst bedauerlich.«
»Ich verstehe vollkommen«, bestätigte Oberst Grischin.
In diesem Augenblick trafen die beiden verängstigten Wachmänner der Nachtschicht ein, und Grischin ging hinunter, um sie zu vernehmen.

Inzwischen war auch die Unterkunft der Wachmänner in der Kaserne der Schwarzen Garde außerhalb der Stadtgrenzen durchsucht worden, ohne daß dort mehr als die erwarteten Toilettenartikel und Pornohefte zu finden gewesen wären.

In der Villa wurden die beiden Männer in getrennten Räumen vernommen. Grischin befragte sie persönlich. Sie fürchteten sich sichtlich vor ihm, wozu sie auch allen Grund hatten. Sein Ruf eilte ihm voraus.

Manchmal brüllte er sie an und überhäufte sie mit Verwünschungen, aber die beiden schwitzenden Männer litten am meisten, wenn er sich dicht neben sie setzte und ihnen flüsternd in allen Einzelheiten schilderte, was Leute erwartete, die er dabei erwischte, daß sie ihn belogen. Um zwanzig Uhr kannte er den gesamten Ablauf ihrer letzten Nachtschicht. Er wußte, daß sie ihrer Pflicht, durchs Gebäude zu patrouillieren, nur ungenügend nachgekommen waren, weil sie vor dem Fernseher gesessen hatten, um die Sondersendung anläßlich des Todes des Präsidenten zu verfolgen. Und er hörte zum erstenmal von der Existenz des Raumpflegers.

Der Mann war um zweiundzwanzig Uhr eingelassen worden. Wie gewöhnlich. Durch den unterirdischen Gang. Er war allein gekommen. Beide Wachmänner waren gebraucht worden, um die drei Türen zu öffnen, denn einer hatte die Kombination für das

Tastenfeld der zur Straße hinausführenden Tür, der andere die der innersten Tür und beide die der mittleren Tür.

Grischin wußte, daß die Wachmänner gesehen hatten, wie der alte Raumpfleger seine Arbeit im obersten Stock begann. Wie gewöhnlich. Er wußte, daß die Wachmänner vom Fernseher weggeholt worden waren, um die Bürotüren im ersten Stock aufzuschließen. Er wußte, daß einer von ihnen an der Tür gestanden hatte, während in Gospodin Komarows Arbeitszimmer saubergemacht wurde, um sie danach wieder abzusperren. Aber beide Männer waren unten gewesen, als der Raumpfleger die übrigen Büros im ersten Stock gereinigt hatte. Wie gewöhnlich. Also... der Raumpfleger war unbeaufsichtigt in Akopows Büro gewesen. Und er war früher als sonst gegangen, kurz nach zwei Uhr morgens.

Um einundzwanzig Uhr wurde Akopow, der leichenblaß war, aus dem Gebäude geführt. Er mußte in sein eigenes Auto steigen, das jedoch von einem Mann der Schwarzen Garde gefahren wurde. Ein weiterer Gardist saß hinten neben dem in Ungnade gefallenen Privatsekretär. Der Wagen fuhr nicht zu Akopows Wohnung, sondern verließ die Stadt und war zu einem der weitläufigen Ausbildungslager der Jungen Kämpfer unterwegs.

Ebenfalls um einundzwanzig Uhr hatte Oberst Grischin die Personalakte mit allen Angaben über das Beschäftigungsverhältnis eines gewissen Saizew, Leonid, 63 Jahre, Raumpfleger, durchgelesen. Seine Adresse war angegeben, aber der Mann war sicher längst unterwegs. Er sollte um zweiundzwanzig Uhr in der Villa sein.

Aber er kam nicht zur Arbeit. Um Mitternacht brachen Oberst Grischin und drei Männer der Schwarzen Garde auf, um der Wohnung des Alten einen Besuch abzustatten.

Um diese Zeit wälzte Celia Stone sich zufrieden lächelnd von ihrem jungen Lover und griff nach einer Zigarette. Sie rauchte selten, aber dies war einer jener Augenblicke. Hugo Gray, der in ihrem Bett auf dem Rücken lag, hechelte noch immer. Er war ein sportlicher junger Mann, der sich mit Squash und Schwimmen in Form hielt, aber die letzten zwei Stunden hatten hohe Anforderungen an seine Kondition gestellt.

Nicht zum erstenmal fragte er sich, warum Gott es so eingerichtet hatte, daß der Appetit einer liebeshungrigen Frau stets die Fähigkeiten eines Mannes überstieg. Das war äußerst unfair.

In der Dunkelheit nahm Celia Stone einen tiefen Zug, fühlte das Nikotin wirken, beugte sich über ihren Lover und zerzauste seine dunkelbraunen Locken.

»Wie um Himmels willen bist du bloß Kulturattaché geworden?« neckte sie ihn. »Dabei könntest du Turgenjew nicht von Lermontow unterscheiden.«

»Muß ich nicht können«, knurrte Gray. »Ich soll den Russkis unsere Kultur näherbringen – Shakespeare, die Brontës, solche Leute.«

»Und das ist wohl der Grund für deine häufigen Besprechungen mit dem Stationsleiter?«

Gray setzte sich ruckartig auf, packte sie am Oberarm und zischte ihr ins Ohr: »Halt die Klappe, Celia! Hier könnte's Wanzen geben.«

Celia Stone stand beleidigt auf, um Kaffee zu kochen. Sie verstand Hugos Überreaktion auf ihre kleine Neckerei nicht. Außerdem war seine wahre Tätigkeit in der Botschaft ein ziemlich offenes Geheimnis.

Sie hatte natürlich recht. Seit seiner Ankunft in Moskau war Hugo Gray der dritte und jüngste Mann der hiesigen Station des Secret Intelligence Service. Früher – in der guten alten Zeit auf dem Höhepunkt des kalten Kriegs – war sie viel größer gewesen. Aber die Zeiten ändern sich, und Haushaltsmittel werden gekürzt. In seinem Zustand des Niedergangs galt Rußland als ziemlich wenig bedrohlich.

Ausschlaggebend war, daß neunzig Prozent aller Dinge, die früher geheim gewesen waren, jetzt frei zugänglich oder kaum mehr interessant waren. Selbst der ehemalige KGB hatte einen Presseoffizier, und in der US-Botschaft auf der anderen Seite der Stadt war die CIA auf die Stärke eines Footballteams zusammengeschrumpft.

Aber Hugo Gray war jung und diensteifrig und der Überzeugung, die meisten Diplomatenwohnungen würden nach wie vor abgehört. Der Kommunismus mochte tot sein, aber der russische Verfolgungswahn lebte weiter. Damit hatte er recht, aber die FSB-Agenten hatten ihn schon enttarnt und waren ganz zufrieden mit diesem Erfolg.

Das Viertel um den sonderbar benannten Enthusiastenboulevard ist vermutlich der ärmlichste, schäbigste und heruntergekommenste Stadtteil Moskaus. In einem Triumph kommunistischer Stadtplanung wurde es im Lee der Forschungsstelle für chemische Kriegführung erbaut, die Abluftfilter wie Tennisnetze hatte. Der einzige Enthusiasmus, den seine Bewohner jemals an den Tag legten, war bei denen zu beobachten, die kurz vor dem Umzug in ein anderes Wohnviertel standen.

Der Personalakte nach lebte Leonid Saizew mit seiner Tochter, ihrem Mann, der Fernfahrer war, und ihrem Kind in einem Wohnblock nicht weit vom Enthusiastenboulevard entfernt. Es war halb ein Uhr morgens in dieser noch immer warmen Sommernacht, als der elegante schwarze Tschaika, dessen Fahrer den Kopf zum Fenster hinausstreckte, um die verdreckten Straßenschilder lesen zu können, vor diesem Wohnblock hielt.

Saizews Schwiegersohn hieß natürlich anders, und sie mußten bei einem aus dem Bett geholten, verschlafenen Nachbarn im Erdgeschoß nachfragen, um zu erfahren, daß die Familie im dritten Stock wohnte. Lift gab es hier keinen. Die vier Männer polterten die Treppe hinauf und hämmerten an die abblätternde Tür.

Die Frau, die ihnen schläfrig und mit verquollenen Augen aufmachte, mußte Mitte Dreißig sein, sah aber zehn Jahre älter aus. Grischin trat höflich, aber sehr bestimmt auf. Seine Männer drängten sich an ihr vorbei und schwärmten aus, um die Wohnung zu durchsuchen. Viel gab es nicht zu durchsuchen, denn sie war winzig: lediglich zwei Zimmer, ein übelriechender Abort und eine mit einem Vorhang abgetrennte Kochnische.

Die Frau hatte mit ihrer sechsjährigen Tochter in dem Doppelbett in einem der Zimmer geschlafen. Die Kleine wachte nun auf, begann zu greinen und schrie laut, als ihr Bett auf der Suche nach jemandem, der darunter versteckt sein konnte, umgekippt wurde. Die beiden windigen Sperrholzschränke wurden aufgerissen und durchwühlt.

Im anderen Zimmer zeigte Saizews Tochter hilflos auf das an der Wand stehende Feldbett ihres Vaters und erklärte Grischin, ihr

Mann sei nicht da, sondern seit zwei Tagen auf einer Tour nach Minsk unterwegs. Jetzt hemmungslos schluchzend, was ihre Kleine sofort imitierte, schwor sie, ihr Vater sei gestern morgen nicht heimgekommen. Sie mache sich Sorgen um ihn, habe aber noch nichts unternommen, um sein Verschwinden zu melden. Er sei bestimmt auf einer Parkbank eingeschlafen, vermutete sie.

Binnen zehn Minuten hatten die Männer der Schwarzen Garde festgestellt, daß in der Wohnung niemand versteckt war, und Grischin war zu der Überzeugung gelangt, die Frau sei zu ahnungslos und verängstigt, um zu lügen. Eine halbe Stunde nach ihrem Eindringen waren sie wieder verschwunden.

Grischin ließ den Tschaika nicht in Richtung Stadtmitte, sondern zu dem fünfundsechzig Kilometer entfernten Lager fahren, in dem Akopow festgehalten wurde. Für den Rest der Nacht nahm er den unglücklichen Sekretär persönlich in die Mangel. Noch vor Tagesanbruch gestand der Schluchzende, er müsse das wichtige Schriftstück auf seinem Schreibtisch liegengelassen haben. So was war ihm noch nie passiert. Er konnte nicht begreifen, warum er es nicht weggesperrt hatte. Er bat um Verzeihung. Grischin nickte verständnisvoll und klopfte ihm auf die Schulter.

Draußen vor der Unterkunft nahm er einen seiner zuverlässigsten Männer beiseite.

»Heute wird's bestimmt wieder verdammt heiß. Unser Freund dort drinnen ist ganz erschöpft. Ich glaube, ein erfrischendes Bad vor Tagesanbruch täte ihm gut.«

Dann fuhr er in die Stadt zurück. Ist das Schriftstück auf Akopows Schreibtisch zurückgeblieben, überlegte er sich, ist es aus Versehen weggeworfen oder von dem Raumpfleger entwendet worden? Die erste Annahme konnte nicht stimmen. Der Müll aus der Parteizentrale wurde mehrere Tage lang gelagert und dann unter Aufsicht verbrannt. Die Papierabfälle von gestern waren Blatt für Blatt kontrolliert worden. Nichts. Also der Raumpfleger. Warum ein alter Halbanalphabet das getan und was er mit dem Schriftstück angefangen hatte, blieb Grischin ein Rätsel. Nur der Alte konnte seine Motive erklären. Und erklären würde er sie.

Noch vor der gewöhnlichen Frühstückszeit waren zweitausend seiner eigenen Leute, alle in Zivil, auf den Straßen Moskaus im

Einsatz, wo sie nach einem alten Mann in einem abgewetzten langen Militärmantel fahndeten. Sie hatten kein Foto des Alten, aber seine Personenbeschreibung war präzise – bis hin zu den drei stählernen Vorderzähnen.

Trotzdem war dieser Auftrag selbst für zweitausend Fahnder nicht ganz so einfach. Die Gassen, Hinterhöfe und Parks der Stadt waren von fünfzigmal mehr Obdachlosen jeden Alters und jeder Größe bevölkert, die alle ärmlich gekleidet waren. War Saizew wie vermutet untergetaucht, mußte jeder einzelne überprüft werden. Einer von ihnen würde drei Stahlzähne und einen schwarzen Ordner haben. Grischin verlangte, daß beides schnellstens herangeschafft wurde. Seine leicht verwirrten, aber gehorsamen Gardisten, die an diesem heißen Tag Freizeitkleidung trugen, schwärmten durch ganz Moskau aus.

LANGLEY, DEZEMBER 1983

Jack Monk stand von seinem Schreibtisch auf, reckte sich und beschloß, in die Kantine hinunterzugehen. Er war seit einem Monat aus Nairobi zurück und hatte erfahren, daß er dort gut bis sehr gut beurteilt worden war. Also konnte er mit einer Beförderung rechnen, und der Leiter der Afrikaabteilung war sehr zufrieden, obwohl er seinen Weggang bedauerte.

Bei seiner Rückkehr hatte Monk erfahren, daß er für einen Spanischlehrgang eingeteilt war, der gleich nach Neujahr beginnen sollte. Spanisch würde seine dritte Fremdsprache sein und ihm vor allem den Zugang zur gesamten Südamerikaabteilung eröffnen. Lateinamerika war ein großes und wichtiges Gebiet – nicht nur wegen seiner in der Monroedoktrin festgeschriebenen Lage im »Hinterhof« der USA, sondern auch als bevorzugtes Ziel des Ostblocks, der dort Aufstände, Subversion und kommunistische Revolutionen anzetteln wollte. Folglich war der KGB südlich des Rio Grande sehr aktiv, und die CIA war entschlossen, ihm das Handwerk zu legen. Deshalb war Lateinamerika für den jetzt dreiunddreißigjährigen Monk ein Gebiet, auf dem er Karriere machen konnte.

Er rührte seinen Kaffee um, als er merkte, daß jemand vor seinem Tisch stehenblieb.

»Prima Sonnenbräune«, sagte eine Stimme. Monk sah auf und erkannte den Mann, der lächelnd auf ihn herabsah. Er wollte aufstehen, aber der andere machte ihm ein Zeichen, er solle sitzen bleiben. Jemand aus der Aristokratie, der zu einem Bauernlümmel nett war.

Monk war überrascht. Er erkannte sein Gegenüber als einen der wichtigsten Männer der Hauptabteilung Beschaffung, denn jemand hatte ihn auf dem Korridor auf den erst vor kurzem ernannten neuen Chef des Referats Spionageabwehr der Abteilung Sowjetunion/ Osteuropa aufmerksam gemacht.

Was Monk staunen ließ, war die Tatsache, wie unscheinbar dieser wichtige Mann wirkte. Sie waren etwa gleich groß, ungefähr einsiebenundsiebzig, aber der andere, der allerdings neun Jahre älter war, schien völlig außer Form zu sein. Monk fielen das straff aus der Stirn nach hinten gekämmte fettige Haar, sein buschiger Schnauzbart, der die Oberlippe des schwachen und eitlen Mundes verdeckte, und seine eulenhaften kurzsichtigen Augen auf.

»Drei Jahre in Kenia«, sagte Monk als Erklärung für seine Sonnenbräune.

»Und nun wieder im frostigen Washington, was?« fragte der andere. Monks Antennen fingen dabei ungute Schwingungen auf. Im Blick des anderen lag Spott. Ich bin viel schlauer als du, schien er zu sagen, ich bin wirklich verdammt schlau.

»Ja, Sir«, antwortete Monk. Eine Hand mit starken Nikotinflekken wurde ausgestreckt. Monk fielen nicht nur die gelben Flecken, sondern auch das Netzwerk aus geplatzten Äderchen am Ansatz der Nasenflügel auf, das oft einen Gewohnheitstrinker verriet. Er stand auf und bedachte ihn mit dem Grinsen, das die Mädchen in der Schreibzentrale untereinander als Redwood Special bezeichneten.

»Und Sie sind...?« fragte der Mann.

»Monk. Jason Monk.«

»Freut mich, Sie kennenzulernen, Jason. Ich bin Aldrich Ames.«

Wäre Hugo Grays Wagen an diesem Morgen wie sonst angesprungen, wären viele Männer, die später sterben mußten, am Leben geblieben, und die Weltpolitik hätte einen anderen Lauf genommen. Aber die Magnetschalter von Anlassern gehorchen nur ihren eigenen

Gesetzen. Gray gab seine verzweifelten Bemühungen schließlich auf, lief hinter dem roten Rover her, der sich der Schranke der Enklave näherte, und klopfte an die Seitenscheibe. Celia Stone nahm ihn gern mit.

Normalerweise arbeiteten Botschaftsangehörige am Samstag nicht, und schon gar nicht an einem heißen Samstag im Sommer, aber der Tod des Präsidenten hatte eine ganze Menge Arbeit nach sich gezogen.

Er saß neben ihr, als sie schwungvoll auf den Kutusowskiprospekt hinausfuhr und am Hotel Ukraina vorbei in Richtung Kreml weiterfuhr. Unter seinen Absätzen spürte er etwas, das vor ihm im Fußraum lag. Er bückte sich und hob es auf.

»Dein Übernahmeangebot für die *Iswestija*?« fragte er. Sie sah zu ihm hinüber und erkannte den Ordner in seinen Händen.

»O Gott, den wollte ich gestern noch in die Tonne schmeißen. Irgendein alter Spinner hat ihn mir ins Auto geworfen. Hat mir 'nen schönen Schreck eingejagt!«

»Noch 'ne Bittschrift«, sagte Gray. »Damit hören sie nie auf. Meistens wollen sie natürlich ein Visum.« Er schlug das schwarze Deckblatt auf und warf einen Blick auf die Titelseite. »Nein, die hier ist eher politisch.«

»Großartig! Ich bin ein Spinner, und dies ist mein großer Plan zur Rettung der Welt. Übergeben Sie ihn einfach dem Botschafter.«

»Hat er das gesagt? Du sollst diesen Ordner dem Botschafter geben?«

»Genau. Das... und danke für das Bier.«

»Welches Bier?«

»Woher soll ich das wissen? Er ist verrückt gewesen.«

Gray las die Titelseite und blätterte in dem Ordner herum. Er wurde still.

»Das hier *ist* politisch«, sagte er. »Irgendeine Art Manifest.«

»Meinetwegen kannst du das Ding behalten«, antwortete Celia. Sie ließen den Alexandergarten hinter sich und bogen in Richtung Große Steinbrücke ab.

Hugo Gray wollte das unerwünschte Geschenk rasch überfliegen und dann unauffällig im Papierkorb verschwinden lassen. Aber nachdem er in seinem Büro zehn Seiten davon gelesen hatte, stand er auf und ging damit zu seinem Stationsleiter, einem cleveren Schotten mit morbidem Sinn für Humor.

Das Büro des Stationsleiters wurde täglich nach Wanzen abgesucht, aber wirklich geheime Besprechungen fanden immer in der »Blase« statt. Diese merkwürdige Konstruktion ist im allgemeinen ein Konferenzraum, der an Stahlbetonträgern hängt, so daß er bei geschlossenen Türen auf allen Seiten von einem Luftraum umgeben ist. Die Blase, die innen und außen regelmäßig nach Wanzen abgesucht wird, soll hundertprozentig abhörsicher sein. Gray war sich noch zu unsicher, um seinen Chef zu bitten, mit ihm in die Blase zu gehen.

»Ja, Laddie?« fragte der Stationsleiter.

»Hören Sie, Jock, ich weiß nicht, ob ich Ihre Zeit vergeude. Vermutlich schon. Sorry. Aber gestern ist was Merkwürdiges passiert. Ein alter Mann hat das hier in Celia Stones Auto geworfen. Sie wissen, wen ich meine? Das Mädchen aus der Presseabteilung. Vermutlich ist nichts dran, aber ...«

Er wußte nicht weiter. Sein Chef betrachtete ihn über seine Lesebrille hinweg.

»In ihr Auto geworfen?« fragte er freundlich.

»Das hat sie gesagt. Hat die Tür aufgerissen, den Ordner reingeworfen, sie gebeten, ihn dem Botschafter zu geben, und ist verschwunden.«

Der Stationsleiter streckte eine Hand nach dem schwarzgebundenen Schriftstück aus, das jetzt zwei Fußabdrücke Grays trug.

»Was für ein Mann?« erkundigte er sich.

»Alt, heruntergekommen, stoppelbärtig. Wie ein Stadtstreicher. Hat ihr echt Angst eingejagt.«

»Vielleicht eine Bittschrift?«

»Das hat sie auch gedacht. Sie wollte den Ordner wegwerfen. Aber dann hat sie mich heute morgen im Auto mitgenommen. Ich hab' unterwegs mal reingesehen. Der Inhalt scheint mehr politisch zu sein. Der Innentitel trägt einen UPK-Stempel, und das Ganze liest sich, als sei es von Igor Komarow persönlich verfaßt.«

»Unserem zukünftigen Präsidenten. Seltsam. Also gut, Laddie, lassen Sie's mir da.«

»Danke, Jock«, sagte Gray und stand auf. Die vertraute Anrede mit Vornamen selbst zwischen jungen Untergebenen und hohen Mandarinen wird im britischen Secret Intelligence Service bewußt gefördert. Sie soll ein Gefühl der Kameradschaft, des familiären Zusammenhalts stärken und die allen Diensten in diesem seltsamen Metier eigene Wir-und-sie-Psychologie unterstreichen. Nur der Chef selbst wird als »Chef« oder »Sir« angesprochen.

Gray war bereits an der Tür, als sein Boß ihn dazu veranlaßte, mit einer Hand auf dem Türknopf stehenzubleiben.

»Noch was, Laddie. Bei den Sowjets sind Wohnbauten schnell und mit dünnen Wänden hochgezogen worden. Dünn sind die Wände noch immer. Unser Dritter Handelssekretär hat heute morgen vor Schlafmangel rote Augen. Zum Glück ist seine liebe Frau gerade in England. Könnten Sie und die entzückende Miss Stone nächstesmal ein kleines bißchen leiser sein?«

Hugo Gray wurde rot wie die Kremlmauern und verschwand hastig. Der Stationsleiter legte das schwarze Schriftstück beiseite. Er hatte einen arbeitsreichen Tag vor sich und sollte um elf zum Botschafter kommen. Seine Exzellenz war ein vielbeschäftigter Mann und würde nicht mit Gegenständen belästigt werden wollen, die Obdachlose in die Autos von Botschaftsangehörigen warfen. So wurde es Abend, bevor der Spionagechef, der noch in seinem Büro arbeitete, das Schriftstück las, das später als das Schwarze Manifest bekannt werden sollte.

Madrid, August 1984

Bevor die indische Botschaft in Madrid im November 1986 umzog, residierte sie in der Calle Velasquez 93 in einem reichgeschmückten Gebäude aus der Zeit um die Jahrhundertwende. Am Unabhängigkeitstag 1984 gab der indische Botschafter wie üblich einen großen Empfang für führende Mitglieder der spanischen Regierung und das diplomatische Korps. Er fand wie immer am fünfzehnten August statt.

Wegen der extremen Hitze, die in diesem Sommermonat in Madrid herrscht, und der Tatsache, daß der August für Minister, Abgeordnete und Diplomaten im allgemeinen ein Haupturlaubsmonat ist, waren viele leitende Persönlichkeiten aus der Hauptstadt abwesend und ließen sich durch jüngere Mitarbeiter vertreten.

Aus der Sicht des Botschafters war das bedauerlich, aber die Inder können wohl kaum die Geschichte umschreiben und ihren Unabhängigkeitstag verlegen.

Die Amerikaner wurden von ihrem Geschäftsträger vertreten, dem der Zweite Handelssekretär, ein gewisser Jason Monk, zur Seite stand. Der CIA-Resident in der Botschaft machte ebenfalls Urlaub, und Monk, der sein Stellvertreter im Dienst war, vertrat ihn hier.

Für Monk war 1984 bisher ein gutes Jahr gewesen. Er hatte den sechsmonatigen Spanischlehrgang bravourös bestanden und sich so eine Beförderung von GS12 nach GS13 verdient.

In der Privatwirtschaft Tätigen mag die Einstufung im Government Schedule (GS) wenig sagen, weil das die Besoldungsordnung für Beamte der Bundesregierung ist, aber innerhalb der CIA markierte sie nicht nur eine Besoldungsgruppe, sondern auch Rang, Prestige und den Fortschritt einer Karriere.

Nicht schaden konnte auch, daß CIA-Direktor William Casey vor kurzem die Führungsspitze umgebildet und John Stein durch einen neuen stellvertretenden Direktor (Beschaffung) ersetzt hatte. Dieser Mann leitet die gesamte Nachrichtenbeschaffung der Agency und ist deshalb Vorgesetzter jedes Agenten im Einsatz. Der Neue war Carey Jordan, der Monk ursprünglich entdeckt und angeworben hatte.

Und nach Abschluß des Spanischlehrgangs war Monk nicht der Südamerikaabteilung, sondern Westeuropa zugewiesen worden, wo es nur ein spanisch sprechendes Land gab – Spanien selbst. Dabei war Spanien durchaus kein feindliches Land, ganz im Gegenteil. Aber einem vierunddreißigjährigen ledigen CIA-Agenten hatte die glanzvolle spanische Hauptstadt verdammt viel mehr zu bieten als Tegucigalpa.

Weil die Beziehungen zwischen den USA und ihrem spanischen Verbündeten so gut waren, bestand die Arbeit der CIA größtenteils daraus, mit der spanischen Spionageabwehr zusammenzuarbeiten und die mit feindlichen Agenten durchsetzte sowjetische und osteuropäische Kolonie im Auge zu behalten. In nur zwei Monaten war es Monk gelungen, einige gute Verbindungen zur hiesigen Spionageabwehr zu knüpfen, deren hohe Offiziere meistens noch aus der

Francozeit stammten und nichts für den Kommunismus übrighatten. Da es ihnen schwerfiel, den Namen Jason auszusprechen, der im Spanischen wie »Chasson« klingt, hatten sie dem jungenhaften Amerikaner den Spitznamen El Rubio – Blondschopf – gegeben und mochten ihn. So wirkte Monk auf viele Leute.

Bei brütender Hitze lief der Empfang wie alle Veranstaltungen dieser Art ab: Die Gäste bildeten in wechselnder Zusammensetzung kleine Gruppen, nippten vom Champagner der indischen Regierung, der im Glas binnen zehn Sekunden warm wurde, und machten höfliche, aber oberflächliche Konversation, die sie nicht so meinten. Monk fand, er habe jetzt genug für Onkel Sam getan, und wollte schon gehen, als er ein bekanntes Gesicht entdeckte.

Monk schlängelte sich durch die Menge und wartete hinter dem Mann im anthrazitgrauen Anzug, bis er sein Gespräch mit einer Dame in einem Sari beendet hatte und sekundenlang allein war. Dann fragte er von hinten auf russisch: »Nun, mein Freund, wie geht's Ihrem Sohn?«

Der Mann erstarrte, drehte sich langsam um. Dann lächelte er.

»Danke«, antwortete Nikolai Turkin. »Juri hat sich wieder erholt. Er ist gesund und munter.«

»Das freut mich«, sagte Monk, »und Ihre Karriere scheint auch überlebt zu haben.«

Turkin nickte. Ein Geschenk vom Feind anzunehmen, war ein schweres Vergehen, und wäre es gemeldet worden, hätte er die UdSSR nie wieder verlassen. Aber er hatte sich Professor Glasunow anvertrauen müssen. Der berühmte Arzt hatte selbst einen Sohn und war privat der Auffassung, auf medizinischem Gebiet solle sein Land mit den besten Forschungseinrichtungen der Welt zusammenarbeiten. Er beschloß, das Vergehen des jungen Offiziers nicht zu melden, und akzeptierte bescheiden die Lobeshymnen seiner Kollegen wegen der erstaunlichen Heilung des kleinen Patienten.

»Zum Glück ja, aber nur mit knapper Not«, erwiderte er.

»Wir sollten uns mal zum Abendessen treffen«, schlug Monk vor. Der Russe starrte ihn fast erschrocken an. Monk hob die Hände, als ergebe er sich. »Keine Anwerbung, Ehrenwort!«

Turkin atmete auf. Beide wußten, was der andere tat. Allein die Tatsache, daß Monk so perfekt russisch sprach, deutete darauf hin, daß er unmöglich in der Handelsabteilung der US-Botschaft tätig sein konnte. Und Monk wußte seinerseits, daß Turkin ein KGB-Offizier, wahrscheinlich aus der Verwaltung K, der Spionageabwehr, sein mußte, weil er es sich leisten konnte, im Gespräch mit Amerikanern gesehen zu werden.

Das Wort »Anwerbung« verriet alles, und die Tatsache, daß der Amerikaner es scherzhaft gebrauchte, ließ erkennen, daß Monk einen kurzen Waffenstillstand im kalten Krieg vorschlagen wollte. Unter »Anwerbung« wäre in diesem Fall zu verstehen gewesen, daß ein Geheimdienstagent einem Kollegen von der anderen Seite vorschlug, das Team zu wechseln.

Drei Abende später kamen die beiden Männer einzeln in die Calle de los Cuchilleros – die Messerschleifergasse – in der Madrider Altstadt. Etwa in der Mitte dieser engen Gasse führt hinter einer alten Holztüre eine Treppe in das gemauerte Gewölbe eines ehemaligen Weinlagers aus dem Mittelalter hinunter. Dort existiert seit vielen Jahren das Restaurant Sobrinos de Botin mit traditioneller spanischer Küche. Die alten Kreuzgewölbe bilden Sitznischen mit einem Tisch in der Mitte, und Monk und sein Gast hatten eine für sich allein.

Das Essen war ausgezeichnet, und Monk bestellte einen roten Marquès de Riscal. Aus Höflichkeit verzichteten sie darauf zu »fachsimpeln«, sondern sprachen über Frau und Kinder – wobei Monk zugeben mußte, daß er noch immer keine Familie hatte. Der kleine Juri ging jetzt zur Schule, verbrachte aber die Sommerferien bei seinen Großeltern. Der Wein floß, eine zweite Flasche kam auf den Tisch.

Monk erkannte nicht gleich, daß Turkin hinter seiner liebenswürdigen Fassade vor Wut kochte: nicht etwa auf die Amerikaner, sondern auf das System, das seinen Sohn kaltblütig hätte sterben lassen. Die zweite Flasche Rotwein war fast geleert, als er plötzlich fragte:

»Sind Sie mit Ihrer Arbeit bei der CIA zufrieden?«

Soll das eine Anwerbung sein? fragte Monk sich. Versucht der Idiot etwa, mich anzuwerben?

»So ziemlich«, antwortete er leichthin. Er schenkte gerade Wein nach und beobachtete die Flasche, nicht den Russen.

»Wenn Sie mal Probleme haben, unterstützen Ihre Leute Sie dann?«

Monk konzentrierte sich aufs Einschenken. Seine Hand blieb ganz ruhig.

»Klar. Meine Leute sind immer für einen da, wenn man Hilfe braucht. Das gehört zu unserem Ehrenkodex.«

»Es muß schön sein, für Leute zu arbeiten, die in solcher Freiheit leben«, sagte Turkin. Monk stellte endlich die Flasche weg und sah über den Tisch. Er hatte versprochen, keinen Anwerbeversuch zu machen, aber jetzt hatte ihn der Russe gemacht – bei sich selbst.

»Warum nicht? Hören Sie, mein Freund, das System, für das Sie arbeiten, wird sich ändern. Schon bald. Wir könnten mithelfen, damit es sich schneller ändert. Juri wird als freier Mann aufwachsen.«

Andropow war trotz der Medikamente aus London gestorben. Sein Nachfolger wurde mit Konstantin Tschernenko ein weiterer kranker Greis, der unter den Armen gestützt werden mußte. – Aber Gerüchte wollten von einem frischen Wind im Kreml, von einem jüngeren Mann namens Gorbatschow wissen. Beim Kaffee war Turkin angeworben; er würde auf seinem Platz im Herzen des KGB bleiben, aber von nun an für die CIA arbeiten.

Monk hatte Glück, weil sein Vorgesetzter, der CIA-Resident in Madrid, im Urlaub war. Wäre er dagewesen, hätte Monk die Führung Turkins anderen überlassen müssen. Statt dessen fiel ihm die Aufgabe zu, das streng geheime Kabel nach Langley mit der Schilderung der Anwerbung zu verschlüsseln.

Verständlicherweise überwog anfangs Skepsis. Ein Major der Verwaltung K mitten im Herzen des KGB wäre ein Haupttreffer gewesen. Bei einer Serie von Geheimtreffen, die in diesem Sommer an verschiedenen Orten in Madrid stattfanden, erfuhr Monk alles über den gleichaltrigen Sowjetbürger.

Nikolai Turkin, 1951 in der westsibirischen Stadt Omsk als Sohn eines Ingenieurs in der Rüstungsindustrie geboren, hatte mit Achtzehn keinen Studienplatz an der gewünschten Universität bekommen, sondern statt dessen seinen Wehrdienst ableisten müssen. Er kam zu den Grenztruppen, die nominell dem KGB unterstanden. Dort wurde er »entdeckt« und auf die Dserschinski-Hochschule,

Abteilung Spionageabwehr, geschickt, wo er Englisch lernte. Seine Leistungen waren glänzend.

Gemeinsam mit einigen anderen Absolventen wurde er ins angesehene Andropow-Institut, das KGB-Schulungszentrum für Auslandsaufklärung, abkommandiert. Wie Monk auf der anderen Seite der Welt galt er als ein Mann mit Zukunft. Für Leute ohne KGB-Praxis und ohne Fremdsprache gab es am Institut Zwei- und Dreijahreslehrgänge. Turkin verfügte über beides und absolvierte einen einjährigen Lehrgang. Nachdem er mit Auszeichnung bestanden hatte, durfte er in die Verwaltung K der Ersten Hauptverwaltung – die Spionageabwehr innerhalb der Abteilung Beschaffung – eintreten. Geführt wurde die Verwaltung K von Oleg Kalugin, dem damals jüngsten KGB-General.

Als Siebenundzwanzigjähriger heiratete Turkin im Jahr 1978; sein Sohn Juri kam im selben Jahr zur Welt. 1982 wurde er nach Nairobi und damit erstmals auf einen Auslandsposten versetzt. Er hatte den Auftrag, die Tätigkeit der CIA-Residentur in Kenia zu beobachten und zu versuchen, dort oder innerhalb des kenianischen Establishments Agenten anzuwerben. Der Auslandseinsatz hatte wegen der Erkrankung seines Sohns vorzeitig geendet.

Im Oktober 1984 übergab Turkin der CIA seine erste Lieferung. Monk, der wußte, daß das neue geheime Übermittlungssystem noch nicht komplett war, brachte das Päckchen persönlich nach Langley. Sein Inhalt war sensationell. Turkin verriet praktisch alle KGB-Unternehmen in Spanien. Um ihre Quelle zu schützen, gaben die Amerikaner ihr Wissen nur bruchstückweise an die Spanier weiter, wobei sie dafür sorgten, daß die Verhaftungen von Spaniern, die für Moskau spionierten, zufällig oder wie Aufklärungserfolge der spanischen Spionageabwehr wirkten. In jedem einzelnen Fall erfuhr der KGB (durch Turkin), der Agent habe einen dummen Fehler gemacht, durch den er aufgeflogen sei. Moskau schöpfte keinen Verdacht, verlor aber sein ganzes Agentennetz auf der Iberischen Halbinsel.

In seinen drei Madrider Jahren stieg Turkin zum Stellvertreter des KGB-Residenten auf und hatte nun Zugang zu praktisch allen Geheimakten. Nachdem er das Jahr 1987 in Moskau verbracht hatte, wurde er im Jahr darauf Leiter der Unterverwaltung K innerhalb des riesigen KGB-Apparats in Ostdeutschland – bis zum endgültigen Abzug nach dem Fall der Berliner Mauer, dem Zusammenbruch des Kommunismus und der Wiedervereinigung Deutschlands. Während er in toten Briefkästen Hunderte von Nachrichten und Geheimunterlagen hinterlegte, bestand Turkin in all diesen Jahren darauf, sein Führungsoffizier müsse Jason Monk, sein Freund jenseits der Mauer, bleiben. Das war sehr ungewöhnlich. Die meisten Spione haben in sechsjähriger Arbeit mehrere Führungsoffiziere, aber Turkin beharrte darauf, und Langley mußte sich seinem Wunsch fügen.

Als Monk im Herbst 1986 nach Langley zurückkam, ließ Carey Jordan ihn zu sich kommen.

»Ich habe mir das Zeug angesehen«, sagte der neue stellvertretende Direktor. »Es ist gut. Wir haben befürchtet, er könnte ein Doppelagent sein, aber diese Spanier, die er enttarnt hat, sind erstklassige Leute. Ihr Mann ist in Ordnung. Gut gemacht!«

Monk nickte dankend.

»Nur noch eines«, sagte Jordan. »Ich spiele dieses Spiel nicht erst seit fünf Minuten. Ihr Bericht über Ihre Anwerbestrategie ist ausreichend, aber Sie haben bewußt etwas ausgespart, stimmt's? Warum hat er sich wirklich freiwillig erboten, für uns zu arbeiten?«

Monk schilderte, was in seinem Bericht fehlte: die Erkrankung von Turkins Sohn in Nairobi, das Medikament aus dem Walter Reed Army Hospital.

»Ich sollte Sie rausschmeißen«, knurrte Jordan schließlich. Er stand auf und trat ans Fenster. Der Birken- und Buchenwald, der sich bis zum Potomac hinunterzog, leuchtete rotgolden. Das Laub stand kurz vor dem Abfallen.

»Jesus«, sagte er nach einiger Zeit. »Ich kenne hier keinen, der ihm als Gegenleistung für das Medikament nicht 'nen Gefallen abgeluchst hätte. Sie hätten ihm nie wieder begegnen können. Madrid ist bloß ein Zufall gewesen. Wissen Sie, was Napoleon über seine Generale gesagt hat?«

»Nein, Sir.«

»Er hat gesagt: ›Ob sie gut sind, ist mir egal; sie sollen Fortune haben.‹ Sie wissen, daß wir Ihren Mann an die Abteilung SO abgeben müssen?«

Ganz oben an der Spitze der CIA steht immer ein Direktor. Auf der Ebene darunter gibt es die Hauptabteilungen Auswertung und Beschaffung. Erstere untersteht dem stellvertretenden Direktor (Auswertung) und hat den Auftrag, die in Massen hereinkommenden Rohinformationen zu sichten und zu analysieren, um daraus die Intelligence Digests zu erstellen, die ans Weiße Haus, den National Security Council, das Außenministerium, das Pentagon und weitere Stellen gehen.

Für die eigentliche Nachrichtenbeschaffung ist die andere Hauptabteilung unter dem stellvertretenden Direktor (Beschaffung) zuständig. Sie ist ihrerseits in geographisch definierte Abteilungen gegliedert: Lateinamerika, Naher Osten, Südostasien und so weiter. Aber in den vier Jahrzehnten des kalten Kriegs – von 1950 bis 1990 und dem Zusammenbruch des Kommunismus – war die wichtigste Abteilung Sowjetunion/Osteuropa, allgemein als SO bezeichnet.

Mitarbeiter anderer Abteilungen waren oft verärgert, wenn ein wertvoller sowjetischer Informant, den sie beispielsweise in Bogotá oder Djakarta aufgespürt und angeworben hatten, nach seiner Anwerbung der Abteilung SO unterstellt wurde, die ihn in Zukunft »führen« würde. Die logische Begründung dafür lautete, der Angeworbene werde eines Tages ohnehin aus Bogotá oder Djakarta versetzt, höchstwahrscheinlich in die UdSSR zurück.

Da die Sowjetunion der Hauptfeind war, spielte die Abteilung SO in der Hauptabteilung Beschaffung die Starrolle. Die dortigen Arbeitsplätze waren begehrt. Obwohl Monk im College Russisch als Hauptfach studiert und jahrelang in einem kleinen Büro russische Veröffentlichungen ausgewertet hatte, war er zunächst zur Afrikaabteilung gekommen und arbeitete gegenwärtig in der Westeuropaabteilung.

»Ja, Sir«, antwortete er.

»Wollen Sie mit ihm gehen?«

Monks Laune besserte sich schlagartig. »Ja, Sir. Bitte.«

»Okay, Sie haben ihn entdeckt, Sie haben ihn angeworben, Sie führen ihn.«

Monk wurde binnen einer Woche zur Abteilung SO versetzt. Dort erhielt er den Auftrag, den KGB-Major Nikolai Iljitsch Turkin zu »führen«. Er kehrte nie wieder nach Madrid zurück, um dort zu leben, kam jedoch manchmal auf Besuch und traf sich heimlich mit Turkin auf Picknickplätzen hoch oben in der Sierra de Guadarrama, wo sie über tausenderlei Dinge sprachen, als Gorbatschow an die Macht kam und sein Doppelprogramm aus Perestroika und Glasnost bewirkte, daß die Vorschriften sich zu lockern begannen. Darüber war Monk froh, denn er betrachtete Turkin nicht nur als einen Informanten, sondern als seinen Freund.

Schon 1984 wurde die CIA – und manche sagten, sie sei es bereits – zu einer riesigen, schwerfälligen Bürokratie, die sich mehr auf ihre Akten als auf reine Nachrichtenbeschaffung konzentrierte. Monk haßte jegliche Bürokratie und hielt nichts von Akten, weil er der Überzeugung war, alles Niedergeschriebene könne gestohlen oder kopiert werden. Den ultrageheimen Kern der Aktenbestände der Abteilung SO bildete die Akte 301 mit genauen Angaben über alle sowjetischen Agenten, die für Onkel Sam arbeiteten. Im Herbst dieses Jahres »vergaß« Monk, die Angaben über Major Turkin, Deckname Lysander, in die Akte 301 einzufügen.

Jock Macdonald, der Stationsleiter des britischen Secret Intelligence Service in Moskau, war am siebzehnten Juli zu einem Abendessen eingeladen, das er nicht absagen konnte. Als er kurz in sein Büro zurückkam, um einige Notizen zu hinterlegen, die er sich während des Essens gemacht hatte – er war stets darauf gefaßt, daß bei ihm eingebrochen werden könnte –, fiel sein Blick auf die schwarze Akte. Er schlug sie ohne sonderliches Interesse auf und begann darin zu lesen. Ihr mit der Maschine geschriebener Text war natürlich russisch, aber Macdonald war zweisprachig.

Tatsächlich fuhr er in dieser Nacht überhaupt nicht mehr nach Hause. Kurz nach Mitternacht rief er seine Frau an, um ihr zu sagen, er sei leider aufgehalten worden, und las dann weiter. Das Schriftstück bestand aus etwa vierzig Seiten, auf denen zwanzig Themen abgehandelt wurden.

Er las die Ausführungen über die Wiederherstellung eines Einparteienstaats und die Reaktivierung einer Kette von Arbeitslagern für Dissidenten und andere unerwünschte Personen.

Er analysierte die Pläne zur Endlösung der Judenfrage sowie zur

Behandlung der Tschetschenen im besonderen und aller übrigen ethnischen Minderheiten im allgemeinen.

Er studierte die Seiten, auf denen ein Nichtangriffspakt mit Polen zur Sicherung der Westgrenze und die Rückeroberung Weißrußlands, der baltischen Staaten und der südlichen Republiken der früheren UdSSR – Ukraine, Georgien, Armenien und Moldawien – vorgeschlagen wurden.

Er brütete über den Plänen zur nuklearen Wiederaufrüstung und Aufstellung von Raketen mit großer und mittlerer Reichweite, deren Ziele in den an Rußland grenzenden Feindstaaten liegen sollten.

Er las die Seiten, auf denen detailliert beschrieben wurde, wie mit der russisch-orthodoxen Kirche und allen sonstigen Glaubensgemeinschaften verfahren werden sollte.

Dieser Denkschrift nach würden die drastisch verringerten und gedemütigten russischen Streitkräfte, die jetzt in Zeltlagern vegetierten, neu ausgerüstet und wiederbewaffnet werden – nicht zur Verteidigung, sondern zu Eroberungszwecken. Die Bevölkerung der zurückeroberten Gebiete würde als Sklaven arbeiten, um Nahrungsmittel für die russische Herrenrasse zu erzeugen. Beherrscht werden sollten sie von der russischen Bevölkerung der äußeren Gebiete unter Aufsicht eines von Moskau eingesetzten Gouverneurs. Für nationale Disziplin würde die Schwarze Garde sorgen, die auf zweihunderttausend Mann aufgestockt werden sollte. Außerdem sollte sie die Sonderbehandlung von Asozialen übernehmen: Liberale, Journalisten, Geistliche, Homosexuelle und Juden.

Das Schriftstück gab auch vor, eine Frage zu beantworten, über die Macdonald und andere schon seit langem nachrätselten: die Quelle der anscheinend unbegrenzten Wahlkampfmittel der Union Patriotischer Kräfte.

In den ersten Jahren nach 1990 hatte die kriminelle Unterwelt Rußlands aus einer Vielzahl einzelner Banden bestanden, die sich anfangs blutige Revierkämpfe geliefert und Dutzende ihrer eigenen Leute tot auf den Straßen zurückgelassen hatte. Aber seit 1995 war ein Vereinigungsprozeß in Gang gekommen. Im Jahr 1999 war ganz Rußland von seiner Westgrenze bis zum Ural unter vier große Gangstersyndikate aufgeteilt, von denen die von Moskau aus agierenden Dolgoruki das mächtigste waren. Waren die Angaben in diesem Schriftstück zutreffend, finanzierten sie die UPK, um später ihren vereinbarten Lohn kassieren zu können: die Zerschlagung der übrigen Banden und die Alleinherrschaft ihrer eigenen.

Es war fünf Uhr morgens, als Jock Macdonald das Schwarze Manifest nach mehrmaligem intensiven Durchlesen zuklappte. Er lehnte sich zurück und starrte die Zimmerdecke an. Er hatte das Rauchen schon lange aufgegeben, aber jetzt sehnte er sich nach einem Zug.

Schließlich stand er auf, sperrte die Denkschrift in seinen Safe und verließ die Botschaft. Vom Gehsteig aus starrte er im ersten Morgenlicht über den Fluß hinweg zur Kremlmauer hinüber, unter der vor achtundvierzig Stunden ein alter Mann in seinem abgetragenen langen Militärmantel gesessen und das Botschaftsgebäude angestarrt hatte.

Spionagechefs gelten im allgemeinen nicht als religiöse Menschen, aber Berufe und der äußere Anschein können trügen. Bei der Aristokratie des schottischen Hochlands gibt es eine lange Tradition inbrünstiger Hingabe an den römisch-katholischen Glauben. Das waren die Earls und Barone, die sich 1745 mit den Männern ihrer Clans unter dem Banner des katholischen Bonnie Prince Charlie versammelten, um im folgenden Jahr bei Culloden von dem protestantischen Herzog von Cumberland, dem dritten Sohn des hannoverischen Georgs II., vernichtend geschlagen zu werden.

Der Stationsleiter entstammte dem Herzen dieser Tradition. Sein Vater war ein Macdonald aus Fassifern, aber seine Mutter, die eine Fraser aus Lovat gewesen war, hatte ihn im wahren Glauben erzogen. Er ging zu Fuß davon. Den Kai entlang bis zur nächsten Brücke, der Moskworezki most, dann zur Basiliuskathedrale hinüber. Er passierte die Kathedrale mit ihren Zwiebeltürmen, gelangte auf verschlungenen Pfaden durchs erwachende Stadtzentrum bis zum Neuen Platz und bog dort wieder nach links ab.

Als er den Neuen Platz verließ, sah er, wie sich die ersten frühmorgendlichen Warteschlangen vor den Suppenküchen zu bilden begannen. Eine von ihnen war unmittelbar hinter dem Platz eingerichtet, wo einst das Zentralkomitee der KPdSU geherrscht hatte. Wie die Vereinten Nationen auf eher offizieller Basis engagierte sich eine ganze Anzahl ausländischer Wohltätigkeitsorganisationen in der Rußlandhilfe, und der Westen hatte dafür ebenso großzügig gespendet wie zuvor für bosnische Waisenhäuser und bosnische Kriegsflüchtlinge. Aber die Aufgabe war fast nicht zu bewältigen, denn die Bedürftigen strömten vom Land in die Hauptstadt, wurden von der Miliz zum Heimtransport zusammengetrieben und tauchten wieder auf – entweder sie selbst oder andere Hungernde aus ihren Dörfern.

Sie standen da im ersten Morgenlicht, alt und zerlumpt, Mütter mit Säuglingen an der Brust, das seit Potemkins Tagen unveränderte russische Landvolk mit seiner schicksalsergebenen Geduld und Passivität. Jetzt, Ende Juli, war das Wetter noch warm genug, um sie alle am Leben zu erhalten. Aber wenn dann die Kälte kam, die schneidende Eiseskälte des russischen Winters... Der letzte Januar war schlimm gewesen, aber was den nächsten betraf... Jock Macdonald schüttelte bei diesem Gedanken den Kopf und marschierte weiter.

Sein Weg führte ihn über den Lubjankaplatz, den ehemaligen Dserschinskiplatz. Dort hatte jahrzehntelang die Statue des Eisernen Felix gestanden, der in Lenins Auftrag den ursprünglichen Terrorapparat, die Tscheka, aufgebaut hatte. Im Hintergrund des Platzes erhob sich das große grau und ockergelb gestrichene Gebäude, das einfach als Zentrale Moskau bekannt war: die KGB-Zentrale.

Hinter dem alten KGB-Gebäude liegt das berüchtigte Lubjanka-Gefängnis, in dem unzählige Geständnisse erpreßt und zahllose Menschen hingerichtet worden waren. Nach dem Gefängnis beginnen zwei Straßen, die Große und die Kleine Lubjanka. Er nahm die zweite. Etwa in der Mitte der Malaja Lubjanka steht die St.-Ludwigs-Kirche, deren Gottesdienste von vielen Diplomaten und einigen der wenigen russischen Katholiken besucht werden.

Zweihundert Meter hinter ihm und wegen des KGB-Blocks für ihn nicht sichtbar schliefen einige Obdachlose im geräumigen Eingangsbereich des riesigen Spielwarengeschäfts Detski mir.

Zwei stämmige Männer in Jeans und Lederjacken betraten das Detski mir und fingen an, die Schlafenden auf den Rücken zu wälzen. Einer trug einen abgewetzten langen Militärmantel mit mehreren Orden am Aufschlag. Die Männer wechselten einen Blick, beugten sich nochmals über ihn und rüttelten ihn grob wach. »Heißt du Saizew?« knurrte einer der beiden ihn an. Der Alte nickte. Der andere Mann zog hastig ein Mobiltelefon aus seiner Hemdtasche, tippte eine Nummer ein und erstattete Meldung. Binnen fünf Minuten hielt ein Moskowitsch mit quietschenden Reifen am Randstein. Die beiden Männer schleppten den Alten zum Wagen, stießen ihn auf den Rücksitz und nahmen ihn dort zwischen sich. Als der Alte etwas zu sagen versuchte, bevor er hineingestoßen wurde, blinkten seine stählernen Vorderzähne.

Der Wagen raste um den Platz, fuhr hinter dem großen Gebäude vorbei, das für die Hauptverwaltung der Allrussischen Versicherungsgesellschaft erbaut worden und später ein Haus des Schreckens geworden war, röhrte die Malaja Lubjanka hinauf und kam dort an einem britischen Diplomaten auf dem Gehsteig vorbei.

Macdonald ließ sich von einem verschlafenen Kirchendiener das Portal aufsperren, ging im Mittelgang nach vorn und kniete vor dem Altar nieder. Er sah auf, und die Gestalt des Gekreuzigten blickte auf ihn herab. Und er betete.

Das Gebet eines Menschen ist eine sehr private Angelegenheit, aber seines lautete folgendermaßen: »Lieber Gott, ich bitte dich, laß dieses Schriftstück eine Fälschung sein. Denn ist es keine, wird uns ein großes und schlimmes Übel heimsuchen.«

4

Bevor jemand anderer vom Botschaftspersonal zur Arbeit kam, saß Jock Macdonald bereits wieder an seinem Schreibtisch. Er hatte eine schlaflose Nacht hinter sich, aber das hätte ihm niemand angemerkt. Als Mann, der auf seine Erscheinung achtete, hatte er die Personaldusche im Erdgeschoß benutzt, sich rasiert und das frische Hemd angezogen, das er für alle Fälle in seinem Schrank hängen hatte.

Bruce »Gracie« Fields, sein Stellvertreter, wurde in seinem Apartment geweckt und aufgefordert, bis neun Uhr zu erscheinen. Auch Hugo Gray, der diesmal in seinem eigenen Bett schlief, wurde angerufen. Um acht Uhr verständigte Macdonald das Sicherheitspersonal, zwei altgediente ehemalige Unteroffiziere der britischen Armee, damit sie die »Blase« für eine Besprechung um Viertel nach neun vorbereiteten.

»Hier geht's darum«, erläuterte Macdonald seinen Kollegen zur festgesetzten Zeit, »daß ich gestern in den Besitz eines Schriftstücks gekommen bin. Seinen Inhalt brauchen Sie nicht zu kennen. Ich will dazu nur eines sagen: Ist das Ding eine Fälschung oder ein Schwindel, vergeuden wir unsere Zeit. Ist es dagegen echt, was wir noch nicht beurteilen können, so enthält es bedeutsame Informationen. Hugo, erzählen Sie Gracie, was wir darüber wissen, ja?«

Gray berichtete, was er selbst wußte, was Celia Stone ihm erzählt hatte.

»Im Idealfall«, sagte Macdonald und benutzte damit einen seiner Lieblingsausdrücke, so daß die beiden jüngeren Männer ein Grinsen unterdrücken mußten, »wüßte ich gern, wer der Alte gewesen ist, wie er in den Besitz dieser unter Umständen streng geheimen Akte gekommen ist und warum er sie an diesem Ort in dieses Auto geworfen hat. Hat er Celia Stone gekannt? Hat er gewußt, daß ihr Rover der Wagen einer Angehörigen der britischen Botschaft ist?

Und falls ja – warum wir? Aber zuerst ewas anderes: Haben wir in der Botschaft jemanden, der zeichnen kann?«

»Zeichnen?« fragte Fields.

»Richtig – ein Bild, ein Porträt.«

»Soviel ich weiß, gibt eine der Ehefrauen Zeichenkurse«, sagte Fields. »Sie hat in London als Kinderbuchillustratorin gearbeitet. Ist mit jemandem aus der Rechtsabteilung verheiratet.«

»Gut, prüfen Sie das. Kann sie zeichnen, bringen Sie sie mit Celia Stone zusammen. Aber vorher werde ich mich selbst mit Celia unterhalten. Noch zwei Punkte. Unser Freund taucht vielleicht wieder auf, versucht Verbindung mit uns aufzunehmen, lungert um die Botschaft herum. Ich werde Corporal Meadows und Sergeant Reynolds bitten, den Haupteingang im Auge zu behalten. Sollten sie ihn erkennen, wird einer von Ihnen benachrichtigt. Sie müssen dann versuchen, ihn auf eine Tasse Tee hereinzubitten. Zweitens: Er kann's anderswo mit ähnlichen Tricks versuchen und dabei verhaftet werden. Gracie, haben Sie nicht einen Mann bei der Polizei?«

Fields nickte. Er war von allen dreien schon am längsten in Moskau, hatte von seinem Vorgänger einige nicht sehr hochkarätige Informanten übernommen und einige weitere dazugewonnen. »Inspektor Nowikow. Aus dem Morddezernat im Polizeipräsidium in der Petrowkastraße. Gelegentlich nützlich.«

»Reden Sie mit ihm«, sagte Macdonald. »Aber nicht über in Autos geworfene Schriftstücke. Nur über einen alten Knacker, der unser Personal auf der Straße belästigt, weil er den Botschafter unbedingt privat sprechen will. Wir regen uns nicht darüber auf, aber wir möchten ihn bitten, uns in Ruhe zu lassen. Zeigen Sie ihm das Bild, falls wir eines bekommen, aber geben Sie's ihm nicht. Wann ist Ihr nächster Treff vereinbart?«

»Kein fester Termin«, sagte Fields. »Ich rufe ihn aus Telefonzellen an.«

»Okay, sehen Sie zu, ob er uns behilflich sein kann. Ich muß für ein paar Tage nach London fliegen. Gracie, Sie halten hier die Stellung.«

Als Celia Stone zur Arbeit kam, wurde sie in der Eingangshalle abgefangen und zu ihrer Verwunderung gebeten, zu Macdonald zu kommen – nicht in sein Büro, sondern in Konferenzraum »A«. Sie wußte nicht, daß dies der abhörsichere Besprechungsraum war. Macdonald war sehr freundlich und sprach fast eine Stunde lang mit ihr. Er notierte sich alle Einzelheiten, und sie akzeptierte seine Darstellung, der Alte habe andere Botschaftsangehörige mit der Bitte um ein Gespräch mit dem Botschafter belästigt. Würde sie mithelfen, ein Porträt des alten Obdachlosen zu zeichnen? Selbstverständlich; sie würde alles tun, was irgendwie nützlich war.

Gemeinsam mit Hugo Gray verbrachte Celia die Mittagspause mit der Frau des stellvertretenden Leiters der Rechtsabteilung, die nach ihrer Beschreibung ein Kohle- und Bleistiftporträt des Obdachlosen anfertigte. Silbernes Tipp-Ex hob die drei Vorderzähne aus Stahl besonders hervor. Als das Porträt fertig war, nickte Celia und sagte: »Das ist er!«

Nach dem Mittagessen wurde Corporal Meadows von Jock Macdonald angewiesen, in der Waffenkammer eine Pistole zu holen und ihn zum Flughafen Scheremetjewo zu begleiten. Obwohl er nicht damit rechnete, abgefangen zu werden, konnte man nie wissen, ob die rechtmäßigen Eigentümer des Schriftstücks in seinem Aktenkoffer vielleicht versuchen würden, sich ihr Eigentum zurückzuholen. Als zusätzliche Vorsichtsmaßnahme kettete er den Aktenkoffer an sein linkes Handgelenk und tarnte die Kette mit einem leichten Regenmantel.

Als der Jaguar der britischen Botschaft aus dem Tor rollte, war das alles ohnehin unsichtbar. Auf dem Sofiskaja-Kai sah Macdonald in einiger Entfernung einen schwarzen Tschaika geparkt stehen, aber als der Wagen ihnen nicht folgte, dachte er nicht mehr an ihn. Tatsächlich warteten die Männer in dem Tschaika auf einen kleinen roten Rover.

Auf dem Flughafen begleitete Corporal Meadows ihn bis zur Zoll- und Paßkontrolle, wo sein Diplomatenpaß alle Kontrollen verhinderte. Nach kurzem Warten in der VIP-Lounge ging er an Bord der Maschine der British Airways nach Heathrow; nach dem Start atmete er aufseufzend tief durch und bestellte sich einen Gin mit Tonic.

Washington, April 1985

Wäre der Erzengel Gabriel nach Washington herabgestiegen, um den KGB-Residenten in der sowjetischen Botschaft zu fragen, von welchem aller CIA-Agenten er sich wünsche, er solle zum Verräter werden und für Rußland spionieren, hätte Oberst Stanislaw Androsow nicht lange überlegen müssen.

Er hätte geantwortet: Am liebsten wäre mir der Leiter des Referats Spionageabwehr der Abteilung Sowjetunion/Osteuropa in der Hauptabteilung Beschaffung.

Alle Geheimdienste haben ein Referat Spionageabwehr, das innerhalb des Apparats mit anderen Abteilungen zusammenarbeitet. Die Mitarbeiter dieses Referats haben den Auftrag, alle anderen zu kontrollieren, was sie bei ihren Kollegen nicht immer beliebt macht. Ihre Arbeit gliedert sich in drei Aufgabenbereiche.

Die Spionageabwehr nimmt an der Befragung von Überläufern teil und spielt dabei sogar eine führende Rolle, weil festgestellt werden soll, ob der Überläufer echt oder ein raffiniert getarnter Spitzel ist. Auch ein angeblicher Überläufer kann brauchbares Material mitbringen, aber seine eigentliche Aufgabe besteht aus Desinformation: Er soll seine neuen Wirte davon überzeugen, daß sie keinen Verräter in ihren Reihen haben, obwohl es ihn tatsächlich gibt, oder seine Wirte auf irgendeine andere Weise in ein Labyrinth aus Sackgassen führen. Ein geschicktes Täuschungsmanöver dieser Art kann dazu führen, daß jahrelang Zeit und Arbeit vergeudet werden.

Die Spionageabwehr überprüft auch alle Leute auf der Gegenseite, die zwar nicht persönlich übergelaufen sind, aber sich als Spione haben anwerben lassen, während sie in Wirklichkeit Doppelagenten sein können.

Ein Doppelagent ist jemand, der vorgibt, sich anwerben zu lassen, aber tatsächlich seinem eigenen Team die Treue hält und seine Anweisungen befolgt. Er liefert einige wenige echte Informationen, um seine Zuverlässigkeit zu beweisen, und bringt dann den eigentlichen »Biß« an, der auf völliger Desinformation basiert und in dem Dienst, für den er angeblich arbeitet, große Zerstörungen anrichten kann.

Letztlich hat die Spionageabwehr sicherzustellen, daß der eigene

Dienst nicht unterwandert worden ist, daß sie keinen Verräter in ihren Reihen hat.

Um diese Aufgaben erfüllen zu können, muß der Spionageabwehr unbeschränkte Akteneinsicht möglich sein. Sie kann die Akten aller Überläufer mit den Protokollen ihrer Befragungen anfordern – auch noch nach Jahren. Sie kann die Laufbahn und die Anwerbung aller gegenwärtigen Informanten, die tief im Feindesland arbeiten und in Gefahr sind, auf jede nur mögliche Weise verraten zu werden, unter die Lupe nehmen. Und die Spionageabwehr kann die Personalakte jedes eigenen Mitarbeiters anfordern. Alles zur Erfüllung ihres Auftrags, Echtheit und Loyalität zu überprüfen.

Strikte Abschottung und das Prinzip, daß jeder nur erfahren darf, was er wissen muß, sorgen dafür, daß ein Nachrichtendienstler, der für eines oder zwei Unternehmen zuständig ist, zwar diese Unternehmen verraten kann, aber normalerweise keine Ahnung hat, was seine Kollegen tun. Nur die Spionageabwehr hat den Gesamtüberblick. Daher hätte Oberst Androsow, wäre er von dem Erzengel gefragt worden, sich für den Leiter des Referats Spionageabwehr der Abteilung Sowjetunion/Osteuropa entschieden. Wer Spione jagt, muß zu den Treuesten der Treuen gehören.

Im Juli 1983 wurde Aldrich Hazen Ames zum Leiter des Referats Spionageabwehr der Abteilung SO ernannt. In dieser Position hatte er ungehinderten Zugang zu ihren beiden Untergruppierungen: der UdSSR-Abteilung, die für alle sowjetischen Agenten zuständig war, die in der UdSSR für die USA arbeiteten, und der Auslandsabteilung, die alle sowjetischen Agenten führte, die gegenwärtig außerhalb der Sowjetunion eingesetzt waren.

Am sechzehnten April 1985 kam er, in Geldnöten steckend, in die sowjetische Botschaft in der 16th Street in Washington, fragte nach Oberst Androsow und erbot sich, für Rußland zu spionieren. Für fünfzigtausend Dollar.

Um seine ehrlichen Absichten zu beweisen, brachte er einiges mit. Er gab die Namen dreier Russen preis, die sich der CIA als Informanten angedient hatten. Später würde er behaupten, er habe sie ohnehin für Doppelagenten, das heißt für unecht gehalten. Wie dem auch sei, diese drei Gentlemen verschwanden jedenfalls spurlos. Außerdem legte er eine interne CIA-Personalliste vor, auf der sein Name farbig gekennzeichnet war, um zu beweisen, daß er wirklich der Mann war, der er zu sein behauptete. Dann verließ er die Botschaft und ging zum zweitenmal an den FBI-Kameras vorbei, die den Vorhof überwachten. Ihre Videoaufnahmen wurden niemals abgespielt. Zwei Tage später erhielt er seine fünfzigtausend Dollar. Das war erst der Anfang. Der schändlichste Verräter der amerikanischen Geschichte seit Benedict Arnold – und vermutlich einschließlich B. A. – hatte seine Arbeit erst begonnen.

Spätere Analytiker würden über zwei Rätsel nachgrübeln. Erstens: Wie hatte ein so völlig unzulänglicher, unfähiger, saufender Taugenichts jemals vom einfachen Agenten in diese erstaunliche Vertrauensstellung aufsteigen können? Und zweitens: Wie hatte Ames, obwohl die CIA-Führungsspitze schon im Dezember 1985 insgeheim wußte, daß es irgendwo in ihren Reihen einen Verräter gab, noch weitere – und für die CIA katastrophale – acht Jahre unenttarnt bleiben können?

Die Antwort auf die zweite Frage hat fast ein Dutzend Facetten. Unfähigkeit, Lethargie und Überheblichkeit innerhalb der CIA, Glück für den Verräter, eine geschickte Desinformationskampagne des KGB zum Schutz seines Maulwurfs, mehr Lethargie, Unentschlossenheit und Trägheit in Langley, Ablenkungsmanöver, noch einmal Glück für den Verräter und schließlich die Erinnerung an James Angleton.

Angleton hatte einst die Spionageabwehr der Agency geleitet, war zu einer Sagengestalt aufgestiegen und hatte geistig umnachtet als Paranoiker geendet. Dieser seltsame Mann ohne Humor oder Privatleben war der Überzeugung gewesen, in Langley gebe es einen KGB-Maulwurf mit dem Decknamen Sascha. Bei seiner fanatischen Jagd auf diesen imaginären Verräter hatte er die Karriere eines loyalen Mitarbeiters nach dem anderen abgewürgt, bis er die Hauptabteilung Beschaffung schließlich in die Knie gezwungen hatte. Die ihn überlebt hatten und sich 1985 in hohen Stellungen befanden, schreckten davor zurück, das zu tun, was Angleton getan hatte – rigoros nach dem echten Maulwurf zu fahnden.

Was die erste Frage betrifft, läßt sie sich mit zwei Worten beantworten: Ken Mulgrew.

In den zwanzig Dienstjahren, bevor Ames zum Verräter wurde,

war er dreimal außerhalb von Langley im Einsatz. In der Türkei hielt der dortige CIA-Resident ihn für völlig untauglich; der Veteran Dewey Clarridge haßte und verabscheute ihn vom ersten Augenblick an.

In der New Yorker Außenstelle brachte ihm ein glücklicher Zufall Pluspunkte ein. Obwohl Arkadi Schwetschenko, der Untergeneralsekretär der Vereinten Nationen, schon vor Ames' Ankunft für die CIA gearbeitet hatte und sein Überlaufen zu den Amerikanern im April 1978 von einem anderen CIA-Agenten bewerkstelligt wurde, »führte« Ames den Ukrainer in der Zwischenzeit. Schon damals entwickelte er sich zu einem Gewohnheitstrinker.

Sein dritter Auslandseinsatz in Mexiko wurde ein Fiasko. Er war ständig betrunken, beleidigte Kollegen und Außenstehende, betrank sich sinnlos und wurde von der mexikanischen Polizei nach Hause gebracht, verstieß gegen alle nur denkbaren Dienstvorschriften und schaffte es nicht, jemanden anzuwerben. Seine Zeit verbrachte er hauptsächlich mit tagelangen Saufgelagen mit dem Russen Igor Schurygin, dem Leiter der KGB-Spionageabwehr in der sowjetischen Botschaft. Möglicherweise kam der erste Hinweis, der Amerikaner mit dem krassen Webfehler könnte vielleicht angeworben werden, von Schurygin.

Von seinen beiden Auslandseinsätzen brachte Ames erschreckend schlechte Beurteilungen heim. Bei einer breitgefächerten Leistungsbewertung belegte er unter zweihundert CIA-Mitarbeitern den hundertachtundneunzigsten Platz.

Normalerweise hätte eine Karriere dieser Art niemals nach ganz oben führen können. Anfang der achtziger Jahre hielten alle führenden Männer – Carey Jordan, Dewey Clarridge, Milton Bearden, Gus Hathaway und Paul Redmond – Ames für untauglich. Nicht jedoch Ken Mulgrew, der sein Freund und Beschützer wurde.

Er war der Mann, der seine schaurigen Beurteilungen und Leistungsbewertungen säuberte, Ames den Weg ebnete und ihm Beförderungen sicherte. Als sein Vorgesetzter wischte er alle Einwände vom Tisch und brachte Ames in der Zeit, in der er die Abteilung Personalplanung leitete, im Referat Spionageabwehr unter.

Vor allem waren sie Saufkumpane, zwei Gewohnheitstrinker, die sich mit dem weinerlichen Selbstmitleid von Alkoholikern darüber einig waren, die Agency behandle sie beide höchst unfair. Das war eine Fehleinschätzung, die bald viele Menschen das Leben kosten würde.

Leonid Saizew der Hase starb, aber er wußte es nicht. Er litt schreckliche Schmerzen. Das wußte er.

Oberst Grischin vertraute auf Schmerzen. Er verließ sich auf Schmerzen als Überredungsmittel und Strafe. Saizew hatte gesündigt, und der Oberst hatte befohlen, ihn die volle Bedeutung von Schmerzen spüren zu lassen, bevor er starb.

Das Verhör hatte den ganzen Vormittag über gedauert, und sie hatten keine Gewalt anzuwenden brauchen, weil er auf alle Fragen bereitwillig geantwortet hatte. Der Oberst war die meiste Zeit mit ihm allein gewesen, um zu vermeiden, daß die Wachen mitbekamen, was gestohlen worden war.

Der Oberst hatte ihn aufgefordert, fast freundlich aufgefordert, ganz von vorn anzufangen, also hatte er's getan. Er hatte seine Geschichte mehrmals wiederholen müssen, bis der Oberst bestimmt wußte, daß er nicht das Geringste ausgelassen hatte. In Wirklichkeit gab es nicht allzuviel zu erzählen.

Erst als er erläuterte, warum er's getan hatte, machte der Oberst ein ungläubiges Gesicht.

»Ein Bier? Die Engländer haben dir ein Bier gegeben?«

Am frühen Nachmittag war der Oberst überzeugt, alles aus ihm herausbekommen zu haben. Er vermutete, nach ihrer Begegnung mit dieser Vogelscheuche habe die junge Engländerin das Schriftstück weggeworfen, aber das durfte er nicht ohne weiteres annehmen. Er schickte einen Wagen mit vier vertrauenswürdigen Männern los, damit sie die Botschaft überwachten und auf den roten Kleinwagen warteten. Sie sollten ihn beschatten, bis sie wußten, wo die Engländerin wohnte, und ihm dann Meldung erstatten.

Kurz nach fünfzehn Uhr erteilte der Oberst seinen Gardisten die letzten Befehle und ging. Als sein Dienstwagen aus dem Lager fuhr, drehte ein Airbus A-300 mit den Farben der British Airways am Leitwerk über dem Norden Moskaus nach Westen ab. Er bemerkte ihn nicht. Er wies seinen Fahrer an, ihn zu der Villa in der Nähe des Kiselnyboulevards zurückzubringen.

Sie waren zu viert. Die Beine des Hasen hätten unter ihm nachgegeben, aber weil sie das wußten, hielten zwei von ihnen seine Oberarme umklammert, damit er nicht zusammensackte. Die beiden anderen standen vor und hinter ihm. Sie gingen methodisch vor und brachten ihre Schläge wirkungsvoll an.

Auf ihren großen Fäusten saßen schwere Messingschlagringe. Die Schläge zerquetschten seine Nieren, zerrissen seine Leber und zerfetzten seine Milz. Ein Tritt ließ seine alten Hoden zu Brei werden. Der Mann vor ihm bearbeitete seinen Bauch und nahm sich dann die Brust vor. Er wurde zweimal ohnmächtig, aber ein Eimer kaltes Wasser brachte ihn wieder zu Bewußtsein, und die Schmerzen kehrten zurück. Als seine Beine ganz versagten, hielten sie seinen ausgemergelten Körper auf den Zehenspitzen hoch.

Kurz vor dem Ende knackten und brachen die Rippen seines schmächtigen Brustkorbs. Zwei von ihnen bohrten sich tief in seine Lunge. In seiner Kehle stieg etwas Warmes und Süßes und Klebriges auf, so daß er keine Luft mehr bekam.

Sein Blickfeld verengte sich zu einem Tunnel, und er sah nicht mehr die grauen Hohlblocksteine eines Raums hinter der Waffenkammer des Lagers, sondern einen hellen, sonnigen Tag mit einem Sandweg zwischen Kiefern. Er konnte den Sprechenden nicht sehen, aber eine Stimme sagte zu ihm: »*Come on, mate, 'ave a beer... 'ave a beer.*«

Das Sonnenlicht verblaßte zu einem diffusen Grau, aber er hörte die Stimme weiter Worte wiederholen, die er nicht verstehen konnte. »*'Ave a beer, 'ave a beer...*« Dann gingen die Lichter endgültig aus.

WASHINGTON, JUNI 1985

Fast auf den Tag genau zwei Monate, nachdem Aldrich Ames die ersten fünfzigtausend Dollar in bar erhalten hatte, vernichtete er an einem einzigen Nachmittag fast die gesamte Abteilung SO der CIA-Hauptabteilung Beschaffung.

Nachdem er die streng geheime Akte 301 geplündert hatte, schob er kurz vor dem Mittagessen über drei Kilo Geheimmaterial und Telegrammabschriften von seinem Schreibtisch in zwei Plastiktüten. Damit ging er durch das Labyrinth aus Korridoren zu den

Aufzügen, fuhr ins Erdgeschoß hinunter und entriegelte das Drehkreuz am Ausgang mit seinem laminierten Dienstausweis. Kein Wachposten kam auf die Idee, sich für den Inhalt seiner Tragtaschen zu interessieren. Ames stieg auf dem weitläufigen Parkplatz in seinen Wagen und fuhr zwanzig Minuten weit nach Georgetown, einem eleganten, für seine Restaurants im europäischen Stil bekannten Washingtoner Vorort.

Ames betrat Chadwick's, eine Bar mit Restaurant unter dem K Street Freeway am Potomac, und traf sich dort mit dem Verbindungsmann, den Oberst Androsow ihm zugewiesen hatte, weil er selbst als KGB-Resident damit rechnen mußte, von FBI-Agenten beschattet zu werden. Dieser Verbindungsmann war ein »gewöhnlicher« sowjetischer Diplomat namens Tschuwachin.

Dem Russen übergab Ames alles, was er mitgebracht hatte. Er verlangte nicht einmal einen Preis. Als die Zahlung dann kam, erhielt er eine Riesensumme – die erste von vielen, die Ames zum Millionär machen würden. Die Russen, die sonst mit harten Dollars geizten, versuchten danach nicht einmal mehr, mit ihm zu feilschen. Sie wußten, daß sie auf eine Goldader gestoßen waren.

Von Chadwick's aus gelangten die Tragtaschen in die sowjetische Botschaft, die sie an die Erste Hauptverwaltung des KGB in Jasenewo weiterleitete. Dort wollten die Analytiker ihren Augen nicht trauen.

Der Coup machte Androsow augenblicklich zu einem Star und Ames zum wichtigsten Sowjetspion der Welt. Wladimir Krjutschkow, der General an der Spitze der Ersten Hauptverwaltung – ursprünglich ein von dem stets mißtrauischen Andropow eingeschleuster Spitzel, der dort Karriere gemacht hatte –, befahl sofort die Bildung einer streng geheimen Gruppe, die von sonstigen Aufgaben befreit sein und ausschließlich das von Ames gelieferte Material auswerten sollte. Ames erhielt den Decknamen Kolokol – Glocke –, und diese Sonderkommission bezeichnete sich als Gruppe Kolokol.

Ein leitender CIA-Mitarbeiter errechnete später, nach dem Sommer 1945 seien fünfundvierzig gegen den KGB gerichtete Unternehmen, praktisch die gesamte CIA-Palette, zusammengebrochen. Kein einziger der für die CIA arbeitenden Topagenten, deren Namen in der Akte 301 gestanden hatten, war ab Frühjahr 1986 noch aktiv.

Die von Ames übergebenen Plastiktüten enthielten detaillierte Angaben über vierzehn Agenten – fast sämtliche Informanten der Abteilung SO in der Sowjetunion. Ihre Namen waren nicht genannt, aber das war auch nicht nötig.

Jeder Fahnder des Referats Spionageabwehr, dem mitgeteilt wird, in seiner Organisation gebe es einen Maulwurf, und der erfährt, dieser Mann sei in Bogotá angeworben worden, habe danach in Moskau gearbeitet und werde jetzt in Lagos betreut, kann den Betreffenden sehr rasch aufspüren. Diese Dienstorte passen nur zu einer bestimmten Laufbahn. Eine Überprüfung der Personalakten reicht im allgemeinen aus.

Einer dieser vierzehn war in Wirklichkeit ein altgedienter Agent der Briten. Die Amerikaner hatten seinen Namen nie erfahren, aber da London seine Informationen an Langley weitergegeben hatte, wußte die CIA einiges über ihn und konnte sich den Rest zusammenreimen. Der Agent war ein KGB-Oberst, der Anfang der siebziger Jahre in Dänemark rekrutiert worden war und seit zwölf Jahren für die Briten spionierte. Obwohl er bereits verdächtigt wurde, kehrte er trotzdem von seinem Posten als KGB-Resident in der sowjetischen Botschaft in London zu einem letzten Besuch nach Moskau zurück. Ames' Verrat bestätigte lediglich den beim KGB schon bestehenden Verdacht gegen Oberst Oleg Gordiewski.

Ein weiterer der vierzehn hatte Glück – oder war clever. Sergei Bochan, der als Offizier des sowjetischen Militärgeheimdienstes GRU in Athen stationiert war, wurde überraschend mit der Begründung nach Moskau zurückbefohlen, sein Sohn habe Examensprobleme an der Militärakademie. Er wußte jedoch, daß die Leistungen seines Sohns gut waren. Nachdem er den reservierten Flug absichtlich verpaßt hatte, wandte er sich an die CIA-Außenstelle Athen und wurde schnellstens außer Landes gebracht.

Die anderen zwölf wurden alle geschnappt. Einige waren in der UdSSR, andere im Ausland. Die sich im Ausland aufhielten, wurden unter verschiedenen Vorwänden zurückgerufen. Alle wurden bei ihrer Ankunft verhaftet.

Alle zwölf wurden intensiv verhört, und alle zwölf gestanden.

Die Alternative wären noch »intensivere« Verhöre gewesen. Zwei kamen mit jahrelangen Lagerstrafen davon und leben jetzt in Amerika. Die anderen zehn wurden gefoltert und erschossen.

Nachdem Jock Macdonald am Spätnachmittag in Heathrow angekommen war, fuhr er als erstes in die Zentrale des Secret Intelligence Service in Vauxhall Cross. Er war müde, obwohl er im Flugzeug ein Nickerchen riskiert hatte, und der Gedanke, in seinen Club zu fahren, um ein Bad zu nehmen und wieder richtig zu schlafen, war verlockend. Die Wohnung, die seiner in Moskau zurückgebliebenen Frau und ihm in Chelsea gehörte, war vermietet und stand ihm nicht zur Verfügung.

Aber bevor er an Ruhe denken konnte, mußte der Aktenkoffer, den er noch immer am linken Handgelenk angekettet trug, erst sicher in der Zentrale verwahrt sein. Der Dienstwagen, der ihn in Heathrow abgeholt hatte, setzte ihn auf dem südlichen Themseufer vor dem Ungetüm aus Grünglas und Sandstein ab, in dem der Geheimdienst jetzt untergebracht war, seit er vor sieben Jahren aus dem schäbigen alten Century House ausgezogen war.

Unter Anleitung des eifrigen jungen Mitarbeiters auf Probe, der ihn vom Flughafen abgeholt hatte, überwand er die Sicherheitssysteme am Eingang und konnte das Schriftstück dann endlich im Safe des Leiters der Rußlandabteilung hinterlegen. Sein Vorgesetzter hatte ihn herzlich, aber auch etwas neugierig begrüßt.

»Drink?« fragte Jeffrey Marchbanks und deutete dabei auf einen mit Holz verkleideten Aktenschrank, der – wie sie beide wußten – in Wirklichkeit eine Cocktailbar enthielt.

»Gute Idee. Ist ein verdammt langer und harter Tag gewesen. Scotch.«

Marchbanks öffnete die Schranktür und begutachtete seine Vorräte. Macdonald war ein Schotte, der das Nationalgetränk seiner Heimat unverdünnt trank. Der Abteilungsleiter schenkte ihm einen doppelten Macallan ein, ließ die Eiswürfel weg und gab ihm das Glas.

»Hab' natürlich gewußt, daß du kommst – aber nicht, warum. Schieß los.«

Macdonald erzählte seine Geschichte von Anfang an.

»Das muß ein Schwindel sein, versteht sich«, sagte Marchbanks schließlich.

»Auf den ersten Blick schon«, stimmte Macdonald zu. »Aber dann ist's der unsubtilste Schwindel, den ich je gesehen habe. Und wer steckt dahinter?«

»Komarows politische Gegner, denke ich.«

»Die hat er reichlich«, bestätigte Macdonald. »Aber was für eine verrückte Methode, uns das Ding zuzuspielen! Praktisch eine Aufforderung, es ungelesen wegzuwerfen. Der junge Gray hat's nur zufällig entdeckt.«

»Nun, als nächstes müßte man's lesen. Du hast's schon gelesen, nehme ich an?«

»Die ganze letzte Nacht lang. Es ist ein politisches Manifest, und der Inhalt ist... beunruhigend.«

»Natürlich russisch geschrieben?«

»Ja.«

»Hmmm. Dafür reichen meine Russischkenntnisse vermutlich nicht aus. Wir müssen es übersetzen lassen.«

»Übersetzen möchte ich's lieber selbst«, sagte Macdonald. »Nur für den Fall, daß es doch kein Schwindel ist. Du wirst sehen, was ich meine, wenn du's gelesen hast.«

»Also gut, Jock. Die Entscheidung liegt bei dir. Was hast du vor?«

»Zuerst in den Club. Baden, rasieren, zu Abend essen und schlafen. Gegen Mitternacht wieder hier und bis Dienstbeginn daran arbeiten. Wir sehen uns also morgen früh wieder.«

Marchbanks nickte.

»Gut, dann stelle ich dir am besten mein Büro zur Verfügung. Ich benachrichtige den Sicherheitsdienst.«

Als Jeffrey Marchbanks am nächsten Morgen kurz vor zehn Uhr in sein Büro zurückkam, fand er Jock Macdonald ohne Schuhe und Sakko und mit gelockerter Krawatte auf dem Sofa ausgestreckt. Neben der schwarzen Akte auf seinem Schreibtisch lag ein Stapel weißer Computerausdrucke.

»Das wär's also«, sagte Macdonald. »In der Sprache Shakespeares. Die Diskette steckt übrigens noch im Laufwerk, aber sie sollte rausgenommen und sicher verwahrt werden.«

Marchbanks nickte, bestellte Kaffee, setzte seine Brille auf und begann zu lesen. Eine hübsche, langbeinige Blondine, deren Eltern bestimmt Fuchsjagden ritten, brachte den Kaffee herein, lächelte und ging wieder hinaus.

Marchbanks unterbrach seine Lektüre. »Der Mann ist natürlich übergeschnappt.«

»Falls Komarow das geschrieben hat, dann ja. Oder verbrecherisch. Oder beides. Jedenfalls potentiell gefährlich. Lies weiter.«

Marchbanks las weiter. Als er fertig war, blies er seine Wangen auf und atmete aus. »Das muß ein Schwindel sein. Wer das alles wirklich will, würde sich hüten, es auch nur zu Papier zu bringen.«

»Außer er hätte vorgehabt, es nur dem engsten Kreis seiner Mitfanatiker zugänglich zu machen«, schlug Macdonald vor.

»Also gestohlen?«

»Möglicherweise. Oder vielleicht gefälscht. Aber wer ist der Stadtstreicher gewesen, und wie ist er an dieses Schriftstück gekommen? Das wissen wir nicht.«

Marchbanks überlegte angestrengt. War das Schwarze Manifest eine Fälschung und ein Schwindel, hatte der SIS schwere Nachteile zu erwarten, wenn er es ernst nahm. Erwies es sich als echt, waren die Nachteile noch schwerwiegender, wenn es nicht ernstgenommen wurde.

»Ich glaube«, sagte er zuletzt, »das möchte ich dem Controller, vielleicht sogar dem Chef zeigen.«

David Brownlow, der Controller Eastern Hemisphere, sprach um zwölf Uhr mit ihnen, und der Chef bat alle drei um Viertel nach eins zum Mittagessen in sein holzgetäfeltes Speisezimmer im obersten Stock, von dem aus man einen wunderbaren Panoramablick über die Themse und die Vauxhall Bridge hatte.

Sir Henry Coombs war noch nicht ganz sechzig und in seinem letzten Jahr als SIS-Chef. Wie seine Vorgänger ab Maurice Oldfield hatte er im Dienst Karriere gemacht und sich seine Fähigkeiten im kalten Krieg erworben, der vor einem Jahrzehnt zu Ende gegangen war. Im Gegensatz zur CIA, deren Direktoren stets nach politischen Kriterien ernannt und nicht immer geeignet waren, hatte der SIS es drei Jahrzehnte lang verstanden, Premierminister dazu zu überreden, ihm einen Chef zu geben, der den Dienst aus Erfahrung kannte.

Und das funktionierte. Nach 1985 hatten drei aufeinanderfolgende CIA-Direktoren eingestanden, kaum über das wahrhaft katastrophale Ausmaß der Affäre Ames unterrichtet worden zu sein, bis sie die Zeitungen gelesen hatten. Henry Coombs genoß das Vertrauen seiner Untergebenen und kannte alle Einzelheiten, die er wissen mußte. Und seine Leute wußten, daß er informiert war. Er las das Manifest, während er seine Vichyssoise löffelte. Er war jedoch ein schneller Leser und nahm alles in sich auf.

»Für Sie ist das sicher sehr ermüdend, Jock, aber erzählen Sie mir alles noch mal.«

Coombs hörte aufmerksam zu, stellte zwei kurze Fragen und nickte dann. »Ihre Meinung, Jeffrey?«

Nach dem Leiter der Rußlandabteilung fragte er Brownlow, den Controller East. Beide äußerten sich etwa gleichlautend. Ist das Manifest echt? Das müssen wir rausbekommen.

»Was mich verblüfft«, sagte Brownlow, »ist einfach folgendes: Warum hat Komarow das alles niedergeschrieben, wenn das seine wahren politischen Ziele sind? Wie wir wissen, können selbst streng geheime Dokumente gestohlen werden.«

Sir Henry Coombs täuschend milder Blick ruhte auf dem Moskauer Stationsleiter. »Irgendwelche Ideen, Jock?«

Macdonald zuckte mit den Schultern. »Warum bringt jemand seine geheimsten Gedanken und Pläne zu Papier? Warum bekennen Leute das Unbekennbare in ihren Tagebüchern? Warum führen Menschen peinlich intime Aufzeichnungen? Warum speichern selbst Dienste wie unserer ihr allergeheimstes Material? Vielleicht ist das hier eine Denkschrift für den innersten Führungskreis gewesen – oder eine Art Selbsttherapie. Oder vielleicht ist das Ganze nur eine Fälschung, die dem Mann schaden soll. Ich weiß es nicht.«

»Ah, sehen Sie?« sagte Sir Henry. »Wir wissen es nicht. Aber nachdem ich das Manifest gelesen habe, finde ich auch, daß wir's wissen müssen. So viele Fragen. Wie zum Teufel ist dieses Machwerk entstanden? Stammt es wirklich von Igor Komarow? Ist dieser erschreckende Schwall von Verrücktheiten ein Programm, das er verwirklichen will, falls oder vielmehr sobald er an die Macht kommt? Und falls diese Denkschrift von ihm stammt – wie ist sie gestohlen worden, wer hat sie entwendet, warum ist sie gerade uns zugespielt worden? Oder besteht sie nur aus einer Ansammlung von Lügen?«

Er rührte seinen Kaffee um und starrte die beiden Dokumente, das Original und Macdonalds Übersetzung, zutiefst angewidert an. »Sorry, Jock, aber wir brauchen die Antworten auf diese Fragen. Bevor wir sie nicht haben, kann ich damit nicht nach oben gehen. Vielleicht nicht mal dann. Für Sie heißt's, zurück nach Moskau, Jock. Ich weiß nicht, wie Sie das schaffen wollen; das ist Ihre Sache. Aber wir müssen's wissen.«

Der SIS-Chef hatte wie alle seine Vorgänger zwei Aufgaben. Die eine war professionell: Er hatte nach Kräften dafür zu sorgen, daß der Nation der bestmögliche Geheimdienst zur Verfügung stand. Die andere war politisch: Er mußte Verbindung zum Joint Intelligence Committee halten, in dem die manchmal schwierigen Mandarine ihres Hauptkunden – des Außenministeriums – saßen, beim Kabinettsamt um Haushaltsmittel kämpfen und unter den Politikern, aus denen die Regierung bestand, Freundschaften kultivieren. Diese vielschichtige Aufgabe war nichts für Dummköpfe oder Zimperliche.

Was Sir Henry unter keinen Umständen präsentieren wollte, war irgendeine überspannte Geschichte von einem Stadtstreicher, der einem noch äußerst jungen Diplomaten ein Schriftstück, das jetzt dessen Fußabdrücke trug, ins Auto geworfen hatte – ein von geistesgestörter Grausamkeit geprägtes Programm, das echt sein konnte oder auch nicht. Er wäre mit fliegenden Fahnen untergegangen, das wußte er recht gut.

»Ich fliege heute nachmittag zurück, Chef.«

»Unsinn, Jock, Sie haben zwei scheußliche Nächte nacheinander hinter sich. Sehen Sie sich eine Show an, schlafen Sie acht Stunden in einem Bett. Morgen können Sie mit der ersten Linienmaschine ins Land der Kosaken zurückfliegen.« Er sah auf seine Uhr. »Und wenn Sie mich jetzt bitte entschuldigen wollen...«

Die drei verließen das Speisezimmer. Macdonald kam jedoch weder ins Theater noch ins Bett. In Marchbanks Büro lag eine Nachricht frisch aus dem Chiffrierraum. Celia Stones Apartment war aufgebrochen und völlig durchwühlt worden. Sie war vom Abendessen heimgekommen und hatte zwei maskierte Männer überrascht, von denen einer sie mit einem Stuhlbein niedergeschlagen hatte. Jetzt lag sie im Krankenhaus, war aber nicht lebensgefährlich verletzt.

Marchbanks reichte die Nachricht wortlos an Macdonald weiter, der sie ebenfalls las.

»Oh, Scheiße«, sagte er.

WASHINGTON, JULI 1985
Als der Tip kam, war er, wie so oft in der Welt der Spionage, verschwommen, stammte aus zweiter Hand und bedeutete möglicherweise nur Zeitverschwendung.

Ein amerikanischer Freiwilliger, der in der unattraktiven marxistisch-leninistischen Republik Südjemen für ein UNICEF-Hilfsprogramm arbeitete, machte in New York Urlaub und traf sich dort mit einem ehemaligen Klassenkameraden, der beim FBI war, zum Abendessen.

Als sie auf die umfangreiche sowjetische Militärhilfe zu sprechen kamen, die Moskau dem Südjemen gewährte, schilderte der UNICEF-Mitarbeiter einen Abend in der Bar im Rock Hotel in Aden, wo er mit einem russischen Major ins Gespräch gekommen war.

Wie die meisten dort stationierten Russen sprach der Mann praktisch kein Arabisch, sondern verkehrte mit den Jemeniten, deren Land eine britische Kolonie gewesen war, auf englisch. Weil die USA im Südjemen so unbeliebt waren, hatte der Amerikaner sich angewöhnt, sich dort als Schweizer auszugeben. Das erzählte er dem russischen Offizier.

Außer Hörweite seiner Landsleute zog der Russe, der sich immer mehr betrank, erbittert über die Führungsspitze seines Landes her. Er beschuldigte sie, massiv korrupt und kriminell verschwenderisch zu sein und bei ihren Bemühungen, die Dritte Welt zu subventionieren, keinerlei Rücksicht auf die eigene Bevölkerung zu nehmen.

Nachdem der UNICEF-Mitarbeiter diese Anekdote beim Dinner zum Besten gegeben hatte, wäre er von der Bildfläche verschwunden, wenn der FBI-Mann diese Geschichte nicht einem Freund in der CIA-Außenstelle New York weitererzählt hätte.

Der CIA-Agent beriet sich mit seinem Vorgesetzten und lud den UNICEF-Mitarbeiter dann zu einem zweiten Abendessen ein, bei dem der Wein in Strömen floß. Um zu provozieren, klagte der CIA-Mann darüber, daß es den Russen gelinge, ihre Freundschaft mit den Ländern der Dritten Welt, vor allem im Nahen Osten, immer mehr zu vertiefen.

Um seine überlegene Sachkenntnis zu beweisen, unterbrach ihn der UNICEF-Mitarbeiter mit der Feststellung, das sei keineswegs der Fall; er wisse aus eigener Erfahrung, daß viele Russen die Araber haßten und rasch darüber verärgert waren, daß sie außerstande zu sein schienen, einfache Technologien zu beherrschen, und es andererseits schafften, alle modernen Geräte und Maschinen, die man ihnen zur Verfügung stellte, in kürzester Zeit zu demolieren.

»Ich meine, sehen Sie sich das Land an, aus dem ich gerade komme...«, sagte er.

Nach dem Abendessen hatte der CIA-Agent eine Vorstellung von einer riesigen Gruppe von Militärberatern, deren Mitglieder vor Frustration nicht mehr weiterwußten und ihre Anwesenheit in der Demokratischen Volksrepublik Südjemen für sinnlos hielten. Außerdem hatte er eine Personenbeschreibung des offenbar desillusionierten Majors: groß, muskulös, ziemlich orientalische Gesichtszüge. Und einen Namen: Solomin.

Sein Bericht kam nach Langley, wo ihn der Leiter der Abteilung SO erhielt, der mit Carey Jordan darüber sprach.

»Die Sache kann belanglos, und sie kann gefährlich sein«, erklärte der stellvertretende Direktor (Beschaffung) drei Tage später Jason Monk. »Aber trauen Sie sich zu, in den Südjemen zu fliegen und mit diesem Major Solomin zu reden?«

Monk beriet sich lange mit den Nahostexperten in den Hinterzimmern und erkannte bald, daß der Südjemen eine harte Nuß war. Bei der dortigen kommunistischen Staatsführung, die von Moskau eifrig umworben wurde, waren die USA völlig in Ungnade gefallen. Trotzdem gab es im Südjemen außer den Russen eine überraschend starke Ausländerkolonie.

Obwohl die Briten sich 1976 ihren Rückzug aus Aden buchstäblich hatten erkämpfen müssen, waren sie wieder zahlreich vertreten. Die Crown Agents waren bei Beschaffungen im Ausland behilflich, De la Rue druckte Banknoten, und Tootal baute eine Textilfabrik. Massey Ferguson montierte im Südjemen Traktoren, und

Costain baute in der Vorstadt Shaykh 'Uthman, in der die Fallschirmjäger sich damals ihren Weg von Straße zu Straße freigeschossen hatten, eine Keksfabrik. Britische Ingenieure arbeiteten am Bau einer neuen Trinkwasserversorgung und einem Projekt zum Schutz vor Überflutungen mit, während die britische Wohltätigkeitsorganisation Save the Children gemeinsam mit den französischen Médecins Sans Frontières auf dem Land Medikamente verteilte.

Damit blieben für die Vereinten Nationen drei Tätigkeitsbereiche: Die FAO beriet in landwirtschaftlichen Fragen, die UNICEF nahm sich der Straßenkinder an, und die WHO förderte Gesundheitsprojekte.

Selbst wenn man eine Fremdsprache perfekt beherrscht, ist es eine riskante Sache, sich als Staatsbürger des jeweiligen Landes auszugeben und in dieser Rolle dem Original zu begegnen. Monk entschied sich dagegen, als Brite einzureisen, weil jeder Engländer ihn in zwei Minuten als Hochstapler entlarvt hätte. Das gleiche galt für die Franzosen.

Aber die USA waren der größte Geldgeber der Vereinten Nationen und besaßen in vielen ihrer Unterorganisationen offen oder verdeckt Einfluß. Nachforschungen ergaben, daß es bei der FAO-Vertretung in Aden keinen Spanier gab. Eine neue Legende wurde zusammengestellt, und mit stillschweigendem Einverständnis der zuständigen Stellen würde Monk im Oktober als Inspekteur der FAO-Zentrale in Rom mit einem Einmonatsvisum in den Südjemen reisen, um die Fortschritte landwirtschaftlicher Projekte zu begutachten. Seinen Ausweisen nach würde er ein gewisser Estéban Martinez Llorca sein. In Madrid stattete die noch immer dankbare spanische Regierung ihn mit echten Papieren aus.

Jock Macdonald kam zu spät nach Moskau zurück, um Celia Stone im Krankenhaus aufsuchen zu können, aber er besuchte sie am nächsten Morgen, am zwanzigsten Juli. Die junge Stellvertreterin des Presseattachés trug einen Kopfverband und war leicht benommen, aber sie konnte seine Fragen beantworten. Sie war zur gewohnten Zeit nach Hause gefahren; sie hatte niemanden gesehen, der sie verfolgte. Andererseits war sie dafür nicht ausgebildet.

Nach drei Stunden in ihrem Apartment war Celia mit einer Freundin aus der kanadischen Botschaft zum Abendessen ausgegangen und gegen halb zwölf zurückgekommen. Die Einbrecher mußten ihren Schlüssel im Schloß gehört haben, denn als sie hereinkam, war alles still. Sie machte in der Diele Licht und sah, daß die Wohnzimmertür offen und der Raum dahinter dunkel war. Das war merkwürdig, denn sie hatte im Wohnzimmer eine Lampe brennen lassen. Die Wohnzimmerfenster führten auf den Innenhof hinaus, und das Licht hinter den Vorhängen hätte den Anschein erweckt, jemand sei daheim. Sie sagte sich, die Glühbirne müsse durchgebrannt sein.

Als sie die Wohnzimmertür erreichte, kamen zwei Gestalten aus dem Dunkel auf sie zu. Eine schwang etwas, das sie seitlich am Kopf traf. Während sie zu Boden ging, nahm sie noch undeutlich wahr, daß zwei Männer über sie hinwegsprangen und zur Wohnungstür liefen. Sie wurde bewußtlos. Als sie wieder zu sich kam – nach wie langer Zeit, konnte sie nicht beurteilen –, kroch sie ans Telefon und rief einen Nachbarn an. Dann wurde sie nochmals ohnmächtig und wachte erst im Krankenhaus auf. Mehr wußte sie nicht.

Macdonald besichtigte das Apartment. Der Botschafter hatte beim Außenministerium protestiert, das ihm sein Bedauern ausgedrückt und sich wiederum beim Innenministerium beschwert hatte. Von dort aus war die Moskauer Staatsanwaltschaft angewiesen worden, ihren besten Ermittler einzusetzen. Ein ausführlicher Bericht sollte schnellstmöglich vorgelegt werden. In Moskau bedeutete das: Verlaß dich lieber nicht drauf.

Die Meldung nach London war in einem Punkt falsch gewesen. Celia Stone war nicht mit einem Stuhlbein, sondern mit einer kleinen Porzellanfigur niedergeschlagen worden. Sie war zersplittert. Wäre die Figur aus Metall gewesen, würde die junge Frau jetzt nicht mehr leben.

In der Wohnung ermittelten noch russische Kriminalbeamte, die alle Fragen des englischen Diplomaten bereitwillig beantworteten. Die beiden Milizionäre an der Schranke zum Hof hatten kein russisches Auto eingelassen, also mußten die Männer zu Fuß gekommen sein. An den Milizionären war niemand vorbeigekommen. Das würden sie auf jeden Fall behaupten, sagte Macdonald sich. Da die Wohnungstür nicht aufgesprengt worden war, mußten die Einbrecher sie mit einem Dietrich geöffnet haben – außer sie hatten den passenden Schlüssel gehabt, was unwahrscheinlich war. In diesen schwierigen Zeiten waren sie vermutlich auf der Suche nach Devisen gewesen. Ein höchst bedauerlicher Vorfall. Macdonald nickte.

Privat verdächtigte er Männer der Schwarzen Garde, in die Wohnung eingedrungen zu sein. Wahrscheinlicher war jedoch eine Auftragsarbeit von Gangstern der hiesigen Unterwelt. Oder von ehemaligen KGB-Leuten – von denen gab es schließlich genug. Moskauer Einbrecher vergriffen sich nur sehr selten an Diplomatenwohnungen; das Risiko war ihnen zu hoch. Autos auf offener Straße waren willkommene Beute, aber nicht bewachte Apartments. Die Durchsuchung war gründlich und professionell gewesen, aber die Eindringlinge hatten nichts mitgenommen – nicht einmal etwas Schmuck aus dem Schlafzimmer. Ein Profijob wegen eines einzigen Gegenstands, der nicht aufgefunden worden war. Macdonald befürchtete das Schlimmste.

Nach seiner Rückkehr in die Botschaft hatte Macdonald eine Idee: Er rief die Staatsanwaltschaft an und ließ den Kriminalbeamten, der die Ermittlungen leitete, um seinen Besuch bitten. Chefinspektor Tschernow suchte ihn um fünfzehn Uhr auf.

»Ich kann Ihnen vielleicht behilflich sein«, sagte Macdonald.

Der Kriminalbeamte zog die Augenbrauen hoch. »Dafür wäre ich Ihnen sehr dankbar«, antwortete er.

»Miss Stone, unserer jungen Dame, ist's heute morgen bessergegangen. Viel besser.«

»Freut mich, das zu hören«, sagte der Chefinspektor.

»So sehr, daß sie imstande gewesen ist, einen der Angreifer einigermaßen gut zu beschreiben. Sie hat ihn im Licht der Dielenlampe gesehen, bevor sie niedergeschlagen wurde.«

»Ihrer ersten Aussage nach hat sie keinen der beiden gesehen«, stellte Tschernow fest.

»In solchen Fällen kommt die Erinnerung manchmal nach einiger Zeit zurück. Sie haben gestern nachmittag mit ihr gesprochen, Chefinspektor?«

»Ja, um vier Uhr nachmittags. Sie ist wach gewesen.«
»Aber noch benommen, vermute ich. Heute morgen ist sie in besserer Verfassung gewesen. Die Frau eines unserer Mitarbeiter hier ist zufällig Malerin. Sie hat nach Miss Stones Angaben ein Bild des Einbrechers gezeichnet.«
Er reichte Tschernow die Fotokopie eines Kohle- und Bleistiftporträts über seinen Schreibtisch. Die Miene des Chefinspektors hellte sich auf.
»Das ist sehr nützlich«, sagte er. »Ich werde es im Einbruchsdezernat verteilen lassen. In diesem Alter ist der Mann sicher mehrfach vorbestraft.« Er stand auf, um zu gehen. Macdonald erhob sich ebenfalls.
»Freut mich, wenn ich Ihnen helfen konnte«, sagte er. Sie schüttelten sich die Hand, und der Kriminalbeamte ging.

In der Mittagspause waren Celia Stone und die Künstlerin in diese neue Version der Entstehungsgeschichte des Porträts eingeweiht worden. Obwohl sie den Grund dafür nicht verstanden, waren beide bereit, sie zu bestätigen, falls der Chefinspektor danach fragte. Er tat es jedoch nie.

Ebensowenig erkannten die Männer seiner über ganz Moskau verteilten Einbruchskommissionen das Gesicht. Aber sie hängten die Fotokopien trotzdem in ihren Diensträumen auf.

Moskau, Juli 1985

Nach dem unverhofften Glückstreffer, zu dem Aldrich Ames ihm soeben verholfen hatte, tat der KGB etwas ziemlich Ungewöhnliches.

Zu den eisernen Regeln des großen Spiels gehört, daß ein Dienst, der plötzlich einen wertvollen Informanten mitten im Zentrum des Feindes gewinnt, ihn wirksam schützen muß. Enttarnt die neue Quelle eine ganze Reihe von Verrätern, zieht der frisch aufgeklärte Dienst die Genannten sehr langsam und vorsichtig aus dem Verkehr, wobei er bewußt den Eindruck erweckt, für jede Verhaftung habe es andere Gründe gegeben.

Erst wenn der Informant den Gefahrenbereich verlassen hat und hinter den eigenen Linien in Sicherheit ist, können die Agenten, die er verraten hat, alle auf einmal verhaftet werden. Wollte man anders vorgehen, könnte man ebensogut eine ganzseitige Anzeige mit folgendem Text in die *New York Times* setzen: »Hallo, Leute! Wir haben jetzt einen wichtigen Maulwurf mitten in eurer Organisation – und seht euch an, was er uns geliefert hat.«

Da Ames weiter im innersten Zentrum der CIA arbeitete und hoffentlich noch jahrelang gute Dienste leisten würde, hätte die Erste Hauptverwaltung sich lieber an die Spielregeln gehalten und die vierzehn enttarnten Verräter langsam und vorsichtig unschädlich gemacht. Aber in diesem Punkt wurde sie trotz ihrer fast unter Tränen vorgebrachten Einwände von Michail Gorbatschow rigoros überstimmt.

Bei der Durchsicht des aus Washington angelieferten Materials erkannte die Gruppe Kolokol, daß einige der Beschriebenen auf Anhieb identifizierbar waren, während andere erst durch sorgfältige Ermittlungen aufgespürt werden konnten. Einige der sofort Identifizierbaren waren noch im Ausland stationiert und würden so geschickt in die Heimat zurückgelockt werden müssen, daß sie keinen Verdacht schöpften. Das konnte Monate dauern.

Ihre zweite Entscheidung betraf die Nichteinschaltung ihrer Konkurrenz von der Zweiten Hauptverwaltung. Da sie Auslandseinsätze gewöhnt waren, war ihnen nicht bewußt, daß sie auf den Straßen Moskaus nur Unterdurchschnittliches leisten würden.

Anfangen wollten sie, so wurde es beschlossen, mit Oberst Oleg Gordiewski, dem »britischen« Agenten. Schließlich stand er als Ergebnis jahrelanger geduldiger Ermittlungsarbeit bereits in Verdacht. Ames' Beschreibung eines hohen KGB-Offiziers, der erst kürzlich nach Moskau zurückgekehrt war, paßte genau auf Gordiewski und bestätigte seine Schuld. Ohne andere Dienststellen zu informieren, stellte die Erste Hauptverwaltung ihn deshalb in Moskau unter strikte Überwachung, was normalerweise eine Spezialität der Zweiten Hauptverwaltung war. Dieser Versuch endete mit einem Fiasko.

Gordiewski war kein Dummkopf und wußte, daß seine Zeit ablief. Er hätte niemals heimkehren dürfen. Er hätte dem Drängen seiner Londoner Freunde nachgeben und in Person überlaufen sollen, wie er schon vor zwölf Jahren im Geiste übergelaufen war.

Es gab ein Verfahren, das die Briten ihm eingebleut hatten – eine

Möglichkeit, ihnen selbst unter Überwachung mitzuteilen: »Ich bin in Gefahr, ich brauche SOFORT Hilfe.« Er benutzte es, und sein Hilferuf kam an. Der SIS arbeitete einen Plan aus, um ihn dort herauszuholen, aber dabei hätte die Botschaft mithelfen müssen. Mit Rückendeckung durchs Außenministerium verweigerte der Botschafter jegliche Mitwirkung.

Der damalige SIS-Chef nutzte sein Vorrecht, um ein privates Gespräch mit der Premierministerin zu bitten, und bekam einen Termin. Er erläuterte ihr das Problem.

Seltsamerweise konnte Mrs. Thatcher sich an Gordiewski erinnern. Im Vorjahr hatte Michail Gorbatschow noch vor seiner Ernennung zum Präsidenten London besucht und sie sehr beeindruckt. Als Dolmetscher saß ein Diplomat aus der sowjetischen Botschaft neben ihm. Mr. Gordiewski. Sie ahnte nicht, daß er für sie arbeitete, aber sie war beeindruckt, wie erstaunlich zutreffend die ihr vorgelegten Analysen über Gorbatschows private Gedankengänge waren. Gordiewski hatte sie über Nacht geliefert.

Ihre knallblauen Augen blitzten, als sie jetzt aus ihrem Sessel aufsprang. »Natürlich müssen wir ihn dort rausholen!« entschied sie. »Er ist ein tapferer Mann und einer von uns.«

Binnen einer Stunde waren Außenministerium und Botschafter überstimmt worden. Am Morgen des neunzehnten Juli öffneten sich die Tore der britischen Botschaft, und ein Auto nach dem anderen rollte auf die Straße hinaus. Die KGB-Beobachter waren überfordert. Eines ihrer Überwachungsfahrzeuge nach dem anderen folgte den Briten, die alle in verschiedene Richtungen unterwegs waren. Zuletzt standen keine russischen Wagen mehr da. Dann kamen zwei identische Lieferwagen Ford Transit heraus. Sie wurden nicht mehr beschattet. Einer fuhr neben Gordiewski her, der seinen morgendlichen Dauerlauf machte, und eine Stimme rief: »Oleg, rein mit dir!« Der Oberst hechtete durch die offene Schiebetür.

Hinter ihm forderten die beiden Beschatter von der Ersten Hauptverwaltung hastig ihr eigenes bereitstehendes Fahrzeug an, das die Straße entlangraste und kurz hielt, um sie einsteigen zu lassen.

Die Entführung war absichtlich vor einer Straßenecke inszeniert worden, um die der Lieferwagen verschwand, um sofort in eine Gasse abzubiegen. Nun fuhr der identische Transit vom Randstein weg, so daß die Russen hinter der Straßenecke einen weißen Lieferwagen sahen, den sie verfolgten. Als er nach vielen Kilometern Fahrt endlich umringt und angehalten wurde, bestand seine Ladung nur aus Frischgemüse für die Botschaft. Der Transit mit Gordiewski war längst in der Botschaft in Sicherheit.

Dort hatte ein Team von Instandsetzungssoldaten einen Landrover mit langem Radstand so umgebaut, daß über der Kardanwelle ein schmaler Hohlraum entstand. In dieses Versteck wurde der Russe gezwängt, bevor der Landrover zwei Tage später nach Finnland abfuhr. Trotz diplomatischer Immunität wurde er auf der sowjetischen Seite der Grenze angehalten und durchsucht – allerdings ergebnislos. Eine Stunde später wurde ein sehr steifer Oleg Gordiewski tief in den finnischen Wäldern aus seinem Gefängnis befreit und nach Helsinki gebracht.

Einige Tage später wurde seine Flucht bekannt. Das sowjetische Außenministerium bestellte den britischen Botschafter ein, der Haltung bewahrte und seinem Gesprächspartner erklärte, er wisse gar nicht, wovon die Rede sei.

Innerhalb weniger Monate war Gordiewski in Washington, wo er bei der CIA auspackte. Zu seinen Befragern gehörte Aldrich Ames: äußerlich lächelnd, aber innerlich steif vor Angst. Was – falls überhaupt etwas – wußte der Russe über einen amerikanischen Verräter? Zu Ames' Glück nichts. Niemand ahnte etwas von ihm.

Jeffrey Marchbanks glaubte, eine Möglichkeit gefunden zu haben, seinem Kollegen in Moskau bei dem Versuch zu helfen, das Schwarze Manifest zu verifizieren oder als Schwindelprodukt zu entlarven.

Zu Macdonalds Problemen gehörte, daß er keine vernünftige Möglichkeit hatte, sich Zugang zu Igor Komarow persönlich zu verschaffen. Nach Marchbanks Einschätzung würde ein ausführliches Exklusivinterview mit dem Vorsitzenden der Union Patriotischer Kräfte irgendwelche Hinweise darauf liefern, ob sich unter dem Lack dieses Mannes, der sich als zugegebenermaßen rechten

Konservativen und Nationalisten darstellte, das Gedankengut eines fanatischen Nazis verbarg.

Marchbanks glaubte, jemanden zu kennen, der dieses Interview bekommen würde. Im Winter hatte er an einer Fasanenjagd teilgenommen, bei der einer der Jagdgäste der neue Chefredakteur der führenden konservativen Tageszeitung Englands gewesen war. Am einundzwanzigsten Juli rief er den Chefredakteur an, erinnerte ihn an ihre gemeinsame Fasanenjagd und vereinbarte mit ihm, daß sie sich am nächsten Tag in seinem Club in der St. James's Street zum Mittagessen treffen würden.

Moskau, Juli 1985

In Moskau löste Gordiewskis geglückte Flucht eine lautstarke Auseinandersetzung aus. Sie fand am letzten Tag des Monats im Arbeitszimmer des KGB-Vorsitzenden im zweiten Stock der KGB-Zentrale am Dserschinskiplatz statt.

Das Büro war ein düsterer Raum, in dem einige der blutrünstigsten Ungeheuer gehaust hatten, die unser Planet je erlebt hat. Jagoda und nach ihm Jeschow hatten hier gesessen und Stalins Befehle ausgeführt, den Boden Rußlands mit dem Blut von Millionen zu tränken. Berija, der psychopathische Päderast, war ihnen nachgefolgt, und später waren Serow, Semischastni und der vor kurzem verstorbene Juri Andropow, der dieses Amt länger als jeder andere innegehabt hatte – fünfzehn Jahre von 1963 bis 1978 –, seine Nachfolger gewesen.

An dem T-förmigen Schreibtisch waren Befehle unterzeichnet worden, die bewirkt hatten, daß Männer unter der Folter brüllten, in den Schneewüsten Sibiriens den Erfrierungstod starben oder auf einem kahlen Innenhof kniend durch Genickschuß erledigt wurden.

Über solche Machtfülle verfügte General Wiktor Tschebrikow nicht mehr ganz. Die Zeiten änderten sich, und Hinrichtungsbefehle mußten heutzutage vom Generalsekretär persönlich genehmigt werden. Aber für Verräter wurden sie noch immer unterzeichnet, und die heutige Besprechung würde dafür sorgen, daß weitere ausgestellt wurden.

Sehr in der Defensive vor dem Schreibtisch des Vorsitzenden war

Wladimir Krjutschkow, der Leiter der Ersten Hauptverwaltung, dessen Männer kläglich versagt hatten. In der Offensive befand sich der Leiter der Zweiten Hauptverwaltung, der kleine, stämmige, breitschultrige General Witali Bojarow, der fuchsteufelswild war.

»Das ganze Unternehmen ist ein völliger *rasebaistwo* gewesen!« wütete er. Selbst unter Generalen waren solche Kraftausdrücke sehr beliebt, weil sie soldatische Rauhbeinigkeit und eine Herkunft aus der Arbeiterklasse bewiesen. Das Wort bedeutet »üble Rumfickerei«.

»Soll nicht wieder passieren«, murmelte Krjutschkow bedrückt.

»Ich schlage vor«, sagte der Vorsitzende, »daß wir uns auf eine Arbeitsteilung einigen, an die wir uns in Zukunft halten wollen. Auf dem Staatsgebiet der Sowjetunion werden Verräter nur von der Zweiten Hauptverwaltung verhaftet und verhört. Sollten in Zukunft weitere Verräter identifiziert werden, wird dieses Verfahren eingehalten. Ist das klar?«

»Es wird weitere geben«, murmelte Krjutschkow. »Insgesamt noch dreizehn.«

Daraufhin herrschte mehrere Sekunden lang Schweigen.

»Wie sollen wir das verstehen, Wladimir Alexandrowitsch?« fragte der Vorsitzende ruhig.

Nun schilderte Krjutschkow, was sich vor sechs Wochen in Chadwick's in Washington ereignet hatte. Bojarow stieß einen langen Pfiff aus.

»Was haben Sie in dieser Sache unternommen?« fragte Tschebrikow.

»Wir haben eine Sonderkommission aufgestellt, die das Material auswertet. Sie wird nacheinander vierzehn Männer identifizieren – nun, jetzt noch dreizehn –, die für die CIA arbeiten. Lauter Russen. Bei einigen kann die Identifizierung länger dauern als bei den meisten anderen.«

General Tschebrikow traf seine Entscheidung noch am selben Tag. Die Gruppe Kolokol draußen in Jasenewo würde das Material auswerten. Das war Aufgabe der Auslandsaufklärung. Aber sobald ein Verräter identifiziert war, würde sein Name der gemeinsamen Krysolow-(Rattenfänger-)Kommission gemeldet werden, damit der Mann verhaftet und verhört werden konnte. Die Zweite Hauptverwaltung würde für Festnahme und Inhaftierung zuständig sein. Bei allen Verhören würden Offiziere der Ersten Hauptverwaltung anwesend sein, weil sie am besten wußten, welche Fragen zu stellen waren und welche Antworten sie brauchten.

Im übrigen würde die Zweite Hauptverwaltung über Haftfortdauer und Anklageerhebung entscheiden, und jedem Mangel an Auskunfts- oder Geständnisfreudigkeit würde von ihr auf bewährte Weise abgeholfen werden.

Innerhalb einer Woche erstattete General Tschebrikow, der auf diesen KGB-Erfolg stolz war, Michail Gorbatschow ausführlich Bericht. Aber statt seine Begeisterung über den größten Spionagecoup der Neuzeit gegen die Amerikaner zu teilen, war der neue Generalsekretär, der erst seit März im Amt war, entsetzt darüber, in welchem Umfang und auf welcher Ebene die CIA die sowjetische Gesellschaft und vor allem ihre beiden Geheimdienste, den KGB und den Militärgeheimdienst GRU, unterwandert hatte.

Er setzte sich über die Empfehlung des KGB zu behutsamem Vorgehen hinweg und ordnete an, alle von Aldrich Ames Enttarnten seien sofort zu verhaften – oder jedenfalls so bald wie möglich.

Draußen in Jasenewo vermutete der listige alte General Juri Drosdow, früher Leiter der Abteilung für illegale Aktionen, der jetzt an der Spitze der Gruppe Kolokol stand, damit sei Ames erledigt. Aus einem derartigen Blitzkrieg von Verhaftungen eigener Agenten würde Langley schließen, daß es in seinen Reihen einen Maulwurf gab, Ermittlungen anstellen und ihn aufspüren. Zu seiner völligen Verblüffung war das nicht der Fall.

Inzwischen stellte General Bojarow seine Rattenfängerkommission zusammen – das Team, das die Verräter vernehmen würde, sobald sie identifiziert und verhaftet waren. Als Leiter dieser Gruppe wollte er einen ganz besonderen Mann. Auf seinem Schreibtisch lag die Akte eines Oberst, der erst vierzig, aber sehr erfahren war – ein Vernehmer, bei dem es keine Mißerfolge gab. Er blätterte in der Personalakte.

Geboren 1945 in Molotow, dem ehemaligen Perm, das inzwischen wieder Perm hieß, weil Stalins Scherge Molotow im Jahr 1957 in Ungnade gefallen war. Sohn eines mehrfach ausgezeichneten Soldaten, der den Krieg überlebt hatte und heimgekehrt war, um einen Sohn zu zeugen.

Der kleine Tolja wuchs in der grauen Stadt im Norden unter strikter staatlicher Indoktrinierung auf. Aus einer Anmerkung ging hervor, daß sein fanatischer Vater Chruschtschow haßte, weil er seinen Helden Stalin kritisiert hatte, und daß der Junge diese Einstellung seines Vaters übernommen und verinnerlicht hatte. Im Jahr 1963 wurde er als Achtzehnjähriger eingezogen und zu den inneren Truppen des Innenministeriums MWD abkommandiert. Sie hatten Gefängnisse, Arbeitslager und Strafkolonien zu bewachen und wurden zur Niederschlagung von Unruhen eingesetzt. Der junge Soldat übernahm alle Dienstpflichten mit der größten Selbstverständlichkeit.

Die MWD-Sondereinheiten waren auf das Prinzip von Unterdrückung und Kontrolle der Volksmassen ausgerichtet. Auf beiden Gebieten bewährte der Junge sich so gut, daß er eine seltene Belohnung erhielt: die Versetzung ans Leningrader Militärinstitut für Fremdsprachen. Das Institut war eine getarnte KGB-Ausbildungsstätte, die innerhalb des Dienstes als *Kormuschka* – Wiege – bekannt war, weil sie ständig Nachwuchs für die unteren KGB-Dienstgrade produzierte. Absolventen der *Kormuschka* waren für Skrupellosigkeit, Diensteifer und Loyalität berühmt. Der junge Mann glänzte erneut und wurde wieder belohnt.

Diesmal wurde er zur Belohnung in die Abteilung Moskauer Oblast (Stadt und Region Moskau) der Zweiten Hauptverwaltung versetzt, wo er sich in vierjähriger Tätigkeit einen ausgezeichneten Ruf als cleverer Verwaltungsmann, gründlicher Ermittler und unerbittlicher Vernehmungsoffizier erwarb. Tatsächlich spezialisierte er sich so auf Verhöre, daß er eine vielbeachtete Arbeit darüber schrieb, die ihm die Versetzung in die Zentrale der Zweiten Hauptverwaltung einbrachte.

Seit damals hatte er Moskau nicht mehr verlassen, arbeitete von der Zentrale aus vor allem gegen die verhaßten Amerikaner, überwachte ihre Botschaft und beschattete ihr Personal. Zwischendurch verbrachte er ein Jahr im Ermittlungsdienst, bevor er in die Zweite Hauptverwaltung zurückkehrte. Seine Ausbilder und Vorgesetzten hatten sich immer wieder die Zeit genommen, in seiner Personalakte seinen leidenschaftlichen Haß auf Angloamerikaner, Juden, Spione und Verräter sowie einen nicht ganz erklärlichen, aber annehmbaren sadistischen Zug in seinen Verhörmethoden zu vermerken.

General Bojarow klappte das Dossier lächelnd zu. Er hatte seinen Mann gefunden. Wollte er ohne viel Firlefanz rasch Ergebnisse sehen, war Oberst Anatoli Grischin der richtige Mann für ihn.

5

Ungefähr in der Mitte der St. James's Street befindet sich ein anonymes graues Gebäude mit einer blauen Eingangstür, vor der einige Grünpflanzen in Kübeln stehen. Es trägt keinen Namen. Wer weiß, wo und was es ist, hat keine Mühe, es zu entdecken; wer es nicht weiß, gehört zu denen, die dort nicht eingelassen würden, und geht achtlos daran vorbei. Der Brooks's Club macht keine Werbung. Er ist jedoch das Stammlokal vieler leitender Beamter des ganz in der Nähe liegenden Außenministeriums. Dort traf Jeffrey sich am zweiundzwanzigsten Juli mit dem Chefredakteur der Zeitung *Daily Telegraph* zum Mittagessen.

Brian Worthing war achtundvierzig und hatte auf über zwanzig Jahre Berufserfahrung als Journalist zurückblicken können, als Conrad Black, der kanadische Zeitungsbesitzer, ihn vor zwei Jahren von der *Times* abgeworben hatte, um den freigewordenen Chefredakteursposten neu zu besetzen. Worthing hatte sich einen Namen als Auslandskorrespondent und Kriegsberichterstatter gemacht. Als junger Mann hatte er über den Falklandkrieg, seinen ersten richtigen Krieg, und 1990/91 aus dem Golfkrieg berichtet.

Der Tisch, den Marchbanks sich hatte reservieren lassen, war ein kleiner Ecktisch, an dem man ungestört reden konnte, ohne fürchten zu müssen, jemand könnte mithören. Natürlich hätte niemand im Traum daran gedacht, das zu versuchen. Kein Mitglied des Brooks's wäre auf die Idee gekommen, andere Mitglieder zu belauschen, aber alte Gewohnheiten halten sich eben hartnäckig.

»Ich glaube, ich habe schon erwähnt, daß ich im Außenministerium bin«, sagte Marchbanks, als sie bei den eingelegten Shrimps waren.

»Ja, das haben Sie«, bestätigte Worthing. Er war sehr im Zweifel gewesen, ob er diese Einladung zum Mittagessen überhaupt annehmen sollte. Für ihn dauerte jeder Arbeitstag von zehn Uhr bis nach

Sonnenuntergang, und zwei Stunden fürs Mittagessen – drei, wenn man die Hin- und Rückfahrt zwischen Canary Wharf und West End rechnete – konnte er an sich nur erübrigen, wenn sie sich lohnten.

»Nun, in Wirklichkeit arbeite ich in einem anderen Gebäude, das von der King Charles Street aus gesehen flußabwärts und auf dem anderen Ufer liegt«, fuhr Marchbanks fort.

»Ah«, sagte der Chefredakteur. Er kannte den Bau in Vauxhall Cross, obwohl er noch nie darin gewesen war. Vielleicht würde dieses Mittagessen sich doch noch lohnen.

»Zuständig bin ich dort für Rußland.«

»Dann beneide ich Sie nicht«, sagte Worthing und vertilgte seine letzte Garnele mit einer Scheibe des dünngeschnittenen braunen Brots. Er war ein großer Mann mit bemerkenswertem Appetit. »Auf dem Weg ins schiere Chaos, denke ich.«

»Oder so ähnlich. Seit dem Tod Tscherkassows konzentrieren sich alle Hoffnungen auf die bevorstehende Präsidentschaftswahl.«

Die beiden Männer schwiegen, während eine junge Serviererin die Lammkoteletts mit Gemüse und eine Karaffe des roten Hausweins servierte. Marchbanks schenkte ein.

»Das Wahlergebnis steht schon ziemlich fest«, meinte Worthing.

»Genau unsere Meinung. Die kommunistische Erneuerungsbewegung hat sich im Lauf der Jahre totgelaufen, und die Reformer sind untereinander zerstritten. Offenbar kann nichts Igor Komarow daran hindern, Präsident zu werden.«

»Wäre das schlimm?« fragte der Chefredakteur. »Seine Äußerungen aus letzter Zeit klingen ganz vernünftig. Den Rubel stabilisieren, das Abgleiten ins Chaos aufhalten, die Mafia bekämpfen. An sich vernünftige Ziele.«

Worthing war stolz darauf, ein Mann offener Worte zu sein, und neigte dazu, sich im Telegrammstil auszudrücken.

»Richtig, klingt wunderbar. Aber er bleibt weiter ein gewisses Rätsel. Was hat er wirklich vor? Wie will er das alles in die Tat umsetzen. Er sagt, daß er ausländische Kredite verabscheut, aber wie will er ohne sie auskommen? Oder genauer gefragt: Hat er

vor, Rußlands Schulden zu negieren, indem er sie mit wertlosen Rubeln begleicht?«
»Das würde er nicht wagen«, sagte Worthing. Der *Daily Telegraph* hatte natürlich einen Korrespondenten in Moskau, der aber schon länger nichts mehr über Komarow geschrieben hatte.
»Wirklich nicht?« fragte Marchbanks. »Was er vorhat, weiß niemand. Manche seiner Reden klingen ziemlich extrem, aber in privaten Gesprächen überzeugt er seine Besucher davon, doch kein Menschenfresser zu sein. Wer von den beiden ist der wahre Igor Komarow?«
»Ich könnte unseren Mann in Moskau anweisen, sich mit der Bitte um ein Interview an ihn zu wenden.«
»Das er wahrscheinlich nicht bekäme, fürchte ich«, wandte der Spionagechef ein. »Ich glaube, daß praktisch jeder Moskaukorrespondent sich regelmäßig um ein Interview mit ihm bemüht. Er gewährt nur sehr selten Interviews und gibt vor, die Auslandspresse zu hassen.«
»Oh, da steht Siruptorte auf der Karte«, sagte Worthing. »Die nehme ich!«
Briten mittleren Alters sind selten zufriedener, als wenn man ihnen Gerichte anbietet, die es schon im Kindergarten gegeben hat. Die Bedienung brachte ihnen zweimal Siruptorte.
»Gut, wie kommen wir also an den Mann heran?« fragte Worthing.
»Er hat einen jungen PR-Berater, auf dessen Rat er zu hören scheint. Boris Kusnezow. Sehr clever, hat an einem amerikanischen Ivy League College studiert. Dieser Mann könnte der Schlüssel sein. Er versteht, er liest täglich die westliche Presse und ist vor allem von Ihrem Kolumnisten Jefferson angetan.«
Mark Jefferson war Redaktionsmitglied und schrieb im *Daily Telegraph* eine regelmäßige Kolumne. Er behandelte innen- und außenpolitische Fragen und war ein überzeugter Konservativer und begnadeter Polemiker. Worthing kaute seine Siruptorte.
»Das wäre eine Idee«, meinte er schließlich.
»Sehen Sie«, sagte Marchbanks, der sich allmählich selbst für seine List erwärmte, »Auslandskorrespondenten in Moskau gibt's wie Sand am Meer. Aber ein Starkolumnist, der eigens anreist, um

119

ein Exklusivinterview mit dem zukünftigen Präsidenten, mit dem kommenden Mann zu führen – das müßte attraktiv sein.«

Worthing dachte darüber nach. »Vielleicht sollten wir alle drei Kandidaten in Wortporträts vorstellen. Um das Gleichgewicht zu wahren.«

»Gute Idee«, sagte Marchbanks, der gegenteiliger Meinung war. »Aber Komarow ist der einzige, der die Leute so oder so zu faszinieren scheint. Die beiden anderen sind Nullen. Nehmen wir unseren Kaffee oben?«

»Ja, das ist keine schlechte Idee«, stimmte Worthing zu, als sie oben im Salon unter dem Porträt der ›Kunstliebhaber‹ saßen. »Aber so rührend ich Ihre Sorge um unsere Auflagenhöhe finde – was soll unser Mann ihn fragen?«

Marchbanks mußte über die direkte Art des Chefredakteurs grinsen.

»Also gut. Ja, uns interessieren ein paar Dinge, die wir an unsere Herrn und Meister weiterleiten können. Am liebsten etwas, das nicht in Jeffersons Artikel erscheint. Sie lesen den *Daily Telegraph* nämlich selbst. Was hat der Mann *wirklich* vor? Was wird aus den ethnischen Minderheiten? Die zählen in Rußland zehn Millionen Menschen, und Komarow kämpft für eine russische Vorherrschaft. Wie will er Rußland tatsächlich einer glorreichen Wiedergeburt entgegenführen? Mit anderen Worten: Der Mann trägt eine Maske. Was steckt hinter dieser Maske? Verfolgt er geheime Absichten?«

»Nehmen wir mal an, er hätte welche«, sagte Worthing nachdenklich. »Warum sollte er sie Jefferson verraten?«

»Das weiß man nie. Männer lassen sich zu unüberlegten Äußerungen hinreißen.«

»Wie kommt man an diesen Kusnezow heran?«

»Das weiß Ihr Mann in Moskau. Ein persönliches Schreiben Jeffersons käme wahrscheinlich gut an.«

»Also gut«, sagte Worthing, als sie die breite Treppe ins Erdgeschoß hinabgingen. »Ich sehe schon eine Doppelseite vor mir. Nicht übel – falls der Mann etwas zu sagen hat. Ich setze mich gleich mit unserem Moskauer Büro in Verbindung.«

»Sollte dieses Interview zustande kommen, würde ich danach gern mit Jefferson reden.«

»Sie wollen ihn ausquetschen? Hmmm. Er ist ziemlich reizbar, wissen Sie.«

»Ich packe ihn in Zuckerwatte«, versprach Marchbanks.

Sie verabschiedeten sich auf dem Gehsteig. Worthings Fahrer erkannte ihn und kam mit dem Wagen von seinem illegalen Parkplatz gegenüber der Suntory herangeglitten, um ihn zum Canary Wharf im Dockland zurückzubringen. Der Spionagechef beschloß, den Wein und die Siruptorte abzulaufen.

WASHINGTON, SEPTEMBER 1985

Noch bevor Ames damals im Jahr 1985 zum Spion geworden war, hatte er sich für den Posten des Leiters der Abteilung Sowjetunion in der großen CIA-Außenstelle Rom beworben. Im September 1985 erfuhr er, daß er den Posten bekommen hatte.

Das brachte ihn in eine Zwickmühle. Er wußte damals noch nicht, daß der KGB ihn wider Willen in äußerste Gefahr bringen würde, indem er alle Männer, die Ames verraten hatte, so blitzschnell aus dem Verkehr zog.

Auf dem Posten in Rom war Ames von Langley fort und hatte keinen Zugang mehr zur Akte 301 und der Untergruppe Sowjetunion des Referats Spionageabwehr der Abteilung SO. Andererseits galt Rom als erstklassiger Posten und sehr attraktiver Dienstort. Ames beriet sich mit den Russen.

Sie sprachen sich für diese Versetzung aus, denn vor ihnen lagen Monate voller Ermittlungen, Festnahmen und Verhöre. Das von Ames gelieferte Material war so umfangreich und die Gruppe Kolokol, die es in Moskau auswertete, aus Geheimhaltungsgründen so klein, daß die vollständige Analyse jahrelang dauern würde.

In der Zwischenzeit hatte Ames nämlich noch viel mehr geliefert. Zu seinen sekundären und tertiären Lieferungen an den sowjetischen Diplomaten Tschuwachin gehörte Hintergrundmaterial über praktisch alle einigermaßen wichtigen Führungsoffiziere in Langley. Es enthielt nicht nur die vollständigen Lebensläufe dieser Agenten mit Einsatzorten und Leistungen, sondern auch Fotos. In Zukunft würde der so vorgewarnte KGB diese CIA-Agenten identifizieren können, wann und wo immer sie aufkreuzten.

Außerdem gehörte Rom nach Einschätzung der Russen zu den

wichtigsten Zentren der Europaabteilung. Ames würde dort Zugang zu allen CIA-Unternehmen und Einzelheiten der Zusammenarbeit mit den Verbündeten der USA im Mittelmeerraum von Spanien bis Griechenland haben – ein Gebiet, das für Moskau von vitalem Interesse war.

Außerdem wußten sie, daß sie in Rom viel leichter Zugang zu Ames haben würden als in Washington, wo stets die Gefahr bestand, daß das FBI ihre Treffs observierte. Also drängten sie Ames, den Posten anzunehmen.

Deshalb meldete Ames sich noch in diesem September in der Sprachenschule an, um Italienisch zu lernen.

In Langley war das wirkliche Ausmaß des Desasters, das der CIA bevorstand, bisher nicht registriert worden. Die Verbindung zu zwei oder drei ihrer besten Agenten in der Sowjetunion schien abgerissen zu sein, was besorgniserregend, aber noch nicht katastrophal war.

Zu den CIA-Agenten, deren Personalakten Ames dem KGB übergeben hatte, gehörte die eines gerade zur Abteilung SO versetzten jungen Mannes, den Ames wegen dieser Versetzung, die in Langley wie ein Lauffeuer die Runde gemacht hatte, als aufgehenden Stern bezeichnet hatte. Er hieß Jason Monk.

Der alte Gennadi suchte seit Jahren Pilze in diesen Wäldern. Als Ruheständler nutzte er diese kostenlose Gabe der Natur, um seine kleine Rente aufzubessern, indem er die Pilze frisch an die besten Moskauer Restaurants lieferte oder sie für die wenigen Feinkostläden, die es noch gab, in Scheiben geschnitten in der Sonne trocknete.

Wer Pilze sammeln will, muß sehr früh am Morgen unterwegs sein, möglichst schon vor Tagesanbruch. Pilze wachsen nachts, und nach Tagesanbruch machen Wühlmäuse und Eichhörnchen oder – noch schlimmer – andere Pilzsammler sich über sie her. Russen lieben Pilze.

Am frühen Morgen des vierundzwanzigsten Juli radelte Gennadi, von seinem Hund begleitet, aus dem kleinen Dorf, in dem er lebte, in einen Wald, in dem er mehrere gute Standorte wußte. Bevor der Tau getrocknet war, wollte er einen schönen Korb Pilze gesammelt haben.

Der Wald, für den er sich heute entschieden hatte, lag an der großen Überlandstraße nach Minsk, auf der viele Lastwagen brummend nach Westen rollten – der weißrussischen Hauptstadt entgegen. Er fuhr in den Wald, lehnte sein Fahrrad an einen Baum, den er wiederfinden würde, nahm seinen Weidenkorb vom Gepäckträger und machte sich auf die Suche.

Eine halbe Stunde später, als sein Korb bei Sonnenaufgang gut zur Hälfte gefüllt war, verschwand sein Hund winselnd im Unterholz. Da er den Köter auf Pilze abgerichtet hatte, mußte er etwas Gutes aufgespürt haben.

Als er sich der Stelle näherte, stieg ihm ein Übelkeit erregender, süßlicher Geruch in die Nase. Diesen Geruch kannte er. Hatte er ihn vor vielen Jahren als junger Soldat auf dem langen Marsch von der Weichsel bis nach Berlin nicht oft genug gerochen?

Die Leiche war hier abgeladen worden – oder der Mann war ins Unterholz gekrochen und dort gestorben. Es war ein hagerer alter Mann, stark verfärbt, Mund und Augen offen. Vögel hatten ihm die Augen ausgehackt. Drei Stahlzähne glitzerten taunaß. Sein Oberkörper war bis zur Taille nackt, aber in der Nähe lag ein achtlos zusammengeknüllter alter Militärmantel. Gennadi schnüffelte nochmals. Bei dieser Hitze tippte er auf bestenfalls einige Tage.

Er überlegte eine Weile. Er gehörte der Generation an, die noch einen Begriff von Bürgerpflichten hatte, aber Pilze blieben Pilze, und für diesen armen Teufel konnte er ohnehin nichts mehr tun. In hundert Metern Entfernung konnte er jenseits des Waldrands das Brummen der Lastwagen auf der Straße von Moskau nach Minsk hören.

Er sammelte seinen Pilzkorb voll und radelte ins Dorf zurück. Nachdem er seinen Fund in der Sonne zum Trocknen ausgebreitet hatte, ging er zum *Selsoviet*, der in einer Bruchbude untergebrachten Gemeindeverwaltung. Das kleine Gebäude war baufällig, aber es hatte Telefon.

Gennadi wählte 02 und bekam die Notrufzentrale an den Apparat.

»Ich hab' eine Leiche gefunden«, meldete er.

»Name?« fragte die Stimme.

»Wie zum Teufel soll ich das wissen? Er ist tot.«
»Nicht seiner, Idiot, deiner.«
»Soll ich auflegen?« fragte Gennadi.
Am anderen Ende wurde geseufzt.
»Nein, legen Sie nicht auf. Sagen Sie mir bloß Ihren Namen und Ihren Standort.«
Das tat Gennadi. Der Milizionär am Telefon sah rasch auf seiner großen Wandkarte nach. Dieses Dorf lag gerade noch in der Moskauer Stadtregion – im äußersten Westen, aber noch im Moskauer Zuständigkeitsbereich.
»Warten Sie beim *Selsowiet*. Wir schicken einen Beamten zu Ihnen raus.«
Gennadi wartete also. Das dauerte eine halbe Stunde. Als der Beamte kam, erwies er sich als uniformierter junger Leutnant. Begleitet wurde er von zwei weiteren Milizionären, und die drei kamen wie gewöhnlich mit einem jeepähnlichen Fahrzeug, einem blau-gelben Uschgorod.
»Haben Sie die Leiche gefunden?« fragte der Leutnant.
»Ja«, sagte Gennadi.
»Gut, führen Sie uns hin. Wo liegt sie?«
»Draußen im Wald.«
Der Alte fühlte sich wichtig, als er so in einem Polizeiwagen mitfuhr. Sie stiegen an der Stelle aus, die er vorschlug, und gingen hintereinander her durch den Wald weiter. Der Pilzsammler erkannte die Birke, an die er sein Rad gelehnt hatte, und ab dort seine eigene Fährte. Wenig später machte der Geruch sich bemerkbar.
»Er ist dort drinnen«, sagte Gennadi und zeigte ins Unterholz.
»Gut riechen tut er nicht mehr. Liegt schon 'ne Weile dort.«
Die drei Milizionäre näherten sich der Leiche und nahmen sie in Augenschein.
»Sehen Sie nach, ob er was in den Taschen hat«, wies der Leutnant einen der Männer an. Zu dem anderen sagte er: »Sie kontrollieren die Manteltaschen.«
Der Milizionär, der das schlechtere Los gezogen hatte, hielt sich die Nase zu und durchsuchte mit seiner freien Hand beide Hosentaschen. Nichts. Mit der Stiefelspitze wälzte er die Leiche auf den Bauch. Unter ihr hatten sich Maden eingenistet. Er griff in die

hinteren Hosentaschen, richtete sich auf und schüttelte den Kopf. Der andere ließ den Mantel fallen und tat das gleiche.
»Nichts. Keine Papiere?« fragte der Leutnant.
»Nichts, keine Münzen, kein Taschentuch, keine Schlüssel, kein Ausweis.«
»Fahrerflucht?« schlug einer der Milizionäre vor.
Sie horchten auf das Brummen, das von der Fernstraße herüberkam.
»Wie weit ist's bis zur Straße?« fragte der Leutnant.
»Ungefähr hundert Meter«, antwortete Gennadi.
»Wer Fahrerflucht verübt, hat's verdammt eilig. Er nimmt sich nicht die Zeit, das Opfer hundert Meter weit zu schleppen. Außerdem hätten in einem so dichten Wald zehn Meter gereicht.« Zu einem seiner Männer sagte der Leutnant:
»Sie gehen bis zur Straße vor. Achten Sie am Straßenrand auf ein demoliertes Fahrrad oder ein Autowrack. Er kann nach einem Unfall hierhergekrochen sein. Sie bleiben vorn an der Straße und halten den Krankenwagen an.«

Der Leutnant benutzte sein Mobiltelefon, um einen Ermittler, einen Fotografen und einen Gerichtsmediziner anzufordern. Was er sah, schloß eine »natürliche Todesursache« aus. Er forderte auch einen Krankenwagen an, bestätigte aber, daß der Aufgefundene tot war. Einer der Milizionäre ging in Richtung Straße davon. Die drei anderen warteten in einiger Entfernung, wo der Gestank nicht so schlimm war.

Das Trio aus Ermittler, Fotograf und Gerichtsmediziner, das einen neutralen lehmfarbenen Uschgorod fuhr, traf zuerst ein. Es wurde auf der Straße angehalten, parkte auf dem Bankett und ging die letzten hundert Meter zu Fuß. Der Ermittler nickte dem Leutnant zu.
»Was haben wir hier?«
»Er liegt dort drüben. Ich hab' euch angefordert, weil er keines natürlichen Todes gestorben sein kann. Übel zugerichtet und hundert Meter von der Straße entfernt.«
»Wer hat ihn gefunden?«
»Der Pilzsammler dort drüben.«
Der Kriminalbeamte ging zu Gennadi hinüber.

»Also los, erzählen Sie. Von Anfang an.«
Der Fotograf machte Aufnahmen, dann legte der Gerichtsmediziner eine Mullmaske an und untersuchte den Toten rasch. Er richtete sich auf und streifte seine Gummihandschuhe ab. »Zehn Kopeken gegen eine Flasche Moskowskaja, daß er ermordet worden ist. Das Labor kann uns Näheres sagen, aber irgend jemand hat ihn schlimm zugerichtet, bevor er gestorben ist. Wahrscheinlich nicht hier. Glückwunsch. Wolodja, damit hast du deinen ersten *schmurik* des Tages.«

Er benutzte den russischen Polizei- und Unterweltsausdruck für einen Toten. Dann kamen die beiden Sanitäter des Krankenwagens mit einer Tragbahre durch den Wald. Als der Gerichtsmediziner ihnen zunickte, legten sie den Toten in einen Leichensack mit Reißverschluß, bevor sie ihn zur Straße zurücktrugen.

»Kann ich jetzt gehen?« fragte Gennadi.

»Ausgeschlossen«, sagte der Kriminalbeamte. »Ich muß Ihre Aussage zu Protokoll nehmen – auf der Station.«

Die Milizionäre nahmen Gennadi auf der Straße in Richtung Moskau fünf Kilometer weit auf ihre Station mit, die sich in der Zentrale des Bezirks West befand. Der Tote reiste in die Stadtmitte weiter – bis zur Leichenhalle des Zweiten Medizinischen Instituts. Dort wurde er in ein Kühlfach gelegt. Verständlicherweise waren die wenigen Pathologen, die Autopsien vornahmen, völlig überlastet.

JEMEN, OKTOBER 1985

Mitte Oktober reiste Jason Monk als angeblicher FAO-Inspektor in den Südjemen ein. Obwohl die Volksrepublik klein und arm war, hatte sie einen erstklassigen Flughafen – den ehemaligen Stützpunkt der Royal Air Force. Dort konnten selbst große Maschinen landen.

Monks spanischer Paß und seine von den Vereinten Nationen ausgestellten Reisepapiere bewirkten, daß er gründlich, aber letztlich doch ohne Mißtrauen kontrolliert wurde und nach einer halben Stunde mit seiner vielseitig verwendbaren Reisetasche in der Hand die Paß- und Zollkontrolle passiert hatte.

Tatsächlich hatte Rom den Direktor des hiesigen Programms der

Food and Agriculture Organization darüber informiert, daß Señor Martinez Llorca kommen würde, aber dafür einen Termin genannt, der eine Woche nach Monks Ankunftsdatum lag. Das hatten die jemenitischen Beamten auf dem Flughafen nicht ahnen können. Monk wurde also nicht mit einem Dienstwagen abgeholt. Er nahm sich ein Taxi und fuhr in das neue französische Hotel Frontel auf der Landzunge, die den Fels von Aden mit dem Festland verbindet.

Obwohl seine Papiere in Ordnung waren und er nicht erwartete, hier echten Spaniern zu begegnen, wußte er, daß dieser Einsatz gefährlich war. Er war »schwarz«, sehr schwarz.

Spionage wird hauptsächlich von Agenten betrieben, die in der Botschaft ihres Landes tätig sind und sich als Angehörige des Botschaftspersonals ausgeben. So profitieren sie von ihrem Diplomatenstatus, falls etwas schiefgeht.

Manche sind »erklärte« Agenten, was bedeutet, daß sie ihre Tätigkeit nicht verheimlichen, und die Spionageabwehr des Gastlandes weiß davon und akzeptiert diese Tatsache, obwohl ihr wahrer Job taktvollerweise unerwähnt bleibt. Eine große Station in einem feindlichen Land versucht immer, auch einige »nicht erklärte« Agenten zu haben, die in der Handels-, Kultur-, Rechts- oder Presseabteilung unenttarnt bleiben. Der Grund dafür liegt auf der Hand. Unerklärte Agenten haben eine größere Chance, draußen auf den Straßen nicht beschattet zu werden, und können deshalb eher tote Briefkästen aufsuchen oder an Geheimtreffen teilnehmen als Kollegen, die grundsätzlich unter Beobachtung stehen.

Aber ein Spion, der keinen Diplomatenstatus genießt, kann sich nicht auf die Wiener Konvention berufen. Wird ein Diplomat als Spion enttarnt, kann er zur *Persona non grata* erklärt und ausgewiesen werden. Sein Land protestiert dann unter Hinweis auf seine Unschuld und weist seinerseits einen Diplomaten des anderen Landes aus. Nach diesem Schlagabtausch geht das alte Spiel wie zuvor weiter.

Aber ein Spion, der »schwarz« in ein Land kommt, ist ein Illegaler. Je nachdem, wo er geschnappt wird, kann eine Enttarnung schreckliche Folterqualen, Jahre im Arbeitslager oder einen einsamen Tod bedeuten. Selbst seine Auftraggeber können ihm nur selten helfen. In einer Demokratie erwarten ihn ein faires Verfahren und ein humanes Gefängnis. Aber in Diktaturen gibt es keine Bürgerrechte. Manche haben noch nicht einmal von ihrer Existenz gehört. Der Südjemen gehörte in diese Kategorie, und im Jahr 1985 hatten die USA dort nicht einmal eine Botschaft.

Im Jemen ist auch der Oktober noch glutheiß, und der Freitag war der arbeitsfreie Tag der Woche. Was, überlegte Monk sich, tut ein sportlicher russischer Offizier an einem heißen Tag? Schwimmen war eine logische Schlußfolgerung.

Aus Sicherheitsgründen war die ursprüngliche Quelle – der Amerikaner, der in New York mit seinem jetzt beim FBI tätigen früheren Klassenkameraden zu Abend gegessen hatte – nicht nochmals angesprochen worden. Dieser Mann hätte Major Solomin besser beschreiben, vielleicht helfen können, ein Porträt von ihm zu zeichnen. Unter Umständen war er sogar wieder im Jemen und hätte Monk den russischen Major zeigen können. Aber er war als windiger Angeber eingeschätzt worden.

Die Russen zu finden, war nicht weiter schwierig. Sie waren praktisch überall und durften anscheinend ziemlich frei mit den Westeuropäern verkehren, was in der Sowjetunion undenkbar gewesen wäre. Das mochte an der Hitze liegen – oder an der schieren Unmöglichkeit, die sowjetischen Militärberater Tag und Nacht in ihren Lagern zu kasernieren.

Zwei Hotels, das Rock Hotel und das neue Frontel, hatten einladende Swimmingpools. Außerdem gab es einen langen Sandstrand, an dem sich die Wogen schäumend brachen: Abyan Beach, wo die Verbannten aller Nationalitäten gern nach der Arbeit oder an freien Tagen badeten. Und zuletzt gab es in der Stadt einen russischen Supermarkt nach Art eines PX-Ladens, in dem auch Nichtrussen einkaufen konnten – weil die UdSSR Devisen brauchte.

Wie sich rasch zeigte, waren fast alle Russen Offiziere. Nur sehr wenige sprachen ein paar Brocken Arabisch, und die mit Englischkenntnissen waren ebenso selten. Die Angehörigen beider Gruppen hatten Sonderlehrgänge besucht, was bedeutete, daß sie Offiziere oder Offiziersanwärter waren. Da einfache Soldaten und Unteroffiziere keine dieser beiden Sprachen beherrschten, hätten sie sich nicht mit den Jemeniten verständigen können. Deshalb würden Mannschaftsdienstgrade vor allem als Köche und Mechaniker eingesetzt werden. Als Ordonnanzen würden die Russen Einheimische beschäftigen. Ihre Unteroffiziere konnten sich die Preise in den Bars von Aden nicht leisten. Offiziere erhielten dagegen eine Devisenzuteilung.

Eine weitere Möglichkeit ergab sich aus der Tatsache, daß der Amerikaner den Russen kennengelernt hatte, als er allein in der Bar des Rock Hotels gesessen und getrunken hatte. Russen trinken gern, aber sie sind auch gesellig, und die Sowjetbürger am Swimmingpool des Frontel bildeten offensichtlich eine geschlossene Gesellschaft. Warum hatte Solomin allein getrunken? Nur zufällig an diesem einen Abend? Oder war er ein Einzelgänger, der lieber allein war?

Darauf gab es einen möglichen Hinweis. Der Amerikaner hatte ihn als groß und muskulös, mit schwarzem Haar und mandelförmigen Augen geschildert. Wie ein Orientale, aber ohne die flache Nase. Nach Auskunft der Sprachexperten in Langley kam er mit diesem Namen aus dem sowjetischen Fernen Osten. Monk kannte die Russen als unverbesserliche Rassisten, die alle *tschorni*, alle »Schwarzen« nichtrussischer Abstammung, offen verachteten. Vielleicht hatte Solomin die Hänseleien wegen seines orientalischen Aussehens satt.

Monk trieb sich im Supermarkt – die Russen im Jemen führten alle ein Junggesellendasein –, an den Swimmingpools und abends in den Bars herum. Als er am dritten Tag in seinen Boxershorts und mit einem Badetuch über der Schulter die Abyan Beach entlangging, sah er einen Mann aus dem Wasser kommen.

Er war ungefähr einsachtzig groß und hatte sehr muskulöse Arme und Schultern; kein junger Mann mehr, aber ein offenbar durchtrainierter Vierziger. Sein Haar war rabenschwarz, aber bis auf die Achselbehaarung, die sichtbar wurde, als er seine Arme hob, um sich das Wasser aus dem Haar zu drücken, war sein Körper unbehaart. Orientalen haben sehr wenig Körperbehaarung; schwarzhaarige Kaukasier im allgemeinen schon.

Der Mann kam den Strand heraufgeschlendert, fand sein Badetuch und streckte sich auf die Ellbogen gestützt so darauf aus, daß er die Brandung beobachten konnte. Er setzte seine Sonnenbrille auf und war bald in Gedanken verloren.

Monk zog sich sein T-Shirt über den Kopf und ging wie ein Neuankömmling aufs Wasser zu. Der Strand war ziemlich belebt. So war es nur natürlich, daß er sich für einen freien Platz in der Nähe des Russen entschied. Er zog seine Geldbörse aus der Tasche und wickelte sie in T-Shirt und Handtuch. Danach streifte er seine Sandalen ab und stapelte alles auf einen kleinen Haufen. Nach einem besorgten Blick in die Runde wandte er sich an den Russen.

»Bitte«, sagte er. Der Russe sah zu ihm auf. »Sie bleiben noch ein paar Minuten hier?«

Der andere nickte.

»Daß kein Araber meine Sachen stiehlt, okay?«

Der Russe nickte erneut und starrte dann wieder aufs Meer hinaus. Monk lief zum Wasser hinunter und schwamm etwa zehn Minuten lang. Als er zurückkam, lächelte er den Schwarzhaarigen dankbar an.

»Danke«, der Mann nickte zum drittenmal. Monk trocknete sich ab und setzte sich auf sein Badetuch.

»Schönes Meer. Schöner Strand, aber schade wegen der Leute, denen er gehört.«

Der Russe sprach zum erstenmal – auf englisch. »Was für Leute?«

»Die Araber. Die Jemeniten. Ich bin noch nicht lange hier, aber ich kann sie schon jetzt nicht ausstehen. Wertlose Leute.«

Der Russe betrachtete ihn durch seine Sonnenbrille, aber der dunklen Gläser wegen konnte Monk seinen Blick nicht deuten. Nach zwei Minuten sprach er weiter.

»Ich meine, ich versuche, ihnen den Gebrauch einfacher Maschinen und Traktoren beizubringen. Um ihre Ernteerträge zu steigern, damit sie sich selbst ernähren können. Aussichtslos! Sie ruinieren und demolieren alles. Ich vergeude nur meine Zeit und das Geld der Vereinten Nationen.«

Monk sprach gut englisch, aber mit spanischem Akzent.

»Sie sind Engländer?« fragte der Russe schließlich.

»Nein, Spanier. Mitarbeiter des FAO-Programms der Vereinten Nationen. Und Sie? Auch Vereinte Nationen?«

Der Russe grunzte etwas Verneinendes. »Aus der UdSSR«, antwortete er.

»Ah, dann ist's für Sie hier heißer als zu Hause. Für mich? Ungefähr gleich. Und ich kann's kaum erwarten, wieder heimzukommen.«
»Ich auch«, sagte der Russe. »Mir ist Kälte lieber.«
»Sind Sie schon lange hier?«
»Zwei Jahre. Und noch eines vor mir.«
Monk lachte. »Großer Gott, wir werden für ein Jahr hergeschickt, aber so lange bleibe ich bestimmt nicht. Dieser Job ist sinnlos. Nun, ich muß weiter. Hören Sie, nach zwei Jahren müssen Sie sich auskennen: Gibt's hier 'ne gute Bar für 'nen Drink nach dem Abendessen? Irgendwelche Nachtclubs?«
Der Russe lachte sarkastisch. »Nein, keine *diskoteki*. Die Bar im Rock Hotel ist ruhig.«
»Danke. Oh, ich bin übrigens Estéban. Estéban Martinez Llorca.«
Er streckte seine Hand aus. Der Russe zögerte, dann schüttelte er die angebotene Hand. »Pjotr«, sagte er. »Oder Peter. Peter Solomin.«
Am übernächsten Abend kam der russische Major wieder einmal in die Bar des Rock Hotels. Dieses ehemalige Kolonialhotel ist buchstäblich auf Fels und in den Fels hineingebaut. Von der Straße führt eine Treppe in den kleinen Empfangsbereich hinauf, und im obersten Stock liegt die Bar mit Panoramablick über den Hafen. Monk hatte sich einen Fenstertisch gesichert und starrte nach draußen. In der spiegelnden Fensterscheibe konnte er beobachten, wie Solomin hereinkam, aber er wartete ab, bis der Mann sein Bier vor sich stehen hatte, bevor er sich umdrehte.
»Ah, Peter, so trifft man sich wieder. Wollen Sie mir Gesellschaft leisten?«
Er deutete auf den freien Stuhl an seinem Tisch. Der Russe zögerte kurz, nahm dann aber Platz. Er hob sein Glas.
»*Na sdorowje!*«
Monk prostete ihm ebenfalls zu.
»*Pesetas, faena y amor!*« Solomin runzelte die Stirn. Monk grinste. »Geld, Arbeit und Liebe – in beliebiger Reihenfolge.« Der Russe lächelte zum erstenmal. Er hatte ein sympathisches Lächeln.
Sie unterhielten sich. Über dieses und jenes. Darüber, wie unmög-

lich es war, mit den Jemeniten zusammenzuarbeiten, wie ärgerlich, sie ihre Maschinen demolieren zu sehen, und wie frustrierend, eine Aufgabe zu haben, an der man selbst zweifelte. Und wie es Männer in der Fremde oft tun, sprachen sie über ihre Heimat.

Monk erzählte von seiner Heimat Andalusien, wo man in der Gipfelregion der Sierra Nevada skilaufen und noch am selben Tag im warmen Meer vor Sotogrande schwimmen konnte. Solomin erzählte von tiefverschneiten Urwäldern, durch die noch Sibirische Tiger streiften und in denen ein geschickter Jäger Füchse, Wölfe und Rotwild erlegen konnte.

Sie trafen sich an vier aufeinanderfolgenden Abenden und hatten Spaß an ihren endlosen Gesprächen. Am dritten Tag mußte Monk den holländischen Direktor des hiesigen FAO-Programms aufsuchen und eine Inspektionstour mitmachen. Die CIA-Außenstelle Rom hatte von der dortigen FAO-Zentrale detaillierte Informationen über das Programm im Jemen beschafft, und Monk hatte sie sich eingeprägt. Seine Herkunft aus einer Farmgegend half ihm, die Probleme zu verstehen, und er sparte nicht mit Lob. Der Holländer war beeindruckt.

Allabendlich und bis tief in die Nächte hinein erfuhr er immer mehr über Major Pjotr Wassiljewitsch Solomin, und was er hörte, gefiel ihm.

Der Mann war 1945 auf dem schmalen sowjetischen Streifen Land zur Welt gekommen, der zwischen der nordöstlichen Mandschurei und dem Japanischen Meer liegt, während er im äußersten Südwesten an Nordkorea angrenzt. Er heißt Primorski Krai, und sein Geburtsort war die Stadt Ussurisk.

Sein Vater war vom Land in die Stadt gekommen, um Arbeit zu suchen, zog aber seinen Sohn in der Sprache seines Stamms – des Volks der Udegei – auf. Und er nahm den Heranwachsenden möglichst oft in die Wälder mit, so daß der Junge eine tiefe Affinität zu den Elementen seiner Heimat entwickelte: Wald, Berge, Wasser und Tiere.

Bevor die Udegei im neunzehnten Jahrhundert endgültig von den Russen unterjocht wurden, hatte der Dichter Arsenjew die Enklave besucht und ein in Rußland noch immer berühmtes Buch über diese Menschen geschrieben. Es trug den Titel *Fernöstliche Tiger*.

Im Gegensatz zu den kleinen, flachnasigen Asiaten im Westen und Süden waren die Udegei groß und hatten Adlernasen. Vor vielen, vielen Jahrhunderten waren einige ihrer Vorfahren nach Norden gezogen, hatten die Beringstraße ins heutige Alaska überquert und sich nach Süden gewandt, um sich durch Kanada hindurch auszubreiten und die Indianerstämme Sioux und Cheyenne zu werden.

Betrachtete Monk den großen Sibirer, der ihm am Tisch gegenübersaß, konnte er sich die Gesichter längst toter Büffeljäger am Platte River und Powder River vorstellen.

Der junge Solomin hatte nur die Wahl zwischen Fabrik und Militär. Er fuhr mit dem Zug nach Norden und meldete sich in Chabarowsk als Freiwilliger. Die allgemeine Wehrpflicht dauerte ohnehin drei Jahre, und nach zwei Jahren wurden die Besten für Unteroffizierslehrgänge ausgewählt. Dank seiner natürlichen soldatischen Begabung kam er auf die Offiziersschule, die er nach weiteren zwei Jahren als junger Leutnant verließ.

Er diente lange als Leutnant, Oberleutnant und Hauptmann, bevor er mit dreiunddreißig Jahren zum Major befördert wurde. In dieser Zeit heiratete er und hatte zwei Kinder. Er machte seinen Weg, ohne Einfluß oder Protektion zu haben, und überlebte rassistische Beleidigungen wie *tschurka* – ein russisches Schimpfwort, das »Holzklotz« oder, im übertragenen Sinn, »Holzkopf« bedeutete. Mehr als einmal hatte er sich mit seinen Fäusten dagegen zur Wehr gesetzt.

Die Abkommandierung in den Jemen war 1983 Solomins erster Auslandseinsatz gewesen. Er wußte, daß es den meisten seiner Kameraden hier gefiel. Trotz der harten Lebensbedingungen in diesem Land mit seiner Hitze, den heißen Felswüsten und dem Mangel an Unterhaltung waren sie hier im Gegensatz zu heimischen Verhältnissen großzügig untergebracht – hauptsächlich in den alten britischen Kasernen. Die Verpflegung war reichlich, manchmal gab es sogar Grillpartys mit Lamm und Fisch am Strand. Sie konnten baden und aus Versandkatalogen Kleidung, Videofilme und Musikkassetten aus Europa bestellen.

All das, vor allem die plötzliche Bekanntschaft mit den neuen Freuden der westlichen Konsumgesellschaft, gefiel Pjotr Solomin.

Aber es gab noch etwas anderes, das ihn desillusionierte und gegen das Regime aufbrachte, dem er diente. Monk witterte etwas, wollte aber keine aufdringlichen Fragen stellen, um ihn nicht zu vergrämen.

Um in diese Stellung zu gelangen, die der Russe jetzt bekleidete, mußte er im kommunistischen Jugendverband Komsomol gewesen und später in die KPdSU eingetreten sein. Sogar noch schlimmer: Als Major auf einem Auslandsposten gehörte er vermutlich dem militärischen Nachrichtendienst GRU an. Was hatte er also? Das kam am fünften Abend, an dem sie miteinander redeten und tranken, heraus. Seine innere Wut schäumte einfach über.

1982, ein Jahr vor seinem Auslandseinsatz im Jemen, als Andropow noch Generalsekretär war, wurde Solomin ins Verteidigungsministerium in Moskau versetzt.

Dort fiel er einem der stellvertretenden Verteidigungsminister auf und erhielt einen vertraulichen Auftrag. Mit aus dem Verteidigungsetat abgezweigten Geldern ließ der Minister sich eine luxuriöse Datscha draußen am Fluß bei Pereldelkino bauen.

Entgegen der Parteisatzung, der sowjetischen Gesetze und aller moralischen Grundsätze beschäftigte der Minister über hundert Soldaten, die sein Luxuslandhaus in den Wäldern bauten. Solomin leitete die Bauarbeiten. Er sah die mit Devisen bezahlten Einbauküchen, für die jede Soldatenfrau ein Jahr ihres Lebens gegeben hätte, aus Finnland heranrollen. Er sah die japanischen Hi-Fi-Anlagen, die in jedem Raum installiert wurden, die vergoldeten Badezimmerarmaturen aus Stockholm und die Hausbar mit in Eichenfässern gereiftem schottischem Whisky. Dieses Erlebnis machte Solomin zum Gegner der Partei und des Regimes. Er war bei weitem nicht der erste loyale sowjetische Offizier, der gegen die krasse, blinde Korruption der Sowjetdiktatur rebellierte.

Er lernte nachts Englisch und stellte dann den BBC World Service und The Voice of America ein. Beide sendeten auch in russischer Sprache, aber er wollte sie direkt verstehen können. Im Gegensatz zu allem, was er immer gelehrt worden war, merkte er nun, daß der Westen keinen Krieg mit Sowjetrußland wollte.

Falls noch etwas nötig war, um ihn ganz zur Abkehr zu bewegen, gab der Jemen den Ausschlag.

»Bei uns daheim hausen die Menschen in winzigen Wohnungen zusammengedrängt, aber die *natschaltswo* leben in Luxusvillen. Sie prassen wie Fürsten von unserem Geld. Meine Frau bekommt nirgends einen guten Fön oder haltbare Schuhe, aber andererseits werden Milliarden für verrückte Auslandshilfeprogramme vergeudet, die... wen beeindrucken sollen? Etwa diese Leute?«

»Die Zeiten ändern sich«, sagte Monk tröstend. Der Sibirer schüttelte den Kopf.

Gorbatschow war seit März an der Macht, aber die Reformen, die er widerstrebend und in den meisten Fällen unabsichtlich einleitete, begannen erst gegen Ende 1987 zu greifen. Außerdem war Solomin seit zwei Jahren nicht mehr in seiner Heimat gewesen.

»Da ändert sich nichts. Die Scheißkerle dort oben... Ich sag' Ihnen, Estéban, seit ich nach Moskau gekommen bin, hab' ich mehr Vergeudung und Verschwendung gesehen, als Sie im Leben für möglich halten würden.«

»Aber der neue Mann – Gorbatschow –, vielleicht schafft er den Wandel«, sagte Monk. »Ich bin weniger pessimistisch. Eines Tages wird das russische Volk von dieser Diktatur befreit sein. Es wird wählen, demokratisch wählen können. Das dauert nicht mehr lange...«

»Zu lange. Nicht schnell genug.«

Monk holte tief Luft. Jeder direkte Anwerbeversuch ist gefährlich. In westlichen Demokratien hat ein loyaler Sowjetbürger, der so angesprochen worden ist, das Recht, sich bei seinem Botschafter zu beschweren. Daraus kann ein diplomatischer Zwischenfall werden. In einem obskuren totalitären System jedoch kann das zu einem langen, einsamen Tod führen. Monk sprach ohne Vorwarnung in fließendem Russisch weiter.

»Sie könnten mithelfen, die Verhältnisse zu ändern, mein Freund. Gemeinsam könnten wir den Wandel beschleunigen. Dann würde alles so, wie Sie's sich wünschen.«

Solomin starrte ihn gut eine halbe Minute lang durchdringend an. Monk hielt seinem Blick stand.

Zuletzt fragte der Russe in seiner Sprache: »Wer zum Teufel *sind* Sie?«

»Ich denke, das wissen Sie bereits, Pjotr Wassiljewitsch. Die

Frage ist jetzt, ob Sie mich verraten werden, obwohl Sie wissen, was diese Leute mir antun werden, bevor ich sterbe. Und versuchen werden, mit diesem Wissen weiterzuleben.«

Solomin starrte ihn weiter an. Dann sagte er: »Nicht mal meinen schlimmsten Feind würd' ich an diese Affen verraten. Aber Sie haben vielleicht Nerven. Was Sie verlangen, ist verrückt. Völlig verrückt. Ich sollte Sie zum Teufel schicken.«

»Vielleicht sollten Sie das tun. Und ich würde verschwinden. Ganz schnell, bevor Sie sich die Sache anders überlegen. Aber untätig zu bleiben, zuzusehen, zu hassen und nichts zu tun – ist das nicht auch verrückt?«

Der Russe stand auf und ließ sein Bier ungetrunken stehen. »Ich muß nachdenken«, murmelte er.

»Morgen abend«, sagte Monk – weiter auf russisch. »Hier. Kommen Sie allein, reden wir miteinander. Kommen Sie mit der Geheimpolizei, bin ich tot. Kommen Sie nicht, nehme ich das nächste Flugzeug.«

Major Solomin stapfte hinaus.

Allen Dienstvorschriften nach hätte Monk nun aus dem Jemen verschwinden müssen – und das schnellstens. Er war nicht völlig abgewiesen worden, aber er hatte auch keine Punkte gemacht. Ein Mann, der sich in solchem Aufruhr befindet, kann sich die Sache anders überlegen, und die Verliese der jemenitischen Geheimpolizei waren Schreckenskeller.

Monk wartete vierundzwanzig Stunden. Der Major kam zurück... allein. Zwei Tage später waren sie sich einig. In seinen Toilettenartikeln versteckt, hatte Monk die Grundausstattung für eine spätere Verbindungsaufnahme mitgebracht: Geheimtinten, sichere Adressen und scheinbar harmlose Sätze mit versteckten Bedeutungen. Aus dem Jemen würde Solomin nicht allzuviel berichten können, aber in einem Jahr würde er wieder in Moskau sein. Falls er noch immer den Wunsch danach hatte, konnte er sich von dort aus melden.

Beim Abschied dauerte ihr Händedruck mehrere Sekunden lang.

»Alles Gute, mein Freund«, sagte Monk.

»Gute Jagd, wie wir bei uns daheim sagen«, antwortete der Sibirer.

Damit niemand sie gemeinsam die Bar verlassen sah, blieb Monk noch sitzen. Sein Neuangeworbener würde einen Decknamen brauchen. Hoch über ihm leuchteten die Sterne mit nur in den Tropen sichtbarer erstaunlicher Klarheit. Unter ihnen machte Monk die Gürtelsterne des Großen Jägers ausfindig. So wurde Agent Orion geboren.

Am zweiten August erhielt Boris Kusnezow ein persönliches Schreiben des britischen Journalisten Mark Jefferson. Er verwendete das Briefpapier des *Daily Telegraph*, und obwohl der Brief ans Moskauer Büro der Zeitung gefaxt worden war, war er von einem Boten in der UPK-Zentrale abgegeben worden.

Jefferson schrieb, er persönlich bewundere den Kampf Igor Komarows gegen Chaos, Korruption und Verbrechen und habe in den vergangenen Monaten alle Reden des Parteiführers aufmerksam verfolgt.

Seit dem kürzlichen Tod des russischen Präsidenten, fuhr er fort, sei die gesamte Problematik der Zukunft des größten Landes der Welt wieder in den Vordergrund des allgemeinen Interesses gerückt. Er selbst habe die Absicht, Moskau in der ersten Augusthälfte zu besuchen. Aus Paritätsgründen werde er zweifellos auch die Präsidentschaftskandidaten des Zentrums und der Linken interviewen müssen. Aber das sei lediglich eine bloße Formalität.

Der einzige fürs Ausland wirklich interessante Interviewpartner sei der wohl jetzt schon feststehende Wahlsieger: Mr. Igor Komarow. Er, Jefferson, wäre Kusnezow für eine Empfehlung, Mr. Komarow möge ihm ein Interview gewähren, aufrichtig dankbar. Er könne eine zweiseitige Aufmachung im *Daily Telegraph* sowie eine Übernahme des Interviews in wichtige europäische und nordamerikanische Zeitungen garantieren.

Obwohl Kusnezow, dessen Vater jahrelang als Diplomat bei den Vereinten Nationen akkreditiert gewesen war und seine Position dazu benutzt hatte, seinen Sohn die Cornell University absolvieren zu lassen, die USA besser als Europa kannte, war ihm natürlich auch London ein Begriff.

Er wußte auch, daß die amerikanische Presse, die zu einer liberalen Haltung neigte, in den Fällen, in denen sein Chef ihr Interviews gewährt hatte, überwiegend kritisch über ihn berichtet hatte. Das letzte dieser Interviews hatte vor einem Jahr stattgefunden, und die gestellten Fragen waren ausgesprochen feindselig gewesen. Deshalb war Gospodin Komarow nicht zu weiteren Gesprächen mit amerikanischen Journalisten bereit.

Aber London war etwas anderes. Mehrere wichtige Zeitungen und die beiden britischen Nachrichtenmagazine waren entschieden konservativ, allerdings bei weitem nicht so rechtsradikal wie Igor Komarow in seinen öffentlichen Äußerungen.

»Ich möchte vorschlagen, für Mark Jefferson eine Ausnahme zu machen, Gospodin Präsident«, sagte er am nächsten Tag bei ihrer wöchentlichen Besprechung zu Igor Komarow.

»Wer ist dieser Mann?« fragte Komarow, dem alle Journalisten, auch russische, zuwider waren. Sie stellten Fragen, von denen er nicht einsah, warum er sie beantworten sollte.

»Ich habe ein kleines Dossier über ihn zusammengestellt, Gospodin Präsident«, antwortete Kusnezow und legte ihm einen Plastikordner auf den Tisch. »Wie Sie sehen werden, tritt er in seiner Heimat für die Wiedereinführung der Todesstrafe für Mord ein. Und er ist ein strikter Gegner der britischen Mitgliedschaft in der sich auflösenden Europäischen Union. Ein strammer Konservativer. Bei Ihrer letzten Erwähnung hat er geschrieben, Sie seien der Typ des russischen Spitzenpolitikers, den London unterstützen und mit dem es verhandeln solle.«

Komarow grunzte, dann gab er seine Zustimmung. Ein Motorradkurier überbrachte dem Moskauer Büro des *Daily Telegraph* seine Antwort noch am selben Tag. Mr. Jefferson wurde mitgeteilt, Mr. Komarow sei bereit, ihm am neunten August ein Interview zu geben.

JEMEN, JANUAR 1986
Weder Jason Monk noch Pjotr Solomin hatten voraussehen können, daß der Aufenthalt des Majors in Aden ein Dreivierteljahr früher als geplant enden würde. Aber am dreizehnten Januar brach zwischen den beiden rivalisierenden Fraktionen des regierenden jemenitischen Klüngels ein erbitterter Bürgerkrieg aus. Die Kämpfe waren so heftig, daß beschlossen wurde, alle Ausländer – auch die

Russen – zu evakuieren. Diese Evakuierung fand ab dem fünfzehnten Januar in einer sechstägigen Aktion statt. Solomin gehörte zu denen, die in die Boote gingen.

Der Flughafen lag unter Beschuß, deshalb bot die See den einzigen Fluchtweg. Der Zufall wollte es, daß die Jacht *Britannia* der englischen Königin eben das Rote Meer nach Süden verlassen hatte, um Kurs auf Australien zu nehmen, damit Königin Elisabeth II. sie dort bei ihrem Staatsbesuch zur Verfügung hatte.

Nach einer Anfrage der britischen Botschaft aus Aden wurde die Admiralität in London alarmiert und setzte sich mit dem Privatsekretär der Königin in Verbindung. Er konsultierte die Monarchin, und Königin Elisabeth II. entschied, die *Britannia* sollte zu jeder nur möglichen Hilfeleistung eingesetzt werden.

Zwei Tage später verließen Major Solomin und eine Gruppe weiterer russischer Offiziere ihre Deckung und spurteten über die Abyan Beach, wo die Beiboote der *Britannia* in der Brandung rollten. Englische Matrosen zogen sie aus dem hüfttiefen Wasser, und innerhalb einer Stunde breiteten die verwirrten Russen ihre geliehenen Schlafsäcke auf dem freigeräumten Boden des Privatsalons der Königin aus.

Beim ersten Einsatz nahm die *Britannia* vierhunderteinunddreißig Flüchtlinge an Bord; insgesamt rettete sie bei mehreren Fahrten zum Strand tausendundachtundsechzig Menschen aus fünfundfünfzig Nationen. Zwischen den einzelnen Evakuierungen nahm sie Kurs auf Dschibuti am Horn von Afrika, um dort ihre jeweilige menschliche Fracht an Land zu setzen. Solomin und seine russischen Landsleute wurden über Damaskus nach Moskau geflogen.

Niemand konnte damals ahnen, daß für Solomin, der eigentlich noch unschlüssig war, der Unterschied zwischen der legeren Kameradschaft der Briten, Franzosen und Italiener mit den Matrosen der Royal Navy und der düsteren Paranoia seiner Befragungen in Moskau den Ausschlag gab.

Die CIA wußte nur, daß ein Mann, den einer ihrer Agenten vor einem Vierteljahr vermutlich angeworben hatte, wieder im alles verschlingenden Rachen der UdSSR verschwunden war. Er würde sich entweder melden, oder er würde es nicht tun.

In diesem Winter zerfiel das Agentennetz der Abteilung SO buchstäblich Stück für Stück. Die im Ausland für die CIA arbeitenden russischen Spione wurden nacheinander mit plausiblen Gründen in die Heimat zurückgerufen: Ihre Mutter ist erkrankt, Ihr Sohn versagt im Studium und braucht seinen Vater, ein Beförderungsausschuß tritt zusammen. Einer nach dem anderen fiel auf diese List herein und kehrte in die UdSSR zurück. Nach ihrer Ankunft wurden sie sofort verhaftet und in Oberst Grischins neuen Stützpunkt gebracht, der einen ganzen abgeteilten Flügel des festungsartigen Lefortowo-Gefängnisses einnahm. Langley ahnte nichts von den Verhaftungen, sondern wußte nur, daß ein Mann nach dem anderen verschwand.

Was die in der Sowjetunion stationierten Agenten betraf, so hörten sie einfach auf, routinemäßig »Lebenszeichen« zu geben.

In der UdSSR war es ausgeschlossen, einen Mann einfach im Büro anzurufen und zu einem Kaffee einzuladen. Alle Telefone wurden abgehört, alle Diplomaten beschattet. Ausländer fielen allein durch ihre Kleidung überall auf. Kontakte konnten nur mit äußerster Vorsicht stattfinden und waren entsprechend selten.

Die wenigen Kontakte, zu denen es trotzdem kam, wurden im allgemeinen über tote Briefkästen abgewickelt. Diese uralte List klingt primitiv, aber sie funktioniert noch immer. Aldrich Ames wendete sie bis zum Schluß an. Der tote Briefkasten ist lediglich ein kleines Behältnis oder irgendein Versteck – ein Kanalrohr, eine Felsspalte, ein hohler Baumstamm.

Der Agent kann einen Brief oder eine Päckchen Mikrofilme in dem toten Briefkasten hinterlegen und dann seine Auftraggeber durch ein Kreidezeichen an einer Mauer oder einem Laternenpfahl davon benachrichtigen. Die Position des Zeichens besagt: Im Briefkasten Nummer soundso liegt etwas für euch. Ein Mann in einem Botschaftsauto kann dieses Zeichen im Vorbeifahren durch die Scheibe erkennen, selbst wenn er gerade von der feindlichen Spionageabwehr beschattet wird, und ohne anzuhalten weiterfahren.

Später versucht ein nicht ausgewiesener Geheimdienstmann, seine Bewacher abzuschütteln und das hinterlegte Päckchen abzuholen, wobei er möglicherweise Geld hinterläßt. Oder weitere Anweisungen. Danach bringt *er* an der vereinbarten Stelle ein Kreidezeichen an. Der dort vorbeifahrende Agent sieht es und weiß jetzt, daß der tote Briefkasten geleert ist, aber etwas für ihn enthält. Im Dunkel der Nacht holt er sich die für ihn bestimmte Sendung ab.

Auf diese Weise kann ein Spion über Monate und sogar Jahre hinweg ohne einen einzigen persönlichen »Treff« mit seinem Führungsoffizier in Verbindung bleiben.

Hält der Spion sich weit außerhalb der Hauptstadt auf, wo die Diplomaten ihn nicht aufsuchen können, oder ist er sogar in der Stadt, ohne im Augenblick Material liefern zu können, gibt er üblicherweise in regelmäßigen Abständen »Lebenszeichen«. In der Hauptstadt, wo die Diplomaten an der vereinbarten Stelle vorbeifahren können, sind das beispielsweise weitere Kreidezeichen, deren Form und Position bedeuten können: Mir geht's gut, aber ich habe nichts für euch. Oder: Ich mache mir Sorgen; ich fürchte, überwacht zu werden.

Wo die räumliche Entfernung solche Geheimbotschaften verhindert – westliche Diplomaten durften sich in den Republiken der UdSSR nie frei bewegen –, sind Kleinanzeigen in den großen Tageszeitungen eine beliebte Methode, um Lebenszeichen zu geben. »Wunderschöne reinrassige Neufundländerwelpen zu verkaufen. Telefon...« könnte ganz unschuldig zwischen sonstigen Kleinanzeigen stehen. In der Botschaft werden sie von den Führungsoffizieren ausgewertet. Die benutzten Formulierungen enthalten die wahre Nachricht. Neufundländer könnte bedeuten: »Mir geht's gut«, aber Spaniel könnte warnen: »Bin in Gefahr, werde überwacht.« Reinrassig könnte besagen: »Bin nächste Woche in Moskau und hinterlege etwas in unserem toten Briefkasten.« Stubenrein könnte heißen: »Kann mindestens einen Monat lang nicht mehr nach Moskau kommen.«

Entscheidend ist, daß solche Lebenszeichen regelmäßig gegeben werden. Ihr Ausbleiben weist auf ein Problem hin. Zum Beispiel könnte der Spion nach einem Herzanfall oder als Folge eines Verkehrsunfalls im Krankenhaus liegen. Bleiben sie *alle* aus, liegt ein riesiges Problem vor.

Genau das passierte im Herbst 1985 und im Winter 1985/86 bis ins Frühjahr hinein. Nur Gordiewski meldete verzweifelt: »Bin in höchster Gefahr!« und wurde von den Briten in Sicherheit gebracht. Major Bochan in Athen schöpfte Verdacht und rettete sich in die USA. Die übrigen zwölf verstummten einfach.

Jeder einzelne Führungsoffizier in Langley oder im Ausland würde wissen, daß sein Agent offenbar geschnappt worden war, und diese Tatsache melden. Aber Carey Jordan und der Leiter der Abteilung SO hatten den Gesamtüberblick. Sie wußten, daß hier etwas ganz und gar faul war.

Eine Ironie des Schicksals wollte es, daß Ames eben durch die unprofessionelle Reaktion des KGB gerettet wurde. Niemand würde sich einfallen lassen, sagte die CIA sich, in so kurzer Zeit solche Massenverhaftungen von Agenten vorzunehmen, wenn der Verräter noch mitten in Langley säße. So konnten die Verantwortlichen sich einreden, was sie ohnehin glauben wollten: Sie, die Elite aller Eliten, konnten unmöglich einen Verräter in ihrer Mitte haben. Trotzdem mußte verzweifelt gefahndet werden, und das geschah auch – aber anderswo.

Der erste Verdächtige war Edward Lee Howard, die jetzt in Moskau sicher versteckte Hauptperson eines früheren Fiaskos. Howard hatte als CIA-Agent in der Abteilung SO gearbeitet und war auf die Übernahme eines Postens in der Moskauer US-Botschaft vorbereitet worden. Dabei hatte er sogar Einzelheiten laufender Unternehmen erfahren. Unmittelbar vor seiner Versetzung wurde entdeckt, daß Howard finanzielle Schwierigkeiten hatte und Drogen nahm.

Ohne Machiavellis goldene Regel zu beachten, entließ die CIA ihn fristlos, ließ ihn aber unbewacht herumlaufen. Zwei Jahre lang. Ohne jemanden davon zu benachrichtigen. In dieser ganzen Zeit saß Howard auf Parkbänken und überlegte, ob er zu den Russen gehen solle. Schließlich informierte die CIA doch das FBI, das empört reagierte und Howard unter Beobachtung stellte. Dann machten die FBI-Agenten einen Fehler. Sie verloren ihn aus den Augen, aber Howard hatte sie gesehen. Im September 1985 gelangte er binnen zwei Tagen in die sowjetische Botschaft in Mexico City, die ihn über Havanna nach Moskau weiterleitete.

Eine Überprüfung zeigte, daß Howard drei der verschwundenen Agenten hätte verraten können – vielleicht sogar sechs. Tatsächlich verriet er die einzigen drei, von denen er wußte, aber sie waren schon im August von Ames verraten worden. Diese drei wurden zweifach verraten.

Einen weiteren Hinweis lieferten die Russen selbst. In dem verzweifelten Bemühen, seinen Maulwurf zu schützen, ließ der KGB eine riesige Ablenkungs- und Desinformationskampagne anlaufen, um die CIA auf eine falsche Fährte zu locken. Damit hatte er Erfolg. Ein scheinbar echtes Leck in Ostberlin »enthüllte«, einige Codes seien geknackt und der Funkverkehr sei abgehört worden.

Benutzt wurden diese Codes von dem wichtigen CIA-Geheimsender in Warrenton, Virginia. Ein Jahr lang wurden Warrenton und das dortige Personal genau unter die Lupe genommen. Nichts, kein Hinweis auf geknackte Codes. Wären welche geknackt worden, hätte der KGB auch weitere Geheimnisse erfahren – aber in bezug auf diese Dinge hatte er nichts unternommen. Folglich waren die Codes intakt.

Eine dritte vom KGB eifrig gelegte falsche Fährte suggerierte, die Russen hätten brillante Ermittlungsarbeit geleistet. Diese Möglichkeit wurde in Langley, wo ein Bericht die Feststellung enthielt, »jedes Unternehmen trägt den Keim zu seiner eigenen Vernichtung in sich«, erstaunlich gleichmütig aufgenommen. Mit anderen Worten hatten alle vierzehn Agenten plötzlich beschlossen, sich wie Idioten zu benehmen.

Manche in Langley fielen nicht auf diesen Gleichmut herein. Einer davon war Carey Jordan, ein weiterer Gus Hathaway. Auf niedrigerer Ebene gehörte Jason Monk dazu, der durch interne Gerüchte von den Problemen erfuhr, die seine Abteilung zerrissen.

Die Akte 301, die sämtliche Informationen enthielt, wurde überprüft. Das Ergebnis war erschreckend. Zugang zu der Akte hatten insgesamt hundertachtundneunzig Personen. Das war eine beängstigend hohe Zahl. Befindet man sich im Herzen der UdSSR unter Lebensgefahr im Einsatz, kann man nichts weniger brauchen, als daß hundertachtundneunzig völlig Fremde Zugang zur eigenen Akte haben.

6

Professor Georgi Kusmin schrubbte sich im Untersuchungsraum der Leichenhalle unter dem Zweiten Medizinischen Institut die Hände und dachte widerstrebend an seine bevorstehende dritte Obduktion dieses Tages.

»Wer kommt als nächster dran?« fragte er seinen Assistenten, während er sich die Hände mit einem unzulänglichen Papierhandtuch abtrocknete.

»Nummer eins-fünf-acht«, sagte der Assistent.

»Einzelheiten.«

»Kaukasier, sechzig bis fünfundsechzig. Todesursache unbekannt, Identität unbekannt.«

Kusmin ächzte innerlich. Wozu der Aufwand? fragte er sich. Ein weiterer Penner, ein weiterer Stadtstreicher, ein weiterer Obdachloser, dessen sterbliche Überreste nach dieser Obduktion vielleicht dazu beitragen würden, den Medizinstudenten der Akademie drei Stockwerke über ihm begreiflich zu machen, wie jahrelanger Mißbrauch sich auf menschliche Organe auswirkte. Vielleicht endete sein Skelett sogar als Vorführmodell in einem Anatomiekurs.

Wie in jeder anderen Großstadt fiel in Moskau nächtlich, wöchentlich und monatlich eine bestimmte Anzahl von Leichen an, aber zum Glück war nur bei wenigen eine Autopsie erforderlich, denn sonst hätten der Professor und alle seine Kollegen in der Abteilung Forensische Pathologie längst die Waffen strecken müssen.

Bei den weitaus meisten Großstadttoten liegen »natürliche Todesursachen« vor – bei allen, die zu Hause oder im Krankenhaus an Altersschwäche oder tödlich verlaufenen Krankheiten gestorben sind. Die Leichenscheine aller dieser Toten wurden von Krankenhäusern, Pflegeheimen oder Hausärzten ausgestellt.

Dann folgte die Kategorie »natürliche Todesursache, unvorhergesehen« – meistens tödliche Herzanfälle. Auch hier übernahmen die Krankenhäuser, in die diese Unglücklichen eingeliefert worden waren, die Erledigung der einfachen, meistens sehr kurzen bürokratischen Formalitäten.

Als nächstes kamen die Unfälle: Haushalts-, Arbeits- und Verkehrsunfälle. In Moskau gab es zwei weitere Kategorien, die in den letzten Jahren stark zugenommen hatten: Erfrieren (im Winter) und Selbstmorde. Ihre Zahl ging in die Tausende.

Aus dem Fluß geborgene Leichen wurden – identifiziert oder nicht – in drei Kategorien unterteilt. Vollständig bekleidet, kein Alkohol im Blut: Selbstmord; bekleidet, Vollrausch: Unfall; Badehose oder -anzug: Badeunfall.

Danach kamen die Fälle von Mord und Totschlag. Sie wurden dem Morddezernat der Moskauer Miliz gemeldet, das Professor Kusmin hinzuzog. Auch in diesen Fällen war die Obduktion oft nur eine Formalität. Wie in allen Großstädten passierten die meisten Gewalttaten im Familienmilieu. Achtzig Prozent aller Morde wurden in Wohnungen verübt, oder der Täter war ein Familienangehöriger. Die Miliz faßte ihn meistens schon nach wenigen Stunden, und die Autopsie bestätigte nur, was alle bereits wußten – Iwan hatte seine Frau erstochen –, und trug zur schnellen Verurteilung des Täters bei.

Zuletzt kamen die Opfer von Auseinandersetzungen in Kneipen und im Gangstermilieu; was letzteres betraf, wußte Kusmin, daß die polizeiliche Aufklärungsquote bei elenden drei Prozent lag. Die Todesursache gab im allgemeinen keine Probleme auf – eine Kugel im Kopf war eine Kugel im Kopf. Ob die Ermittler den Schützen jemals fanden (eher nicht), brauchte den Professor nicht zu kümmern.

In allen diesen Fällen, jährlich Tausende und Abertausende, stand eines fest: Die Behörden wußten, wer der Tote war. Gelegentlich kam es vor, daß einer namenlos blieb. Die Leiche Nummer 158 war ein Namenloser. Professor Kusmin zog seine Chirurgenmaske hoch, bewegte die Finger in seinen Gummihandschuhen und trat mit gewisser Neugier an den Tisch, während sein Assistent das Laken zurückschlug.

Hmmm, dachte er, seltsam. Sogar interessant. Der Gestank, von dem ein Laie sich sofort hätte übergeben müssen, störte ihn längst nicht mehr. Mit seinem Skalpell in der Hand machte er einen Rundgang um den Tisch, um den entstellten Toten zu begutachten. Sehr merkwürdig.

Der Kopf schien trotz seiner leeren Augenhöhlen – offenbar das Werk von Vögeln – unversehrt zu sein. Der Mann hatte etwa sechs Tage lang unentdeckt in einem Wald an der Fernstraße nach Minsk gelegen. Unterhalb des Beckens waren seine Beine wie von Alter und Verwesung verfärbt, aber anscheinend unverletzt. Zwischen Halsgrube und Genitalien fand sich kaum ein Quadratzentimeter Rumpf, der nicht durch starke Prellungen schwarz verfärbt war.

Kusmin legte sein Skalpell beiseite und wälzte die Leiche auf den Bauch. Ihr Rücken sah ähnlich aus. Er drehte sie wieder um, griff nach seinem Skalpell und führte den ersten Schnitt, wobei er dem mitlaufenden Recorder seine Befunde diktierte. Mit Hilfe der Tonbandaufzeichnung würde er später seinen Bericht für die Tölpel vom Morddezernat in der Petrowka schreiben. Er begann mit dem Datum: zweiter August 1999.

WASHINGTON, FEBRUAR 1986
Zur Begeisterung Jason Monks und beträchtlichen Überraschung seiner Vorgesetzten in der Abteilung SO meldete Major Pjotr Solomin sich Mitte dieses Monats. Er schrieb einen Brief.

Klugerweise versuchte er nicht einmal, Kontakt zu irgendeinem westlichen Ausländer in Moskau aufzunehmen – und erst recht nicht mit der US-Botschaft. Er schrieb an eine Ostberliner Adresse, die Monk ihm gegeben hatte.

Die Herausgabe dieser Adresse bedeutete ein Risiko, aber ein kalkuliertes. Wäre Solomin zum KGB gegangen, um das sichere Haus zu verraten, hätte er einige für ihn sehr peinliche Fragen beantworten müssen. Die Vernehmungsoffiziere hätten gewußt, daß er diese Adresse nie bekommen hätte, wenn er nicht zugesagt hätte, für die CIA zu arbeiten. Hätte Solomin daraufhin protestiert, er habe nur vorgegeben, für die Amerikaner arbeiten zu wollen, wäre das noch schlimmer gewesen.

Weshalb, wäre er gefragt worden, haben Sie den ersten Anbahnungsversuch nicht sofort dem GRU-Kommandeur in Aden gemeldet, und wieso haben Sie den Amerikaner, der Sie anzuwerben versucht hat, entkommen lassen? Diese Fragen ließen sich unmöglich beantworten.

Also würde Solomin vorsichtshalber den Mund halten – oder er gehörte jetzt zum Team. Sein Brief bewies letzteres.

In der UdSSR wurden alle Postsendungen, die fürs Ausland bestimmt waren oder von dort kamen, abgefangen und gelesen. Ebenso kontrolliert wurden sämtliche Telefongespräche, Telegramme, Fernschreiben und Telefaxe. Aber Inlandspost konnte allein wegen ihrer Menge nur überwacht werden, wenn der Absender oder Empfänger verdächtigt wurde. Das galt auch für Sendungen innerhalb des Ostblocks – einschließlich der DDR.

Die Ostberliner Adresse gehörte einem U-Bahn-Fahrer, der als Postbote für die CIA arbeitete und dafür gut bezahlt wurde. CIA-Briefe, die in seinem Briefkasten in einem heruntergekommenen Wohnblock im Stadtteil Friedrichshain landeten, waren stets an Franz Weber adressiert. Weber, der tatsächliche ehemalige Mieter dieser Wohnung, war praktischerweise tot. Wäre der U-Bahn-Fahrer jemals wegen dieser Briefe vernommen worden, hätte er glaubhaft beschwören können, solche Briefe seien erst zweimal gekommen, er selbst könne kein Wort Russisch, sie seien an Weber adressiert gewesen, aber Weber sei tot, deshalb habe er sie weggeworfen. Ein unschuldiger Mann.

Keiner der Briefe trug einen Absender. Ihr Text war banal und langweilig: Hoffe, daß Du bei guter Gesundheit bist, mir geht's auch gut, wie kommst Du mit Deinem Russischkurs voran, hoffentlich können wir unsere Bekanntschaft bei Gelegenheit erneuern, alles Gute, Dein Brieffreund Iwan.

Selbst der ostdeutsche Staatssicherheitsdienst, die Stasi, hätte aus diesem Brieftext nur schließen können, Weber habe bei irgendeinem völkerverbindenden Kulturfestival einen Russen kennengelernt, der sein Brieffreund geworden war. Zu solchen Freundschaften wurden DDR-Bürger ohnehin ermuntert.

Sogar wenn es der Stasi gelungen wäre, die mit unsichtbarer Tinte zwischen die Zeilen geschriebene Nachricht zu entziffern, hätte sie daraus nur schließen können, dieser schon verstorbene

Franz Weber sei ein Schwein gewesen, das man leider nicht rechtzeitig geschnappt habe.

Von Moskauer Seite war der Absender nicht mehr aufzuspüren, sobald er den Brief eingeworfen hatte.

War wieder einmal ein Brief aus Rußland gekommen, beförderte Heinrich, der U-Bahn-Fahrer, ihn über die Mauer in den Westen weiter. Seine Methode klingt verrückt, aber im kalten Krieg passierten in der geteilten Stadt Berlin noch viel verrücktere Dinge. Tatsächlich war seine Methode so simpel, daß er nie erwischt wurde. Der kalte Krieg ging zu Ende, Deutschland wurde wiedervereinigt, und Heinrich trat in einen höchst komfortablen Ruhestand.

Bevor Berlin im August 1961 durch die Mauer geteilt wurde, um die Massenflucht von Ostdeutschen einzudämmen, gab es dort nur ein gemeinsames U-Bahn-Netz. Nach dem Mauerbau wurde es geteilt. Viele Tunnel zwischen Ost und West wurden blockiert. Aber auf einem kurzen Teilstück verlief eine ostdeutsche Linie auf Hochbahngleisen über Westberliner Gebiet.

Auf diesem Transit vom Osten über ein Stück Westen und in den Osten zurück blieben alle Türen und Fenster verriegelt. Die Ostberliner Fahrgäste konnten dasitzen und auf ein Stück Westberlin hinabschauen, aber es war für sie unerreichbar.

Heinrich, der vorn im Führerstand ganz allein war, öffnete sein Fenster und schoß an einer bestimmten Stelle mit einer Steinschleuder ein Projektil, das wie ein kleiner Golfball aussah, auf ein Trümmergrundstück. Ein Mann mittleren Alters, der Heinrichs Dienstplan kannte, führte dort seinen Hund spazieren. Sobald der Zug ratternd außer Sichtweite war, hob er den »Golfball« auf und brachte ihn seinen Kollegen in der riesigen CIA-Außenstelle Westberlin. Wurde der Behälter aufgeschraubt, zeigte sich, daß er einen eng zusammengefalteten Luftpostbrief enthielt.

Solomin hatte Neuigkeiten zu berichten, lauter gute Neuigkeiten. Nach seiner unfreiwilligen Heimkehr aus dem Jemen war er intensiv befragt worden und hatte anschließend eine Woche Sonderurlaub erhalten. Danach hatte er sich zur Wiederverwendung im Verteidigungsministerium gemeldet.

In der Eingangshalle hatte ihn der stellvertretende Verteidigungsminister erkannt, für den Solomin vor drei Jahren die Datscha gebaut hatte. Dieser Mann hatte es inzwischen zum Ersten Stellvertreter des Ministers gebracht. Obwohl er die Uniform eines Generaloberst und genügend Orden trug, um ein Kanonenboot zu versenken, war der Mann in Wirklichkeit ein Produkt des Apparats und hatte eine politische Karriere gemacht. Ihm gefiel die Idee, einen eisenharten Frontsoldaten aus Sibirien in seinem Gefolge zu haben. Er hatte Freude an seiner Datscha, die vorzeitig fertiggestellt worden war, und sein Adjutant war soeben aus Gesundheitsgründen (übermäßiger Wodkagenuß) in den Ruhestand getreten. Der Minister beförderte Solomin zum Oberstleutnant und machte ihn zu seinem neuen Adjutanten.

Zuletzt gab Solomin, was höchst riskant war, seine Privatadresse in Moskau an und bat um Anweisungen. Hätte der KGB seinen Brief abgefangen und entziffert, wäre er erledigt gewesen. Aber da Solomin sich nicht an die US-Botschaft wenden konnte, mußte Langley wissen, wo er zu erreichen war. Normalerweise hätte er vor seiner Abreise aus dem Jemen weit modernere Nachrichtenmittel erhalten, aber der Bürgerkrieg war dazwischengekommen.

Zehn Tage später erhielt er eine »letzte Zahlungsaufforderung« wegen eines Verkehrsvergehens. Der in Moskau abgestempelte Umschlag trug den aufgedruckten Absender des Zentralen Verkehrsamts. Die Mahnung und der Umschlag waren so gut gefälscht, daß er beinahe beim Zentralen Verkehrsamt angerufen hätte, um ganz energisch klarzustellen, er sei noch nie bei Rot über eine Kreuzung gefahren. Dann sah er die aus dem Umschlag rieselnden Sandkörner.

Er verabschiedete seine Frau, die ihre Kinder in die Schule fuhr, mit einem Kuß, und als er dann allein war, bestrich er die Zahlungsaufforderung mit dem Entwickler aus der kleinen Flasche, die er in seinem Rasierzeug aus Aden in die Heimat geschmuggelt hatte. Die Mitteilung war kurz: Am kommenden Sonntag. Zwischen zehn und elf Uhr. In einem Café am Leninskiprospekt.

Er war beim zweiten Kaffee, als ein Unbekannter, der sich in seinen Mantel zwängte, um gegen den draußen wehenden eisigen Wind geschützt zu sein, an ihm vorbeikam. Aus dem leeren Mantelärmel fiel eine Packung russischer Zigaretten auf seinen Tisch.

Solomin bedeckte sie mit seiner Zeitung. Der Mann im Mantel verließ das Café, ohne sich umzusehen.

Die Packung schien voll zu sein, aber die zwanzig Filter waren zu einem Block zusammengeklebt, unter dem sich nichts Rauchbares befand. In dem Hohlraum steckten eine winzige Kamera, zehn Filmpatronen für den Anfang, ein Blatt Reispapier, auf dem drei tote Briefkästen beschrieben und sechs verschiedene Kreidezeichen mit genauen Ortsangaben erläutert waren, damit er angeben konnte, ob die Briefkästen leer waren oder geleert werden mußten.

Außerdem steckte darin ein persönliches Schreiben Jason Monks, das mit den Worten: »So, mein Jägerfreund, jetzt werden wir die Welt verändern!« begann.

Einen Monat später hinterlegte Orion seine erste Lieferung in einem toten Briefkasten und holte sich weitere Filmpatronen ab. Sein Material stammte tief aus dem Innersten des sowjetischen militärisch-industriellen Komplexes und war unbezahlbar.

Professor Kusmin las die Transkription seiner Kommentare zur Obduktion von Leiche Nummer 158 durch und nahm einige handschriftliche Änderungen vor. Er dachte gar nicht daran, seine ohnehin überlastete Sekretärin zu bitten, den Bericht erneut abzuschreiben; die Schafsköpfe im Morddezernat sollten selbst sehen, wie sie damit zurechtkamen.

Für ihn bestand kein Zweifel daran, daß sein Bericht ans Morddezernat gehen mußte. Er versuchte, den Kriminalbeamten möglichst viel Arbeit zu ersparen, indem er in Zweifelsfällen möglichst auf »Unfalltod« oder »natürliche Ursachen« erkannte. Dann konnten die Verwandten die Leiche abholen und beisetzen lassen, während ein unbekannter Toter im Leichenhaus bleiben mußte, bis die gesetzlich vorgeschriebene Frist abgelaufen war. Er würde die Vermißtenstelle benachrichtigen, und falls die Leiche nicht identifiziert werden konnte, würde sie auf Kosten des Moskauer Oberbürgermeisters ein Armengrab erhalten oder im Seziersaal enden.

Aber Nummer 158 war ermordet worden, das stand fest. Außer bei Fußgängern, die unter einen daherrasenden Lastwagen gekommen waren, hatte er noch nie so viele innere Verletzungen gesehen. Ein einziger Aufprall, selbst gegen einen Lastwagen, hätte sie unmöglich alle hervorrufen können. Vermutlich sah jemand, der von einer Büffelherde zertrampelt worden war, so ähnlich aus, aber in Moskau gab es nur wenige Büffel, die zudem nicht Kopf und Beine ausgespart hätten. Nein, auf Nummer 158 war zwischen Hals und Hüften beidseitig unzählige Male mit stumpfen Gegenständen eingeschlagen worden.

Als er mit seinen Anmerkungen fertig war, unterschrieb er den Bericht, fügte das Datum dritter August 1999 hinzu und legte das Schriftstück in den Ausgangskorb.

»Morddezernat?« fragte seine Sekretärin munter.

»Morddezernat, Identifizierungsstelle«, bestätigte Kusmin. Sie tippte die Adresse auf einen hellbraunen Umschlag, schob den Autopsiebericht hinein und legte den Umschlag neben ihre Handtasche. Heute abend auf dem Heimweg würde sie ihn beim Pförtner abgeben, der in seiner Pförtnerloge im Erdgeschoß hauste, und dieser würde ihn am nächsten Morgen dem Ausfahrer mitgeben, der Unterlagen des Instituts zu allen möglichen Moskauer Stellen brachte.

Unterdessen lag die Leiche 158, der jetzt nicht nur die Augen, sondern auch die meisten Eingeweide fehlten, in eisiger Dunkelheit.

LANGLEY, MÄRZ 1986

Carey Jordan stand am Fenster und starrte auf seine liebste Aussicht hinaus. Um diese Zeit Ende März legten sich die ersten zarten Grünschleier über den Wald zwischen CIA-Hauptgebäude und Potomac River. Bald würde das Glitzern des Wassers, das im Winter wegen der unbelaubten Bäume stets sichtbar war, wieder verschwunden sein. Er liebte Washington; es besaß mehr Wälder, Parks, Bäume und Gärten als jede andere amerikanische Großstadt, die er kannte, und das Frühjahr war für ihn immer die schönste Jahreszeit.

Zumindest war es das bisher gewesen. Das Frühjahr 1986 erwies sich als reinster Alptraum. Sergei Bochan, der GRU-Offizier, den die CIA in Athen geführt hatte, hatte bei wiederholten Befragungen unmißverständlich erklärt, seiner Überzeugung nach wäre er bei einer Rückkehr nach Moskau vor ein Erschießungskommando gestellt worden. Das konnte er nicht beweisen, aber die Begründung seines Vorgesetzten für die Aufforderung, nach Moskau zurückzukehren – die schlechten Noten seines Sohns auf der Militärakademie –, war schlichtweg eine Lüge gewesen. Folglich war er enttarnt worden. Da er selbst keine Fehler gemacht hatte, war er davon überzeugt, verraten worden zu sein.

Da Bochan zu den ersten drei Agenten gehört hatte, die in Schwierigkeiten geraten waren, war die CIA zunächst skeptisch gewesen. Jetzt waren ihre Zweifel weitgehend beseitigt. Fünf weitere Agenten in aller Welt waren ungewöhnlicherweise vorzeitig nach Moskau zurückgerufen worden und schienen sich in Luft aufgelöst zu haben.

Das machte sechs. Mit Gordiewski, der für die Briten gearbeitet hatte, waren es sogar sieben. Fünf weitere Agenten, die in der UdSSR stationiert gewesen waren, waren ebenfalls verschwunden. Alle wichtigen Quellen, die jahrelange harte Arbeit, Geduld und Listenreichtum verkörperten und hohe Beträge an Steuergeldern verschlungen hatten, waren jetzt versiegt. Bis auf zwei.

Hinter ihm saß Harry Gaunt, der Leiter der Abteilung SO, die das Hauptopfer, nein, im Augenblick das einzige Opfer des Virus war, in Gedanken versunken da. Er war gleich alt wie der stellvertretende Direktor; die beiden hatten sich gemeinsam von unten heraufgearbeitet, Jahre in abgelegenen Außenposten verbracht, Informanten angeworben und das große Spiel gegen den feindlichen KGB gespielt. Jordan und er vertrauten einander wie Brüder.

Das war das eigentliche Problem: In der Abteilung SO hatten alle Vertrauen zueinander. Das mußten sie. Sie waren der innerste Kern, der exklusivste Klub, die Angriffsspitze im Geheimdienstkrieg. Trotzdem hegte jeder Mann einen schrecklichen Verdacht. Howard, geknackte Codes und clevere Ermittlungsarbeit der KGB-Verwaltung K konnten dazu geführt haben, daß fünf, sechs, sieben Agenten enttarnt wurden. Aber vierzehn? Die ganze gottverdammte Bande? Und trotzdem konnte es keinen Verräter geben. Es *durfte* keinen geben. Nicht in der Abteilung Sowjetunion/Osteuropa. Dann klopfte jemand an. Die Stimmung der beiden besserte sich. Der einzige Mann, der noch Erfolge vorzuweisen hatte, wartete darauf, hereingebeten zu werden.

»Nehmen Sie Platz, Jason«, sagte der stellvertretende Direktor.

»Harry und ich wollten Sie nur kurz sprechen, um Ihnen unsere Anerkennung auszudrücken. Ihr Mann Orion liefert wirklich erstklassiges Material. Unsere Auswerter sind ganz begeistert. Deshalb finden wir, daß der Agent, der ihn angeworben hat, eine Besoldung nach G15 wert ist.«
Eine Beförderung von G14 nach G15. Er bedankte sich.
»Wie geht's Ihrem Mann Lysander in Madrid?«
»Danke, gut, Sir. Er schickt regelmäßig Berichte. Nichts Sensationelles, aber immer nützlich. Seine Dienstzeit läuft demnächst ab. Er wird bald nach Moskau zurückkehren.«
»Er ist nicht vorzeitig zurückgerufen worden?«
»Nein, Sir. Warum auch?«
»Natürlich nicht, Jason.«
»Darf ich etwas sagen, ganz offen sprechen?«
»Schießen Sie los.«
»In der Abteilung wird darüber geredet, daß wir in diesem letzten halben Jahr in ziemliche Turbulenzen geraten sind.«
»Wirklich?« fragte Gaunt. »Nun, die Leute tratschen eben gern.«
In diesem Augenblick kannten nur zehn Männer an der Spitze der CIA-Hierarchie das ganze Ausmaß der Katastrophe. Aber obwohl die Hauptabteilung Beschaffung sechstausend Mitarbeiter hatte, von denen tausend zur Abteilung SO gehörten – jedoch nur hundert mit Monks Dienstgrad –, war sie trotzdem ein Dorf, und in einem Dorf machen Gerüchte die Runde. Monk holte tief Luft und sprach weiter.
»Geredet wird davon, daß wir Agenten verloren haben. Ich habe von bis zu zehn Mann gehört.«
»Sie kennen die Vorschrift, daß jeder nur erfahren darf, was er wissen muß, Jason.«
»Ja, Sir.«
»Also gut, wir haben vielleicht ein paar Probleme gehabt. Das passiert in allen Diensten. Glückssträhnen und Pechsträhnen. Worauf wollen Sie hinaus?«
»Sollte die Zahl zehn annähernd stimmen, gibt es nur einen einzigen Ort, an dem alle einschlägigen Informanten gesammelt sind: die Akte 301.«

»Ich denke, wir wissen, wie die Agency funktioniert, Soldat«, knurrte Gaunt.

»Wie kommt's dann, daß Lysander und Orion noch frei herumlaufen?« fragte Monk.

»Hören Sie, Jason«, antwortete der stellvertretende Direktor geduldig. »Ich habe Ihnen einmal gesagt, daß Sie sonderbar sind – unkonventionell, ein Mann, der sich nicht an Vorschriften hält. Aber jemand, der Glück hat. Okay, wir haben einige Verluste zu beklagen, aber Sie dürfen nicht vergessen, daß die Akte 301 auch alle Angaben über Ihre beiden Quellen enthält.«

»Nein, das tut sie nicht.«

Danach war es plötzlich so still, daß man eine Erdnuß auf den hochflorigen Teppichboden hätte fallen hören können. Carey Jordan spielte nicht mehr mit seiner Pfeife, die er nie in geschlossenen Räumen rauchte, sondern wie ein Schauspieler als Requisit benutzte.

»Irgendwie bin ich nie dazu gekommen, ihre Unterlagen bei der Zentralregistratur abzugeben. Ein bedauerliches Versehen. Tut mir leid.«

»Aber wo sind die Originale? Ihre eigenen Berichte mit allen Details der Anwerbung, der bisherigen Treffs, der getroffenen Vereinbarungen?« fragte Gaunt schließlich.

»In meinem Safe. Den haben sie nie verlassen.«

»Und die operativen Details Ihrer Führungsarbeit?«

»In meinem Kopf.«

Nun folgte eine noch längere Pause.

»Danke, Jason«, sagte der stellvertretende Direktor endlich. »Sie hören noch von uns.«

Vierzehn Tage später fand auf der Führungsebene der Hauptabteilung Beschaffung eine große Strategiedebatte statt. Gemeinsam mit nur zwei weiteren Analytikern hatte Carey Jordan die hundertachtundneunzig Mitarbeiter, die in den letzten zwölf Monaten theoretisch Zugang zur Akte 301 gehabt hatten, auf einundvierzig reduziert. Aldrich Ames, der noch auf seinem Italienischlehrgang war, stand mit auf der kürzeren Liste.

Um ganz sicherzugehen, plädierten Jordan, Gaunt, Hathaway und zwei weitere für ernsthafte Ermittlungen, so schmerzlich sie auch sein mochten, gegen diese einundvierzig. Dazu hätten ein »feindlicher« Lügendetektortest und die Überprüfung ihrer finanziellen Verhältnisse gehört.

Als amerikanische Erfindung wurde der Lügendetektor hoch eingeschätzt. Erst Ende der achtziger und Anfang der neunziger Jahre zeigten Untersuchungen, wie fehlerhaft seine Ergebnisse sein konnten. Zum einen kann ein erfahrener Lügner ihn überlisten, und Spionage beruht auf Irreführung, deren Opfer hoffentlich nur der Gegner wird.

Zum anderen müssen die Befrager ausgezeichnet vorbereitet sein, um die richtigen Fragen stellen zu können. Diese Vorbereitung setzt voraus, daß der Betreffende schon überprüft ist. Um den Lügner zu überführen, müssen sie erreichen, daß der Schuldige denkt: »O Gott, sie wissen alles, sie wissen alles!«, und Herzjagen bekommt. Kann der Lügner aus ihren Fragen schließen, daß sie nichts wissen, beruhigt er sich wieder und bleibt ruhig. Das ist der Unterschied zwischen einem freundlichen und einem feindlichen Lügendetektortest. Ist der Befragte ein cleverer und gut vorbereiteter Heuchler, ist die freundliche Version reine Papierverschwendung.

Entscheidend wichtig für die Ermittlungen, die der stellvertretende Direktor wollte, wäre die Überprüfung der finanziellen Verhältnisse gewesen. Hätten sie nur geahnt, daß Aldrich Ames, der vor zwölf Monaten nach einer unerfreulichen Scheidung und seiner Wiederverheiratung pleite und verzweifelt gewesen war, jetzt förmlich in Geld schwamm – alles seit April 1985 auf sein Bankkonto eingezahlt!

An der Spitze der Gruppe, die Jordans Vorschlag ablehnte, stand Ken Mulgrew. Er erinnerte an den beängstigenden Schaden, den James Angleton mit seiner ständigen Bespitzelung loyaler Mitarbeiter angerichtet hatte, und wies warnend darauf hin, die Überprüfung der finanziellen Verhältnisse einzelner bedeute einen massiven Eingriff in die Privatsphäre und eine Verletzung von Bürgerrechten.

Gaunt wandte ein, zu Angletons Zeiten habe man nie plötzlich ein Dutzend Agenten in nur sechs Monaten verloren. Angletons damalige Ermittlungen seien eine Folge seiner Paranoia gewesen; im Jahr 1986 habe die Agency handfeste Beweise dafür, daß etwas verdammt schiefgelaufen sei.

Die Falken unterlagen schließlich. Die Bürgerrechte blieben Sieger. Die gründliche Überprüfung der einundvierzig wurde abgelehnt.

Inspektor Pawel Wolski seufzte, als wieder eine Akte auf seinem Schreibtisch landete.

Noch vor einem Jahr war er als Erster Wachtmeister der Abteilung Organisiertes Verbrechen glücklich und zufrieden gewesen. Dort hatten sie wenigstens Gelegenheit gehabt, die Lagerhäuser von Gangsterbanden auszuheben und ihre unredlich erworbenen Schätze zu beschlagnahmen. Ein cleverer Wachtmeister konnte recht gut leben, wenn beschlagnahmte Luxusartikel einem gewissen Schwund unterlagen, bevor sie dem Staat übergeben wurden.

Aber nein, seine Frau hatte es sich in den Kopf gesetzt, die Gattin eines Kriminalinspektors sein zu wollen. Also hatte er die nächste Gelegenheit wahrgenommen und den Lehrgang absolviert; anschließend war er befördert und zum Morddezernat versetzt worden.

Nicht vorhergesehen hatte Wolski jedoch, daß man ihm die Identifizierungsstelle aufhalsen würde. Beim Anblick der Flut von »Wer-weiß-wen-kümmert's«-Akten, die er zu bearbeiten hatte, wünschte er sich oft in die Schabolowkastraße zurück.

Immerhin war bei den meisten anonymen Mordopfern das Tatmotiv klar. Natürlich Raub. War seine Geldbörse fort, hatte das Opfer alles verloren: sein Geld, seine Kreditkarten, die Familienfotos und den äußerst wichtigen *pasport*, den innerrussischen Personalausweis mit Foto und sämtlichen Angaben zur Person. Oh, und natürlich sein Leben, denn sonst läge er jetzt nicht auf einem Metalltisch im Leichenhaus.

Im Fall eines aufrechten Bürgers, dessen Geldbörse einen Überfall lohnte, gab es meistens Angehörige. Sie erstatteten Anzeige bei der Vermißtenstelle, die ihm jede Woche eine Zusammenstellung von Familienfotos schickte, aus der sich oft Übereinstimmungen ergaben. Dann war er in der Lage, der weinenden Familie zu erklären, wo sie ihren verschwundenen Angehörigen identifizieren und abholen konnte.

War das Tatmotiv nicht Raub, hatte der Tote meistens noch

seinen *pasport* in irgendeiner Tasche, so daß die Akte ohnehin nicht auf Wolskis Schreibtisch landete. Auch die vielen Obdachlosen, die ihren Ausweis wegwarfen, weil er zeigte, woher sie kamen, und die nicht von der Miliz in ihren Heimatort zurücktransportiert werden wollten, aber trotzdem auf den Straßen Moskaus an Kälte oder Alkohol starben, gingen Wolski nichts an. Er war nur für eindeutige Tötungsdelikte unbekannter Personen gegen unbekannte Personen zuständig. Das war, so sagte er sich, eine exklusive, aber ziemlich vergebliche Beschäftigung.

Diese Akte vom vierten August war anders als die meisten. Raub als Tatmotiv schied praktisch aus. Ein Blick in den Auffindungsbericht des Bezirks West zeigte ihm, daß ein Pilzsammler die Leiche knapp innerhalb der Stadtgrenze in einem Wald an der Fernstraße nach Minsk aufgefunden hatte. Hundert Meter von der Straße entfernt – also auch kein Verkehrsunfall mit Fahrerflucht.

Die Auflistung des persönlichen Eigentums war deprimierend. Der Tote hatte getragen (von unten nach oben): Schuhe, Kunstleder, billig, rissig, abgetreten; Socken, billig, Massenartikel, stark verschmutzt; Unterhose, dito; Hose, dünn, schwarz, speckig; Gürtel, Kunstleder, abgetragen. Das war alles. Kein Hemd, keine Krawatte oder Jacke. Das einzige weitere Kleidungsstück war ein in der Nähe aufgefundener langer Mantel, der als sehr zerschlissener ehemaliger Militärmantel aus den fünfziger Jahren beschrieben wurde.

Ganz unten stand eine kurze Anmerkung. Tascheninhalt null, wiederhole null. Keine Uhr, kein Ring, keinerlei persönliches Eigentum.

Wolski betrachtete das am Fundort aufgenommene Foto. Irgend jemand hatte dem Toten barmherzigerweise die Augen geschlossen. Ein hageres, unrasiertes Gesicht, wahrscheinlich Mitte Sechzig, aber zehn Jahre älter aussehend. Ausgezehrt, das war das zutreffende Wort – auch schon zu Lebzeiten.

Armes altes Schwein, dachte Wolski, *dich* hat garantiert keiner wegen deines Schweizer Bankkontos umgelegt. Er schlug Kusmins Autopsiebericht auf. Nach den ersten Absätzen drückte er fluchend seine Zigarette aus.

»Warum können diese Eierköpfe kein verständliches Russisch

schreiben?« fragte er die Wand – übrigens nicht zum erstenmal. Ständig war von Lazerationen und Kontusionen die Rede; sagt doch einfach, daß ihr Schnitte und Quetschungen meint, dachte er. Auch nachdem er sich durch alle Fachausdrücke hindurchgearbeitet hatte, blieben einige Aspekte unklar. Deshalb wählte er die auf dem Dienstsiegel des Zweiten Medizinischen Instituts angegebene Nummer. Er hatte Glück. Georgi Kusmin war an seinem Schreibtisch.

»Professor Kusmin?« fragte er.

»Am Apparat. Wer sind Sie?«

»Inspektor Wolski, Morddezernat. Ich habe Ihren Autopsiebericht Nummer eins-fünf-acht vor mir liegen.«

»Schön für Sie.«

»Darf ich ganz offen sein, Professor?«

»Das wäre heutzutage eine erfreuliche Ausnahme.«

»Es geht nur darum, daß ein paar Dinge recht kompliziert ausgedrückt sind. Sie schreiben von massiven Quetschungen an beiden Oberarmen. Können Sie mir sagen, was sie hervorgerufen hat?«

»Nicht als Pathologe – da sind's lediglich Quetschungen. Aber unter uns gesagt stammen die Abdrücke von Fingern.«

»Jemand hat ihn an den Armen gepackt?«

»Jemand hat ihn hochgehalten, mein lieber Inspektor. Zwei starke Männer haben den armen Kerl hochgehalten, während andere ihn zusammengeschlagen haben.«

»Er ist also mit Fäusten mißhandelt worden? Ohne irgendwelche Maschinen?«

»Wären Kopf und Beine ähnlich zugerichtet, würde ich sagen, er sei aus einem Hubschrauber gestoßen worden. Und nicht aus einem tief fliegenden Hubschrauber. Aber jeder Aufprall auf den Erdboden oder ein Zusammenprall mit einem Lastwagen hätte auch Kopf- und Beinverletzungen bewirkt. Nein, er ist zwischen Hals und Hüften unzählige Male mit harten, stumpfen Gegenständen geschlagen worden.«

»Todesursache... Ersticken?«

»So steht's in meinem Bericht, Inspektor.«

»Entschuldigung, er ist zu Brei geschlagen worden – aber erstickt?«

Kusmin seufzte. »Bis auf eine sind alle seine Rippen gebrochen. Einige sogar mehrfach. Zwei sind in seine Lungen eingedrungen und haben eine Blutung ausgelöst, die zum Tod geführt hat.«
»Er ist an seinem eigenen Blut erstickt, meinen Sie?«
»Genau das habe ich Ihnen zu erklären versucht.«
»Tut mir leid, ich bin hier neu.«
»Und ich bin hier hungrig«, sagte der Professor. »Ich habe jetzt Mittag. Mahlzeit, Inspektor.«

Wolski überflog den Bericht nochmals. Der alte Knabe war also mißhandelt worden. Die äußeren Umstände deuteten auf eine Unterweltfehde hin. Aber Gangster waren im allgemeinen erheblich jünger. Er mußte wirklich einen Mafiaboß gegen sich aufgebracht haben. Wäre er nicht erstickt, wäre er an den zahlreichen inneren Verletzungen gestorben.

Was hatten sie also gewollt, seine Mörder? Hatten sie Informationen aus ihm herausprügeln wollen? Aber die hätte er ihnen doch schon lange vorher gegeben! Welches Motiv konnten sie sonst gehabt haben? Bestrafung? Abschreckendes Beispiel? Sadismus? Vielleicht eine Mischung aus diesen drei Motiven. Aber was um Himmels willen konnte ein alter Mann, der wie ein Obdachloser aussah, besitzen, das ein Gangsterboß unbedingt haben wollte? Oder was konnte er einem Mafiaboß angetan haben, das diese Strafe verdient hatte?

Wolski las die Eintragung unter »besondere Kennzeichen«. Der Professor hatte festgestellt: »Keine am Körper, aber im Mund zwei Vorderzähne und ein Eckzahn aus Edelstahl – vermutlich von einem Militärzahnarzt eingesetzt.« Das bedeutete, daß der Tote drei Stahlzähne im Mund gehabt hatte.

Die abschließende Bemerkung des Pathologen erinnerte Wolski an etwas. Jetzt *war* Mittagszeit, und er hatte vor, sich mit einem Kollegen aus dem Morddezernat zum Essen zu treffen. Er stand auf, schloß sein schäbiges Büro hinter sich ab und ging den Korridor entlang davon.

LANGLEY, JULI 1986

Oberst Solomins Brief stellte die CIA vor ziemliche Probleme. Er hatte bisher dreimal Material in einem toten Briefkasten in Moskau deponiert, aber nun wollte er sich erneut mit seinem Führungsoffizier Jason Monk treffen. Da Solomin die UdSSR nicht verlassen konnte, würde der Treff auf sowjetischem Boden stattfinden müssen.

Jeder Dienst, bei dem ein solcher Vorschlag eingeht, würde als erstes vermuten, sein Agent sei geschnappt worden und schreibe unter Zwang.

Nach Monks Überzeugung war Solomin jedoch weder dumm noch feige. Es gab ein bestimmtes Wort, das er unbedingt vermeiden sollte, falls er unter Zwang schrieb, und ein weiteres, das er in diesem Fall in den Text einzufügen versuchen sollte. Selbst unter Zwang wäre es ihm vermutlich gelungen, eine dieser beiden Bedingungen zu erfüllen. Sein Brief aus Moskau enthielt das Wort, das er verwenden sollte, während das nicht zu verwendende fehlte. Mit anderen Worten: Der Brief schien echt zu sein.

Mit Harry Gaunt war Monk sich seit langem darüber einig, daß Moskau, wo es von KGB-Agenten und -Spitzeln wimmelte, zu gefährlich war. Hätte Monk sich als Diplomat ausgegeben, der nur für kurze Zeit in Moskau zu tun hatte, hätte das sowjetische Außenministerium trotzdem detaillierte Informationen über ihn angefordert – und sie prompt an die Zweite Hauptverwaltung weitergegeben. Auch so getarnt wäre Monk während seines ganzen Aufenthalts überwacht worden, und ein gefahrloses Treffen mit dem Adjutanten des Ersten stellvertretenden Verteidigungsministers wäre praktisch unmöglich gewesen. Außerdem schlug Solomin für ihr Treffen einen anderen Ort vor.

Der Oberst schrieb, er bekomme Ende September Urlaub und habe sich durch Beziehungen eine Ferienwohnung in dem Badeort Gursuf am Schwarzen Meer sichern können.

Monk informierte sich über Gursuf: ein Dorf an der Küste der Halbinsel Krim, ein vom sowjetischen Militär frequentierter bekannter Badeort mit einer großen Rehabilitationsklinik des Verteidigungsministeriums, in der kranke und verwundete Offiziere sich in der Sonne erholen konnten.

Zwei jetzt in den USA lebende ehemalige sowjetische Offiziere wurden konsultiert. Beide waren nie dort gewesen, kannten Gursuf aber dem Namen nach als malerisches ehemaliges Fischerdorf, in dem Tschechow bis zu seinem Tod in seiner Villa am Strand gelebt hatte – von Jalta aus in fünfzig Minuten mit dem Bus oder in zwanzig Minuten per Taxi zu erreichen.

Nun befaßte Monk sich mit Jalta. Die UdSSR war in vieler Beziehung noch immer ein unzugängliches Land, und es war unmöglich, einfach einen Linienflug auf die Krim zu buchen. Er hätte über Moskau nach Kiew, von dort aus nach Odessa und zuletzt nach Jalta fliegen müssen. Kein ausländischer Tourist hätte diese Strecke bewältigt, und es gab keinen plausiblen Grund, warum ein Ausländer nach Gursuf reisen sollte. Selbst in einem sowjetischen Badeort wäre er als einzelner Ausländer überall aufgefallen. Also informierte Monk sich über den Seeweg und hatte damit mehr Glück.

Die stets devisenhungrige sowjetische Regierung gestattete der Black Sea Shipping Company, Mittelmeerkreuzfahrten zu veranstalten. Obwohl die Schiffe mit rein sowjetischer Besatzung fuhren, die selbstverständlich mit einigen KGB-Agenten durchsetzt war, kamen die Reiseteilnehmer fast ausschließlich aus dem Westen.

Weil diese Kreuzfahrten für westliche Ausländer ziemlich billig waren, bestanden die Passagiere überwiegend aus Studenten, Akademikern und Senioren. Im Sommer 1986 waren drei Kreuzfahrtschiffe im Einsatz: die *Litva*, die *Latvia* und die *Armenia*. Ende September würde die *Armenia* in Jalta anlegen.

Nach Auskunft des Londoner Agenten der Black Sea Shipping Company würde die *Armenia*, weitgehend leer aus Odessa kommend, den griechischen Hafen Piräus anlaufen. Von Griechenland aus würde sie nach Westen laufen, in Barcelona anlegen und auf der Rückreise Marseille, Neapel, Malta, Istanbul, den bulgarischen Schwarzmeerhafen Warna und schließlich Jalta anlaufen, bevor sie wieder Odessa erreichte. Die meisten Passagiere aus dem westlichen Ausland würden in Barcelona, Marseille oder Neapel an Bord gehen.

Mit Unterstützung des britischen SIS wurde Ende Juli sehr geschickt in die Geschäftsräume der Londoner Agentur der sowjetischen Reederei eingebrochen. Die Einbrecher hinterließen keinerlei Spuren. Sie entwendeten auch nichts, aber die Londoner Buchungen für die *Armenia* wurden fotografiert.

Wie diese Buchungen zeigten, würden an der Kreuzfahrt im September sechs Mitglieder der American-Soviet Friendship Society teilnehmen. In den USA wurden die sechs überprüft. Alle schienen in mittleren Jahren, aufrichtig, naiv und ehrlich um die Verbesserung der amerikanisch-sowjetischen Beziehungen bemüht zu sein. Außerdem lebten alle sechs im Nordosten der Vereinigten Staaten.

Anfang August trat Professor Norman Kelson aus San Antonio, Texas, in die Gesellschaft ein und bekam ihre Broschüren zugeschickt. Daraus »erfuhr« er von der geplanten Kreuzfahrt mit der *Armenia*, die in Marseille beginnen sollte, und meldete sich als siebtes Mitglied der amerikanischen Gruppe an. Das sowjetische Reisebüro Intourist sah keinen Grund, Einwände zu erheben, und die zusätzliche Buchung wurde bestätigt.

Der echte Norman Kelson war ein früherer CIA-Archivar, der in San Antonio im Ruhestand lebte und Jason Monk einigermaßen ähnlich sah, obwohl er fünfzehn Jahre älter war – ein Altersunterschied, der sich durch graugefärbte Haare und eine getönte Brille kompensieren ließ.

Mitte August teilte Monk Solomin mit, sein Freund werde in Jalta am Haupteingang des botanischen Gartens auf ihn warten. Der Garten, eine berühmte Sehenswürdigkeit Jaltas, liegt außerhalb der Stadt – ein gutes Stück weit in Richtung Gursuf. Der Freund werde am 27. und 28. September jeweils mittags an den Drehkreuzen warten.

Inspektor Wolski hatte schon etwas Verspätung, deshalb marschierte er rasch durch die Korridore des großen grauen Gebäudes an der Petrowka, in dem die Zentrale der Moskauer Miliz untergebracht ist. Sein Freund war nicht in seinem Büro, deshalb sah Wolski in den Bereitschaftsraum, wo er ihn im Gespräch mit einigen Kollegen antraf.

»Tut mir leid, daß ich mich verspätet habe«, sagte Wolski.

»Kein Problem. Komm, wir hauen gleich ab.«

Männer mit ihrem Gehalt konnten es sich nicht leisten, zum Essen auszugehen, aber die Miliz betrieb eine sehr preiswerte Kantine, in der es Mahlzeiten auf Essensmarken gab, und das Essen war nicht einmal schlecht. Die beiden wandten sich der Tür zu. Gleich rechts daneben war ein Schwarzes Brett angebracht. Nach einem Blick darauf blieb Wolski wie angenagelt stehen.

»Los, komm schon!« drängte sein Freund. »Sonst sind alle Tische weg.«

»Hör mal«, sagte Wolski, als jeder seinen Schmorbraten und einen halben Liter Bier vor sich stehen hatte. »Vorhin im Bereitschaftsraum...«

»Ja?«

»An eurem Schwarzen Brett gleich neben der Tür hängt ein Bild. Anscheinend eine Fotokopie einer Zeichnung. Ein alter Kerl mit komischen Zähnen. Was ist mit dem?«

»Ach, der«, sagte Inspektor Nowikow. »Das ist unser Phantom. Bei einer Angehörigen der englischen Botschaft ist eingebrochen worden. Von zwei Tätern. Sie haben nichts gestohlen, aber die Bude auf den Kopf gestellt. Als die Engländerin sie dabei überrascht hat, ist sie niedergeschlagen worden. Aber sie hat einen der Kerle gesehen.«

»Wann ist das gewesen?«

»Vor ungefähr zwei, vielleicht drei Wochen. Die Botschaft hat sich natürlich beim Außenministerium beschwert. Das hat seinerseits dem Innenministerium die Hölle heißgemacht. Und das hat unser Einbruchsdezernat angewiesen, den Kerl zu fassen. Irgend jemand hat eine Zeichnung von ihm angefertigt. Du kennst Tschernow? Nein? Na ja, er ist im Einbruchsdezernat der große Ermittler; jetzt rennt er rum, als hätte er Feuer unterm Hintern, weil seine Karriere auf dem Spiel steht, und kommt nicht weiter. Er ist sogar zu uns runtergekommen und hat eines seiner Bilder aufgehängt.«

»Irgendwelche Hinweise?« fragte Wolski.

»Nö. Tschernow weiß nicht, wer der Kerl ist oder wo er ihn suchen soll. Dieser Schmorbraten besteht von Mal zu Mal aus mehr Fett und weniger Fleisch, find' ich.«

»Ich weiß nicht, wer er ist, aber ich weiß, wo er im Augenblick ist«, sagte Wolski. Nowikow starrte ihn mit halb an den Mund gehobenem Bierglas an.

»Scheiße, wo?«

»Er liegt drüben im Zweiten Medizinischen in der Leichenhalle.

Seine Akte ist heute vormittag reingekommen. Identität vorläufig unbekannt. Vor etwa einer Woche in den westlichen Wäldern aufgefunden worden. Totgeprügelt. Kein Ausweis in der Tasche.«
»Nun, das solltest du Tschernow schnellstens mitteilen. Der wird dir dafür um den Hals fallen.«
Während Inspektor Nowikow langsam das letzte Stück seines Schmorbratens kaute, war er ein sehr nachdenklicher Mann.

Rom, August 1986

Aldrich Ames war am zweiundzwanzigsten Juni mit seiner Frau in der Ewigen Stadt eingetroffen, um dort seinen neuen Posten anzutreten. Auch nach acht Monaten Sprachenschule war sein Italienisch zwar alltagstauglich und passabel, aber nicht gut. Im Gegensatz zu Monk hatte er kein Ohr für Fremdsprachen.

Dank seines neuen Reichtums konnte er weit luxuriöser leben als je zuvor, aber niemandem in der CIA-Außenstelle Rom fiel der Unterschied auf, weil niemand seinen Lebensstil vor April 1985 kannte.

Der dortige CIA-Resident Alan Wolfe, ein Veteran, der bereits in Pakistan, Jordanien, dem Irak, Afghanistan und England stationiert gewesen war, stellte wie schon andere bald fest, daß Ames nichts taugte. Hätte er die Beurteilungen der Stationsleiter in der Türkei und in Mexiko gelesen, bevor Ken Mulgrew sie frisiert hatte, hätte er bis zum stellvertretenden Direktor (Beschaffung) hinauf gegen den neuen Leiter seiner Abteilung Sowjetunion protestiert.

Ames erwies sich bald als Gewohnheitstrinker und dienstlich leistungsschwacher Mitarbeiter. Den Russen machte das allerdings keine Sorgen. Sie benannten rasch einen Mittelsmann, einen untergeordneten Diplomaten namens Chrenkow, mit dem Ames sich treffen konnte, ohne Verdacht zu erregen. Seinen Kollegen gegenüber behauptete Ames einfach, er versuche, Chrenkow als möglichen Agenten »aufzubauen«. Das rechtfertigte dann eine ganze Serie äußerst langer und feuchtfröhlicher Mittagessen, nach denen Ames kaum noch an seinen Schreibtisch zurückfand.

Wie in Langley fing Ames an, massenhaft Geheimunterlagen von seinem Schreibtisch in Tragtaschen zu schieben, mit denen er aus der US-Botschaft schlenderte, um sie Chrenkow zu übergeben.

Im August kam sein eigentlicher Führungsoffizier aus Moskau nach Rom, um ihn kennenzulernen. Im Gegensatz zu Androsow in Washington lebte der neue KGB-Mann nicht am Ort, sondern flog aus Moskau ein, wenn ein Treff nötig wurde. In Rom waren solche Begegnungen viel problemloser als in den Vereinigten Staaten.

Ames verließ einfach seine Dienststelle, um zum Mittagessen zu gehen, das er ganz öffentlich mit Chrenkow in einem Café einnahm. Nicht ganz so öffentlich stiegen sie danach in eine geschlossene Limousine, die Chrenkow zur Villa Abamelek, der Residenz des sowjetischen Botschafters, fuhr. Dort erwartete ihn sein Führungsoffizier »Wlad«, und die beiden konnten stundenlang ungestört miteinander reden. Ames' Führungsoffizier war in Wirklichkeit KGB-Oberst Wladimir Metschulajew von der Verwaltung K der Ersten Hauptverwaltung.

Bei ihrem ersten Treff wollte Ames sich darüber beschweren, daß der KGB die von ihm verratenen Männer so ungewöhnlich schnell verhaftet und ihn dadurch gefährdet hatte. Aber Wlad kam ihm zuvor, entschuldigte sich für dieses reichlich unprofessionelle Vorgehen und erklärte es mit Michail Gorbatschows persönlicher Anweisung. Dann kam er auf die Angelegenheit zu sprechen, die ihn nach Rom geführt hatte.

»Wir haben ein Problem, mein lieber Rick«, sagte er. »Der Umfang des von Ihnen gelieferten Materials ist wirklich riesig, und sein Wert ist unschätzbar. Mit an der Spitze dieser Dokumente stehen die uns gelieferten Fotos und Lebensläufe aller wichtigen CIA-Führungsoffiziere, die für Spione in der Sowjetunion zuständig sind.«

Ames war verwirrt und begriff in seinem alkoholumnebelten Zustand nicht, worauf der andere hinauswollte. »Ja, irgendwas nicht in Ordnung?« fragte er.

»Nein, nur ein Mann, der uns Rätsel aufgibt«, antwortete Metschulajew und legte ein Foto auf den Couchtisch.

»Der hier. Ein gewisser Jason Monk. Richtig?«

»Yeah, das ist er.«

»Ihren Berichten nach steht er in der Abteilung SO im Ruf eines ›kommenden Mannes‹. Das bedeutet unserer Ansicht nach, daß er in der Sowjetunion einen, vielleicht sogar zwei Agenten führt.«

»Das ist die allgemeine Auffassung in der Dienststelle – oder sie ist's gewesen, als ich zuletzt dort reingeschaut habe. Aber Sie müssen sie geschnappt haben.«

»Ah, mein lieber Rick, *das* ist das Problem. Alle Verräter, deren Namen Sie uns freundlicherweise mitgeteilt haben, sind inzwischen identifiziert, verhaftet und... befragt worden. Und jeder einzelne ist, wie soll ich sagen...« Der Russe erinnerte sich an die zitternden Männer, vor denen er im Vernehmungsraum gesessen hatte, nachdem Grischin den Häftlingen auf seine spezielle Weise geraten hatte, sich rückhaltlos zu offenbaren.

»Sie sind alle sehr offen, sehr freimütig, höchst kooperativ gewesen. Jeder hat uns erzählt, wer sein Führungsoffizier gewesen ist – in einigen Fällen sogar mehrere. Aber Jason Monk ist nie dabeigewesen. Kein einziges Mal. Natürlich können Decknamen verwendet werden, sind sogar allgemein üblich. Aber das Foto, Rick. Niemand hat diesen gutaussehenden jungen Mann auf dem Foto erkannt. Sehen Sie jetzt mein Problem? Wen führt Monk – und wo stecken diese Leute?«

»Das weiß ich nicht. Das verstehe ich nicht. Alle müssen in der Akte 301 gestanden haben.«

»Mein lieber Rick, auch wir verstehen das nicht, denn sie haben nicht darin gestanden.«

Bevor dieser Treff beendet wurde, erhielt Ames einen sehr hohen Geldbetrag und eine Liste mit Aufträgen. Er blieb drei Jahre in Rom und übergab den Russen alles, was er beiseite schaffen konnte: Unmengen geheimer und streng geheimer Dokumente. Und er verriet weitere vier Agenten – allerdings keine Russen, sondern Bürger anderer Ostblockstaaten. Aber sein wichtigster Auftrag war klar und einfach: Spätestens nach Ihrer Rückkehr nach Washington – oder hoffentlich schon vorher – stellen Sie fest, wen Monk in der UdSSR führt.

Während die beiden Kriminalinspektoren Nowikow und Wolski in der Kantine der Milizzentrale ihr informatives Mittagessen genossen, war die Duma zu einer Plenarsitzung zusammengetreten.

Es hatte einige Zeit gedauert, das russische Parlament in der sommerlichen Sitzungspause einzuberufen, denn das Staatsgebiet ist so riesig, daß viele der Abgeordneten Tausende von Kilometern weit anreisen mußten, um an der Verfassungsdebatte teilnehmen zu können. Trotzdem galt die Debatte als außerordentlich wichtig, weil es diesmal um eine Verfassungsänderung ging.

Nach Präsident Tscherkassows überraschendem Tod hatte gemäß Artikel 59 der russischen Verfassung der Ministerpräsident das Amt des Staatspräsidenten kommissarisch zu verwalten. Zeitlich war dieses Interregnum auf maximal drei Monate begrenzt.

Ministerpräsident Iwan Markow, der tatsächlich als Präsident amtierte, hatte sich in Beratungen mit Sachverständigen davon überzeugen lassen, da die nächste Präsidentenwahl bereits für Juni 2000 vorgesehen war, könne ein früherer Wahltermin im Oktober 1999 ernstliche Erschütterungen, sogar ein Chaos auslösen.

Deshalb lag der Duma ein Antrag vor, sie möge durch einen Verfassungszusatz die Amtsperiode des amtierenden Präsidenten einmalig um weitere drei Monate verlängern und den Wahltermin im Jahr 2000 von Juni auf Januar vorverlegen.

Das Wort Duma kommt von dem Verb *dumat*, das nachdenken oder beratschlagen heißt – also ein »Ort des Denkens«. Nach Ansicht vieler Beobachter war die Duma mehr eine Stätte, an der geschrien und gebrüllt wurde, als ein Ort ernsthafter Nachdenklichkeit. An diesem heißen Sommertag machte sie ihrem schlechten Ruf jedenfalls alle Ehre.

Die ganztägige Debatte wurde so leidenschaftlich geführt, daß der Parlamentspräsident einen großen Teil seiner Zeit damit verbringen mußte, die Abgeordneten zur Ordnung zu rufen, und einmal sogar damit drohte, die Sitzung zu schließen und auf unbestimmte Zeit zu vertagen.

Zwei Abgeordnete wurden so ausfallend, daß der Parlamentspräsident sie aus dem Saal wies, was vor laufenden Fernsehkameras zu Handgreiflichkeiten mit den Saalordnern führte, bis das hinausgeworfene Paar sich draußen auf dem Gehsteig wiederfand.

Dort hielten die beiden, die völlig gegensätzliche Auffassungen vertraten, sofort improvisierte Pressekonferenzen ab, die in eine Schlägerei auf offener Straße ausarteten, bis dann die Miliz einschritt.

Während im Saal die Klimaanlage wegen Überlastung versagte und die schwitzenden Abgeordneten der angeblich drittgrößten Demokratie der Welt sich gegenseitig anbrüllten und beschimpften, klärten sich die Fronten.

Die rechtsradikale Union Patriotischer Kräfte bestand auf Anweisung Igor Komarows darauf, die Präsidentenwahl solle im Oktober stattfinden – drei Monate nach dem Tod Tscherkassows und in Übereinstimmung mit Artikel 59. Ihre Taktik war verständlich. Die UPK lag nach allen Umfragen so uneinholbar in Führung, daß ein vorverlegter Wahltermin sie neun Monate früher an die Macht bringen mußte.

Die Neokommunisten der Sozialistischen Union und die Reformpolitiker der Demokratischen Allianz waren sich ausnahmsweise einmal einig. Beide lagen in den Umfragen weit zurück und brauchten möglichst viel Zeit, um ihre Position noch zu verbessern. Oder anders ausgedrückt: Keine der beiden Gruppierungen war auf einen früheren Wahltermin vorbereitet.

Die Debatte – oder der Schreiwettbewerb – wütete bis Sonnenuntergang, als der erschöpfte und heisere Parlamentspräsident schließlich entschied, die Zahl der zu Wort gekommenen Debattenredner reiche aus, um eine Abstimmung anzusetzen. Die Linke und das Zentrum stimmten gemeinsam gegen die Ultrarechte, und der Antrag wurde angenommen. Die Präsidentenwahl wurde von Juni auf den fünfzehnten Januar 2000 vorverlegt.

Innerhalb einer Stunde verbreitete das nationale Fernsehen das Abstimmungsergebnis als Aufmacher in *Wremja*, der Abendnachrichtensendung für ganz Rußland. Die ausländischen Botschaften in der Hauptstadt legten Nachtschichten ein, und überall brannte Licht, während verschlüsselte Berichte von Botschaftern an ihre Regierungen hinausgingen.

Weil in der britischen Botschaft noch voller Betrieb herrschte, war auch »Gracie« Fields an seinem Schreibtisch, als Inspektor Nowikows Anruf kam.

JALTA, SEPTEMBER 1986
Der Tag war heiß, und das auf der Küstenstraße nach Nordosten ratternde Taxi aus Jalta hatte keine Klimaanlage. Der Amerikaner

kurbelte sein Fenster herunter, um sich von der kühleren Schwarzmeerluft erfrischen zu lassen. Dabei konnte er unauffällig einen Blick in den Rückspiegel über dem Kopf des Fahrers werfen. Soviel er sah, schien ihnen kein Fahrzeug der hiesigen »Tschekisten« zu folgen.

Die lange Seereise von Marseille über Neapel, Malta und Istanbul war langweilig, aber erträglich gewesen. Monk hatte seine Rolle so gut gespielt, daß er nirgends Verdacht erregt hatte. Mit ergrautem Haar, getönter Brille und ausgesuchter Höflichkeit war er nur irgendein emeritierter Professor, der eine Sommerkreuzfahrt genoß.

Seine amerikanischen Landsleute an Bord nahmen ihm ab, er teile ihre aufrichtige Überzeugung, der Weltfrieden könne nur gesichert werden, wenn die Völker der Vereinigten Staaten und der Union Sozialistischer Sowjetrepubliken sich besser kennenlernten. Eine amerikanische Mitreisende, eine unverheiratete Lehrerin aus Connecticut, war sehr von dem Texaner mit den ausgezeichneten Manieren angetan, der ihr immer den Stuhl zurechtrückte und seinen breitkrempigen Stetson vor ihr zog, wenn sie sich an Deck begegneten.

Im bulgarischen Schwarzmeerhafen Warna war er nicht an Land gegangen, sondern hatte sich mit einem leichten Sonnenstich entschuldigt. Aber in allen übrigen Zielhäfen hatte er die Touristen aus fünf westlichen Staaten zu Ruinen, Ruinen und noch mehr Ruinen begleitet.

In Jalta betrat Monk erstmals in seinem Leben russischen Boden. Auch wenn er gründlich informiert und gut vorbereitet kam, war das einfacher als erwartet. Obwohl die *Armenia* das einzige Kreuzfahrtschiff im Hafen war, lagen dort mindestens ein Dutzend ausländische Frachter, deren Besatzungen problemlos an Land gehen durften.

Die seit Warna an Bord zusammengepferchten Touristen des Kreuzfahrtschiffs stoben wie ein Vogelschwarm den Landgangsteg hinunter, und die beiden unten postierten sowjetischen Paßkontrolleure warfen einen flüchtigen Blick in ihre Reisepässe und winkten sie mit lässigen Handbewegungen durch. Professor Kelson erntete wegen seiner Aufmachung mehrfach Blicke, aber es waren anerkennende, freundliche Blicke.

Anstatt zu versuchen, unauffällig aufzutreten, hatte Monk sich fürs Gegenteil entschieden: für die Masche, sich durch Auffälligkeit zu tarnen. Zu einem beigen Sommeranzug trug er ein cremeweißes Seidenhemd mit einer String-Krawatte mit Silberverschluß, seinen Stetson und seine Cowboystiefel.

»Meine Güte, Professor, heute sind Sie aber elegant!« beteuerte die Lehrerin überschwenglich. »Fahren Sie mit uns im Sessellift auf den Aussichtsberg?«

»Nein, Ma'am«, antwortete Monk. »Ich mache einen kleinen Rundgang über die Kais, denke ich, und trinke vielleicht einen Kaffee.«

Die Intouristführer zogen mit ihren Gruppen in verschiedene Richtungen los und ließen ihn allein zurück. Er schlenderte den Kai entlang, kam am Hafenbahnhof vorbei und ging in die Stadt weiter. Einige Leute starrten ihn an, aber die meisten grinsten nur. Ein kleiner Junge blieb stehen, griff mit beiden Händen an seine Oberschenkel, kniff die Augen zusammen und zog blitzschnell zwei imaginäre 45er Colts. Der Amerikaner zerzauste ihm seine schwarzen Locken.

Wie er wußte, gab es auf der Krim nicht allzuviel Unterhaltung. Das staatliche Fernsehen war zum Gähnen langweilig, und wer sich amüsieren wollte, ging ins Kino. Haushohe Favoriten waren die vom Staat geduldeten Westernfilme – und hier lief ein leibhaftiger Cowboy herum. Selbst ein von der Hitze schläfriger Milizionär starrte ihn an, aber als Monk sich an die Hutkrempe tippte, grinste er und salutierte zackig. Eine Stunde später, nach einem kurzen Abstecher in ein Café mit offener Vorderfront, war er der Überzeugung, nicht beschattet zu werden, nahm eines von mehreren wartenden Taxis und gab als Fahrtziel den botanischen Garten an. Mit seinem Reiseführer und nur wenigen Brocken Russisch war er so offensichtlich ein Tourist von einem der Schiffe, daß der Fahrer nickte und losfuhr. Außerdem besuchten jährlich Hunderttausende den botanischen Garten, für den Jalta berühmt war.

Monk stieg vor dem Haupteingang aus und bezahlte sein Taxi. Er zahlte mit Rubeln, gab aber fünf Dollar Trinkgeld und blinzelte dem Fahrer zu. Der Mann nickte zufrieden grinsend und fuhr davon.

Vor den Drehkreuzen am Eingang standen Besucherschlangen – vor allem russische Schulklassen, die mit ihren Lehrerinnen eine Exkursion machten. Monk stellte sich an und achtete unauffällig auf Männer in glänzenden Anzügen, ohne welche zu sehen. Er zahlte seinen Eintritt, ging durchs Drehkreuz und sah ganz in der Nähe einen Eiskiosk. Nachdem er sich ein großes Vanilleeis gekauft hatte, setzte er sich auf eine ruhige Parkbank und fing an, sein Eis zu schlecken.

Wenige Minuten später setzte sich ein Mann ans andere Ende der Bank, um einen Übersichtsplan der weitläufigen Gartenanlage zu studieren. Niemand konnte sehen, wie seine Lippen sich hinter dem Plan bewegten. Monks Lippen bewegten sich ohnehin, weil sie mit dem Eis beschäftigt waren.

»Na, mein Freund, wie geht's?« fragte Pjotr Solomin.

»Besser, seit ich Sie sehe, alter Kumpel«, murmelte Monk. »Hören Sie, werden wir überwacht?«

»Nein. Ich bin seit einer Stunde hier. Sie sind nicht beschattet worden. Ich auch nicht.«

»Meine Leute sind sehr zufrieden mit Ihnen, Peter. Ihr Material wird den kalten Krieg verkürzen.«

»Ich will nur mithelfen, diese Schweinehunde aus dem Amt zu jagen«, sagte der Sibirer. »Ihr Eis schmilzt. Werfen Sie's weg, ich hole uns zwei neue.«

Monk warf die tropfende Waffel in den nächsten Abfallkorb. Solomin schlenderte zum Kiosk hinüber und kaufte zwei Eiswaffeln. Als er damit zurückkam, konnte er sich wegen dieser Geste etwas dichter neben Monk setzen.

»Ich habe etwas für Sie. Film. Auf der Innenseite meines Gartenplans. Ich lasse ihn auf der Bank liegen.«

»Danke. Warum haben Sie ihn nicht ebenfalls in Moskau hinterlegt wie bisher? Das hat meine Leute etwas mißtrauisch gemacht«, sagte Monk.

»Weil's noch mehr gibt, das aber nur mündlich weitergegeben werden kann.«

Er begann zu schildern, was sich in diesem Sommer 1986 in Moskau in Politbüro und Verteidigungsministerium abspielte. Monk verzog keine Miene, obwohl er am liebsten einen langen, halblauten Pfiff ausgestoßen hätte. Solomin berichtete eine halbe Stunde lang.

»Ist das wahr, Peter? Ist's wirklich bald soweit?«

»So wahr ich hier sitze. Ich habe mit eigenen Ohren eine Bestätigung des Verteidigungsministers gehört.«

»Das wird vieles verändern«, sagte Monk. »Danke, alter Jäger. Aber jetzt muß ich gehen.«

Als Fremder, der sich auf einer Parkbank mit einem Unbekannten unterhalten hat, streckte Monk ihm die Hand hin. Solomin starrte sie fasziniert an.

»Was ist das?«

Er meinte den Ring. Monk trug im allgemeinen keine Ringe, aber dieser paßte zu seiner Rolle als Texaner. Ein silberner Navajoring mit eingesetzten Türkisen, wie sie überall in Texas und New Mexico getragen wurden. Als Monk merkte, wie gut dem Mann vom Stamm der Udegei aus Primorski Krai dieser Ring gefiel, streifte er ihn impulsiv ab und drückte ihn dem Sibirer in die Hand.

»Für mich?« fragte Solomin.

Er hatte nie Geld verlangt, und Monk hatte zutreffend erraten, daß ein Geldangebot ihn beleidigt hätte. Wie der Gesichtsausdruck des Sibirers zeigte, bedeutete ihm dieser Ring mehr als jeder Agentenlohn: von Silberschmieden der Ute oder Navajo gestaltetes Silber und Türkise im Wert von vielleicht hundert Dollar aus den Bergen New Mexicos.

Monk, der sich darüber im klaren war, daß sie sich in der Öffentlichkeit nicht umarmen durften, wandte sich ab, um davonzuziehen. Er sah sich noch einmal unauffällig um. Pjotr Solomin hatte sich den Ring an den kleinen Finger der linken Hand gesteckt und bewunderte ihn. So behielt Monk den Jäger aus dem Osten in Erinnerung.

Die *Armenia* legte in Odessa an und lud dort ihre menschliche Fracht aus. Die Zollbeamten kontrollierten jeden einzelnen Koffer, aber sie suchten lediglich nach antisowjetischem Propagandamaterial. Monk hatte erfahren, daß bei ausländischen Touristen ausschließlich dann Leibesvisitationen durchgeführt wurden, wenn der KGB die Kontrolle vornahm – und das hätte einen sehr speziellen Anlaß erfordert.

Monk trug die winzigen Negativstreifen zwischen zwei Pflasterlagen auf einer Gesäßbacke. Wie alle anderen Amerikaner klappte Monk seinen Koffer zu und wurde von ihrem Intouristführer durch die restlichen Kontrollen geschleust und in den Zug nach Moskau gesetzt.

In der Hauptstadt lieferte Monk sein Material am nächsten Tag in der Botschaft ab, die es als Kuriergepäck nach Langley weiterbefördern würde, und flog in die Vereinigten Staaten zurück. Er hatte einen sehr langen Bericht zu schreiben.

7

»Guten Abend, britische Botschaft«, meldete sich die Telefonistin am Sofiskaja-Kai.

»*Schto?*« fragte die Stimme am anderen Ende verständnislos.

»*Dobri wetscher, anglijskoje posolstwo*«, wiederholte die Telefonistin auf russisch.

»Ist dort nicht die Kasse des Bolschoitheaters?« fragte die Stimme.

»Tut mir leid, aber Sie haben die falsche Nummer«, antwortete die Telefonistin und legte auf.

Die Überwacher an den Geräten in der Zentrale der FAPSI, des russischen Abhördienstes für Fernmeldeeinrichtungen, hörten diesen Anruf mit und registrierten ihn, ohne sich jedoch weiter darum zu kümmern. Daß Leute falsche Nummern wählten, kam schließlich oft genug vor.

In der Botschaft ignorierte die Telefonistin beide Blinklichter, die ihr weitere Anrufe signalisierten, sah in einem kleinen Notizbuch nach und wählte eine interne Nummer.

»Mr. Fields?«

»Ja.«

»Hier ist die Vermittlung. Eben hat jemand angerufen und die Kasse des Bolschoitheaters verlangt.«

»Gut, danke.«

»Gracie« Fields rief Jock Macdonald an. Das interne Telefonnetz mit seinen Nebenstellen wurde vom Sicherheitsdienst regelmäßig nach Wanzen abgesucht und galt als sicher.

»Eben hat mein Freund von der Gendarmerie angerufen«, berichtete Fields. »Er hat den Notfallcode benutzt. Er braucht einen Rückruf.«

»Halten Sie mich auf dem laufenden«, sagte der Stationsleiter.

Fields sah auf seine Uhr. Von der einen Stunde, die zwischen den

Anrufen liegen sollte, waren fünf Minuten vergangen. An einem Münztelefon in der Eingangshalle einer zwei Straßen weit von der Milizzentrale entfernten Bank sah Inspektor Nowikow ebenfalls auf die Uhr und beschloß, die Wartezeit mit einem Kaffee zu überbrücken. Danach würde er sich vor einem weiteren öffentlichen Münztelefon in der nächsten Straße postieren und warten.

Zehn Minuten später verließ Fields die Botschaft und fuhr langsam zum Hotel Kosmos am Miraprospekt. In dem 1979 erbauten und nach Moskauer Maßstäben modernen Kosmos steht gleich neben der Eingangshalle eine Reihe öffentlicher Münztelefone.

Eine Stunde nach dem Anruf in der Botschaft zog er seinen Notizblock aus der Jacke, schlug eine Nummer nach und wählte sie. Öffentliche Münztelefone sind ein Alptraum für jeden Abhördienst und allein wegen ihrer großen Zahl praktisch unkontrollierbar.

»Boris?« Nowikow hieß natürlich nicht Boris. Sein Vorname war Jewgeni, aber wenn er Boris hörte, wußte er, daß Fields am Apparat war.

»Ja. Diese Zeichnung, die Sie mir gegeben haben. Ich hab' was darüber erfahren. Wir sollten uns treffen, glaub' ich.«

»Also gut. Ich lade Sie zum Abendessen ins Rossija ein.«

Keiner der beiden hatte vor, in das riesige Hotel Rossija zu gehen. Ihr wirklicher Treffpunkt war die Karussellbar etwa in der Mitte der Twerskajastraße. Sie war kühl und dunkel genug, um einen diskreten Treff zu ermöglichen. Auch bis dahin würde eine Stunde vergehen.

Wie in vielen größeren britischen Botschaften gehört zum Stab der Vertretung in Moskau auch ein Mitarbeiter des als MI5 bekannten Internal Security Service. Dies ist die Schwesterorganisation des Auslandsnachrichtendienstes Secret Intelligence Service, der weithin unter der falschen Bezeichnung MI6 bekannt ist.

Der MI5-Offizier hat nicht den Auftrag, Erkenntnisse über das Gastland zu beschaffen, sondern für die Sicherheit der Botschaft, ihrer verschiedenen Außenstellen und ihres Personals zu garantieren.

Auch in Moskau fühlen die Angehörigen der Botschaft sich nicht als Gefangene und besuchen im Sommer häufig einen hübschen

Badeplatz außerhalb der Stadt, wo in einer Biegung der Moskwa ein kleiner Sandstrand liegt. Für das Personal der diplomatischen Vertretungen ist das ein beliebter Picknick- und Badeplatz.

Vor seiner Beförderung zum Inspektor und seiner Versetzung zum Morddezernat war Jewgeni Nowikow als Milizionär für diesen Landbezirk mit dem Erholungsgebiet Serebrjani Bor – Silberwald – zuständig gewesen.

Dort hatte er den damaligen britischen MI5-Offizier kennengelernt, der ihn mit dem neu angekommenen »Gracie« Fields zusammengebracht hatte.

Fields hatte diese Beziehung zu dem jungen Milizionär gepflegt und ihm irgendwann suggeriert, ein kleines Monatssalär in harter Währung könne einem Mann, der in Inflationszeiten von seinem festen Gehalt leben müsse, das Leben erleichtern. So wurde Inspektor Nowikow ein Informant – nicht sehr bedeutend, das stimmte, aber gelegentlich nützlich. In dieser Woche sollte der Kriminalbeamte beim Moskauer Morddezernat sich als lohnende Investition erweisen.

»Wir haben eine Leiche«, berichtete er Fields, als sie in der düsteren Karussellbar saßen und eisgekühltes Bier tranken. »Ich bin mir ziemlich sicher, daß es sich um den Mann handelt, dessen Bild Sie mir gegeben haben. Sie wissen schon: Mitte Sechzig, Stahlzähne...«

Er schilderte die Ereignisse, wie er sie von seinem Kollegen Wolski von der Identifizierungsstelle gehört hatte.

»Fast drei Wochen tot – das ist bei diesem Wetter verdammt lange. Das Gesicht muß gräßlich aussehen«, sagte Fields. »Unter Umständen ist er nicht der richtige Mann.«

»Er hat nur eine Woche lang im Wald gelegen. Dann neun Tage auf Eis. Er müßte zu erkennen sein.«

»Ich brauche ein Foto von ihm, Boris. Können Sie mir eines besorgen?«

»Nicht ohne weiteres. Sie liegen alle bei Wolski. Kennen Sie einen Chefinspektor Tschernow?«

»Ja, er ist schon in der Botschaft gewesen. Ich habe ihm auch eines der Bilder gegeben.«

»Ja, ich weiß«, sagte Nowikow. »Jetzt hängen sie überall.

Tschernow wird jedenfalls wieder aufkreuzen. Wolski muß ihn inzwischen informiert haben. Er hat dann ein richtiges Foto vom Gesicht der Leiche.«

»Für sich, nicht für uns.«

»Das wird bestimmt schwierig.«

»Versuchen Sie's, Boris, versuchen Sie's wenigstens. Sie sind doch beim Morddezernat, stimmt's? Sie können behaupten, Sie wollten das Foto einigen Informanten in Gangsterkreisen zeigen. Hier geht's jetzt um einen Mord. Das ist schließlich Ihr Beruf, nicht wahr? Morde aufklären?«

»An sich schon«, gab Nowikow bedrückt zu. Er fragte sich, ob der Engländer wußte, daß die Aufklärungsquote bei Morden im Unterweltmilieu bei drei Prozent lag.

»Dafür gibt's einen Bonus für Sie«, versprach Fields ihm. »Wenn unsere Leute angegriffen werden, sind wir nicht kleinlich.«

»Also gut«, sagte Nowikow. »Ich werd' versuchen, eines abzustauben.«

Wie sich dann zeigte, brauchte er sich nicht viel Mühe zu geben. Die Akte des Unbekannten landete von selbst im Morddezernat, und zwei Tage später konnte Nowikow eines von mehreren draußen im Wald an der Fernstraße nach Minsk gemachten Fotos des Gesichts der Leiche an sich nehmen.

LANGLEY, NOVEMBER 1986
Carey Jordan war außergewöhnlich guter Laune. Diese Gemütsverfassung hielt Ende 1986 selten lange an, denn in Washington wütete gerade der Iran-Contra-Skandal, und Jordan wußte besser als die meisten anderen, wie tief die CIA darin verstrickt war.

Aber vorhin war er zu Direktor William Casey zitiert worden, um dort wärmstes Lob einzuheimsen. Ursache dieser ungewohnten Freundlichkeit des alten Direktors war die Reaktion höchster Regierungskreise auf die Nachrichten, die Jason Monk aus Jalta mitgebracht hatte.

Anfang der achtziger Jahre, als Juri Andropow Generalsekretär der KPdSU gewesen war, hatte der ehemalige KGB-Vorsitzende persönlich eine Serie höchst aggressiver politischer Maßnahmen gegen den Westen eingeleitet. Sie verkörperten den letzten verzweifelten Versuch eines Todkranken, den Verteidigungswillen der NATO durch Einschüchterung zu brechen.

Herzstück von Andropows Politik war die Stationierung von dreihundertfünfzig neuen Mittelstreckenraketen in den Staaten des Warschauer Pakts. Mit drei für Einzelziele bestimmten Atomsprengkörpern in jeder Rakete bedrohten die SS-20 alle größeren Städte und Großstädte Europas zwischen Norwegen und Sizilien.

Ronald Reagan war damals Amtsinhaber im Weißen Haus, und Margaret Thatcher regierte in der Downing Street. Die beiden westlichen Führer waren entschlossen, sich nicht durch Drohungen einschüchtern zu lassen, und beschlossen, für jede auf den Westen gerichtete Rakete ihrerseits eine nach Osten gerichtete aufzustellen.

Obwohl die europäische Linke ständig lautstark dagegen demonstrierte, wurden Pershing II und Cruise Missiles in Großbritannien und ganz Westeuropa stationiert. Reagan und Thatcher weigerten sich, diesem Druck nachzugeben.

Das US-Rüstungsprogramm »Krieg der Sterne« zwang die Sowjetunion dazu, ihrerseits zu versuchen, ein System zur Raketenabwehr im Weltraum zu entwickeln. Andropow starb, Tschernenko kam und ging, Gorbatschow kam an die Macht – aber dieser Kampf, in dem Willensstärke und Industriemacht entscheiden würden, ging weiter.

Auch Michail Gorbatschow, seit März 1985 neuer Generalsekretär der KPdSU, war ein in der Wolle gefärbter überzeugter Kommunist. Der Unterschied lag darin, daß er im Gegensatz zu seinen Vorgängern pragmatisch dachte und sich weigerte, die Lügen zu schlucken, die man ihnen aufgetischt hatte. Gorbatschow bestand darauf, die wahren Fakten und Zahlen der sowjetischen Industrie und Wirtschaft vorgelegt zu bekommen. Als er sie dann sah, war er schockiert.

Trotzdem glaubte er noch, der asthmatische Karrengaul der kommunistischen Staatswirtschaft lasse sich durch etwas bessere Abstimmung in ein Vollblutrennpferd verwandeln. Daher das Schlagwort *perestroika*, das Umbau oder Neugestaltung bedeutet.

Im Sommer 1986 wurde der Kremlführung und den Spitzen des Verteidigungsministeriums langsam klar, daß das nicht funktionieren würde. Der militärisch-industrielle Komplex und Rüstungsausgaben verschlangen sechzig Prozent des sowjetischen Bruttosozialprodukts – einen Prozentsatz, der nicht durchzuhalten war. Außerdem begehrte die Bevölkerung allmählich gegen die ihr zugemuteten Entbehrungen auf.

Im Sommer dieses Jahres wurden umfangreiche Untersuchungen darüber angestellt, wie lange die Sowjetunion das Tempo noch durchstehen könne. Das in dem Untersuchungsbericht gezeichnete Bild hätte kaum schwärzer sein können. Industriell war der kapitalistische Westen in seiner Leistungsfähigkeit dem russischen Dinosaurier auf allen Ebenen weit überlegen. Diesen Bericht hatte Solomin als Mikrofilm auf der Parkbank in Jalta zurückgelassen.

Seine von Solomin verbal bestätigte Hauptaussage lautete: Wenn der Westen noch zwei Jahre an seiner Strategie festhalte, werde die sowjetische Volkswirtschaft zusammenbrechen und den Kreml dazu zwingen einzulenken und abzurüsten. Wie bei einer Partie Poker hatte der Sibirer damit dem Westen das ganze Blatt des Kreml gezeigt.

Diese Informationen gingen sofort an Präsident Reagan und über den Atlantik zu Mrs. Thatcher. Die beiden, denen interne Anfeindungen und Zweifel zusetzten, faßten neuen Mut. Bill Casey wurde im Oval Office beglückwünscht und gab das Lob an Carey Jordan weiter. Der rief Jason Monk zu sich und sprach ihm seine Anerkennung aus. Zuletzt erwähnte Jordan ein Thema, das er schon einmal angesprochen hatte.

»Echte Bauchschmerzen machen mir Ihre verdammten Privatakten, Jason. Die dürfen nicht einfach in Ihrem Safe bleiben. Stößt Ihnen mal was zu, weiß hier kein Mensch, wie die beiden Agenten Lysander und Orion zu führen sind. Sie müssen ihre Akten wie alle anderen bei der Registratur abgeben.«

Seit dem ersten Verrat von Aldrich Ames war über ein Jahr vergangen. Der Schuldige saß noch immer in Rom. Auf dem Papier ging die Maulwurfsjagd weiter, aber sie wurde nicht mehr konsequent betrieben.

»Was nicht kaputt ist, soll man nicht reparieren«, wandte Monk ein. »Diese Jungs setzen ihr Leben aufs Spiel. Sie kennen mich, und ich kenne sie. Wir vertrauen einander. Lassen Sie's damit gut sein.«

Jordan kannte diese seltsame Bindung, die zwischen Agent und

Führungsoffizier entstehen konnte. Derartige Beziehungen mißbilligte die CIA offiziell aus zwei Gründen. Erstens konnte es notwendig sein, den Führungsoffizier auf einen anderen Posten zu versetzen – oder er konnte pensioniert werden oder sterben. Eine zu persönliche Beziehung konnte bewirken, daß der Agent mitten in Rußland beschloß, mit dem neuen Führungsoffizier könne oder wolle er nicht weitermachen. Zweitens konnte dem Agenten etwas zustoßen, worauf der Führungsoffizier womöglich in so tiefe Depressionen verfiel, daß er dienstunfähig wurde. Über Jahre hinweg konnte ein Agent nacheinander mehrere Führungsoffiziere haben. Die Freundschaft, die Monk mit den beiden Agenten verband, machte Jordan Sorgen. Sie war... unvorschriftsmäßig.

Andererseits tat Monk alles, um seine Beziehung zu beiden weiter zu festigen. Zum Glück konnte Jordan nicht ahnen, daß er bewußt darauf achtete, daß seine Quellen in Moskau (Turpin hatte Madrid verlassen, war wieder in der Heimat und lieferte erstaunliches Material aus der Verwaltung K der Ersten Hauptverwaltung) außer den üblichen Auftragslisten lange persönliche Briefe von ihm erhielten.

Jordan begnügte sich mit einem Kompromiß. Diese Akten mit Angaben über die Männer, wo und wann sie angeworben worden waren, wie sie geführt wurden, ihre einzelnen Dienststellungen – alles bis auf ihre Namen und jedenfalls mehr als genug, um sie zu identifizieren –, würden in seinem eigenen Safe deponiert werden. Wollte jemand sie einsehen, mußte er zuerst dem stellvertretenden Direktor (Beschaffung) erklären, wozu er sie brauchte. Damit war Monk einverstanden, und die Übergabe wurde vollzogen.

In einem Punkt sollte Inspektor Nowikow recht behalten. Chefinspektor Tschernow tauchte tatsächlich wieder in der britischen Botschaft auf. Er kam am nächsten Morgen, am fünften August. Jock Macdonald ließ ihn in sein Büro heraufbegleiten, in dem er die Rolle eines Attachés der Rechtsabteilung spielte.

»Ich denke, wir haben möglicherweise den Mann aufgespürt, der bei Ihrer Kollegin eingebrochen hat«, sagte Tschernow.

»Meinen Glückwunsch, Chefinspektor.«

»Leider ist er tot.«

»Oh, aber Sie haben bestimmt ein Foto?«

»Das habe ich. Von dem Toten. Von seinem Gesicht. Und...« Er tippte auf eine neben ihm stehende Reisetasche. »Ich habe den Mantel, den er vermutlich getragen hat.«

Er legte ein Hochglanzfoto auf Macdonalds Schreibtisch. Es war ziemlich grausig, aber der Kohlezeichnung sehr ähnlich.

»Ich schlage vor, daß ich Miss Stone zu mir bitte, damit wir sehen, ob sie diesen armen Kerl identifizieren kann.«

Celia Stone wurde von Fields hereinbegleitet, der an ihrer Seite blieb. Macdonald warnte sie, der Anblick, der sie erwarte, sei nichts für schwache Nerven, aber er sei ihr für eine Äußerung dankbar. Sie warf einen Blick auf das Foto und bedeckte ihren Mund mit einer Hand. Tschernow zog den abgewetzten Militärmantel aus der Reisetasche und hielt ihn hoch. Celia sah verzweifelt zu Macdonald hinüber und nickte.

»Das ist er. Das war der Mann, der...«

»Den Sie aus Ihrem Apartment haben flüchten sehen. Natürlich. Diebe bekommen manchmal Streit, Chefinspektor. Das ist bestimmt auf der ganzen Welt so.«

Celia Stone wurde hinausbegleitet.

»Ich darf Ihnen im Namen der britischen Regierung erklären, Chefinspektor, daß Sie ausgezeichnete Arbeit geleistet haben. Möglicherweise erfahren wir nie, wer der Mann gewesen ist, aber das spielt kaum noch eine Rolle. Der arme Kerl ist tot. Sie können sicher sein, daß dem Kommandierenden General der Moskauer Miliz ein höchst anerkennender Bericht zugeht«, erklärte Macdonald dem strahlenden Russen.

Als Tschernow die Botschaft verließ und in seinen Dienstwagen stieg, strahlte er noch immer. In der Zentrale in der Petrowkastraße gab er die gesamte Akte sofort ans Morddezernat ab. Die Tatsache, daß es einen zweiten Einbrecher gegeben haben sollte, war irrelevant. Ohne Personenbeschreibung oder die Zeugenaussage seines jetzt toten Komplizen war eine weitere Fahndung aussichtslos.

Sobald der Chefinspektor gegangen war, kam Fields in Macdonalds Dienstzimmer zurück. Der Stationsleiter goß sich gerade einen Kaffee ein.

»Also, was denken Sie?« fragte er.

»Mein Informant sagt, daß der Mann zu Tode geprügelt worden ist. Er hat einen Kumpel in der Identifizierungsstelle für unbekannte Tote, der eine Fotokopie des Porträts gesehen und ihn darauf erkannt hat. Aus dem Autopsiebericht geht hervor, daß der alte Knabe ungefähr eine Woche im Wald gelegen haben muß, bevor er aufgefunden wurde.«

»Und wann ist das gewesen?«

Fields warf einen Blick in seine Notizen, die er sich sofort nach dem Gespräch in der Karussellbar gemacht hatte.

»Am vierundzwanzigsten Juli.«

»Also ... am siebzehnten oder achtzehnten Juli ermordet. Einen Tag, nachdem er das Schriftstück in Celia Stones Wagen geworfen hatte. An dem Tag, an dem ich nach London geflogen bin. Diese Jungs vergeuden keine Zeit.«

»Welche Jungs?«

»Na ja, ich wette eine Million Pfund gegen ein Glas abgestandenes Bier, daß er von einem Schlägertrupp dieses Scheißkerls Grischin umgelegt worden ist.«

»Des Chefs von Komarows Sicherheitsdienst?«

»So kann man's auch ausdrücken«, sagte Macdonald. »Kennen Sie seine Akte?«

»Nein.«

»Die sollten Sie mal einsehen. Ehemaliger Vernehmungsoffizier der Zweiten Hauptverwaltung. Widerlich brutal.«

»Wer ist der Alte gewesen, wenn er zur Strafe so verprügelt wurde, daß er daran gestorben ist?« fragte Fields. Macdonald starrte aus seinem Fenster und über die Moskwa zum Kreml hinüber.

»Vermutlich der Dieb selbst.«

»Wie ist ein alter Stadtstreicher wie er an das Schriftstück gekommen?«

»Ich kann nur vermuten, daß er irgendein obskurer kleiner Mitarbeiter gewesen ist, der mal Glück gehabt hat. Oder richtiger gesagt, verdammtes Pech. Wissen Sie, ich glaube, daß Ihr Freund, der Polizeibeamte, sich einen sehr großzügigen Bonus wird verdienen müssen.«

BUENOS AIRES, JUNI 1987
Es war ein cleverer junger Agent der CIA-Außenstelle in der argentinischen Hauptstadt, der als erster vermutete, Waleri Jurjewitsch Kruglow von der sowjetischen Botschaft könne möglicherweise angeworben werden. Sein Vorgesetzter, der dortige CIA-Resident, konsultierte Langley.

Die Abteilung Lateinamerika hatte bereits eine Akte über ihn angelegt, als Kruglow Mitte der siebziger Jahre in Mexico City stationiert gewesen war. Aus ihr ging hervor, daß er ein russischer Südamerikaexperte war, der in seiner zwanzigjährigen Laufbahn im sowjetischen auswärtigen Dienst insgesamt dreimal in Lateinamerika stationiert gewesen war. Da er freundlich und umgänglich wirkte, verzeichnete die Akte sogar die Stationen seiner Karriere.

Der 1944 geborene Waleri Kruglow war der Sohn eines Diplomaten, der ebenfalls Südamerikaexperte gewesen war. Der Einfluß seines Vaters brachte den Jungen ins angesehene Institut für internationale Beziehungen, das MGIMO, wo er Spanisch und Englisch lernte. Dort studierte er von 1961 bis 1966. Danach war er zweimal in Lateinamerika stationiert – als junger Mann in Kolumbien und ein Jahrzehnt später in Mexiko –, bevor er als Erster Sekretär in Buenos Aires auftauchte.

Nach Ansicht der CIA war er kein KGB-Offizier, sondern ein regulärer Diplomat. Charakterisiert wurde er als verhältnismäßig liberaler, unter Umständen prowestlicher Russe – nicht der übliche Hardliner vom Typ *Homo sowieticus*. Ausgelöst wurde der Alarm im Sommer 1987 durch eine an die Amerikaner weitergegebene Unterhaltung mit einem argentinischen Beamten, in der Kruglow erwähnt hatte, er werde bald nach Moskau heimkehren, um nie mehr im Ausland eingesetzt zu werden, und fürchte, sein Lebensstandard werde dramatisch sinken.

Da er Russe war, betraf der Alarm auch die Abteilung SO, und Harry Gaunt schlug vor, Kruglow mit einem neuen Gesicht zu konfrontieren. Wegen seiner Sprachkenntnisse sollte Jason Monk diesen Auftrag übernehmen. Jordan war einverstanden.

Monks Auftrag war nicht weiter schwierig. Kruglow sollte Buenos Aires in vier Wochen verlassen. Daher mußte Monks Parole »Jetzt oder nie!« lauten.

Fünf Jahre nach dem Falklandkrieg und dank der in Argentinien wiederhergestellten Demokratie war Buenos Aires eine recht legere Hauptstadt, und dem amerikanischen »Geschäftsmann«, der als Begleiter einer jungen Diplomatin der amerikanischen Botschaft auftrat, fiel es leicht, Kruglow auf einem Empfang kennenzulernen. Monk sorgte dafür, daß sie gut miteinander auskamen, und lud ihn zum Abendessen ein.

Der Russe, der als Erster Sekretär weder von seinem Botschafter noch vom KGB scharf kontrolliert wurde, fand Gefallen an der Idee, mit jemandem außerhalb diplomtischer Kreise zu essen. Bei diesem Abendessen machte Monk eine Anleihe bei der wahren Lebensgeschichte Mrs. Bradys, seiner ehemaligen Französischlehrerin. Er erzählte, seine Mutter habe als Dolmetscherin in der Roten Armee nach dem Fall Berlins einen jungen amerikanischen Offizier kennengelernt und sich in ihn verliebt. Seiner Schilderung nach hatten die beiden sich entgegen allen Vorschriften abgesetzt und im Westen geheiratet. So war Monk, der Russisch wie Englisch beherrschte, in seinem Elternhaus zweisprachig aufgewachsen. Danach gingen die beiden zum Russischen über, was Kruglow als große Erleichterung empfand. Er sprach ausgezeichnet spanisch, aber das Englische fiel ihm schwer.

Innerhalb von vierzehn Tagen stellte sich Kruglows wahres Problem heraus. Der Dreiundvierzigjährige war geschieden und hatte zwei Kinder im Teenageralter, aber er wohnte noch immer bei seinen Eltern. Hätte er nur über einen Betrag von rund zwanzigtausend Dollar verfügen können, wäre er in der Lage, sich in Moskau eine eigene kleine Wohnung zu kaufen. Als reicher Polospieler, der in Argentinien war, um sich ein paar neue Pferde anzusehen, war Monk nur allzugern bereit, seinem neuen Freund diesen Betrag zu leihen.

Der CIA-Resident schlug vor, die Geldübergabe zu fotografieren, aber Monk wehrte ab.

»Mit Erpressung ist bei ihm nichts zu machen. Er arbeitet freiwillig für uns – oder gar nicht.«

Obwohl Monk im Dienstgrad unter ihm stand, bestätigte der CIA-Resident, die Entscheidung liege bei ihm. Die »Masche«, mit der Monk arbeitete, war das Aufgeklärte-gegen-Kriegshetzer-Spiel.

Michail Gorbatschow, betonte er, sei in den Vereinigten Staaten höchst populär. Das wußte Kruglow bereits, aber er freute sich über diese Bestätigung. Er war ein überzeugter Anhänger Gorbatschows.

Gorbi, führte Monk weiter aus, sei aufrichtig bemüht, den Militärapparat zu zerschlagen und Frieden und Vertrauen zwischen ihren beiden Völkern zu schaffen. Aber auf beiden Seiten gebe es leider noch immer überzeugte kalte Krieger – sogar im sowjetischen Außenministerium. Ihr Bestreben gehe dahin, den Friedensprozeß zu sabotieren. Daher wäre es äußerst hilfreich, wenn Kruglow seinen neuen Freund darüber informieren könne, was im Moskauer Außenministerium wirklich vor sich gehe. Kruglow mußte inzwischen wissen, wen er vor sich hatte, aber er ließ sich keine Überraschung anmerken.

Monk, schon damals ein begeisterter Sportangler, kam sich vor, als ziehe er einen großen Thunfisch an Land, der sich ins Unvermeidliche ergeben habe.

Kruglow bekam seine Dollars und ein Kommunikationspaket. Angaben über Personalpläne, Dienststellungen und Zugangsmöglichkeiten sollten mit Geheimtinte geschrieben in einem harmlosen Brief an einen »aktiven« Briefkasten in Ostberlin geschickt werden. Schriftstücke sollten dagegen fotografiert und über zwei tote Briefkästen in Moskau an die dortige CIA-Außenstelle weitergeleitet werden.

Beim Abschied umarmten sie sich nach russischer Art.

»Nicht vergessen, Waleri«, sagte Monk. »Wir... die Guten sind auf der Siegesstraße. Bald ist dieser ganze Unsinn vorbei, und wir werden mitgeholfen haben, ihm ein Ende zu bereiten. Sollten Sie mich jemals brauchen, melden Sie sich, und ich komme.«

Kruglow flog heim nach Moskau, und Monk kehrte nach Langley zurück.

»Hier ist Boris. Ich hab's.«

»Was denn?«

»Das Foto. Das Bild, das Sie haben wollten. Die Akte ist zum Morddezernat zurückgekommen. Tschernow, dieser Armleuchter, hat nichts mehr damit zu tun. Ich hab' eines der besten Fotos abgestaubt. Die Augen sind geschlossen, darum sieht's nicht ganz so schlimm aus.«

»Gut gemacht, Boris. In meiner Jackentasche habe ich einen Umschlag mit fünfhundert Pfund. Aber ich möchte, daß Sie noch etwas für mich tun. Danach wird der Umschlag dicker. Er enthält dann tausend Pfund.«

In seiner Telefonzelle holte Inspektor Nowikow tief Luft. Er konnte sich nicht mal ausrechnen, wie viele hundert Millionen Rubel er für einen Umschlag dieser Art bekommen würde. Jedenfalls mehr als ein Jahresgehalt.

»Bitte weiter.«

»Ich möchte, daß Sie zum Personalchef in der Zentrale der UPK gehen und ihm das Foto zeigen.«

»Wohin soll ich gehen?«

»In die Zentrale der Union Patriotischer Kräfte.«

»Was zum Teufel hat die damit zu tun?«

»Keine Ahnung. Bloß so eine Idee. Vielleicht hat der Personalchef den Mann schon mal gesehen.«

»Wieso das?«

»Weiß ich nicht, Boris. Aber vielleicht kennt er ihn. Nur so eine Idee.«

»Mit welcher Begründung soll ich dort aufkreuzen?«

»Sie sind Kriminalbeamter, stimmt's? Sie haben einen Fall aufzuklären. Sie gehen einem Hinweis nach. Der Mann könnte in der Nähe der Parteizentrale gesehen worden sein. Vielleicht hat er versucht, dort einzubrechen. Hat einer der Wachmänner ihn auf der Straße herumlungern gesehen? Irgend etwas in dieser Art.«

»Also gut. Aber das sind wichtige Leute. Fliege ich dafür raus, ist's Ihre Schuld.«

»Warum sollten Sie dafür rausfliegen? Sie sind ein kleiner Milizionär, der seine Pflicht tut. Dieser Bandit ist in der Nähe von Komarows Villa am Kiselnyboulevard gesehen worden. Es ist Ihre Pflicht, sie darauf aufmerksam zu machen – auch wenn er schon tot ist. Vielleicht hat er versucht, eine Gelegenheit auszubaldowern. Ihnen kann nichts passieren. Tun Sie's einfach, dann gehören die tausend Pfund Ihnen.«

Jewgeni Nowikow brummelte noch etwas und hängte dann ein.

Diese *Anglitschanye* spinnen, sagte er sich. Schließlich hat der alte Trottel nur bei ihnen eingebrochen. Aber für tausend Pfund konnte man sich schon mal anstrengen.

Moskau, Oktober 1987
Oberst Anatoli Grischin war frustriert – nicht anders als jemand, der den Höhepunkt seiner Karriere überschritten zu haben scheint und plötzlich nichts mehr zu tun hat.

Die letzten Verhöre der von Ames verratenen Agenten waren längst abgeschlossen, die letzten Erinnerungen und Informationen aus den zitternden Männern herausgequetscht. Insgesamt hatten zwölf Männer in den modrigen Kellerverliesen des alten Lefortowo-Gefängnisses gelebt, um auf Befehl zu Vernehmungsoffizieren der Ersten und Zweiten Hauptverwaltung hinaufgebracht oder – falls sie sich widerspenstig zeigten oder an Gedächtnisverlust litten – in Grischins rückwärtigen Spezialraum gebracht zu werden.

Obwohl Grischin dagegen protestiert hatte, waren zwei von ihnen nicht zum Tode, sondern nur zu langen Lagerstrafen verurteilt worden. Das geschah, weil sie nur sehr kurz für die CIA gearbeitet hatten oder wegen ihrer niedrigen Dienststellung nicht viel hatten verraten können. Der Rest war zum Tode verurteilt worden. Neun waren hingerichtet worden: Sie waren den kiesbestreuten Hof hinter dem abgeriegelten Gefängnisflügel hinausgeführt worden und hatten kniend den Genickschuß erwarten müssen. Bei sämtlichen Hinrichtungen war Grischin als ranghöchster Offizier anwesend gewesen.

Nur der älteste der zwölf Verräter lebte noch, weil Grischin darauf bestanden hatte. General Dmitri Poljakow hatte zwanzig Jahre lang für Amerika spioniert, bevor er verraten wurde. Tatsächlich hatte er schon im Ruhestand gelebt, nachdem er 1980 endgültig nach Moskau zurückgekehrt war.

Er hatte niemals Geld genommen; er hatte es getan, weil das sowjetische Regime und seine Untaten ihn anwiderten. Und er sagte es ihnen ins Gesicht. Er saß aufrecht auf seinem Stuhl und sagte ihnen, was er von ihnen hielt – und was er zwanzig Jahre lang getan hatte. Er bewies mehr Mut und Würde als alle anderen zusammen.

Er bat niemals um Gnade. Weil er schon so alt war, waren seine Aussagen ohnehin nicht mehr aktuell. Er wußte nichts von gegenwärtigen Unternehmen und kannte nur die Namen von CIA-Führungsoffizieren, die ebenfalls schon im Ruhestand lebten.

Als seine Verhöre abgeschlossen waren, haßte Grischin den alten General so sehr, daß er ihn für eine Sonderbehandlung am Leben ließ. Jetzt lag der Veteran auf dem Betonboden seiner Zelle in seinen Exkrementen und weinte. Grischin sah ab und zu nach ihm, um sich daran zu weiden, wie er litt. Erst am fünfzehnten März 1988 würde auch der Alte auf General Bojarows Befehl schließlich erledigt werden.

»Tatsache ist, lieber Kamerad«, erklärte Bojarow Grischin in diesem Monat, »daß es nichts mehr zu tun gibt. Die Rattenfängerkommission muß aufgelöst werden.«

»Es gibt aber bestimmt noch diesen einen Mann, von dem in der Ersten Hauptverwaltung geredet wird, der hierzulande Verräter führt, aber noch nicht enttarnt worden ist.«

»Ah, der eine, den sie nicht aufspüren können. Wiederholte Hinweise, aber keiner unserer Verräter hat jemals von ihm gehört.«

»Und wenn wir seine Leute schnappen?« fragte Grischin.

»Dann schnappen wir sie und lassen sie büßen«, antwortete Bojarow. »Und sollte es dazu kommen, sollte Jasenewos Mann in Washington uns auf ihre Spur setzen können, trommeln Sie Ihre Leute wieder zusammen und fangen von vorn an. Dann können Sie sich sogar umbenennen – am besten in *Monach*-Kommission.«

Grischin verstand die Pointe nicht, aber Bojarow, der besser informiert war, lachte schallend. *Monach* ist das russische Wort für Mönch – also auch für Monk.

Falls Pawel Wolski geglaubt hatte, der Pathologe aus dem Leichenhaus werde sich wahrscheinlich nicht wieder melden, hatte er sich getäuscht. Sein Telefon klingelte an dem Vormittag, an dem sein Freund Nowikow heimlich mit einem britischen Nachrichtendienstoffizier telefonierte: am siebten August.

»Kusmin«, meldete sich eine Stimme. Wolski murmelte eine Frage.

»Professor Kusmin, Zweites Medizinisches Institut. Wir haben vor ein paar Tagen über meine Autopsie eines im Wald gefundenen Unbekannten gesprochen.«

»Ah, richtig, Professor, was kann ich für Sie tun?«

»Andersherum wird eher ein Schuh daraus. Ich habe möglicherweise etwas für Sie.«

»Nun, vielen Dank, was denn?«

»Letzte Woche ist bei Lytkarino ein Toter aus der Moskwa gefischt worden.«

»Aber das ist doch bestimmt deren Sache, nicht unsere?«

»An sich schon, Wolski, aber irgendein Klugscheißer dort unten hat geschätzt, die Leiche habe seit ungefähr zwei Wochen im Wasser gelegen – er hat übrigens recht gehabt – und sei in dieser Zeit vermutlich bis aus Moskau angetrieben. Also haben die Hundesöhne sie uns zurückgeschickt. Ich bin gerade mit ihr fertig.«

Wolski schüttelte den Kopf. Im Hochsommer zwei Wochen im Wasser. Der Professor mußte einen Magen wie ein Betonmischer haben.

»Ermordet?« fragte er.

»Im Gegenteil. Nur mit einer Unterhose bekleidet. Ist vermutlich wegen der Hitze ins Wasser gegangen, hat kaum schwimmen können und ist ertrunken.«

»Aber das ist ein Unfall. Dafür sind andere zuständig. Ich bin im Morddezernat«, protestierte Wolski.

»Passen Sie auf, junger Mann. Hören Sie einfach zu. Normalerweise gäbe es keine Identifizierung. Aber diese Trottel in Lytkarino haben etwas übersehen. Die Finger waren so geschwollen, daß sie ihn nicht bemerkt haben. Vom Fleisch verdeckt. Ein Ehering. Massives Gold. Ich habe ihn abgenommen – mußte erst den Finger abnehmen, um dranzukommen. Innen sind die Worte *N. I. Akopow von Lidia* eingraviert. Gut, was?«

»Sehr gut, Professor, aber wenn's kein Mord ist...«

»Hören Sie, haben Sie jemals etwas mit der Vermißtenstelle zu tun?«

»Natürlich. Die Kollegen schicken mir jede Woche ihr Fotoalbum rüber, damit ich nachsehen kann, ob's irgendwelche Übereinstimmungen gibt.«

»Nun, ein Mann mit einem breiten goldenen Ehering könnte eine

Familie haben. Und wenn er seit drei Wochen verschwunden ist, müßten die Angehörigen Vermißtenanzeige erstattet haben. Ich habe mir überlegt, daß Sie von meinem Spürsinn als Detektiv profitieren und bei der Vermißtenstelle Punkte machen könnten. Da ich dort niemanden kenne, habe ich Sie angerufen.«

Wolski grinste zufrieden. Er war ständig darauf angewiesen, die Vermißtenstelle um Gefälligkeiten zu bitten. Vielleicht konnte er sich jetzt einmal dafür revanchieren, indem er einen ihrer Fälle aufklärte. Er notierte sich die Einzelheiten, bedankte sich bei dem Professor und legte auf.

Nach zehnminütigem Warten kam sein Kontaktmann in der Vermißtenstelle endlich ans Telefon.

»Ist bei euch ein gewisser N. I. Akopow als vermißt gemeldet?« fragte Wolski. Sein Kontaktmann sah in den Akten nach und meldete sich wieder.

»Stimmt. Warum?«

»Was wißt ihr über ihn?«

»Vermißt gemeldet seit dem siebzehnten Juli. Am Abend zuvor nicht von der Arbeit heimgekommen, seitdem spurlos verschwunden. Vermißtenmeldung erstattet von Gosposcha Akopow, seiner Ehefrau...«

»Gosposcha Lidia Akopow?«

»Woher zum Teufel weißt du das? Sie ist schon viermal dagewesen, um sich nach dem Stand der Ermittlungen zu erkundigen. Wo ist er?«

»In der Leichenhalle des Zweiten Medizinischen Instituts. Ist schwimmen gegangen und dabei ertrunken. Letzte Woche bei Lytkarino aus der Moskwa gefischt worden.«

»Na, wunderbar. Seine Alte wird sich freuen. Daß das Rätsel gelöst ist, mein' ich. Du weißt nicht, wer er ist – oder vielmehr gewesen ist?«

»Keine Ahnung«, sagte Wolski.

»Nur Igor Komarows Privatsekretär.«

»Du meinst den Politiker?«

»Der immerhin unser nächster Präsident ist. Danke, Pawel, dafür bin ich dir 'nen Gefallen schuldig.«

Das bist du allerdings, dachte Wolski, bevor er weiterarbeitete.

Oman, November 1987

Carey Jordan mußte in diesem Monat zurücktreten. Nicht wegen Edward Lee Howards geglückter Flucht, nicht einmal wegen der vielen enttarnten Agenten, sondern wegen der Iran-Contra-Affäre. Vor Jahren war die Anweisung, die nicaraguanischen Contras im Kampf gegen die marxistischen Sandinisten zu unterstützen, von ganz oben, direkt aus dem Oval Office gekommen. Bill Casey, der CIA-Direktor, war bereit gewesen, sie auszuführen. Aber der Kongreß hatte nein gesagt und es abgelehnt, dafür Haushaltsmittel bereitzustellen. Casey und andere, die über diese Ablehnung wütend waren, hatten versucht, die nötigen Mittel durch ungenehmigte Waffenlieferungen an Teheran zu beschaffen.

Als alles herauskam, erlitt Casey im Dezember 1986 in seinem Büro in Langley einen schweren, aber opportunen Schlaganfall. Er kam nicht mehr zurück und starb im Mai 1987. Präsident Reagan ernannte William Webster, den politisch korrekten FBI-Direktor, zum neuen CIA-Direktor. Carey Jordan hatte die Anweisungen seines Präsidenten und seines Direktors ausgeführt. Nun litt der eine an Gedächtnisschwund, und der andere hatte das Zeitliche gesegnet.

Als neuen stellvertretenden Direktor (Beschaffung) holte Webster den CIA-Veteran Richard Stolz zurück, der seit sechs Jahren im Ruhestand lebte. Deshalb war er nicht in die Iran-Contra-Affäre verwickelt gewesen, aber er wußte auch nichts von dem vernichtenden Schlag, den die Abteilung SO vor zwei Jahren hatte hinnehmen müssen. Während er sich einzuarbeiten versuchte, ergriffen die Bürokraten das Ruder. Drei Akten aus Carey Jordans Safe wurden wieder in die Akte 301 – oder vielmehr deren Restbestände – eingegliedert. Sie enthielten detaillierte Angaben über zwei Agenten mit den Decknamen Lysander und Orion sowie über den Neuzugang Delphi.

Jason Monk ahnte davon nichts. Er machte Urlaub im Sultanat Oman. In einer Zeitschrift für Hochseeangler, in der er stets auf der Suche nach Fischgründen war, die noch Geheimtips waren, hatte er von den gelben Thunfischen gelesen, die im November und Dezember in riesigen Schulen gleich vor der Hauptstadt Maskat an der omanischen Küste vorbeiziehen.

Aus Höflichkeit hatte er die nur mit einem Mann besetzte CIA-Außenstelle in der Botschaft in der Altstadt von Maskat in der Nähe des Sultanspalastes aufgesucht. Er hätte niemals erwartet, seinen CIA-Kollegen nach ihrem freundschaftlichen Drink wiederzusehen.

Da er auf See etwas zuviel Sonne abbekommen hatte, blieb er am dritten Tag seines Aufenthalts lieber an Land, um Einkäufe zu machen. Weil er mit einer hinreißenden Blondine aus der Botschaft ausgegangen war, fuhr er mit einem Taxi in den Suk in Mina Quabus, um zu sehen, ob sich unter dem dortigen Angebot an Weihrauch, Gewürzen, Stoffen, Silber und Antiquitäten ein Geschenk für sie finden ließ.

Er entschied sich für eine reichverzierte, langschnäbelige Kaffeekanne, die irgendein Silberschmied hoch droben im Dschebel vor langer Zeit aus Silber getrieben hatte. Der Antiquitätenhändler verpackte sie gut und gab sie ihm in einer Tragtüte mit.

Monk, der sich in dem Labyrinth aus Gassen und Innenhöfen völlig verlaufen hatte, kam nicht an der Küste, sondern irgendwo zwischen Häusern heraus. Am Ende einer kaum schulterbreiten Gasse fand er sich in einem Innenhof mit zwei schmalen Zugängen wieder. Vor ihm ging ein Mann über den Hof. Er schien ein Europäer zu sein.

Hinter ihm näherten sich zwei Araber. Als sie auf den Hof hinaustraten, zogen beide einen Krummdolch aus ihrem Gürtel. Damit rannten sie an Monk vorbei auf ihr Opfer zu.

Monk reagierte instinktiv. Er schwang die Tragtasche mit aller Kraft und traf einen der Attentäter damit seitlich am Kopf. Mehrere Pfund Metall, die mit voller Wucht trafen, ließen den Mann zu Boden gehen.

Der andere Bewaffnete zögerte, weil er zwischen zwei Feuer geraten war, und griff dann Monk an. Er sah die blitzende Klinge hoch in der Luft, duckte sich unter den Arm, blockierte ihn und traf den schmuddeligen Dischdasch des Angreifers mit einem Fausthieb in Höhe des Solarplexus.

Der Mann war zäh. Er grunzte, ohne seinen Dolch fallen zu lassen, und entschloß sich zur Flucht. Sein Komplize rappelte sich auf, rannte hinter ihm her und ließ seinen Dolch auf dem Pflaster liegen.

Der Europäer hatte sich umgedreht und diesen kurzen Kampf wortlos verfolgt. Er mußte wissen, daß er ohne das Eingreifen des zehn Meter von ihm entfernten blonden Unbekannten ermordet worden wäre. Monk sah einen schlanken jungen Mann mit dunklem Teint und schwarzen Augen, der jedoch kein Einheimischer war und einen dunkelblauen Anzug mit weißem Hemd trug. Er wollte ihn eben ansprechen, als der andere ihm kurz dankend zunickte und in dem Durchgang vor ihnen verschwand.

Monk bückte sich, um den Dolch aufzuheben. Er hielt keine omanische *Kunja* in der Hand, wie überhaupt von Omanern verübte Raubüberfälle so gut wie unbekannt waren. Der Dolch war ein jemenitischer *Gambiah* mit viel schlichterem und fast geradem Griff. Monk glaubte, die Herkunft der beiden Attentäter zu kennen. Sie gehörten den Stämmen Audhali oder Aulaqi im Innern des Jemen an. Was zum Teufel, dachte er, haben sie so weit entlang der Küste in Oman zu suchen – und warum hassen sie diesen jungen Europäer so sehr?

Er folgte seinem Instinkt, fuhr in die amerikanische Botschaft zurück und suchte seinen CIA-Kollegen auf.

»Hast du zufällig eine Steckbriefsammlung unserer Freunde in der sowjetischen Botschaft?«

Seit dem Bürgerkriegsfiasko im Januar 1986 hatte die Sowjetunion sich bekanntlich völlig aus dem Jemen zurückgezogen und die moskautreue jemenitische Regierung verarmt und verbittert zurückgelassen. Um überleben zu können, hatte Aden, das vor Wut über seine vermeintliche Demütigung kochte, sich im Westen um Wirtschaftshilfe und Handelskredite bemühen müssen. Seit damals hing das Leben jedes Russen im Jemen an einem seidenen Faden. Der Himmel kennt keinen größeren Zorn als Liebe, die in Haß sich wandelt...

Ende 1987 hatte die UdSSR in dem entschiedenen antikommunistischen Golfstaat Oman eine reguläre Botschaft eröffnet und umwarb den probritischen Sultan.

»Ich nicht«, sagte Monks Kollege, »aber die Briten haben bestimmt eine.«

Von dem Labyrinth aus engen und feuchten Korridoren, aus denen die amerikanische Botschaft bestand, waren es nur wenige

Schritte zur luxuriöseren britischen Botschaft hinüber. Sie gingen durch das reichgeschnitzte Holzportal, nickten dem Pförtner zu und überquerten den Innenhof. Dieser gesamte geschichtsträchtige Komplex war früher die Villa eines reichen Handelsherrn gewesen.

In eine Mauer des Innenhofs war ein Gedenkstein eingelassen, den eine römische Legion errichtet hatte, bevor sie in die Wüste davonmarschierte, um nie wieder zurückzukehren. In seiner Mitte stand der britische Fahnenmast, der einst jedem Sklaven, der ihn erreichte, die Freiheit gebracht hatte. Die beiden Amerikaner bogen nach links zum Botschaftsgebäude ab, wo der SIS-Stationsleiter sie erwartete. Sie schüttelten sich die Hand.

»Was ist das Problem, alter Junge?« fragte der Engländer.

»Das Problem ist«, antwortete Monk, »daß mir vorhin im Suk ein Kerl begegnet ist, der ein Russe gewesen sein könnte.«

Seine Vermutung basierte nur auf einer Kleinigkeit, aber der Unbekannte im Suk hatte den Kragen seines offenen weißen Hemdes über dem Jackenkragen getragen, wie es Russen im Gegensatz zu westlichen Ausländern oft taten.

»Schön, sehen wir uns mal unser Album an«, schlug der Brite vor.

Er führte sie durch die schmiedeeiserne Tür, einen kühlen Säulengang entlang und die Treppe hinauf. Der britische SIS residierte im obersten Stock des Botschaftsgebäudes. Der Engländer nahm ein Fotoalbum aus seinem Safe, und sie blätterten es gemeinsam durch.

Alle neu in Oman eingetroffenen Angehörigen der sowjetischen Botschaft waren darin versammelt – auf dem Flughafen, beim Überqueren einer Straße oder auf einer Caféterrasse unter freiem Himmel fotografiert. Die letzte Aufnahme zeigte den schwarzhaarigen jungen Mann, wie er bei der Ankunft das Empfangsgebäude des Flughafens durchquerte.

»Was solche Dinge betrifft, sind unsere hiesigen Freunde sehr hilfsbereit«, sagte der SIS-Offizier. »Die Russen müssen sich beim Außenministerium anmelden und um Akkreditierung nachsuchen. Wir erfahren die Einzelheiten. Vor ihrer Ankunft bekommen wir einen Tip, damit wir uns mit einem Teleobjektiv auf die Lauer legen können. Ist er das?«

»Ja. Was wissen Sie über ihn?«

Der Stationsleiter suchte eine Karteikarte heraus.

»Ah, da haben wir ihn. Wenn nicht alles gelogen ist, ist er Dritter Sekretär, Alter achtundzwanzig. Er heißt Umar Gunajew. Klingt irgendwie tatarisch.«

»Nein«, sagte Monk nachdenklich, »er ist Tschetschene, ein moslemischer Tschetschene.«

»Sie glauben, daß er beim KGB ist?« fragte der Brite.

»O ja, er ist ein Geheimdienstmann, das steht fest.«

»Danke, das hilft uns weiter. Sollen wir irgendwas gegen ihn unternehmen? Uns beim Außenministerium über ihn beschweren?«

»Nein«, antwortete Monk. »Schließlich müssen wir uns alle unseren Lebensunterhalt verdienen. So wissen Sie wenigstens, wer er ist. Die Russen würden bloß einen Ersatzmann für ihn schicken.«

Als sie in ihre Botschaft zurückschlenderten, fragte der CIA-Agent Monk neugierig: »Woher hast du das gewußt?«

»Bloß so 'ne Ahnung.«

Tatsächlich steckte mehr dahinter. Letztes Jahr hatte Gunajew an der Bar des Frontel in Aden einen Orangensaft getrunken. Monk war nicht der einzige gewesen, der ihn an diesem Tag wiedererkannt hatte. Auch die beiden Jemeniten hatten ihn erkannt und beschlossen, die Demütigung ihrer Heimat zu rächen.

Mark Jefferson traf am achten August mit der Nachmittagsmaschine auf dem Moskauer Flughafen Scheremetjewo ein und wurde vom Bürochef des *Daily Telegraph* abgeholt.

Der auf Politik spezialisierte Starkolumnist war ein kleiner, adretter Mann mit rotblondem Haar, das bereits schütter wurde, und ebenfalls rötlichblondem kurzem Bart. Seine Langmütigkeit, so hieß es, entsprach exakt der Länge seines Körpers und seines Barts.

Ohne übermäßig Zeit zu verlieren, lehnte Jefferson es ab, mit seinem Kollegen und dessen Frau zu Abend zu essen, und verlangte nur, ins Luxushotel National am Manegeplatz gefahren zu werden.

Dort erklärte er seinem Kollegen, er ziehe es vor, Mr. Komarow allein zu interviewen, und werde im Bedarfsfall durch Vermittlung des Hotels eine Limousine mit Chauffeur mieten. Sein Kollege fuhr gründlich abgeblitzt davon.

Als Jefferson sein Zimmer verlangte, bemühte sich der Hoteldirektor, ein großer, sehr zuvorkommender Schwede, persönlich um ihn. Sein Reisepaß wurde am Empfang einbehalten, damit die vorgeschriebenen Angaben herauskopiert und ans Tourismusministerium übermittelt werden konnten. Vor dem Abflug aus London hatte Jefferson seine Sekretärin angewiesen, dem National mitzuteilen, wer er war und wie wichtig er war.

Vom Zimmer aus rief er die Nummer an, die Boris Kusnezow in seinem Antwortfax angegeben hatte.

»Willkommen in Moskau, Mr. Jefferson«, sagte Kusnezow in fließendem Englisch mit leichtem amerikanischen Akzent. »Mr. Komarow freut sich sehr auf das Gespräch mit Ihnen.«

Das war gelogen, aber Jefferson glaubte es trotzdem. Weil der russische Politiker tagsüber nicht in Moskau sein würde, vereinbarten sie einen Termin für neunzehn Uhr am nächsten Abend. Ein Wagen mit Fahrer würde ihn im National abholen. Mark Jefferson speiste zufrieden allein im Hotelrestaurant und ging dann früh schlafen.

Nachdem Jefferson Rührei mit Schinken gefrühstückt hatte, beschloß er am nächsten Morgen, das seiner Überzeugung nach unveräußerliche Recht eines Engländers in jedem Land der Erde wahrzunehmen: einen Spaziergang zu machen.

»Einen Spaziergang?« fragte der schwedische Hoteldirektor mit erstauntem Stirnrunzeln. »Wohin wollen Sie denn?«

»Irgendwohin. Etwas frische Luft schnappen. Die Beine vertreten. Vielleicht zum Kreml hinüber und mich ein bißchen umsehen.«

»Wir können Ihnen unsere Limousine zur Verfügung stellen«, schlug der Hoteldirektor vor. »Die ist viel bequemer. Und sicherer.«

Aber darauf ließ Jefferson sich nicht ein. Er wollte einen Spaziergang machen, und er würde einen machen. Der Hoteldirektor konnte ihn wenigstens dazu bewegen, Armbanduhr und Brieftasche dazulassen und ein Bündel Millionrubelscheine für die Bettler mitzunehmen. Genug, um die Bedürftigen zufriedenzustellen, aber nicht genug, um einen Raubüberfall zu provozieren. Hoffentlich.

Der englische Journalist mittleren Alters, der trotz seiner Bekanntheit als Starkolumnist ausschließlich im Londoner politischen Journalismus Karriere gemacht hatte und nie als Auslandskorrespondent an den Brennpunkten der Weltpolitik gewesen war, kam nach zwei Stunden zurück. Er wirkte ziemlich verstimmt.

Er war bisher zweimal in Moskau gewesen – einmal während der kommunistischen Herrschaft und dann wieder vor acht Jahren, als Jelzin gerade an die Macht gekommen war. In beiden Fällen hatten seine Erfahrungen sich auf das Taxi vom Flughafen, ein erstklassiges Hotel und Kreise der britischen Botschaft beschränkt. Er hatte Moskau schon immer für eine unattraktive, schmutzige Stadt gehalten, aber auf seine Erlebnisse an diesem Morgen war er nicht vorbereitet gewesen.

Seine Erscheinung war so unverkennbar ausländisch gewesen, daß er selbst auf den Flußkais und im Alexandergarten von Obdachlosen, die überall zu kampieren schienen, belagert worden war. Zweimal hatte er gefürchtet, von Jugendbanden verfolgt zu werden. Die einzigen Autos schienen Militärfahrzeuge, Streifenwagen und die Limousinen der Reichen und Privilegierten zu sein. Trotzdem, fand er, hatte er einige wichtige Argumente für sein abendliches Gespräch für Mr. Komarow gesammelt.

Bei einem Drink vor dem Mittagessen – er hatte beschlossen, im Hotel zu bleiben, bis er abends abgeholt wurde – war er außer einem welterfahrenen kanadischen Geschäftsmann der einzige Gast in der Bar. Wie es Fremde in einer Bar manchmal tun, begannen sie aus Langeweile ein Gespräch.

»Sind Sie schon lange hier?« fragte der Mann aus Toronto.

»Bin gestern abend angekommen«, sagte Jefferson.

»Bleiben Sie lange?«

»Morgen geht's wieder nach London zurück.«

»Sie Glückspilz! Ich bin seit drei Wochen hier und versuche Geschäfte zu machen. Und eines kann ich Ihnen sagen: Diese Stadt ist verrückt.«

»Kein Erfolg?«

»Oh, klar, ich hab' Verträge. Ich hab' ein Büro. Ich hab' sogar Partner. Wissen Sie, was passiert ist?«

Der Kanadier setzte sich an Jeffersons Tisch und schilderte ihm sein Erlebnis. »Ich komme mit sämtlichen Empfehlungen für die Holzindustrie an, die ich brauche – oder zu brauchen glaube. Ich miete mir ein Büro in einem neuen Bürohochhaus. Zwei Tage später klopft jemand bei mir an. Draußen steht ein Kerl, gepflegt, elegant, mit Anzug und Krawatte. ›Guten Morgen, Mr. Wyatt‹, sagt er. ›Ich bin Ihr neuer Partner.‹«

»Sie haben ihn gekannt?« fragte Jefferson.

»Nie gesehen! Er ist der Vertreter der hiesigen Mafia. Und er schlägt mir folgenden Deal vor: Seine Leute und er kassieren fünfzig Prozent meiner Gewinne. Als Gegenleistung kaufen oder fälschen sie sämtliche Genehmigungen, Zuteilungen, Konzessionen oder Schriftstücke, die ich jemals brauchen werde. Sie beseitigen bürokratische Hindernisse durch einen Anruf, sorgen für pünktliche Lieferungen und verhindern Streiks und Arbeitsniederlegungen. Für fünfzig Prozent.«

»Sie haben ihn natürlich zum Teufel gejagt«, vermutete Jefferson.

»Ausgeschlossen. Ich hab' schnell dazugelernt. Das nennt man ein ›Dach‹ haben. Man steht unter dem Schutz der Mafia. Ohne Dach erreicht man nichts, aber das sehr schnell. Vor allem darum, weil man keinen festen Stand mehr hat. Man kriegt die Beine abgeschossen.«

Jefferson starrte ihn ungläubig an. »Großer Gott, ich habe gehört, daß Verbrechen hier alltäglich sind. Aber daß die Zustände so schlimm sind ...«

»Ich sage Ihnen, sie sind weit schlimmer, als Sie sich je vorstellen könnten.«

Eines der Phänomene, das westliche Rußlandbeobachter nach dem Sturz des Kommunismus erstaunt hatte, war der scheinbar rasante Aufstieg der dortigen kriminellen Unterwelt, die als russische Mafia bezeichnet wurde, weil ein besserer Begriff fehlte. Selbst die Russen fingen an, von der *Mafija* zu sprechen. Manche Ausländer glaubten, dies sei ein erst nach dem Ende des Kommunismus entstandenes neues Gangstertum. Das war Unsinn.

In Rußland gibt es seit Jahrhunderten eine weitverzweigte kriminelle Unterwelt. Im Gegensatz zur sizilianischen Mafia hat sie keine übergreifende Hierarchie besessen und ist nie im Ausland tätig geworden. Aber sie hat existiert: eine große, vielköpfige Bruderschaft mit Gebiets- und Bandenführern und Mitgliedern, die ihrer

Bande Treue bis in den Tod geschworen hatten und das auch durch entsprechende Tätowierungen beweisen konnten.

Stalin versuchte, die Unterwelt zu zerschlagen, indem er Tausende ihrer Angehörigen in Arbeitslager schicken ließ. Das führte lediglich dazu, daß die *Zeki* letzten Endes praktisch die Lager leiteten – mit Einverständnis der Wachen, die es vorzogen, ein ruhiges Leben zu genießen, statt damit rechnen zu müssen, daß ihre Angehörigen aufgespürt und bestraft wurden. In vielen Fällen führten die *Wori w sakone* – Diebe per Statut –, die Mafia-Dons entsprachen, ihre Unternehmungen im übrigen Rußland von ihren Hütten in Arbeitslagern aus.

Zu den Ironien des kalten Krieges gehört die Tatsache, daß der Kommunismus ohne die Unterwelt wahrscheinlich zehn Jahre früher zusammengebrochen wäre. Selbst die Parteibosse hatten zuletzt einen Geheimpakt mit ihr schließen müssen.

Der Grund dafür war einfach: Sie war die einzige Organisation in der UdSSR, die einigermaßen effektiv funktionierte. Ein Direktor, dessen Fabrik ein wichtiges Produkt herstellte, konnte erleben, wie seine Hauptmaschine wegen eines einzigen defekten Ventils ausfiel. Hätte er den bürokratischen Dienstweg eingehalten, hätte er sechs bis zwölf Monate auf sein Ventil warten müssen – und in dieser Zeit hätte die gesamte Fabrik stillgestanden.

Oder er konnte mit seinem Schwager reden, der einen Mann kannte, der über gute Kontakte verfügte. Dann war das Ventil binnen einer Woche da. Später übersah der Fabrikdirektor das Verschwinden einer Ladung seiner Stahlbleche, die einer anderen Fabrik geliefert wurden, deren Blechlieferung ausgeblieben war. Danach frisierten beide Direktoren ihre Bücher, um zu zeigen, daß sie die Norm erfüllt hatten.

In jeder Gesellschaft, in der eine Kombination aus verkrusteter Bürokratie und purem Unvermögen bewirkt hat, daß alle Räder stillstehen, ist der Schwarzhandel das einzige Schmiermittel. Die UdSSR lief mit diesem Schmiermittel, solange sie existierte, und war in ihrem letzten Jahrzehnt völlig davon abhängig.

Die Mafia kontrollierte einfach den schwarzen Markt. Nach 1991 tat sie nichts anderes, als aus ihren Schlupfwinkeln zu kriechen, um zu blühen und zu gedeihen. Ihre neuen Aktivitäten gingen sehr rasch über ihre bisherigen Erwerbszweige – Alkohol, Drogenhandel, Schutzgelderpressung, Prostitution – hinaus und erfaßten sämtliche Bereiche des russischen Alltags.

Eindrucksvoll war jedoch, wie schnell und brutal die praktische Übernahme der dortigen Wirtschaft ablief. Ermöglicht wurde sie durch drei Faktoren. Der erste war die Fähigkeit zu sofortiger massiver Gewalt, wie sie die russische Mafia demonstrierte, sobald sie von irgend jemandem behindert wurde – eine Gewaltbereitschaft, zu der die amerikanische Cosa Nostra vergleichsweise ausgesprochen zimperlich wirkte. Wer als Russe oder Ausländer die Beteiligung der Mafia an seinem Unternehmen ablehnte, wurde nur einmal verwarnt – im allgemeinen durch eine Tracht Prügel oder eine Brandstiftung – und als nächstes umgelegt. Das galt bis hinauf zu den Generaldirektoren von Großbanken.

Der zweite Faktor war die Hilflosigkeit der unerfahrenen Miliz, die, in Geld- und Personalnöten steckend und ohne Warnung vor dem Sturm aus Gewalt und Verbrechen, der nach dem Zusammenbruch des Kommunismus über sie hereinbrechen würde, einfach überfordert war. Der dritte Faktor war die in Rußland traditionell weitverbreitete Korruption. Auch die nach 1991 einsetzende hohe Inflation, die erst ab 1995 etwas eingedämmt werden konnte, trug dazu bei.

Unter kommunistischer Herrschaft entsprach ein Rubel zwei US-Dollar – ein angesichts seines wahren Werts und der Kaufkraftparität lachhafter, künstlich festgesetzter Wechselkurs, der jedoch innerhalb der UdSSR, wo es nicht an Geld, sondern an dafür erhältlichen Waren fehlte, zwangsweise durchgesetzt wurde. Die einsetzende Inflation vernichtete alle Ersparnisse und ließ Lohn- und Gehaltsempfänger verarmen.

Verdient ein Milizionär auf Verkehrsstreife in der Woche weniger, als seine Socken kosten, ist es sehr schwierig, ihn davon abzuhalten, den Geldschein zu nehmen, der in einem offensichtlich gefälschten Führerschein liegt.

Aber das waren kleine Fische. Die russische Mafia erweiterte ihr Netzwerk bis zu den höchsten Beamten hinauf und gewann fast die gesamte Bürokratie als Verbündete. Und in Rußland ist die Bürokratie für alles zuständig.

So konnten Genehmigungen, Lizenzen, Erlaubnisse, Konzessionen und sogar staatliche Grundstücke rasch von dem jeweils zuständigen Beamten gekauft werden, was der Mafia astronomische Gewinne einbrachte.

Eine weitere Fähigkeit der russischen Mafia, die Beobachter beeindruckte, war die Geschwindigkeit, mit der sie von herkömmlichem Gangstertum (das sie weiter fest im Griff behielt) zu legitimer Geschäftstätigkeit überging. Die amerikanische Cosa Nostra hatte eine Generation lang gebraucht, um zu erkennen, daß mit dem Ertrag von Verbrechen gekaufte legitime Firmen nicht nur ihren Gewinn erhöhten, sondern auch zur Geldwäsche nützlich waren. Die Russen schafften diesen Übergang in fünf Jahren und besaßen oder kontrollierten im Jahr 1995 vierzig Prozent der einheimischen Volkswirtschaft. Unterdessen waren sie bereits international tätig und betrieben vor allem ihre drei Spezialitäten – Waffenhandel, Drogenschmuggel und Unterschlagung – mit hoher Gewaltbereitschaft in ganz Westeuropa und Nordamerika.

Wie sich etwa ab 1998 zeigte, war das Problem jedoch, daß sie allzu hemmungslos Beute gemacht hatten. Durch ihre Geldgier hatten sie die Wirtschaft ruiniert, von der sie lebten. Allein im Jahr 1996 wurde russisches Volksvermögen im Wert von fünfzig Milliarden Dollar – hauptsächlich Gold, Diamanten, seltene Metalle, Erdöl, Erdgas und Holz – gestohlen und ins Ausland verschoben. Die Waren wurden mit fast wertlosen Rubeln zu Billigstpreisen von den Bürokraten gekauft, die in Staatsbehörden für sie zuständig waren, und im Ausland gegen Dollar verkauft. Ein gewisser Prozentsatz der Einnahmen wurde in Unsummen von Rubeln zurückverwandelt, mit dem sich weitere Bestechungen und weitere Verbrechen finanzieren ließen. Die restlichen Gewinne wurden im Ausland gebunkert.

»Das Problem ist«, sagte Wyatt trübselig, während er sein Bier austrank, »daß der Aderlaß einfach zu stark ist. Korrupte Politiker, noch korruptere Bürokraten und die Gangster haben's gemeinsam geschafft, der Gans, die ihnen goldene Eier gelegt hat, den Hals umzudrehen. Haben Sie mal etwas über die Entstehung des Dritten Reichs gelesen?«

»Ja, aber das ist schon lange her. Warum?«

»Erinnern Sie sich an Beschreibungen der letzten Tage der Weimarer Republik? Die Schlangen von Arbeitslosen, die Zunahme der Straßenkriminalität, die durch Inflation vernichteten Ersparnisse, die Suppenküchen, die streitsüchtigen Abgeordnetenwichte, die sich gegenseitig anschreien, während draußen das Land vor die Hunde geht? Nun, genau das können Sie hier beobachten. Die Geschichte wiederholt sich anscheinend doch. Verdammt, ich muß gehen! Bin mit ein paar Leuten drunten zum Mittagessen verabredet. Hat mich gefreut, Sie kennenzulernen, Mr.... äh...«

»Jefferson.«

Dieser Name schien dem anderen nichts zu sagen. Mr. Wyatt war offenbar kein Leser des *Daily Telegraph*.

Interessant, dachte der Londoner Journalist, als der Kanadier gegangen war. Seine Informationen aus dem Archiv wiesen alle darauf hin, daß der Mann, den er an diesem Abend interviewen sollte, imstande sein könnte, dieses Land zu retten.

Als der lange schwarze Tschaika um halb sieben Uhr vorfuhr, wartete Mark Jefferson am Hoteleingang. Er war immer pünktlich und erwartete diese Pünktlichkeit auch von anderen. Er trug eine dunkelgraue Flanellhose, einen dunkelblauen Blazer, ein leicht gestärktes weißes Baumwollhemd und die Krawatte des Garrick Clubs. So angezogen, wirkte er elegant, adrett und affektiert – jeder Zoll ein Engländer.

Der Tschaika kam trotz des stärkeren Abendverkehrs zügig voran, fuhr nach Norden zum Kiselnyboulevard und bog kurz vor dem Gartenring in eine Seitenstraße ab. Als der Fahrer sich dem grünen Stahltor näherte, aktivierte er den Alarmknopf eines Piepsers, den er aus seiner Jackentasche zog.

Die Kameras auf dem Sicherheitszaun erfaßten die näher kommende Limousine, und der Wachmann am Tor sah auf einen Bildschirm, der ihm das Fahrzeug und sein Nummernschild zeigte. Da das Kennzeichen mit dem übereinstimmte, das er erwartete, drückte er auf einen Knopf, um das Tor zu öffnen.

Sobald der Wagen aufs Grundstück gefahren war, schloß das Tor sich wieder, und der Wachmann trat ans linke Fenster. Er kontrollierte den Ausweis des Fahrers, warf einen Blick auf den Rücksitz, nickte und versenkte dann die Stahldorne.

Boris Kusnezow, den der Posten am Tor benachrichtigt hatte, stand am Eingang der Villa, um den Gast zu begrüßen. Er führte den britischen Journalisten in einen eleganten Salon, der im ersten Stock zwischen Komarows eigenem Arbeitszimmer und dem Büro des verstorbenen N. I. Akopow lag.

Igor W. Komarow duldete nicht, daß in seiner Gegenwart geraucht oder gegessen wurde – eine Jefferson unbekannte Tatsache, die er nie erfahren würde, weil sie nicht erwähnt wurde. In einem Land, in dem Trinken fast als Männlichkeitsbeweis galt, war ein russischer Abstinenzler eine Seltenheit. Jefferson, der mehrere Videofilme von Komarow in seiner Rolle als Mann des Volkes kannte, hatte ihn mit dem obligatorischen Glas in der Hand nach russischer Sitte unzählige Trinksprüche erwidern gesehen, ohne daß ihm die geringste Wirkung anzumerken gewesen wäre. Er konnte nicht ahnen, daß Komarows Glas stets nur Wasser enthielt. An diesem Abend wurde als einziges Getränk Kaffee angeboten, den Jefferson dankend ablehnte.

Nach fünf Minuten kam Igor Komarow herein: eine imposante Erscheinung von etwa fünfzig Jahren, grauhaarig, knapp unter einsachtzig groß und mit haselnußbraunen Augen, deren leicht starren Blick seine Anhänger als »hypnotisch« schilderten.

Kusnezow sprang eifrig auf, und Jefferson erhob sich etwas langsamer. Der PR-Berater machte die beiden Männer miteinander bekannt, und sie schüttelten sich die Hand. Komarow nahm als erster in einem Chesterfield-Ledersessel Platz, der etwas höher als die Sessel der anderen war.

Jefferson zog ein Diktiergerät aus der Brusttasche seines Blazers und fragte, ob gegen seine Benutzung Einwände bestünden. Komarow neigte den Kopf, als wolle er andeuten, er verstehe die Unfähigkeit der meisten westlichen Journalisten, sich stenographische Notizen zu machen. Kusnezow nickte Jefferson aufmunternd zu, er solle anfangen.

»Mr. President, die innenpolitische Nachricht der Stunde ist die kürzlich getroffene Entscheidung der Duma, die Amtsperiode des amtierenden Präsidenten um drei Monate zu verlängern, aber zugleich den Wahltermin im kommenden Jahr auf Januar vorzuverlegen. Wie sehen Sie diese Entscheidung?«

Kusnezow übersetzte rasch und hörte dann zu, während Komarow in sonorem Russisch antwortete. Als er ausgesprochen hatte, wandte der Dolmetscher sich an Jefferson.

»Ich und die Union Patriotischer Kräfte finden diese Entscheidung natürlich enttäuschend, aber als Demokraten akzeptieren wir sie. Ich verrate Ihnen sicher kein Geheimnis, Mr. Jefferson, wenn ich sage, daß die Dinge in diesem Land, das ich leidenschaftlich liebe, nicht zum besten stehen. Unfähige Regierungen haben allzu lange ein hohes Maß an Verschwendung, Korruption und Verbrechen toleriert. Unser Volk leidet. Je länger dieser Zustand andauert, desto schlimmer wird alles. Daher ist die Verzögerung bedauerlich. Ich glaube, daß wir die Präsidentenwahl im Oktober hätten gewinnen können, aber wenn wir bis Januar warten müssen, werden wir sie eben im Januar gewinnen.«

Mark Jefferson war ein viel zu erfahrener Interviewer, um nicht zu merken, daß diese Antwort zu vorbereitet, zu eingeübt klang, als komme sie von einem Politiker, dem diese Frage schon so oft gestellt worden war, daß er die Antwort auswendig herunterleiern konnte. In England und Amerika war es üblich, daß Politiker mit Journalisten, von denen sie viele mit Vornamen kannten, weit unverkrampfter umgingen. Jefferson war stolz auf seine Fähigkeit, ausgewogene Wortporträts zu zeichnen, indem er die Äußerungen seines Interviewpartners und seine eigenen Eindrücke zu einem richtigen Zeitungsartikel vereinigte, anstatt nur eine Litanei politischer Gemeinplätze zu bringen. Aber dieser Mann hatte etwas Roboterhaftes an sich.

Aus eigener Erfahrung wußte der Journalist, daß osteuropäische Politiker weit mehr Respekt von Pressevertretern gewöhnt waren als ihre englischen oder amerikanischen Kollegen. Aber dies war etwas anderes. Der Russe war steif und förmlich wie eine Schneiderpuppe.

Nach der dritten Frage erkannte Jefferson den Grund dafür: Komarow haßte offenbar die Medien und den ganzen Vorgang, interviewt zu werden. Der Londoner versuchte, eine ungezwungen scherzhafte Note ins Gespräch zu bringen, aber der Russe ließ nicht einmal die Andeutung eines Lächelns erkennen. Ein Politiker, der sich selbst sehr ernst nahm, war nichts Neues, aber dieser Mann war von fanatischer Selbstachtung erfüllt. Er gab seine Antworten weiter wie einstudiert.

Jefferson sah leicht verwirrt zu Kusnezow hinüber. Obwohl der junge PR-Berater und Dolmetscher, der offenbar in Amerika studiert hatte, zweisprachig, aufgeschlossen und weltmännisch war, behandelte er Igor Komarow mit geradezu hündischer Ergebenheit. Jefferson nahm einen neuen Anlauf.

»Wie Sie natürlich wissen, Sir, liegt in Rußland die wahre Macht größtenteils in den Händen des Präsidenten, der damit mehr Macht als der amerikanische Präsident oder der britische Premierminister besitzt. Welche Veränderungen würde ein objektiver Beobachter eintreten sehen, wenn Sie sich die ersten sechs Monate dieser Macht in Ihren Händen vorstellen? Mit anderen Worten: Wo würden Sie Prioritäten setzen?«

Auch diesmal klang die Antwort wie aus einer Wahlkampfbroschüre vorgelesen. Die Notwendigkeit, das organisierte Verbrechen zu bekämpfen, die unbewegliche Bürokratie zu reformieren, die landwirtschaftliche Produktion wieder in Gang zu bringen und die Währung zu stabilisieren, wurde routinemäßig angesprochen. Weitere Fragen zu den Maßnahmen, mit denen das alles erreicht werden sollte, wurden mit schwammigen Gemeinplätzen beantwortet. Damit wäre kein westlicher Politiker durchgekommen, aber Kusnezow erwartete offensichtlich, Jefferson werde sich damit zufriedengeben.

Der Journalist erinnerte sich an die Besprechung mit seinem Chefredakteur und fragte, wie Komarow sich vorstelle, Rußlands Größe wiederherzustellen. Damit löste er erstmals eine Reaktion aus.

Irgend etwas an seiner Frage schien Komarow aufzuschrecken, als habe er einen elektrischen Schlag erhalten. Der Russe starrte ihn mit seinen hellbraunen Augen, die nie zu blinzeln schienen, so durchdringend an, bis Jefferson ihrem Blick nicht länger standhalten konnte und so tat, als müsse er das Diktiergerät kontrollieren. Weder ihm noch Kusnezow fiel auf, daß der UPK-Präsident leichenblaß geworden war und sich zwei hektische rote Flecken auf den Wangenknochen zeigten.

Komarow stand plötzlich auf, ohne ein Wort zu sagen, verließ den Raum, verschwand in seinem eigenen Büro und schloß die Tür hinter sich. Jefferson sah mit fragend hochgezogenen Augenbrauen zu Kusnezow hinüber. Auch der junge Mann wirkte sichtlich verblüfft, aber seine natürliche Urbanität gewann rasch die Oberhand.

»Der Präsident bleibt bestimmt nicht lange fort. Offenbar ist ihm gerade etwas eingefallen, das dringend erledigt werden muß. Er kommt bestimmt zurück, sobald er fertig ist.«

Jefferson beugte sich nach vorn und stellte sein Diktiergerät ab. Nach drei Minuten und einem kurzen Telefongespräch kam Komarow zurück, nahm wieder Platz und beantwortete ganz ruhig die vorhin gestellte Frage. Als er weitersprach, stellte Jefferson sein Diktiergerät wieder an.

Eine Stunde später ließ Komarow erkennen, das Interview sei beendet. Er stand auf, nickte Jefferson steif zu und zog sich in sein Büro zurück. Von der Schwelle aus winkte er Kusnezow zu sich herein.

Sein PR-Berater tauchte nach zwei Minuten wieder auf und war sichtlich verlegen.

»Tut mir leid, aber es gibt Probleme mit Ihrer Rückfahrt«, sagte er, während er Jefferson in die Eingangshalle hinunterbegleitete. »Der Wagen, der Sie abgeholt hat, wird dringend anderswo benötigt, und alle anderen gehören Angestellten, die noch spät arbeiten. Könnten Sie mit einem Taxi ins National zurückfahren?«

»Nun, ja, das läßt sich machen«, antwortete Jefferson, der sich jetzt wünschte, er wäre mit einer Hotellimousine hergekommen und hätte sie draußen warten lassen. »Könnten Sie mir vielleicht eines bestellen?«

»Sorry, um diese Zeit werden keine telefonischen Bestellungen mehr angenommen«, sagte Kusnezow, »aber ich zeige Ihnen gern, wo man eines bekommt.«

Er führte den verblüfften Journalisten vom Eingang zu dem Stahltor hinaus, das sich vor ihnen öffnete, um sie hindurchzulassen. Auf der Seitenstraße deutete Kusnezow auf den hundert Meter entfernten Kiselnyboulevard hinaus.

»Dort vorn auf dem Boulevard können Sie binnen einer halben Minute ein vorbeifahrendes Taxi anhalten, das Sie in einer Viertelstunde ins Hotel bringt. Ich hoffe, daß wir auf Ihr Verständnis zählen können. Es ist mir ein Vergnügen, ein wirkliches Vergnügen gewesen, Sie kennenzulernen, Sir.«

Im nächsten Augenblick war er verschwunden. Mark Jefferson war sehr aufgebracht, als er jetzt der schmalen Straße in Richtung Hauptstraße folgte. Unterwegs spielte er an seinem Diktiergerät herum. Als er den Kiselnyboulevard erreichte, steckte er das Gerät schließlich wieder in die Innentasche seines Blazers. Er sah sich die Straße hinauf und hinunter nach einem Taxi um. Natürlich war keines zu sehen. Er wandte sich mit finster zorniger Miene nach links – in Richtung Stadtmitte –, begann loszumarschieren und sah sich zwischendurch immer wieder nach einem Taxi um.

Die beiden Männer in den schwarzen Lederjacken beobachteten, wie er aus der Seitenstraße kam und auf sie zuging. Einer von ihnen öffnete die hintere Tür ihres Wagens, und sie glitten aus dem Fahrzeug. Als der Engländer bis auf zehn Meter herangekommen war, zog jeder der beiden Männer eine Pistole mit Schalldämpfer aus seiner Jacke. Kein Wort wurde gesprochen, und nur zwei Schüsse fielen. Beide trafen den Journalisten in die Brust.

Der Doppelschlag stoppte den Gehenden, der sich dann einfach hinsetzte, als seine Beine nachgaben. Der Oberkörper begann zu kippen, aber inzwischen waren die beiden Mörder herangekommen. Einer hielt ihn aufrecht, und der andere griff rasch in Jeffersons Blazer und zog das Diktiergerät aus der einen und die Brieftasche aus der anderen Innentasche.

Ihr Wagen rollte heran, und sie sprangen hinein. Nachdem er davongeröhrt war, blickte eine Passantin auf den Liegenden hinunter, hielt ihn für einen weiteren Betrunkenen, sah dann ein dünnes Rinnsal Blut und fing zu schreien an. Niemand hatte sich das Kennzeichen gemerkt. Es war ohnehin gefälscht.

8

In einem Restaurant hatte jemand die Frau kreischen hören, kurz zum Fenster hinausgesehen und vom Telefon des Geschäftsführers aus unter der Nummer 03 einen Rettungswagen angefordert.

Beim ersten Hinsehen glaubten die Sanitäter noch an einen Herzstillstand, bis sie die Einschußlöcher im zweireihigen Sakko und das blutgetränkte Hemd darunter entdeckten. Noch während sie mit Blaulicht zum nächsten Krankenhaus rasten, alarmierten sie die Polizei.

Eine Stunde später starrte Inspektor Wassili Lopatin vom Morddezernat verdrießlich auf die in der Notfallstation der Botkin-Klinik aufgebahrte Leiche hinunter. Neben ihm stand der in dieser Nacht diensthabende Chirurg und zog sich die Handschuhe aus.

»Nichts mehr zu machen«, sagte der Arzt. »Eine einzige Kugel aus kürzester Distanz mitten durchs Herz. Steckt immer noch irgendwo da drin. Bei der Obduktion wird man sie für Sie rauspulen.«

Lopatin nickte mechanisch. Als ob das etwas brächte – in Moskau waren so viele Waffen in Umlauf, daß man die ganze Armee neu ausstatten könnte. Damit waren seine Chancen, die Pistole, aus der die Kugel stammte, oder gar ihren Eigentümer zu identifizieren, mehr oder weniger gleich Null. Und das war ihm genauso klar wie die Tatsache, daß die Frau, die den Mord auf dem Kiselnyboulebard hätte bezeugen können, verschwunden war. Angeblich hatte sie zwei Männer und einen Wagen gesehen. Beschreibungen lagen aber nicht vor.

Der rotblonde Bart des Toten blähte sich zornig über dem sommersprossigen blassen Gesicht, in dem sich nur leises Erstaunen spiegelte. Ein Helfer bedeckte die Leiche mit einem grünen Tuch, damit sich das grelle Lampenlicht nicht mehr in den ohnehin für immer erloschenen Augen spiegeln konnte.

Der Tote war nackt. Seine Kleider lagen auf einem Seitentisch und seine wenigen persönlichen Gegenstände in einer nierenförmigen Schale aus Stahl. Der Inspektor nahm das Sakko genauer in Augenschein. Beim Studieren der in den Kragen gestickten Aufschrift drehte sich ihm das Herz im Leibe um. Auch das noch – ein Ausländer.

»Können Sie das lesen?« fragte er den Chirurgen.

Der Arzt begutachtete das Etikett. »L-A-N-D-A-U«, entzifferte er mühselig. »Bond Street.«

»Und das da?« Lopatin deutete auf das Hemd.

»Marks & Spencer«, las der Chirurg vor. »Das ist in London. Auch in der Bond Street, glaube ich.«

In der russischen Sprache gibt es über zwanzig Ausdrücke für menschliche Exkremente und die männlichen und weiblichen Genitalien. Im Geiste ratterte Lapotin sie alle herunter. O Gott, ein britischer Tourist! Ein mißglückter Überfall, und ausgerechnet auf einen britischen Touristen!

Er nahm sich die wenigen Habseligkeiten des Toten vor: Münzen waren natürlich nicht dabei – mit Kleingeld war in Rußland ja schon lange nichts mehr zu holen. Ein sorgfältig zusammengefaltetes weißes Taschentuch, eine kleine Tüte, ein Siegelring und eine Uhr. Lopatin ging davon aus, daß die Mörder ihrem Opfer auch noch die Uhr und den Ring abgenommen hätten, wäre nicht die kreischende Frau dazwischengekommen.

Leider wies nichts auf den Namen des Mannes hin. Und das Schlimmste war: Die Brieftasche fehlte auch. So wandte sich der Inspektor wieder den Kleidern zu. Auf der Innenseite der schlichten schwarzen Halbschuhe stand das Wort »Church«. An den grauen Wollsocken war nichts Besonderes, und in der Unterhose fand er wieder den Schriftzug von Marks & Spencer. Die Krawatte stammte nach Auskunft des Arztes aus einem Etablissement namens »Turnbull & Asser« in der Jermyn Street. Bestimmt ebenfalls London.

Fast schon mit dem Mut der Verzweiflung widmete sich Lopatin noch einmal dem Sakko. Und tatsächlich war dem Sanitäter etwas entgangen. In der Brusttasche, in der manche Männer ihre Brille tragen, ertastete er einen harten Gegenstand, der sich als perforierte

Plastikkarte herausstellte: einer von den neuartigen elektronisch lesbaren Hotelschlüsseln. Aus Sicherheitsgründen stand keine Zimmernummer darauf – das war schließlich auch der Clou an dem Ganzen: Hoteldiebe sollten keine Chance mehr haben. Aber immerhin wies die Karte das Logo des Hotels National auf.
»Wo finde ich ein Telefon?« fragte der Inspektor.

Wäre nicht August gewesen, Mr. Benny Svenson, der Geschäftsführer des National, wäre zu Hause geblieben. Aber erstens wimmelte es in diesem Monat von Touristen, und außerdem hatten sich zwei Mitglieder der Belegschaft wegen Sommergrippe krankschreiben lassen.
Svenson saß daher um diese späte Stunde noch in seinem Büro, als die Telefonistin meldete: »Polizei, Mr. Svenson.«
Er ließ das Gespräch durchstellen. »Ja?«
»Spreche ich mit dem Geschäftsführer?«
»Ja, Svenson am Apparat. Wer sind Sie?«
»Inspektor Lopatin, Morddezernat der Moskauer Miliz.«
Morddezernat! Svenson gefror das Blut in den Adern.
»Halten sich in Ihrem Hotel derzeit britische Touristen auf?«
»Selbstverständlich. Mindestens ein Dutzend. Warum?«
»Sagt Ihnen diese Beschreibung etwas? Einssiebzig groß, kurzes rotblondes Haar, rotblonder Bart, dunkelblaues zweireihiges Sakko, Krawatte mit gräßlichen Streifen.«
Svenson schloß die Augen und schluckte. O nein! Das konnte nur Mr. Jefferson sein. Der Mann war ihm erst diesen Abend in der Lobby über den Weg gelaufen. Er hatte auf einen Wagen gewartet.
»Warum wollen Sie das wissen?«
»Er ist überfallen worden. Jetzt liegt er im Botkin. Kennen Sie das? Ganz in der Nähe des Hippodroms.«
»Ja, natürlich. Aber Sie haben etwas von Morddezernat gesagt...«
»Er ist leider tot. Seine Brieftasche und sämtliche Papiere sind anscheinend gestohlen worden, aber wir konnten eine Chipkarte mit Ihrem Logo sicherstellen.«
»Warten Sie bitte auf mich, Inspektor. Ich komme sofort.«
Gelähmt vor Entsetzen blieb Svenson mehrere Minuten an sei-

nem Schreibtisch sitzen. Seit zwanzig Jahren arbeitete er im Hotelgewerbe, und noch nie war einer seiner Gäste ermordet worden!

Svenson, der in seiner Freizeit nur eine Leidenschaft kannte, Bridge, mußte unwillkürlich an einen seiner Mitspieler denken, der der britischen Botschaft angehörte. Vielleicht wußte er Rat. Die Privatnummer des Diplomaten stand in seinem Adreßbuch.

Es war kurz vor Mitternacht, und der Mann hatte bereits geschlafen. Doch als er die Nachricht hörte, war er mit einem Schlag hellwach.

»Mein Gott, Benny! Der Journalist, der für den *Telegraph* schreibt? Wußte gar nicht, daß er in der Stadt war. Aber vielen Dank.«

Das wird einen Aufruhr geben, dachte der Diplomat beim Auflegen. Natürlich schaltete sich automatisch das Konsulat ein, wenn es im Ausland Ärger um britische Staatsangehörige gab – egal, ob tot oder am Leben. In diesem Fall hatte er jedoch das Gefühl, er müsse sofort jemand anderen informieren. So rief er Jock Macdonald an.

Moskau, Juni 1988

Waleri Kruglow war nun schon seit zehn Monaten wieder zu Hause. Bei neu im Ausland angeworbenen Informanten bestand immer die Gefahr, daß sie es sich nach ihrer Rückkehr doch wieder anders überlegten, den Kontakt einschlafen ließen und die Codes, die unsichtbare Tinte und die Papiere, die sie bekommen hatten, zerstörten.

Die jeweilige Stelle, die sie rekrutiert hatte, konnte nichts unternehmen, es sei denn, sie denunzierte sie, was freilich nichts als eine grausame Rache wäre, die niemandem etwas brächte. Die Bekämpfung eines tyrannischen Systems von innen erforderte starke Nerven, die nicht jedermanns Sache waren.

Wie alle seine Kollegen in Langley sah Monk einen gewaltigen Unterschied zwischen Regimegegnern in Moskau und amerikanischen Verrätern. Letztere übten Verrat am gesamten amerikanischen Volk und seiner demokratisch gewählten Regierung. Auch wenn sie ertappt wurden, waren ihnen eine menschenwürdige Behandlung, ein faires Verfahren und der beste Anwalt, den sie finden konnten, sicher.

Ein Russe dagegen bekämpfte brutale Despoten, die allenfalls zehn Prozent der Bevölkerung vertraten und die übrigen neunzig in Knechtschaft hielten. Falls er aufflog, wurde er gefoltert und dann ohne Gerichtsverfahren hingerichtet oder in ein Arbeitslager deportiert.

Doch Kruglow hatte Wort gehalten. Bereits dreimal hatte er über tote Briefkästen mit aufschlußreichen Dokumenten hoher Beamter des Außenministeriums zu neuen Strategieansätzen aufwarten können. Nachdem man durch sorgfältige Retuschen die Quelle unkenntlich gemacht und die Dokumente dem State Department zur Verfügung gestellt hatte, war dieses in der Lage gewesen, die Verhandlungspositionen der Sowjets zu analysieren, noch ehe die Delegationen sich zusammensetzten. In den Jahren 1987 und 1988 steuerten die osteuropäischen Satelliten auf eine offene Revolte zu – Polen war bereits weg, in Rumänien, Ungarn und der Tschechoslowakei gärte es. In dieser Situation war es unbedingt erforderlich, in Erfahrung zu bringen, wie die Sowjetunion damit umgehen würde. Allein schon das Wissen darum, wie ausgelaugt und demoralisiert Moskau war, brachte einen unschätzbaren Vorteil. Und der war Kruglow zu verdanken.

Doch im Mai übermittelte Delphi die Botschaft, daß er dringend ein Treffen brauche. Er habe etwas besonders Wichtiges und wolle seinen Freund Jason sehen. Harry Gaunt war außer sich.

»Das mit Jalta war schlimm genug. Keiner von uns konnte in der Zeit gut schlafen. Sie sind noch mal davongekommen, aber es hätte genausogut eine Falle sein können. Jetzt laufen wir die gleiche Gefahr. Okay, die Codes sind in Ordnung, aber wer sagt uns denn, daß er nicht erwischt worden ist und ausgepackt hat? Sie wissen einfach zuviel.«

»Harry, dieser Tage sind hunderttausend amerikanische Touristen in Moskau. Es ist nicht mehr so wie früher. Der KGB kann unmöglich alle durchleuchten. Wenn die Tarnung stimmt, ist man einer unter zigtausend. Da müßten sie einen schon auf frischer Tat ertappen. Und glauben Sie wirklich, die würden einen amerikanischen Staatsbürger foltern? Heute noch? Die Tarnung wird perfekt sein. Außerdem bin ich von Haus aus vorsichtig. Ich spreche russisch, werde aber so tun, als verstünde ich kein Wort. Ich bin ein harmloser Einfaltspinsel aus Amerika mit einem Führer unter dem Arm. Aus meiner Rolle werde ich erst dann schlüpfen, wenn ich sicher bin, daß mich niemand beschattet. Vertrauen Sie mir.«

Amerika verfügt über ein ungeheures Netzwerk an Stiftungen zur Förderung verschiedenster Formen und Spielarten von Kunst. Eine davon organisierte gerade eine Studienreise nach Moskau, deren Höhepunkt die Besichtigung des berühmten Museums für orientalische Kunst in der Obuchastraße war. Monk trug sich als Teilnehmer ein.

Als Dr. Philip Peters mit den übrigen Mitgliedern der amerikanischen Reisegruppe Mitte Juni in Moskau eintraf, waren Monks Biographie und seine Papiere nicht nur absolut stimmig, sondern authentisch. Kruglow war in Kenntnis gesetzt worden.

Der zwingend vorgeschriebene Führer von Intourist nahm die Amerikaner am Flughafen in Empfang und brachte sie zum Hotel Rossija, einem häßlichen Bau, der mindestens so groß wie das Gefängnis von Alcatraz war, nur nicht mit dem gleichen Komfort ausgestattet. Den Bildungsurlaubern wurde das übliche Programm geboten, und am dritten Tag besuchten sie das Museum für die Kunst der Völker des Orients. Monk hatte sich bereits in den Staaten eingehendst informiert. Das Museum war großzügig angelegt und bot zwischen den einzelnen Vitrinen ausreichend Platz, so daß er getrost davon ausgehen konnte, daß er einen Geheimpolizisten auch in größeren Menschentrauben erkennen würde.

Seinen Kontaktmann entdeckte er nach zwanzig Minuten. Pflichtbewußt folgte er weiter seinem Führer, und Kruglow trottete in einigem Abstand hinterher. Beschattet wurden sie nicht; dessen war er sich absolut sicher, als er zum Café strebte.

Cafés in Moskauer Museen waren keine Selbstverständlichkeit. In diesem war erst kurz zuvor eines eingerichtet worden. Und in jedem Café gibt es auch Toiletten.

Die zwei Männer tranken ihren Kaffee, jeder für sich, doch Monk stellte Blickkontakt her. Wäre Kruglow dem KGB in die Hände gefallen, hätten sie ihn sich mit Folter gefügig gemacht, und das hätte sich auch in seinen Augen widergespiegelt. Angst. Verzweiflung. Eine Warnung. Kruglows Augen funkelten vor Vergnügen. Folglich war er entweder der größte Doppelagent, den die Welt je gesehen hatte, oder er war sauber. Monk stand auf und verschwand in der Herrentoilette. Kruglow folgte ihm. Sie hatten Glück. Nur ein einziger Mann wusch sich noch die Hände. Kaum war er draußen, umarmten sie sich.

»Wie geht es Ihnen, mein Freund?«

»Bestens. Ich habe jetzt eine eigene Wohnung. Es ist herrlich, wenn man für sich sein kann. Endlich können mich auch meine Kinder besuchen und über Nacht bleiben.«

»Und niemand hat Verdacht geschöpft? Sie wissen schon, wegen des Geldes.«

»Nein. Ich war ja zu lange weg. Außerdem wird jetzt überall abgesahnt. Von den höheren Diplomaten hat sich jeder vor seiner Rückkehr mit allem möglichen eingedeckt. Ich war eher noch zu naiv.«

Monk klopfte ihm erfreut auf den Rücken. »Dann ändert sich ja wirklich etwas, und wir tragen dazu bei. Bald sind die Tage der Diktatur gezählt, und Sie können alle in Freiheit leben.«

Mehrere Schuljungen stürmten lärmend herein, erledigten ihr Geschäft und verschwanden wieder. Die zwei Männer wuschen sich in dieser Zeit ausgiebig die Hände. Das Wasser hätte Monk ohnehin permanent laufen lassen. Ein alter, aber höchst wirksamer Agententrick, denn man konnte nur dann abgehört werden, wenn man laut sprach oder das Mikrofon sich sehr nahe am Mund befand.

Ihr Gespräch dauerte gut zehn Minuten, und zu guter Letzt überreichte Kruglow Monk einen Stoß Papiere. Brisante Dokumetne, Kopien aus dem Büro des Außenministers Eduard Schewardnadse.

Nach einer letzten Umarmung verließen die zwei Männer kurz hintereinander die Toilette. Monk stieß wieder zu seiner Gruppe und flog zwei Tage später nach Hause, nicht ohne das Päckchen in der amerikanischen Botschaft für die CIA hinterlegt zu haben.

Die Dokumente enthüllten, daß die Sowjetunion den Rückzug aus so gut wie jedem Entwicklungshilfeprojekt einschließlich Kuba plante. Die ganze Wirtschaft brach zusammen, das Ende war in Sicht. Kein Wunder, daß die UdSSR es sich nicht mehr leisten konnte, die Dritte Welt als Druckmittel gegen den Westen zu benutzen. Das State Department war entzückt.

Monk war zum zweitenmal in »schwarzer« Mission in der UdSSR gewesen. Wie ihm gleich bei seiner Rückkehr mitgeteilt wurde, hatte sie ihm eine weitere Beförderung eingebracht. Außerdem erfuhr er, daß Nikolai Turkin, sein Agent Lysander, nach Ostberlin ziehen und das Direktorat K des dortigen KGB leiten sollte. Es war nicht nur einer der höchsten Posten überhaupt, sondern darüber hinaus der einzige, in dem die Informationen über jeden einzelnen in Westdeutschland stationierten sowjetischen Agenten zusammenliefen.

Der Geschäftsführer des Hotels und der Stationsleiter der britischen Botschaft trafen kurz nacheinander in der Botkin-Klinik ein. Gemeinsam wurden sie in einen kleinen Raum geführt, in dem die nun wieder bedeckte Leiche und Inspektor Lopatin auf sie warteten. Als sie sich einander vorstellten, brummte Macdonald nur: »Von der Botschaft.«

Lopatins dringendstes Anliegen war die Identifizierung des Toten. Diese war dank Jeffersons Reisepaß, den Svenson vorsorglich mitgebracht hatte, eine reine Formsache. Das Paßfoto zeigte eindeutig das Gesicht des Ermordeten.

»Todesursache?« fragte Macdonald.

»Eine Kugel mitten ins Herz«, erklärte Lopatin.

Macdonald untersuchte das Sakko. »Ich sehe aber zwei Einschußlöcher.«

Nun beugten sich alle drei darüber. Tatsächlich wies es zwei Einschußlöcher auf, das Hemd dagegen nur eins. Der Sicherheit halber sah sich Lopatin noch einmal den Toten an. Nur ein Loch in der Brust.

»Die andere Kugel muß in der Brieftasche steckengeblieben sein«, mutmaßte er und fügte mit einem grimmigen Lächeln hinzu: »Wenigstens werden die Mörder mit seinen Kreditkarten nichts anfangen können.«

»Ich muß zurück ins Hotel«, murmelte Svenson, der sichtlich erschüttert war.

Macdonald begleitete ihn bis zur Straße. »Das muß schrecklich für Sie sein«, sagte er voller Mitgefühl, woraufhin der Schwede stumm nickte. »Lassen Sie uns daher die Sache so schnell wie möglich bereinigen. Ich nehme an, daß der Tote eine Frau in London hat. Vielleicht könnten Sie noch heute nacht seine Sachen packen lassen. Ich schicke gleich morgen früh einen Wagen und kümmere mich um alles andere. Vielen herzlichen Dank für Ihre Hilfe.«

Danach kehrte Macdonald noch einmal zu einer Unterredung mit Lopatin ins Krankenhaus zurück.

»Wir haben da ein Problem, mein Freund. Die Sache stinkt zum Himmel. Der Mann war auf seine Weise eine Berühmtheit. Ein Journalist. Die Sache wird hohe Wellen schlagen. Seine Zeitung hat eine eigene Redaktion in Moskau und wird eine große Story daraus machen. Und nicht nur sie – die übrige Auslandspresse ebenso. Warum lassen Sie nicht einfach die Botschaft das Ganze regeln? Die Fakten liegen doch auf der Hand. Ein mißglückter Überfall mit tragischem Ende. Mit Sicherheit haben die Verbrecher ihn auf russisch angeschrien, und er hat kein Wort verstanden. Das interpretierten sie wahrscheinlich als Widerstand und schossen sofort. Wirklich tragisch. Meinen Sie nicht auch, daß es genauso gelaufen ist?«

Lopatin nickte. »Natürlich! Ein mißglückter Überfall.«

»Das heißt, Sie werden alles daransetzen, die Verbrecher zu fassen. Andererseits wissen wir beide als Profis, daß Sie genausogut eine Nadel im Heuhaufen suchen könnten. Darum schlage ich vor: Überlassen Sie die Überführung der Leiche unseren Leuten vom Konsulat. Und lassen Sie am besten auch uns die britische Presse bedienen. Einverstanden?«

»Das klingt alles sehr vernünftig.«

»Dann bräuchte ich eigentlich nur noch die persönlichen Besitzgegenstände. Für die Lösung des Falls sind sie ja nicht mehr relevant. Ihnen würde allenfalls die Brieftasche noch etwas nutzen, wenn man sie jemals finden sollte. Und natürlich die Kreditkarten. Aber ich kann mir nicht vorstellen, daß jemand so dumm ist und sie benutzt.«

Lopatin warf einen Blick auf die nierenförmige Schale mit ihrem kärglichen Inhalt. »Aber ich brauche Ihre Unterschrift.«

»Selbstverständlich. Listen Sie die Gegenstände auf.«

Sie trieben einen Umschlag auf, in dem sie nacheinander alles verstauten: einen Siegelring, eine goldene Uhr mit einem Armband aus Krokodilleder, ein zusammengefaltetes Taschentuch sowie eine kleine Tüte mitsamt deren Inhalt. Macdonald bestätigte den Empfang und fuhr mit seiner Ausbeute zur Botschaft zurück.

Weder Macdonald noch der Inspektor konnten ahnen, daß den Mördern zwei Fehler unterlaufen waren. Sie hatten den Auftrag erhalten, die Brieftasche zusammen mit dem Personalausweis und, koste es, was es wolle, den Kassettenrecorder an sich zu nehmen.

Freilich wußten sie nicht, daß Briten nicht dazu verpflichtet sind, sich einen Personalausweis ausstellen zu lassen, und einen Paß nur dann benötigen, wenn sie ins Ausland reisen, und diesen in der Regel im Hotel zurücklassen. Und schließlich hatten die Mörder es auch noch versäumt, in der äußeren Brusttasche nachzusehen, in der sich die Plastikkarte für das Hotelzimmer befand. Somit hatten sie die Identifizierung ihres Opfers binnen zwei Stunden nach der Tat ermöglicht.

Zu ihrem Unvermögen kam auch noch Pech hinzu, für das die Killer allerdings nichts konnten. Eine Kugel war nicht in der Brieftasche steckengeblieben, sondern hatte den Kassettenrecorder getroffen, der sich in der gleichen Tasche befand. Sie hatte nicht nur den gesamten komplizierten Mechanismus zerstört, sondern auch das Band zerfetzt und damit völlig unbrauchbar gemacht.

Inspektor Nowikow hatte den für das Personalwesen der UPK verantwortlichen Abteilungsleiter, einen gewissen Schilin, um einen Termin gebeten und mußte sich nun am zehnten August um zehn Uhr in der Parteizentrale einfinden. Weil er befürchtete, der Mann würde wenig Verständnis zeigen und ihn kurz abfertigen, ging Nowikow nicht ohne Unbehagen in dieses Gespräch.

Schilin gab sich sehr exakt, was sich äußerlich in seinem dunkelgrauen Anzug, seinem wie mit einem Lineal gezogenen Schnurrbart und seiner randlosen Brille spiegelte. Mit einem Wort, er vermittelte den Eindruck eines Bürokraten von früher, der er im Grunde auch war.

»Meine Zeit ist knapp bemessen, Inspektor. Fassen Sie sich also bitte kurz.«

»Gewiß. Wir untersuchen den Tod eines Mannes, bei dem es sich meiner Meinung nach um einen Einbrecher gehandelt haben könnte. Eine Zeugin glaubt gesehen zu haben, daß er um dieses Gebäude herumschlich. Darum möchte ich nicht ausschließen, daß er hier einsteigen wollte.«

Schilin bedachte ihn mit einem dünnen Lächeln. »Das bezweifle ich. Wir leben in einer unsicheren Zeit, Inspektor. Gezwungenermaßen haben wir daher alle erdenklichen Sicherheitsvorkehrungen getroffen.«

»Das beruhigt mich. Aber haben Sie diesen Mann schon einmal gesehen?«

Schilin warf einen Blick auf das Foto in Nowikows Hand.

»Mein Gott, das ist ja Saizew!«

»Wer?«

»Saizew, der alte Raumpfleger. Ein Einbrecher, sagen Sie? Unmöglich!«

»Könnten Sie mich bitte über diesen Saizew aufklären?«

»Da gibt es nichts Erwähnenswertes. Wurde vor etwa einem Jahr eingestellt. Kriegsveteran. Kam von Montag bis Samstag jeden Abend nach Dienstschluß und putzte die Büros.«

»Aber doch nicht mehr in der letzten Zeit?«

»Nein. Erschien einfach nicht mehr zur Arbeit. Nach zwei Tagen mußte ich ihn ersetzen. Durch eine Kriegswitwe. Sehr gründliche Frau.«

»Ab wann erschien er nicht mehr zur Arbeit?«

Schilin zog einen Ordner aus einem Aktenschrank. Der Mann vermittelte den Eindruck, als werde in seinem Büro jeder Vorgang in den Akten festgehalten.

»Da haben wir's. Er kam wie gewöhnlich am Abend des fünfzehnten Juli. Putzte wie immer und ging kurz vor Tagesanbruch. Trat allerdings am Abend darauf nicht mehr zum Dienst an und wurde seither nicht mehr gesehen. Ihre Zeugin muß ihn im Morgengrauen bemerkt haben, als er das Haus verließ. Er beging aber keinen Einbruch, er war nur der Raumpfleger.«

Nowikow verneigte sich. »Damit sind alle Fragen geklärt.«

»Nicht ganz!« bellte Schilin. »Sie haben ihn als Einbrecher bezeichnet.«

»Zwei Abende nach seinem Verschwinden war er offenbar an

einem Einbruch am Kutusowskiprospekt beteiligt. Die Bewohnerin des Hauses hat ihn identifiziert. Eine Woche später wurde er tot aufgefunden.«

»Eine Schande!« knurrte Schilin. »Diese Flut von Verbrechen ist ein Skandal! Sie sollten endlich was dagegen tun!«

»Wir versuchen es ja«, meinte Nowikow mit einem Achselzucken. »Aber wir haben zuwenig Personal. Was nutzen uns unsere guten Absichten, wenn wir von oben keine Unterstützung bekommen?«

»Das wird sich ändern, Inspektor.« Schilin bekam auf einmal leuchtende Augen. »In einem halben Jahr wird Komarow unser Präsident sein. Dann werden Sie schon sehen, was sich alles ändert. Haben Sie seine Reden gelesen? Hartes Durchgreifen gegen die Verbrecher – das fordert er immer. Ein großer Mann! Wir können doch hoffentlich auf Ihre Stimme zählen.«

»Selbstverständlich. Ähm, kennen Sie zufällig die Privatadresse des Raumpflegers?«

Schilin kritzelte sie auf einen Zettel.

Saizews Tochter weinte, zeigte sich aber ansonsten gefaßt. Sie sah das Foto nur kurz an und nickte. Dann warf sie einen Blick auf das Feldbett an der Wohnzimmerwand. Wenigstens hatten sie von jetzt an etwas mehr Platz.

Nowikow ging. Er wollte Wolski Bescheid sagen, doch er wußte jetzt schon, daß kein Geld für die Beerdigung vorhanden sein würde. Sollte sich die Stadt Moskau um die Angelegenheit kümmern. Nicht nur Wohnraum war knapp, auch in der Leichenhalle reichte der Platz nicht.

Zumindest konnte jetzt Wolski die Akte schließen. Der Mord an Saizew würde damit auf dem Stoß der übrigen siebenundneunzig Prozent ungeklärter Fälle landen.

LANGLEY, SEPTEMBER 1988

Vor internationalen Konferenzen reichte das State Department routinemäßig die Listen mit den Namen der sowjetischen Delegationsmitglieder an die CIA weiter. Bei der bevorstehenden Silicon Valley Conference über theoretische Physik wurde das nicht anders gehandhabt. Allerdings hatte im Vorfeld der Tagung niemand damit gerechnet, daß die UdSSR der Einladung folgen würde. Doch Ende 1987 zeichnete sich ein Erfolg von Gorbatschows Reformpolitik ab, und Moskau lockerte sichtlich die Zügel. So entsandte es zur Überraschung der Organisatoren eine kleine Abordnung ins Silicon Valley.

Zuallererst mußte das Immigration Office die Teilnehmer durchleuchten, konnte aber mit den Namen nichts anfangen, so daß es das State Department um Hilfe bat. Forschung und Wissenschaft waren in der Sowjetunion ein streng gehütetes Geheimnis. Allenfalls eine Handvoll Topleute war auch im Westen bekannt.

Als die Liste in Langley eintraf, wanderte sie sogleich zur Abteilung Sowjetunion/Osteuropa und landete schließlich bei Monk, der zufällig gerade verfügbar war. Seine zwei Moskauer Agenten meldeten sich fleißig über die toten Briefkästen, und aus Ostberlin berichtete Oberst Turkin vom Kollaps des KGB in Westdeutschland.

Monk ging die Liste mit den Namen der acht Leute durch, die im November in Kalifornien eintreffen sollten, vermochte jedoch nichts damit anzufangen. Die Wissenschaftler waren für die CIA samt und sonders unbeschriebene Blätter.

Aber sobald Monk ein Problem witterte, entwickelte er den Eifer eines Jagdhunds. So versuchte er es auch in diesem Fall mit einer letzten Fährte. Obwohl das Klima zwischen der CIA und ihrem für das Inland zuständigen Äquivalent, der Abteilung Gegenspionage beim FBI, seit jeher als frostig und bisweilen sogar als vergiftet galt, vor allem seit der Affäre Howard, beschloß Monk, sich an die Bundespolizei zu wenden.

Es war nur ein Versuch, doch er wußte, daß das Büro im Gegensatz zur CIA eine umfangreiche Liste über Sowjetbürger, die in den USA Asyl beantragt und erhalten hatten, führte. Die Frage war nicht so sehr, ob das FBI helfen würde, sondern vielmehr, ob die UdSSR tatsächlich einen Wissenschaftler ausreisen ließ, der einen nahen Verwandten in Amerika hatte. Die Chancen standen alles andere als günstig, denn solche Leute galten beim KGB als enormes Sicherheitsrisiko.

Von den acht Namen auf der Liste tauchten auch zwei im FBI-

Verzeichnis über Asylbewerber auf. In einem Fall erwies sich die Namensgleichheit nach kurzer Überprüfung als Zufall – eine Familie in Baltimore hatte absolut nichts mit dem in Kürze erwarteten Wissenschaftler zu tun.

Bei der zweiten Person stutzte Monk jedoch. Es handelte sich um eine Jüdin sowjetischer Nationalität, die nach Wien geflohen war und in der amerikanischen Botschaft Asyl beantragt hatte. Nach kurzem Aufenthalt in einem Transitlager in Österreich hatte sie die Einreiseerlaubnis für die USA erhalten und wenig später einen Sohn geboren. Erstaunlicherweise hatte sie ihn aber unter einem völlig anderen Namen gemeldet. Jewgenia Rozina, die jetzt in New York lebte, hatte ihren Sohn unter dem Namen Iwan Iwanowitsch Blinow ins Melderegister eintragen lassen. Monk wußte, daß die zwei Vornamen Iwan, Sohn des Iwan bedeuteten. Der Junge war eindeutig ein uneheliches Kind. Wo wurde er gezeugt: in den USA, im Transitlager oder noch früher?

Nun hieß einer der Professoren auf der russischen Liste Iwan J. Blinow. War das wirklich ein Zufall? Monk stieg in den nächsten Zug nach New York und suchte Mrs. Rozina auf.

Inspektor Nowikow wollte die gute Nachricht seinem Kollegen Wolski am besten nach Dienstschluß bei einem Glas Bier mitteilen. So trafen sie sich in der Kantine, wo das Bier am billigsten war.

»Rat mal, wo ich heute vormittag war.«

»Im Bett mit einer liebestollen Tänzerin?«

»Zu schön, um wahr zu sein. Nein, ich war in der Zentrale der UPK.«

»Was? In dem Bunker?«

»Der ist doch nur zur Tarnung da. Komarows eigentliche Zentrale ist in einer feudalen Villa in der Ringallee. Ach, übrigens, das Bier geht auf deine Rechnung. Ich habe deinen Fall für dich gelöst.«

»Welchen denn?«

»Den mit dem alten Knacker, den sie im Wald bei der Autobahn nach Minsk gefunden haben. Er war in der Zentrale der UPK Raumpfleger, bis er auf Einbrecher umsattelte, weil er sich davon mehr versprach. Da, lies.« Er reichte seinem Kollegen das Blatt mit sämtlichen Angaben.

Dieser überflog es kurz. »Die von der UPK sind zur Zeit ja nicht gerade vom Glück verfolgt«, brummte er dann.
»Wie meinst du das?«
»Komarows persönlicher Sekretär ist letzten Monat ertrunken.«
»Selbstmord?«
»Nein, nichts in der Richtung. Ging schwimmen und tauchte nie wieder auf. Na ja, das stimmt nicht ganz: Letzte Woche haben sie ihn aus dem Fluß gefischt. Wir haben einen schlauen Pathologen. Er hat doch glatt einen Ehering mit seinem Namen auf der Innenseite gefunden.«
»Und wann ist er nach Auskunft deines schlauen Pathologen ins Wasser gegangen?«
»Ungefähr Mitte Juli.«
Nowikow überlegte. Eigentlich müßte er das Bier bezahlen, denn immerhin erwartete er von diesem Engländer wieder tausend Pfund. Und jetzt konnte er ihm noch ein bißchen mehr erzählen. Als Dreingabe.

NEW YORK, SEPTEMBER 1988
Sie war um die Vierzig, dunkelhaarig, energisch und sehr hübsch. Monk erwartete sie im Treppenhaus ihres Wohnblocks. Sie hatte ihren Sohn von der Schule abgeholt. Der Junge war ein aufgewecktes Kerlchen von acht Jahren.

Kaum hatte Monk sich als Beamter der Einwanderungsbehörde vorgestellt, verschwand das Lächeln aus ihrem Gesicht. Die bloße Erwähnung des Immigration Office löst bei Nichtamerikanern Unruhe, ja Angst aus, selbst wenn ihre Papiere in Ordnung sind. Die Frau hatte gar keine andere Wahl, als ihn hereinzubitten.

Als ihr Sohn sich dann in der Küche ihrer kleinen, aber äußerst gepflegten Wohnung über die Hausaufgaben beugte, unterhielten sich die zwei Erwachsenen im Wohnzimmer. Sie zeigte sich ungemein mißtrauisch und wortkarg.

Doch Monk glich so gar nicht den schroffen, humorlosen Beamten, mit denen sie sich vor acht Jahren bis zu ihrer Einreiseerlaubnis hatte herumschlagen müssen. Er hatte ein freundliches, gewinnendes Lächeln, und allmählich taute sie auf.

»Sie wissen ja, wie es in unseren Ämtern zugeht, Mrs. Rozina:

Akten, Akten und nochmals Akten. Wenn sie vollständig ausgefüllt sind, ist der Boß glücklich. Und was geschieht dann? Nichts! Sie verstauben in den Archiven. Aber sobald irgendwas fehlt, wird der Boß zur Nervensäge. Und dann wird so ein kleines Würstchen wie ich losgeschickt, um auch noch das letzte Detail einzutragen.«

»Was wollen Sie wissen?« fragte sie. »Meine Papiere sind in Ordnung. Ich bin Wirtschaftswissenschaftlerin und Übersetzerin. Ich liege niemandem auf der Tasche und zahle regelmäßig Steuern. Ich koste die USA keinen Cent.«

»Das wissen wir alles, Ma'am. Von Unregelmäßigkeiten in Ihren Papieren ist auch überhaupt nicht die Rede. Sie sind jetzt Staatsbürgerin der USA – alles in bester Ordnung. Das einzige Problem ist der Name des kleinen Iwan. Warum haben Sie ihn nicht unter Ihrem eigenen Namen eintragen lassen?«

»Ich habe ihm den Namen seines Vaters gegeben.«

»Natürlich. Wissen Sie, die Zeiten haben sich geändert. Mit Kindern, die nicht aus einer Ehe stammen, haben wir keine Probleme. Aber Akten sind nun mal Akten. Könnten Sie uns den Namen seines Vaters angeben? Bitte.«

»Iwan Jewdokimowitsch Blinow«, antwortete sie.

Volltreffer! Der Name auf der Liste. In ganz Rußland hieß bestimmt kein anderer so.

»Sie haben ihn sehr geliebt, nicht wahr?«

Ein abwesender Ausdruck trat in ihre Augen, als verliere sie sich in der Erinnerung an eine lang zurückliegende Zeit. »Ja«, flüsterte sie.

»Wollen Sie mir von Iwan erzählen?«

Zu Jason Monks vielen Talenten gehörte die Gabe, das Vertrauen anderer zu gewinnen. Als der Junge zwei Stunden später aus der Küche kam und ihr seine fehlerfrei gelösten Rechenaufgaben zeigte, hatte sie Monk alles über seinen Vater erzählt.

Iwan Jewdokimowitsch wurde 1938 in Leningrad als Sohn eines Physikprofessors und einer Mathematiklehrerin geboren. Der Vater, der vor dem Krieg die Stalinschen Säuberungswellen wie durch ein Wunder überlebt hatte, starb 1942 während der Belagerung Leningrads durch die Deutschen. Der Mutter gelang im Winter desselben Jahres mit dem vierjährigen Wanja auf dem Arm die

Flucht aus der ausgehungerten Stadt. Ein Lastwagenkonvoi brachte sie über den zugefrorenen Ladogasee in Sicherheit. Sie wurden in eine kleine Stadt im Ural umgesiedelt, in der der Junge aufwuchs. Seine Mutter ließ sich durch nichts in ihrem Glauben erschüttern, daß er eines Tages in die Fußstapfen seines Vaters treten würde.

Mit achtzehn ging Iwan dann auch nach Moskau und bewarb sich um die Aufnahme im Institut für Physik und Technologie, einer der angesehendsten technischen Hochschulen in der UdSSR. Zu seiner Überraschung wurde er trotz seiner bescheidenen Herkunft akzeptiert. Den Ausschlag hatten der Ruhm seines Vaters, die Hingabe seiner Mutter, seine Erbanlagen und vor allem sein Fleiß gegeben. Der Name des Instituts mochte nicht sehr aufregend klingen, doch verbarg sich dahinter eine Talentschmiede für die brillantesten Nuklearwaffenkonstrukteure des Landes.

Nach sechs Jahren Studium bot man dem immer noch sehr jungen Blinow eine Stelle in einer Wissenschaftsstadt an, die so streng geheimgehalten wurde, daß der Westen erst sehr viel später davon erfuhr. Der Wunderknabe akzeptierte das Angebot, und so wurde Arzamas-16 für ihn feudale Heimat und Gefängnis zugleich.

Für sowjetische Verhältnisse führte er dort ein Luxusleben: eine kleine Wohnung für sich ganz allein, Geschäfte mit Waren, die man sonst im ganzen Land vergeblich suchte, ein höheres Gehalt, unbegrenzte Forschungsmöglichkeiten – was konnte man sich mehr wünschen? Eines hatte er freilich nicht: das Recht wegzugehen.

Einmal im Jahr durfte er für einen Bruchteil der üblichen Kosten Urlaub machen, allerdings in einem von oben bestimmten Ort. Danach hieß es wieder: arbeiten hinter Stacheldraht, zensierte Post, angezapfte Telefone und überwachte Freundschaften.

Noch vor seinem dreißigsten Geburtstag heiratete er die junge Bibliothekarin und Englischlehrerin Walia. Von ihr lernte er Englisch, was ihm die Lektüre neuester westlicher Forschungsberichte im Original ermöglichte.

Die Ehe war nur am Anfang glücklich. Im Lauf der Jahre litten beide zunehmend darunter, daß ihr sehnlicher Wunsch nach einem Kind unerfüllt blieb.

Im Herbst 1977 lernte Iwan Blinow in dem im Nordkaukasus

gelegenen Kurort Kislowodsk Zenia Rozina kennen. Wie es im goldenen Käfig gängiger Brauch war, durfte seine Frau ihren Jahresurlaub nicht zur gleichen Zeit nehmen.

Zenia war zehn Jahre jünger als er. Sie hatte eine geschiedene Ehe hinter sich und war wie er kinderlos. Die lebhafte und unerschrockene Frau war so anders als die Menschen, die Blinow bisher gekannt hatte. Sie hörte regelmäßig die verbotenen »Stimmen« von BBC und Voice of America und las begierig die in Warschau gedruckte Zeitschrift *Polen*, die soviel frecher und liberaler war als die dogmatischen sowjetischen Organe. Der von der Außenwelt abgeschottete Wissenschaftler war von ihr hingerissen.

Sie beschlossen, sich gegenseitig zu schreiben, aber weil Blinow wußte, daß seine Post abgefangen wurde – schließlich war er Geheimnisträger –, bat er sie, ihre Briefe an einen Freund zu adressieren, für den sich kein Geheimdienstler interessierte.

1978 sahen sie sich in Sotschi am Schwarzen Meer wieder. Diesmal war das Treffen verabredet. Inzwischen bestand Blinows Ehe nur noch auf dem Papier, und aus der Freundschaft mit Zenia wurde eine leidenschaftliche Liebesaffäre. 1979 trafen sie sich zum dritten- und letztenmal in Jalta. Dort flammte ihre Liebe zwar sofort wieder auf, doch wurde ihnen klar, daß es keine Hoffnung für sie gab.

Blinow sah sich außerstande, sich von seiner Frau scheiden zu lassen. Hätte sie ein Verhältnis mit einem anderen Mann gehabt, wäre es ihm leichter gefallen. Außerdem war ihm Walia in den fünfzehn Jahren ihrer Ehe immer eine treue Frau gewesen. Daß die Liebe mit der Zeit gestorben war, gehörte nun mal zum Lauf des Lebens. Sie waren noch immer Freunde, und er wollte sie nicht mit einer Scheidung kompromittieren, vor allem nicht in dem kleinen Kreis, in dem sie lebten.

Zenia stimmte ihm zu, allerdings aus einem anderen Grund. Sie vertraute ihm an, daß eine Ehe mit ihr das Ende seiner Karriere bedeuten würde, da sie Jüdin war. Sie hatte bereits die Genehmigung für die Auswanderung nach Israel beantragt und rechnete sich gute Chancen aus, weil unter Breschnew die Bestimmungen gelokkert worden waren. Vor dem Abschied liebten sie sich ein letztes Mal. Danach sollten sie sich nie wieder sehen.

»Den Rest kennen Sie«, schloß Jewgenia.

»Das Transitlager in Österreich, über das Sie zu unserer Botschaft gefunden haben?«

»Ja.«

»Und Iwan Iwanowitsch?«

»Sechs Wochen nach dem Urlaub in Jalta merkte ich, daß ich von Iwan schwanger war. Iwan Iwanowitsch ist hier auf die Welt gekommen und ist gebürtiger US-Bürger. Wenigstens er kann in Freiheit aufwachsen.«

»Haben Sie Blinow je geschrieben, es ihm mitgeteilt?«

»Wozu?« lautete ihre bittere Gegenfrage. »Er ist verheiratet. Er lebt in einem goldenen Gefängnis, führt aber im Grunde kein anderes Leben als die Sträflinge in den Konzentrationslagern. Was hätte ich denn tun sollen? Alles wiederaufleben lassen? Seine Sehnsucht nach etwas wecken, das er ja doch nicht bekommen kann?«

»Haben Sie Ihrem Sohn von seinem Vater erzählt?«

»Ja. Daß er ein großer, ein liebevoller Mann ist. Aber weit weg.«

»Es ändert sich jetzt vieles«, sagte Monk mit sanfter Stimme. »Heute läßt man ihn wahrscheinlich sogar bis nach Moskau. Ich habe einen Freund, der oft nach Moskau fährt. Er ist Geschäftsmann, wissen Sie. Sie könnten dem Mann in Arzamas-16 schreiben, dessen Briefe nicht geöffnet werden, und Blinow bitten, nach Moskau zu kommen.«

»Wozu? Was soll ich ihm denn ausrichten lassen?«

»Er sollte von seinem Sohn erfahren. Lassen Sie doch den Jungen schreiben. Ich werde dafür sorgen, daß der Vater den Brief bekommt.«

Noch vor dem Zubettgehen schrieb der kleine Iwan in rührend fehlerhaftem Russisch einen zweiseitigen Brief. Die ersten Worte lauteten: »Lieber Papa...«

»Gracie« Fields kehrte am elften kurz vor Mittag in die Botschaft zurück und klopfte sogleich bei Macdonald an. Sein Stationsleiter wirkte ziemlich bedrückt.

»Sturmwarnung?« fragte der Ältere. Fields nickte stumm.

Sobald sie sich ins Konferenzzimmer »A« zurückgezogen hatten, warf Fields ein Foto vom Gesicht eines toten alten Mannes auf den

Tisch. Es gehörte zu dem Stoß Aufnahmen, die die Polizei im Wald gemacht hatte.

»Haben Sie Ihren Mann getroffen?« wollte Macdonald wissen.

»Ja. Eine ziemlich häßliche Geschichte. Er war Raumpfleger in der Zentrale der UPK.«

»Raumpfleger?«

»Richtig. War fürs Büro zuständig. Wie Chestertons unsichtbarer Mann. War jede Nacht da, aber keiner bemerkte ihn. Kam von Montag bis Samstag so gegen zehn, putzte das ganze Büro und ging im Morgengrauen. Darum sah er so armselig aus. Arbeitete für einen Hungerlohn und lebte im Slum. Aber ich habe noch mehr für Sie.«

Fields berichtete dem Stationsleiter vom Schicksal N. I. Akopows, Igor Komarows vormaligem persönlichen Sekretär, der Mitte Juli den unbedachten, da mit tödlichen Folgen verbundenen Entschluß gefaßt hatte, im Fluß schwimmen zu gehen.

Macdonald stand abrupt auf und durchmaß mit großen Schritten den Raum.

»In unserem Job sollen wir uns ausschließlich auf Fakten, Fakten und nochmals Fakten verlassen«, brummte er. »Aber lassen Sie uns mal ein bißchen mutmaßen. Akopow ließ das vermaledeite Dokument auf dem Schreibtisch liegen. Der alte Raumpfleger sah es, überflog es, fand den Inhalt nicht sehr erbaulich und steckte es ein. Ergibt das einen Sinn?«

»Kein Widerspruch, Jock. Am nächsten Morgen bemerken sie den Verlust des Dokuments, Akopow wird gefeuert, aber weil er den Inhalt kennt, hat er im Reich der Lebenden nichts mehr zu suchen. Kurz, er geht mit zwei kräftigen Begleitern schwimmen, die ihn eine Weile unters Wasser drücken.«

Macdonald nickte. »Wahrscheinlich haben sie ein Faß benutzt und ihn danach in den Fluß geworfen. Als der Raumpfleger nicht mehr zur Arbeit erscheint, geht ihnen ein Licht auf. Sie machen sofort Jagd auf ihn, doch er hat das Ding schon in Celia Stones Wagen geworfen.«

»Aber warum, Jock? Warum ausgerechnet sie?«

»Das werden wir wohl nie erfahren. Irgendwie muß ihm klargewesen sein, daß sie für die Botschaft arbeitet. Sie solle es dem Botschafter für das Bier geben, hat er gemurmelt. Was für Bier?«

»Wie dem auch sei«, fuhr Fields fort, »sie spüren ihn auf, nehmen ihn in die Mangel, und er spuckt alles aus. Danach erledigen sie ihn und lassen ihn im Wald liegen. Aber wie haben sie rausgefunden, wo Celia wohnt?«

»Sind ihr wahrscheinlich unbemerkt gefolgt. Danach haben sie den Wachmann am Tor bestochen und den Wagen durchsucht. Weil keine Akte mehr drin lag, haben sie sich ihre Wohnung vorgenommen. Und in dem Moment kam sie reinspaziert.«

»Komarow weiß also, daß die Akte weg ist«, spann Fields den Faden weiter. »Er weiß, wer sie gestohlen hat, er weiß, was er damit gemacht hat. Er hat allerdings keine Ahnung, ob jemand sie gelesen hat. Celia hätte sie ja genausogut wegwerfen können. In Rußland gibt es genug Querulanten, die die Mächtigen mit Eingaben belästigen. Vielleicht weiß er gar nicht, was für einen Wirbel die Sache ausgelöst hat.«

»Das weiß er sehr wohl«, entgegnete Macdonald. Er zog einen kleinen Kassettenrecorder, den er sich von einer der Sekretärinnen ausgeliehen hatte, aus der Hosentasche und legte eine Mikrokassette ein.

»Was ist denn das?« fragte Fields.

»Das, mein Bester, ist das komplette Interview mit Igor Komarow. Eine ganze Stunde pro Seite.«

»Ich dachte, die Mörder haben den Kassettenrecorder mitgenommen?«

»Haben sie auch. Sie haben eine Kugel darin versenkt. In Jeffersons rechter innerer Brusttasche habe ich Plastik- und Metallspuren gefunden. Sie haben nicht die Brieftasche getroffen, sondern den Kassettenrecorder. Das Band wird niemandem mehr ewas nützen.«

»Aber...«

»Nur muß dieser pingelige Knilch mitten auf der Straße stehengeblieben sein, um das Band mit dem wertvollen Interview mit einem unbespielten zu vertauschen. Ich habe es nämlich in einer Tüte in seiner Hosentasche gefunden. Hören Sie selbst, dann wissen Sie, warum er tot ist.«

Er schaltete das Gerät ein, und die Stimme des ermordeten Journalisten füllte den Raum.

»Herr Präsident, sprechen wir über die Außenpolitik, insbesondere die Beziehungen zu den anderen Republiken der UdSSR. Wie beabsichtigen Sie die Wiederauferstehung der ruhmreichen russischen Nation zu erreichen?«

Es folgte eine kurze Pause, dann übersetzte Kusnezow. Als er geendet hatte, trat eine noch längere Pause ein, bis schließlich Schritte auf dem Teppich zu hören waren, woraufhin das Gerät ausgeschaltet wurde.

»Jemand hat den Raum verlassen«, bemerkte Macdonald.

Das Gespräch ging weiter, und sie hörten Komarows Stimme. Wie lange das Gespräch unterbrochen war, konnten sie nicht beurteilen. Aber sie hatten noch Kusnezows letzte Worte unmittelbar vor der Unterbrechung im Ohr: »Der Präsident wird sicher gleich wieder...«

»Ich kann nicht ganz folgen«, gestand Fields.

»Es ist geradezu lachhaft einfach, Gracie. Ich habe das Schwarze Manifest ja selbst übersetzt. Eine ganze Nacht habe ich in Vauxhall Cross darüber gebrütet. Die Übersetzung von *Worozdhenie wo slawu russkogo naroda* mit ›die Wiederauferstehung der ruhmreichen russischen Nation‹ stammt Wort für Wort von mir.

Marchbanks hat sie gelesen und den Satz dann offenbar dem Herausgeber gegenüber erwähnt. Und der hat ihn an Jefferson weitergegeben. Das muß dem armen Kerl so gut gefallen haben, daß er es im Interview mit Komarow wiederholt hat. Und das Arschloch hat es natürlich sofort wiedererkannt. Kein Wunder – ich selbst hatte den Satz vor dem Schwarzen Manifest nie gehört.«

Fields spulte das Band zurück und spielte den Abschnitt noch einmal ab. »Allmächtiger«, murmelte er danach. »Komarow muß geglaubt haben, Jefferson habe das Dokument im Original gelesen. Daraus hat er dann gefolgert, er sei einer von uns und wolle ihm auf den Zahn fühlen. Glauben Sie, daß es die Schwarze Garde war?«

»Nein. Grischin hatte wohl auf die Schnelle ein Kommando aus der Unterwelt angeheuert. Wenn sie Zeit gehabt hätten, hätten sie ihn auf offener Straße geschnappt und in aller Ruhe ausgequetscht. Sie hatten den Auftrag, ihn sofort zum Schweigen zu bringen und das Band zu sichern.«

»Und was wollen Sie jetzt unternehmen, Jock?«

»Nach London zurückfliegen. Die Schonzeit ist vorbei. Wir wissen Bescheid, und Komarow weiß das. Der Chef wollte Beweise, daß das keine Fälschung ist. Jetzt hat dieses teuflische Dokument schon drei Menschenleben gekostet. Ich weiß nicht, wie viele Scheißbeweise er noch haben will.«

SAN JOSÉ, NOVEMBER 1988
Silicon Valley ist ein wirkliches Tal zwischen den Santa Cruz Mountains im Westen und dem Hamilton Range im Osten. Bis 1988 bildeten noch Santa Clara und Menlo Park seine Grenzen. Inzwischen sind sie Teil dessen, was wir heute mit Silicon Valley verbinden.

Seinen Spitznamen verdankt das Tal einer erstaunlichen Massierung von mehr als tausend weltweit führenden Produktions- und Forschungsstätten, die allesamt Höchstleistungen auf den Gebieten der Mikroelektronik und der kompliziertesten Spitzentechnologie erbringen.

Die internationale Konferenz für Nukleartechnologie wurde im größten Ort der Gegend, in San José, abgehalten, das sich von einem spanischen Missionsstädtchen zu einem von Wolkenkratzern geprägten Ballungsgebiet entwickelt hatte.

Die acht Mitglieder der sowjetischen Delegation wurden im San José Fairmont untergebracht. Bei ihrem Eintreffen hielt sich Jason Monk in der Lobby auf.

Die acht, auf die es ankam, trafen nicht allein ein, sondern in einem gewaltigen Troß. Zu ihren Begleitern gehörten unter anderen Mitglieder der sowjetischen Botschaft in New York, ein Angehöriger des Konsulats in San Francisco sowie vier hohe Beamte aus Moskau. Monk saß unterdessen in einer Tweedjacke mit einer Tasse Eistee vor und einer Ausgabe des *New Scientist* neben sich und spielte »Fang den Dieb«. Insgesamt machte er unter den »Betreuern« fünf Geheimagenten aus, vier vom KGB und einen von der GRU.

Zuvor hatte Monk noch ein ausführliches Gespräch mit einem Spitzenforscher vom Lawrence-Livermore-Labor für Nuklearphysik geführt. Der Mann war außer sich vor Freude, daß er endlich den berühmten Professor Blinow kennenlernen durfte.

»Sie müssen wissen, daß der Kerl ein einziges Rätsel ist«, hatte der Wissenschaftler ihm anvertraut. »Eigentlich hat er erst in den letzten zehn Jahren Weltruhm erlangt. Damals sickerten die ersten Gerüchte durch den Eisernen Vorhang. In der UdSSR war er ein Superstar, aber die ließen ihn ja nichts im Ausland veröffentlichen.

Wir wissen, daß er den Leninpreis und eine ganze Latte anderer Auszeichnungen bekommen hat. Er muß ganze Wäschekörbe voller Einladungen zu Konferenzen im Ausland erhalten haben – Menschenskinder, wir haben ihm ja auch zwei geschickt, aber wir mußten sie ans Präsidium der Akademie der Wissenschaften adressieren, und die schalteten jedesmal auf stur.

Für seine bahnbrechenden Leistungen hätte er sicher auch gern internationale Bestätigung gehabt – Wissenschaftler sind auch nur Menschen. Darum war es wahrscheinlich die Akademie, die die Absagen geschickt hat. Und jetzt kommt er doch! Er wird einen Vortrag über Teilchenphysik halten, und ich werde dort sein.«

Ich auch, dachte Monk.

Im Auditorium entwickelte Monk bemerkenswerte Geduld. Er wartete nicht nur, bis der Professor seine Vorlesung beendet hatte und ihm mit warmem Beifall gedankt wurde, sondern hörte sich auch alle anderen Vorträge an. In den Kaffeepausen lief er zwischen den Wissenschaftlern umher und dachte immer wieder, sie hätten genausogut Marsmenschen sein können. Er verstand nicht ein Wort.

In der Lobby des Hotels war er inzwischen mit seiner Tweedjacke, seiner an einem Band um den Hals baumelnden Brille und seinem Stoß Fachzeitschriften ein wohlvertrauter Anblick geworden. Sogar die vier Leute vom KGB und ihr Kollege von der GRU verloren ihr Interesse an ihm.

Am Tag vor der Abreise wartete Monk, bis Professor Blinow sich in sein Zimmer zurückzog. Wenig später klopfte er bei ihm an.

»Ja«, sagte eine Stimme auf englisch.

»Zimmerdienst«, erklärte Monk.

Die Tür ging so weit auf, wie es die Kette erlaubte. Professor Blinow spähte hinaus und erblickte einen Mann im Anzug, der ein Tablett mit hübsch arrangiertem Obst balancierte, das oben mit einer rosa Schleife geschmückt war.

»Ich habe keinen Zimmerdienst angefordert.«

»Ich bin auch kein Page, sondern der Nachtportier. Ein kleines Dankeschön des Hotels.«

Auch nach fünf Tagen in Amerika verblüffte Professor Blinow immer noch der grenzenlose Konsum. Einzig der wissenschaftliche Diskurs und die strengen Sicherheitsmaßnahmen waren ihm vertraut. Aber eine kostenlose Schale Obst, das war ihm absolut neu. Weil er nicht unhöflich sein wollte, tat er etwas, das ihm der KGB untersagt hatte: Er löste die Kette.

Monk trat ein, stellte den Korb ab, wandte sich um und schloß unvermittelt die Tür.

Der Wissenschaftler blinzelte ihn erschrocken an. »Ich weiß, wer Sie sind. Gehen Sie, oder ich alarmiere meine Leute!«

Monk lächelte ihn nur an und wechselte ins Russische über. »Klar, Professor, wann immer Sie wollen. Aber ich habe etwas für Sie. Lesen Sie es bitte, und danach können Sie immer noch Alarm schlagen.«

Der Wissenschaftler griff mechanisch nach dem Brief des Jungen und warf einen Blick auf die erste Zeile.

»Was soll der Unsinn? Sie dringen hier ein und...«

»Lassen Sie uns nur fünf Minuten miteinander sprechen. Dann gehe ich wieder. Freiwillig und ohne Ärger zu machen. Aber vorher hören Sie mir bitte zu.«

»Was Sie auch sagen, ich will nichts davon hören. Ich weiß, wie das läuft. Man hat mich gewarnt...«

»Zenia lebt in New York«, sagte Monk und nahm dem Professor damit den Wind aus den Segeln. Blinow verstummte abrupt und brachte in seiner Verwirrung den Mund nicht mehr zu. Mit fünfzig war er längst ergraut und sah älter aus, als seine Jahre es vermuten ließen. Er bückte sich, klemmte sich eine Lesebrille auf die Nase, musterte über die Gläster hinweg noch einmal Monk, dann setzte er sich langsam auf sein Bett.

»Zenia? Hier? In Amerika?«

»Nach Ihrem letzten gemeinsamen Urlaub in Jalta erhielt sie die Auswanderungsgenehmigung nach Israel. In einem Transitlager in Österreich wandte sie sich dann aber an unsere Botschaft, und wir stellten ihr ein Visum für Amerika aus. Im Lager merkte sie auch, daß sie von Ihnen schwanger war. Jetzt lesen Sie bitte den Brief.«

Der Professor las langsam und mit wachsendem Erstaunen. Als er fertig war, ließ er die zwei Bogen in seiner Hand sinken und starrte lange die Wand an. Dann nahm er die Brille ab und rieb sich die Augen. Ganz langsam kullerten zwei Tränen seine Wangen hinab.

»Ich habe einen Sohn«, flüsterte er. »Gütiger Himmel, ich habe einen Sohn.«

Monk zog ein Foto aus seiner Tasche. Es zeigte einen sommersprossigen Jungen mit Baseballmütze, der über das ganze Gesicht grinste.

»Iwan Iwanowitsch Blinow«, sagte Monk. »Er hat Sie nie gesehen und kennt nur eine vergilbte alte Aufnahme von Ihnen. Aber er liebt Sie.«

»Ich habe einen Sohn«, wiederholte der Mann, der Wasserstoffbomben konstruieren konnte.

»Sie haben auch eine Frau«, murmelte Monk.

Blinow schüttelte den Kopf. »Walia ist letztes Jahr an Krebs gestorben.«

Das Herz rutschte Monk in die Hose. Dann war der Mann ja frei. Er würde in den Staaten bleiben wollen und ihm einen Strich durch die Rechnung machen.

Und Blinow hatte ihn durchschaut. »Was wollen Sie?«

»In zwei Jahren sollen Sie unsere nächste Einladung zu einem Vortrag im Westen annehmen und dann hierbleiben. Wo Sie auch sein mögen, wir werden Sie nach Amerika holen. Sie werden ein angenehmes Leben bei uns führen. Eine Professur an einer angesehenen Universität, ein großes Haus auf dem Land, zwei Autos. Zenia und Iwan werden bei Ihnen sein. Für immer. Beide lieben Sie sehr, und ich glaube, Sie lieben sie auch.«

»Zwei Jahre.«

»Ja. Noch zwei Jahre in Arzamas-16. Aber wir müssen alles erfahren. Verstehen Sie?«

Blinow nickte. Bis zur Dämmerung brachte Monk ihn dazu, sich die Ostberliner Adresse einzuprägen und die Dose Rasierschaum anzunehmen, in der das für seinen einzigen Brief gedachte Röhrchen unsichtbarer Tinte versteckt war. Daß ein Fremder sich in Arzamas-16 einschleichen könnte, schloß man von vornherein aus.

Darum mußte ein Treffen für die Übergabe reichen. Und ein Jahr danach sollte er mit allem, was er mitnehmen konnte, fliehen.

Beim Betreten der Lobby meldete sich in Monks Hinterkopf eine leise Stimme: Was für ein Schuft du doch bist! Du hättest ihn nicht zurückschicken dürfen! Eine zweite Stimme sagte: Arbeitest du etwa für einen Wohltätigkeitsverein, der Familien zusammenführt? Herrgott, du bist ein Spion, sonst nichts! Und der richtige Jason Monk schwor sich, daß Iwan Jewdokimowitsch Blinow eines Tages mit seiner Frau und seinem Sohn in den Staaten leben und von Onkel Sam reichlich Entschädigung für jede Minute dieser zwei Jahre bekommen sollte.

Das Treffen fand zwei Tage später hoch über dem Vauxhall Cross in Sir Henry Coombs' Büro statt, das in eingeweihten Kreisen unter der scherzhaften Bezeichnung »Palast des Lichts und Wissens« bekannt war. Ein alter Krieger und Orientalist namens Ronnie Bloom, der inzwischen längst unter der Erde lag, hatte den Begriff geprägt. In Peking hatte er einmal ein Haus dieses Namens entdeckt. Freilich hatte er dort sehr wenig Licht und kaum Wissen vorgefunden. Aus diesem Grund wiederum hatte es ihn an die Zentrale im Century House erinnert. Der Name war ihm geblieben.

Zugegen waren bei diesem Treffen auch die Koordinatoren für die westliche und die östliche Hemisphäre sowie Marchbanks, der Leiter der Rußlandabteilung, und Macdonald.

Macdonald erstattete fast eine Stunde lang Bericht, der nur gelegentlich durch Zwischenfragen seiner Vorgesetzten unterbrochen wurde.

»Nun, meine Herren?« fragte der Chef schließlich. Jeder gab seinen Eindruck wieder. Es bestand Einigkeit darüber, daß das Schwarze Manifest tatsächlich gestohlen worden war und einen authentischen Schlachtplan für Komarows Vorgehen nach seiner Machtergreifung darstellte: die Schaffung einer Einparteiendiktatur, Krieg gegen das Ausland und Völkermord im eigenen Land.

»Können Sie alles, was Sie uns berichtet haben, schriftlich fixieren, Jock? Bis heute abend, bitte. Ich muß es nach oben weitergeben. Außerdem sollten wir unsere Kollegen in Langley informieren. Sean, können Sie sich darum kümmern?«

Der Koordinator für die westliche Hemisphäre nickte.

»Schlimme Sache«, knurrte der Chef und erhob sich. »Der Mann muß natürlich auf der Stelle gestoppt werden. Die Politiker müssen uns nur noch grünes Licht geben.«

Doch dazu kam es nicht. Statt dessen gab es in den letzten Augusttagen ein Treffen zwischen Sir Henry Coombs und einem hohen Beamten im Außenministerium in der King Charles Street.

Als verbeamteter Staatssekretär im Außenministerium stand Sir Reginald Parfitt nicht nur gemeinsam mit dem Chef dem SIS vor, sondern war zugleich einer vom Rat der sogenannten »Fünf Weisen«, gebildet aus ihm und seinen ranggleichen Kollegen aus den Ministerien für Finanzen, Verteidigung, Inneres sowie dem übrigen Kabinett. Im Bedarfsfall oblag es ihnen, dem Premierminister einen Vorschlag für die Nachfolge des Chefs zu unterbreiten. Beide Männer kannten sich schon sehr lange, beide verband eine tiefe Freundschaft, und beide waren sich bewußt, daß sie jeweils zwei grundverschiedenen Bereichen vorstanden.

»Dieses vermaledeite Dokument, das Ihre Leute letzten Monat aus Rußland gebracht haben...«, brummte Parfitt.

»Das Schwarze Manifest.«

»Ja. Schöner Name. Ihre Idee, Henry?«

»Von meinem Stationsleiter in Moskau. Paßt ja auch ziemlich gut.«

»Unbedingt. Schwärzer geht es nicht. Na gut, wir haben es den Amerikanern übermittelt, aber sonst niemandem. Und hier hat es die höchste Ebene erreicht. Unser Herr und Gebieter« – er meinte den Premierminister – »hat es sich kurz vor seinem Abflug zum Urlaub in die Toskana angesehen. Der amerikanische Außenminister kennt es auch. Es erübrigt sich zu sagen, daß es auf allen Seiten Abscheu hervorgerufen hat.«

»Werden wir reagieren, Reggie?«

»Reagieren. Tja, da liegt der Hund begraben. Regierungen stehen offiziell nur mit Regierungen im Dialog, nicht mit irgendwelchen Oppositionspolitikern des Auslands. Offiziell« – er klopfte auf die Kopie des Manifests in seinem Ordner – »existiert das hier gar nicht, obwohl wir beide wissen, daß das Gegenteil der Fall ist. Offiziell haben wir es nicht einmal in unserem Besitz, da es ja zweifelsohne gestohlen wurde. Ich fürchte, der Weisheit letzter Schluß ist, daß keine der beiden Regierungen sich in der Lage sieht, offizielle Schritte einzuleiten.«

»Offiziell«, knurrte Sir Henry. »Andererseits hat unsere Regierung in ihrer unendlichen Weisheit meinen Dienst nur zu dem einen Zweck ins Leben gerufen, im Bedarfsfall inoffiziell handeln zu können.«

»Gewiß, Henry, gewiß. Sie wollen sicher auf eine Art verdeckte Aktion hinaus.«

Bei den letzten Worten verzog Sir Reginald das Gesicht, als hätte jemand das Fenster geöffnet und stinkende Abgase hereingelassen.

»Geisteskranke Verbrecher sind schon öfter aus dem Gleichgewicht geraten, Reggie. Das ist unser Beruf, verstehen Sie?«

»Aber nur selten mit Erfolg, Henry. Und das ist eben das Problem. Unsere obersten Politiker auf beiden Seiten des Atlantiks scheinen der Ansicht zu sein, daß verdeckte Aktionen, so geheim sie gegenwärtig auch sein mögen, später doch veröffentlicht werden – und das liegt nicht in ihrem Interesse. Denken Sie nur an die endlose Serie von ›gates‹ bei unseren Freunden in Amerika: Watergate, Irangate, Contragate. Und dann die vielen Lecks bei uns, denen jedesmal umgehend Untersuchungsausschüsse mit verheerenden Abschlußberichten gefolgt sind: Schmiergelder im Parlament, Waffen in den Irak... Bin ich deutlich genug, Henry?«

»Mit anderen Worten: Die ziehen den Schwanz ein.«

»Etwas derb, aber wie immer zutreffend. Sie hatten ja schon immer ein Talent für elegante Formulierungen. Ich glaube nicht, daß die zwei Regierungen diesem Mann neue Kredite gewähren werden, sollte er denn an die Macht kommen. Aber das ist auch schon alles. Was aktive Maßnahmen betrifft, so lautet die Antwort: Nein.«

Der Staatssekretär begleitete den Chef noch zur Tür. Ihre Blicke begegneten sich. Die Augen des Staatssekretärs funkelten, der oberste Spion sah finster drein.

»Henry, das heißt wirklich unwiderruflich NEIN.«

Während er im gepolsterten Sitz seiner Limousine versank und sein Chauffeur die Themse entlang nach Vauxhall Cross brauste, wurde Sir Henry Coombs immer klarer, daß er keine andere

Wahl hatte, als die zwischen den beiden Regierungen ausgehandelte Linie zu akzeptieren. Früher war ein Händedruck Garantie für absolute Diskretion. Doch in den letzten zehn Jahren hatte sich der Handel mit Geheimnissen so inflationär entwickelt, daß nur noch Unterschriften zählten. Weder in Washington noch in London waren die Verantwortlichen aber bereit, ihre Unterschrift für eine verdeckte Aktion ihrer Geheimdienste herzugeben und so den Vormarsch des Kandidaten Igor Wiktorowitsch Komarow zu verhindern.

Wladimir, Juli 1989
Der amerikanische Gelehrte Dr. Philip Peters hatte die UdSSR schon einmal besucht und dort seiner harmlosen Leidenschaft für östliche Kunst und russische Antiquitäten gefrönt.

Ein Jahr später strömten noch mehr Touristen nach Moskau, und die Kontrollen wurden noch laxer gehandhabt. Monk fragte sich nur, ob er erneut Dr. Peters benutzen solle. Er fand keinen Grund, der dagegen sprach.

Professor Blinows Brief ließ keinen Zweifel offen. Er hatte eine reiche Ernte eingefahren und sämtliche Gebiete abgedeckt, zu denen die USA eine Antwort brauchten. Lange vor der Kontaktaufnahme durch Monk im Fairmont Hotel war aufgrund ausführlicher Gespräche mit höchsten Wissenschaftlern eine »Wunschliste« erstellt worden, die Monk dann Blinow mit auf die Rückreise gegeben hatte. Jetzt war er zur Übergabe bereit, sah aber keine Möglichkeit, nach Moskau zu gelangen.

Doch nur eine neunzigminütige Zugreise von Arzamas-16 entfernt lag Gorki, eine ebenfalls von wissenschaftlichen Einrichtungen strotzende Stadt. Und die war für ihn erreichbar, zumal der KGB seit neuestem nach Blinows heftigen Protesten auf den üblichen »Schatten« verzichtete, sobald der Professor das nukleare Forschungszentrum verließ. Immerhin, so hatte er argumentiert, sei er ja auch schon in Kalifornien gewesen. Was sei dann noch gegen Gorki einzuwenden? Da der politische Kommissar ihn unterstützte, konnte er die Fahrt nach Gorki und von dort die Weiterreise zur Kathedralenstadt Wladimir planen, ohne einen Bewacher fürchten zu müssen. Das war aber auch schon alles. Bei Anbruch der Nacht mußte er wieder zurück sein. So teilte er Monk mit, er werde ihn am neunzehnten Juli um zwölf Uhr mittags unter der Westempore der Uspenski-Kathedrale treffen.

Zwei Wochen lang bereitete sich Monk auf Wladimir vor. Die im Mittelalter erbaute Stadt war berühmt für ihre zwei prächtigen Kathedralen mit Fresken von Andrei Rubljow, dem Ikonenmaler aus dem fünfzehnten Jahrhundert. Die Uspenski-Kathedrale war die größere von beiden, die kleinere war dem heiligen Demetrios geweiht.

Trotz aufwendiger Recherchen gelang es den Experten von Langley nicht, eine Reisegruppe aufzutreiben, die am fraglichen Tag Wladimir besuchte. Allein wollten sie Monk aber nicht losschicken, denn geschützt war er nur in einer größeren Gruppe. Schließlich kam man auf die Idee, einen Verein von Liebhabern alter russischer Sakralarchitektur zu gründen, auf dessen Programm für den neunzehnten Juli eine Busfahrt zum Kloster von Zagorsk stand. Dr. Peters schloß sich ihnen an.

Die Haare wieder zu einer dichten grauen Lockenpracht aufgetürmt, und mit einem Führer unter der Nase, streifte Dr. Peters drei Tage lang durch die mächtigen Kathedralen des Kreml. Am Abend des dritten Tages forderte der Reiseleiter von Intourist seine Gruppe auf, sich zur Busfahrt zum Dreifaltigkeitskloster in Zagorsk am nächsten Morgen um halb acht in der Lobby einzufinden. Um Viertel nach sieben ließ Dr. Peters ausrichten, daß er wegen Magenkrämpfen nicht mitfahren könne und den Tag lieber im Bett verbringen wolle. Um acht Uhr verließ er das Metropol und ging zu Fuß zum Kazan-Bahnhof, wo er den nächsten Zug nach Wladimir bestieg. Kurz vor elf kam er in der Kathedralenstadt an.

Dank seiner Recherchen hatte er es schon geahnt: Es wimmelte von Reisegruppen, denn Wladimir barg keine Staatsgeheimnisse, und auf die Überwachung der Touristen wurde weitestgehend verzichtet.

Dr. Peters kaufte einen Stadtführer und schlenderte in der St.-Demetrios-Kathedrale umher, bewunderte die Mauern mit ihren dreizehnhundert Basreliefs von wilden Tieren, Vögeln, Blumen, Fabeltieren, Heiligen und Propheten. Um zehn vor zwölf spazierte er zur dreihundert Meter entfernten Uspenski-Kathedrale und stellte sich sofort unter die Westempore. Dort bestaunte er ausgiebigst die Rubljow-Gemälde, bis sich hinter ihm jemand räusperte. Wenn sie ihm gefolgt sind, bin ich jetzt tot, dachte er.

»Hallo, Professor, wie geht es Ihnen?« fragte er leise, ohne den Blick von der Malerei zu wenden.

»Gut, aber ich bin etwas nervös«, antwortete Blinow.

»Sind wir das nicht alle?«

»Ich habe etwas für Sie?«

»Und ich habe etwas für Sie. Einen langen Brief von Zenia und einen vom kleinen Iwan mit ein paar Zeichnungen. Ein intelligentes Bürschchen. Ich glaube, den Verstand hat er von Ihnen geerbt. Sein Mathematiklehrer sagt, er sei seinen Alterskameraden weit voraus.«

Obwohl ihm der Angstschweiß auf der Stirn stand, strahlte der Professor vor Stolz.

»Folgen Sie mir langsam«, beschied ihn Monk, »und schauen Sie immer die Wandmalereien an.«

Er entfernte sich ein paar Schritte, bis er den gesamten Raum überblicken konnte. Als eine französische Reisegruppe die Kirche verließ, waren sie ganz allein. Peters händigte dem Professor das Päckchen mit den Briefen aus Amerika und eine Liste mit neuen Aufträgen aus. Beides verschwand in der Innentasche von Blinows Jackett. Was er dagegen Monk übergab, war ungleich sperriger. Die Dokumente, die er heimlich in Arzamas-16 kopiert hatte, waren zusammen mehrere Zentimeter dick.

Die Sache gefiel Monk ganz und gar nicht. Aber es blieb ihm nichts anderes übrig, als den Packen unter sein Hemd zu stecken und über das Gesäß zu schieben.

Dann verabschiedete er sich lächelnd mit einem Händedruck.

»Nur Mut, Iwan Jewdokimowitsch. Ein Jahr noch, dann haben Sie es geschafft.«

Die zwei Männer trennten sich. Blinow mußte wieder nach Gorki und dort den Zug zurück in den goldenen Käfig nehmen, während Monk unverzüglich nach Moskau fuhr und als erstes den Packen bei der amerikanischen Botschaft ablieferte. Als seine Gruppe aus Zagorsk zurückkehrte, lag er bereits wieder im Bett. Alle bedauerten ihn zutiefst und erzählten ihm, er hätte den aufregendsten Teil der Reise verpaßt.

Am zwanzigsten Juli flog die Gruppe von Moskau über den Nordpol nach New York. In derselben Nacht traf im John F. Kennedy Airport noch ein weiterer Jet aus Europa ein. Dieser war in Rom gestartet. An Bord befand sich Aldrich Ames. Nach drei Jahren in Italien kehrte er nach Langley zurück, um dort seine Spionagetätigkeit für den KGB wiederaufzunehmen. Er war bereits um zwei Millionen Dollar reicher.

Vor dem Abflug hatte er einen neunseitigen Brief mit den neuesten Instruktionen aus Moskau auswendig gelernt und verbrannt. Hauptaufgabe war die Enttarnung der von der CIA angeworbenen KGB- oder GRU-Agenten, hochrangigen Beamten oder Wissenschaftlern. Ein Postskriptum war auch dabeigewesen: Konzentrieren Sie sich auf den Mann, den wir unter dem Namen Jason Monk kennen.

9

Der August ist kein guter Monat für die Gentlemenclubs von St. James, Piccadilly und Pall Mall. Er fällt in die Zeit, in der die Angestellten mit ihren Familien Urlaub machen und die Hälfte der Mitglieder sich auf ihrem Landsitz oder im Ausland befindet.

Viele Clubs sind darum im August geschlossen, so daß die Mitglieder, die, aus welchen Gründen auch immer, in London bleiben, mit einer ungewohnten Umgebung vorliebnehmen müssen. Zwar haben in den exklusiven Clubs nur die jeweiligen Mitglieder Zutritt, doch besteht eine Übereinkunft, die es den Zuhausegebliebenen erlaubt, in der Sauregurkenzeit ihr Dinner in einem der wenigen geöffneten Etablissements einzunehmen.

Am letzten Tag des Monats hatte der »Winter's« jedoch wieder geöffnet. Und dorthin lud Sir Henry Coombs einen Mann zum Lunch ein, fünfzehn Jahre älter als er und lange vor ihm Chef des Secret Intelligence Service.

Fünfzehn Jahre war es her, daß der mittlerweile vierundsiebzigjährige Sir Nigel Irvine seinen Beruf an den Nagel gehängt hatte. Die ersten zehn davon hatte er als »graue Eminenz in der City« verbracht, was bedeutete, daß seine Erfahrung, seine Vertrautheit mit den Mächtigen und sein Scharfsinn ihm eine Reihe von Posten in diversen Aufsichtsräten eingebracht hatten, so daß er sich ein Polster fürs Alter hatte schaffen können.

Vier Jahre vor diesem Treffen hatte er sich schließlich endgültig in sein Landhaus auf der Insel Purbeck bei Swanage in Dorset zurückgezogen. Dort schrieb er, las viel, ging an der unberührten Küste spazieren und fuhr gelegentlich mit dem Zug nach London, um alte Freunde zu besuchen. Für diese wie auch einige sehr viel Jüngere zählte er noch nicht zum alten Eisen. Vielmehr stand für sie fest, daß sich hinter den freundlichen blauen Augen ein messerscharfer Verstand verbarg.

Und die, die ihn gut kannten, wußten genau, daß die altmodische Höflichkeit, mit der er jeden behandelte, über einen eisernen Willen hinwegtäuschte, und daß er notfalls bis zum Äußersten ging. Trotz des Altersunterschieds kannte Henry Coombs diesen Mann sehr gut.

Beide standen in der Tradition der Rußlandspezialisten. Nach Irvines Weggang hatten zunächst zwei Experten für Fernost und ein Arabist den SIS geführt, bis schließlich mit Sir Henry wieder ein Vertreter der im Kampf gegen die UdSSR gestählten alten Schule das oberste Amt übernahm. Zu Nigel Irvines Zeiten hatte sich Coombs als brillanter Agent in Berlin bewährt, der dem KGB innerhalb Ostdeutschlands und dessen Spionagechef, Markus Wolf, mehr als einmal einen Strich durch die Rechnung gemacht hatte.

Irvine störte nicht im geringsten, daß ihr Gespräch im gedrängt vollen Souterrain des Clubs kaum über das Niveau von Smalltalk hinausging. Freilich war er nicht so naiv zu glauben, sein ehemaliger Protégé hätte ihn bloß wegen eines Mittagessens gebeten, die Mühe einer Zugreise von Dorset ins hektische London auf sich zu nehmen. Aber er hatte Geduld. Als Coombs schließlich auf den eigentlichen Grund seiner Einladung zu sprechen kam, waren die beiden Männer bereits nach oben gegangen und sahen von ihrem Fensterplatz aus auf die St. James's Street hinab.

»In Rußland ist etwas passiert«, fing Coombs an.

»Ziemlich viel sogar, wenn es nach den Zeitungen geht, und alles ist schlecht«, erwiderte Irvine.

Coombs lächelte. Er wußte, daß sein früherer Chef über weit bessere Quellen verfügte als die Morgenzeitungen. »Ich möchte jetzt nicht ins Detail gehen«, fuhr er fort, »sondern Ihnen nur die Umrisse skizzieren.«

Irvine nickte. »Selbstverständlich.«

Coombs schilderte in groben Zügen die Ereignisse in Moskau und in London. Vor allem die in London.

»Sie wollen nichts unternehmen«, schloß er. »Das ist ihr letztes Wort. Die Ereignisse sollen ihren Lauf nehmen, so bedauerlich das auch sein mag. So hat es mir zumindest unser hochgeschätzter Außenminister vor zwei Tagen erklärt.«

»Ich fürchte, Sie überschätzen meine Fähigkeiten, wenn Sie glauben, ich könnte die Mandarine in der King Charles Street auf Trab bringen. Ich bin ein alter Mann. Wie sagt der Dichter? Meine Rennen habe ich gelaufen, meine Leidenschaften bis zur Neige ausgekostet.«

»Ich habe zwei Dokumente für Sie und wäre froh, wenn Sie einen Blick darauf werfen könnten«, entgegnete Coombs. »Eines ist der vollständige Bericht über alles, was sich unseres Wissens ereignet hat, seit ein tapferer, wenn auch beschränkter Mann eine Akte vom Schreibtisch des persönlichen Sekretärs von Komarow gestohlen hat. Danach können Sie selbst entscheiden, ob Sie unserer Schlußfolgerung, daß das Schwarze Manifest authentisch ist, zustimmen können.«

»Und das andere?«

»Das Manifest selbst.«

»Danke für Ihr Vertrauen. Was soll ich mit den Dokumenten tun?«

»Sie mit nach Hause nehmen, sie lesen und sich Ihr eigenes Urteil bilden.«

Als die leeren Schalen, aus denen sie Reispudding mit Marmelade gegessen hatten, abgeräumt wurden, bestellte Sir Henry Coombs Kaffee und zwei Gläser Portwein der Hausmarke, eines edlen Fonseca.

»Und wenn ich Ihre Ansicht über dieses Manifest teile, was wahrscheinlich der Fall sein wird, was weiter?«

»Ich dachte da an etwas, Nigel... Treffen Sie nächste Woche nicht bestimmte Leute in Amerika...«

»Du lieber Himmel, Henry, darüber sollten doch nicht einmal Sie Bescheid wissen!«

»Der altbewährte Spruch hat nach wie vor Gültigkeit: Meine Spione sind überall«, meinte Coombs mit einem unschuldigen Achselzucken. Insgeheim freute er sich allerdings, daß sein Gefühl ihn nicht getäuscht hatte. Der Rat trat also tatsächlich zusammen, und Irvine nahm daran teil.

»Schön zu hören, daß sich seit meiner Zeit nicht allzuviel geändert hat«, bemerkte Irvine. »Also gut, angenommen, ich treffe bestimmte Leute in Amerika. Was dann?«

»Das überlasse ich ganz Ihnen. Und Ihrem Urteil. Sollten Sie zu dem Schluß kommen, daß die Dokumente in den Müll gehören, tun Sie sich keinen Zwang an. Wenn Sie meinen, sie sollten den Atlantik überqueren, liegt es ganz bei Ihnen, was weiter daraus wird.«

»O Gott, wie aufregend!«

Coombs zog einen versiegelten Umschlag aus seiner Tasche und reichte ihn über den Tisch. Irvine verstaute ihn in seiner Tasche, in der bereits seine Einkäufe vom Vormittag lagen. Im John Lewis' hatte er Stickgarn für Lady Irvine erstanden, die an Winterabenden gerne Kissenbezüge bestickte.

Nachdem die zwei Männer sich in der Vorhalle verabschiedet hatten, nahm Sir Nigel ein Taxi zum Bahnhof und bestieg dort den nächsten Zug nach Dorset.

Langley, September 1989

Als Aldrich Ames nach Washington zurückkehrte, hatte er immer noch die zweite Hälfte seiner erstaunlichen neunjährigen Karriere als Spion für den KGB vor sich. Der Mann schwamm in Geld. Als Einstand in sein neues Leben erwarb er für eine halbe Million in bar ein Haus und brauste mit einem nagelneuen Jaguar zur Arbeit. Und das alles bei einem Jahreseinkommen von fünfzigtausend Dollar. Doch niemand schöpfte Verdacht.

Weil Ames auch in Rom für die Sowjetunion zuständig gewesen war, blieb er in der Abteilung SO – woran der KGB natürlich größtes Interesse hatte, denn nur dort war der Zugang zur Akte 301 möglich.

Dem stand aber der neue Abteilungsleiter Milton Bearden im Weg, der gerade von einem Einsatz im verdeckten Krieg gegen die Sowjets in Afghanistan zurückgekehrt war. Voller Elan versuchte er auch sofort, Ames loszuwerden, scheiterte jedoch, wie auch schon seine Vorgänger. Schuld daran war Ken Mulgrew – die Verkörperung der Bürokratie schlechthin. Er war als Vertreter des nichtoperativen Zweigs an die Spitze der Hierarchie gelangt und hatte nun das ganze Personalwesen unter sich. Das bedeutete: Er hatte bei der Vergabe von Posten ein entscheidendes Wort mitzureden.

Sehr bald frischten Mulgrew und sein alter Zechkumpan Ames

ihre Freundschaft auf, was für den Doppelagenten praktisch totale Narrenfreiheit und vor allem den Verbleib in der Abteilung SO bedeutete.

Mittlerweile hatte die CIA die Unmengen von geheimen Daten elektronisch erfaßt und so ihre brisantesten Interna dem unsichersten aller von Menschenhand geschaffenen Werkzeuge, dem Computer, anvertraut. In Rom hatte sich Ames bereits die nötigen EDV-Kenntnisse angeeignet. Jetzt mußte er nur noch den Code für die Akte 301 in Erfahrung bringen, dann kam er von seinem Schreibtisch aus bequem an sie heran. Mit Plastiktüten voller Papier brauchte er sich dann nicht mehr herumzuschlagen. Genausowenig mußte er sich den Kopf darüber zerbrechen, wie er in den Besitz der streng gehüteten Dokumente gelangte, ohne den Empfang mit seiner Unterschrift zu quittieren.

Binnen kurzer Zeit hievte Mulgrew seinen Freund an die Spitze des Bereichs Externe Operationen. Der Haken an der Sache war nur: Externe Ops war nur für die außerhalb der Sowjetunion und ihrer Vasallen tätigen Maulwürfe zuständig. Der spartanische Kämpfer Lysander, der in Ostberlin das Direktorat K des KGB leitete, war also genausowenig dabei wie der Jäger Orion, der im Außenministerium in Moskau tätig war, wie Delphi, das Orakel, der ein hohes Amt im Verteidigungsministerium bekleidete, und wie schließlich der Mann mit dem Codenamen Pegasus, der unbedingt über den Atlantik fliegen wollte und in einer nuklearen Forschungsanlage irgendwo zwischen Moskau und dem Ural ein Dasein in völliger Abgeschiedenheit führte.

Obwohl Ames seine neuen Kompetenzen gleich dazu benutzte, Monk nachzuspüren (der ebenfalls aufgestiegen war, und zwar in Gehaltsstufe 16, während er, Ames, bei G 15 stagnierte), wurde er nicht fündig. Aber wenn die Akten der Externen Ops nichts über Monk hergaben, so konnte das nur bedeuten, daß die Agenten, die er führte, innerhalb der Sowjetunion tätig sein mußten. Den Rest erzählten ihm Scuttlebutt und Mulgrew.

Im ganzen Haus hieß es, daß Monk der beste war, die derzeit einzige Hoffnung der Abteilung SO. Man flüsterte sich hinter vorgehaltener Hand aber auch zu, daß er ein Einzelgänger sei, der sich von niemandem dreinreden ließe und längst rausgeboxt worden wäre, hätte er nicht so viele Erfolge erzielt – und das in einer Organisation, die vor sich hinsiechte.

Wie so viele Bürohengste verabscheute Mulgrew Leute vom Schlag eines Jason Monk. Seine Unabhängigkeit, seine beharrliche Weigerung, Formblätter in dreifacher Ausfertigung abzuliefern, und vor allem seine scheinbare Immunität gegen Beschwerden, wie besonders Mulgrew sie hatte, waren ein ständiger Stachel in seinem Fleisch.

Diese Abneigung nutzte Ames weidlich aus. Und weil er der Trinkfestere von beiden war, funktionierte sein Verstand auch noch, wenn der Alkohol Mulgrew die Zunge gelöst hatte. So platzte Mulgrew einmal im September 1989 spät in der Nacht damit heraus, er habe gehört, daß Monk einen Agenten führe, »irgend so ein hohes Tier, das er vor vielleicht zwei Jahren in Argentinien angeworben hat«.

Den Namen oder Codenamen wußte er nicht, aber den Rest fand der KGB heraus. »Hohes Tier« ließ darauf schließen, daß der Mann mindestens Abteilungsleiter in einem Ministerium war. Und mit »vielleicht zwei Jahre« ließ sich der Zeitraum auf anderthalb bis drei Jahre eingrenzen.

Vom Auswärtigen Amt erhielt man eine Liste mit siebzehn Leuten, die in der fraglichen Zeit nach Buenos Aires geschickt worden waren. Dank Ames' Tip, daß der Mann danach in die Sowjetunion zurückgekehrt sein mußte, ließ sich der Kreis auf zwölf Verdächtige einschränken.

Anders als die CIA faßte die Abteilung Gegenspionage des KGB keinen ihrer eigenen Leuten mit Samthandschuhen an. Sie prüfte sofort nach, wer plötzlich an viel Geld herangekommen war, einen höheren Lebensstandard genoß, sich eine kleine Wohnung gekauft hatte...

Das Wetter war prächtig an diesem ersten September. Vom Ärmelkanal wehte eine frische Brise herüber, und zwischen den Klippen und der Küste der Normandie gab es nichts als die weißen Kronen der vom Wind aufgewühlten Wellen. Sir Nigel schritt den Küstenpfad entlang, der Durlston Head mit St. Alban's Head verband, und sog die salzige Meeresluft in tiefen Zügen ein. Es war seine Lieblingsstrecke, seit Jahren schon, und ein Labsal nach Sitzungen in verrauchten Zimmern oder einer über Geheimdokumenten verbrachten Nacht.

Seinen Wanderungen dort, dessen war er sich sicher, verdankte er den klaren Kopf, das Gespür für arglistig ausgelegte falsche Fährten und die Fähigkeit zur Konzentration auf das Wesentliche.

Die ganze Nacht hatte er über den ihm von Henry Coombs ausgehändigten zwei Dokumenten gebrütet, deren Inhalt ihn zutiefst schockierte. Gleichwohl imponierte ihm die detektivische Akribie, mit der Coombs' Leute zu Werke gegangen waren, nachdem dieser verkommene Typ etwas in Miss Stones Wagen geworfen hatte. Genauso hätte auch er gehandelt.

Er erinnerte sich vage an Jock Macdonald. Damals war er noch ein junger Spund gewesen und hatte im Century House Botengänge erledigt. Nun, anscheinend hatte er seinen Weg gemacht. Und seine Schlußfolgerung überzeugte ihn: Das Schwarze Manifest war weder eine Fälschung noch ein Witz.

Das lenkte seine Gedanken wieder auf das Machwerk selbst. Wenn der russische Demagoge dieses Programm tatsächlich verwirklichen wollte, würde sich ein längst überwunden geglaubter Teil der Geschichte wiederholen, dessen Schrecken er in seiner Jugend mit eigenen Augen gesehen hatte.

Er war achtzehn, als er 1943 endlich in die britische Armee eintreten konnte und zunächst in Italien stationiert wurde. Nach einer schweren Verwundung beim Sturm auf den Monte Cassino schickte man ihn zur Behandlung nach Hause und ließ ihn nach seiner Genesung trotz aller Bitten nicht mehr an den Kampfeinsätzen teilnehmen. Statt dessen wurde er in den militärischen Aufklärungsdienst versetzt.

Der frischgebackene Leutnant war gerade erst zwanzig Jahre alt, als er mit der Achten Armee den Rhein überquerte und mit einem Anblick konfrontiert wurde, der einem so jungen Menschen, ja eigentlich jedem Menschen erspart bleiben sollte. Doch sein Infanteriemajor, selbst von namenlosem Entsetzen gepackt, forderte ihn auf, sich das anzusehen, was er gerade entdeckt hatte. Das Konzentrationslager von Bergen-Belsen löste auch bei weitaus älteren Männern Alpträume aus, die sie zeitlebens nicht mehr loswurden.

Auf dem höchsten Punkt von St. Alban's Head angekommen, wandte sich Sir Nigel landeinwärts und folgte dem Pfad zu dem Dorf Acton, von wo ein Weg zu seinem Haus in Langton Matravers führte. Was sollte er nun tun? Und mit welchen Chancen, überhaupt etwas zu bewirken? Die Dokumente auf der Stelle verbrennen und seine Hände in Unschuld waschen? Die Versuchung war groß. Oder sollte er sie nach Amerika mitnehmen und den Spott der Elder Statesmen riskieren, mit denen er die ganze nächste Woche verbringen würde? Ein schrecklicher Gedanke!

Er öffnete das Tor und durchquerte den kleinen Garten, in dem Penny Obst und Gemüse anbaute. Ein kleines Feuer war am Erlöschen. Sie hatte wieder einmal die Bäume beschnitten. Unter der Asche glühte es noch. Für die zwei Dokumente würde es reichen. Es wäre ja so einfach, sie ins Feuer zu werfen und die Sache abzuhaken.

Henry Coombs und auch sein Nachfolger würden das Thema nie wieder anschneiden; das wußte er. Niemand würde je von den Dokumenten erfahren. Diskretion gehörte einfach zum Kodex. Durch das offene Küchenfenster hörte er seine Frau rufen.

»Da bist du ja! Im Wohnzimmer steht Tee. Ich war im Dorf und habe Muffins und Marmelade gekauft.«

»Sehr schön. Ich liebe Muffins.«

»Das weiß ich inzwischen.«

Die fünf Jahre jüngere Penelope Irvine war einmal eine atemberaubende Schönheit gewesen und hätte sich unter einem Dutzend Bewerber den reichsten aussuchen können. Aus Gründen, die nur sie kannte, hatte sie sich für den mittellosen Geheimdienstoffizier entschieden, der ihr Gedichte vorgelesen hatte und hinter dessen Schüchternheit sich ein Gedächtnis so umfassend wie ein Computer verbarg.

Sie hatten einen Sohn gehabt; ihr ein und alles war er gewesen, doch dann war er 1982 im Falklandkrieg gefallen. Außer an seinem Geburts- und Todestag versuchten sie, nicht zuviel an ihn zu denken.

Dreißig Jahre lang hatte Penelope geduldig auf ihren Mann gewartet, während er seine Agenten im Innersten der Sowjetunion geführt oder im kalten Schatten der Berliner Mauer gestanden hatte, bis der eine oder andere tapfere, aber verängstigte Mann durch den Checkpoint Charlie in die Lichter Westberlins schlüpfte. Trotz ihrer fast siebzig Jahre fand er sie nach wie vor schön und liebte sie sehr.

Er saß am Tisch, aß sein Abendbrot und starrte ins Kaminfeuer.
»Du gehst schon wieder weg«, stellte sie mit leiser Stimme fest.
»Ich muß wohl.«
»Für wie lange?«
»Ach, ein paar Tage in London für die Vorbereitungen und dann eine Woche in Amerika. Was danach kommt, weiß ich nicht, aber wahrscheinlich ist dann Schluß.«
»Ich komme auch allein zurecht. Im Garten ist ja jede Menge zu tun. Rufst du mich an, wenn du kannst?«
»Natürlich.«
Dann fügte er hinzu: »Es darf nicht noch einmal geschehen, weißt du.«
»Natürlich nicht. Trink deinen Tee aus.«

LANGLEY, MÄRZ 1990

Die Moskauer CIA-Station schlug als erste Alarm. Agent Delphi hatte sich nicht mehr gemeldet. Schon seit Dezember nicht mehr. Jason Monk saß an seinem Schreibtisch und brütete düster über dem entschlüsselten Telegramm, das man ihm gebracht hatte. Er war äußerst beunruhigt.

Wenn bei Kruglow alles in Ordnung war, dann brach er sämtliche Regeln. Warum? Zweimal hatten die CIA-Leute in Moskau die vereinbarten Kreidestriche an den vereinbarten Stellen angebracht, um Delphi zu übermitteln, daß in einem toten Briefkasten etwas für Orakel bereitlag und er ihn leeren solle. Beide Male hatte er die Nachricht ignoriert. Hatte er die Stadt verlassen? Hatte man ihn überraschend ins Ausland versetzt?

Wenn das der Fall war, hätte er auf dem üblichen Weg Entwarnung geben müssen. Monk und seine Leute durchforsteten die gängigen Zeitschriften nach der verabredeten Kleinanzeige, aus der sie die Worte: »Mir geht's gut« oder das Gegenteil: »Ich habe Schwierigkeiten – bitte helft mir«, hätten herauslesen können. Nichts dergleichen war zu finden.

Als Delphi sich bis März immer noch nicht gemeldet hatte,

blieben nur noch drei Möglichkeiten: Ein Unfall, ein Herzinfarkt oder eine schwere Krankheit hatten ihn außer Gefecht gesetzt. Oder er war tot. Oder aufgeflogen.

Für Monk, der mit dem Schlimmsten rechnete, gab es nur noch eine offene Frage. Wenn sie Kruglow festgenommen und verhört hatten, dann hatte er ihnen bestimmt alles verraten. Widerstand wäre nicht nur zwecklos gewesen, er hätte auch seine Qualen unnötig verlängert. Demnach hatte er bestimmt nicht nur die Standorte der toten Briefkästen preisgegeben, sondern auch die Codes für die Kreidezeichen, die den CIA darauf hinwiesen, daß wieder ein Päckchen mit Informationen zur Abholung bereitlag. Warum benutzte der KGB diese Kreidezeichen dann nicht, um einen amerikanischen Diplomaten auf frischer Tat zu ertappen?

Das wäre doch das Naheliegendste gewesen. Endlich hätte Moskau wieder einmal triumphieren können, nachdem in der letzten Zeit so gut wie alles schiefgelaufen war.

Das sowjetische Imperium im Osten Europas zerfiel. Die Rumänen hatten eben erst ihren Diktator Ceauçescu umgebracht; Polen war weg; die Tschechoslowakei und Ungarn rebellierten; die Berliner Mauer war im November gefallen. Und dann schlug der KGB die Chance aus, der Welt nach all den Demütigungen einen amerikanischen Spion zu präsentieren. Doch nichts geschah.

Für Monk konnte das nur zweierlei bedeuten: Entweder stellte Kruglows Verschwinden ein noch zu klärendes Mißgeschick dar, oder der KGB versuchte, eine Quelle zu schützen.

Die Vereinigten Staaten sind bekannt für die unterschiedlichsten Dinge, unter anderem für sogenannte *Non-Governmental Organizations*, kurz NGOs. Es gibt Tausende im ganzen Land. Das Spektrum umfaßt alle möglichen Verbände bis hin zu Stiftungen zur Förderung zahlloser, auch obskurer Forschungsobjekte. Es gibt Zentren zur Erarbeitung politischer Strategien, Expertenkomitees, Interessenverbände, Initiativen, die sich für die Einführung oder Abschaffung von diesem oder jenem stark machen, und mehr Wohltätigkeitsvereine, als ein einzelner auflisten könnte.

Allein Washington beherbergt zwölfhundert solcher NGOs, und in New York gibt es noch einmal gut tausend. Sie alle benötigen Geld. Einige werden – zumindest teilweise – mit Steuergeldern finanziert, andere verdanken ihre Mittel dem Testament eines lange verstorbenen Stifters, wieder andere der Privatwirtschaft. Als Geldgeber treten auch Weltverbesserer à la Don Quichotte in Erscheinung sowie wohlmeinende oder schlichtweg schrullige Millionäre.

Von Akademikern, Politikern, ehemaligen Botschaftern, Wohltätern, Wichtigtuern bis hin zu Verrückten findet also so gut wie jeder seine Nische. Doch bei aller Vielfalt haben diese NGOs eins gemeinsam: Sie geben ihre Existenz öffentlich bekannt und haben eine Zentrale – das heißt alle NGOs bis auf eine.

Vielleicht lag es aber gerade an den wenigen handverlesenen Mitgliedern dieses einen Clubs, der ausnahmslos aus hochkarätigen Persönlichkeiten bestand und sich völlig unbemerkt von der Außenwelt traf, daß der Council of Lincoln des Sommers 1999 die wahrscheinlich einflußreichste NGO von allen war.

In einer Demokratie bedeutet Macht lediglich Einfluß. Nur in einer Diktatur ermöglicht es das Gesetz den Mächtigen, Menschen zu verhaften, zu isolieren, zu foltern, vor Gericht zu stellen, zu verurteilen und in Geheimgefängnisse zu werfen.

Die Macht der Nichtgewählten in Demokratien liegt in der Einflußnahme auf die gewählte Maschinerie. Erreichen können sie das durch die Mobilisierung der Öffentlichkeit, Kampagnen in den Medien, die Bildung von Interessengruppen oder direkte Geldzuwendungen. Die reinste Form der Einflußnahme besteht jedoch in einem diskreten Rat an den gewählten Inhaber eines Amtes durch eine unabhängige Quelle, die Erfahrung, Weisheit und persönliche Integrität in sich vereint. Man nennt dies auch das »Wörtchen im stillen«.

Der Council of Lincoln, ein erlesener Kreis, der völlig im verborgenen wirkte und in jeder Hinsicht unabhängig war, diente dem Ziel, wichtige aktuelle Ereignisse zu untersuchen, zu bewerten und am Ende eine gemeinsame Resolution zu verabschieden. Seine Mitglieder waren ausnahmslos bedeutende Persönlichkeiten mit Zugang zu den Schaltzentralen der gewählten Mächtigen. Sie alle entstammten dem anglo-amerikanischen Kulturraum und waren fest verwurzelt in einer aus der Not geborenen Partnerschaft zweier Nationen, die im Ersten Weltkrieg ihren Anfang genommen hatte. Der Council of Lincoln war allerdings erst Anfang der achtziger Jahre kurz nach dem Falklandkrieg entstanden, und das eher zufällig bei einem Dinner in einem exklusiven Washingtoner Club.

Mitglied wurde man nur durch persönliche Einladung, sofern die Teilnehmer eine Person für würdig befanden. Vorausgesetzt wurden langjährige Erfahrung, absolute Integrität, Weitblick, hundertprozentige Diskretion und erwiesener Patriotismus.

Des weiteren mußten sich diejenigen, die in hohen Ämtern gedient hatten, aus dem Rampenlicht der Öffentlichkeit zurückgezogen haben. Niemand sollte in den Verdacht geraten, er stünde für bestimmte Sonderinteressen. Die Vertreter des privaten Sektors dagegen konnten auch weiterhin ihre jeweiligen Unternehmen leiten. Nicht jedes Mitglied war notwendigerweise reich, aber mindestens zwei Wirtschaftsführer galten als Milliardäre.

Der private Bereich umfaßte Leute mit großer Erfahrung in Handel, Industrie, dem Bankwesen und der Wissenschaft, während der öffentliche Sektor sich aus ehemaligen Staatsmännern und -frauen, Diplomaten und hohen Beamten zusammensetzte.

Im Sommer 1999 hatte der Club sechs britische Mitglieder, darunter eine Frau, und zweiunddreißig Vertreter aus Amerika, darunter fünf Frauen.

Da bei den Teilnehmern dieser Runde hohe Lebenserfahrung vorausgesetzt wurde, waren die meisten reiferen Alters. Nur wenige konnten auf weniger als sechzig Jahre zurückblicken, und der älteste war ein äußerst rüstiger Einundachtzigjähriger.

Seinen Namen verdankte der Council nicht der britischen Stadt, sondern dem großen amerikanischen Präsidenten. »Regierung des Volkes, durch das Volk und für das Volk«, hatte dessen Motto gelautet, und der Kreis hatte es sich uneingeschränkt zu eigen gemacht.

Man traf sich einmal jährlich an einem abgeschiedenen und geheimgehaltenen Ort. Die Vereinbarungen dazu wurden in für Außenstehende völlig banal klingenden Telefongesprächen getroffen. Jedesmal lud eines der wohlhabenderen Mitglieder die anderen ein. Daß jemand diese Ehre ausschlug, war ausgeschlossen. Die Anreise bezahlte man selbst, für Unterkunft und Verpflegung sorgte der Gastgeber.

Im nordwestlichen Zipfel des Staates Wyoming liegt ein Tal mit dem Namen Jackson Hole, benannt nach dem ersten Trapper, der den Mut aufbrachte, dort zu überwintern. Nach Westen hin wird es von der mächtigen Teton Range begrenzt und nach Osten von der Gros Ventre Range. Nördlich des Tals beginnt der Yellowstone Park, im Süden, wo die Bergzüge zusammenlaufen, stürzt sich der Snake River in eine tiefe Schlucht.

Nördlich des Wintersportstädtchens Jackson führt der Highway 191 vorbei am Flughafen nach Moran und von dort weiter zum Yellowstone Park. Unmittelbar hinter dem Flughafen zweigt bei dem Dorf Moose eine kleinere Straße zum Jenny Lake ab.

Westlich des Highways liegen am Fuß der Tetons zwei Seen, der Bradley Lake und der Taggart Lake. Gespeist werden sie von den Wasserfällen des Garnet Canyon und des Avalanche Canyon. Sie können nur zu Fuß nach einer längeren Wanderung erreicht werden. Zwischen den Ufern dieser beiden Seen hatte sich der Washingtoner Finanzier Saul Nathanson auf einem Plateau unmittelbar unter dem fast senkrecht in die Höhe ragenden South Teton eine hundert Morgen große Ferienranch gebaut. Allein schon ihre Lage gewährleistete dem Eigentümer und seinen Gästen absolute Abgeschiedenheit.

Am siebten September trafen die ersten Gäste in Denver, Colorado, ein, wo sie einer von Nathansons Bediensteten in Empfang nahm und mit einer Privatmaschine zum Jackson Airport flog. Dort landeten sie in großem Abstand zum Terminal, stiegen in einen Hubschrauber um und wurden fünf Minuten später auf der Farm abgesetzt. Die britische Delegation, die über die Ostküste eingereist war, stieg in einem anderen kleinen Flughafen um, so daß auch sie völlig abgeschirmt von neugierigen Beobachtern zur Farm geschleust werden konnte.

Auf der Ranch gab es zwanzig Blockhäuser, jedes mit zwei Schlafzimmern und einem Gemeinschaftsraum ausgestattet. Da es tagsüber noch warm und sonnig war, verbrachten die meisten Teilnehmer die Nachmittage auf der Veranda vor ihrem Häuschen.

Das – im übrigen vorzügliche – Essen wurde immer im großen Farmhaus serviert, das in der Mitte des gesamten Komplexes lag. Danach wurde abgeräumt, und man setzte sich zur Diskussion zusammen.

Das Personal – es arbeitete seit Jahren für Mr. Nathanson – war absolut diskret und eigens zu diesem Anlaß eingeflogen worden. Für zusätzliche Sicherheit sorgten rund um die Ranch verteilte Wachleute, die sich geschickt als Camper getarnt hatten.

Die Konferenz des Jahres 1999 dauerte fünf Tage. Während der gesamten Zeit drang nichts nach außen. Die Abreise der Gäste blieb ebenso unbemerkt wie ihre Ankunft.

Nach seinem Eintreffen packte Sir Nigel Irvine zunächst seine Sachen aus, duschte, zog sich zwanglosere Kleidung an und setzte sich dann zu einem ehemaligen amerikanischen Außenminister, mit dem er das Blockhaus teilte, auf die Terrasse.

Wie er sehen konnte, hatten andere Gäste es ihnen gleichgetan und streckten genüßlich die Beine aus. Seine Augen folgten Waldwegen, die sich zwischen dicht stehenden Kiefern, Birken und Tannen hindurchschlängelten, und erspähten einen Pfad, der direkt zum Seeufer führte.

Dann bemerkte er die hagere Gestalt des früheren britischen Außenministers und NATO-Generalsekretärs Lord Carrington. Zusammen mit dem Bankier Charles Price, einem der beliebtesten und erfolgreichsten Botschafter, die die USA je an den Court of St. James's geschickt hatten, spazierte er über das Grundstück. Lord Carrington war damals Irvines direkter Vorgesetzter gewesen. Obwohl er gewiß nicht klein war, überragte ihn der einsneunzig große Amerikaner fast um Haupteslänge. Sir Nigels Blick wanderte weiter, und er sah seinen Gastgeber Saul Nathanson gemeinsam mit dem amerikanischen Investmentbanker und früheren Generalstaatsanwalt Elliot Richardson auf einer Bank sitzen.

Noch etwas weiter drüben klopfte gerade der ehemalige britische Kabinettsminister an Lady Thatchers Tür an, die wohl immer noch mit Auspacken beschäftigt war.

Ein weiterer Helikopter setzte soeben ratternd zur Landung an. Gleich darauf trat Expräsident George Bush ins Freie und wurde vom früheren Außenminister Henry Kissinger in Empfang genommen. An einem der Tische vor dem Hauptgebäude servierte eine mit Schürze bekleidete Kellnerin einem weiteren Exbotschafter, dem Briten Sir Nicholas Henderson, und dem Londoner Bankier und Finanzier Sir Evelyn de Rothschild eine Kanne Tee.

Nigel Irvine warf einen Blick auf den Zeitplan. Für heute abend stand noch nichts auf dem Programm. Morgen würden die Mitglieder drei verschiedene Arbeitsgruppen bilden und je nachdem geopolitische, strategische oder wirtschaftliche Themen erörtern. Für die getrennten Sitzungen waren zwei Tage eingeplant. Am dritten sollten die jeweiligen Ergebnisse im Plenum diskutiert werden. Der vierte Tag war für eine allgemeine Aussprache vorgesehen. Auf seinen Antrag hin war Sir Nigel für diesen Tag eine Stunde bewilligt worden, in der er sein persönliches Anliegen vortragen wollte. Der letzte Tag war der Fassung von Beschlüssen zu weitergehenden Aktionen vorbehalten.

Irgendwo auf einem der dichtbewaldeten Hänge der Tetons stieß ein Elchbulle einen Brunftschrei aus. Über dem Snake River schwebte mit weit ausgebreiteten, schwarz umrandeten Flügeln ein Fischadler, der plötzlich mit einem wütenden Kreischen protestierte, weil ein Seeadler in seinem Fischgrund wilderte. Ein idyllisches Fleckchen Erde, befand der alte Meisterspion. Nur dieses üble Machwerk in seinem Gepäck, das seinen Weg von einem russischen Schreibtisch bis zu ihm gefunden hatte, störte den Frieden.

WIEN, JUNI 1990

Weil man ihm im Dezember die Zuständigkeit für Externe Operationen in der Abteilung Sowjetunion entzogen hatte, war Aldrich Ames von der Akte 301 so weit entfernt wie eh und je. Doch dann wurde er zum drittenmal seit seiner Rückkehr aus Rom versetzt und zum Ressortleiter für den Bereich Operationen in der Tschechoslowakei ernannt. Den Code für das im Computer gespeicherte Geheimnis um die innerhalb des Ostblocks tätigen Agenten verriet man ihm jedoch nicht. Darüber beschwerte sich Ames aufs heftigste bei Mulgrew. Das sei doch ein Unding, klagte er. Immerhin sei er jetzt für die Gegenspionage in genau diesem Bereich zuständig. Er müsse die Möglichkeit haben, die von der CIA angeworbenen

Russen zu überprüfen, die momentan in der Tschechoslowakei tätig seien. Mulgrew versprach Abhilfe.

Im Mai gab er Ames schließlich den Code für die Datei, woraufhin der Maulwurf sämtliche Akten durchforstete, bis er auf »Monk – Agenten« stieß.

Im Juni 1990 flog Ames zu einem zweiten Treffen mit »Wlad« alias Oberst Wladimir Metschulajew nach Wien. Man hatte sich für die österreichische Hauptstadt entschieden, weil Treffen mit sowjetischen Diplomaten direkt in den USA als höchst riskant galten.

Beim Vereinbaren der ersten Begegnung, die im Oktober hätte stattfinden sollen, war Ames so betrunken gewesen, daß er alles durcheinandergebracht hatte und nach Zürich geflogen war. Diesmal blieb er lange genug nüchtern, um Metschulajew zu beglücken und seinerseits einen Koffer voll Geld entgegenzunehmen. Der Russe bekam von ihm drei Lebensläufe.

Bei einem handelte es sich um einen Offizier, wahrscheinlich Angehöriger des GRU und jetzt im Verteidigungsministerium tätig, den Monk Ende 1985 im Nahen Osten angeworben hatte. Der nächste war ein Wissenschaftler, der in einer absolut geheimgehaltenen Stadt lebte, aber in Kalifornien von Monk angesprochen worden war. Den dritten schließlich, einen KGB-Oberst, hatte Monk vor sechs Jahren ebenfalls außerhalb der UdSSR rekrutiert. Dieser Mann, der spanisch sprach, war jetzt irgendwo im Warschauer Pakt, aber nicht in seinem Heimatland tätig.

Binnen drei Tagen wurde in der Zentrale der Ersten Hauptverwaltung in Jasenewo die Jagd eröffnet.

»Hört ihr nicht ihre Stimme sich über den Nachtwind erheben, meine Brüder und Schwestern? Hört ihr sie nicht nach euch rufen? Könnt ihr wirklich die Stimme eurer geliebten Mutter Rußland nicht hören?

Ich aber höre sie, meine Freunde. Ich höre sie in den Wäldern seufzen. Ich höre sie über den schneebedeckten Weiten schluchzen. ›Warum tut ihr mir das an?‹ fragt sie. ›Bin ich nicht genug verraten worden? Habe ich nicht genug für euch geblutet? Habe ich nicht genug für euch gelitten, daß ihr immer noch kein Einsehen mit mir habt? Warum verkauft ihr mich wie eine Hure an Ausländer und Fremde, die wie Krähen auf meinen geschundenen Leib einhakken?‹«

An der Kopfseite des Gemeinschaftsraums war eine große Leinwand aufgestellt worden. Am anderen Ende lief ein Projektor. Vierzig Augenpaare folgten gebannt den Bildern von einer Massenkundgebung, die Anfang des Sommers in Tuchowo stattgefunden hatte. Beschwörend hob und senkte sich dazu die sonore Stimme des Redners. Ganz im Kontrast dazu stand die mit gedämpften Worten eingesprochene Übersetzung.

»Jawohl, meine Brüder und Schwestern, wir können sie hören! Die Männer in Moskau in ihren Pelzmänteln, die hören sie nicht! Die Ausländer und der Abschaum von Verbrechern, die sich an ihrem Körper sattfressen, die hören sie nicht! Aber wir hören ihre Schmerzensschreie, denn wir sind das Volk in diesem großen Land.«

Der junge Regisseur Litwinow hatte hervorragende Arbeit geleistet. In seinen Film hatte er herzbewegende Szenen eingefügt: eine junge blonde Mutter, die ihr Baby an die Brust drückte und bewundernd zum Mann auf dem Podest aufsah; ein kräftiger Soldat, dem Tränen über die Wangen liefen; ein armselig gekleideter Landarbeiter mit einer Sense über der Schulter, in dessen Gesicht sich tiefe Furchen als Preis für ein von harter Arbeit geprägtes Leben gegraben hatten.

Niemand konnte ahnen, daß die Schnitte aus Filmen mit richtigen Schauspielern stammten. Die Menge war jedoch authentisch. Hoch über den Leuten aufgenommene Bilder zeigten Reihe für Reihe an die zehntausend Anhänger, eingerahmt von Uniformierten, die die Leute immer wieder zum Jubeln animierten.

Igor Komarow senkte den Ton zu einem kaum noch vernehmbaren Flüstern, das jedoch von Mikrofonen eingefangen und von Lautsprechern ins ganze Stadion übertragen wurde.

»Kommt denn niemand? Tritt niemand vor und sagt: ›Es reicht! Das darf nicht passieren!‹? Geduld, ihr Söhne Rußlands. Wartet nur noch ein wenig, ihr Töchter Rodinas...« Die Stimme schwoll wieder an, steigerte sich zu einem Brüllen. »Ich komme, geliebte Mutter. Ich, Igor, dein Sohn, bin bald bei dir...«

Das letzte Wort ging unter in einem von den Ordnern dirigierten tosenden Schlachtgesang: KO-MA-ROW! KO-MA-ROW!

Der Projektor wurde ausgeschaltet, und das Bild verschwand. Kurz herrschte Stille, dann atmeten alle Zuschauer auf.

Als die Lichter angingen, trat Nigel Irvine nach vorn an das Kopfende der hufeisenförmig aufgestellten Kiefernholztische.

»Ich glaube, Sie alle wissen, wen Sie da gesehen haben«, sagte er mit leiser Stimme. »Das war Igor Wiktorowitsch Komarow, Führer der Union der Patriotischen Kräfte, der Partei, die aller Voraussicht nach die Wahl im nächsten Januar gewinnen und Mr. Komarow zum Präsidenten bestimmen wird.

Ihnen wird nicht entgangen sein, daß es sich um einen begnadeten Redner mit außerordentlichem Charisma handelt.

Wie Sie ferner wissen, liegt in Rußland die Macht bereits jetzt zu achtzig Prozent in den Händen des Präsidenten. Seit Jelzins Zeit sind die Kontrollmechanismen, die unsere Gesellschaften am Leben erhalten, systematisch abgebaut worden. Der russische Präsident kann heute nach Belieben regieren und per Dekret jedes Gesetz durchpeitschen. Das kann sehr leicht auch die Rückkehr zum Einparteienstaat bedeuten.«

»Wäre das angesichts des Zustands, in dem sich das Land zur Zeit befindet, denn wirklich so schlecht?« fragte eine ehemalige UN-Botschafterin aus den USA.

»Nicht unbedingt«, erwiderte Irvine. »Aber ich habe den Rat nicht deswegen um Redezeit gebeten, um mit Ihnen über die Perspektiven Rußlands nach Igor Komarows Wahl zu diskutieren, sondern um Ihnen ein meiner Überzeugung nach authentisches Dokument vorzulegen, das die Entwicklung dieses Landes entscheidend beeinflussen wird. Ich habe es zusammen mit einem Bericht aus England mitgebracht und beides hier im Büro für jeden von Ihnen fotokopiert.«

»Ich hatte mich schon gefragt, wozu Sie soviel Papier brauchen«, meinte Saul Nathanson grinsend.

»Es tut mir leid, wenn ich Ihr Kopiergerät über Gebühr in Anspruch genommen habe, Saul, aber ich wollte nicht zweimal achtunddreißig Stöße über den Atlantik transportieren. Ich bitte Sie nicht, diese Dokumente jetzt schon zu überfliegen, sondern sie mitzunehmen und in aller Ruhe zu studieren. Bitte lesen Sie zuerst den Bericht mit dem Stempel ›Beglaubigung‹ und danach das Schwarze Manifest. Ich möchte Sie noch darauf hinweisen, daß wegen des Papiers, das Sie heute abend lesen werden, drei Männer sterben mußten. Da beide Dokumente streng geheim sind, muß ich Sie bitten, sie vor dem Verlassen dieses Anwesens zu verbrennen.«

Von der Zwanglosigkeit, die dieses Treffen bisher ausgezeichnet hatte, war nichts mehr zu spüren, als die Mitglieder sich mit den Kopien in ihre Zimmer zurückzogen. Zum Erstaunen der Bediensteten erschien an diesem Abend niemand zum Dinner. Alle Gäste ließen es sich aufs Zimmer bringen.

Langley, August 1990

Die Hiobsbotschaften aus den CIA-Abteilungen häuften sich. Im Juli stand endgültig fest, daß Orion, dem Jäger, etwas zugestoßen war. Der Mann, der sonst die Zuverlässigkeit in Person war, hatte den routinemäßigen »Rempler« versäumt.

Ein Rempler ist ein primitiver Trick, der niemanden in Gefahr bringt. Zu einem bestimmten, vorher verabredeten Zeitpunkt läuft der Agent die Straße hinunter, wobei es keine Rolle spielt, ob ihm jemand folgt oder nicht. Abrupt bleibt er stehen und betritt ein Restaurant, Café oder ein anderes menschenüberfülltes Lokal. Kurz vor seinem Erscheinen hat seine Kontaktperson gerade bezahlt und geht zum Ausgang. Ohne Blickkontakt herzustellen, streifen sie einander, und einer läßt ein Päckchen, nicht größer als eine Streichholzschachtel, in die Tasche des anderen gleiten. Beide gehen ohne anzuhalten weiter, der eine zum freigewordenen Tisch, der andere zur Straße. Falls ein Beschatter gefolgt sein sollte, ist die Aktion bei seinem Eintreten längst abgeschlossen.

Aber nicht nur diesen Kontakt hatte Oberst Solomin versäumt, er hatte auch zweimal keine Nachrichten aus dem toten Briefkasten abgeholt, obwohl er die Kreidezeichen nicht hätte übersehen dürfen. Das ließ nur einen Schluß zu: Solomin war ausgefallen oder eliminiert worden. Was immer ihm zugestoßen sein mochte, es war plötzlich und ohne jede Vorwarnung geschehen.

Aus Westberlin traf die Nachricht ein, daß sowohl Pegasus' monatlicher Brief an die sichere Ostberliner Adresse als auch die übliche Anzeige in der Zeitschrift des russischen Hundezüchterverbands ausgeblieben waren.

Weil die strengen Sicherheitsvorkehrungen in Arzamas-16 zunehmend gelockert wurden und der Professor kleinere Fahrten in die Umgebung unternehmen durfte, hatte Monk ihm vorgeschlagen, er solle einmal pro Monat einen völlig harmlosen Brief nach Ostberlin schicken. Mit unsichtbarer Tinte geschriebene Botschaften waren nicht nötig, sondern nur die Unterschrift Juri. Er konnte den Brief in jeden Briefkasten außerhalb des abgeschotteten Komplexes werfen, so daß er selbst in dem Fall, daß er abgefangen wurde, nie bis zu ihm zurückzuverfolgen war. Ein Kinderspiel also, zumal es seit dem Fall der Mauer nicht mehr nötig war, die Briefe nach Westberlin zu schmuggeln.

Überdies hatte Monk Blinow geraten, sich ein Paar reinrassige Cockerspaniels zuzulegen. Das war ihm auch ohne weiteres von den Behörden in Arzamas-16 bewilligt worden. Was war denn auch schon dabei, wenn sich ein verwitweter Wissenschaftler der Hundezucht widmete? So fiel es nicht weiter auf, als der Professor jeden Monat per Annonce im *Hundezüchterjournal* stubenreine, neugeborene oder demnächst erwartete Welpen zum Verkauf anbot. Aber nun war im Juli auch dieses Lebenszeichen ausgeblieben.

Monk war zutiefst beunruhigt. Er meldete an die oberste Stelle, daß etwas nicht stimmte, mußte sich aber vorhalten lassen, er sei zu ungeduldig; statt in Panik zu geraten, solle er lieber noch etwas warten; der Kontakt werde sicher bald wieder hergestellt. Doch Monk gab keine Ruhe. Er ging davon aus, daß im Innersten von Langley ein Maulwurf saß, und wurde nicht müde, seine Vorgesetzten mit Memoranden darauf hinzuweisen.

Die zwei Männer, die ihn ernst genommen hätten – Carey Jordan und Gus Hathaway –, waren pensioniert. Die neuen Direktoren, die seit dem Winter 1985 nach und nach aus fremden Behörden geholt worden waren, reagierten zunehmend ärgerlich. Im Frühling 1986 war die Jagd auf einen Maulwurf zwar offiziell eröffnet worden, doch dümpelte sie in einer anderen Abteilung vor sich hin.

»Es fällt mir schwer, das zu glauben«, meinte ein vormaliger Generalstaatsanwalt, als nach dem Frühstück die Plenumsdiskussion eröffnet wurde.

»Mein Problem ist, daß es mir schwerfällt, das nicht zu glauben«, entgegnete der frühere amerikanische Außenminister James Baker.

»Haben beide Regierungen das bekommen, Nigel?«

»Ja.«

»Und sie wollen nichts unternehmen?«

Siebenunddreißig Augenpaare hefteten sich auf den früheren Spionagechef, als erwarteten sie von ihm eine Versicherung, daß alles nur ein Alptraum sei, eine düstere Vision, die sich in Wohlgefallen auflösen würde.

»Übereinstimmend kam man zu dem Schluß, daß eine offizielle Reaktion ausbleiben muß«, fuhr Irvine fort. »Die Hälfte des Inhalts des Schwarzen Manifests spiegle wahrscheinlich ohnehin die Stimmung weiter Teile der Bevölkerung wider. Außerdem stamme es nicht aus offiziellen Quellen. Komarow könne es als Fälschung brandmarken, mit der Folge, daß seine Position möglicherweise noch gestärkt werde.«

Bedrücktes Schweigen breitete sich aus.

»Darf ich etwas sagen?« meldete sich schließlich Saul Nathanson zu Wort. »Diesmal nicht in meiner Eigenschaft als Gastgeber, sondern als Mitglied... Vor acht Jahren hatte ich noch einen Sohn. Er fiel im Golfkrieg.«

Einige nickten. Zwölf der Teilnehmer hatten damals bei der Schaffung der multinationalen Allianz eine entscheidende Rolle gespielt. Der am anderen Ende sitzende General Powell sah den Finanzier aufmerksam an. Wegen des hohen Ansehens des Vaters war ihm die Nachricht vom Tod des Lieutenant Tim Nathanson persönlich überbracht worden. Der junge Pilot der Air Force war kurz vor Kriegsende abgeschossen worden.

»Wenn dieser Verlust mir einen Trost bietet«, fuhr Nathanson fort, »dann das Wissen, daß er im Kampf gegen die Verkörperung des Bösen gestorben ist.«

Er hielt inne, suchte nach Worten. »Ich bin alt genug, um an den Begriff des Bösen zu glauben. Und an die Vorstellung, daß das Böse immer wieder in Menschengestalt auftreten kann. Während des

Zweiten Weltkriegs war ich nicht alt genug, um mitzukämpfen. An seinem Ende war ich gerade acht. Ich weiß, daß einige von Ihnen an diesem Krieg teilgenommen haben. Aber das erfuhr ich natürlich erst später. Ich glaube, daß Adolf Hitler das Böse verkörperte. Und seine Taten nicht minder.«

Erneut herrschte Stille. Staatsmänner, Politiker, Bankiers, Finanziers, Industrielle und hohe Beamte sind es gewöhnt, Probleme anzupacken. Hier war jedoch allen klar, daß ihnen jemand sein Innerstes preisgab.

Saul Nathanson beugte sich vor und klopfte auf das Schwarze Manifest. »Dieses Dokument steht für das Böse. Der Mann, der es verfaßt hat, steht für das Böse. Und da sollen wir uns einfach abwenden und es wieder geschehen lassen?«

Die Teilnehmer nickten stumm. Jeder wußte, daß Nathanson mit »es« einen zweiten Holocaust meinte – nicht nur an den Juden in Rußland, sondern ebenso an anderen ethnischen Minderheiten.

Die Worte der früheren britischen Premierministerin brachen das Schweigen: »Ich stimme zu. Jetzt ist nicht die Zeit, den Schwanz einzuziehen.«

Drei Mitglieder verbargen rasch den Mund hinter den Händen. Aufs Wort denselben Satz hatten sie zuletzt in einem Apartment in Aspen, Colorado, am Tag nach Saddam Husseins Überfall auf Kuweit gehört. George Bush, James Baker und General Powell waren zugegen gewesen. Trotz ihrer dreiundsiebzig Jahre nahm sie nach wie vor kein Blatt vor den Mund.

Ralph Brooke, Vorsitzender der gigantischen Intercontinental Telecommunications Corporation, an jeder Börse der Welt auch als InTelCor bekannt, beugte sich vor. »Okay«, brummte er, »was *können* wir dann tun?«

»Sämtliche Regierungen der NATO-Staaten auf diplomatischem Weg in Kenntnis setzen und zum Protest auffordern«, schlug ein ehemaliger Diplomat vor.

»Dann würde Komarow das Manifest sofort als böswillige Fälschung brandmarken, und ein Großteil der russischen Bevölkerung würde ihm glauben«, widersprach ein anderer.

James Baker wandte sich an Nigel Irvine. »Sie haben dieses erschreckende Dokument mitgebracht. Wozu raten Sie denn?«

»Ich rate zu gar nichts«, antwortete Irvine. »Aber ich kann Ihnen ein Rezept anbieten. Der Council müßte eine Initiative gutheißen – nicht selbst in die Wege leiten, sondern nur gutheißen –, die so verdeckt wäre, daß, komme, was da wolle, niemand in diesem Raum damit in Verbindung gebracht werden könnte.«

Siebenunddreißig Mitglieder wußten sehr genau, wovon er sprach. Jedes einzelne hatte als unmittelbar Betroffener oder Zeuge das Scheitern einer angeblich verdeckten Operation und die darauffolgenden Erschütterungen bis hinauf in die höchsten Ebenen miterlebt.

Von dem Tisch, an dem ein früherer US-Außenminister saß, meldete sich eine metallische Stimme mit deutschem Akzent: »Ist Nigel zu einer so verdeckten Operation in der Lage?«

»Ja«, antworteten unisono zwei Briten.

In seiner Zeit als Chef des britischen Geheimdienstes hatte Sir Nigel gleichermaßen Margaret Thatcher und ihrem Außenminister Lord Carrington unterstanden.

Der Council of Lincoln faßte nie formelle Beschlüsse, die schriftlich festgehalten wurden. Er erzielte mündliche Übereinkünfte, auf deren Grundlage jedes Mitglied seinen Einfluß in den Vorzimmern der Macht in seinem Land geltend machte, um so den vereinbarten Zielen Vorschub zu leisten.

In bezug auf das Schwarze Manifest traf der Rat lediglich die Vereinbarung, die Prüfung und gegebenenfalls Einleitung der geeignetsten Schritte an ein kleineres Komitee zu delegieren. Die Vollversammlung war sich einig darüber, daß sie mögliche Folgen weder gutheißen noch verurteilen, noch auf irgendwo gefaßte Beschlüsse zurückführen würde.

Moskau, September 1990

Oberst Anatoli Grischin saß in seinem Büro im Lefortowo-Gefängnis am Schreibtisch und studierte drei Dokumente, die soeben bei ihm eingegangen waren. Er wurde schier zerrissen von zwei Gefühlen, die gegensätzlicher nicht hätten sein können.

Zuallererst empfand er Triumph. Im Sommer hatten ihm die Leute von der Gegenspionage in der Ersten und der Zweiten Hauptverwaltung in kurzer Aufeinanderfolge drei Verräter präsentiert.

Der erste war der Diplomat Kruglow gewesen. Zwei Umstände hatten zu seiner Entlarvung geführt: Er hatte in der Botschaft von Buenos Aires gedient, und er hatte sich kurz nach seiner Rückkehr eine Wohnung für zwanzigtausend Rubel gekauft.

Ohne zu zögern hatte er alles zugegeben und gegenüber den hinter laufenden Tonbändern sitzenden Vernehmungsbeamten sein gesamtes Wissen ausgebreitet. Nach sechs Wochen hatte er nichts mehr zu berichten gewußt und war in eines der tiefsten Verliese gesteckt worden, wo selbst im Sommer die Temperaturen kaum über ein Grad Celsius klettern. Dort hockte er zähneklappernd und harrte seines weiteren Schicksals, das nun mit einem der vor Grischin liegenden Dokumente besiegelt worden war.

Im Juli war der Professor für Nuklearphysik hinter Gitter gewandert. Insgesamt hatten sechs Wissenschaftler seines Kalibers in Kalifornien Vorlesungen gehalten, doch hatte man den Kreis der Verdächtigen schnell auf vier einschränken können. Bei einer Blitzdurchsuchung von Blinows Wohnung in Arzamas-16 hatte man dann eine dilettantisch in einem Paar Socken versteckte Phiole mit unsichtbarer Tinte gefunden.

Auch er hatte sehr schnell gestanden. Der bloße Anblick Grischins und seiner Verhörspezialisten mit ihren Werkzeugen hatte genügt, um ihm die Zunge zu lösen Sogar die Ostberliner Adresse, an die er seine Briefe geschickt hatte, hatte er preisgegeben.

Grischin hatte das Direktorat K in Ostberlin sofort mit einer Razzia in dieser Wohnung beauftragt, doch war der Mieter eine Stunde vor dem Anrücken seiner Leute im Westteil der Stadt untergetaucht.

Und schließlich war ihm Ende Juli auch der Soldat aus Sibirien in die Hände gefallen. Sie hatten ihn dank seines Rangs in der GRU, seines Postens im Verteidigungsministerium, seines Einsatzes in Aden und nicht zuletzt dank einer Hausdurchsuchung identifizieren können, bei der sie herausfanden, daß eines seiner Kinder beim Stöbern nach Weihnachtsgeschenken zufällig Papas kleine Kamera entdeckt hatte.

Pjotr Solomin war anders gewesen. Selbst den grausamsten Qualen hatte er getrotzt. Aber auch ihn hatte Grischin zu guter Letzt gebrochen – es gelang ihm ja immer. Er hatte ihm einfach damit gedroht, seine Frau und seine Kinder in eines der gefürchtetsten Arbeitslager abtransportieren zu lassen.

Sie alle hatten geschildert, wie dieser lächelnde Amerikaner, der sich ihre Probleme so geduldig angehört und ihnen so vernünftige Vorschläge unterbreitet hatte, an sie herangetreten war. Und das war der Grund für Grischins zwiespältige Gefühle in diesem Moment: In den Triumph mischte sich eine gräßliche Wut auf diesen aalglatten Kerl, dessen Namen er jetzt kannte – Jason Monk.

Nicht einmal, nicht zweimal, sondern dreimal war dieser dreiste Schurke fröhlich in die UdSSR eingereist, hatte mit seinen Spionen gesprochen und war wieder davonspaziert. Und das unter den Augen des KGB! Je mehr er über diesen Mann erfuhr, desto unversöhnlicher wurde sein Haß.

Selbstverständlich hatte er alles überprüfen lassen. Seine Leute hatten die Passagierliste der *Armenia* durchgesehen, doch kein Pseudonym war ihnen aufgefallen. Allerdings erinnerte sich die Mannschaft vage an einen Texaner in typisch texanischer Kleidung, der dem Mann, den Solomin ihr beschrieben hatte, ähnelte. Wahrscheinlich war Monk also in die Rolle dieses Norman Kelson geschlüpft, aber beweisen ließ sich das nicht.

In Moskau hatten seine Detektive mehr Glück gehabt. Jeder amerikanische Tourist, der sich am fraglichen Tag in der Hauptstadt aufhielt, war wegen seines Antrags auf ein Visum behördlich registriert und stand außerdem in den Akten des Intouristbüros. So hatten sie am Ende das Metropol herausgefiltert und dort den Mann, der wegen eines angeblich verdorbenen Magens nicht an der Busfahrt nach Zagorsk teilgenommen hatte. Rein zufällig hatte Monk ausgerechnet an diesem Tag Professor Blinow in der Kathedrale von Wladimir getroffen. Dr. Philip Peters war der Name dieses Mannes gewesen. Grischin würde ihn sich merken.

Als die drei Verräter gestanden hatten, was sie alles diesem Amerikaner preisgegeben hatten, waren die KGB-Offiziere vor Schreck kreidebleich geworden.

Grischin legte die drei Dokumente aufeinander und tätigte noch einen Anruf. Todesurteile waren ihm immer ein besonderer Genuß.

General Wladimir Krjutschkow war mittlerweile vom Leiter der Ersten Hauptverwaltung zum Vorsitzenden des gesamten KGB befördert worden und unterstand darum direkt dem Präsidenten. Am Vormittag hatte er ihn in dessen Büro im Haus des Zentralkomitees am Nowajaplatz aufgesucht und ihm die drei Todesurteile zur Unterschrift vorgelegt. Danach hatte er sie mit dem Vermerk: »Sofort erledigen!« ins Lefortowo-Gefängnis geschickt.

Der Oberst ließ die zum Tode Verurteilten eine halbe Stunde lang schmoren. Nur nicht zu schnell vollstrecken, hatte er seinen Schülern immer wieder eingeschärft, damit sie auch wirklich die Todesangst spürten. Als er sich dann endlich nach unten begab, knieten die drei Männer auf dem Kies im von hohen Mauern umgebenen Hof, den nie ein Sonnenstrahl erreichte.

Der Diplomat kam als erster an die Reihe. Er schien unter Schock zu stehen und murmelte permanent »njet, njet«, als der für die Hinrichtung abkommandierte Sergeant den Lauf seiner Neunmillimeter-Makarov gegen seinen Hinterkopf drückte. Auf ein Nicken von Grischin hin drückte der Mann ab. Ein Blitz, und es regnete Blut und Knochensplitter. Einen Wimpernschlag danach prallte Kruglow mit dem, was von seinem Gesicht noch übrig war, auf dem Boden auf.

Der Wissenschaftler, ein eingefleischter Atheist, flehte den allmächtigen Gott an, er möge seiner Seele gnädig sein. Was kaum zwei Meter neben ihm geschehen war, schien er gar nicht bemerkt zu haben. Wie der Diplomat kippte auch er mit dem Gesicht nach vorn.

Oberst Pjotr Solomin war der letzte. Er starrte zum Himmel hinauf, sah vielleicht ein letztes Mal die Wälder und Flüsse seiner Heimat, die so reich an Wild und Fischen waren. Als er den kalten Stahl am Hinterkopf spürte, führte er den linken Arm um seinen Körper und deutete auf den hinter ihm an der Mauer stehenden Grischin. Der Mittelfinger war kerzengerade ausgestreckt.

»Feuer!« schrie der Oberst, und im nächsten Moment war alles vorbei. Er ordnete eine Beerdigung in nicht gekennzeichneten Gräbern in den Wäldern außerhalb Moskaus an. Selbst im Tod durfte es keine Gnade geben. Den Hinterbliebenen wurde für immer ein Ort verwehrt, an dem sie Blumen für die Toten hätten ablegen können.

Oberst Grischin stolzierte zur Leiche des Sibirers hinüber und beugte sich sekundenlang über ihn, ehe er sich wieder aufrichtete und davonging.

Kaum war er in sein Büro zurückgekehrt, um mit dem Bericht zu beginnen, als das rote Licht seines Telefons aufleuchtete. Der Anruf kam von einem Kollegen aus der Ermittlungsabteilung der Zweiten Hauptverwaltung.

»Wir glauben, daß wir den vierten bald haben«, meldete der Mann. »Es kommen nur noch zwei in Frage. Beide Oberst, beide in der Spionageabwehr, beide in Ostberlin. Wir beobachten sie rund um die Uhr. Früher oder später kriegen wir den richtigen. Sollen wir Ihnen Bescheid geben, wenn wir zuschlagen? Wollen Sie bei der Verhaftung dabeisein?«

»Geben Sie mir zwölf Stunden«, sagte Grischin. »Nur zwölf Stunden, und ich bin da. Diesen da will ich für mich. Mit ihm ist es eine persönliche Sache.«

Die Ermittler wußten, daß ein mit allen Wassern gewaschener Offizier der Gegenspionage die härteste Nuß von allen war. Nach langen Jahren an vorderster Front roch er sofort den Braten, wenn sich die Gegenspionage gegen ihn richtete. Solche Leute versteckten keine unsichtbare Tinte in zusammengerollten Socken und kauften keine Wohnungen.

Früher war alles leichter gewesen. Ein Verdächtiger wurde verhaftet und so lange in die Zange genommen, bis man ein Geständnis hatte oder ihm einen Fehler nachweisen konnte. Im Jahr 1990 bestanden die Behörden jedoch auf einem Schuldbeweis oder zumindest ernstzunehmenden Indizien, ehe man die Folterinstrumente auspacken durfte. Nun, Lysander würde keine Spuren hinterlassen. Ihn mußte man auf frischer Tat ertappen. Dafür waren Fingerspitzengefühl und Zeit nötig.

Darüber hinaus war Berlin jetzt eine offene Stadt. Rein technisch galt der Osten zwar noch als sowjetischer Sektor, aber die Mauer war verschwunden. Wenn er etwas merkte, konnte sich der Schuldige mühelos davonmachen – eine kurze Autofahrt auf die Lichter des Westens zu, und schon war er in Sicherheit. Und dann war es zu spät.

10

Die Projektgruppe war auf fünf Mitglieder begrenzt worden. Dazu gehörten der Vorsitzende des geopolitischen Komitees, sein Pendant von der Abteilung Strategie, der Sprecher der Wirtschaftsexperten, Saul Nathanson und Nigel Irvine. Letzterer fand sich automatisch in der Rolle des Vorsitzenden wieder, während die anderen vor allem Fragen stellten.

»Reden wir nicht lange um den heißen Brei herum«, eröffnete Ralph Brooke, der Vertreter der freien Wirtschaft, die Diskussion. »Ziehen Sie die Ermordung dieses Komarow in Erwägung?«

»Nein.«

»Warum nicht?«

»Weil das in den seltensten Fällen gelingt. Und selbst bei einem Erfolg wären die Probleme damit nicht gelöst.«

Irvine erinnerte sich nur zu gut an verschiedene gescheiterte Versuche der mit Geld und Technologie bestens ausgestatteten CIA, Fidel Castro zu »erledigen«. Was hatten sie sich nicht alles einfallen lassen! Sprengstoff in den Zigarren, die der Diktator dann nicht rauchte; ein mit Gift getränkter Anzug, den er nicht tragen wollte; Schuhcreme, deren Dämpfe Haarausfall verursachen und ihn so seiner Bartpracht berauben sollten. Sie hatten sich nur lächerlich gemacht. Zuletzt hatte die CIA die Mafia beauftragt, die es mit noch grotesqueren Methoden versuchte. Der von der Cosa Nostra beauftragte Killer John Roselli fand, mit Betonschuhen bekleidet, ein unrühmliches Ende in der Florida Bay, und Castro hielt auch weiterhin seine siebenstündigen Reden, die allein schon Grund genug waren, den Mann zu beseitigen.

Charles de Gaulle überlebte sechs Anschläge der OAS, der Crème de la crème der französischen Kampfeinheiten, König Hussein von Jordanien sogar noch mehr, und bei Saddam Hussein hatte man irgendwann zu zählen aufgehört.

»Warum schließen Sie ein Gelingen aus, Nigel?«

»Ich habe nicht gesagt, daß ich es ausschließe, sondern es nur für extrem schwierig halte. Er wird hervorragend abgeschirmt. Der für seine Sicherheit zuständige Mann ist kein Dummkopf.«

»Aber selbst wenn es klappte, wir hätten nichts davon?«
»Nein. Der Mann wäre ein Märtyrer. Dann würde eben ein anderer in seine Fußstapfen treten und im Land aufräumen. Wahrscheinlich würde er dasselbe Programm sozusagen als Vermächtnis des verlorenen Führers durchsetzen.«
»Was schlagen Sie dann vor?«
»Kein Politiker ist gegen Destabilisierung gefeit – ein Wort, das die Amerikaner geprägt haben, glaube ich.«
Einige lächelten wehmütig. Früher hatten State Department und FBI wiederholt alles darangesetzt, um linkslastige Regierungen im Ausland zu destabilisieren.
»Was wäre vonnöten?«
»Geld.«
»Kein Problem«, sagte Saul Nathanson. »Nennen Sie den Betrag.«
»Danke. Mehr dazu später.«
»Was noch?«
»Technische Hilfsmittel. Müßten finanzierbar sein. Und ein Mann.«
»Was für eine Art von Mann?«
»Ein guter. Einer der nach Rußland gehen und dort bestimmte Dinge auf die Beine stellen kann.«
»Das ist Ihr Bereich. Wenn es also gelingt, den Mann in Mißkredit zu bringen – übrigens völlig zu Recht –, und seine Anhänger von ihm abfallen, wie geht es dann weiter?«
»Nun, das ist das eigentliche Problem«, gab Irvine zu. »Komarow ist kein Scharlatan. Er ist äußerst geschickt, leidenschaftlich und hat Charisma. Er hat ein Gespür für die tatsächlichen Wünsche des Volkes und geht darauf ein. Er ist eine Ikone.«
»Eine was?«
»Eine Ikone. Kein religiöses Gemälde, sondern ein Symbol. Er steht für etwas. Alle Nationen brauchen etwas – eine Person oder ein Symbol –, woran sie sich festhalten können, das einer wild zusammengewürfelten Masse ein Gefühl der Identität und Einheit verleiht. Ohne ein solches einheitsstiftendes Symbol würden die Splittergruppen nur übereinander herfallen. Rußland ist ungeheuer groß und besteht aus vielen verschiedenen Völkern. Der Kommu-

nismus war zwar brutal, aber er gewährleistete Einheit. Einheit durch Zwang. Das gleiche konnte man ja auch nach dem Zusammenbruch des Kommunismus in Jugoslawien beobachten. Zum freiwilligen Zusammenschluß bedarf es eines solchen Symbols. Sie in Amerika haben Ihre *Old Glory*, wir Briten unsere Krone. Im Moment ist Igor Komarow die einzige Ikone der Russen. Was für üble Kratzer sie hat, das sehen nur wir.«

»Welche Strategie verfolgt er?«

»Wie alle Demagogen spielt er mit den Hoffnungen der Leute, ihren Wünschen, ihren Vorlieben und Antipathien, vor allem aber mit ihren Ängsten. Auf diese Weise gewinnt er ihre Herzen. Damit bekommt er ihre Stimmen, und die bringen ihn an die Macht. Die Macht kann er dann dazu benutzen, die ganze Maschinerie aufzubauen, mit der er die Ziele des Schwarzen Manifests durchsetzen wird.«

»Aber was ist, wenn er ausgeschaltet wird? Dann herrscht doch nur wieder Chaos. Oder es bricht ein Bürgerkrieg aus.«

»Wahrscheinlich. Es sei denn, wir bringen eine andere und bessere Ikone ins Spiel. Eine, die die Liebe des russischen Volkes auch wert ist.«

»Der Mann müßte erst noch geboren werden.«

»Ach, es gab mal einen«, sagte Nigel Irvine. »Vor langer, langer Zeit. Das war der Zar aller Russenvölker.«

LANGLEY, SEPTEMBER 1990
Oberst Turkin alias Agent Lysander schickte eine dringende Nachricht an Jason Monk persönlich. Sie stand auf einer Postkarte von der Terrasse des Ostberliner Operncafés. Der Inhalt war so schlicht wie harmlos: »Hoffentlich sehen wir uns bald wieder. Alles Gute, José-Maria.« Adressiert war die Karte an eine sichere CIA-Außenstelle in Bonn, und laut Poststempel war sie in Westberlin aufgegeben worden.

Von wem diese Karte stammte, konnten die Bonner CIA-Leute nicht feststellen. Sie lasen nur den Namen des Adressaten, Jason Monk, und der war in Langley. Der Umstand, daß sie in Westberlin aufgegeben worden war, hatte nichts zu besagen. Turkin hatte sie fertig frankiert durch das offene Fenster in ein Auto mit

Westberliner Nummer geworfen und dem verblüfften Fahrer im Weitergehen »Bitte!« zugerufen. Als seine Beschatter um die Ecke bogen, war alles schon wieder vorbei. Der Berliner war so nett gewesen und hatte die Karte aufgegeben.

Solche Aktionen auf gut Glück werden nicht empfohlen, aber es ist schon Merkwürdigeres vorgekommen.

Auffällig an dieser Karte war das Datum. Sie war am achten September abgestempelt worden, und jeder Deutsche oder Spanier hätte 8. 9. 90 geschrieben. Aber hier stand es in der amerikanischen Schreibweise, mit dem Monat zuerst und dann dem Tag. Außerdem stimmte es nicht. Es hieß 9/23/90. Für Monk bedeutete das: Ich muß Sie am dreiundzwanzigsten Tag dieses Monats um neun Uhr treffen. Und dem spanischen Namen entnahm Monk: Lage kritisch. Dringend!

Der Treffpunkt war klar: die Terrasse des Operncafés in Ostberlin.

Am dritten Oktober sollte mit der Wiedervereinigung Deutschlands endgültig die Teilung Berlins aufgehoben werden. Damit fand auch die Vormachtstellung der UdSSR im Osten ein Ende. Die Westberliner Polizei würde einziehen und nach westdeutschem Muster für Recht und Ordnung sorgen. Von da an würde sich der KGB mit einer wesentlich kleineren Zentrale im Gebäude der sowjetischen Botschaft Unter den Linden begnügen müssen. Für die größeren Operationen war dann Moskau zuständig. Das hieß, daß Turkin möglicherweise nach Moskau abgezogen wurde. Wenn er sich absetzen wollte, dann jetzt. Andererseits lebten seine Frau und sein Sohn in Moskau. Gerade hatte die Schule wieder begonnen.

Irgend etwas brannte ihm unter den Nägeln, und er wollte es seinem Freund persönlich sagen. Und zwar dringend. Im Gegensatz zu Turkin wußte Monk von Delphis, Orions und Pegasus' Verschwinden. Mit jedem Tag, der verstrich, wuchsen Monks Sorgen.

Bis auf einen waren sämtliche Gäste abgereist. Vorher waren unter Aufsicht sämtliche Kopien der Dokumente, ausgenommen Sir Nigels persönliche Unterlagen, restlos verbrannt und die Aschenreste in den Wind gestreut worden.

Als letzter verließ Irvine gemeinsam mit dem Gastgeber die Ranch.

Er war ihm dankbar, daß er in seiner Privatmaschine mit nach Washington fliegen durfte. Das traf sich gut, denn er kannte dort jemanden. Vom abhörsicheren Flugzeugtelefon aus rief er einen alten Freund an, der in der Nähe von Washington lebte, und verabredete sich mit ihm zum Essen. Danach machte er es sich auf dem Ledersitz gegenüber seinem Gastgeber bequem.

»Ich weiß, daß wir keine weiteren Fragen stellen sollen«, eröffnete Saul Nathanson das Gespräch und schenkte zwei Gläser edlen Chardonnay ein. »Aber darf ich Sie etwas Persönliches fragen?«

»Aber selbstverständlich, mein lieber Freund. Eine Antwort kann ich Ihnen allerdings nicht garantieren.«

»Ich versuche es einfach mal. Als Sie nach Wyoming kamen, hofften Sie doch sicher, die Vollmacht für die eine oder andere Operation zu erhalten, nicht wahr?«

»So ungefähr. Aber dann haben Sie den Sachverhalt viel besser umschrieben, als ich es je vermocht hätte.«

»Wir alle waren zutiefst entsetzt. Aber es saßen sieben Juden am Tisch. Warum ausgerechnet Sie?«

Nigel Irvine sah auf die unter ihnen treibenden Wolken hinab. Irgendwo darunter mußten sich die riesigen Weizenprärien Amerikas erstrecken. Jetzt, im September konnte man hier noch ernten! Wie viele Menschen davon lebten! Er sah wieder einen anderen Ort, weit entfernt von hier und lange her. Britische Tommies übergaben sich in der Sonne; Bulldozerfahrer hielten sich wegen des Gestanks Masken vors Gesicht, während sie die Berge von Toten in klaffende Gruben schoben; aus stinkenden Etagenkojen reckten sich die Arme lebender Skelette, menschliche Krallen, die stumm um ein bißchen Essen bettelten.

»Weiß ich eigentlich selbst nicht. Hab' es einmal mitgemacht und will es nicht noch mal erleben. Bin wohl altmodisch.«

»Altmodisch«, lachte Nathanson. »Okay, dann trinke ich darauf. Wollen Sie selbst nach Rußland reisen?«

»Es läßt sich wohl nicht vermeiden.«

»Passen Sie gut auf sich auf, mein Lieber.«

»Wissen Sie, Saul, wir hatten einen Spruch beim Geheimdienst: Es gibt alte Agenten, und es gibt wagemutige Agenten. Aber wagemutig und alt in einem, das gibt es nicht. Ich werde auf mich aufpassen.«

Da Irvine einen Zwischenstopp in Georgetown einlegen wollte, hatte sein Freund das La Chaumière vorgeschlagen, ein hübsches kleines Restaurant mit französischem Flair ganz in der Nähe des Four Season.

Irvine war als erster da. Er fand eine Bank und wartete dort – ein weißhaariger alter Mann, an dem junge Burschen auf ihren Rollerblades vorbeischossen.

Der Chef des SIS ist, anders als der CIA-Direktor, traditionsgemäß ein Praktiker, der es im eigenen Haus zu was gebracht hatte. Aus diesem Grund fühlte sich Irvine bei seinen Besuchen in Langley stets eher zu den für die Operationen direkt zuständigen Vizedirektoren hingezogen. Mit ihnen fand er sich auf einer Wellenlänge, die er mit dem vom Weißen Haus ernannten Direktor nicht so ohne weiteres herstellen konnte.

Ein Taxi fuhr vor, aus dem ein weißhaariger Amerikaner seines Alters kletterte. Während der Mann noch zahlte, überquerte Irvine die Straße und tippte ihm auf die Schulter. »Lange nicht gesehen. Wie geht's Ihnen, Carey?«

Carey Jordan grinste über das ganze Gesicht. »Nigel, was zum Henker treiben Sie hier? Und warum die Einladung zum Mittagessen?«

»Haben Sie was dagegen?«

»Ganz und gar nicht. Schön, Sie wiederzusehen.«

»Dann besprechen wir alles Weitere drinnen.«

Sie waren früh dran. Das Restaurant war noch so gut wie leer. Der Kellner erkundigte sich, ob sie einen Tisch für Raucher oder für Nichtraucher wollten. Raucher, sagte Jordan. Irvine zog eine Augenbraue hoch. Sie waren beide Nichtraucher.

Der Kellner brachte ihnen die Speise- und Weinkarte. Beide entschieden sich für eine Vorspeise und danach Fleisch. Beim Studium der Bordeauxweine entdeckte Irvine einen exzellenten Beychevelle. Der Kellner strahlte. Die Flasche war nicht billig und lag schon lange im Keller. Binnen weniger Minuten kam er zurück, zeigte ihnen das Etikett und füllte den Wein in eine Karaffe um.

»Nun?« fragte Carey Jordan, als sie allein waren. »Was führt Sie in dieses Nest? Nostalgie?«

»Das nicht gerade. Ein Problem, glaube ich.«

»Hat es vielleicht mit den hohen Tieren zu tun, mit denen Sie in Wyoming debattiert haben?«

»Ach, Carey, mein lieber Carey! Die hätten Sie nie feuern dürfen!«

»Ich weiß. Also, worum geht es?«

»In Rußland braut sich etwas ganz Übles zusammen.«

»Sagen Sie mir lieber was Neues.«

»Es stellt alle bisherigen Greuel in den Schatten. Und die offiziellen Dienste unserer beiden Länder sind von höchster Stelle zurückgepfiffen worden.«

»Warum?«

»Hemmungen, nehme ich an.«

»Und das soll neu sein?« schnaubte Jordan.

»Wie dem auch sei, letzte Woche waren alle der Meinung, daß jemand rüberfliegen und sich einmal umsehen sollte.«

»Jemand? Trotz der Warnung?«

»Das war die allgemeine Auffassung.«

»Wie kommen Sie da gerade auf mich? Ich habe damit nichts mehr zu tun. Seit zwölf Jahren schon.«

»Sprechen Sie noch mit denen in Langley?«

»Mit denen spricht keiner mehr.«

»Genau deswegen bin ich ja auf Sie gekommen, Carey. Ich brauche einen Mann. Einen, den man nach Rußland schicken kann. Einen, der dort nicht auffällt.«

»Schwarz?«

»Leider, ja.«

»Gegen den VSD?«

Nachdem Gorbatschow kurz vor seiner eigenen Entmachtung den KGB zerschlagen hatte, war die Erste Hauptverwaltung in SVR umbenannt worden, hatte aber ihre Zentrale am Jasenewoplatz behalten dürfen. Die Zweite Hauptverwaltung, die für innere Sicherheit zuständig war, arbeitete unter dem neuen Namen VSD, Vereinte Sicherheitsdienste, weiter.

»Wahrscheinlich gegen noch viel üblere Burschen.«

Carey kaute nachdenklich seine Brasse. »Nein«, erklärte er schließlich mit einem bedächtigen Kopfschütteln, »der würde nicht mehr hingehen. Der wäre nicht mehr bereit.«
»Wer? Wer wäre nicht mehr bereit?«
»Jemand, an den ich gerade dachte. Aber der ist auch nicht mehr dabei. Wie ich. Allerdings nicht so lange. Das war ein guter Mann! Eiserne Nerven, einfallsreich, ein Naturtalent, absolute Spitze. Wurde vor fünf Jahren gefeuert.«
»Er lebt noch?«
»Habe nichts Gegenteiliges gehört. Hey, der Wein ist gut! So was kriege ich nicht alle Tage.«
Irvine schenkte ihm nach.
»Wie heißt der Bursche, der nicht mehr hingehen würde?«
»Monk. Jason Monk. Sprach russisch wie seine Muttersprache. Der beste Agentenführer, den ich je hatte.«
»Okay, auch wenn er nicht mehr will, erzählen Sie mir ein bißchen übe diesen Jason Monk.«
Der ehemalige DDO tat ihm den Gefallen.

Es war ein milder Herbstabend, und die Caféterrasse war überfüllt. So achtete auch niemand auf den mit einem leichten Sommeranzug aus deutscher Produktion bekleideten Turkin, der sich an einem soeben freigewordenen Tisch unmittelbar beim Bürgersteig niederließ.
Als der Kellner den Tisch abräumte, bestellte er einen Kaffee, schlug eine deutsche Zeitung auf und fing an zu lesen.
Weil Turkin in der Gegenspionage groß geworden war, in der seit jeher Überwachung im Vordergrund stand, galt er auch als Experte für Gegenüberwachung. Aus diesem Grund hielten seine Beschatter vom KGB tunlichst Abstand. Aber sie waren da. Ein Mann und eine Frau hatten sich auf der gegenüberliegenden Seite vom Platz der Oper auf eine Bank gesetzt und beobachteten ihn von dort aus. Mit ihren Walkmankopfhörern wirkten sie jung und unbeschwert.
Die beiden standen mit zwei um die Ecke geparkten Wagen in Verbindung, teilten durch ihr diskret angebrachtes Mikrofon alles mit, was ihnen auffiel, und erhielten Anweisungen. In den Wagen

saßen die Männer vom Zugriffkommando. Der langersehnte Verhaftungsbefehl war erteilt worden.

Zwei Mitteilungen hatten letztlich den Ausschlag gegen Turkin gegeben. Ames hatte erwähnt, Lysander sei außerhalb der UdSSR angeworben worden und spreche spanisch. Aufgrund dessen hatte der KGB sämtliche Akten über Lateinamerika und Spanien gewälzt. Zwei Kandidaten waren übriggeblieben. Ein Mann, der vor fünf Jahren seinen ersten Auslandsposten in Ecuador angetreten hatte und später nach Ostberlin versetzt worden war, war ein heißer Tip gewesen, aber schließlich durch das Raster gefallen, denn laut Ames war Lysander vor sechs Jahren rekrutiert worden.

Den zweiten und entscheidenden Hinweis verdankten sie einer Überprüfung sämtlicher Telefonverbindungen, die am Tag der fehlgeschlagenen Razzia in der Ostberliner Zweigstelle des KGB hergestellt worden waren. Sie hatten ja nie wirklich glauben können, daß sich der Mieter der CIA-Adresse rein zufällig eine Stunde vor der Durchsuchung abgesetzt hatte.

Aus den Unterlagen ergab sich, daß jemand von der öffentlichen Zelle in der Vorhalle eben diese Nummer angerufen hatte. Der andere Verdächtige war an diesem Abend in Potsdam gewesen, so daß Oberst Turkin übrigblieb. Und er hatte die gescheiterte Razzia geleitet.

Die Verhaftung hätte schon früher stattfinden sollen, doch dann hatte sich ein hochrangiger Offizier aus Moskau angemeldet. Dieser bestand auf seiner Teilnahme und wollte Turkin anschließend höchstpersönlich nach Moskau eskortieren. Und nun war der Verdächtige völlig überraschend zu Fuß losmarschiert, so daß seine Beschatter keine andere Wahl hatten, als sich an seine Fersen zu heften.

Ein marokkanischer Schuhputzer schlurfte über den Bürgersteig auf die Caféterrasse zu und bot den Besuchern durch Gesten seine Dienste an. Er erntete nur ein allgemeines Kopfschütteln. Die Ostberliner waren den Anblick von Schuhputzjungen in ihren Cafés nicht gewöhnt, und die meisten der Besucher aus dem Westen glaubten, es gebe ohnehin schon zu viele Asylbewerber aus der Dritten Welt in ihrer reichen Stadt.

Schließlich nickte wenigstens einer dem Mann zu. Sofort klappte er seinen winzigen Hocker auf, kauerte sich vor seinem Kunden nieder und trug eilig schwarze Creme auf die klobigen Halbschuhe auf.

Im nächsten Augenblick näherte sich auch schon ein Kellner, der ihn wegscheuchen wollte.

»Da er angefangen hat, kann er genausogut weitermachen«, meinte der Gast in einem nicht ganz akzentfreien Deutsch. Mit einem Achselzucken entfernte sich der Kellner wieder.

»Lange Zeit nicht mehr gesehen, Kolja«, murmelte der Schuhputzer auf spanisch. »Wie geht's Ihnen?«

»Nicht so gut. Ich fürchte, es gibt Probleme.«

»Welche?«

»Vor zwei Monaten mußte ich eine Wohnung durchsuchen lassen. Sie war als CIA-Adresse denunziert worden. Ich konnte den Mann noch anrufen, und er schaffte die Flucht. Aber wie haben sie es erfahren? Hat jemand ausgepackt?«

»Möglicherweise. Was hat Sie darauf gebracht?«

»Es kommt noch schlimmer. Vor zwei Wochen war ein Offizier aus Moskau hier. Ich weiß, daß er in der Abteilung Analyse arbeitet. Seine Frau ist Ostdeutsche, und darum machten sie hier Urlaub. Bei einer Feier war er fürchterlich betrunken und prahlte damit, daß sie in Moskau mehrere Leute verhaftet haben. Einen aus dem Verteidigungsministerium und einen aus dem Auswärtigen Amt.«

Die Nachricht traf Monk wie ein Schlag ins Gesicht.

»Jemand am Tisch meinte: ›Ihr müßt eine gute Quelle im Lager der Feinde haben.‹ Da hat der Mann augenzwinkernd auf seine Nase getippt.«

»Sie müssen raus, Kolja. Heute nacht noch. Wechseln Sie in den Westen rüber.«

»Ich kann doch Ludmilla und Juri nicht allein zurücklassen. Sie sind in Moskau.«

»Holen Sie sie zu sich, mein Freund. Lassen Sie sich irgendeine Ausrede einfallen. Dieser Stadtteil ist noch zehn Tage lang sowjetisches Hoheitsgebiet. Dann geht er an den Westen, und der KGB hat hier nichts mehr zu melden.«

»Sie haben recht. In den nächsten Tagen kommen wir rüber, die ganze Familie. Helfen Sie uns?«

»Das nehme ich persönlich in die Hand. Aber Sie dürfen nicht länger zögern.«

Der Russe drückte dem Schuhputzer eine Handvoll Ostmark in die Hand, die dieser in wenigen Tagen in das hochbegehrte Westgeld umtauschen konnte. Der Marokkaner erhob sich, bedankte sich mit einer Verneigung und schlurfte weiter.

Die Beobachter auf der Bank hörten eine Stimme an ihrem Ohr: »Wir sind vollzählig. Die Verhaftung läuft. Los, los, los!«

Zwei graue tschechische Tatras schossen um die Ecke und rasten auf die Caféterrasse zu. Drei Männer sprangen aus dem ersten, stießen zwei Passanten um, die ihnen im Weg waren, und packten einen Cafébesucher an einem der vorderen Tische. Aus dem zweiten Wagen kamen noch einmal zwei Männer, die die hintere Tür aufrissen und daneben stehenblieben.

Unter den entsetzten Schreien der anderen Gäste wurde der Mann mit dem Sommeranzug zum zweiten Auto geschleift und hineingestoßen. Dann wurde die Tür zugeknallt, und der Wagen jagte mit quietschenden Reifen davon. Die Häscher sprangen blitzschnell in den ersten Wagen und rasten dem anderen hinterher. Die Operation hatte sieben Sekunden gedauert.

Aus einer Entfernung von höchstens hundert Metern mußte Jason Monk hilflos dem Geschehen zusehen.

»Was ist nach Berlin geschehen?« erkundigte sich Sir Nigel Irvine.

Die ersten Mittagsgäste steckten ihre Kreditkarten wieder ein und eilten zurück an ihre Arbeitsplätze oder ins Freizeitvergnügen. Der Engländer hob die Flasche Beychevelle ins Licht, stellte fest, daß sie leer war, und bedeutete dem Kellner, noch eine zweite zu bringen.

»Wollen Sie mich etwa unter den Tisch trinken, Nigel?« fragte Carey mit einem verschmitzten Lächeln.

»Ach was. Ich glaube, wir sind alt und häßlich genug, um unseren Wein wie Gentlemen zu genießen.«

»Stimmt. Außerdem wird mir dieser Tage nicht allzuoft Château Beychevelle angeboten.«

Der Kellner brachte die neue Flasche und füllte auf Nigels Nicken hin die Karaffe.

»Worauf wollen wir trinken?« fragte Jordan. »Auf das große Spiel?... Oder vielmehr den großen Mist?« fügte er bitter hinzu.
»Nein, auf die alten Tage. Und auf die Integrität. Die vermisse ich bei den Jungen wohl am meisten. Moral und Integrität.«
»Darauf stoße ich gern an. Doch zurück nach Berlin. Bei seiner Rückkehr war Monk wütender als ein Berglöwe, dem sie Feuer unterm Hintern gemacht haben. Ich war natürlich nicht mehr dabei, aber ich hatte immer noch Kontakt mit Leuten wie Milt Bearden. Deshalb blieb ich auf dem laufenden.
Monk rannte durch das ganze Haus und sagte so gut wie jedem, daß in der Abteilung Sowjetunion ziemlich weit oben ein Maulwurf sitzen mußte. Natürlich wollte keiner was davon hören. Er solle doch einen Bericht schreiben, sagten sie ihm. Und das tat er dann auch. Das war ein ganz schön haarsträubendes Dokument. Darin bezichtigte er so ziemlich jeden der Unfähigkeit.
Damals war es Milt Bearden endlich gelungen, Ames aus dem Zuständigkeitsbereich für die Sowjetunion hinauszukomplimentieren. Aber der Typ war wie ein Blutegel. In der Zwischenzeit hatte der Direktor alle Abteilungen neu strukturiert. Unter dem Dach der Gegenspionage wurde jetzt das Ressort Analyse untergebracht, und das wiederum wurde dem Bereich Sowjetunion übergeordnet. Für diesen Zweig wurde ein für die Operationen zuständiger Mann aus dem früheren Direktorat gebraucht. Mulgrew schlug Ames vor, und der bekam doch glatt den Job. Dreimal dürfen Sie raten, an wen sich Monk mit seiner Beschwerde wenden mußte. An Aldrich Ames höchstpersönlich.«
»Das muß ja ein ganz schön harter Schlag für das ganze System gewesen sein«, murmelte Irvine.
»Der Teufel kümmert sich um die Seinen, heißt es. Nun, von Ames' Standpunkt aus gesehen, hätte gar nichts Besseres passieren können, als daß jetzt er für Monk zuständig war. Damit hatte er die Möglichkeit, Monks Bericht in der Luft zu zerreißen – was er auch prompt tat. Ja, er ging sogar noch weiter und beschuldigte seinerseits Monk der unbegründeten Panikmache. Das seien doch alles völlig haltlose Behauptungen, sagte er.
Aber das Beste kommt noch: Es gab eine interne Untersuchung – nicht gegen einen möglichen Maulwurf, sondern gegen Monk.«

»Eine Art Kriegsgericht?«

Carey Jordan nickte verbittert. »So kann man es wohl nennen. Ich hätte mich ja für ihn verbürgt, aber ich war um diese Zeit auch nicht wohlgelitten. Wie dem auch sei, kein anderer als Ken Mulgrew leitete die Untersuchung, und am Ende stellten sie fest, Monk habe das Treffen in Berlin nur inszeniert, um seinen verblassenden Ruhm noch einmal aufzupolieren.«

»Nett von ihnen.«

»Sehr nett. Aber inzwischen war der Bereich Operationen fest in der Hand von Bürokraten, sieht man einmal von den alten Haudegen ab, die auf ihre Pensionierung warteten. Nach vierzig Jahren hatten wir endlich den kalten Krieg gewonnen, und das sowjetische Imperium brach zusammen. In welchem Licht hätten wir dastehen können! Aber statt dessen hackten die in einem fort aufeinander ein und schoben Berge von Papier hin und her.«

»Und was wurde aus Monk?«

»Der wäre fast gefeuert worden. Aber dann degradierten sie ihn nur, ließen ihn in der Registratur versauern. Mit dem Reisen war es also vorbei. Er hätte kündigen sollen, seine Abfindung kassieren und gehen. Aber der Kerl hat ja noch nie lockergelassen. Er hielt unbeirrt durch, in der festen Überzeugung, daß er eines Tages rehabilitiert würde. Und das war schließlich auch der Fall.«

»Man glaubte ihm?«

»Natürlich. Aber zu spät.«

MOSKAU, JANUAR 1991

Schäumend vor Wut stapfte Oberst Anatoli Grischin vom Vernehmungsraum in sein Büro.

Die Männer waren zufrieden. Was es zu wissen gab, hatten sie in Erfahrung gebracht. Weitere Sitzungen des *Monach*-Komitees erübrigten sich damit. Sie hatten ja alles auf Band: die ganze Geschichte, angefangen mit dem kleinen Jungen, der 1983 in Nairobi erkrankt war, bis hin zur Ergreifung im Operncafé im letzten September.

Die Mitglieder der Ersten Hauptverwaltung ahnten, daß Monk bei seinen eigenen Leuten in Ungnade gefallen war, daß man ihn kaltgestellt hatte. Für sie konnte das nur heißen, daß er jetzt keine

Agenten mehr führte. Es waren insgesamt vier gewesen, und sie waren allesamt aus dem Verkehr gezogen worden. Ein einziger lebte noch, aber nicht mehr lange, dessen war sich Grischin sicher.

Folglich brauchten sie das *Monach*-Komitee nicht mehr und konnten es getrost auflösen. Jetzt endlich hätte Grischin seinen Triumph auskosten können. Wenn er das dennoch nicht tat, so lag das an einem kleinen Detail, das bei der letzten Vernehmungsrunde herausgekommen war.

Hundert Meter! Hundert kümmerliche Meter! Aus dem Bericht des Beobachterteams war es noch nicht hervorgegangen. An seinem letzten Tag in Freiheit hatte Nikolai Turkin keinerlei Kontakt mit feindlichen Agenten hergestellt. Er hatte den ganzen Tag in der Zentrale verbracht, hatte dort auch in der Kantine zu Mittag gegessen und war dann völlig unerwartet weggegangen. Seine Beschatter waren ihm zu einem großen Café gefolgt, in dem er einen Kaffee getrunken und sich die Schuhe hatte putzen lassen.

Turkin selbst war es entschlüpft. Die zwei Beobachter am anderen Ende des Platzes hatten den Schuhputzer seine Arbeit verrichten und dann davonschlurfen sehen. Sekunden später waren die beiden KGB-Wagen mit Grischin auf dem Beifahrersitz des ersten um die Kurve geschossen. In diesem Moment war er nur hundert Meter von Jason Monk entfernt gewesen, noch dazu im sowjetischen Machtbereich.

Im Vernehmungsraum hatten sich alle Augen auf ihn gerichtet. Er war für die Verhaftung verantwortlich gewesen, schienen sie zu sagen, und hatte sich die fetteste Beute entgehen lassen.

Das würde natürlich Schmerzen zur Folge haben. Nicht, um dem Mann die Zunge zu lösen, sondern als Strafe, das hatte er sich geschworen. Aber dann war er überstimmt worden. General Bojarow hatte ihm mitgeteilt, daß der Direktor des KGB eine rasche Hinrichtung wünschte, denn angesichts der rasanten Veränderungen im Land befürchtete er die Aussetzung der Todesstrafe. Er wollte noch heute dem Präsidenten das Todesurteil zur Unterschrift vorlegen und es gleich am nächsten Morgen vollstrecken lassen.

Das Tempo der Veränderungen war in der Tat rasant. Von allen Seiten nahm dieser Abschaum von Journalisten der neuerdings befreiten Presse seinen Dienst unter Beschuß. Aber Grischin wußte, wie man mit Abschaum umging. Eines wußte er allerdings nicht: daß sein Vorgesetzter General Krjutschkow im August einen Putsch gegen Gorbatschow anzetteln, doch scheitern sollte, daß der Präsident sich rächen und den KGB in mehrere Fragmente aufsplittern und, damit nicht genug, daß die Sowjetunion im Dezember auseinanderbrechen sollte.

Während Grischin in seinem Büro vor sich hinbrütete, legte General Krjutschkow den Hinrichtungsbefehl gegen den ehemaligen KGB-Oberst Turkin auf den Schreibtisch des Präsidenten. Gorbatschow nahm seine Feder in die Hand, hielt inne und legte sie wieder beiseite.

Erst im August war Saddam Hussein in Kuwait eingefallen. Jetzt bombardierten die USA den Irak zu Tode. Eine Invasion zu Land stand unmittelbar bevor. Weltweit hatten sich verschiedene Staatsmänner als Friedensvermittler angeboten, darunter auch Michail Gorbatschow. Es war eine verlockende Rolle.

»Ich stimme zu, daß dieser Mann für sein Verbrechen die Todesstrafe verdient hat«, erklärte der Präsident.

»Das Gesetz verlangt sie«, bestätigte Krjutschkow.

»Sicher, aber im Augenblick halte ich sie nicht für ratsam.« Und damit reichte er dem Geheimdienstchef das Dokument ohne die nötige Unterschrift zurück. »Ich habe das Recht, Gnade walten zu lassen, und nehme es hiermit in Anspruch. Sieben Jahre Zwangsarbeit.«

Krjutschkow verließ zornbebend das Präsidentenbüro. Lange würde der diesen Degenerationserscheinungen nicht mehr zusehen, das schwor er sich. Früher oder später würde er zusammen mit Gleichgesinnten zuschlagen.

Die neue Hiobsbotschaft an diesem ohnehin schon schwarzen Tag brachte bei Grischin das Faß zum Überlaufen. Jetzt konnte er nur noch dafür sorgen, daß das Sklavenlager, in das sie Turkin schicken würden, zu der Sorte gehörte, in der keiner lange überlebte.

Anfang der achtziger Jahre waren die Arbeitslager für politische Gefangene vom zu zentral gelegenen Stret Mordavia weiter nach Norden in die Gegend von Perm, Grischins Geburtsort, verlegt worden. Rund um die Stadt Wseswjatskoje war ein Dutzend Konzentrationslager gruppiert worden. Die berüchtigsten hießen: Perm-35, Perm-36 und Perm-37.

Eigens für Landesverräter hatte man jedoch ein besonderes KZ eingerichtet. Nischni Tagil löste sogar bei abgebrühten KGB-Leuten Schrecken aus.

So brutal die Wächter dort auch waren, da sie außerhalb des Geländes lebten, konnten sie ihre Schikanen nur sporadisch einsetzen. Das meiste lief über Verfügungen: Reduzierung der Essensration, Erhöhung des Arbeitssolls. Um zu gewährleisten, daß die »Akademiker« kein Dasein fern des »wirklichen Lebens« führten, hatte man aus den übrigen Lagern die abgestumpftesten Gewaltverbrecher ausgesondert und mit ihnen in Nischni Tagil zusammengepfercht.

Grischin veranlaßte Nikolai Turkins Überstellung nach Nischni Tagil und schrieb unter die Verfügung »Zwangsarbeit« auf das Urteilsformular: »Unter verschärften Bedingungen.«

»Wie dem auch sei«, seufzte Carey Jordan, »jetzt erinnern Sie sich wohl an das Ende dieser unseligen Geschichte.«

»Im großen und ganzen. Aber schildern Sie mir doch die Einzelheiten.« Irvine erspähte den Kellner, winkte ihn herbei und sagte: »Bringen Sie uns bitte zwei Espresso.«

»Nun«, fing Carey an, »1993 nahm nach acht Jahren ergebnisloser Maulwurfjagd endlich das FBI die Sache in die Hand. Später behaupteten sie zwar, sie hätten die Nuß ganz allein binnen achtzehn Monaten geknackt, aber vorher war ja auch schon einige Arbeit geleistet worden – wenn auch zu langsam.

Eines muß ich den Feds ja lassen: Sie erledigten das, was eigentlich unsere Aufgabe gewesen wäre. Sie scherten sich einen Dreck um Bürgerrechte und besorgten sich gerichtliche Verfügungen zur Überprüfung sämtlicher Bankkonten der Verdächtigen. Ob sie wollten oder nicht, die Banken mußten mitziehen. Und es klappte. Aldrich Ames stellte sich als Anleger mit einem Millionenvermögen heraus, und das ohne seine Guthaben in der Schweiz, die man erst später entdeckte. Seine Behauptung, das Geld stamme von seiner in Kolumbien lebenden Frau, konnte widerlegt werden. Die Folge war, sie bewachten ihn auf Schritt und Tritt.

Sogar seinen Haushaltsmüll durchwühlten sie. In seiner Abwesenheit stellten sie das ganze Haus auf den Kopf und studierten alles, was er im Computer gespeichert hatte. Sie fanden Beweise in Hülle und Fülle: Briefe vom und an den KGB, Belege für gigantische Barzahlungen, Details über tote Briefkästen in und um Washington.

Am einundzwanzigsten Februar 1994 – mein Gott, Nigel, werde ich den Tag denn nie vergessen? – nahmen sie ihn in der Nähe seiner Villa in Arlington fest. Danach kam alles an den Tag.«

»Wußten Sie schon vorher Bescheid?«

»Nein. Ich schätze, es war auch ganz gut so, daß die vom Bureau mich nicht eingeweiht haben. Wenn ich damals gewußt hätte, was ich heute weiß, wäre ich vor ihnen dagewesen und hätte den Kerl höchstpersönlich umgebracht. Und wenn sie mich deswegen zehnmal auf den elektrischen Stuhl gesetzt hätten, das wäre es mir wert gewesen.«

Der ehemalige DDO fixierte einen Punkt im Restaurant, doch nicht ihn sah er, sondern eine Namenliste und Gesichter, die es längst nicht mehr gab.

»Fünfundvierzig Operationen, die zerschlagen, zweiundzwanzig Männer, die verraten wurden, achtzehn davon Russen, vier aus dem Westen. Vierzehn von ihnen hingerichtet! Und das alles, weil so ein abgestürzter kleiner Weißer-Kragen-Serienmörder ein großes Haus und einen Jaguar haben wollte.«

Obwohl Nigel Irvine den Schmerz des Mannes respektierte, murmelte er: »Sie hätten eine interne Untersuchung durchführen müssen.«

»Ich weiß, ich weiß. Im nachhinein wissen wir es alle. Wir hätten sofort die Finanzen überprüfen und auf den Schutz der Intimsphäre pfeifen sollen. Im Frühjahr 1986 hatte Ames bereits eine Viertelmillion abkassiert und in seiner Bank angelegt. Wir hätten die einundvierzig Topleute mit Zugang zu der Akte 301 dem verschärften Test am Lügendetektor unterziehen sollen. Eine Zumutung für die Unschuldigen, aber Ames wäre aufgedeckt worden.«

»Und Monk?« fragte der Engländer.

Carey Jordan stieß ein bitteres Lachen aus. Da der Kellner, der endlich auch den letzten Tisch abräumen wollte, mit der Rechnung wedelte, forderte ihn Irvine mit einer Geste auf, sie auf den Tisch zu legen. Der junge Mann brachte sie und blieb hinter den zwei letzten Gästen stehen, bis eine Kreditkarte auf der Rechnung lag. Dann nahm er beides an sich und ging damit zur Kasse.

»Ja, Monk. Er war auch völlig ahnungslos. Es war am *President's Day*, wissen Sie. Das ist ja bei uns ein bundesweiter Feiertag. Ich nehme an, er blieb zu Hause. In den Nachrichten wurde erst am nächsten Morgen darüber berichtet. Und am selben Tag traf auch dieser verdammte Brief bei ihm ein.«

WASHINGTON, FEBRUAR 1994
Der Brief landete am zweiundzwanzigsten Februar, dem Tag nach dem *President's Day*, in Monks Post.

Er steckte in einem steifen weißen Umschlag, und an der Briefmarke erkannte Monk, daß er durch die Posteinlaufstelle in Langley gegangen war, obwohl er nicht an sein Büro, sondern an seine Privatanschrift adressiert war.

Darin befand sich ein weiterer Umschlag mit dem Siegel einer US-Botschaft. Vorne stand in Maschinenschrift: Mr Jason Monk, c/o Posteinlaufstelle, CIA-Zentrale, Langley, Virginia. Darunter hatte jemand »bitte wenden« gekritzelt. Monk leistete der Aufforderung Folge und entdeckte die in der gleichen Schrift abgefaßte Mitteilung: »Persönlich in unserer Botschaft in Vilnius, Litauen, abgegeben. Sie werden den Typen wahrscheinlich kennen.« Da dieser Umschlag nicht frankiert war, mußte er im selben Sack wie die übrige Diplomatenpost in die USA gelangt sein.

Der zweite Umschlag enthielt noch einen dritten von weitaus schlechterer Qualität, wie sich unschwer an den von der Oberfläche abstehenden Holzschlifffragmenten erkennen ließ. In einem etwas eigenartigen Englisch stand darauf: »Bitte« – das Wort war dreimal unterstrichen – »Mr. Jason Monk bei der CIA geben. Von einem Freund.«

Darin befand sich der eigentliche Brief. Das Papier war so brüchig, daß es bei bloßer Berührung zu zerfallen drohte. Toilettenpapier? Vorsatzblätter eines Billigtaschenbuchs? Durchaus möglich.

Die Schriftzeichen waren russisch, die Hand, die die Buchstaben mit schwarzer Tinte hingekritzelt hatte, mußte gezittert haben. Überschrieben war der Brief mit: »Nischni Tagil, September 1994«.

Darunter stand:
»Lieber Freund Jason, falls diese Zeilen Sie je erreichen, bin ich bis dahin tot. Typhus, wissen Sie. Er kommt mit den Läusen und Flöhen. Das Lager wird jetzt geschlossen. Die wollen es ausradieren, als hätte es nie existiert, aber das ist auch nicht richtig.

Einem Dutzend Politischen ist Amnestie gewährt worden. In Moskau herrscht jetzt ein Mann namens Jelzin. Einer von den Freigelassenen ist ein Freund, ein Schriftsteller und Intellektueller aus Litauen. Ich glaube, ich kann ihm trauen. Er hat mir versprochen, diesen Brief aus dem Lager zu schmuggeln und Ihnen zu schicken, sobald er seine Heimat erreicht hat.

Ich werde wieder in einen Zug steigen müssen, werde bald wieder in einem Viehtransporter in ein anderes Lager gebracht, das ich aber nicht mehr sehen werde. Darum sende ich Ihnen mein Lebewohl und ein paar Neuigkeiten.«

Es folgte eine Schilderung dessen, was vor dreieinhalb Jahren nach seiner Verhaftung in Ostberlin geschehen war. Nikolai beschrieb, wie man ihn in der Zelle unter dem Lefortowo-Gefängnis geschlagen hatte, und gestand, daß er keinen Sinn mehr darin gesehen hatte, sein Wissen nicht preiszugeben. Er beschrieb die stinkende, mit Exkrementen beschmierte Zelle mit den weinenden Mauern, in der endlose Kälte herrschte, die grellen Lichter, die gebrüllten Fragen und die Folgen, wenn eine Antwort nicht schnell genug kam: eingeschlagene Zähne und Blutergüsse um die Augen.

Er berichtete auch von Anatoli Grischin. Der Oberst war so sehr von Turkins baldigem Tod überzeugt gewesen, daß er sich vor ihm mit seinen anderen Triumphen gebrüstet hatte. Bis ins Detail hatte er ihm das Schicksal von Männern geschildert, deren Namen er zum erstenmal hörte: Kruglow, Blinow und Solomin. Auf diese Weise erfuhr Turkin, was Grischin dem sibirischen Jäger alles angetan hatte, um ihn zum Reden zu bringen.

»Als es vorbei war, betete ich zu Gott, sterben zu dürfen, wie ich es seitdem so oft getan habe. In diesem Lager begeht ständig jemand Selbstmord, aber irgendwie klammerte ich mich an die Hoffnung, ich könnte durchhalten und eines Tages frei sein. Aber Sie würden mich nicht mehr erkennen. Ludmilla und mein Sohn Juri ebensowenig. Ich habe keine Haare, keine Zähne mehr, und das bißchen, was von meinem Körper noch übrig ist, haben meine Wunden und das Fieber entstellt.«

Er schilderte die lange Reise von Moskau zum Lager in einem Viehtransporter, in dem man ihn mit Schwerverbrechern zusammengesperrt hatte, die ihn bewußtlos geschlagen und ihm ins Gesicht gespuckt hatten, um ihn mit ihrer Tuberkulose anzustecken. Er ließ auch das Leben im Lager nicht aus, in dem man ihm noch knapper bemessene Rationen und noch härtere Arbeit zugeteilt hatte als den übrigen Häftlingen. Nach einem halben Jahr hatte er sich beim Schleppen von Baumstämmen das Schlüsselbein gebrochen, doch statt ihn zu versorgen, hatten die Aufseher streng darauf geachtet, daß er in Zukunft alle Lasten auf der verletzten Schulter trug.

Der Brief endete mit den Worten: »Ich bedaure nichts von dem, was ich getan habe, denn das System war von Grund auf schlecht. Vielleicht gibt es bald Freiheit für mein Volk. Irgendwo dort draußen ist meine Frau. Ich hoffe von Herzen, daß sie glücklich ist, und auch mein Sohn Juri, der Ihnen sein Leben verdankt. Dafür bin ich Ihnen ewig dankbar. Leben Sie wohl, mein Freund. Ihr Nikolai Iljitsch.«

Jason Monk faltete den Brief wieder zusammen und legte ihn auf einen Abstelltisch, verbarg den Kopf in den Händen und schluchzte hemmungslos wie ein Kind. An diesem Tag ging er nicht zur Arbeit. Er rief auch nicht an, um sich zu entschuldigen. Wenn das Telefon klingelte, nahm er nicht ab. Um sechs Uhr abends, als es schon fast dunkel war, warf er einen Blick ins Telefonbuch, stieg in seinen Wagen und fuhr nach Arlington.

Er klopfte höflich an der Tür des Hauses, dessen Adresse er gesucht hatte. Als eine Frau öffnete, sagte er mit einer Verbeugung: »Guten Abend, Mrs. Mulgrew«, und ging an der völlig überraschten Frau einfach vorbei.

Ken Mulgrew befand sich im Wohnzimmer. Das Sakko hatte er ausgezogen, in der Hand hielt er ein großes Glas Whiskey. Er fuhr herum. »Hey, mit welchem Recht platz...«

Das war bis auf weiteres das letzte, was er ohne ein höchst unangenehmes Pfeifen sagen sollte. Monk schlug zu. Er drosch ihm die Faust auf die Lippen, und zwar mit aller Kraft.

Mulgrew war der größere von beiden. Aber er hatte keine Kondition und litt unter den Folgen eines äußerst feuchten Mittagessens. Er war im Büro gewesen, doch hatte an diesem Tag keiner etwas zuwege gebracht. Gelähmt vor Entsetzen, hatten sie alle im Flüsterton über die Nachricht diskutiert, die sich wie ein Lauffeuer im ganzen Haus verbreitete.

Monk rammte ihm insgesamt viermal die Faust ins Gesicht. Einmal für jeden seiner verratenen Agenten. Er zertrümmerte ihm nicht nur den Kiefer, sondern schlug ihm auch beide Augen auf und brach ihm die Nase. Danach marschierte er hinaus.

»Klingt ganz nach einer aktiven Maßnahme«, meinte Nigel Irvine.

»Aktiver geht es kaum«, pflichtete Carey bei.

»Was ist danach geschehen?«

»Nun, dankenswerterweise alarmierte Mrs. Mulgrew nicht die Cops, sondern rief nur das Amt an. Die schickten auch gleich ein paar Typen hin, die bei ihrem Eintreffen aber nur noch mitbekamen, wie Mulgrew in einen Krankenwagen gehoben wurde, der ihn zur nächsten Notaufnahme brachte. Sie beruhigten Mulgrews Frau, die Monk als den Täter identifizierte. Also fuhren die Typen zu ihm.

Er war zu Hause, und sie wollten wissen, was er sich dabei nur gedacht hatte. Da deutete er wortlos auf den Brief. Natürlich konnten sie die Schrift nicht lesen, aber sie nahmen ihn mit.«

»Wurde er gefeuert? Monk?«

»Richtig. Diesmal gab es kein Pardon mehr, auch wenn sie alle Verständnis für ihn zeigten, als der Brief bei der Verhandlung in der Übersetzung vorgelesen wurde. Sogar mich ließen sie ein gutes Wort für ihn einlegen – es half aber nichts. Das Ergebnis stand nun mal von vornherein fest. Auch in dem Wirrwarr nach Ames' Verhaftung konnten die doch nicht zulassen, daß irgendwelche Typen mit einer Mordswut im Bauch ihre Vorgesetzten zu Hamburgern verarbeiteten. Er wurde fristlos entlassen.«

Der Kellner kehrte zu ihnen zurück und starrte sie mit vorwurfsvoller Miene an. Als sie nun endlich aufstanden und zur Tür strebten, brachte er immerhin ein erleichtertes Lächeln zustande.

»Und Mulgrew?«

»Die Ironie des Schicksals wollte es, daß er ein Jahr später mit Schimpf und Schande davongejagt wurde, als das ganze Ausmaß von Ames' Verrat bekannt wurde.«

»Und Monk?«

»Er zog fort. Damals lebte er mit einer Frau zusammen, aber sie nahm zu dem Zeitpunkt irgendwo an einem Seminar teil. Als sie zurückkehrte, trennten sie sich. Wie ich gehört habe, hat sich Monk seine Pension ganz auszahlen lassen. Wie dem auch sei, er hat Washington verlassen.«

»Haben Sie eine Ahnung, wo er jetzt sein könnte?«

»Als ich zuletzt von ihm hörte, war er in Ihrem Revier.«

»London? Großbritannien?«

»Nicht ganz. Eine der Kolonien Ihrer Majestät.«

»Protektorate – niemand sagt heutzutage mehr Kolonien. Welches denn?«

»Die Turks- und Caicosinseln. Habe ich Ihnen nicht schon erzählt, daß Tiefseefischen sein großes Hobby ist? Als ich von ihm hörte, hatte er sich ein Boot gekauft und schipperte Touristen für Geld über die Bucht.«

Es war ein herrlicher Herbsttag, und Georgetown präsentierte sich von seiner besten Seite, während sie vor dem Restaurant standen und nach einem Taxi für Carey Jordan Ausschau hielten.

»Und Sie wollen wirklich, daß er noch mal nach Rußland geht, Nigel?«

»So stellen wir uns das vor.«

»Er wird es nicht tun. Er hat damals geschworen, daß er nie wieder dahin zurückgeht. Ich war vom Essen und vom Wein ganz begeistert, aber wenn Sie wegen Monk gekommen sind, haben Sie Ihre Zeit verschwendet. Trotzdem, vielen Dank, aber er wird nicht gehen. Weder mit Geld noch mit Drohungen bringen Sie ihn da rüber. Er will nicht mehr.«

Ein Taxi hielt an. Sie schüttelten sich die Hände, dann stieg Jordan ein und fuhr davon. Sir Nigel Irvine überquerte die Straße und betrat das Four Seasons. Er mußte mehrere Anrufe tätigen.

11

Die *Foxy Lady* lag vertäut und für die Nacht gesichert im Hafen vor Anker. Von seinen drei italienischen Kunden hatte sich Jason Monk inzwischen verabschiedet. Diese hatten zwar nichts gefangen, aber offensichtlich dennoch die Fahrt so genossen wie den Wein, den sie mitgebracht hatten.

Julius stand vor dem Filetiertisch beim Pier und nahm zwei mäßig große Goldmakrelen aus. In der Gesäßtasche hatte er den Lohn für den heutigen Tag mitsamt dem großzügigen Trinkgeld der Italiener stecken.

Vorbei an der Tiki Hut schlenderte Monk zum Banana Boat, dessen Terrasse so früh am Abend bereits gedrängt voll war. Monk bahnte sich seinen Weg zum Tresen und nickte Rocky zu.

»Das Übliche?« fragte der Barkeeper grinsend.

»Warum nicht? Ich bin nun mal ein Gewohnheitstier.«

Seit Jahren schon war Monk hier Stammgast. Und weil das Personal ihn kannte, nahm es Anrufe für ihn entgegen, wenn er auf dem Meer war. Er durfte sogar in allen Hotels der Providenciales-Inseln seine Visitenkarten, mit denen er für einen Tag Fischfang auf seinem Boot warb, mit der Telefonnummer des Barrestaurants hinterlassen.

»Ein Anruf vom Grace Bay Club!« rief ihm Rockys Frau Mabel zu.

»Mhm. Eine Nachricht für mich?«

»Nur, daß du zurückrufen sollst.«

Sie schob den Apparat, den sie neben der Kasse stehen hatte, zu ihm hinüber. Er wählte die Nummer, und die Empfangsdame meldete sich. Sie erkannte auf Anhieb seine Stimme.

»Hi, Jason. Guten Tag gehabt?«

»Nicht schlecht, Lucy. Du hast angerufen?«

»Ja. Hast du für morgen schon was vor?«

»Du böses Mädchen! An was dachtest du denn so?«

Die immer gutgelaunte dicke Empfangsdame des drei Meilen weiter unten am Strand gelegenen Hotels antwortete mit schallendem Gelächter. Unter den Bewohnern der Insel Provo kannte praktisch jeder jeden. Insbesondere diejenigen, die vom Tourismus lebten – der einzigen Dollarquelle der Inselgruppe –, pflegten einen herzlichen Umgang miteinander. Mit fröhlichem Geplauder und Neckereien konnte man sich auch die Zeit angenehmer vertreiben. Die Turks und Caicos standen eben noch für jenen Teil der Westindischen Inseln, die sich ihre Natürlichkeit bewahrt hatten: Die Bewohner waren alle freundlich, locker und hatten es nie allzu eilig.

»Fang nicht wieder damit an, Jason Monk. Hast du morgen Zeit für einen Kunden?«

Monk zögerte. Eigentlich hatte er etwas reparieren wollen – als Bootsbesitzer wurde man nie fertig –, doch Auftrag war Auftrag, und die Finanzierungsgesellschaft, der die *Foxy Lady* immer noch zur Hälfte gehörte, bestand auf ihren Ratenzahlungen.

»Müßte schon klappen. Ganztags oder halbtags?«

»Halbtags. Am Vormittag. Neun Uhr, einverstanden?«

»Alles klar. Erklär den Leuten bitte, wie sie mich finden.«

»Es ist keine Gruppe, Jason. Ein Herr, der allein unterwegs ist, ein gewisser Mr. Irvine. Ich sag' ihm Bescheid. Bye!«

Jason legte auf. Kunden, die das Boot für sich allein mieteten, waren eher selten. Normalerweise meldeten sich zwei oder drei Leute an. Na gut, wahrscheinlich wollte seine Frau nicht mit. Das hatte er schließlich auch schon öfter gehabt. Er trank seinen Daiquiri aus und kehrte noch einmal zum Pier zurück, um Julius zu sagen, daß er morgen um sieben beim Boot sein sollte. Sie mußten auftanken und frische Köder an Bord schaffen.

Der Kunde fand sich am nächsten Morgen um Viertel vor neun ein. Er war älter als die meisten anderen Amateurfischer, ja eigentlich schon ein alter Mann. Bekleidet mit einer braunen Hose, einem Baumwollhemd und einem weißen Strohhut, stand er auf dem Pier und rief: »Captain Monk?«

Jason kletterte von der Kommandobrücke herunter und begrüßte den Mann. Der Akzent wies ihn eindeutig als Engländer aus.

Julius half ihm an Bord.

»Haben Sie so etwas schon einmal versucht, Mr. Irvine?« wollte Jason wissen.

»Nein, ich bin sozusagen ein blutiger Anfänger.«

»Keine Sorge, Sir. Wir passen schon auf Sie auf. Die See ist heute ziemlich ruhig, aber wenn Ihnen die Wellen zuviel werden, sagen Sie es einfach.«

Es erstaunte ihn immer wieder aufs neue, wenn Touristen, die mit ihm in See stachen, tatsächlich glaubten, das offene Meer sei so friedlich wie das Wasser hinter dem Riff. Allerdings zeigten die Hochglanzbroschüren der Reisebüros auch nie die hohen Wellen, die es um die Westindischen Inseln sehr wohl auch gab.

Monk steuerte die *Foxy Lady* aus der Turtle Cove heraus und hielt auf Sellar's Cut zu. Er hätte auch Northwest Point ansteuern können, aber dahinter war die See wahrscheinlich zu stürmisch für den alten Herrn. So entschied er sich für eine Stelle hinter Point Kelly, wo es erfahrungsgemäß ruhiger zuging und außerdem die großen Goldmakrelen schwärmten.

Vierzig Minuten fuhr er mit Volldampf voraus, bis er einen breiten Algenteppich erspähte, in dessen Schatten sich gern Goldmakrelen aufhielten.

Sobald der Motor abgestellt war, setzte Julius die Segel, warf vier Angelschnüre aus, und sie begannen, den Algenteppich zu umkreisen. Während der dritten Runde biß ein Fisch an. Eine der Ruten bog sich durch, und die Schnur sauste mit einem Kreischen durch das Gewinde. Der Engländer verließ seinen Platz unter dem Sonnensegel und setzte sich bedächtig auf den Kampfstuhl. Julius reichte ihm die Rute, klemmte ihm den Kolben zwischen die Schenkel und machte sich daran, die anderen Angeln einzuholen.

Währenddessen steuerte Jason Monk die *Foxy Lady* vom Fischgrund fort und ließ wieder den Motor auf kleinster Stufe laufen, um sich danach zu seinem Kunden auf dem Achterdeck zu gesellen. Der Fisch schien sich etwas beruhigt zu haben, doch die Rute bog sich noch immer gewaltig durch.

»Vorsichtig nachgeben!« rief er mit leiser Stimme. »Lassen Sie so lange locker, bis die Rute wieder gerade ist. Dann lassen Sie sie sinken und kurbeln die Schnur langsam zurück.«

Der Engländer versuchte es mit dieser Methode. Nach zehn Minuten brummte er: »Ich glaube, ich bin da etwas überfordert. Daß Fische so stark sein können...«

»Okay, wenn Sie wollen, übernehme ich.«

»Ich wäre Ihnen sehr dankbar.«

Monk ließ sich auf dem Kampfstuhl nieder, während der Engländer zu seinem Platz unter dem Sonnensegel zurückkehrte. Es war halb elf, und die Sonne brannte gnadenlos auf das Achterdeck. Verstärkt wurde die Hitze noch durch das Wasser, das die Strahlen wie ein Spiegel auffing und zurückwarf.

Es bedurfte weiterer zehn Minuten harter Arbeit, bis Monk den Fisch an die Oberfläche geholt hatte. Doch als das Tier den Schiffsbug sah, versuchte es erneut, sich zu befreien, und nahm wieder dreißig Meter Schnur mit in die Tiefe.

»Was für einer ist es denn?« wollte der Kunde wissen.

»Man nennt ihn hier Bullendelphin«, erklärte Monk.

»O Gott, ich mag Delphine doch so gern!«

»Das hier ist aber nicht der Säuger mit dem spitzen Maul. Nur der Name ist der gleiche, ansonsten haben sie nichts gemeinsam. Ist vielleicht besser unter dem Namen große Goldmakrele bekannt. Ist bei Jägern sehr begehrt und schmeckt vorzüglich.«

Julius hielt den großen Haken bereit, und als Monk den Fisch wieder herangekurbelt hatte, warf er ihn geschickt aus, so daß sie den Vierzigpfünder gemeinsam an Bord hieven konnten.

»Ein Prachtexemplar, Mister«, gratulierte Julius.

»Oh, aber ich glaube, er gehört Mr. Monk und nicht mir.«

Monk kletterte aus seinem Stuhl und entfernte den Angelhaken aus dem Maul der Goldmakrele. Anstatt die Schnur wieder auszuwerfen, löste er den Stahlhaken und fing an aufzuräumen. Julius, der die Beute gerade in der Kühltruhe verstauen wollte, sah ihn erstaunt an. Wenn man einen Fisch gefangen hatte, hörte man doch normalerweise nicht auf.

»Übernimm das Ruder«, trug ihm Monk leise auf. »Steuere den Hafen an.«

Julius nickte, ohne allerdings zu verstehen. Sein schlanker, ebenholzfarbener Körper erklomm geschmeidig die Leiter zum Steuerhaus. Monk holte unterdessen zwei Bierdosen aus der Kühltruhe, öffnete sie und bot eine davon seinem Kunden an. Dann setzte er sich auf die Truhe und musterte den im Schatten sitzenden Engländer.

»Sie sind nicht wegen der Fische gekommen, Mr. Irvine.« Es war eine Feststellung, keine Frage.

»Nicht unbedingt eine Leidenschaft von mir.«

»Nein. Und Sie heißen auch nicht *Mister* Irvine, nicht wahr? Etwas geistert mir schon die ganze Zeit im Kopf herum: Der Besuch eines VIP in Langley vor vielen Jahren. War ein großes Tier beim britischen Geheimdienst.«

»Sie haben ein erstaunliches Gedächtnis, Mr. Monk.«

»Der Name *Sir* Nigel Irvine kommt mir irgendwie bekannt vor. Also gut, Sir Irvine, können wir das Geplänkel lassen? Was soll das Ganze?«

»Tut mir leid wegen der Täuschung. Ich wollte Sie einfach nur mal sehen. Und ein Gespräch führen. In aller Abgeschiedenheit. Es gibt wenige Orte, die dafür besser geeignet sind als das Meer.«

»Gut... wir sprechen miteinander. Worüber?«

»Rußland, leider.«

»Mhm, riesiges Gebiet. Nicht mein Lieblingsland. Wer hat Sie geschickt?«

»Ach, niemand. Carey Jordan hat mir von Ihnen erzählt. Vor ein paar Tagen haben wir uns in Georgetown zum Essen getroffen. Er läßt Sie grüßen.«

»Nett von ihm. Richten Sie ihm meinen Dank aus, wenn Sie ihn wiedersehen. Aber Ihnen ist sicher nicht entgangen, daß er nicht mehr dabei ist. Verstehen Sie, was ich mit ›dabei‹ meine? Macht im großen Spiel nicht mehr mit. Ich übrigens auch nicht. Was immer Sie auch von mir wollten, die Reise war umsonst.«

»Ach ja, das hat auch Carey gemeint. Sparen Sie sich die Mühe, hat er gesagt. Aber ich habe sie trotzdem auf mich genommen. Es war eine weite Reise. Was dagegen, wenn ich loslege? So sagt man doch in Amerika, nicht wahr? Ich habe einen Vorschlag für Sie.«

»Das ist der Ausdruck dafür, ja. Na schön, es ist ein warmer Tag hier im Paradies. Sie können die Bootsfahrt noch zwei Stunden genießen. Von mir aus können Sie reden, wenn Sie wollen, aber die Antwort steht jetzt schon fest: Nein.«

»Haben Sie schon mal von einem Mann namens Igor Komarow gehört?«

»Wir kriegen auch hier Zeitungen. Sie kommen vielleicht zwei Tage später, aber wir kriegen sie. Und wir hören Radio. Nur die Fernsehprogramme empfange ich nicht, weil ich keine Satellitenschüssel habe. Aber ich habe von ihm gehört. Der kommende Mann, hm?«

»So heißt es. Was haben Sie über ihn gehört?«

»Er führt eine Rechtspartei, ist Nationalist und spricht die patriotischen Gefühle seiner Landsleute an. Ist bei den Massen beliebt.«

»Für wie weit rechtsaußen würden Sie ihn halten?«

Monk zuckte mit den Schultern. »Ziemlich weit am Rand, würde ich sagen. Ungefähr so weit wie in den Staaten die ultrakonservativen Senatoren aus dem tiefsten Süden.«

»Ich fürchte, das reicht nicht. Der Mann ist jenseits aller Landkarten.«

»Das ist natürlich furchtbar tragisch, Sir Nigel, aber im Moment ist meine Hauptsorge, ob ich morgen wieder Kunden bekomme und ob fünfzehn Meilen hinter Northwest Point die Wahoo schwärmen. Die Politik des sicher wenig sympathischen Komarow betrifft mich nicht.«

»Wird sie aber. Eines Tages. Wir, einige Freunde, Kollegen und ich, meinen, daß er um jeden Preis gestoppt werden muß. Dazu brauchen wir einen Mann, der nach Rußland geht. Carey hat mir gesagt, daß Sie früher gut waren. Daß Sie damals der Beste waren.«

»Von mir aus, aber das war mal.« Monk hielt inne. Sein Blick bohrte sich in die Augen seines Gegenübers. »Die Sache ist nicht einmal offiziell, haben Sie gesagt. Das heißt, weder Ihre noch meine Regierung steht dahinter.«

»Richtig. Unsere Regierungen vertreten die Auffassung, daß nichts unternommen werden kann. Offiziell.«

»Und Sie glauben, daß ich mein Boot vertäue, mich am anderen Ende der Welt in Rußland einschleiche und mich mit diesem Jo-Jo anlege, nur weil ein paar Don Quichottes, die nicht einmal ihre Regierung hinter sich haben, es so wollen?«

Er stand abrupt auf, zerdrückte seine Bierdose mit einer Hand und warf sie in den Mülleimer. »Tut mir leid, Sir Nigel. Das Geld für das Flugticket hätten Sie sich wirklich sparen können. Die Bootsfahrt geht auf Kosten des Hauses.«

Er kletterte auf die Kommandobrücke und übernahm das Steuer. Zehn Minuten später hatte die *Foxy Lady* das Riff passiert und legte am Pier an.

»In einem Punkt haben Sie sich getäuscht«, sagte der Engländer, »ich habe Sie in böswilliger Absicht angeheuert, aber Sie haben den Auftrag in gutem Glauben ausgeführt. Was kostet die Miete für einen halben Tag?«

»Dreihundertfünfzig.«

»Mit einer kleinen Vergütung für Ihren jungen Freund.« Irvine zählte vier Hundertdollarscheine ab. »Ach, übrigens, haben Sie auch Kunden für den Nachmittag?«

»Nein.«

»Dann gehen Sie jetzt heim?«

»Ja.«

»Ich auch. In meinem Alter geht es bei dieser Hitze leider nicht mehr ohne ein Nickerchen nach dem Mittagessen. Aber wenn Sie sich ohnehin in den Schatten setzen und warten, bis es etwas kühler wird, könnten Sie mir da vielleicht eine kleinen Gefallen tun?«

»Kein Fischfang mehr!« warnte ihn Monk.

»O Gott, ganz bestimmt nicht.« Der ältere Herr zog aus seiner Schultertasche einen braunen Umschlag. »Er enthält eine Akte. Sie ist kein Witz. Lesen Sie sie einfach. Außer Ihnen darf sie niemand sehen. Lassen Sie sie keinen Moment aus den Augen. Sie ist brisanter als alles, was Ihnen Lysander, Orion, Delphi oder Pegasus je beschafft haben.«

Er hätte ihm genausogut einen Fausthieb mitten in den Solarplexus versetzen können. Während der ehemalige Geheimdienstchef den Pier hinunterschlenderte und sein Mietauto suchte, gaffte ihm Monk mit offenem Mund nach. Schließlich stopfte er den Umschlag kopfschüttelnd unter sein Hemd und ging zur Tiki Hut, um sich einen Hamburger zu genehmigen.

Nördlich der sechs Inseln, die die Caicos ausmachen – sie heißen West, Provo, Middle, North, East und South –, ragte unmittelbar vor dem Strand das Riff auf, so daß man schnell die offene See erreicht. Im Süden liegt es dagegen viel weiter draußen. Dort umschließt es ein etwa tausend Quadratmeilen großes seichtes Becken, das unter dem Namen Caicos Bank bekannt ist.

Als Monk auf die Inseln kam, besaß er wenig Geld, und die Preise im Norden, der die Touristen anzog und wo die Hotels gebaut wurden, waren hoch. Monk hatte sein Budget bis zum letzten ausgeschöpft und sich das Boot gekauft. Bei all den Hafengebühren, Wartungs- und Unterhaltskosten sowie den Sonderausgaben für den Erwerb einer Geschäfts- und Fischereilizenz blieb ihm nicht mehr viel für anderes übrig. So hatte er gegen ein geringes Entgelt einen kleinen Holzbungalow an der weniger schicken Sapodilla Bay südlich des Flughafens gemietet. Dort konnte er immerhin die in der Sonne glitzernde Caicos Bank bewundern, in der wegen des seichten Wassers nur Boote mit geringem Tiefgang wie die *Foxy Lady* anlegten. Sie und ein zerbeulter Chevy stellten seine einzigen irdischen Besitztümer dar.

Monk saß noch auf seiner Veranda und betrachtete den Sonnenuntergang, als ein Auto mit stotterndem Motor auf dem Sandweg hinter seinem Haus anhielt. Sekunden später kam die hagere Gestalt des Engländers um die Ecke. Diesmal trug er zu seinem Strohhut eine zerknitterte Tropenjacke.

Er schien bester Laune zu sein. »Mir wurde gesagt, ich würde Sie hier antreffen.«

»Von wem?«

»Diesem hübschen jungen Ding im Banana Boat.«

Mabel war längst über vierzig.

Irvine stapfte die Treppe hinauf und deutete auf einen freien Schaukelstuhl. »Was dagegen, wenn ich mich setze?«

Monk grinste. »Sie sind mein Gast? Ein Bier gefällig?«

»Im Moment nicht, danke.«

»Oder einen Daiquiri straight? Ist bis auf frische Lemonen ganz ohne Früchte.«

»Ah, klingt gut.«

Monk verschwand kurz in der Küche und erschien mit zwei Gläsern Daiquiri wieder auf der Veranda. Beide Männer genehmigten sich einen Schluck.

»Hatten Sie Zeit, es zu lesen?«
»Ja.«
»Und?«
»Es ist pervers. Und wahrscheinlich eine Fälschung.«
Irvine antwortete mit einem nachdenklichen Nicken. Die Sonne versank gerade über Westcaicos. Das Wasser zwischen den Inseln leuchtete rot. »Damit hatten wir auch gerechnet. Ist ja auch das Naheliegendste. War uns dennoch eine Überprüfung wert. Unsere Leute in Moskau haben es nicht anders gesehen. Ich sage Ihnen kurz, was sie rausgefunden haben.«

Den ausführlichen Bericht ließ Irvine in der Tasche. Statt dessen begnügte er sich mit einer Schilderung der Ereignisse. Monk hörte gegen alle Vorsätze gebannt zu.

»Und alle drei tot?« fragte er schließlich.

»Leider, ja. Sieht wirklich so aus, als wolle Mr. Komarow seine Unterlagen unbedingt zurückhaben. Aber nicht, weil es Fälschungen sind. Er wäre doch völlig ahnungslos gewesen, wenn sie aus anderer Hand gestammt hätten. Sie sind authentisch. Er will das alles wirklich durchsetzen.«

»Und Sie glauben, daß man so einen ausschalten kann, wenn man es nur vorsichtig genug anstellt?«

»Nein. Ich habe von ›stoppen‹ gesprochen. Das ist nicht das gleiche. ›Ausschalten‹, wie es im Wortschatz der CIA so schön heißt, läßt er sich nicht.«

Er erklärte ihm den Grund.

»Aber Sie glauben, er kann gestoppt werden; man müßte ihn nur in Mißkredit bringen und seine Karriere zerstören?«

»Ja, doch, das glaube ich.«

Beide Männer schwiegen. Irvine sah den anderen von der Seite an. »Das Jagdfieber, nicht wahr?« sagte er nach einiger Zeit. »Es läßt einen nie ganz los. Man meint, man habe es hinter sich, aber es ist immer da. Irgendwo im tiefsten Innern lauert es.«

Monk war in Träume versunken. Seine Gedanken schweiften ab in ein viele Meilen entferntes Land, in eine lange zurückliegende Zeit. Irvines Stimme holte ihn zurück in die Gegenwart. Er fuhr hoch und schenkte nach.

»Ein guter Ansatz, Sir Nigel. Vielleicht haben Sie sogar recht.

Vielleicht kann ihn jemand stoppen. Aber nicht ich. Dafür werden Sie einen anderen Kandidaten finden müssen.«

»Meine Auftraggeber sind keine Geizhälse. Es gäbe selbstverständlich ein angemessenes Honorar. Eine halbe Million Dollar. Amerikanische natürlich. Ein hübsches Sümmchen, selbst für heutige Verhältnisse.«

Monk überlegte. Damit könnte er seine Schulden für die *Foxy Lady* tilgen, sich einen Bungalow und einen vernünftigen Wagen kaufen. Und dann würde ihm immer noch gut die Hälfte übrigbleiben. Wenn er sie richtig anlegte, bekam er pro Jahr zehn Prozent Zinsen.

Trotzdem schüttelte er den Kopf. »Ich war in diesem Scheißland. Im letzten Moment bin ich den Dreckskerlen durch die Finger geschlüpft. Und ich habe mir geschworen, nie wieder zurückzugehen. Das Angebot ist verlockend, aber die Antwort ist nein.«

»Tja, schade, aber was sein muß, muß sein. Das da lag heute in meinem Fach im Hotel.«

Er griff in seine Jackentasche und reichte seinem Gegenüber zwei dünne weiße Umschläge.

Monk öffnete sie sogleich. Es handelte sich um zwei Geschäftsschreiben. Eines stammte von der Finanzgesellschaft in Florida, die ihm das Darlehen für das Boot gewährt hatte. Es wies Monk auf neue Geschäftsbedingungen hin, wonach Kredite für Bewohner bestimmter Gebiete nicht länger als vertretbare Risiken galten. Die Schulden für die *Foxy Lady* müßten folglich binnen eines Monats beglichen werden, oder der Gesellschaft bliebe nichts anderes übrig als die Pfändung. Die Formulierungen waren gewunden, wie in dieser Branche üblich, doch der Sinn war eindeutig.

Das zweite Schreiben zierte der Briefkopf des Gouverneurs Ihrer Majestät der Turks- und Caicosinseln. Darin bedauerte Seine Exzellenz, Jason Monk, Bürger der Vereinigten Staaten von Amerika, aus Gründen, die er nicht zu rechtfertigen habe, mit Wirkung von einem Monat ab Datum der Mitteilung die Aufenthaltsgenehmigung entziehen zu müssen. Der Verfasser verabschiedete sich von Monk mit den Worten: »Ihr untertänigster Diener.«

Monk faltete beide Briefe wieder zusammen und legte sie auf den Tisch. »Das ist ein schmutziges Spiel«, sagte er leise.

Nigel Irvines Blick war auf das Meer gerichtet. »Ich fürchte, Sie haben recht. Aber so sieht nun mal Ihre Wahl aus.«

»Können Sie denn keinen anderen finden?«

»Ich will keinen anderen. Ich will Sie.«

»Okay, machen Sie mich fertig. Das haben auch schon andere geschafft. Ich habe es überlebt. Ich werde wieder überleben. Aber noch mal gehe ich nicht nach Rußland.«

Seufzend nahm Irvine das Schwarze Manifest an sich. »Das hat auch schon Carey gemeint. Weder mit Geld noch mit Drohungen würde ich Sie da hinbringen, das hat er mir wörtlich so gesagt.«

»Tja, zumindest ist er auf seine alten Tage nicht übergeschnappt.« Monk erhob sich. »Ich kann nicht sagen, daß es mir ein Vergnügen war. Ich glaube nicht, daß wir uns noch etwas zu sagen haben.«

Sir Nigel Irvine stand ebenfalls auf. Er wirkte betrübt. »Wahrscheinlich ist es so. Schade, wirklich sehr schade. Ach, eines muß ich Ihnen noch sagen: Wenn Komarow an die Macht kommt, wird er nicht allein sein. Hinter ihm steht sein persönlicher Leibwächter und der Kommandant der Schwarzen Garde. Wenn der Völkermord losgeht, wird dieser Mann ihn befehligen. Schauen Sie, das ist der Henkersmeister der Nation.«

Er zog ein Foto aus der Tasche. Monk starrte das kalte Gesicht eines Mannes an, der gut fünf Jahre älter sein mochte als er. Dann wandte der Engländer sich ab und ging zu seinem hinter dem Haus geparkten Wagen.

»Wer zum Teufel ist das?« schrie ihm Monk nach.

»Das?« drang aus der hereinbrechenden Dunkelheit die Stimme des Briten an sein Ohr. »Das ist Oberst Anatoli Grischin.«

Der Flughafen von Providenciales gehört nicht zu den großen Verkehrsdrehscheiben der Welt, bietet aber gerade deswegen den Reisenden einen angenehmen Kontrast. Weil er so klein ist, werden sie stets ohne Verzögerungen abgefertigt. Kaum hatte Sir Nigel Irvine am nächsten Morgen seinen Koffer abgegeben, wurde er auch schon zur Paßkontrolle durchgelassen und schlenderte gleich darauf in die Abflughalle. Die Maschine der American Airlines nach Miami wartete bereits in der Sonne.

Wegen der enormen Hitze waren die meisten Gebäude nach allen Seiten offen, und nur ein Maschendrahtzaun sicherte die Start- und Landebahn. Dort stand ein Mann, der anscheinend um die Hallen herumgelaufen war und nun hineinspähte. Irvine trat auf ihn zu. Im selben Moment wurde sein Flug aufgerufen, und die Passagiere setzten sich in Bewegung.

»Okay«, brummte Jason Monk. »Wann und wo?«

Irvine zog aus seiner Brusttasche einen Flugschein und schob ihn durch das Gitter. »Providenciales–Miami–London. Selbstverständlich erster Klasse. In fünf Tagen. Sie haben somit genügend Zeit, Ihre Vorbereitungen zu treffen. Sie werden etwa drei Monate weg sein. Falls die Wahl im Januar stattfindet, sind wir zu spät gekommen. Wenn Sie in Heathrow landen, werden Sie dort abgeholt.«

»Von Ihnen?«

»Wahrscheinlich nicht. Jemand wird da sein.«

»Wie werde ich ihn erkennen?«

»Er wird Sie erkennen.«

Eine Dame von der Abfertigung zupfte ihn am Ärmel. »Passagier Irvine, Ihr Flug ist aufgerufen.«

Er wandte sich zum Gehen, drehte sich aber noch einmal um. »Ach, übrigens, das Angebot steht noch immer.«

Monk hielt die zwei Schreiben mit den Hiobsbotschaften hoch. »Und was ist damit?«

»Die können Sie verbrennen, mein Bester. Im Gegensatz zum Schwarzen Manifest sind sie eine Fälschung. Ich konnte doch keinen gebrauchen, der gleich wieder aussteigt, verstehen Sie?«

Er und neben ihm die Stewardeß hatten die Gangway zur Hälfte erreicht, als eine Stimme hinter ihnen schrie:

»Sir, Sie sind ein gerissener Dreckskerl!«

Das Mädchen sah schockiert zu Sir Nigel auf. Dieser lächelte sie nur an. »Das will ich doch auch hoffen«, sagte er.

Kaum nach London zurückgekehrt, stürzte sich Sir Nigel Irvine in die Arbeit.

Dieser Jason Monk hatte ihm gefallen, und die Schilderungen seines ehemaligen Chefs, Carey Jordan, hatten ihn beeindruckt.

Andererseits war der Mann schon seit zehn Jahren draußen – eine lange Zeit in diesem Geschäft.

Es hatte sich viel getan. Die UdSSR, die Monk kurzzeitig gekannt und überlistet hatte, existierte nicht mehr. Das daraus hervorgegangene Rußland war fast nicht wiederzuerkennen. Die Technologie war eine andere, und die meisten Straßen hatten ihre alten Namen aus der Zeit vor der Revolution zurückerhalten. Ohne intensives Training konnte man Monk unmöglich in Moskau absetzen. Er würde sich nicht mehr zurechtfinden.

Kontakte mit der britischen oder amerikanischen Botschaft verboten sich von selbst. Einmal hinter den Linien, wäre Monk vollständig auf sich selbst gestellt. Und dennoch würde er einen Unterschlupf, Freunde in der Not brauchen.

In mancherlei Hinsicht war in Rußland freilich alles beim alten geblieben. Der gewaltige Inlandssicherheitsdienst bestand immer noch, auch wenn er jetzt nicht mehr der Zweiten Hauptverwaltung des KGB unterstellt, sondern unter dem Namen VSD neu gegründet worden war. Anatoli Grischin mochte ausgeschieden sein, doch bestimmt pflegte er nach wie vor mannigfache Kontakte.

Aber auch das war nicht das Hauptproblem. Die größte Unwägbarkeit bestand in der Korruption, die sich wie eine Seuche im ganzen Land ausgebreitet hatte. Dank offenbar unerschöpflicher Geldquellen konnten sich Komarow und damit auch Grischin auf dem Weg zur Macht nicht nur auf die Dolgoruki-Mafia stützen, sondern hatten darüber hinaus in praktisch jeder Behörde bestechliche Mitarbeiter auf ihrer Gehaltsliste stehen.

Die grassierende Inflation trieb die unterbezahlten Beamten in die Schwarzarbeit – vorausgesetzt, das Angebot stimmte. Mit genügend Geld konnte man sich so die vollständige Kooperation der staatlichen Sicherheitsdienste, wenn nicht sogar eine schlagkräftige Privatarmee leisten.

Berücksichtigte man auch noch Grischins eigene Schwarze Garde und seine zigtausendköpfige Einheit Junge Kämpfer nebst den unsichtbaren Guerillas aus der Unterwelt, dann konnte Komarows Bluthund eine gigantische Meute auf seinen Herausforderer hetzen.

Eines stand für den alten Meisterspion jetzt schon fest: Anatoli Grischin würde Monks Rückkehr in sein Jagdgebiet nicht lange verborgen bleiben. Und er wäre gar nicht erfreut.

Als erstes machte sich Irvine daran, ein kleines, aber absolut vertrauenswürdiges und hochprofessionelles Team aus ehemaligen Elitesoldaten um sich zu sammeln. Nach Jahrzehnten des Kampfs mit IRA-Terroristen im eigenen Land, dank der offiziellen Kriege auf den Falklandinseln und im Golf, aufgrund von zahllosen geheimen Einsätzen zwischen Borneo und Oman, Afrika und Südamerika und nach Operationen im Innersten eines Dutzends anderer »abtrünniger« Gebiete verfügte Großbritannien über die erfahrensten Geheimagenten der Welt. Inzwischen hatten viele die Armee oder die jeweilige Organisation, in deren Dienst sie gestanden hatten, verlassen und bestritten anderweitig mit ihren ungewöhnlichen Fähigkeiten ihren Lebensunterhalt. Als natürliche Arbeitsgebiete boten sich an: Personen- und Objektschutz, industrielle Gegenspionage und Sicherheitsberatung.

Saul Nathanson hatte Wort gehalten und ein Konto in einer britischen Bank mit Hauptsitz auf dem Kontinent eingerichtet, die streng auf die Wahrung des Bankgeheimnisses achtete. Bei Bedarf konnte Irvine telefonisch den gewünschten Betrag unter einem banalen Codewort in der Zentrale anfordern und zur Londoner Zweigstelle überweisen lassen.

Binnen achtundvierzig Stunden standen Sir Nigel sechs junge Männer zur Verfügung, von denen zwei russisch sprachen.

Ein Detail von Jordans Ausführungen über Monk hatte Nigel Irvine hellhörig gemacht, weshalb er einen der Rußlandkenner mit einem dicken Bündel Geldscheine nach Moskau schickte. Der Mann wurde erst in zwei Wochen zurückerwartet, doch klangen seine Berichte vielversprechend.

Auch die anderen fünf erhielten Sonderaufträge. Einer flog nch Amerika und suchte, ausgestattet mit einem Empfehlungsschreiben, den Aufsichtsratsvorsitzenden von InTelCor, Ralph Brooke, auf, die übrigen sollten Experten auf den obskursten Gebieten auftreiben, die sich nach Irvines Gefühl noch einmal als nützlich erweisen konnten. Das letzte Problem, ein persönliches Anliegen, nahm Irvine selbst in Angriff.

Als er vor fünfundfünfzig Jahren nach der Ausheilung seiner Kriegsverletzung wieder an die Front zurückgekehrt war, wurde er der Abteilung Aufklärung in General Horrocks dreißigstem Korps zugewiesen, das verzweifelt versuchte, die Straße von Nimwegen zu einem von britischen Fallschirmeinheiten gehaltenen Brückenkopf bei Arnheim freizukämpfen.

Teil dieses dreißigsten Korps waren die Grenadier Guards, denen unter anderem ein junger Major namens Peter Carrington angehörte. Ein anderer Offizier, mit dem Irvine viel zu tun hatte, hieß Nigel Forbes.

Nach dem Tod seines Vaters hatte Major Forbes dessen Titel und Ländereien geerbt und durfte sich Lord Forbes, Premier Lord of Scotland nennen. Diesen Mann nun spürte Irvine nach einer Reihe von Telefonaten im Army and Navy Club in der Londoner Pall Mall auf.

»Ich weiß, es ist ein Versuch auf gut Glück«, erklärte er bei ihrem ersten Wiedersehen nach langer Zeit, »aber ich muß ein kleines Seminar abhalten. Eine private Angelegenheit. Sehr privat.«

»Ach, diese Art von Seminar.«

»Richtig. Vonnöten wäre ein abgeschiedenes Haus in einer einsamen Gegend, in dem man ein Dutzend Leute unterbringen könnte. Sie kennen doch die Highlands. Fällt Ihnen da etwas ein?«

»Wann bräuchten Sie es?« wollte der schottische Peer wissen.

»Morgen.«

»Ach, so ist das... Mein eigenes Haus wird Ihnen nichts nützen; es ist ziemlich klein. Und das Schloß habe ich vor einiger Zeit meinem Jungen überlassen. Kann aber sein, daß er verreist ist. Ich erkundige mich mal.«

Eine Stunde später rief er zurück. Sein »Junge«, der dreiundfünfzigjährige Malcolm und zukünftige Lord Forbes, hatte bestätigt, daß er am nächsten Tag zu einer vierwöchigen Reise zu den griechischen Inseln aufbrach.

»Tja, dann können Sie es wohl mieten«, meinte der Lord. »Aber nichts kaputtmachen, hören Sie!«

»Ganz gewiß nicht«, versicherte ihm Irvine. »Es gibt im Prinzip nur Unterricht, Diavorträge und dergleichen. Sämtliche Unkosten werden mehr als großzügig vergütet.«

»Na gut, dann rufe ich Mrs. McGillivray an und sage ihr Bescheid. Sie wird Sie versorgen.«

Damit legte Lord Forbes auf und widmete sich wieder seinem unterbrochenen Mittagessen.

Im Morgengrauen des sechsten Tages landete die Maschine der British Airways aus Miami am Terminal 4 in Heathrow, dem meistfrequentierten Flughafen der Welt, und spuckte mit vierhundert anderen Reisenden auch Jason Monk aus. Selbst zu dieser frühen Stunde trafen aus allen Teilen der Welt Passagiere ein und strebten zur Paßkontrolle. Weil Monk erster Klasse gereist war, erreichte er als einer der ersten die Zollkontrolle.

»Geschäfte oder Vergnügen, Sir?« wollte der Grenzbeamte wissen.

»Urlaub«, erwiderte der Amerikaner.

»Einen angenehmen Aufenthalt.«

Monk steckte seinen Paß wieder ein und ging weiter zur Gepäckabholung. Dort mußte er noch zehn Minuten warten, dann landeten die ersten Koffer auf dem Fließband. Seiner war dabei. Unbehelligt von den Zollbeamten passierte Monk den Durchgang zur Ankunftshalle. Dort fiel ihm als erstes die Menge der Wartenden auf, viele davon Chauffeure, die Schilder mit Namen hochhielten. Seinen konnte er nirgendwo finden.

Da die Leute hinter ihm drängten, mußte er zügig zwischen der Absperrung weitergehen. Als er das Ende erreicht hatte, fragte eine Stimme dicht an seinem Ohr: »Mr. Monk?«

Sie gehörte einem etwa dreißigjährigen Mann in Jeans und brauner Lederjacke. Er hatte kurzgeschnittenes Haar und wirkte extrem sportlich.

»Das bin ich.«

»Sir, Ihren Paß bitte.«

Monk legte das gewünschte Dokument vor. Dem Mann, der seine Identität überprüfte, stand »Exsoldat« förmlich ins Gesicht geschrieben. Wie er schon den Paß hielt! Spätestens beim Mustern seiner Hände mit ihren wie Hämmer vorstehenden Knöcheln hätte Monk gewettet, daß der Bursche den Militärdienst nicht in der Schreibstube verbracht hatte.

»Mein Name ist Ciaran. Wenn Sie mir bitte folgen würden.«

Statt zum Parkplatz zu gehen, nahm der Mann Monks Gepäck und brachte den Amerikaner zum Shuttle-Bus. Sie setzten sich schweigend. Und erst als der Bus vor dem Terminal 1 anhielt, stellte Monk seine erste Frage: »Wir fahren nicht nach London?«

»Nein, Sir, wir fliegen weiter nach Schottland.«

Ciaran hatte Flugscheine für sie beide. Eine Stunde später hob das fast ausschließlich von Geschäftsreisenden benutzte Flugzeug nach Aberdeen ab. Ciaran vertiefte sich sogleich in eine Zeitschrift, die *Army Quarterly and Defence Review*. Wo immer auch seine Stärken lagen, die Kunst des Smalltalk gehörte nicht dazu. Monk ließ sich sein zweites Frühstück an diesem Morgen servieren und holte ein wenig den beim Überqueren des Atlantiks versäumten Schlaf nach.

Am Flughafen von Aberdeen wartete ein Landrover Discovery auf sie. Hinter dem Steuer saß ein weiterer Exsoldat, auch dieser äußerst wortkarg. Während der gesamten Fahrt tauschten er und Ciaran ganze acht Silben aus, was bei ihnen wahrscheinlich als ausführliches Gespräch galt.

Monk hatte die Berge der schottischen Highlands noch nie zuvor gesehen, und bald nach dem Verlassen des an der Ostküste gelegenen Aberdeen bekam er eine erste Kostprobe davon. Der namenlose Fahrer wählte die A 96 in Richtung Inverness und bog nach sieben Meilen links ab. Auf dem Wegweiser stand lediglich »Kemnay«.

Beim Dörfchen Monymusk bogen sie in die Landstraße von Aberdeen nach Alford ein, um drei Meilen weiter die Richtung Whitehouse einzuschlagen und von dort Keig anzusteuern.

Zu seiner Rechten erblickte Monk einen Fluß. Er fragte sich, ob es dort Lachse und Forellen gab. Kurz vor Keig verließ der Landrover plötzlich die Straße, überquerte den Fluß und fuhr eine schmale Serpentinenstraße hinauf. Nach zwei Kurven erhob sich vor ihnen ein altes Schloß. Von dort oben hatte man einen guten Blick über die Berge.

Der Fahrer drehte sich zu Monk um. »Willkommen im Schloß von Lord Forbes, Mr. Monk.«

Die hagere Gestalt Sir Nigel Irvines, eine flache Tuchmütze auf dem Kopf, darunter wehendes weißes Haar, tauchte unter dem Steinportal auf.

»Guten Flug gehabt?« fragte er.
»War recht angenehm.«
»Ist trotzdem anstrengend. Ciaran wird Ihnen Ihr Zimmer zeigen. Gönnen Sie sich ein Bad und ein Nickerchen. In zwei Stunden gibts Lunch. Vor uns liegt viel Arbeit.«
»Sie wußten, daß ich kommen würde?«
»Ja.«
»Ciaran hat aber nicht angerufen.«
»Ach, jetzt verstehe ich, was Sie meinen. Mitch...« – er deutete auf den Fahrer, der gerade den Koffer auslud – »war auch in Heathrow. Und im Flugzeug nach Aberdeen. Saß ganz hinten. Hat aber vor Ihnen den Flughafen verlassen, weil er auf kein Gepäck warten mußte. War fünf Minuten vor Ihnen beim Range Rover.«

Monk seufzte. Er hatte Mitch weder in Heathrow noch im Flugzeug gesehen. Irvine hatte recht. Vor ihm lag wirklich sehr viel Arbeit. Das war die schlechte Nachricht. Die gute war, daß er mit Vollprofis zu tun hatte.

»Begleiten mich Ihre Leute?«
»Leider nein. Wenn Sie drüben ankommen, werden Sie ganz auf sich gestellt sein. Unser Programm für die nächsten drei Wochen ist es, Ihnen die nötige Hilfe zu geben und unser Möglichstes zu tun, damit Sie überleben können.«

Zum Mittagessen gab es gehacktes Lammfleisch mit Kartoffelkruste und würzige schwarze Soße dazu. Die Briten nannten es Shepherd's Pie.

Sie saßen zu fünft am Tisch: Sir Nigel Irvine, der liebenswürdige Gastgeber, Monk, Ciaran und Mitch, die den Amerikaner immer mit »Boß« anredeten, und ein schmächtiger, doch drahtiger kleiner Mann mit weißen Haaren, der zwar gut englisch sprach, doch einen Akzent nicht verleugnen konnte. Für Monk stand fest, daß er Russe war.

»Wir werden natürlich auch englisch sprechen müssen«, erklärte Irvine, »denn nicht jeder hier kann Russisch. Aber mindestens vier Stunden täglich werden Sie sich mit Oleg auf russisch unterhalten. Sie müssen wieder so weit kommen, daß man Sie für einen Einheimischen hält.«

Monk nickte. Er hatte schon seit Jahren nicht mehr russisch

gesprochen. Seine Kenntnisse waren lückenhaft, würden aber bei genügend Übung zurückkehren. Leute mit seiner Sprachbegabung vergaßen einmal Gelerntes nie.

»Oleg, Ciaran und Mitch werden permanent hier wohnen«, fuhr Sir Nigel Irvine fort. »Andere werden kommen und gehen. Zu den letzteren gehöre auch ich. In zwei Tagen, wenn Sie sich hier eingelebt haben, werde ich in den Süden fliegen und ein paar andere Dinge erledigen.«

Falls Monk geglaubt hatte, man würde ihn nach dem langen Flug schonen, hatte er sich getäuscht. Im Anschluß an das Mittagessen stand eine vierstündige Sitzung mit Oleg auf dem Programm.

Der Russe entwarf eine ganze Reihe von Rollenspielen für ihn. Eine Minute lang war er ein russischer Milizionär, der Monk auf der Straße anhielt, seine Papiere verlangte und wissen wollte, woher er kam, wohin er ging und warum. Danach schlüpfte er in die Rolle eines Kellners, der sich nach Sonderwünschen bei der Bestellung eines mehrgängigen Menüs erkundigte, oder spielte einen Provinzler, der von einem Moskowiter den Weg erfahren wollte. Bereits nach vier Stunden fühlte sich Monk mit der russischen Sprache schon wieder ganz vertraut.

Aufgrund des anstrengenden Fischfangs in der Karibik hatte Monk sich, trotz eines Pölsterchens um die Hüften, für ziemlich fit gehalten. Ein Irrtum, wie sich bald herausstellte. Noch vor der Morgendämmerung mußte er am nächsten Tag mit Ciaran und Mitch einen Querfeldeinlauf absolvieren.

»Wir fangen mit einem leichten an, Boß«, meinte Mitch. Folglich legten sie nur fünf Meilen zurück, immer durch schenkelhohes Heidekraut. Am Anfang dachte Monk, er müsse sterben, wenig später hoffte er es.

Vom Personal waren nur zwei Leute anwesend. Die Haushälterin, eine resolute Frau namens McGillivray, Witwe eines Bediensteten, die täglich kochte und putzte und unentwegt über den südenglischen Akzent der ständig wechselnden Spezialisten die Nase rümpfte. Ihr Kollege Hector fungierte als Hausmeister, kümmerte sich um den Gemüsegarten und fuhr täglich zum Einkaufen nach Whitehouse. Verkäufer ließen sich während der gesamten Zeit nie auf dem Anwesen blicken. Mrs. McGee, wie die Männer sie bald nannten, und Hector lebten jeder für sich in einem Häuschen hinter dem Schloß.

Ein Fotograf kam und lichtete Monk in einer ganzen Serie von Aufnahmen ab. Sie wurden für die Dokumente gebraucht, die man gerade in einem anderen Landesteil für Monks neue Identität anfertigte. Ein anderer Mann, eine Art Friseur und Maskenbildner in einem, veränderte mit flinken Fingern Monks Aussehen und brachte dem Amerikaner bei, mit bescheidenen Hilfsmitteln, die überall erhältlich waren und niemandem auffallen würden, ähnliches zu vollbringen.

Kaum hatte der Stylist Monk ein neues Äußeres verpaßt, schoß der Fotograf noch einmal eine Serie von Fotos für den zweiten Paß. Irgendwo hatte Irvine authentische Dokumente aufgetrieben und sich die Dienste eines Graphikers und eines Kalligraphen gesichert, die die Papiere der neuen Identität anpaßten.

Stundenlang brütete Monk über einem riesigen Moskauer Stadtplan und prägte sich die Stadt und die vielen hundert neuen Straßennamen ein. So war aus dem Maurice-Thorez-Kai, benannt nach einem französischen Kommunistenführer, wieder der Sofiskaja-Kai geworden; des weiteren waren sämtliche Huldigungen an Marx, Engels, Lenin, Dserschinski und andere Berühmtheiten des Kommunismus aus dem Straßenregister verschwunden.

Monk prägte sich die hundert wichtigsten Gebäude und ihren Standort ein, ließ sich in das neue Telefonsystem einweisen und lernte, wie man auf die Schnelle ein »Taxi« bekam: Man winkte einem x-beliebigen Autofahrer und bot ihm einen Dollar an.

Mit einem Mann aus London, der ebenfalls vorzüglich russisch sprach, verbrachte Monk lange Stunden in einem Vorführraum und sah sich Gesichter, Gesichter und immer wieder Gesichter an.

Dann mußte er lesen – Bücher, Komarows Reden, russische Zeitungen und Zeitschriften. Das schlimmste aber waren die privaten Telefonnummern, die er auswendig lernen mußte. Es waren an die fünfzig, und Zahlen waren noch nie seine Stärke gewesen.

Zu Beginn der zweiten Woche kehrte Sir Nigel zurück. Er wirkte abgespannt, aber zufrieden. Wo er gewesen war, das verriet er nicht. Aber er brachte etwas mit, das seine Mitarbeiter nach langem Stöbern in einem Londoner Antiquitätenladen aufgetrieben hatten.

Monk drehte es verwundert hin und her. »Wie haben Sie das nur in Erfahrung gebracht?«

»Ist nicht so wichtig. Ich habe spitze Ohren. Ist es das gleiche?«

»Absolut identisch, soweit ich mich erinnere.«

»Gut, dann müßte es ja klappen.«

Er bekam auch einen Koffer, den ein geschickter Handwerker angefertigt hatte. Der Zollbeamte, der das raffiniert getarnte Geheimfach entdeckte, mußte schon Augen wie Röntgenstrahlen haben. Darin sollte Monk das Schwarze Manifest im Original und eine russische Übersetzung der Beglaubigung aufbewahren.

In der zweiten Woche fühlte sich Monk fitter als in den ganzen letzten zehn Jahren. Seine Muskeln waren wieder hart, und seine Ausdauer hatte sich enorm verbessert, auch wenn er wußte, daß er mit Ciaran und Mitch nie würde mithalten können. Die zwei konnten schier unermüdlich marschieren, über den ominösen toten Punkt hinaus, ab dem man die Schmerzen und die Erschöpfung nicht mehr wahrnimmt und nur noch der Wille den Körper vorantreibt.

In der Mitte der zweiten Woche traf George Sims ein, ein ehemaliger Offizier der britischen Eliteeinheit SAS. Wie Monk war er um die Fünfzig. Die Arbeit mit ihm begann am nächsten Morgen, als sie im Trainingsanzug auf den Rasen vor dem Schloß hinausgingen.

Sims baute sich in einem Abstand von nicht ganz vier Metern vor Monk auf. »Also los, Sir«, meinte er in seinem schottischen Singsang. »Ich wäre Ihnen sehr dankbar, wenn Sie mal versuchten, mich umzubringen.«

Monk zog eine Augenbraue hoch.

»Tun Sie sich keinen Zwang an. Sie schaffen es sowieso nicht.«

Er hatte recht. Monk näherte sich, fintierte und sprang ihn an. Die Highlands standen plötzlich auf dem Kopf, und er fand sich mit dem Rücken auf dem Boden wieder.

»Ein bißchen langsam blockiert«, brummte der Exsoldat.

Hector deponierte gerade frische Möhren in der Küche, als Monk vor dem Fenster schon wieder einen Purzelbaum schlug.

»Was machen die denn?« fragte er erstaunt.

»Los, raus!« fuhr ihn Mrs. McGee an. »Es sind nur die Freunde des jungen Lords. Sie vergnügen sich mal wieder.«

In einem Wald führte Sims Monk die Neun-Millimeter-Automatic des Schweizer Typs Sig Sauer vor.

»Ich dachte, bei Ihnen hätte man immer die Browning 13-Shot benutzt«, murmelte Monk in der Hoffnung, endlich einmal Fachwissen demonstriert zu haben.

»Früher, ja, aber das ist lange her. Vor zehn Jahren sind wir auf die hier umgestiegen. Sie kennen noch den beidhändigen Griff und den kauernden Mann, Sir?«

Als Berufsanfänger war Monk einmal auf der »Farm« der CIA bei Fort Peary, Virginia, in Faustfeuerwaffen ausgebildet worden. Damals war er der beste Schütze seines Kurses gewesen – was auch an den vielen Jagdausflügen in den Blue Ridge Mountains gelegen hatte, zu denen sein Vater ihn von frühester Kindheit an mitgenommen hatte. Aber auch das lag viele Jahre zurück.

Der Schotte stellte eine Zielscheibe, einen kauernden Pappkameraden, auf, entfernte sich fünfzehn Schritte, drehte sich um und versenkte fünf Kugeln in dessen Herz. Bei seinem ersten Versuch zerfetzte Monk der kauernden Gestalt das linke Ohr und den Oberschenkel. Nach drei Tagen mit Trainingseinheiten sowohl am Morgen als auch am Nachmittag mit jeweils hundert Schuß brachte Monk schließlich drei Kugeln im Gesicht unter.

»Das bremst sie normalerweise«, gab Sims im Ton eines Fachmanns zu, der genau weiß, daß er nicht mehr erwarten kann.

»Mit etwas Glück muß ich so ein verdammtes Ding hoffentlich nie benutzen«, brummte Monk.

»Tja, das sagen sie alle, Sir. Aber man hat nicht immer Glück. Es ist besser, man kann damit umgehen, wenn es sein muß.«

Zu Beginn der dritten Woche wurde Monk dem Fachmann für Nachrichtenübermittlung vorgestellt, einem erstaunlich jungen Burschen aus London. »Was Sie da sehen, ist ein normaler Laptop.« Und in der Tat handelte es sich um einen tragbaren Computer von der Größe eines Buchs. Der Bildschirm befand sich an der Unterseite des Deckels, und wenn man ihn aufklappte, wurde aufgrund eines ausgeklügelten Mechanismus eine zweigeteilte Tastatur ausgefahren, deren Hälften sich dann von selbst zusammenschoben und ineinander verhakten. Geräte wie dieses trugen acht von zehn Managern in ihren Diplomatenkoffern mit sich herum.

»Zur Diskette...« Danny hielt Monk eine rechteckige Scheibe unter die Nase, die entfernt einer Kreditkarte ähnlich sah, und schob sie dann in einen seitlich angebrachten Schlitz. »Sie erfaßt die gängige Bandbreite der von Geschäftsleuten benötigten Informationen. Wenn sie in die falschen Hände gerät, wird man nur die üblichen geschäftlichen Dinge finden, die keinen außer dem Inhaber interessieren.«

Monk brachte nur ein »Ach!« zuwege. Ihm dämmerte, daß dieser noch so grün wirkende junge Mann einer viel späteren Generation angehörte, die mit Computern aufgewachsen war und sich mit deren Innenleben weitaus leichter zurechtfand als mit ägyptischen Hieroglyphen. Nun, Monk hätte die Hieroglyphen vorgezogen.

»Und das hier...?« Danny hielt eine andere Karte hoch. »Was ist das?«

»Eine Visakarte.«

»Sehen Sie genauer hin.«

Monk musterte die Plastikscheibe, die auf der Rückseite den üblichen computerlesbaren Magnetstreifen aufwies.

»Okay, sie sieht aus wie eine Visakarte.«

»Sie erfüllt sogar alle Funktionen einer Visakarte«, sagte Danny. »Aber benutzen Sie sie nicht zu diesem Zweck. Eine fehlerhafte Computeranlage könnte sie unbrauchbar machen. Wo Sie sich auch befinden, passen Sie gut auf sie auf, lassen Sie vor allem keine Schnüffler ran, und benutzen Sie sie nur, wenn es notwendig ist.«

»Was kann sie denn alles?« fragte Monk.

»Vieles. Sie verschlüsselt alles, was Sie in den Computer eingeben. In ihr sind hundert One-Time-Codes gespeichert, die einmal aktiv werden und sich dann von selbst löschen. Diese Art von Dingen fällt nicht in mein Gebiet, aber soviel ich weiß, sind sie nicht zu knacken.«

»Das stimmt«, bestätigte Monk, der froh war, endlich wieder einen Begriff zu hören, mit dem er etwas anfangen konnte.

Danny nahm die eigentliche Diskette heraus und schob die Visakarte in den Schlitz.

»Der Laptop wird mit einer Lithium-Ionen-Batterie betrieben, die stark genug ist, um einen Satelliten zu erreichen. Mit Wechselstromschwankungen oder Totalausfällen ist überall zu rechnen. Benutzen Sie darum immer diese Batterie, selbst wenn ein Stromanschluß vorhanden ist. Die Steckdose sollte nur zum Aufladen verwendet werden. Schalten Sie das Gerät jetzt bitte ein.«

Er deutete auf den Schalter ON/OFF. Monk gehorchte.

»So, jetzt geben Sie eine Nachricht für Sir Nigel in normalem Englisch ein.«

Monk tippte eine kurze Botschaft, mit der er seine sichere Ankunft und eine erste Kontaktaufnahme bestätigt.

»Jetzt drücken Sie diese Taste. Es steht etwas anderes drauf, aber damit lösen Sie die Verschlüsselung aus.«

Monk drückte die Taste. Nichts passierte. Seine Worte standen nach wie vor auf dem Bildschirm.

»Jetzt schalten Sie bitte aus.«

Die Worte verschwanden.

»Sie sind für immer weg«, erklärte Danny. »Sie sind vollständig gelöscht. Aber dank dem One-Time-Code sind sie in Vergil, der Visakarte, gespeichert und warten auf ihre weitere Übermittlung. So, schalten Sie den Laptop wieder ein.«

Monk gehorchte. Der Bildschirm leuchtete auf, war aber leer.

»Drücken Sie diese Taste. Es steht etwas anderes drauf, aber wenn Vergil im Laufwerk steckt, löst sie die Funktion ›Senden/Empfangen‹ aus. Lassen Sie das Gerät einfach laufen. Zweimal täglich erscheint ein Satellit am Horizont. Er ist darauf programmiert, eine Botschaft zu entsenden, sobald er sich Ihrem Standort nähert. Die Meldung geht über dieselbe Frequenz, auf die Vergil eingestellt ist. Das Ganze dauert eine Nanosekunde und ist verschlüsselt. Im Klartext lautet die Botschaft: ›Wie geht's dir, Baby?‹ Vergil empfängt den Ruf, identifiziert die Mutter und sendet Ihre Nachricht. Wir nennen das ›Händeschütteln‹.«

»Und das ist alles?«

»Nicht ganz. Wenn Mutter eine Botschaft für Vergil hat, sendet sie, und Vergil empfängt – alles natürlich in einem von den One-Time-Codes. Und dann verschwindet sie schon wieder am Horizont. Bis dahin hat sie bereits Ihre Botschaft an die Bodenstation weitergesendet, wo immer diese auch sein mag. Den Standort kenne ich nicht, und ich brauche ihn auch nicht zu kennen.«

»Muß ich dabeisein, wenn das Gerät das alles ausführt?« fragte Monk.

»Nicht nötig. Sie können unterwegs sein, wo Sie gerade wollen. Bei Ihrer Rückkehr wird der Bildschirm leuchten, aber noch immer leer sein. Drücken Sie dann diese Taste. Auch wenn es nicht draufsteht, sie ist auf Dechiffrieren programmiert, und wenn Vergil noch drinsteckt, wird die Nachricht auf dem Bildschirm erscheinen. Lernen Sie sie auswendig, und schalten Sie das Gerät aus. Damit löschen Sie die Nachricht. Für immer.

Ein letzter Hinweis noch. Wenn Sie Vergils kleines Gehirn tatsächlich einmal vernichten wollen, drücken Sie einfach nacheinander diese vier Zahlen.« Er zeigte Monk einen Zettel mit der Nummernfolge. »Also nie diese Zahlen eingeben, es sei denn, Sie wollen Vergil nur noch als gewöhnliche Visakarte benutzen.«

Die nächsten zwei Tage übten sie immer wieder die Prozeduren ein, bis Monk die Tasten blind bedienen konnte. Danach kehrte Danny in seine eigene Welt der Siliconchips zurück.

Nach drei Wochen Crashkurs auf Schloß Forbes erklärten sich alle Trainer mit den Ergebnissen zufrieden.

Monk sah sie nacheinander abreisen.

»Gibt es hier ein Telefon, das ich benutzen könnte?« fragte er an diesem Abend, als er zum erstenmal wieder nach dem Dinner mit Ciaran und Mitchell allein im Salon saß.

Mitch wandte sich vom Schachbrett ab, auf dem ihn Ciaran gnadenlos in die Enge trieb, und deutete mit dem Kinn auf den Apparat in der Ecke.

»Ein privates«, fügte Monk hinzu.

Nun hob auch Ciaran den Kopf. Beide Exsoldaten musterten Monk.

»Klar«, sagte Ciaran schließlich. »Benutzen Sie das im Büro.«

So setzte sich Monk zwischen die Bücher und Jagdmotive in Lord Forbes' Privatgemach und wählte eine Nummer in Übersee. In einem Holzhaus in Crozet, South Virginia, wo aufgrund der fünf Stunden Zeitdifferenz zu Schottland noch die Sonne über den Blue Ridge Mountains stand, schrillte das Telefon. Beim zehnten Klingeln meldete sich eine zittrige Frauenstimme. »Hallo?«

Monk hatte das kleine, aber gemütliche Wohnzimmer deutlich

vor Augen. Den ganzen Winter über brannte dort ein Kaminfeuer, das sich in der liebevoll auf Hochglanz polierten Oberfläche der Möbel spiegelte, die die Bewohner sich nach ihrer Hochzeit angeschafft hatten.

»Hallo, Mom, ich bin's, Jason.«

»Jason?« rief die Stimme erfreut. »Wo bist du, mein Junge?«

»Ich bin unterwegs, Mom. Wie geht's Dad?«

Seit einem Schlaganfall verbrachte sein Vater die meiste Zeit in einem Schaukelstuhl auf der Veranda und betrachtete unentwegt die kleine Stadt mit den Bergen dahinter, in denen er vor vierzig Jahren mit seinem ältesten Sohn jagen und fischen gegangen war.

»Ihm geht's gut. Im Moment hält er ein Nickerchen auf der Veranda. Bei uns ist es warm. Wir hatten einen langen, heißen Sommer. Ich sage ihm, daß du angerufen hast. Er wird sich freuen. Kommst du uns bald mal besuchen? Wir haben dich so lange nicht mehr gesehen.«

Monk hatte noch zwei Brüder und eine Schwester, die das kleine Haus längst verlassen hatten. Einer arbeitete als Schadensbegutachter bei einer Versicherungsgesellschaft, der andere war Makler geworden, und die Schwester hatte einen Landarzt geheiratet. Alle drei lebten in Virginia und besuchten ihre Eltern regelmäßig. Nur er war der verlorene Sohn.

»Sobald ich es schaffe, Mom. Versprochen.«

»Du gehst schon wieder weg, nicht wahr?«

Monk wußte genau, was sie mit »weg« meinte. Damals, als sie ihn nach Vietnam einzogen, hatte sie auch schon vor dem Eintreffen des ominösen Briefs Bescheid gewußt. Und später hatte sie ihn vor jedem Auslandeinsatz in seiner Washingtoner Wohnung angerufen, obwohl sie garantiert von niemandem eingeweiht worden war. Mütter hatten schon eine besondere Antenne. Er war fünftausend Kilometer von ihr entfernt, und trotzdem spürte sie die Gefahr.

»Ich komme ja wieder. Und dann besuche ich euch.«

»Paß gut auf dich auf, Jason.«

Durch das Fenster schaute er zum Sternenhimmel über Schottland hinauf. Er hätte öfter heimfahren sollen. Seine Eltern waren jetzt alt. Irgendwie hätte er sich die Zeit nehmen müssen. Falls er aus Rußland zurückkehrte, würde es keine Ausreden mehr geben.

»Ich schaffe das schon, Mom.« Eine Pause trat ein, als wüßten sich beide nichts mehr zu sagen. »Ich liebe euch, Mom. Sag Dad, daß ich euch beide liebe.«

Er legte auf. Zwei Stunden später las Sir Nigel Irvine eine Abschrift des Mitschnitts in seinem Haus in Dorset. Am nächsten Morgen fuhren Ciaran und Mitch Monk wieder zum Flughafen von Aberdeen und begleiteten ihn auf dem Flug in den Süden der Insel.

In London verbrachte Monk zusammen mit Sir Nigel noch fünf Tage im Montcalm, einem ruhigen, verschwiegenen Hotel in der Nähe von Marble Arch, das unauffällig in eine von Nash gebaute Straßenzeile integriert war. Dort wies der ehemalige Chefspion Monk bis ins Detail in seine Aufgaben ein. Dann war es Zeit für den Abschied. Irvine drückte Monk ein Blatt Papier in die Hand.

»Sollte unsere wunderbare High-Tech-Kommunikation trotz allem doch einmal zusammenbrechen, kann immer noch einer von uns eine Nachricht herausschmuggeln. Aber nur, wenn alle Stricke reißen. Nach Heathrow begleite ich Sie nicht. Flughäfen sind mir ein Greuel. Aber Sie schaffen es auch so. Verdammt noch mal, Sie haben eine Chance, da bin ich mir sicher.«

Ciaran und Mitch fuhren Monk nach Heathrow und begleiteten ihn bis zur Absperrung. Zum Abschied schüttelten sie ihm noch einmal die Hand. »Viel Glück, Boß.«

Der Flug verlief für Monk sehr ruhig. Nichts an ihm erinnerte an den Jason Monk, der dreißig Tage zuvor am Terminal 4 eingetroffen war. Niemand ahnte, daß er nicht der Mann war, als den ihn sein Paß auswies. Man winkte ihn einfach durch.

Nachdem er fünf Stunden später seine Uhr auf die Ortszeit umgestellt hatte, näherte sich Monk der Paßkontrolle im Moskauer Flughafen Scheremetjewo. An seinem Visum, das ihm ganz offensichtlich die russische Botschaft in Washington ausgestellt hatte, war nichts auszusetzen. Auch hier wurde er durchgewinkt.

Nachdem er am Zoll eine umständliche Deviseneinfuhrerklärung ausgefüllt hatte, wuchtete er seinen Koffer auf den Tisch des Beamten. Dieser sah ihn kurz an, dann deutete er auf die Aktentasche.

»Öffnen«, sagte er auf englisch.

Der Amerikaner kam der Aufforderung mit einem freundlichen Lächeln nach. Der Beamte blätterte die Papiere durch und holte dann den Laptop heraus. »Hübsch«, meinte er mit einem anerkennenden Blick und stellte ihn wieder zurück. Noch ein flüchtiges Kreidezeichen auf die beiden Gepäckstücke, dann war die Angelegenheit für ihn erledigt, und er wandte sich dem nächten Passagier zu.

Monk nahm seine Taschen auf, passierte die Glastür und betrat einmal mehr das Land, in das er nie wieder hatte zurückkehren wollen.

ZWEITER TEIL

12

Das Hotel Metropol stand immer noch da, wo er es in Erinnerung hatte, ein großer grauer Steinkasten gegenüber dem Bolschoitheater auf der anderen Seite des Platzes.

Monk stellte sich an der Rezeption vor und zeigte seinen amerikanischen Paß. Der Angestellte gab Zahlen und Buchstaben am Computer ein, bis die Bestätigung auf dem Bildschirm erschien. Nach einem flüchtigen Blick auf den Paß und dann auf Monk nickte er und setzte ein professionelles Lächeln auf.

Monk bekam das Zimmer, um das er auf den Rat des russisch sprechenden Soldaten hin gebeten hatte, der vier Wochen zuvor von Sir Nigel zur Aufklärung nach Moskau geschickt worden war. Es war ein Eckzimmer im achten Stock mit Blick auf den Kreml und, wichtiger noch, einem Balkon, der an der Längsseite des Gebäudes entlangführte.

Aufgrund des Zeitunterschieds zu London war es bereits früher Abend, als er ausgepackt hatte, und die Oktoberdämmerung war so kalt, daß die Menschen auf der Straße Mäntel trugen, sofern sie sich einen leisten konnten. An diesem Abend aß Monk im Hotel und ging früh zu Bett.

Am nächsten Morgen stand ein anderer Angestellter am Empfang.

»Ich habe ein Problem«, erklärte Monk. »Ich muß zur amerikanischen Botschaft, um meinen Paß überprüfen zu lassen. Nur eine Kleinigkeit, Sie wissen ja, die Bürokratie...«

»Tut mir leid, Sir, aber wir dürfen die Pässe unserer Gäste während des Aufenthalts nicht herausgeben«, erwiderte der Angestellte.

Monk lehnte sich über den Tresen, in seiner Hand eine zerknitterte Hundertdollarnote.

»Ich weiß«, sagte er mit ruhiger Stimme, »aber das ist ja das

Problem. Von Moskau aus reise ich durch ganz Europa, und meine Botschaft muß ein Ersatzdokument vorbereiten, weil mein Paß schon fast abgelaufen ist. In ein paar Stunden wäre ich wieder da...«

Der junge Hotelangestellte war frisch verheiratet, das Baby schon unterwegs. Er dachte daran, wie viele Rubel ihm hundert Dollar auf dem Schwarzmarkt einbringen würden. Vorsichtig spähte er nach links und rechts.

»Einen Augenblick bitte«, sagte er und verschwand hinter der Glaswand, die den Empfangstresen vom Bürokomplex trennte. Fünf Minuten später erschien er wieder. Er hatte den Paß bei sich.

»Normalerweise bekommen Sie den Paß erst bei der Abreise«, sagte er. »Sie müssen ihn unbedingt wieder abgeben, wenn Sie nicht abreisen.«

»Machen Sie sich keine Gedanken, sobald die Visaabteilung damit fertig ist, bringe ich ihn zurück. Wie lange haben Sie Dienst?«

»Bis zwei Uhr nachmittag.«

»Wenn ich es bis dahin nicht schaffe, bekommt ihn Ihr Kollege spätestens um fünf.«

Paß und Hundertdollarnote wechselten den Besitzer. Jetzt waren sie Komplizen. Sie nickten und lächelten sich zu.

Wieder in seinem Zimmer, hängte Monk das »Bitte-nicht-stören«-Schild an die Tür und schloß ab. Im Bad nahm er das Farblösemittel mit dem Etikett »Augenspülung« aus dem Kulturbeutel und ließ eine Schüssel mit warmem Wasser vollaufen.

Unter den dichten grauen Locken von Dr. Philip Peters kam das blonde Haar von Jason Monk zum Vorschein. Der Schnurrbart wich der Rasierklinge, und die getönte Brille zum Schutz der schwachen Augen des Akademikers wanderte in einen Mülleimer im Flur.

Der Paß, den er aus dem Aktenkoffer holte, zeigte sein eigenes Foto und lautete auf seinen echten Namen. Der Einreisestempel der Grenzbeamten vom Flughafen stammte aus dem Paß, den Irvines Soldat von seiner Mission mitgebracht hatte, nur war das Datum abgeändert. Eingelegt war ein Duplikat der Deviseneinfuhrerklärung, die ebenfalls einen gefälschten Stempel trug.

Am Vormittag fuhr Monk hinunter ins Erdgeschoß, durchquerte

die gewölbte Vorhalle und verließ das Hotel durch die vom Empfang abgewandte Tür. Er nahm eines der echten Taxis am Stand vor dem Metropol. Inzwischen sprach er fließend russisch.

»Olympisches Penta«, sagte er.

Der Fahrer kannte das Hotel. Er nickte und fuhr los.

Der gesamte für die Olympischen Spiele von 1980 erbaute Komplex liegt nördlich des Stadtzentrums direkt außerhalb des Sadowo-Spaskoje, des Gartenrings. Das Stadion überragte noch immer die umgebenden Gebäude, und in seinem Schatten lag das von Deutschen gebaute Penta-Hotel. Monk ließ sich unter der Eingangsmarkise absetzen und betrat die Vorhalle. Als das Taxi verschwunden war, verließ er das Hotel und ging den Rest der Strecke zu Fuß. Es war nur eine Viertelmeile.

Die ganze Gegend südlich des Stadions verbreitete eine Atmosphäre von Trostlosigkeit, wie sie entsteht, wenn sich niemand mehr um die Instandhaltung kümmert. In den Häuserblocks aus der kommunistischen Ära waren ein Dutzend Botschaften, Büros und einige Restaurants untergebracht. Sie waren von einer Patina aus Sommerstaub überzogen, aus der sich in der kommenden Kälte eine Kruste bilden würde. Papierfetzen und Styroporstücke wehten durch die Straßen.

An die Durowastraße grenzte ein eingezäuntes Areal, das einen ganz anderen Eindruck erweckte, einen von Gepflegtheit und Sauberkeit. Innerhalb der Umzäunung standen drei große Gebäude: eine Herberge für Reisende aus den Provinzen, eine stattliche Schule und ein Gotteshaus.

Die wichtigste Moschee Moskaus war 1905 erbaut worden, zwölf Jahre vor Lenins Rückkehr nach Rußland, und sie war geprägt von der Eleganz der vorrevolutionären Epoche. Siebzig Jahre lang hatte sie wie die christlichen Kirchen unter der Verfolgung des atheistischen Staates gelitten. Nach dem Zusammenbruch des Kommunismus hatte Saudi-Arabien durch großzügige Unterstützung ein Fünfjahresprojekt zur Erweiterung und Renovierung des Komplexes ermöglicht. So waren Mitte der neunziger Jahre die Herberge und die Schule entstanden.

Die Moschee hatte sich in ihrer Größe nicht verändert. Es war ein ziemlich kleines Gebäude in Hellblau und Weiß mit winzigen Fenstern, das man durch ein Tor mit antiken Eichenschnitzereien betrat. Monk zog die Schuhe aus und stellte sie in eines der Fächer auf der linken Seite der Vorhalle. Er ging hinein.

Wie bei allen Moscheen fehlten Stühle und Bänke, das Innere war vollkommen leer. Kostbare Teppiche, ebenfalls ein Geschenk aus Saudi-Arabien, bedeckten den Boden; eine von Säulen gestützte Empore zog sich um den Innenraum.

Im Einklang mit den Glaubensvorschriften gab es hier weder Bilder noch Skulpturen. Auf den Tafeln an den Wänden standen nur verschiedene Zitate aus dem Koran.

Die Moschee befriedigte die spirituellen Bedürfnisse der islamischen Gemeinde von Moskau, mit Ausnahme der Diplomaten, die hauptsächlich in die saudiarabische Botschaft zum Gottesdienst gingen. In Rußland leben mehrere Millionen Moslems, aber die Hauptstadt verfügt nur über zwei öffentliche Moscheen. Da heute nicht Freitag war, hatten sich nur wenige zum Beten eingefunden.

Monk fand einen Platz an der Wand in der Nähe des Eingangs. Er setzte sich mit überkreuzten Beinen auf den Boden und blickte um sich. Die meisten der Männer waren alt; Aserbaidschaner, Tataren, Inguschen, Osseten. Alle trugen abgenutzte, aber saubere Anzüge.

Nach einer halben Stunde erhob sich ein alter Mann von den Knien und wandte sich zur Tür. Er bemerkte Monk, und ein Ausdruck des Erstaunens huschte über sein Gesicht. Diese sonnengebräunte Haut, das blonde Haar, das Fehlen einer Gebetskette.

Er zögerte und ließ sich dann mit dem Rücken zur Wand nieder. Er war bestimmt weit über siebzig. An seinem Revers hingen drei Orden aus dem Zweiten Weltkrieg.

»Friede sei mit dir«, murmelte er.

»Und mit dir«, erwiderte Monk.

»Sind Sie des rechten Glaubens?« fragte der alte Mann.

»Leider nein, ich suche einen Freund.«

»Ah. Einen bestimmten Freund?«

»Ja, einen aus alter Zeit. Wir haben den Kontakt verloren. Ich habe gehofft, daß ich ihn hier finde. Oder jemanden, der ihn vielleicht kennt.«

Der Alte nickte. »Unsere Gemeinde ist klein. Viele kleine Gemeinden. Zu welcher gehört Ihr Freund?«

»Er ist Tschetschene«, antwortete Monk. Der alte Mann nickte erneut und erhob sich steif.

»Warten Sie«, sagte er.

Zehn Minuten später kam er in Begleitung zurück. Mit einer Kopfbewegung wies er in Monks Richtung, lächelte diesem freundlich zu und verschwand. Der Neuankömmling war jünger, aber nur um einige Jahre.

»Ich habe gehört, Sie suchen einen meiner Brüder«, sagte der Tschetschene. »Kann ich Ihnen helfen?«

»Vielleicht«, antwortete Monk. »Ich wäre Ihnen sehr dankbar. Wir haben uns vor vielen Jahren kennengelernt. Ich besuche gerade Ihre Stadt, und es würde mich freuen, ihn wiederzusehen.«

»Und sein Name, mein Freund?«

»Umar Gunajew.«

In den Augen des Mannes flackerte es. »Ich kenne keinen, der so heißt«, sagte er schließlich.

»Oh, das ist schade für mich«, sagte Monk, »denn ich habe ihm ein Geschenk mitgebracht.«

»Wie lange bleiben Sie bei uns?«

»Ich möchte gern noch ein wenig hier sitzen und Ihre schöne Moschee bewundern«, erwiderte Monk.

Der Tschetschene stand auf. »Ich werde fragen, ob jemand von diesem Mann gehört hat«, sagte er.

»Danke, ich bin ein Mann mit großer Geduld.«

»Geduld ist eine Tugend.«

Nach zwei Stunden kamen sie. Es waren drei, alle jung. Lautlos bewegten sie sich auf Strümpfen über die dicken Perserteppiche. Einer kniete bei der Tür nieder und ließ sich auf die Fersen zurücksinken, die Hände auf die Schenkel gestützt. Er sah aus wie ein Betender, aber Monk wußte, daß niemand an ihm vorbeikommen würde.

Die anderen zwei gingen auf Monk zu und plazierten sich links und rechts von ihm. Was sie unter ihren Jacken trugen, war nicht zu sehen. Monk hielt den Blick starr geradeaus gerichtet. Die Fragen wurden in einem murmelnden Tonfall gestellt, um die Betenden vor ihnen nicht zu stören.

»Sprechen Sie russisch?«

»Ja.«
»Und Sie fragen nach einem unserer Brüder?«
»Ja.«
»Sie sind ein russischer Spion.«
»Ich bin Amerikaner. In der Innentasche habe ich meinen Paß.«
»Zeigefinger und Daumen«, sagte der Mann. Monk zog seinen US-Paß heraus und ließ ihn auf den Teppich fallen. Der andere beugte sich vor. Er hob den Paß auf und sah die Seiten durch. Dann nickte er und gab ihn zurück. Über Monks Kopf hinweg sagte er etwas auf tschetschenisch. Wahrscheinlich war davon die Rede, daß sich jeder einen amerikanischen Paß besorgen kann, dachte Monk. Der Mann rechts von Monk nickte und fuhr fort.
»Warum suchen Sie unseren Bruder?«
»Wir haben uns vor langer Zeit kennengelernt. In einem fernen Land. Er hat etwas zurückgelassen. Ich habe mir vorgenommen, es ihm wiederzugeben, sollte ich je nach Moskau kommen.«
»Haben Sie es dabei?«
»In meinem Aktenkoffer.«
»Öffnen Sie ihn.«
Monk ließ die Verschlüsse aufschnappen und öffnete den Deckel. Drinnen lag eine flache Pappschachtel.
»Das sollen wir ihm bringen?«
»Ich wäre Ihnen sehr dankbar.«
Der auf der linken Seite redete wieder tschetschenisch.
»Nein, es ist keine Bombe«, sagte Monk auf russisch. »Falls es eine wäre, würde ich auch sterben, wenn die Schachtel jetzt aufgemacht wird. Bitte öffnen Sie sie.«
Die beiden blickten sich kurz an, dann beugte sich einer nach vorn, um den Deckel der Pappschachtel aufzuklappen. Sie starrten den darin liegenden Gegenstand an.
»Das ist es?«
»Das ist es. Er hat es zurückgelassen.«
Der Mann links von Monk schloß die Schachtel und nahm sie aus dem Aktenkoffer. Dann stand er auf.
»Warten Sie«, sagte er.
Der Mann bei der Tür sah ihn gehen, blieb jedoch reglos sitzen. Monk und seine zwei Aufpasser warteten weitere zwei Stunden.

Die Zeit für das Abendessen war längst vorbei. Monk sehnte sich nach einem großen Hamburger. Hinter den kleinen Fenstern dämmerte es bereits, als der Bote zurückkehrte. Ohne ein Wort nickte er seinen beiden Glaubensbrüdern zu und wies mit dem Kopf zur Tür.

»Kommen Sie«, sagte der Tschetschene auf Monks rechter Seite. Alle drei erhoben sich. In der Vorhalle holten sie ihre Schuhe aus den Fächern und zogen sie an. Die beiden, die neben Monk gesessen hatten, stellten sich links und rechts von Monk in Position, der Türwächter bildete die Nachhut. Zusammen marschierten sie zur Durowastraße, wo ein großer Volvo wartete. Bevor Monk einsteigen durfte, wurde er fachmännisch von hinten gefilzt.

Monk landete auf dem Rücksitz zwischen seinen beiden Begleitern. Der dritte nahm neben dem Fahrer Platz, und der Volvo fuhr in Richtung Ringstraße los.

Monk hatte damit gerechnet, daß die Tschetschenen die Moschee nie durch die Anwendung von Gewalt entweihen würden, aber jetzt im Auto lagen die Dinge ganz anders, und er wußte genug von Männern dieses Schlags, um ihre extreme Gefährlichkeit zu erkennen.

Nach einer Meile griff der Beifahrer in das Handschuhfach und holte eine dunkle Brille hervor, die nach allen Seiten abgedichtet war. Mit einer Geste forderte er Monk auf, sie aufzusetzen. Sie war besser als eine Augenbinde, denn die Gläser waren geschwärzt. Den Rest der Fahrt verbrachte Monk im Dunkeln.

Im Herzen Moskaus, in einer Seitenstraße, die man besser nicht betritt, gibt es schon seit Jahren ein kleines Café namens Kaschtan, die Kastanie.

Jeder Tourist, der zufällig auf die Eingangstür zuschlendert, wird sich einem durchtrainierten jungen Mann gegenübersehen, der dem Fremden zu verstehen gibt, daß er gut daran täte, seinen Morgenkaffee anderswo einzunehmen. Selbst die russische Miliz macht einen weiten Bogen um das Café.

Man half Monk aus dem Wagen und nahm ihm beim Durchqueren der Eingangstür die dunkle Brille ab. Im Café erstarb mit einem Schlag die auf tschetschenisch geführte Unterhaltung.

Zwanzig Augenpaare beobachteten stumm, wie er in einen Privatraum hinter der Bar geführt wurde. Sollte er nicht mehr auftauchen, hatte niemand etwas gesehen.

Es gab einen Tisch, vier Stühle und an der Wand einen Spiegel. Aus einer nahe gelegenen Küche roch es nach Knoblauch, Gewürzen und Kaffee. Zum erstenmal ergriff der Anführer der drei Aufpasser, der während der Befragung beim Eingang gesessen hatte, das Wort.

»Setzen Sie sich. Kaffee?«

»Danke. Schwarz. Mit Zucker.«

Er kam, und er schmeckte gut. Monk schlürfte die dampfende Flüssigkeit und vermied jeden Blick in den Spiegel. Er war davon überzeugt, daß es sich um einen durchsichtigen Spiegel handelte und daß er von der anderen Seite beobachtet wurde. Als er die leere Tasse absetzte, öffnete sich eine Tür, und Umar Gunajew trat ein.

Er hatte sich verändert. Der Hemdkragen hing nicht mehr über das Jackett, und der Anzug hatte keinen billigen Schnitt. Es war eine italienische Designermarke, und die breite Seidenkrawatte stammte wahrscheinlich aus der Jermyn Street oder der Fifth Avenue. Der Tschetschene, ein dunkler Typ, war in den zwölf Jahren gereift und wirkte jetzt mit vierzig attraktiv, weltmännisch und elegant. Mit einem stillen Lächeln nickte er Monk mehrmals zu. Dann setzte er sich und legte die flache Pappschachtel auf den Tisch.

»Ich habe Ihr Geschenk erhalten«, sagte er. Er klappte den Deckel hoch und holte ein jemenitisches *Gambiah* hervor. Er hielt es gegen das Licht und fuhr mit der Fingerspitze die Schneide entlang.

»Das ist es?«

»Einer von ihnen hat es auf dem Pflaster liegenlassen«, sagte Monk. »Ich dachte, vielleicht können Sie es als Brieföffner verwenden.«

Diesmal schien Gunajew wirklich amüsiert. »Wie haben Sie meinen Namen erfahren?«

Monk erzählte ihm von den Schnappschüssen ankommender Russen, die die Briten in Oman sammelten.

»Und was haben Sie seither gehört?«

»Viele Dinge.«
»Gute oder schlechte?«
»Interessante.«
»Erzählen Sie.«
»Ich habe gehört, daß Hauptmann Gunajew nach zehn Jahren in der Ersten Hauptverwaltung die rassistischen Witze und die fehlenden Aufstiegschancen satt hatte. Ich habe gehört, er hat den KGB verlassen und widmet sich jetzt anderen Aufgaben. Auch verdeckt, aber anders.«

Gunajew lachte. Auch die drei Aufpasser entspannten sich. Der Meister hatte das Signal für einen Stimmungsumschwung gegeben.

»Verdeckt, aber anders. Ja, das stimmt. Und weiter?«
»Weiter habe ich gehört, daß Umar Gunajew in seinem neuen Leben zum unumstrittenen Herrscher westlich des Ural aufgestiegen ist.«
»Möglich. Sonst noch was?«
»Ich habe gehört, daß dieser Gunajew trotz seiner noch jungen Jahre ein traditionell denkender Mann ist. Daß er den alten Werten des tschetschenischen Volkes treu geblieben ist.«
»Sie haben viel gehört, mein amerikanischer Freund. Und was sind das für Werte?«
»Man hat mir gesagt, daß sich die Tschetschenen in einer Welt des Verfalls immer noch an ihren Ehrenkodex halten, daß sie ihre Schulden begleichen, die guten und die schlechten.«

Monk spürte die Spannung der drei Männer hinter ihm. Machte sich der Amerikaner über sie lustig? Sie beobachteten ihren Führer. Endlich nickte Gunajew.

»Was Sie gehört haben, stimmt. Was wollen Sie von mir?«
»Schutz. Einen Platz zum Leben.«
»Es gibt Hotels in Moskau.«
»Nicht besonders sicher.«
»Jemand will Sie umbringen?«
»Noch nicht, aber bald.«
»Wer?«
»Oberst Anatoli Grischin.«

Gunajew zuckte wegwerfend die Achseln.
»Kennen Sie ihn?« fragte Monk.

»Ich weiß von ihm.«

»Und was Sie wissen, gefällt Ihnen?«

Gunajew zuckte wieder die Achseln. »Er macht, was er macht. Ich mache, was ich mache.«

»Wenn Sie in Amerika verschwinden müßten«, erklärte Monk, »könnte ich Sie verschwinden lassen. Aber das ist nicht meine Stadt, nicht mein Land. Können Sie mich in Moskau verschwinden lassen?«

»Kurzfristig oder auf Dauer?«

Monk lachte. »Kurzfristig wäre mir lieber.«

»Natürlich kann ich das. Das wollen Sie also?«

»Um am Leben zu bleiben, ja. Und ich möchte gern am Leben bleiben.«

Gunajew stand auf und wandte sich an seine drei Bandenmitglieder. »Dieser Mann hat mir das Leben gerettet. Jetzt ist er mein Gast. Keiner kommt ihm zu nahe. Solange er hier ist, ist er einer von uns.«

Die drei Ganoven umringten Monk, schüttelten ihm die Hand, grinsten, stellten sich vor. Aslan, Magomed, Scharif.

»Hat die Jagd auf Sie schon begonnen?« fragte Gunajew.

»Nein, ich glaube nicht.«

»Sie müssen Hunger haben. Das Essen hier ist erbärmlich. Wir fahren in mein Büro.«

Wie alle Mafiachefs hatte der Führer des Tschetschenenclans zwei verschiedene Persönlichkeiten. Für die Öffentlichkeit trug er die Maske des überaus erfolgreichen *biznizman*, der ungefähr zwanzig profitable Unternehmen kontrolliert. Gunajews Spezialgebiet waren Immobilien.

In den ersten Jahren hatte er einfach erstklassige Erschließungsgrundstücke erworben und sich zu diesem Zweck eines schlichten Mittels bedient: Er bestach oder erschoß die Beamten, die nach dem Zusammenbruch des Kommunismus über den öffentlichen Verkauf dieser Grundstücke verfügten.

Nachdem die Grundstücke in seinen Besitz übergegangen waren, machte sich Gunajew die Welle kooperativer Bauvorhaben zwischen russischen Industriemagnaten und ihren westlichen Partnern zunutze. Gunajew stellte die Grundstücke und garantierte streikfreie Arbeit, während die Amerikaner und Westeuropäer ihre Büroblocks und Wolkenkratzer hochzogen. Die Eigentumsrechte lagen bei beiden Teilhabern, die auch die Mieten und Gewinne aus den Büroblocks einstrichen.

Durch ähnliches Vorgehen übernahm der Tschetschene die Kontrolle über die sechs führenden Hotels der Stadt und dehnte seine Geschäftstätigkeit auf Stahl, Beton, Holz, Ziegel und Glasuren aus. Wer renovieren, umbauen oder bauen wollte, hatte es mit einer Firma im Besitz von Umar Gunajew zu tun.

Das war das öffentliche Gesicht der tschetschenischen Mafia. Die weniger sichtbare Seite der Geschäfte spielte sich wie bei allen Moskauer Banden im Bereich Schwarzmarkt und Unterschlagung ab.

Bodenschätze des russischen Staates wie Gold, Diamanten, Gas und Öl wurden vor Ort mit Rubel zum offiziellen Umtauschkurs und selbst da zu halsabschneiderischen Preisen erworben. Die »Verkäufer« waren Beamte, die man problemlos bestechen konnte. Danach wurden die Bodenschätze im Export für Dollar, Pfund oder Mark zu Weltmarktpreisen verkauft.

Einen Bruchteil des so verdienten Geldes konnte man wieder importieren und zum inoffiziellen Kurs in Unsummen von Rubel umtauschen, mit denen man die nächste Ladung und die nötigen Schmiergelder bezahlte. Ungefähr achtzig Prozent des Exportumsatzes waren Reingewinn.

In der Anfangszeit wollten sich einige Staatsbeamte und Bankiers nicht in den Gang der Dinge fügen und verweigerten die Kooperation. Die erste Warnung erfolgte mündlich, die zweite zog einen orthopädischen Eingriff nach sich, und die dritte war endgültig. Der Nachfolger eines Staatsdieners, der einen vorzeitigen Abgang gemacht hatte, begriff die Spielregeln meist sehr schnell.

Ende der neunziger Jahre war Gewaltanwendung gegen Beamte oder Juristen kaum noch nötig, aber gleichzeitig bedeutete die Zunahme der Privatarmeen für jeden Unterweltboß, daß er all seinen Rivalen im Notfall gewachsen sein mußte. Keine der anderen Gruppen von Gewalttätern konnte es an Schnelligkeit und Unerschrockenheit mit den Tschetschenen aufnehmen, wenn sich ihnen jemand in den Weg stellte.

Ende 1994 trat ein neuer Faktor in die Gleichung. Kurz vor Weihnachten begann Boris Jelzin seinen unglaublich dummen Krieg gegen Tschetschenien mit der offiziellen Begründung, den abtrünnigen Präsidenten Dudajew vertreiben zu wollen, der für seine Heimat die Unabhängigkeit forderte. Hätte es sich nur um eine schnelle chirurgische Operation gehandelt, hätte es vielleicht geklappt. Aber die angeblich so starke russische Armee bekam eine Abreibung von den leichtbewaffneten tschetschenischen Guerillas, die sich einfach ins Kaukasusgebirge zurückzogen und weiterkämpften.

Nun legte die tschetschenische Mafia in Moskau auch noch die letzten Skrupel gegenüber dem russischen Staat ab. Ein normales Leben für gesetzestreue Tschetschenen war praktisch unmöglich geworden. Da sich jeder gegen sie wandte, wurden die Tschetschenen in der russischen Hauptstadt zu einer verschworenen und bedingungslos loyalen Gemeinschaft, die weit undurchdringlicher war als etwa die georgische, armenische oder russische Unterwelt. In dieser Gemeinde wurde das Oberhaupt der Unterwelt zum Helden und zum Führer des Widerstands. Im Spätherbst 1999 hatte diese Rolle der frühere KGB-Hauptmann Umar Gunajew inne.

Dennoch konnte sich Gunajew als Geschäftsmann frei bewegen und das Leben eines Multimillionärs führen, der er ja auch war. Sein »Büro« nahm das gesamte Obergeschoß eines seiner Hotels ein. Es wurde gemeinsam mit einer amerikanischen Kette betrieben und lag in der Nähe des Helsinki-Bahnhofs.

Für die Fahrt zum Hotel benutzte man Umar Gunajews kugel- und bombensichere Mercedes-Limousine. Er hatte seinen eigenen Fahrer und Leibwächter, und die drei aus dem Café folgten ihnen in einem Volvo. Beide Autos fuhren in die Tiefgarage des Hotels, und nachdem das Tiefgeschoß von den drei Insassen des Volvo abgesucht worden war, nahmen Gunajew und Monk den Hochgeschwindigkeitslift zum Penthouse im zehnten Stock. Danach wurde die Stromzufuhr zum Aufzug unterbrochen.

Im Vorraum standen weitere Bodyguards, und erst im Apartment des Tschetschenenführers waren sie unter sich. Ein weißgekleideter Zimmerkellner brachte auf Anweisung Gunajews Speisen und Getränke.

»Ich muß Ihnen etwas zeigen«, sagte Monk. »Ich hoffe, Sie finden es interessant und vielleicht auch lehrreich.«

Er öffnete seinen Aktenkoffer und drückte auf die beiden Knöpfe zur Entriegelung des doppelten Bodens. Gunajew schaute gespannt zu. Der Koffer und sein Potential erregten offensichtlich seine Bewunderung.

Monk reichte ihm zuerst die russische Übersetzung des Verifizierungsberichts. Er umfaßte dreiunddreißig Seiten in einem grauen Pappeinband. Gunajew zog eine Augenbraue nach oben.

»Muß ich?«

»Ihre Geduld wird belohnt werden. Bitte.«

Gunajew seufzte und begann zu lesen. Das Geschriebene zog ihn allmählich in seinen Bann, und er ließ seinen Kaffee unberührt. Es dauerte zwanzig Minuten. Schließlich legte er den Bericht zurück auf den Tisch.

»Dieses Manifest ist also kein Scherz. Authentisch. Na und?«

»Das sagt Ihr nächster Präsident«, erklärte Monk. »Das beabsichtigt er, in die Tat umzusetzen, wenn er an der Macht ist. Sehr bald schon.« Er schob das schwarz eingeschlagene Manifest über den Tisch.

»Noch mal dreißig Seiten?«

»Nein, vierzig. Aber noch interessanter. Bitte, tun Sie mir den Gefallen.«

Gunajew ließ den Blick eilig über die ersten zehn Seiten wandern, die Pläne für den Einparteienstaat, die Wiederinbetriebnahme des Atomwaffenarsenals, die Rückeroberung der verlorenen Republiken und den neuen Archipel Gulag mit Sklavenlagern. Dann verengten sich seine Augen zu Schlitzen, und er las langsamer.

Monk wußte, welchen Punkt er erreicht hatte. Er konnte sich noch lebhaft an die messianischen Sätze erinnern, die er zum erstenmal vor dem glitzernden Wasser der Sapodilla Bay auf den Turks- und Caicosinseln gelesen hatte.

»Die endgültige und komplette Ausrottung aller Tschetschenen im russischen Vaterland... die Vernichtung des Rattenvolks, damit es sich nie mehr erheben kann... die Verwandlung der Stammesheimat in eine Weidelandschaft für Wildziegen... kein Ziegel und kein Stein auf dem anderen... für immer... die umgebenden Völker der Osseten, Dagomanen und Inguschen werden zusehen und dabei lernen, welche Achtung und Furcht sie ihren neuen russischen Herren schulden...«

Gunajew las zu Ende und legte das Manifest beiseite.

»Das haben schon viele versucht«, sagte er. »Die Zaren haben es versucht, Stalin hat es versucht, Jelzin hat es versucht.«

»Mit Schwertern, Maschinengewehren, Raketen. Aber was ist mit Gammastrahlung, Anthrax, Nervengas? Die Kunst der Ausrottung ist modernisiert worden.«

Gunajew stand auf und zog seine Jacke aus. Er hängte sie über den Stuhl und ging zum Fenster mit dem malerischen Ausblick über die Dächer von Moskau.

»Sie wollen, daß er eliminiert wird?« fragte er.

»Nein.«

»Warum nicht? Es läßt sich machen.«

»Es funktioniert nicht.«

»Normalerweise schon.«

Monk erklärte es ihm. Ein Volk im Chaos, das in den Abgrund gerissen würde, vielleicht in einen Bürgerkrieg. Oder ein anderer Komarow, vielleicht seine rechte Hand, Grischin, der auf einer Welle der Entrüstung zur Macht stürmen würde.

»Sie sind die beiden Seiten einer Medaille«, schloß er. »Der Mann des Wortes und der Mann der Tat. Tötet man den einen, reißt der andere das Zepter an sich. Und die Vernichtung Ihres Volkes geht weiter.«

Gunajew wandte sich vom Fenster ab und ging zurück. Mit angespanntem Gesicht beugte er sich über Monk.

»Was wollen Sie von mir, Amerikaner? Sie kommen hierher als Fremder, der mir einmal das Leben gerettet hat. Ich stehe also in Ihrer Schuld. Dann zeigen Sie mir diesen Dreck. Was hat das mit mir zu tun?«

»Nichts, wenn Sie es nicht wollen. Sie haben viele Dinge, Umar Gunajew. Sie haben großen Reichtum, enorme Macht, sogar die Macht über Leben und Tod. Sie haben die Macht, sich herauszuhalten und den Dingen ihren Lauf zu lassen.«

»Und warum sollte ich das nicht tun?«

»Weil es einmal einen Jungen gegeben hat. Einen kleinen, abgerissenen Jungen, der in einem armen Dorf im Nordkaukasus bei seiner Familie aufgewachsen ist, bei Freunden und Nachbarn, die zusammengelebt haben, um ihn auf die Universität nach Moskau zu schicken, damit er ein großer Mann wird. Die Frage lautet: Ist dieser Junge irgendwo unterwegs gestorben und zu einem Automaten geworden, der nur von Reichtum gesteuert wird? Oder erinnert sich der Junge noch an sein Volk?«

»Sagen Sie es mir.«

»Nein, die Entscheidung liegt bei Ihnen.«

»Und Ihre Entscheidung, Amerikaner?«

»Viel leichter. Ich kann hier rausgehen, ein Taxi nach Scheremetjewo nehmen und nach Hause fliegen. Dort ist es warm, gemütlich, sicher. Ich kann meinen Leuten sagen, sie sollen sich keine Gedanken machen. Es ist egal, hier kümmert sich niemand mehr, sie sind alle gekauft und bestochen. Soll die Dunkelheit ruhig hereinbrechen.«

Der Tschetschene setzte sich und starrte in eine weit zurückliegende Vergangenheit. Schließlich sagte er: »Sie glauben, Sie können ihn aufhalten?«

»Es gibt eine Chance.«

»Und die wäre?«

Monk setzte ihm auseinander, was sich Sir Nigel und die übrigen Ratsmitglieder ausgedacht hatten.

»Sie sind verrückt«, erwiderte Gunajew kurz angebunden.

»Vielleicht. Aber was für Möglichkeiten haben Sie? Komarow und der Völkermord durch seinen Schlächter; Chaos und Bürgerkrieg. Oder das andere.«

»Und wenn ich Ihnen helfe, was brauchen Sie?«

»Ich muß mich verstecken. Aber mitten im Geschehen. Ich muß mich bewegen können, darf aber nicht erkannt werden. Ich muß die Leute treffen, derentwegen ich hergekommen bin.«

»Glauben Sie, Komarow weiß, daß Sie hier sind?«

»Sehr bald. In dieser Stadt gibt es eine Million Informanten. Das wissen Sie, Sie benutzen ja selbst viele. Alle lassen sich kaufen. Und der Mann ist kein Dummkopf.«

»Er kann alle Organe des Staates kaufen. Nicht einmal ich kann mich mit dem ganzen Staat anlegen.«

»Sie haben gelesen, Komarow hat seinen Partnern und Geldgebern, der Dolgoruki-Mafia, das Blaue vom Himmel versprochen. Bald werden sie der Staat sein. Was passiert dann mit Ihnen?«

»Einverstanden. Ich kann Sie verstecken. Aber für wie lange, weiß ich nicht. In unserer Gemeinde wird Sie niemand finden, bis ich es sage. Aber Sie können nicht hier leben. Das würde einfach auffallen. Ich habe viele sichere Adressen. Sie müssen von einer zur anderen ziehen.«

»Sichere Adressen sind in Ordnung«, meinte Monk. »Dort kann ich schlafen. Aber um mich zu bewegen, brauche ich Papiere. Perfekt gefälscht.«

Gunajew schüttelte den Kopf. »Wir fälschen hier keine Papiere. Wir kaufen echte.«

»Das hatte ich vergessen. Alles ist käuflich.«

»Was brauchen Sie sonst noch?«

»Zunächst einmal diese Sachen.«

Monk schrieb mehrere Zeilen auf ein Blatt Papier und gab es Gunajew, der die Liste durchlas. Kein Problem. Er kam zum letzten Punkt auf der Liste.

»Wofür zum Teufel brauchen Sie das?«

Monk erklärte es ihm.

»Sie wissen, daß mir das Metropol zur Hälfte gehört«, seufzte Gunajew.

»Ich werde versuchen, nur die andere Hälfte zu benutzen.«

Der Tschetschene schien den Witz nicht verstanden zu haben.

»Bis wann wird Grischin wissen, daß Sie hier sind?«

»Das hängt davon ab. Ungefähr zwei Tage, vielleicht drei. Wenn ich mich in der Stadt bewege, werde ich bestimmt Spuren hinterlassen. Die Leute reden.«

»Schön. Ich gebe Ihnen vier Leute. Sie werden Ihnen den Rücken freihalten und Sie von Ort zu Ort bringen. Den Anführer kennen Sie bereits. Auf dem Vordersitz des Volvo, Magomed. Er ist ein guter Mann. Geben Sie ihm ab und zu eine Liste mit Dingen, die Sie brauchen. Wir werden sie besorgen. Trotzdem meine ich immer noch, daß Sie verrückt sind.«

Um Mitternacht war Monk wieder in seinem Zimmer im Metropol. Am Ende des Gangs bei den Aufzügen gab es einen offenen

Bereich. Dort standen vier Clubsessel aus Leder. Zwei davon waren von schweigenden Männern besetzt, die Zeitung lasen und die ganze Nacht nichts anderes tun würden. Am frühen Morgen wurden zwei Koffer auf Monks Zimmer gebracht.

Die meisten Moskowiter und praktisch alle Ausländer glauben, daß der Patriarch der russisch-orthodoxen Kirche in einer luxuriösen Suite tief im Herzen des mittelalterlichen Danilowski-Klosters residiert, einem Komplex aus Abteien und Kathedralen mit zinnenbewehrten Mauern.

Dies ist die gängige Meinung, und sie wird sorgsam kultiviert. Tatsächlich übt der Patriarch in einem der großen Gebäude innerhalb des Klosters, streng bewacht von treu ergebenen Kosaken, sein Amt aus, das das Herz des Patriarchats von Moskau und aller Russenländer bildet. Aber er lebt nicht dort.

Er lebt in einem bescheidenen Stadthaus in der Tschisti Pereulok 5. Diese »Saubere Gasse« ist eine enge Seitenstraße am Rande des Stadtzentrums.

Hier wird er von klerikalem Personal versorgt, bestehend aus einem Privatsekretär, einem Kammerdiener, zwei Dienern und drei Nonnen, die kochen und saubermachen. Ein Chauffeur steht auf Abruf bereit, und zwei Kosaken halten Wache. Der Gegensatz zur Prachtentfaltung im Vatikan oder im Palast des Patriarchen der griechisch-orthodoxen Kirche könnte nicht größer sein.

Im Winter 1999 war immer noch Seine Heiligkeit Alexei II. Inhaber des Amts, in das er zehn Jahre zuvor, kurz vor dem Fall des Kommunismus, gewählt worden war. Der damals knapp über Fünfzigjährige wurde zum Erben einer von innen demoralisierten und zerrütteten und von außen verfolgten und korrumpierten Kirche.

Schon in den frühesten Revolutionstagen erkannte Lenin, der den Priesterstand verachtete, daß der Kommunismus im Kampf um die Gunst der großen Masse der russischen Bauern nur eine ernsthafte Rivalin hatte, und sie wollte er vernichten. Durch systematische Brutalität und Korruption wäre es ihm und seinen Nachfolgern auch fast gelungen.

Aber selbst Lenin und Stalin schreckten vor der vollkommenen

Auslöschung der Priesterschaft und der Kirche zurück, weil sie einen für das NKWD unkontrollierbaren Rückschlag befürchteten. Nach den ersten Pogromen, bei denen Kirchen niedergebrannt, ihre Schätze geraubt und Priester aufgehängt wurden, verlegte sich das Politbüro darauf, die Kirche durch Diskreditierung zu untergraben.

Dazu bediente man sich zahlreicher Maßnahmen. Intelligente Bewerber wurden aus den Priesterseminaren verbannt, die vom NKWD und später vom KGB überwacht wurden. Nur noch dumpfe, phantasielose Anwärter aus der Peripherie der UdSSR, aus Moldawien im Westen und Sibirien im Osten, wurden zugelassen. Das Bildungsniveau wurde niedrig gehalten, und die Qualität des Priesteramts verfiel.

Die meisten Kirchen wurden einfach geschlossen und verrotteten. Nur wenige blieben geöffnet und wurden vor allem von Armen und Alten besucht, die ohnehin niemandem etwas anhaben konnten. Die amtierenden Priester mußten regelmäßig dem KGB berichten und sagten als Informanten gegen die Mitglieder ihrer Gemeinde aus.

Ein junger Mensch, der die Taufe wollte, wurde von dem Priester, an den er sich gewandt hatte, angezeigt. Danach verlor er seinen Platz an der Oberschule und seine Chance auf ein Studium, und seine Eltern wurden mit hoher Wahrscheinlichkeit aus ihrer Wohnung vertrieben. Praktisch nichts blieb dem KGB verborgen. Der gesamte Klerus und selbst unbeteiligte Priester gerieten beim Volk in Verdacht.

Die Kommunisten arbeiteten mit Zuckerbrot und Peitsche, einem vergifteten Zuckerbrot und einer lähmenden Peitsche.

Verteidiger der Kirche verweisen auf die drohende Ausrottung der Kirche und sehen in der Tatsache, daß sie überhaupt am Leben blieb, einen Faktor, der viel schwerer ins Gewicht fällt als ihre Erniedrigung.

Der sanftmütige, scheue und zurückhaltende Alexei II. erbte daher ein tief in die Kollaboration mit dem atheistischen Staat verstricktes Bischofskollegium und eine beim Volk in Verruf geratene Priesterschaft.

Es gab auch Ausnahmen, Wanderpriester ohne Pfarreien, die predigten und sich der Verhaftung entzogen oder, wenn ihnen dies nicht gelang, in Arbeitslager geschickt wurden. Es gab Asketen, die sich in Klöster zurückzogen, um den Glauben durch Selbstverleugnung und Gebete am Leben zu erhalten; aber sie begegneten kaum je den Massen des Volkes.

Nach dem Zusammenbruch des Kommunismus ergab sich die Chance einer großen Renaissance, einer Wiedergeburt, mit der Kirche und Evangelium ihren zentralen Platz im Leben des traditionell tiefreligiösen russischen Volkes zurückerobern konnten.

Doch die Rückkehr zur Religion wurde durch die neueren Kirchen herbeigeführt, die sich kraftvoll und energisch engagierten und bereit waren, die Menschen dort aufzusuchen und ihnen zu predigen, wo sie lebten und arbeiteten. Die Pentekostalisten vermehrten sich, und amerikanische Missionare der Baptisten, Mormonen und Adventisten des Siebten Tages strömten ins Land. Die Führung der russisch-orthodoxen Kirche reagierte mit der Bitte an Moskau, ausländische Prediger zu verbannen.

Die Verteidiger argumentierten, daß eine schnelle und grundlegende Reform der orthodoxen Hierarchien unmöglich war, weil auch die unteren Ebenen wenig zu bieten hatten. Die im Seminar ausgebildeten Priester besaßen kein Format und sprachen die archaische Sprache der Schriften. Sie waren durchdrungen von Pedanterie und Didaktik und unbewandert im nichtakademischen öffentlichen Vortrag. Mit ihren Predigten fesselten sie lediglich ein nur aus wenigen alten Menschen bestehendes Publikum.

Dabei wurde eine riesige Chance verpaßt. Als sich erwies, daß der dialektische Materialismus nur ein Götze war und daß Demokratie und Kapitalismus nicht den Leib und erst recht nicht die Seele befriedigen konnten, erfaßte ein tiefes Bedürfnis nach Trost die gesamte Nation. Es blieb meist ungestillt.

Statt die besten jüngeren Priester auszusenden, um den Glauben und das Wort Gottes zu verbreiten, beklagten die Kritiker, saß die orthodoxe Kirche in Diözesen, Klöstern und Seminaren und wartete auf die Menschen. Nur wenige kamen.

Wenn nach dem Fall des Kommunismus leidenschaftliche und inspirierte Führungsstärke dringend benötigt wurde, so war der sanftmütige Gelehrte Alexei II. wohl kaum der geeignete Mann für diese Aufgabe. Seine Wahl war ein Kompromiß zwischen den Bischöfen und den verschiedenen Strömungen, für die sie standen. Alexei, so hofften die veränderungsunwilligen Kirchenmänner, würde keine Umwälzungen herbeiführen.

Aber trotz dieses schweren Erbes und seines fehlenden Charismas besaß Alexei II. ein gewisses Maß an Reformergeist. Er erreichte drei wichtige Dinge.

Seine erste Reform war die Aufteilung Rußlands in hundert Diözesen, die allesamt sehr viel kleiner waren als die bisherigen. Dadurch konnte er aus den Reihen der besten und am meisten motivierten Priester, die am wenigsten in die Kollaboration mit dem inzwischen aufgelösten KGB verwickelt waren, neue und jüngere Bischöfe ernennen. Dann besuchte er jede Diözese und zeigte sich mehr vor dem Volk als alle Patriarchen der Vergangenheit.

Zweitens unterband er die heftigen antisemitischen Ausfälle des Metropoliten Ioann von St. Petersburg und stellte klar, daß jeder Bischof, der in seiner Botschaft an die Gläubigen den Haß gegen Menschen über die Liebe zu Gott stellte, sein Amt verlieren würde. Ioann starb 1995, ohne seinen Frieden mit den Juden und Alexei II. gemacht zu haben.

Schließlich gab Alexei gegen großen Widerstand seine persönliche Zustimmung für Pater Gregor Rusakow, einen charismatischen jungen Priester, der sowohl eine eigene Pfarrei ablehnte als auch die Vorschriften der Bischöfe, durch deren Bezirke er als Wanderprediger zog.

Viele Patriarchen hätten den nonkonformistischen Mönch verurteilt und ihn von der Kanzel verbannt, aber Alexei II. lehnte ein solches Vorgehen ab. Lieber ging er das Risiko ein, dem Wanderprediger seinen Willen zu lassen, weil er im Gegensatz zu den Bischöfen mit seinen bewegenden und begeisterten Ansprachen Junge und Ungläubige erreichte.

Anfang November 1999 wurde der gütige Patriarch kurz vor Mitternacht mit der Nachricht in seinen Gebeten unterbrochen, daß ein Bote aus London an der Straßentür warte und um eine Audienz bitte.

Der Patriarch war in seine schlichte graue Soutane gekleidet. Er erhob sich von den Knien und ging durch die kleine Privatkapelle, um den Brief aus der Hand seines Sekretärs entgegenzunehmen.

Es war ein Schreiben mit dem Briefkopf der Diözese London mit Sitz in Kensington, und er erkannte die Unterschrift seines Freundes, des Metropoliten Anthony. Dennoch wunderte er sich darüber, daß sein Kollege auf diese ungewöhnliche Weise Verbindung mit ihm aufnahm.

Der Brief war in Russisch abgefaßt, das Erzbischof Anthony in Wort und Schrift beherrschte. Er bat seinen Bruder in Christus dringend, einen Mann zu empfangen, der wichtige Nachrichten für die Kirche überbrachte, beunruhigende und streng vertrauliche Nachrichten.

Der Patriarch faltete den Brief zusammen und blickte zu seinem Sekretär auf.

»Wo ist er?«

»Auf dem Gehsteig, Eure Heiligkeit. Er ist mit dem Taxi gekommen.«

»Ist er Priester?«

»Ja, Eure Heiligkeit.«

Der Patriarch seufzte. »Bitten Sie ihn herein. Sie können wieder schlafen gehen. Ich werde ihn in meinem Arbeitszimmer empfangen. In zehn Minuten.«

Der wachhabende Kosake erhielt eine geflüsterte Anweisung vom Sekretär und öffnete die Tür zur Straße. Er sah das graue Auto vom zentralen Taxidienst und den schwarzgekleideten Priester daneben.

»Seine Heiligkeit wird Sie empfangen, Pater«, sagte er. Der Priester bezahlte das Taxi.

Im Haus wurde er in ein kleines Wartezimmer gewiesen. Nach zehn Minuten trat ein dicklicher Priester ein und sagte mit leiser Stimme: »Würden Sie bitte mitkommen?«

Der Besucher wurde in einen Raum geführt, der ganz offensichtlich das Studierzimmer eines Gelehrten war. Außer einer Ikone in einer Ecke befanden sich an den weißen Gipswänden nur Regale, auf denen im Schein der Schreibtischlampe viele Reihen von Büchern schimmerten. Hinter dem Schreibtisch saß Patriarch Alexei. Er wies seinen Gast zu einem Stuhl.

»Pater Maxim, würden Sie uns bitte Erfrischungen bringen. Kaffee? Ja, Kaffee für zwei und ein paar Biskuits. Sie werden am

Morgen zur Kommunion gehen, Pater? Ja? Dann ist gerade noch Zeit für ein Biskuit vor Mitternacht.«

Der dickliche Kammerdiener verschwand.

»Nun gut, mein Sohn, und wie geht es meinem Freund Anthony von London?«

Es war nichts Falsches an der schwarzen Soutane und dem schwarzen *Klobuk*, den der Besucher jetzt abnahm und unter dem sein blondes Haar zum Vorschein kam. Ein wenig seltsam war nur, daß er, anders als die meisten orthodoxen Geistlichen, keinen Bart trug. Aber die englischen Priester hatten nicht alle einen Bart.

»Ich fürchte, das kann ich nicht sagen, Eure Heiligkeit, weil ich ihn nicht gesehen habe.«

Verständnislos starrte Alexei Monk an. Er wies auf den vor ihm liegenden Brief. »Und das? Ich begreife nicht.«

Monk holte tief Luft. »Eure Heiligkeit, zunächst muß ich gestehen, daß ich kein Priester der orthodoxen Kirche bin. Auch der Brief stammt nicht von Erzbischof Anthony, auch wenn das Briefpapier echt ist. Die Unterschrift ist gefälscht. Der Grund für diese unwürdige Komödie ist, daß ich Sie unbedingt sprechen mußte. Sie persönlich, privat und streng vertraulich.«

Die Augen des Patriarchen flackerten besorgt. War der Mann ein Irrsinniger? Ein Attentäter? Unten stand ein bewaffneter Kosake, aber konnte er ihn noch rechtzeitig rufen? Er ließ sich nichts anmerken. In ein paar Minuten kam sein Kammerdiener zurück. Vielleicht bot sich dann eine Gelegenheit zu fliehen.

»Bitte erklären Sie mir das«, sagte er.

»Zunächst bin ich kein Russe, ich bin in Amerika geboren. Zweitens komme ich als Gesandter einer Gruppe besonnener und mächtiger Leute im Westen, die Rußland und der Kirche nicht schaden, sondern ihnen helfen wollen. Drittens bringe ich Nachrichten, die nach Ansicht meiner Auftraggeber wichtig und beängstigend für Sie sind. Ich bin hier, weil ich Ihre Hilfe brauche, und nicht, weil ich Ihnen ewas antun will. Sie haben ein Telefon zur Hand. Sie können es benutzen, um Hilfe zu holen. Ich werde Sie nicht aufhalten. Aber vorher möchte ich Sie bitten, etwas zu lesen, was ich mitgebracht habe.«

Alexei legte die Stirn in Falten. Der Mann machte nicht den

Eindruck eines Geistesgestörten, und außerdem hätte er ihn schon längst töten können. Wo blieb nur dieser Dummkopf Maxim mit dem Kaffee?

»Also gut. Was haben Sie mir mitgebracht?«

Monk holte unter seiner Soutane zwei schmale Mappen hervor und legte sie auf den Schreibtisch. Der Patriarch blickte auf die beiden Umschläge, einer grau, der andere schwarz.

»Worum geht es dabei?«

»Die graue Akte sollte zuerst gelesen werden. Es handelt sich um einen Bericht, der nicht den geringsten Zweifel daran läßt, daß die schwarze Akte keine Fälschung ist, kein Witz, keine Mystifikation.«

»Und die schwarze?«

»Ist das private und persönliche Manifest eines gewissen Igor Wiktorowitsch Komarow, der wohl bald Präsident von Rußland sein wird.«

Es klopfte an der Tür. Pater Maxim brachte auf einem Tablett Kaffee, Tassen und Biskuits. Die Uhr auf dem Kamin schlug zwölf.

»Zu spät«, seufzte der Patriarch. »Maxim, Sie haben mich um mein Biskuit gebracht.«

»Das tut mir furchtbar leid, Eure Heiligkeit. Der Kaffee... Ich mußte ihn frisch mahlen... ich...«

»Es war nur ein Scherz, Maxim.« Er warf einen vorsichtigen Blick auf Monk. Der Mann schien kräftig und durchtrainiert. Wenn er Mordgedanken hegte, konnte er sie wahrscheinlich beide töten. »Ab ins Bett, Maxim. Gott gebe Ihnen einen gesegneten Schlaf.«

Der Priester schlurfte zur Tür.

»Also«, sagte der Patriarch, »was steht in Komarows Manifest?«

Pater Maxim schloß die Tür hinter sich und hoffte, daß sein Zusammenzucken bei der Erwähnung Komarows nicht aufgefallen war. Er sah den Gang hinab. Der Sekretär war bereits wieder im Bett, die Schwestern würden erst in ein paar Stunden erscheinen, der Kosake befand sich im Erdgeschoß. Er kniete sich auf den Boden und legte sein Ohr ans Schlüsselloch.

Alexei II. las zuerst die Beglaubigung. Monk schlürfte seinen Kaffee. Schließlich kam der Patriarch zum Ende.

»Eine beeindruckende Geschichte. Warum hat er das getan?«

»Der Alte?«

»Ja.«

»Wir werden es nie erfahren. Sie wissen ja, er ist tot. Ermordet, daran besteht kein Zweifel. Professor Kusmins Bericht läßt keinen Raum für Spekulationen.«

»Der Ärmste. Ich werde für ihn beten.«

»Wir können annehmen, daß er in diesen Blättern etwas sah, das ihn so verstört hat, daß er sein Leben aufs Spiel setzte und auch verlor, um die eigentlichen Absichten von Igor Komarow zu enthüllen. Möchten Eure Heiligkeit jetzt das Schwarze Manifest lesen?«

Eine Stunde später lehnte sich der Patriarch von Moskau und aller Russenländer zurück und starrte auf einen Punkt über Monks Kopf.

»Das kann nicht sein Ernst sein«, sagte er schließlich. »Das kann er doch nicht wirklich vorhaben. Das ist satanisch. Rußland steht an der Schwelle zum dritten Jahrtausend unseres Herrn. Diese Dinge liegen hinter uns.«

»Als Mann Gottes glauben Sie doch an die Kräfte des Bösen, Eure Heiligkeit?«

»Natürlich.«

»Und daß diese Kräfte manchmal in menschlicher Gestalt erscheinen? Hitler, Stalin...«

»Sind Sie Christ, Mr....?«

»Monk. Ich denke, ja. Ein schlechter.«

»Sind wir das nicht alle? So unzulänglich. Aber dann kennen Sie auch die christliche Anschauung über das Böse. Sie müssen nicht fragen.«

»Eure Heiligkeit, selbst abgesehen von den Passagen über die Juden, die Tschetschenen und andere ethnische Minderheiten, würden diese Pläne Ihre heilige Kirche ins finstere Mittelalter zurückstoßen, entweder als Werkzeug und Komplizin oder als eines der Opfer eines faschistischen Staates, der genauso gottlos ist wie der kommunistische.«

»Sofern das alles wahr ist.«

»Es ist wahr. Niemand wird wegen einer Fälschung gejagt und getötet. Oberst Grischin reagierte zu schnell, als daß man glauben könnte, daß das Dokument nicht vom Schreibtisch von Komarows

Sekretär Akopow stammt. Wäre er von einer Fälschung ausgegangen, wäre ihm nie etwas aufgefallen. Aber sie wußten schon nach wenigen Stunden, daß etwas Hochbrisantes verschwunden war.«
»Weshalb sind Sie zu mir gekommen, Mr. Monk?«
»Ich möchte eine Antwort. Wird die orthodoxe Kirche aller Russenländer diesem Mann entgegentreten?«
»Ich werde beten. Ich werde Gott um Rat bitten...«
»Und wenn die Antwort heißt, daß Sie – nicht als Patriarch, sondern als Christ, als Mensch und als Russe – keine andere Wahl haben? Was dann?«
»Dann werde ich keine Wahl haben. Aber wie soll man ihm entgegentreten? Der Ausgang der Präsidentenwahl im Januar steht schon so gut wie fest.«
Monk erhob sich und steckte die beiden Mappen in seine Soutane. Er griff nach seinem *Klobuk*.
»Eure Heiligkeit, in Kürze wird ein Mann kommen, auch aus dem Westen. Das ist sein Name. Bitte empfangen Sie ihn. Er wird Ihnen vorschlagen, was man unternehmen kann.« Er reichte ihm eine kleine Karte.
»Brauchen Sie ein Auto?« fragte Alexei.
»Danke, nein. Ich werde zu Fuß gehen.«
»Gott sei mit Ihnen.«
Monk verabschiedete sich von ihm. Tief beunruhigt stand Alexei neben seiner Ikone. Als Monk die Tür erreichte, glaubte er davor ein leises Scharren auf dem Teppich zu hören, aber als er sie öffnete, war der Gang leer. Unten traf er auf den Kosaken, der ihn hinausbrachte. Auf der Straße empfing ihn ein bitterkalter Wind. Er schob den *Klobuk* fest auf den Kopf und machte sich auf den Weg zurück zum Metropol.
Vor dem Morgengrauen schlich eine stämmige Gestalt aus dem Haus des Patriarchen und hastete durch die Straßen bis zur Lobby des Rossija. Der Mann hatte zwar ein tragbares Telefon unter dem dunklen Mantel, aber er wußte, daß Landverbindungen von öffentlichen Fernsprechern viel sicherer waren.
In dem Haus am Kiselnyboulevard erreichte er nur einen Wachposten, bei dem er aber eine Nachricht hinterlassen konnte.
»Sagen Sie dem Oberst, ich heiße Maxim Klimowski. Pater Ma-

xim Klimowski. Ja genau. Sagen Sie ihm, ich arbeite im Privathaus des Patriarchen. Ich muß ihn sprechen. Es ist dringend. Ich werde um zehn Uhr vormittags unter dieser Nummer noch einmal anrufen.«

Um zehn war er wieder an der Leitung. Die Stimme am anderen Ende war leise, aber entschieden. »Ja, Pater, Oberst Grischin am Apparat.«

Der Priester in der Telefonzelle hielt den Hörer in seiner feuchten Hand, Schweißperlen standen ihm auf der Stirn.

»Herr Oberst, Sie kennen mich nicht. Aber ich bin ein glühender Verehrer von Igor Wiktorowitsch Komarow. Gestern nacht hat ein Mann den Patriarchen aufgesucht. Er brachte Dokumente mit. Eines davon hat er als Schwarzes Manifest bezeichnet... Hallo, hallo, sind Sie noch dran?«

»Mein lieber Pater Klimowski, ich glaube, wir sollten uns unbedingt treffen«, sagte die Stimme.

13

Am südöstlichen Ende des Staraja Ploschad befindet sich der Slawjanskiplatz mit einer der kleinsten, ältesten und schönsten Kirchen Moskaus.

Die Allerheiligenkirche in Kulischki wurde im dreizehnten Jahrhundert erbaut, als Moskau lediglich aus dem Kreml und ein paar umliegenden Anwesen bestand. Als der Holzbau einem Brand zum Opfer fiel, wurde Ende des sechzehnten, Anfang des siebzehnten Jahrhunderts ein Gotteshaus aus Stein an seine Stelle gesetzt, das bis 1918 regelmäßig benutzt wurde.

Damals führte Moskau noch den Namen »Stadt der zwanzig mal zwanzig Kirchen«, denn es gab über vierhundert. Nach der Revolution schlossen die Kommunisten neunzig Prozent davon und zerstörten drei Viertel. Die Allerheiligenkirche in Kulischki blieb unversehrt, doch wurden dort keine Gottesdienste mehr abgehalten.

Nach dem Ende des Kommunismus wurde die kleine Kirche vier Jahre lang sorgfältig restauriert, ehe ihre Tore wieder für die Gläubigen geöffnet werden konnten.

Dorthin fuhr Pater Maxim Klimowski am Tag nach seinem Telefongespräch. In seiner Kleidung, Soutane und *Klobuk*, wie sie bei orthodoxen Priestern üblich waren, fiel er hier nicht weiter auf. Abgesehen davon war er nicht der einzige.

Er besorgte sich eine Votivkerze, zündete sie an und stellte sich damit, scheinbar in Kontemplation versunken, vor die restaurierten Wandmalereien rechts des Portals.

In der Mitte der Kirche stand unter den golden leuchtenden Deckenfresken ein Priester und sang die Liturgie; um ihn hatte sich eine kleine Gruppe Gläubiger in Straßenkleidung geschart, die das Responsorium anstimmten. Ansonsten war das Gebäude leer.

Pater Maxim sah nervös auf die Uhr. Sie hätten sich vor fünf

Minuten treffen sollen. Daß er von einem vor der Kirche geparkten Wagen aus beobachtet worden war, wußte er nicht. Auch waren ihm die drei Männer entgangen, die, kaum hatte er die Kirche betreten, aus dem Auto gesprungen waren und überprüft hatten, ob ihm jemand folgte. Wie hätte er es auch ahnen können? Dinge wie diese gehörten nicht zu seiner Welt.

Hinter sich hörte er das leise Knirschen von Sohlen auf den Steinplatten. Jemand stellte sich neben ihn.

»Pater Klimowski?«

»Ja.«

»Ich bin Oberst Grischin. Sie haben mir etwas mitzuteilen, wie ich glaube.«

Der Priester riskierte einen Seitenblick. Der Mann war größer als er, schlank und mit einem dunklen Wintermantel bekleidet. Nun drehte er sich um und musterte ihn. Als ihre Blicke sich begegneten, bekam der Priester plötzlich Angst. Jetzt konnte er nur hoffen, daß er das Richtige getan hatte und es später nicht bereuen würde. Er schluckte und nickte.

»Nennen Sie mir als erstes den Grund, Pater. Warum der Anruf?«

»Herr Oberst, Sie müssen wissen, daß ich seit langem ein glühender Bewunderer Igor Komarows bin. Seine Politik, seine Pläne für Rußland – einfach großartig.«

»Wie erfreulich. Und was ist vorgestern nacht geschehen?«

»Ein Mann hat den Patriarchen aufgesucht. Ich bin sein Kammerdiener, müssen Sie wissen. Der Mann war gekleidet wie ein Priester unserer Kirche, aber er war blond und hatte keinen Bart. Sein Russisch war makellos, aber er hätte trotzdem ein Ausländer sein können.«

»Wurde der Fremde erwartet?«

»Das war ja das Sonderbare. Er kam mitten in der Nacht ohne jede Voranmeldung. Ich war schon im Bett, mußte aber wieder aufstehen und Kaffee kochen.«

»Dann wurde der Fremde also empfangen?«

»Ja. Und das war auch sehr merkwürdig. Sein westliches Aussehen, seine Ankunft so spät in der Nacht... Der Sekretär hätte ihn auffordern müssen, sich einen Termin für eine Audienz geben zu lassen. Kein Mensch spaziert doch so einfach mitten in der Nacht beim Patriarchen herein! Aber anscheinend hatte er ein Empfehlungsschreiben.«

»Sie haben ihnen also Kaffee serviert.«

»Ja, und als ich ging, hörte ich Seine Heiligkeit sagen. ›Was steht in Komarows Manifest?‹«

»Da wurden Sie hellhörig?«

»Ja. Ich machte die Tür zu und preßte das Ohr ans Schlüsselloch.«

»Sehr klug. Was sagten sie?«

»Nicht sehr viel. Es gab immer wieder lange Gesprächspausen. Durch das Schlüsselloch konnte ich sehen, daß Seine Heiligkeit etwas las. Es dauerte über eine Stunde.«

»Und dann?«

»Der Patriarch wirkte verstört. Er murmelte etwas, aber ich hörte nur das Wort ›satanisch‹. Und dann sagte er: ›Diese Dinge liegen hinter uns.‹ Den Fremden konnte ich leider kaum verstehen, weil er mit sehr leiser Stimme sprach, aber ich schnappte die Worte ›Schwarzes Manifest‹ auf. Der Fremde sagte sie, unmittelbar bevor Seine Heiligkeit zu lesen begann.«

»Sonst noch was?«

Der Mann war in Grischins Augen ein Schwätzer. Er war übernervös und schwitzte, allerdings nicht, weil ihm zu warm war. Aber das, was er da zu melden hatte, klang plausibel, obwohl dieser Priester die Bedeutung all dessen nicht einmal ahnte.

»Eine Sache noch. Ich hörte das Wort ›Fälschung‹ und dann Ihren Namen.«

»Meinen?«

»Ja. Der Fremde sagte, Sie hätten sehr schnell reagiert. Danach ging ihr Gespräch über einen alten Mann, und der Patriarch versprach, er werde für ihn beten. Mehrmals nahmen sie das Wort ›böse‹ in den Mund. Dann stand der Fremde auf und schickte sich zum Gehen an. Ich mußte schnell weglaufen. Darum sah ich ihn nicht gehen. Ich hörte nur noch die Tür zufallen. Das ist alles.«

»Sie haben keinen Wagen gesehen?«

»Nein. Ich schaute oben aus dem Fenster, aber er ging zu Fuß. Am nächsten Tag dann ... mein Gott, so verstört hatte ich Seine

Heiligkeit noch nie gesehen... Er war leichenblaß und betete stundenlang in seiner Kapelle. Darum hatte ich ja Zeit für meinen Anruf bei Ihnen. Hoffentlich habe ich das Richtige getan.«

»Mein Freund, Sie haben ganz gewiß das Richtige getan. Es sind antipatriotische Kräfte am Werk, die es darauf anlegen, einen großen Staatsmann zu verleumden, der bald der Präsident Rußlands sein wird. Sind Sie ein russischer Patriot, Pater Klimowski?«

»Ich sehne den Tag herbei, an dem wir Rußland endlich von dem Geschmeiß befreien können, das Komarow anprangert. Dieser Abschaum von Fremden! Das ist ja auch der Grund, warum mein Herz für Komarow schlägt.«

»Ausgezeichnet, Pater. Glauben Sie mir, Sie gehören zu denen, an denen sich unser Mütterchen Rußland orientieren muß. Ich glaube, auf Sie wartet noch eine große Zukunft. Nur eines noch. Sie wissen nicht zufällig, woher dieser Fremde kam?«

Die Kerze war inzwischen fast heruntergebrannt. Zwei Gläubige hatten sich in ihrer Nähe vor die heiligen Wandmalereien gestellt und beteten.

»Nein. Aber später erfuhr ich vom Kosaken, daß er mit dem Taxi gekommen war. Eines von den städtischen, den grauen.«

Ein Priester, der um Mitternacht in die Tschisti Pereulok fuhr. Das mußte in der Taxizentrale verzeichnet sein. Oberst Grischin packte seinen Informanten am Arm. Seine Finger gruben sich in das weiche Fleisch, und er spürte, wie der Priester zusammenfuhr. Er drehte Pater Klimowski, der die ganze Zeit die Gemälde betrachtet hatte, zu sich herum.

»Hören Sie gut zu, Pater! Sie haben gute Arbeit geleistet und können mit einer angemessenen Belohnung rechnen. Aber wir brauchen mehr, verstehen Sie?«

Pater Klimowski nickte.

»Ich will, daß Sie über alles, was in Ihrem Haus geschieht, Buch führen. Wer kommt und wer geht. Vor allem die hohen Bischöfe und Ausländer. Sobald Sie etwas haben, rufen Sie mich an. Sagen Sie einfach ›Maxim ist da‹, und geben Sie eine Zeit an. Das ist alles. Wir treffen uns dann hier zu der von Ihnen genannten Zeit. Wenn ich Sie brauche, lasse ich Ihnen eine schriftliche Nachricht zukommen. Es wird eine Karte mit einem Termin sein. Sollten Sie den

Termin aus irgendeinem Grund nicht einhalten können, ohne Verdacht zu erregen, rufen Sie einfach an, und nennen Sie eine Alternative. Haben Sie verstanden?«

»Ja, Herr Oberst. Ich werde mein Möglichstes für Sie tun.«

»Natürlich werden Sie das. Ich kann mir vorstellen, daß dieses Land bald einen neuen Bischof braucht. Aber jetzt sollten Sie gehen. Ich werde etwas später folgen.«

Oberst Grischin starrte weiter die frommen Gemälde an, die er so sehr verachtete, und ließ sich das Gespräch noch einmal durch den Kopf gehen. An der Rückkehr des Schwarzen Manifests nach Rußland bestand kein Zweifel mehr. Dieser Dummkopf in der Soutane hatte keine Ahnung, wovon er plapperte, aber seine Aussage war eindeutig.

Nach Monaten des Schweigens war also jemand im Land und zeigte dieses Dokument herum, ohne allerdings eine Kopie zurückzulassen. Dieser Jemand konnte nur ein Ziel haben: die Leute aufwiegeln, versuchen, den Gang der Dinge zu beeinflussen.

Wer es auch sein mochte, mit der Kirche setzte er auf das falsche Pferd. Sie hatte weder Macht noch Einfluß. Stalins höhnische Worte fielen ihm wieder ein: Wie viele Divisionen hat denn der Papst? Grischin schmunzelte. Trotzdem durfte er die Sache nicht auf die leichte Schulter nehmen. Wer auch immer sich eingeschlichen hatte, er konnte für Ärger sorgen.

Andererseits hatte der Fremde seine Kopie behalten. Ein Hinweis darauf, daß er nur eine oder zwei hatte. Seine Aufgabe konnte also nur lauten: den Mann finden und eliminieren, und zwar so gründlich, daß sowohl er als auch das Manifest für immer von der Erdoberfläche verschwanden.

Die Aufgabe sollte sich als einfacher erweisen, als Grischin zu hoffen gewagt hätte.

Was den neuen Informanten betraf, sah Grischin keinerlei Probleme. In den Jahren der Gegenspionage hatte er einen unfehlbaren Blick für solche Leute entwickelt. Der Priester, das stand für ihn fest, war ein Feigling, der gegen Gunstbeweise seine Großmutter verkaufen würde. Grischin war das plötzliche Funkeln in seinem Blick nicht entgangen, als er die Beförderung zum Bischof angedeutet hatte.

Er wandte sich von den Gemälden ab und ging nachdenklich an den zwei Männern vorbei, die er unter dem Portal postiert hatte. Noch etwas anderes war ihm aufgefallen. Er mußte sich unbedingt unter den Jungen Kämpfern umsehen und einen gutaussehenden Freund für den abtrünnigen Priester herauspicken.

Der Überfall durch die vier mit Kapuzenmasken vermummten Männer wurde zügig und erfolgreich abgeschlossen. Als alles vorbei war, machte sich der Geschäftsführer des Zentralen Taxidienstes nicht einmal die Mühe, die Miliz einzuschalten. Angesichts der in Moskau herrschenden Gesetzlosigkeit hätte auch der beste Detektiv die Räuber nicht mehr aufspüren können, sofern er es überhaupt versucht hätte. Und dann einen Überfall melden, bei dem nichts gestohlen und niemand verletzt worden war? Es hätte nichts gebracht außer einem Wust von Formularen und mit endlosen Aussagen vergeudete Tage – und das alles nur, damit die Akten danach verstaubten.

Die Männer stürmten in das im Erdgeschoß gelegene Büro, schlossen hinter sich ab, ließen die Jalousien herunter und verlangten den Geschäftsführer. Da sie Pistolen hatten, leistete niemand Widerstand. Die Angestellten glaubten, sie wollten Geld. Aber nein – die Vermummten verlangten nichts als die Herausgabe der Fahrtenverzeichnisse der letzten drei Nächte.

Danach beugte sich ihr Anführer über die Bogen, bis ein Eintrag sein besonderes Interesse zu wecken schien. Weil der Geschäftsführer in diesem Moment gerade mit Blick zur Wand in der Ecke kniete, konnte er die Bogen nicht sehen. Doch der Eintrag bezog sich auf eine mitternächtliche Fahrt mit einem bestimmten Ziel.

»Welcher Fahrer hat die Nummer 52?« bellte der Anführer.

»Ich weiß es nicht«, winselte der Geschäftsführer. Als Belohnung bekam er eins mit dem Pistolenlauf übergezogen. »Das steht im Mitarbeiterverzeichnis!« schrie er.

Daraufhin mußte er das Verzeichnis herausrücken. Nummer 52 hieß Wasili und lebte in einem Vorort.

Nachdem der Anführer dem Geschäftsführer klargemacht hatte, daß ein Anruf bei Wasili seinen Umzug in eine längliche Holzkiste zur Folge haben würde, riß er einen Stoß Seiten aus dem Buch und zog mit seinen Mannen ab.

Der Geschäftsführer betastete vorsichtig seinen Kopf und schluckte ein Aspirin. An Wasili dachte er nebenbei auch: Wenn der Mann so blöd war und tatsächlich diese Burschen da übers Ohr gehauen hatte, dann verdiente er auch ihren Besuch. Keine Frage, entweder hatte er einem cholerischen Fahrgast zuwenig Wechselgeld herausgegeben, oder er hatte dessen Freundin nicht höflich genug behandelt. Aber so war nun mal das Moskau des Jahres 1999. Da konnte es nur heißen: sich mit bewaffneten Gangstern anlegen oder überleben. Der Geschäftsführer wollte lieber leben. Er schloß wieder auf und kehrte an seinen Schreibtisch zurück.

Als es klingelte, saß Wasili gerade am Mittagstisch: Würstchen und Schwarzbrot. Sekunden später kam seine Frau mit aschfahlem Gesicht ins Wohnzimmer zurück. Ihr folgten zwei Männer. Beide trugen schwarze Kapuzenmasken und Pistolen. Wasili klappte der Mund auf, und ein Stück Wurst fiel heraus. »Bitte, ich bin ein armer Mann, ich habe kein...«, stammelte er.

»Halt's Maul!« herrschte ihn einer der beiden an, während sein Kumpan die Frau auf einen Stuhl drückte.

Der Mann hielt Wasili einen Fetzen Papier unter die Nase. »Bist du der Fahrer Nummer 52 beim Zentralen Taxidienst?«

»Ja, aber ich habe ehrlich kein...«

Ein mit einem schwarzen Handschuh bekleideter Finger deutete auf eine bestimmte Zeile. »Vor zwei Tagen. Eine Fahrt in die Tschisti Pereulok. Kurz vor Mitternacht. Wer war das?«

»Wie soll ich das wissen?«

»Spiel nicht den Schlaumeier, Freundchen, oder ich schieße dir die Eier weg. Denk nach!«

Wasili überlegte fieberhaft. Ohne Erfolg.

»Ein Priester?« half der Mann mit der Pistole nach.

»Richtig! Jetzt fällt es mir wieder ein! Tschisti Pereulok, eine kleine Seitenstraße. Ich mußte im Stadtplan nachschauen. Ich mußte noch zehn Minuten warten, bis sie ihn reinließen. Dann erst zahlte er, und ich fuhr weg.«

»Beschreibung.«

»Mittelgroß, normale Figur. Ende Vierzig. Ein Priester eben. Mensch, die sehen doch alle gleich aus. Halt, Moment! Er hatte keinen Bart.«

»Ein Ausländer?«

»Das glaube ich nicht. Er sprach ganz normal russisch.«

»Hast du ihn vorher schon mal gesehen?«

»Nein.«

»Und danach?«

»Auch nicht. Ich habe ihm angeboten, ihn wieder abzuholen, aber er wußte nicht, wie lange er bleiben würde. Hört doch, wenn ihm was passiert ist, habe ich nichts damit zu tun. Ich habe ihn doch bloß zehn Minuten lang gefahren.«

»Eine letzte Frage noch. Von wo aus?«

»Vom Metropol aus natürlich. Da stehe ich immer, wenn ich Nachtschicht habe.«

»Ist er über die Straße gekommen oder aus dem Hotel?«

»Aus dem Hotel.«

»Woher weißt du das?«

»Ich war der erste in der Reihe und stand vor dem Taxi. Man muß höllisch aufpassen, sonst wartet man eine Stunde lang, und dann nimmt einem plötzlich so ein Arschloch, das noch gar nicht dran wäre, den Stich weg. Ich hielt also nach Touristen Ausschau, als er rauskam. Schwarzer Popenhut, schwarze Soutane. Ich weiß noch, was ich mir in dem Moment gedacht habe: ›Was will denn ein Priester an so einem Ort?‹ Dann hat er geschaut, wo das erste Taxi steht, und ist auf mich zugesteuert.«

»Allein? Oder in Begleitung?«

»Allein.«

»Hat er einen Namen angegeben?«

»Nein. Nur die Adresse, zu der er wollte. Hat bar mit Rubel bezahlt.«

»Ein Gespräch?«

»Kein Wort. Er sagte mir nur, wohin er wollte, und dann schwieg er. Als wir da waren, sagte er: ›Warten Sie hier.‹ Nach zehn Minuten kam er von der Pforte zurück und fragte: ›Wieviel?‹ Das war alles. Ich schwöre euch, daß ich ihn nicht einmal berührt...«

»Guten Appetit noch«, knurrte sein Peiniger und drückte sein Gesicht in die Wurst. Dann zogen sie ab.

Oberst Grischin nahm den Rapport regungslos zur Kenntnis. Das Ganze konnte genausogut nichts zu bedeuten haben. Gut, der

Mann hatte das Metropol um halb zwölf verlassen. Vielleicht war er dort abgestiegen, vielleicht hatte er jemanden besucht. Womöglich war er nur durchgegangen und vorne herausspaziert. Eine Überprüfung war die Sache in jedem Fall wert.

Grischin hatte in der Zentrale der Moskauer Miliz eine ganze Reihe informeller Mitarbeiter. Der ranghöchste davon war Generalmajor im Präsidium, der zuverlässigste arbeitete im Archiv. Für diesen Auftrag konnte er aber weder ein hohes Tier noch einen verstaubten Aktenwühler gebrauchen. Darum ließ er den dritten Kandidaten, Inspektor Dmitri Borodin vom Morddezernat, kommen.

Der Inspektor betrat das Hotel bei Sonnenuntergang und verlangte den Geschäftsführer zu sprechen, einen Österreicher, der seit acht Jahren in Moskau arbeitete.

»Mordkommission?« fragte der Mann besorgt, als er die Dienstmarke sah. »Ist etwa einem unserer Gäste etwas zugestoßen?«

»Nicht, daß ich wüßte«, beruhigte ihn Borodin. »Eine reine Routineangelegenheit. Ich müßte nur die Gästeliste von vorvorgestern nacht einsehen.«

Der Chefportier ging in sein Büro und holte die Informationen auf den Computerbildschirm. »Soll ich es Ihnen ausdrucken?«

»Ja, bitte. Papier ist mir lieber.«

Als er die Liste hatte, ging Borodin die Spalten durch. Unter den sechshundert Gästen war nur ein Dutzend Russen. Der Rest verteilte sich auf Westeuropäer, Amerikaner und Kanadier. Normalerweise konnten sich nur Touristen und Geschäftsleute ein Zimmer im Metropol leisten. Ein Priester war nicht dabei. Doch Borodin war eingeschärft worden, vor allem Geistliche zu identifizieren.

»Haben Sie keinen Priester der orthodoxen Kirche unter Ihren Gästen?« fragte er.

Der Österreicher starrte ihn verblüfft an. »Soviel ich weiß, nein... Ich meine, niemand hat sich als Geistlicher eingetragen.«

Borodin überflog noch einmal die Liste. Ohne Erfolg. »Ich werde sie mitnehmen müssen«, sagte er.

Der Geschäftsführer war vor allem froh, daß er ging.

Erst am nächsten Vormittag fand Oberst Grischin Zeit, die Liste zu studieren. Als ihm kurz nach zehn ein Hausdiener seinen Kaffee ins Büro brachte, fand er den Sicherheitschef der UPK leichenblaß und am ganzen Leib zitternd vor.

Er fragte schüchtern, ob dem Oberst etwas fehle, wurde jedoch mit einer ungeduldigen Geste hinausgescheucht. Als er allein war, legte Grischin die Hände auf die Tischplatte und versuchte das Zittern mit Willenskraft abzustellen. Tobsuchtsanfälle waren ihm nichts Fremdes, und wenn ihn die Wut packte, verlor er leicht die Beherrschung.

Der Name stand auf der dritten Seite des Ausdrucks: Dr. Philip Peters, Privatgelehrter aus den USA.

Er kannte den Namen. Seit zehn Jahren schon. Zweimal hatte er damals in den Verzeichnissen über sämtliche ins Land eingereiste Touristen und Geschäftsleute nach ihm gesucht. Die Abteilung Einreise- und Visaangelegenheiten innerhalb der alten Zweiten Hauptverwaltung hatte routinemäßig vom Außenministerium eine Kopie des jeweils neuesten Verzeichnisses erhalten und sie ihm auf Verlangen zur Verfügung gestellt. Zweimal war er damals auf diesen Namen gestoßen. Zweimal hatte er den Antrag kommen lassen und das Paßfoto angestarrt: die dichten grauen Locken, die getönte Brille für schwache Augen, die alles andere waren als das.

In den Zellen des Lefortowo-Gefängnisses hatte er diese Fotos Kruglow und Professor Blinow unter die Nase gehalten, und sie hatten bestätigt, daß das der Mann war, den sie heimlich in der Toilette des Museums für orientalische Kunst und in der Kathedrale von Wladimir getroffen hatten.

Sehr viel öfter als zweimal hatte er sich geschworen, sämtliche offenen Rechnungen zu begleichen, sollte der Mann, der dieses Gesicht hatte und dieses Pseudonym benutzte, je nach Rußland zurückkehren.

Und jetzt war er wieder da. Zehn Jahre danach erdreistete sich der Kerl doch tatsächlich, in das von ihm, Anatoli Grischin, beherrschte Territorium einzudringen, und glaubte in seiner Arroganz auch noch, er könne ungestraft davonkommen. Eine Beleidigung sondergleichen war das!

Er ging zum Aktenschrank hinüber und suchte ein altes Dossier heraus. Als er es gefunden hatte, entnahm er ihm eine Porträtaufnahme, die Vergrößerung eines Fotos, das Aldrich Ames einmal geliefert hatte. Nach der Auflösung des *Monach*-Komitees hatte es ihm ein Kontaktmann aus der Ersten Hauptverwaltung als Souvenir geschenkt. Mehr Verhöhnung als Souvenir. Gleichwohl hatte er es wie einen Schatz aufbewahrt.

Das Gesicht war heute gewiß nicht mehr so jung wie damals, aber der offene Blick war wohl der gleiche geblieben. Das blonde Haar war zerzaust. Auch ohne grauen Schnauzer und getönte Brille war es dasselbe Gesicht wie auf dem Visumantrag, das Gesicht von Jason Monk als junger Mann.

Grischin tätigte zwei Anrufe, die keinen Zweifel daran aufkommen ließen, daß er eine Verzögerung nicht dulden würde. Von seinem Kontaktmann in der Einreiseabteilung am Flughafen verlangte er die genaue Ankunftszeit dieses Mannes und ob oder von wo aus er das Land verlassen hatte. Und Borodin erhielt den Auftrag, unverzüglich ins Metropol zurückzukehren und herauszufinden, wann Dr. Peters sich angemeldet hatte, ob er wieder abgereist war und, wenn das nicht der Fall war, welche Zimmernummer er hatte.

Bis zum frühen Nachmittag erstatteten beide Bericht. Dr. Peters war vor sieben Tagen mit dem Linienflug aus London eingetroffen, und wenn er das Land verlassen hatte, dann nicht über Scheremetjewo.

Von Borodin erfuhr er, daß ein angesehenes Londoner Reisebüro für Dr. Peters ein Zimmer im Metropol reserviert hatte, daß er dort noch immer logierte, und zwar im Zimmer 841. Nur eines war laut Borodin etwas merkwürdig: Dr. Peters' Paß war nirgendwo zu finden. Er hätte in der Rezeption hinterlegt werden müssen, doch dort war er nicht. Die Angestellten bestritten, etwas über seinen Verbleib zu wissen.

Nun, Grischin überraschte das nicht. Er wußte, was ein Hundertdollarschein in Moskau alles bewirken konnte. Der Paß, mit dem Monk eingereist war, dürfte längst vernichtet worden sein. Monk hatte garantiert eine neue Identität angenommen, was im Metropol bei sechshundert ausländischen Gästen nicht weiter auffiel. Wenn er abreisen wollte, dann ging er eben, ohne zu zahlen. Kurz, er verschwand, löste sich in Luft auf. Im Hotel würde man das achselzuckend zur Kenntnis nehmen und als Mindereinnahme verbuchen.

»Zwei Dinge noch«, sagte er zu Borodin, der vom Metropol aus anrief. »Besorgen Sie sich einen Nachschlüssel, und erklären Sie dem Geschäftsführer, was ihn erwartet, wenn Dr. Peters auch nur ein Wort erfährt: Er wird nicht gefeuert, aber für die nächsten zehn Jahre in ein Salzbergwerk versetzt.«

Oberst Grischin hielt es für das Klügste, diesen Auftrag nicht an die Schwarze Garde zu vergeben. Ihre Mitglieder würden sofort auffallen, und womöglich gab es am Ende noch einen Protest durch die amerikanische Botschaft. Nein, das konnten auch gewöhnliche Verbrecher übernehmen, zumal sie auf eigenes Risiko handelten. Außerdem verfügte die Dolgoruki-Mafia über Einbruchspezialisten.

Nachdem sie sich im Lauf des Abends mehrmals durch Anrufe vergewissert hatten, daß sich niemand in Zimmer 841 aufhielt, drangen zwei Männer mit einem Nachschlüssel ein. Ein dritter bezog in einem Ledersessel draußen Stellung und überwachte den Flur.

Trotz einer gründlichen Durchsuchung fanden die Gangster nichts von Belang. Kein Paß, keine Akten, kein Diplomatenkoffer, keine persönlichen Papiere. Wo immer er auch sein mochte, Monk hatte alles mitgenommen. Schließlich verließen die Einbrecher das Zimmer so, wie sie es vorgefunden hatten.

Gegenüber öffnete sich die Tür einen Spaltbreit. Der Tschetschene, der es gemietet hatte, sah die Männer eindringen und wieder gehen und gab seine Beobachtung per Mobiltelefon weiter.

Um zehn Uhr abends betrat Jason Monk die Hotellobby. Jeder, der ihn sah, hätte denken können, er habe gut gegessen und wolle früh zu Bett gehen. Da er seinen Plastikschlüssel behalten hatte, sparte sich Monk den Umweg über die Rezeption und ging gleich zu den Aufzügen. Beide wurden von je zwei Männern bewacht. Kaum war Monk in den ersten gestiegen, forderten zwei Männer den anderen an, während ihre Kollegen die Treppen hinaufrannten. Im achten Stock angekommen, ging Monk den Flur hinunter und klopfte an der Tür gegenüber der seinen. Diese öffnete sich auch sofort, und eine Hand reichte ihm einen Koffer heraus. Damit verschwand Monk in seinem eigenen Zimmer. Die zwei Gangster, die den anderen Aufzug genommen hatten, sahen nur noch, wie die Tür von Zimmer 841 zufiel. Bald darauf trafen auch die beiden anderen ein. Nach einer kurzen Beratung ließen sich die ersten zwei in den Clubsesseln nieder, von denen aus sie den Flur gut überblicken konnten. Die anderen zogen ab, um Meldung zu erstatten.

Um halb elf sahen sie einen Mann das Zimmer gegenüber dem observierten Objekt verlassen und zum Aufzug streben. Falsche Nummer. Sie achteten nicht weiter darauf.

Um Viertel vor elf klingelte bei Monk das Telefon. Zimmerdienst. Man wollte wissen, ob er frische Handtücher brauchte. Er verneinte, dankte und legte auf.

Nun bereitete sich Monk mit dem Inhalt seines Koffers auf sein Verschwinden aus dem Hotel vor. Um elf Uhr trat er auf den schmalen Balkon. Da die Schiebetür sich nicht von außen schließen ließ, klebte er sie mit einem Pflaster zu. Dann ließ er sich mit einem reißfesten Seil, das er sich um die Hüfte gebunden hatte, bis zum Balkon des Zimmers direkt unter dem seinen hinunter. Von dort kletterte er von Balkon zu Balkon weiter, bis er vor Zimmer 733 stand.

Um zehn nach elf lag ein schwedischer Geschäftsmann nackt mit seinem Schwanz in der Hand auf dem Bett und sah sich einen Pornofilm an, als ihn ein Klopfen am Fenster aufschreckte. In seiner Panik wußte er zunächst nicht, ob er das Gerät ausschalten oder seinen Morgenmantel überwerfen sollte, entschied sich dann zuerst für das eine und dann für das andere und trat ordentlich bedeckt an die Balkontür. Draußen stand ein Mann, der ihm durch Gesten bedeutete, eintreten zu dürfen. Der Schwede war so verdutzt, daß er anstandslos öffnete. Der Mann betrat den Raum und fing an, mit dem Singsang eines Amerikaners aus dem tiefsten Süden wie ein Wasserfall auf ihn einzureden.

»Wirklich nett von Ihnen, Sir, ganz ehrlich. Sie werden sich bestimmt fragen, was ich um die Zeit auf Ihrem Balkon mache...«

Damit hatte er recht. Der Schwede hatte keinen blassen Schimmer.

»Also, ich sag's Ihnen. Das war vielleicht eine verrückte Sache! Ich hab' das Zimmer nebenan, wissen Sie. Ich geh' auf den Balkon und will eigentlich nur 'ne Zigarre rauchen, da bläst auf einmal der verdammte Wind die Tür hinter mir zu. Und ob Sie's glauben oder nicht, ich hab' sie nicht mehr aufgekriegt. Da hab' ich mir gedacht, ich kletter' einfach auf Ihren Balkon rüber und schau', ob Sie vielleicht so nett sind und mich reinlassen.«

Es war kalt draußen, der Zigarrenraucher war ausgehfertig gekleidet und hatte einen Aktenkoffer in der Hand. Es wehte kein Wind, und die Balkontüren ließen sich nur von innen abschließen, doch dafür hatte der Schwede in seiner Situation weder Augen noch Ohren.

Mitten in seine Dankes- und Entschuldigungsrede hinein öffnete der unwillkommene Gast die Zimmertür, wünschte dem Schweden noch einen »mighty fine evening« und verschwand.

Der Geschäftsmann, der bezeichnenderweise Toilettenartikel vermarktete, schloß das Fenster, zog den Vorhang zu, legte den Morgenrock wieder ab, drückte den Fernsehknopf und nahm sein Vergnügen Marke Economy Class wieder auf.

Monk spazierte, von niemandem beobachtet, den Flur des siebten Stockwerks entlang und ging zu Fuß die Treppe hinunter. Auf der Straße wartete bereits Magomed in seinem Volvo auf ihn.

Um Mitternacht verschafften sich drei Männer mit einem Nachschlüssel Zutritt zu Zimmer 741. Sie hatten einen Koffer dabei. Nach zwanzig Minuten Arbeit gingen sie wieder.

Um vier Uhr morgens explodierte ein unterhalb der Decke von Zimmer 741 angebrachter Sprengsatz, der, wie Untersuchungen später ergaben, drei Pfund knetbaren Plastiksprengstoff enthalten hatte. Die Experten der Spurensicherung rekonstruierten, daß er den Abschluß einer über dem Bett aufgetürmten Möbelpyramide gebildet hatte und direkt auf das Bett des in jeder Hinsicht gleichen Zimmers darüber gerichtet gewesen war.

Zimmer 841 wurde vollständig zerstört. Von der Matratze blieben nichts als verkohlte Sprungfedern übrig. Und die Daunen der Steppdecke bildeten einen Film aus Ruß und Asche über verkohlten Holzsplittern, Scherben, die einmal Fenster, Spiegel oder Glühbirnen gewesen waren, und über Knochenfragmenten.

Vier Notarztteams waren in Null Komma nichts zur Stelle, zogen aber wieder ab, weil niemand gerettet werden mußte außer den hysterisch schreienden Bewohnern der angrenzenden Zimmer. Weil diese aber kein Russisch konnten und die Helfer keine andere Sprache verstanden, begnügten sie sich damit festzustellen, daß keine Verletzungen vorlagen, und überließen die Leute der Obhut des Nachtportiers.

Die Feuerwehr kam angerast. Obwohl die durch die Explosion ausgelöste Gluthitze beide Zimmer versengt hatte, entdeckten die Brandlöscher keinen aktuellen Feuerherd und rückten ebenfalls wieder ab.

Die Spurensicherung dagegen hatten alle Hände voll damit zu tun, den Schutt, darunter auch Knochensplitter, zu durchsuchen, in Tüten zu füllen und ins Labor zu transportieren.

Auf Anordnung eines Generalmajors war auch das Morddezernat, vertreten durch Inspektor Borodin, zugegen. Diesem war auf den ersten Blick klar, daß es in diesem Zimmer außer einem gefährlich aussehenden ein Meter großen Loch im Boden nichts gab, das größer war als eine Handfläche.

Sehr wohl aber im Bad. Die Tür war im Augenblick der Explosion offenbar geschlossen gewesen, denn sie war total zerfetzt. Die Wucht der Detonation hatte sogar die Wand eingedrückt. Doch mitten unter den Trümmern fand Borodin einen angesengten und zerkratzten, aber ansonsten intakt gebliebenen Diplomatenkoffer. Nicht einmal das aus den geplatzten Leitungen spritzende Wasser hatte ihm etwas anhaben können. Sein Inhalt jedenfalls hatte den Anschlag unbeschadet überstanden. Borodin vergewisserte sich, daß niemand auf ihn achtete, und steckte die beiden darin befindlichen Dokumente hastig ein.

Oberst Grischin bekam sie gerade rechtzeitig zum Kaffee. Schlagartig war er bester Laune. Voller Genugtuung nahm er sie in Augenschein. Das eine Dokument, das in russisch geschrieben war, erkannte er auf den ersten Blick. Es war das Schwarze Manifest. Beim anderen handelte es sich um einen Paß. Ausgestellt auf einen Jason Monk.

»Einen, um reinzukommen«, dachte er, »und einen, um rauszukommen. Aber diesmal kommst du nicht mehr raus, Freundchen.«

Am gleichen Tag ereigneten sich noch zwei andere Dinge, die allerdings völlig unbeachtet blieben. Ein britischer Reisender, laut Reisepaß ein gewisser Brian Marks, kam mit der Nachmittagsmaschine aus London im Flughafen Scheremetjewo an, und zwei weitere Engländer reisten mit einer Volvo-Limousine aus Finnland ein.

Für die Flughafenbehörden war der Neuankömmling einer von vielen hundert. Auch wenn er offenbar kein Russisch sprach, passierte er wie die anderen auch anstandslos die vielen Kontrollen. Als er schließlich aus dem Hauptgebäude trat, winkte er sogleich ein Taxi herbei und bat den Fahrer, ihn nach Moskau zu bringen.

Nachdem er an einer Straßenecke ausgestiegen war und sich vergewissert hatte, daß ihm niemand folgte, ging er zu Fuß weiter zu einem kleinen Hotel zweiter Klasse, in dem ein Zimmer für ihn reserviert war.

Laut seiner Deviseneinfuhrerklärung hatte er einen bescheidenen Betrag in englischen Pfund sowie mehrere Travellerschecks dabei. Beides mußte er bei seiner Rückreise wieder vorlegen, außer er konnte die Quittung einer offiziellen Wechselstube vorweisen. Von den dicken Hundertdollarbündeln, die er sich jeweils um die Oberschenkel gebunden hatte, stand auf dem Formblatt nichts.

Auch lautete sein Nachname in Wirklichkeit nicht Marks. Vielmehr hatte den Graveur beim Anfertigen des Reisepasses die Ähnlichkeit mit Karl Marx belustigt. Der Vorname wiederum war auf seinen Wunsch sein eigener. Kurz und gut, es handelte sich um denselben bei verschiedenen Sondereinsätzen erprobten Exsoldaten, den Sir Nigel schon im September aufgrund seiner perfekten Russischkenntnisse zur Sondierung des Terrains nach Rußland geschickt hatte.

Nachdem die Formalitäten im Hotel erledigt waren, machte er mehrere Einkäufe. Bei einer westlichen Autoverleihfirma mietete er einen Wagen und fuhr gleich nach Worontsowo, einem Vorort im Süden Moskaus.

Zwei Tage lang beobachtete er dort ein bestimmtes Gebäude, eine große Fabrikhalle mit kahlen Mauern, die tagsüber ständig von schweren Lastwagen beliefert wurde. Um nicht aufzufallen, fuhr er immer zu den verschiedensten Uhrzeiten vorbei.

In der Nacht näherte er sich dem Gebäude zu Fuß. Mit einer Flasche Wodka in der Hand umrundete er das Gelände mehrmals. Kam ihm tatsächlich ein Fußgänger entgegen, fing er ganz einfach an zu torkeln – eine perfekte Tarnung.

Was er sah, gefiel ihm. Der Maschendrahtzaun stellte das geringste Hindernis dar. Die Laderampe wurde zwar nachts verrammelt, aber an der Rückseite gab es eine lediglich mit einem Vorhängeschloß gesicherte Tür. Was die Nachtwächter betraf, so drehte nur einer in größeren Abständen eine Runde. Mit anderen Worten: Das Gebäude war ein leichtes Ziel.

Auf einem Gebrauchtwagenmarkt am alten südlichen Hafen, wo man gegen Bargeld von der Rostlaube bis hin zu frisch gestohlenen Limousinen so ziemlich alles bekam, kaufte Irvines Mann sich ein Set Moskauer Nummernschilder und eine massive Bolzenschere. Anschließend fuhr er ins Stadtzentrum und erwarb dort ein Dutzend billige, aber zuverlässige Swatch-Uhren, mehrere Batterien, ein paar Spulen Kupferdraht und ein Isolierband. Danach hatte er noch Zeit, sich zu vergewissern, daß er die Gegend um die Lagerhalle kannte wie seine Westentasche und zu jeder Tages- und Nachtzeit auf verschiedenen Routen hin- und zurückfinden würde. Schließlich kehrte er zufrieden in sein Hotel zurück und wartete auf den Volvo, der sich jetzt irgendwo zwischen St. Petersburg und der Hauptstadt befand.

Das Rendezvous mit Ciaran und Mitch fand wie verabredet im MacDonald's in der Twerskajastraße statt. Die zwei ehemaligen Elitesoldaten hatten eine langsame, aber störungsfreie Reise hinter sich.

In einer Werkstatt im Süden Londons hatte man den Volvo für eine etwas ungewöhnliche Fracht umgebaut. Dazu hatte man die Vorderräder entfernt und veraltete Reifen, die noch richtige Schläuche besaßen, montiert. Die Schläuche hatte man aufgeschlitzt und mit Plastiksprengstoff in Form Hunderter von daumengroßer Semtexkügelchen gefüllt, dann die Löcher geflickt, die Reifen montiert und kräftig aufgepumpt.

Durch das ständige Drehen der Räder hatten sich die wachsähnlichen Kügelchen zu einer festen Masse verbunden, die sich wie eine innere Haut an den Schlauch legte. Die Gefahr einer vorzeitigen Explosion bestand nicht, denn Semtex verhält sich äußerst stabil, wenn man es nicht mit einem Zünder aktiviert.

Mit dieser Ladung war der Volvo per Fähre nach Stockholm gelangt und von dort aus in gemächlichem Tempo über Helsinki nach Moskau gefahren. Die Zünder waren unter der oberen Schicht in einer Schachtel Havannazigarren verborgen, wie man sie zollfrei auf der Fähre kaufen konnte, die aber schon in London präpariert worden war.

Da Ciaran und Mitch in einem anderen Hotel wohnten und sich nicht auskannten, stieg Brian zu ihnen in den Volvo und dirigierte sie zu einem brachliegenden Grundstück in der Nähe des Südhafens. Dort bockten sie den Wagen auf und ersetzten die Vorderräder durch Reserveräder, die von Touristen stammten. Niemand beachtete sie. Kein Wunder, in dieser Gegend schlachteten die Moskauer Autodiebe ihre Beute ja ständig aus. Es dauerte nur wenige Minuten, dann war die Luft aus den Schläuchen und das Semtex in einer Reisetasche verstaut.

Während Brian die Schlauchfetzen auf mehrere städtische Abfallbehälter verteilte, kümmerten sich Ciaran und Mitch in ihrem Hotelzimmer um den kleinen Schatz. Es galt, die drei Pfund Sprengstoff in zwölf solide Päckchen von der Größe einer Zigarettenschachtel zu stopfen und mit einem Zünder, einer Batterie und einer Uhr zu versehen. Zum Schluß verbanden sie die Einzelteile an den richtigen Stellen mit einem Kupferdraht.

»Gott sei Dank müssen wir nicht dieses blöde Fischzeug verarbeiten«, stöhnte Mitch.

Semtex H, der beliebteste aller RDX-Plastiksprengstoffe, war seit jeher ein tschechisches Produkt. Unter der kommunistischen Herrschaft war er absolut geruchsneutral hergestellt worden, der Hauptgrund, warum er in dieser Zeit bei den Terroristen so begehrt war. Nach dem Sturz der Kommunisten und der Wahl Vaclav Havels zum Präsidenten hatten die westlichen Staaten die neue Regierung ersucht, eine neue Formel für den Sprengstoff vorzuschreiben. Er sollte anhand seines Geruchs leicht identifizierbar und somit für Schmuggler uninteressant werden. Tatsächlich stank bald darauf das neue Semtex nach verwesendem Fisch, was Mitchell mehr als einmal die Arbeit verleidet hatte.

Bis Mitte der neunziger Jahre war die Technik zur Aufspürung von Sprengstoffen allerdings so verfeinert worden, daß sich die Beimischung stinkender Substanzen erübrigte. Aber bei Erhitzung entwickelt auch Plastik einen gewissen Geruch, der dem von

Gummi nicht unähnlich ist. Darum der Transport in den Reifen. Der Volvo war zwar nicht gefilzt worden, aber Sir Nigel schwor nun einmal auf extreme Vorsicht, eine Eigenschaft, die Ciaran und Mitch zu schätzen wußten.

Der Überfall auf die Fabrik fand sechs Tage, nachdem Oberst Grischin das Schwarze Manifest mit Jason Monks Reisepaß erhalten hatte, statt.

Am Steuer des zuverlässigen Volvo mit seinen neuen Vorderrädern und seinem nicht minder neuen Nummernschild saß Brian. Falls jemand sie anhalten sollte, konnte er auf russisch verhandeln.

Sie parkten drei Häuserblocks vor ihrem Ziel und bewältigten den Rest des Wegs zu Fuß. Der Maschendrahtzaun war dank Bolzenschere im Handumdrehen überwunden. Danach liefen sie in geduckter Haltung über eine betonierte Fläche zum Gebäude und verschwanden im Schatten von auf einer Palette übereinandergestapelten Tonnen voller Druckerschwärze.

Eine Viertelstunde später drehte der Nachtwächter seine Runde. Plötzlich hörte er ein Rülpsen hinter sich. Er wirbelte herum und leuchtete mit seiner Taschenlampe in die Richtung, aus der der Laut gekommen war. An der Wand erblickte er einen Betrunkenen mit einer Flasche Wodka in der Hand. Für die Frage, wie der Mann hier reingekommen war, blieb ihm allerdings keine Zeit mehr; da er mit dem Rücken zur Palette stand, konnte er nicht sehen, daß eine Gestalt in einem schwarzen Overall heranschlich und ihm ein Bleirohr auf den Hinterkopf drosch. Nach einem kurzen Feuerwerk in seinem Kopf wurde es Nacht um ihn.

Brian fesselte und knebelte den Mann mit einem reißfesten Klebeband, während Ciaran und Mitch das Schloß aufbrachen. Sie schleiften den bewußtlosen Nachtwächter durch die offene Tür ins Innere, legten ihn direkt an der Wand ab und schlossen die Tür.

Die Halle war hoch und dunkel. Für – wenn auch spärliches – Licht sorgten unterhalb der Dachsparren angebrachte Nachtlampen. Tonnen voller Druckerschwärze und Papierrollen bedeckten fast den ganzen Boden. Doch in der Mitte der Halle stand das, weswegen sie gekommen waren: drei gewaltige Offsetdruckmaschinen.

Noch konnten sie freilich nicht heran. Irgendwo in der Nähe des

Haupteingangs saß der zweite Nachtwächter in seinem gemütlichen, warmen Glashäuschen und sah fern oder las Zeitung. Brian schlich allein zwischen den Maschinen weiter. Sie hatten vereinbart, daß er den Mann übernehmen sollte. Nachdem er das erledigt hatte, kehrte er zurück und bezog vor dem Hintereingang Stellung, um den Fluchtweg zu sichern.

Ciaran und Mitch kannten die drei Druckmaschinen, die in dieser Halle standen. Es waren in den USA hergestellte Baker-Perkins, für die es in Rußland keinen Ersatz gab. Für eine neue Lieferung wäre eine lange Seereise von Baltimore nach St. Petersburg vonnöten. Wenn der Rahmen nur genügend verzogen war, wäre selbst eine Boeing 747 nicht in der Lage, das benötigte neue Gerät zu liefern.

In Norwich hatte eine Firma, die die gleichen Maschinen benutzte, eigens eine Führung für die beiden Exsoldaten veranstaltet. Sie hatten sich als Herausgeber einer finnischen Zeitung vorgestellt, die eine Neuausstattung ihrer Druckerei mit Maschinen von Baker-Perkins in Erwägung zog. Anschließend hatte ein pensionierter Drucker ihre Ausbildung gegen ein fürstliches Entgelt vervollständigt.

Insgesamt hatten sie vier verschiedene Ziele. An jeder Maschine hingen mehrere riesige Papierrollen. Wenn eine verbraucht war, gewährleistete ein hochkomplizierter Federmechanismus den nahtlosen Übergang zur nächsten. Dieses sensible System war ihr erstes Ziel, und das bei allen drei Maschinen. Ciaran begann, jeweils da eine Bombe zu plazieren, wo sie den Mechanismus für immer zerstören würde.

Mitch kümmerte sich währenddessen um die Farbwerke. Hierbei handelte es sich um Walzen, die der Druckplatte im jeweiligen Druckvorgang die benötigte Farbe zuführten.

Erst nachdem die Saboteure sich um das Zubehör gekümmert hatten, nahmen sie die eigentliche Maschine in Angriff. Ihr Augenmerk richtete sich dabei auf den Rahmen und die Druckzylinder.

Die zwei Männer verbrachten zwanzig Minuten bei den Maschinen. Dann zeigte Mitch auf seine Uhr. Es war ein Uhr, und sie hatten die Zeitzünder auf halb zwei gestellt. Fünf Minuten später erreichten sie das Freie. In ihrem Schlepptau hatten sie den ersten

Nachtwächter, der jetzt zwar wieder bei Bewußtsein war, sich aber nicht wehren konnte. Hier draußen hatte er es nicht mehr so warm, war dafür jedoch in Sicherheit vor durch die Luft fliegenden Teilen. Um seinen Kollegen, der im Glashäuschen lag, brauchten sie sich nicht zu sorgen. Er war in sicherer Entfernung von den Maschinen.

Um zehn nach eins sprangen sie in den Volvo und fuhren los. Um halb zwei waren sie in einem ganz anderen Stadtteil, so daß sie die Serie von Detonationen nicht hörten, die die Pressen, Rollen und Farbzylinder zerfetzten und auf den Betonboden schleuderten.

Die Explosionen waren freilich so diskret, daß die Bürger von Worontsowo weiterschliefen. Erst als der außerhalb des Geländes liegende Nachtwächter mühselig um das Gebäude herum zum Haupteingang gehüpft war und mit dem Ellbogen den Alarmknopf betätigt hatte, rückte die Polizei an.

Nach ihrer Befreiung riefen die Nachtwächter als erstes den Werkmeister an, dessen Telefonnummer im Büro an der Wand hing. Dieser traf um halb vier ein und betrachtete voller Entsetzen das Werk der Zerstörung. Danach alarmierte er Boris Kusnezow.

Der Propagandachef der Union Patriotischer Kräfte erschien um fünf Uhr und hörte sich das Gejammer des Werkmeisters an. Um sieben informierte er Oberst Grischin.

Lange vorher waren der Mietwagen und der Volvo am Manegeplatz abgestellt worden, wo man den Mietwagen bald finden und der Verleihfirma zurückbringen würde. Was den Volvo betraf, so hatten sie den Schlüssel im Zündschloß stecken lassen. Auf diese Weise konnten sie sich darauf verlassen, daß man ihn noch vor dem Morgengrauen stehlen würde, was auch prompt geschah.

Die drei Exsoldaten nahmen im ungastlichen Flughafencafé ihr Frühstück ein und bestiegen eine Stunde später die Maschine nach Helsinki.

Sie befanden sich noch über russischem Gebiet, als Oberst Grischin schäumend vor Wut die demolierte Druckerei inspizierte. Natürlich würde es eine Untersuchungskommission geben; er würde sie höchstpersönlich einsetzen – und Gnade denjenigen, die den Terroristen geholfen hatten. Aber ihm als Fachmann entging nicht, daß hier Spezialisten am Werk gewesen waren, die sich wohl längst aus dem Staub gemacht hatten.

Kusnezow war außer sich. Seit zwei Jahren verbreitete die Samstagszeitung *Erwachet!* Woche für Woche die Botschaften Igor Komarows in fünf Millionen Haushalten bis in die entlegensten Landesteile. Er selbst hatte die Idee gehabt, eine Postille ins Leben zu rufen, die ausschließlich der UPK gehörte. Auch das einmal monatlich erscheinende Magazin *Vaterland* ging auf ihn zurück. Tatsächlich war es mit Hilfe dieser beiden Blätter – einer Mischung aus Preisausschreiben mit hohen Gewinnen, intimen Geständnissen und rassistischer Propaganda – gelungen, die Beliebtheit des Führers zu steigern.

»Wann können Sie die Produktion wieder aufnehmen?« wollte er vom Werkmeister wissen.

Dieser zuckte die Achseln. »Sobald wir neue Druckmaschinen haben. Die hier sind nicht mehr zu reparieren. In acht Wochen vielleicht.«

Kusnezow wurde blaß. Und das Schlimmste stand ihm erst noch bevor. Er mußte es dem Führer beibringen. Aber was konnte er schließlich dafür? Schuld war doch nur Grischin. Warum hatte er die Anlage auch nicht besser bewachen lassen? Das änderte freilich nichts an den Tatsachen: In den nächsten zwei Monaten würden weder *Erwachet!* noch *Vaterland* erscheinen. Und in acht Wochen wurde gewählt.

Auch Inspektor Borodin erlebte keinen sonderlich angenehmen Morgen, obwohl er beim Betreten seines Büros im Hauptquartier der Miliz in der Petrowkastraße noch bestens gelaunt war.

Überhaupt war er in der letzten Woche sehr zum Erstaunen seiner Kollegen die Freundlichkeit selbst gewesen. Nun, des Rätsels Lösung war denkbar einfach: Die Übergabe der wertvollen Dokumente an Oberst Grischin nach der immer noch ungeklärten Explosion im Metropol hatte ihm zusätzlich zu seinem Monatsgehalt einen stattlichen Bonus eingebracht.

Ihm war klar, daß die noch laufenden Ermittlungen zum Anschlag im Hotel reine Zeitverschwendung waren. Die Versicherungsgesellschaft – höchstwahrscheinlich sowieso eine ausländische – würde zahlen, der amerikanische Gast war tot und der Fall ein Rätsel mit sieben Siegeln. Auch wenn er vermutete, daß der Tod des Mannes mit seinen eigenen auf Weisung Grischins im Hotel angestellten Recherchen zusammenhing, wollte er, Borodin, die Sache gewiß nicht an die große Glocke hängen.

In weniger als zwei Monaten hieß der neue Präsident der Russischen Konföderation Igor Komarow. Der mächtigste Mann nach ihm war dann Oberst Grischin, und das hieß Belohnungen in schwindelerregender Höhe für all diejenigen, die ihm in den Jahren der Opposition treu gedient hatten.

Seit dem Eintreffen der Nachricht von der Zerstörung der Druckerei der UPK war im Revier jedoch der Teufel los. Borodin hielt Sjuganows Kommunisten für die Urheber oder vielleicht auch eine der Mafiabanden, aus welchen obskuren Motiven heraus sie auch handeln mochten. Er erwog noch immer alle möglichen Theorien, als sein Telefon schrillte.

»Borodin?« fragte der Anrufer.

»Inspektor Borodin am Apparat, ja.«

»Kusmin.«

Borodin überlegte fieberhaft, konnte aber nichts mit dem Namen anfangen. »Wer?«

»Professor Kusmin vom gerichtsmedizinischen Labor. Haben Sie mir das Beweismaterial vom Bombenattentat auf das Metropol geschickt? Auf der Akte steht Ihr Name.«

»Ach ja, ich bin der für den Fall zuständige Inspektor.«

»Ein Volltrottel sind Sie!«

»Ich verstehe nicht, was...«

»Ich habe soeben die Untersuchung der im Zimmer gefundenen Leichenteile abgeschlossen. Sie waren mit Holz- und Glassplittern, die mich nichts angehen, in einer Tüte.«

»Und wo ist das Problem, Professor? Er ist doch tot, oder?«

»Natürlich ist er tot, Sie Hampelmann!« Die Stimme am anderen Ende überschlug sich vor Wut. »Ich hätte keine Einzelteile in meinem Labor, wenn er noch rumliefe.«

»Wo ist dann das Problem? Ich arbeite seit Jahren im Morddezernat und habe noch nie einen gesehen, der so tot war wie der da.«

Der Mann vom gerichtsmedizinischen Labor schlug auf einmal einen Ton an, als müsse er einem begriffsstutzigen Kind etwas erklären: »Die Frage, mein lieber Borodin, ist nur: *Wer* ist tot?«

»Der amerikanische Tourist natürlich, wer sonst? Sie haben doch die Knochen.«

»Ja, ich habe Knochen, Inspektor Borodin.« So wie der Professor das Wort »Inspektor« betonte, schien er ernsthaft zu bezweifeln, ob der Polizist ohne Blindenhund die Toilette finden würde. »Ich hätte aber auch Gewebe-, Muskel- und Sehnenfetzen, Fragmente von Haaren, Nägeln, Eingeweiden und vielleicht auch ein paar Gramm Knochenmark erwartet. Aber was habe ich? Knochen, Knochen, nichts als Knochen!«

»Ich kann Ihnen nicht ganz folgen. Was ist so schlimm an Knochen?«

Das bißchen Geduld des Professors war endgültig aufgebraucht. Auf einmal brüllte er los, daß Borodin den Hörer auf Armeslänge von sich weghalten mußte.

»Überhaupt nichts ist mit den Scheißknochen! Es sind wunderbare Knochen. Und das schon seit zwanzig Jahren! So lange liegt ihr früherer Eigentümer nämlich meiner Einschätzung nach unter der Erde! Verstehen Sie jetzt, was ich die ganze Zeit in Ihr stecknadelgroßes Gehirn hämmern will? Jemand hat die Mühe auf sich genommen, ein Skelett, wie es jeder Medizinstudent in seiner Bude stehen hat, in die Luft zu jagen!«

Borodins Mund klappte auf und zu wie ein Fischmaul. »Der Amerikaner war nicht im Zimmer?« brachte er hervor.

»Nicht, als die Bombe hochging. Wer war das überhaupt? Oder, da er ja wahrscheinlich noch lebt: Wer ist das?«

»Keine Ahnung. Irgend so ein Gelehrter.«

»Aha, ein Intellektueller. Einer wie ich. Na gut, richten Sie ihm aus, daß mir sein Sinn für Humor gefällt. Wohin soll ich meinen Bericht schicken?«

Das hätte Borodin noch gefehlt, daß der Bericht bei ihm auf dem Schreibtisch gelandet wäre. Er gab den Namen eines Generalmajors im Präsidium an.

Der Generalmajor erhielt ihn noch am Nachmittag. Er rief sogleich Grischin an und erstattete Meldung. Einen Bonus bekam er nicht.

Bis zum Einbruch der Nacht hatte Anatoli Grischin seine Privatarmee mobilisiert – ein riesiges Heer von Informanten. Tausende

Kopien von Monks Paßfoto wurden unter den Mitgliedern der Schwarzen Garde und der Jungen Kämpfer in Umlauf gebracht, die sogleich auf die Straßen Moskaus ausschwärmten und die gesamte Hauptstadt nach dem Gesuchten durchkämmten. Der Aufwand, der hier betrieben wurde, stellte die Fahndung nach Leonid Saizew, dem vorübergehend verschollenen Raumpfleger, noch in den Schatten.

Weitere Kopien, verbunden mit der Anweisung, den Mann zu ergreifen und festzuhalten, ergingen an die Clanchefs der Dolgoruki-Mafia. Zudem wurden Informanten bei der Polizei und in den Einreisebehörden alarmiert. Für die Ergreifung des Flüchtigen wurde eine Belohnung von hundert Milliarden Rubel ausgesetzt – trotz grassierender Inflation eine gewaltige Summe.

Angesichts eines solchen Heuschreckenschwarms könne sich der Amerikaner nirgendwo lange verstecken, versicherte Grischin Igor Komarow. Dieses Netz von Informanten decke jeden Winkel und jede Ritze Moskaus ab. Für den Amerikaner bleibe kein Schlupfloch, wenn er sich nicht gerade in der eigenen Botschaft verstecke. Aber dort könne er keinen Schaden mehr anrichten und würde trotzdem irgendwann entdeckt.

Grischin hatte fast recht. Es gab allerdings einen Ort, in den die Russen nicht eindringen konnten: die hermetisch abgeriegelte Welt der Tschetschenen.

Und in dieser Welt hatte Jason Monk Aufnahme gefunden. Er lebte in einer sicheren Wohnung über einem Gewürzladen und stand unter dem persönlichen Schutz von Magomed, Aslan und Scharif. Darüber hinaus gab es einen Schirm aus unsichtbaren Leuten auf den Straßen, die das Nahen eines Russen bemerkten, wenn er noch eine Meile entfernt war, und die Nachricht in einer Sprache weitergaben, die außer ihnen keiner verstand.

Wie dem auch sein mochte, Monk hatte seinen zweiten Kontakt bereits hergestellt.

14

Von allen Soldaten Rußlands, ob noch im Dienst oder pensioniert, stand keiner in so hohem Ansehen wie General Nikolai Nikolajew. Obwohl er demnächst vierundsiebzig wurde, war er immer noch eine ehrfurchtgebietende Erscheinung. Mit seiner einsfünfundachtzig hohen, stets kerzengerade aufgerichteten Gestalt, seinem schlohweißen Haar, seinem wettergegerbten Gesicht und seinem Markenzeichen, einem an beiden Enden gezwirbelten Schnurrbart, stach er in jeder Versammlung hervor.

Zeitlebens war er Panzersoldat gewesen. An jedem Kriegsschauplatz, an jeder Front hatte er zunächst als gemeiner Soldat und zum Schluß als General gekämpft. Bei denjenigen, die unter ihm gedient hatten – und das waren bis zu seiner Pensionierung mehrere Millionen –, war er eine Legende.

Jeder wußte, daß er unter normalen Umständen als Marschall aus der Armee ausgeschieden wäre, hätte er nicht die Angewohnheit gehabt, stets laut seine Meinung zu sagen.

Wie Leonid Saizew, der Hase, an den er sich nie erinnern sollte, obwohl er ihm einmal in einem Lager vor Potsdam auf die Schulter geklopft hatte, stammte auch Nikolajew, Sohn eines Ingenieurs, aus der Nähe von Smolensk. Allerdings war er elf Jahr vor Saizew, im Winter 1925, auf die Welt gekommen.

Er hatte noch in lebhafter Erinnerung, wie sein Vater sich einmal vor einer Kirche bekreuzigte. Auf die Frage seines Sohns, was er da machte, bekam der Mann es plötzlich mit der Angst zu tun und schärfte dem Jungen ein, keiner Menschenseele davon zu erzählen.

Das war in der Zeit gewesen, als ein anderer Jugendlicher zum Volkshelden erklärt wurde, weil er seine Eltern wegen abfälliger Bemerkungen über die Partei bei den Behörden angezeigt hatte. Beide sollten in einem Lager sterben, indes ihr Sohn als Vorbild für die Jugend bejubelt wurde.

Doch der kleine Kolja liebte seinen Vater zu sehr, um sich zu verplappern. Aber erst später erfuhr er, was diese Geste zu bedeuten hatte, und glaubte seinen Lehrern, die das Ganze als Unsinn bezeichneten.

Als am zweiundzwanzigsten Juni 1941 im Westen der Blitzkrieg begann, war er gerade fünfzehn. Innerhalb eines Monats wurde Smolensk von den deutschen Panzern überrollt, und der Junge mußte mit Tausenden anderen fliehen. Seine Eltern schafften es nicht mehr. Er sollte sie nie wieder sehen.

Weil er ein kräftiger Bursche war, trug er seine zehnjährige Schwester Tatjana über hundert Meilen auf den Schultern, bis sie eines Nachts auf einen in Richtung Osten fahrenden Zug aufsprangen. Damals wußten sie es noch nicht, aber es war ein besonderer Zug. Er transportierte die Einzelteile einer Panzerfabrik, die aus der Gefahrenzone herausgebracht und im Ural neu aufgebaut werden sollte.

Die völlig durchfrorenen und ausgehungerten Kinder klammerten sich ans Dach, bis der Zug schließlich in Tscheljabinsk am Fuß des Gebirges eintraf. Dort wurde die Panzerfabrik unter dem Namen Tankograd wiedererrichtet.

An eine Einschulung der Kinder war nicht zu denken. Galina wurde in ein Waisenhaus gesteckt, und Kolja mußte in der Panzerfabrik arbeiten. Er blieb dort fast zwei Jahre.

Bis zum Winter 1942 erlitten die Russen zwischen Charkow und Stalingrad schreckliche Verluste an Menschen und auch an Panzern. Ihre traditionelle Taktik erwies sich zunehmend als selbstmörderisch. Für Schulungen nahm man sich keine Zeit. Man setzte kurzerhand irgendwelche Menschen in die Panzer und hetzte sie vor die Mündungsfeuer der Deutschen. So war es in der Geschichte der russischen Armee ja schon immer gewesen.

In Tankograd wuchs der Bedarf nach neuen Panzern. Alle arbeiteten in Sechzehnstundenschichten und schliefen unter der Drehbank. Das Gerät, das sie bauten, hieß KV1, benannt nach dem Marschall Kliment Woroschilow, einem Versager auf militärischem Gebiet, jedoch einer von Stalins Hofschranzen. Der KV1 war ein schwerer, unbeweglicher Koloß, aber damals der am meisten eingesetzte Panzer.

Im Frühling 1943 verstärkten die Russen ihren Sicherheitsring um Kursk, eine Enklave zweihundertvierzig Kilometer weiter südlich, die weit in das von den Deutschen besetzte Gebiet hineinreichte. Im Juni mußte der inzwischen Siebzehnjährige eine Zugladung KV1 in das Frontgebiet begleiten, um bei der Entladung und Lieferung zu helfen und dann nach Tscheljabinsk zurückzukehren. Bis auf den letzten führte er alle Befehle aus.

Die Panzer standen aufgereiht da, als der Kommandant des Regiments, für das sie bestimmt waren, heranstolzierte. Es handelte sich um einen erstaunlich jungen Mann von etwa fünfundzwanzig Jahren mit Vollbart und eingefallenem Gesicht. Er wirkte völlig erschöpft.

»Ich habe keine Panzerfahrer mehr!« schrie er und wandte sich plötzlich an den flachsblonden Jugendlichen. »Kannst du die Scheißdinger fahren?«

»Ja, Genosse, aber ich muß nach Tankograd zurück.«

»Unmöglich. Du kannst fahren. Damit bist du eingezogen.«

Der Zug dampfte ohne Kolja nach Osten. Und der gemeine Soldat Nikolai Nikolajew fand sich in einem groben Baumwollkittel im Innern eines KV1 wieder, der auf die Stadt Prochorowka zurollte. Die Schlacht um Kursk begann zwei Wochen später.

Auch wenn immer wieder von einer »Schlacht« die Rede ist, handelte es sich in Wirklichkeit um eine Serie ungemein blutiger Gefechte, die auf dem gesamten Gebiet der Enklave mit äußerster Verbissenheit geführt wurden und sich über zwei Monate hinzogen. Bis heute hat es auf der ganzen Welt keine größere Panzerschlacht gegeben. Auf beiden Seiten wurden insgesamt sechstausend Panzer, viertausend Flugzeuge und zwei Millionen Männer eingesetzt. Nach langem, wütendem Ringen erwies sich, daß die deutschen Panzer doch nicht unbesiegbar waren. Aber das Ende war bis zum Schluß offen.

Die deutsche Wehrmacht benutzte erstmals ihre neue Wunderwaffe, den »Tiger«, mit einer furchterregenden 88-Millimeter-Kanone im Turm, von der es hieß, sie könne alles, was ihr in den Weg kam, einfach »wegpusten«. Der KV1 war noch mit einer viel kleineren 72-Millimeter-Kanone bestückt, obwohl der ZIS-5, den Nikolai geliefert hatte, ein Geschütz von größerer Reichweite besaß.

Am zwölften Juli begann die sowjetische Gegenoffensive, mit der sich die Entscheidung anbahnen sollte. Nikolais Trupp hatte nur noch sechs KV1, als der Kommandant fünf neue anrollende Tanks erblickte. In der Annahme, es seien Panzer vom Typ IV, gab er den Befehl zum Angriff. So rollten die sechs KV1 in einer Reihe aus der Deckung über den Berg und in ein Tal hinunter, auf dessen anderen Seite die Deutschen Stellung bezogen hatten.

Nun, der Kommandant hatte sich getäuscht. Die angeblichen IV-Panzer stellten sich als deutsche Tiger heraus, die mit ihren schweren Geschützen einen nach dem anderen der sich nähernden KV1 zerstörten.

Nikolais Panzer wurde zweimal schwer getroffen. Die erste Granate zerfetzte die rechte Außenumwandung. Die zweite prallte vom Turm ab und landete irgendwo im Wald, doch sie tötete vier Besatzungsmitglieder.

Zu fünft hatten sie im KV1 gesessen. Nikolai, der völlig unter Schock stand, von einem schweren Schlag am Kopf getroffen, der ganze Körper von Blutergüssen übersät, versuchte, sich aus diesem Grab zu befreien. Dieselöl floß über den heißen Stahl. Er stieß die toten Körper beiseite. Kommandant und Richtschütze hingen über dem Geschütz. Aus Mund, Nase und Ohren liefen ihnen Blut und Schleim. Durch das Loch in der Wand konnte Nikolai die Tiger an den rauchenden Trümmern der anderen KV1 vorbeirattern sehen.

Zu seiner Überraschung stellte der junge Soldat fest, daß der Geschützturm immer noch funktionsfähig war. Er hatte die Kanone noch nie selbst bedient, aber oft genug gesehen, wie es gemacht wurde. Und obwohl diese Arbeit immer zwei Männer verrichteten, lud er sie nun ganz allein. Er war von dem schweren Schlag und dem Dieselgeruch ganz benommen, aber er drehte den Turm in Richtung der deutschen Panzer, nahm einen Tiger ins Visier und gab Feuer.

Zufällig hatte er sich den letzten der fünf ausgesucht, so daß die anderen nichts bemerkten. Er lud sofort nach, fand ein zweites Ziel und schoß erneut. Der Tiger wurde genau zwischen Außenwand und Turm getroffen und explodierte. Irgendwo unter seinen Füßen hörte Nikolai ein leises Prasseln. Flammen krochen über das Gras und breiteten sich sofort aus, als sie auf Öllachen stießen. Nach dem zweiten Treffer bemerkten die verbliebenen drei Panzer den Hinterhalt und wendeten. Nikolai traf einen dabei voll in die Flanke. Die anderen überstanden das Wendemanöver und näherten sich ihm. Jetzt gab sich der junge Mann keine Überlebenschance mehr.

In seiner Verzweiflung warf er sich zu Boden und stürzte durch das Loch ins Freie. Einen Wimpernschlag später zerstörten die Tiger den Geschützturm, und die Munition explodierte. Nikolai spürte, daß auch sein Hemd Feuer fing. Ohne genau zu wissen, was er tat, wälzte er sich im hohen Gras vom Wrack seines Panzers weg.

Dann geschah etwas völlig Unerwartetes. Noch konnte er sie nicht sehen, aber zehn Panzer vom Typ SU 152 tauchten am Bergkamm über ihm auf, woraufhin die Tiger den Rückzug antraten. In atemberaubendem Tempo rasten sie den gegenüberliegenden Hang hinauf, und schon verschwand der erste aus seinem Blickfeld.

Ehe Nikolai wußte, wie ihm geschah, stellte ihn jemand auf die Beine. Es war ein echter Oberst. Der Mann sah die zehn zerstörten Panzer, sechs russische und vier deutsche, von denen drei in der Nähe von Nikolais Fahrzeug lagen.

»Warst du das?« fragte er.

Nikolai hörte die Stimme kaum, so sehr dröhnten ihm die Ohren. Und ihm war übel. Er brachte nur ein Nicken zustande.

»Komm mit«, sagte der Oberst und führte den Jungen zu einem Armeelaster, der auf der anderen Seite des Grats stand. Damit fuhren sie in ein dreizehn Kilometer entferntes Feldlager. Vor dem größten Zelt standen über einen mit Landkarten bedeckten Tisch gebeugt ein gutes Dutzend hoher Offiziere. Der Oberst hielt an, ging auf seine Vorgesetzten zu und salutierte. Der ranghöchste General sah auf.

Nikolai saß noch immer auf dem Beifahrersitz. Von dort aus verfolgte er, wie der Oberst sprach und die Offiziere zu ihm herübersahen. Dann hob der General die Hand und winkte ihn zu sich. Voller Bangen, weil er zwei Tiger hatte entkommen lassen, näherte sich Nikolai den Männern. Sein Baumwollhemd war versengt, sein Gesicht rußverschmiert, und er selbst stank nach Öl und Kordit.

»Drei Tiger?« fragte General Pawel Rotmistrow, der Oberbefehlshaber des Panzerregiments. »Von hinten? Von einem beschädigten KV1 aus?«

Nikolai stand wie ein begossener Pudel vor ihm und brachte kein Wort heraus.

Der General wandte sich lächelnd an einen vierschrötigen Mann mit Schweinsäuglein und den Ehrenzeichen eines politischen Kommissars. »Finden Sie nicht auch, daß das ein Stückchen Metall wert ist?«

Der untersetzte Kommissar nickte. Genosse Stalin wäre sicher auch zufrieden. Aus dem Zelt wurde eine Schachtel gebracht, und Rotmistrow heftete dem Siebzehnjährigen den Orden »Held der Sowjetunion« an die Brust. Der Kommissar, ein gewisser Nikita Chruschtschow, sah zu und nickte erneut.

Danach mußte sich Nikolai Nikolajew im Feldlazarett melden, wo man Hände und Gesicht mit einer übelriechenden Salbe behandelte und ihn gleich wieder zum Hauptquartier zurückschickte. Dort wurde er zum Leutnant ernannt und an die Spitze eines Zugs von drei KV1-Panzern gestellt. Danach hieß es wieder Fronteinsatz.

In diesem Winter, in dem sie weit ins Gebiet von Kursk eindrangen und die Tiger sich zurückzogen, wurde er zum Hauptmann befördert und bekam brandneue schwere Panzer, frisch aus der Fabrik. Es waren die nach Josef (Iosiff) Stalin benannten IS-II. Dank ihres 122-Millimeter-Geschützes und ihrer besonders massiven Bauweise erwarben sie sich bald den Namen »Tigerjäger«.

Während der Operation »Bagration« bekam Nikolai den zweiten Orden eines Helden der Sowjetunion für herausragende persönliche Tapferkeit verliehen, und als er in den Randbezirken von Berlin unter Marschall Tschuikow kämpfte, den dritten.

Das war also der Mann, den Jason Monk ungefähr fünfundfünfzig Jahre später aufsuchte.

Hätte der alte General dem Politbüro gegenüber nur ein bißchen mehr Zurückhaltung geübt, hätte er nicht nur seinen Marschallstab erhalten, sondern darüber hinaus gratis eine Datscha bei Peredelkino am Ufer der Moskwa beziehen können, wo auch die übrigen Bonzen lebten. Aber er hielt eben nie mit seiner Meinung hinter dem Berg, was den hohen Herren nicht immer behagte.

Folglich baute er sich für seinen Lebensabend einen bescheidenen Bungalow bei Tuchowo, einer Gegend mit vielen Militärbasen, so daß er zumindest in der Nähe seiner geliebten Armee sein konnte.

Geheiratet hatte er nie. »Ist doch kein Leben für ein Mädchen«, hatte er wiederholt zu seinen Einsätzen in den düstersten Vorposten des sowjetischen Imperiums gemeint. Und so führte er mit dreiundsiebzig ein Junggesellendasein zusammen mit einem treuen Diener, einem ehemaligen Stabsfeldwebel, der nur noch ein Bein hatte, und einem irischen Wolfshund, der vier besaß.

Monk hatte den wirklich schlichten Alterssitz des ehemaligen Generals durch geduldiges Fragen in den umliegenden Dörfern aufgespürt. Immer wieder hatte er sich erkundigt, wo Onkel Kolja lebte. Seine Offiziere hatten dem alternden General diesen Spitznamen, den er auch nach der Pensionierung behalten hatte, gegeben. Und er paßte auch zu ihm, denn seine Haare und der Schnauzbart waren sehr früh weiß geworden. Der Titel General der Armee war für die Zeitungen, doch auf dem Land kannte jeder den ehemaligen Soldaten nur als *Djadja* Kolja.

Da Monk in einem Dienstwagen des Verteidigungsministeriums unterwegs war und die Uniform eines Obersts des Generalstabs trug, sahen die Dorfbewohner keinen Anlaß, ihm die Auskunft über Onkel Koljas Adresse zu verweigern.

Kurz nach neun Uhr klopfte Monk an die Tür des Generals. Es war stockdunkel und bitter kalt in dieser Nacht. Der einbeinige Diener humpelte zur Tür, sah die Uniform und ließ den Besucher herein.

General Nikolajew hatte nicht mit Besuch gerechnet. Um so verblüffter war er, als der Mann in der Uniform eines Oberst, in der Hand einen Aktenkoffer, eintrat. Er saß in seinem Lieblingssessel vor einem prasselnden Holzfeuer und las die Memoiren eines jüngeren Generals. Hin und wieder gab er ein verächtliches Schnauben von sich. Er kannte sie doch alle, wußte genau, was sie getan und vor allem, was sie nicht getan hatten. An ihrer Stelle wäre er vor Scham im Boden versunken. Jetzt, da sie mit dem Schreiben fiktiver Geschichte Geld scheffelten, konnten sie viel behaupten – doch das wenigste stimmte.

Er sah von seinem Buch auf, als Wolodja einen Besucher aus Moskau ankündigte und die zwei Männer sogleich allein ließ.

»Wer sind Sie?« knurrte er.

»Jemand, der mit Ihnen sprechen muß, General.«

»Aus Moskau?«

»Von dort bin ich heute gekommen, ja.«

»Na gut, raus mit der Sprache, wenn Sie schon mal da sind.« Er deutete mit dem Kinn auf die Aktentasche. »Dokumente aus dem Ministerium?«

»Nicht ganz. Dokumente ja. Aber von anderer Stelle.«

»Draußen ist es kalt. Setzen Sie sich lieber. Also, schießen Sie los. Worum geht es?«

»Lassen Sie mich offen mit Ihnen reden. Diese Uniform habe ich nur angezogen, um von Ihnen empfangen zu werden. Ich gehöre nicht der russischen Armee und schon gar nicht dem Generalstab an. In Wahrheit bin ich Amerikaner.«

Der Russe traute seinen Ohren nicht. Mehrere Sekunden lang starrte er den anderen stumm an. Plötzlich sträubten sich die Spitzen seines Schnurrbarts.

»Sie sind ein Hochstapler!« donnerte er vor Zorn bebend. »Sie sind ein verdammter Spion! Ich dulde keine Spione in meinem Haus. Raus!«

Monk blieb, wo er war. »Also gut, ich gehe gleich. Aber vorher bitte ich Sie, mir eine einzige Frage zu beantworten. Für ein halbminütiges Gespräch sind zehntausend Kilometer doch ein sehr weiter Weg.«

General Nikolajew funkelte ihn an. »Eine einzige Frage.«

»Vor fünf Jahren bat Sie Boris Jelzin, noch einmal in Ihren Beruf zurückzukehren und den Angriff auf Tschetschenien und die Zerstörung der Hauptstadt Grosny persönlich zu leiten. Laut Gerücht sollen Sie nach dem Studium der Pläne dem damaligen Verteidigungsminister Pawel Gratschow gesagt haben: ›Ich befehlige Soldaten und keine Metzger. Das da ist eine Aufgabe für Schlächter.‹ Trifft das zu?«

»Was soll die Frage?«

»Trifft das zu? Sie haben mir eine Frage zugestanden.«

»Na gut, ja. Und ich hatte recht.«

»Warum haben Sie das gesagt?«

»Jetzt sind Sie schon bei der zweiten Frage?«

»Nach Hause sind es ja noch einmal sechstausend Meilen.«

»Von mir aus. Weil ich nicht glaube, daß Völkermord zur Aufgabe eines Soldaten gehört. Und jetzt verschwinden Sie.«

»Ihnen ist klar, daß Sie da erbärmlichen Schund lesen?«

»Woher wissen Sie das?«

»Ich habe es selbst gelesen. Es ist Unfug.«

»Stimmt. Und was geht Sie das an?«

Mit einem Griff in seine Aktentasche förderte Monk das Schwarze Manifest zutage. Er schlug eine mit einem Einmerkband gekennzeichnete Seite auf und reichte es ihm.

»Wenn Sie schon Zeit für solchen Unsinn haben, können Sie sicher auch einen Blick auf ein wirklich übles Machwerk werfen.«

Der General schwankte zwischen Zorn und Neugierde. »Yankeepropaganda?«

»Nein. Die Zukunft Rußlands. Schauen Sie rein. Diese Seite und die nächste.«

Mit einem Grunzen beugte sich Nikolajew über das Dokument und überflog die markierten Seiten. Sein Gesicht bekam auf einmal Flecken. »Ausgemachter Unsinn!« rief er. »Welcher Schwachkopf hat das geschrieben?«

»Haben Sie schon mal von Igor Komarow gehört?«

»Dumme Frage. Natürlich. Er wird im Januar Präsident.«

»Gut oder schlecht?«

»Woher soll ich das wissen? Das sind doch sowieso alles Flaschen.«

»Dann ist er also weder besser noch schlechter als die anderen?«

»Sie treffen den Nagel auf den Kopf.«

Nun setzte ihn Monk in aller Kürze über die Ereignisse des fünfzehnten Juli in Kenntnis. Ein ausführlicher Bericht verbot sich von selbst, sonst hörte der alte Mann unter Umständen nicht mehr zu oder – schlimmer noch – verlor die Geduld.

»Das glaube ich nicht!« schnaubte der General, als Monk geendet hatte. »Sie kommen mit einer an den Haaren herbeigezogenen Räuberpistole zu mir und ...«

»Wenn es eine Räuberpistole wäre, dann wären nicht drei Männer deswegen gestorben. Aber es ist die Wahrheit. Haben Sie heute abend noch etwas Besonderes vor?«

»Äh, nein, warum?«

»Warum legen Sie dann nicht Pawel Gratschows Memoiren beiseite und lesen Igor Komarows wahre Pläne? Einige Teile werden Ihnen gefallen, das über die Nachrüstung der Armee zum Beispiel. Aber sie soll nicht der Verteidigung des Vaterlands dienen; Rußland droht ja von außen keinerlei Gefahr. Vielmehr soll eine Armee zur Durchführung eines Völkermords geschaffen werden. Vielleicht mögen Sie Juden, Tschetschenen, Georgier, Ukrainer und Armenier nicht besonders, aber auch sie saßen in den Panzern, die Sie befehligten. Sie kämpften um Kursk und Bagration, um Berlin und Kabul. Warum opfern Sie dann nicht ein paar Minuten und erfahren, was Komarow für Sie in petto hat?«

General Nikolajew starrte den Amerikaner an, der ein Vierteljahrhundert jünger war als er. »Trinken die Yankees Wodka?« brummte er schließlich.

»In eiskalten Nächten mitten in Rußland auf alle Fälle.«

»Da drüben steht eine Flasche. Bedienen Sie sich.«

Während der alte Mann las, schenkte sich Monk ein Glas Wodka ein und dachte an die Informationen, die man ihm in Castle Forbes mit auf den Weg gegeben hatte.

»Er ist wahrscheinlich der letzte der russischen Generäle, die noch an den alten Ehrbegriff glauben«, hatte ihm sein russischer Tutor Oleg erklärt. »Er ist nicht dumm, und er kennt keine Angst. In Rußland gibt es zehn Millionen Veteranen, die immer noch Onkel Kolja gehorchen würden.«

Nach dem Fall Berlins und einem Jahr Dienst in der besetzten Zone wurde der junge Major Nikolajew nach Moskau auf die Offiziersakademie geschickt. Im Sommer 1950 ernannte man ihn zum Kommandanten der sieben Panzerregimenter am Fluß Jalu im Fernen Osten.

In dieser Zeit tobte in Korea ein erbitterter Krieg. Nachdem die Nordkoreaner den Süden fast ganz erobert hatten, wurden sie von den Amerikanern zurückgedrängt. Stalin zog ernsthaft in Erwägung, die Beute durch den Einsatz von Panzern gegen die Amerikaner zu sichern. Zwei Gründe hielten ihn dann doch davon ab: kluge

Ratgeber und seine eigene Paranoia. Die neuen Panzer vom Typ IS-4 waren so ultrageheim, daß die Welt nichts von ihrer Existenz erfahren durfte; außerdem wollte Stalin keinen einzigen davon verlieren. So wurde Nikolajew im Sommer 1951 als Oberstleutnant nach Potsdam abberufen. Damals war er gerade erst fünfundzwanzig.

Mit dreißig befehligte er einen Sondereinsatz beim Volksaufstand in Ungarn. Dabei zog er sich zum erstenmal den Zorn des sowjetischen Botschafters Juri Andropow zu, der später fünfzehn Jahre lang Direktor des KGB und gegen Ende seines Lebens Generalsekretär der Kommunistischen Partei der Sowjetunion war. Oberstleutnant Nikolajew weigerte sich, seine Panzer auf die in den Budapester Straßen protestierenden Zivilisten zu richten.

»Das sind doch zu siebzig Prozent Frauen und Kinder«, erklärte er dem Botschafter und Architekten der Niederschlagung des Volksaufstands. »Sie werfen ja nur mit Steinen. Und Steine können Panzern nichts anhaben.«

»Die müssen wir Mores lehren!« brüllte Andropow. »Setzen Sie Ihre Maschinengewehre ein!«

Nikolajew hatte miterlebt, was Maschinengewehre unter dichtgedrängten Volksmassen anrichten können. Smolensk im Jahr 1941 war so ein Fall. Seine Eltern waren dabeigewesen.

»Wenn Sie es wollen, dann tun Sie es selbst«, beschied er Andropow. Ein hoher General versuchte zu vermitteln, doch eine ganze Weile hing Nikolajews Karriere an einem seidenen Faden. Andropow konnte sehr nachtragend sein.

Von Anfang bis Mitte der sechziger Jahre wurde Nikolajew auf einen Außenposten an den Ufern des Amur und des Ussuri versetzt. Jenseits des Flusses fing bereits das chinesische Reich an. In dieser Zeit war sich Chruschtschow lange unschlüssig, ob er Mao Tsetung eine Lektion in Sachen Panzerkriegführung erteilen sollte oder nicht.

Nun, Chruschtschow wurde gestürzt, Breschnew kam an die Macht, die Krise wurde entschärft, und Nikolajew war froh, daß er das öde Land an der mandschurischen Grenze verlassen und wieder nach Moskau zurückkehren konnte.

1968 befehligte er als zweiundvierzigjähriger Brigadegeneral beim Prager Aufstand eine Division, die sich mit großem Abstand vor allen anderen Einheiten auszeichnete. Unter anderem verdiente er sich den ewigen Dank der Luftwaffe, weil er einer ihrer Einheiten aus der Patsche half. Ein viel zu kleines Kommando war in der Prager Innenstadt abgesetzt worden und sah sich von aufgebrachten Einheimischen umringt, als Nikolajew persönlich mit einer Panzerkompanie nach Prag fuhr und sie herausholte.

Danach unterrichtete er vier Jahre lang Panzerkriegführung an der Akademie von Frunse und bildete eine ganze neue Generation von Offizieren aus, die ihn bewunderte und verehrte. 1973 wurde er als Berater nach Syrien entsandt. Es war das Jahr des Jom-Kippur-Kriegs.

Obwohl er sich eigentlich im Hintergrund hätte halten sollen, kannte er die von der Sowjetunion gelieferten Panzer so gut, daß er einen Angriff gegen die siebte Panzerbrigade der Israelis von den Golanhöhen herab nicht nur plante, sondern sich auch selbst daran beteiligte.

Die Syrer waren dem Gegner nicht gewachsen, aber ihre Taktik war eine Meisterleistung. Die siebte Brigade der Israelis überlebte, doch eine Weile setzten ihr die Syrer schwer zu. Die Schlacht ging als eine der wenigen in die Geschichte ein, bei denen die arabischen Panzertruppen den Israelis Probleme bereiteten.

Dank seiner Leistungen in Syrien wurde Nikolajew in den Generalstab berufen, um eine Angriffsstrategie gegen die NATO zu entwerfen. Dann brach 1979 der Afghanistankrieg aus. Dem inzwischen Dreiundfünfzigjährigen wurde die Führung der vierzigsten Armee angeboten. Damit ging die Beförderung zum Generalmajor einher.

Nikolajew studierte die Pläne, brütete über den Karten, sah sich die Einheimischen an und stellte in einem Bericht fest, daß eine Besetzung zu viele Opfer auf der eigenen Seite kosten würde, absolut nutzlos wäre und sich zu einem sowjetischen Vietnam entwickeln könnte. Damit reizte er Andropow zum zweitenmal.

Erneut schickten sie ihn zur Ausbildung von Rekruten in die Wildnis. Die Generäle, die nach Afghanistan gingen, bekamen ihre Auszeichnungen und ihren Ruhm – eine Weile zumindest. Sie bekamen auch Leichensäcke, und zwar Zigtausende.

»Das ist Schwachsinn! Das glaube ich nicht!« Der alte General schleuderte das schwarze Dokument über den Ofen hinweg auf Monks Schoß. »Sie haben Nerven, Yankee. Sie schleichen sich in mein Land ein, in mein Haus und versuchen mich mit bösartigen Lügen zu verwirren.«

»Sagen Sie, General, was halten Sie von uns?«

»Uns?«

»Ja, uns. Den Amerikanern. Denen aus dem Westen. Ich bin nicht auf eigene Faust tätig. Ich bin hierhergeschickt worden. Und warum hat man mich wohl geschickt? Wenn Komarow ein so edler Mensch und großer Führer wäre, würden wir uns dann nicht einen Dreck um die ganze Sache scheren?«

Der alte Mann starrte den Amerikaner an. Ihn schockierte nicht etwa seine Ausdrucksweise – in der Hinsicht war er Schlimmeres gewöhnt –, nein, was ihn stutzig machte, war der eindringliche Ton des jüngeren.

»Ich weiß, daß ich mein ganzes Leben lang gegen Sie gekämpft habe.«

»Nein, General, Sie waren nur Ihr Leben lang unser Gegner. Und Sie standen im Dienst von Regimen, von denen Sie wußten, daß sie schreckliche Dinge zu verantworten hatten.«

»Das ist immer noch mein Land, Amerikaner. Sie riskieren Ihr Leben, wenn Sie es beleidigen.«

Monk beugte sich vor und klopfte auf das Schwarze Manifest. »Aber das alles ist nichts im Vergleich zu dem hier. Weder Chruschtschow noch Breschnew noch Andropow – im Vergleich dazu sind sie alle harmlos...«

»Wenn das wahr ist...«, rief der alte Soldat, ».... wenn das wahr ist, könnte es trotzdem irgendwer geschrieben haben!«

»Dann lesen Sie das hier. Darin wird geschildert, wie das Dokument in unseren Besitz gelangt ist. Ein alter Soldat hat sein Leben geopfert, um es rauszuschaffen.«

Er reichte dem General den Prüfbericht und schenkte ihm ein Glas mit seinem eigenen Wodka ein. Der alte Mann kippte es nach russischer Art: ex und hopp.

Acht Jahre lang sammelte der Nikolajew-Bericht über Afghanistan auf einem hohen Regal Staub an. Und erst im Sommer 1987 sollte ihn jemand aufstöbern und dem Außenminister überbringen. Im Januar 1988 verkündete schließlich Eduard Schewardnadse der Welt: »Wir ziehen uns zurück.«

Zu guter Letzt brachte es Nikolajew doch noch zum Generalleutnant und wurde zur Koordinierung des Rückzugs aus Afghanistan eingesetzt. Der eigentliche Oberbefehlshaber der vierzigsten Armee war General Gromow, der sich nun Nikolajew unterordnen mußte. Zum Erstaunen aller kehrte unter seiner Führung die vierzigste Armee zurück, ohne weitere große Verluste zu erleiden, obwohl die Mudschahedin einen Angriff nach dem anderen starteten.

Die letzte Kolonne überquerte am fünfzehnten Februar die Amu-Darja-Brücke. Nikolai Nikolajew fuhr in der Nachhut mit. Er hätte im Armeejet heimfliegen können, aber er zog es vor, bei seinen Soldaten zu bleiben.

Ganz allein saß er auf dem Rücksitz eines offenen Jeeps. Nie zuvor hatte er einen Rückzug angetreten. Dennoch hielt er sich kerzengerade in seiner Kampfuniform. Kein Stern, keine Schulterstreifen verrieten seinen Rang, aber seine Leute erkannten ihn an den weißen Haaren und dem Schnurrbart.

Die Soldaten waren des Afghanistanabenteuers überdrüssig und freuten sich trotz ihrer Niederlage auf die Heimat. Kaum hatten sie das Nordende der Brücke erreicht, brachen sie in Jubel aus. Die Fahrer lenkten ihre Laster an den Straßenrand, und beim Anblick der im Wind flatternden weißen Haare ihres Generals strömten alle Soldaten herbei, um ihn zu feiern.

Nikolajew war inzwischen dreiundsechzig. Jetzt fuhr er nach Norden, wo die Pensionierung und ein mit Vorträgen, Memoirenschreiben und Kameradentreffen gefülltes Leben auf ihn warteten. Aber noch war er ihr Onkel Kolja, der seine Soldaten heimführte.

In den fünfundvierzig Jahren seiner Laufbahn als Panzersoldat hatte er drei große Leistungen vollbracht, die ihn schon zu Lebzeiten zur Legende machten. In seinem Befehlsbereich hatte er das »Piesacken« abgeschafft, das systematische Schikanieren junger Rekruten durch die »alten Hasen«, eine Unsitte, die in der Armee zu Hunderten von Selbstmorden geführt hatte. Später sollten andere Generäle seinem Beispiel folgen. Danach hatte Nikolajew sich bei den Parteibonzen mit Zähnen und Klauen für bessere Bedingungen und reichhaltigeres Essen für die Truppen eingesetzt. Und nicht zuletzt hatte er auf Korpsgeist und intensiver Ausbildung bestanden, so lange, bis jede Einheit, ob Zug oder Division, eine verschworene Gemeinschaft bildete und sich durch besondere Leistungen auszeichnete, wenn es darauf ankam. So verlieh ihm Gorbatschow, der wenig später gestürzt werden sollte, bei seiner Rückkehr den vierten Stern.

General Nikolajew warf den Bericht zu Boden und starrte ins Feuer. »Was erwarten Sie von mir, Amerikaner? Wenn das alles stimmt, ist der Mann ein ausgemachter Scheißkerl. Aber was soll ich da tun? Ich gehöre zum alten Eisen, bin seit elf Jahren in Pension, weg vom Fenster...«

Monk stand auf und steckte die beiden Dokumente wieder ein. »Die da draußen kennen Sie immer noch«, sagte er. »Millionen von Veteranen. Wenn Sie zu ihnen sprechen, hören sie auf Sie.«

»Schauen Sie, Amerikaner. Dieses Land, mein Land, hat mehr gelitten, als Sie je begreifen können. Es ist mein Vaterland, und seine Erde ist mit dem Blut seiner Söhne und Töchter getränkt. Und jetzt sagen Sie, daß noch mehr Blut fließen soll. Ich trauere um mein Land, um seine Menschen, wenn das wirklich so ist, aber ich kann nichts tun.«

»Und die Armee, die man zwingen wird, all das Leid anzurichten? Was soll aus der Armee werden, Ihrer Armee?«

»Sie ist nicht mehr meine Armee.«

»Sie ist Ihre Armee. Sie ist die Armee des ganzen Volkes.«

»Sie ist eine geschlagene Armee.«

»Nein, nicht geschlagen. Das kommunistische Regime wurde geschlagen, nicht aber die Soldaten, nicht Ihre Soldaten. Ihr Rückzug wurde angeordnet. Jetzt steht ein Mann vor der Tür, der sie wieder aufbauen will. Aber zu welchem Zweck? Angriffskrieg, Versklavung, Blutbäder.«

»Und warum gerade ich?«

»Haben Sie ein Auto, General?«

Der alte Mann sah ihn verblüfft an. »Natürlich. Ein kleines. Damit komme ich rum.«

»Fahren Sie nach Moskau. Zum Alexandergarten. Zum roten Granitstein, dem Grabmal des Unbekannten Soldaten. Da, wo das ewige Feuer brennt. Fragen Sie die Leute dort, was Sie tun sollen. Nicht mich. Fragen Sie Ihre Leute.«

Damit ging Monk. Bei Tagesanbruch befanden er und seine tschetschenischen Leibwächter sich in einem anderen, sicheren Haus. Es war die gleiche Nacht, in der die Druckmaschinen zerstört wurden.

Unter den vielen heute noch in Großbritannien bestehenden geheimnisumwitterten historischen Institutionen nimmt das College of Arms, das während der Herrschaft König Richards III. gegründet wurde, einen besonderen Rang ein. Es handelt sich um eine Offiziersschule, deren hochrangigste Mitglieder nach alter Tradition *Kings of Arms* und *Heralds* genannt werden.

Im Mittelalter wurden die Heralds, wie schon der Name sagt, als Boten ihres Kriegsfürsten eingesetzt. Es wurde eine Flage zum Zeichen des Waffenstillstands gehißt, und sie mußten dem gegnerischen Lager die Angebote oder Forderungen ihres Herrn überbringen. Zwischen zwei Kriegen nahmen die Heralds andere Funktionen wahr.

In Friedenszeiten war es bei Rittern und Edelleuten üblich, in Form von Turnieren und Schauwettkämpfen Krieg zu spielen. Den Heralds kam hierbei die Aufgabe zu, das nächste Duell anzukündigen. Das war allerdings nicht immer ganz leicht, weil die Ritter in ihren Rüstungen und heruntergeklappten Visieren kaum noch zu erkennen waren. Die Lösung des Problems bestand in der Kennzeichnung der Schutzschilde mit Wappen. Wenn nun also der Herald einen Schild mit dem Zeichen eines Bären erblickte, wußte er, daß sich der Earl of Warwick in der Rüstung verbarg.

Aufgrund dieser Funktion wuchs den Heralds im Lauf der Zeit die Rolle des Schiedsrichters und Experten zu. Sie hatten zu entscheiden, wer wer war und – noch wichtiger – wer welchen Titel führen durfte. Sie verfolgten und registrierten von Generation zu Generation die Ahnenlinien der Adligen.

Damit wurden sie zu weit mehr als Interessenverwaltern irgendwelcher Snobs. Mit dem Titel waren ja auch immense Ländereien,

Schlösser, Farmen und Gutshäuser verbunden. Überträgt man das Amt auf die Begriffe der heutigen Zeit, so entspricht es dem eines Juristen, der nachweist, daß sein Mandant Mehrheitsaktionär bei General Motors ist. Es ging also um enorme Besitztümer und um Macht.

Da Adlige häufig einen ganzen Schwarm von Nachkommen, teils eheliche, teils außereheliche, hinterließen, entbrannten immer wieder Streitereien um den Erbanspruch. Sogar Kriege wurden deswegen geführt. Endgültige Klarheit konnte damit freilich nicht erzielt werden. Das oblag den Heralds als Hütern der Archive. Sie fällten die letzte Entscheidung, wer nun das Recht hatte, das Wappen zu führen. Natürlich ging es hierbei längst nicht mehr um Schilde und Schaukämpfe.

Auch heute noch entscheidet das College bei Streitigkeiten, entwirft Wappen für neu in den Adelsstand erhobene Bankiers oder Industrielle oder verfolgt gegen eine Gebühr den Stammbaum eines jeden in den Archiven zurück, soweit er darin festgehalten ist.

Selbstverständlich sind die Heralds ausnahmslos Akademiker. Diese merkwürdige Wissenschaft mit ihrem bizarren Französisch aus der Normannenzeit und ihren vielfältigen komplizierten Symbolen und Wappen kann man nur in einem langjährigen Studium erlernen.

Wie in jeder Wissenschaft gibt es auch hier verschiedene Spezialgebiete, wie zum Beispiel die Ahnenforschung in dem Teil des europäischen Adels, der mit der britischen Aristokratie durch Mischehen verwandt oder verschwägert ist. Auf einen Vertreter dieser Richtung, einen Experten für die Romanow-Dynastie in Rußland, war Sir Nigel Irvine durch so hartnäckiges wie diskretes Nachforschen gestoßen. Von Dr. Lancelot Probyn hieß es, er habe mehr über die Romanows vergessen, als die Romanows selbst je gewußt hätten. Diesem Mann nun stellte sich Irvine am Telefon als pensionierter Diplomat vor, der für das Außenministerium einen Bericht über die Bestrebungen zur Wiederherstellung der Monarchie in Rußland schreibe, und lud ihn zu einem Gespräch bei Tee und Kuchen ins Ritz ein.

Dr. Probyn war ein gemütlicher kleiner Mann, der sein Lieblingsthema bescheiden und sehr humorvoll erläuterte. Irgendwie erinnerte er den alten Meisterspion an Charles Dickens' Mr. Pickwick.

»Ein Thema interessiert mich wirklich brennend«, fing Sir Nigel an, als Gurkensandwich und Earl Grey serviert wurden. »Könnten wir unser Augenmerk auf die Frage der Nachfolge in der Romanow-Dynastie lenken?«

Das Amt eines Clarence King of Arms, wie Dr. Probyns ruhmreicher Titel lautet, wird nicht gerade fürstlich bezahlt, und Tee im exklusiven Ritz war für den Doktor etwas Neues. So ließ er sich die Sandwiches schmecken.

»Die Romanows sind ja nur mein Hobby, verstehen Sie. Meine eigentlichen Aufgaben liegen woanders.«

»Trotzdem. Soviel ich weiß, sind Sie doch der Autor der definitiven Studie auf diesem Gebiet.«

»Danke für das Kompliment. Womit kann ich Ihnen dienen?«

»Wie sieht es mit der Nachfolge der Romanows aus. Ist sie geregelt?«

Dr. Probyn biß herzhaft in sein letztes Sandwich und warf einen Blick auf den Kuchen.

»Im Gegenteil. Das ist das reinste Chaos. Bei den überlebenden Nachfahren geht alles durcheinander. Und ständig macht ein anderer Erbansprüche geltend. Warum wollen Sie das wissen?«

»Nehmen wir einmal an«, antwortete Sir Nigel, »die Russen würden aus irgendeinem Grund die konstitutionelle Monarchie wiederherstellen und einen Zaren auf den Thron setzen wollen.«

»Nun, das wäre schlecht möglich, weil sie ihn nie hatten. Der letzte Kaiser – das ist nämlich seit 1721 der korrekte Titel, Zar wurde er nur im Volksmund genannt – hieß Nikolaus II. und war ein absolutistischer Monarch. So etwas wie eine konstitutionelle Monarchie haben die Russen nie gehabt.«

»Bitte verzeihen Sie mir meine Unkenntnis.«

Dr. Probyn schob sich den letzten Bissen eines Eclair in den Mund und nippte an seinem Tee. »Gutes Gebäck«, brummte er.

»Das freut mich.«

»Na gut, im extrem unwahrscheinlichen Fall einer Restauration hätten sie ein gewaltiges Problem. Wie Sie wissen, wurde Nikolaus mit seiner Frau und seinen fünf Kindern 1918 bei Jekaterinburg abgeschlachtet. Das war die direkte Linie. Alle angeblichen Thronanwärter entstammen einer Nebenlinie. Nun, ein paar davon gehen auf Nikolaus' Großvater zurück.«

»Es gibt also keinen unanfechtbaren Anspruch?«

»Nein. In meinem Büro könnte ich Ihnen das genauer darlegen. Da habe ich sämtliche Tabellen rumliegen. Hier könnte ich sie unmöglich ausbreiten. Sie sind ziemlich groß – kein Wunder bei den vielen Namen und Verzweigungen.«

»Aber theoretisch wäre die Wiedereinrichtung der Monarchie doch denkbar, nicht wahr?«

»Ist das Ihr Ernst, Sir Nigel?«

»Wir sprechen ja nur über eine theoretische Möglichkeit.«

»Na ja, theoretisch ist alles möglich. Jede Monarchie kann sich zur Republik umwandeln und den König rauswerfen. Oder die Königin. In Griechenland war das ja so. Umgekehrt kann jede Demokratie eine konstitutionelle Monarchie einführen. Siehe Spanien. Beides ist in den letzten dreißig Jahren geschehen. Klar, möglich ist so was immer.«

»Dann wäre also die Frage des Kandidaten das Hauptproblem?«

»Richtig. General Franco schuf neue Gesetze zur Wiederherstellung der Monarchie für die Zeit nach seinem Tod. Als König bestimmte er den Enkel von Alfonso III., Prinz Juan Carlos, der das Land heute noch regiert. Aber dort meldete kein anderer Ansprüche auf den Thron an. Die Ahnenlinie war absolut eindeutig. Streitereien um die Thronfolge können zu einer schmutzigen Angelegenheit ausarten.«

»Ist die Thronfolge in der Romanow-Linie denn umstritten?«

»Und wie! Eine total verfahrene Situation.«

»Gibt es da einen heißen Kandidaten?«

»Spontan fällt mir niemand ein. Da müßte ich erst nachsehen. Es ist ziemlich lange her, daß mich jemand so was gefragt hat.«

»Könnten Sie noch einmal nachschauen?« bat ihn Sir Nigel. »Für den Rest der Woche muß ich verreisen. Aber hätten Sie Zeit, wenn ich zurückkomme? Ich rufe Sie in Ihrem Büro an.«

In den Tagen, in denen der KGB noch ein gewaltiger Unterdrükkungs-, Kontroll- und Spionageapparat unter der Führung eines einzigen Direktors war, hatte man für die Vielzahl der Aufgaben entsprechend viele Hauptverwaltungen, Nebenverwaltungen und Abteilungen gebraucht.

Dazu gehörten beispielsweise die Achte Hauptverwaltung und die Sechzehnte Nebenverwaltung, die beide für elektronische Überwachung, Abhören des Funkverkehrs, Anzapfen von Telefonleitungen und Spionagesatelliten zuständig waren. Aufgrund ihres Aufgabenbereichs entsprachen sie der National Security Agency (nationaler Sicherheitsdienst) und der National Reconnaissance Organization (Organisation für Aufklärung) in Amerika sowie dem BGCH – British Government Communication Headquarters (Nachrichtendienst der britischen Regierung).

Für die alten Haudegen des KGB, wie beispielsweise den langjährigen Vorsitzenden Andropow, war die Beschaffung von Informationen auf elektronischem Weg ein Buch mit sieben Siegeln, doch wurde damit zumindest die Bedeutung von High-Tech anerkannt. Mochte die sowjetische Gesellschaft selbst in technologischer Hinsicht um Jahre dem Westen hinterherhinken, so war die Achte Hauptverwaltung doch stets auf dem neuesten Stand. Für Spionage und Rüstung scheute man weder Kosten noch Mühen.

Nach der Zerschlagung des Monolithen KGB durch Gorbatschow wurden die Achte Haupt- und die Sechzehnte Nebenverwaltung zusammengeführt und in Staatliche Zentrale für Kommunikation und Information, kurz SZKI, umbenannt.

Der SZKI stand alles zur Verfügung, was eine solche Einrichtung brauchte: die leistungsfähigsten Computer, die besten Mathematiker und Codeknacker des gesamten Landes und die neueste Technologie für das Abfangen von Funksprüchen. Das Ende des Kommunismus warf jedoch ein Problem für dieses ungemein kostenintensive Amt auf: die Finanzierung.

Nach seiner Privatisierung bot sich das SZKI auf dem freien Markt buchstäblich an. Es gab aufstrebenden russischen Unternehmen die Möglichkeit, sich in den Informationsaustausch ihrer Konkurrenten einzuklinken, sprich, ihn für sich zu nutzen, und zwar sowohl auf dem heimischen als auch auf dem internationalen

Markt. Mindestens vier Jahre lang, bis einschließlich 1999, hatte so jede Firma die Möglichkeit, diese ehemalige Regierungsabteilung für die Überwachung eines Ausländers zu mieten, sobald dieser einen Anruf tätigte, ein Fax, Telegramm oder Telex schickte oder einen Funkspruch in den Äther schickte.

Oberst Grischin ging davon aus, daß Jason Monk in der einen oder anderen Form mit seinen Auftraggebern Verbindung aufnehmen mußte. Über die Botschaft war ihm das nicht möglich, denn die wurde überwacht. Und wenn er es über eine öffentliche Telefonzelle versuchte, würde man ihn ebenfalls abhören und aufspüren.

Da sie aber immer noch nichts aufgefangen hatten, schloß Grischin, daß der Amerikaner eine Art Sender benutzte.

»An seiner Stelle würde ich einen Computer nehmen«, erklärte ihm der Spezialist des SZKI, den Grischin gegen eine beträchtliche Summe angeheuert hatte. »Geschäftsleute machen das ständig.«

»Ein Computer, der Nachrichten übermittelt und empfängt?« fragte Grischin.

»Natürlich. Computer stehen mit Satelliten in Verbindung und über die Satelliten mit anderen Computern. So und nicht anders funktioniert die Datenautobahn, das Internet.«

»Der Verkehr muß ja gewaltig sein.«

»Stimmt. Aber unsere Computer sind es nicht minder. Es ist alles eine Frage des Herausfilterns. Neunzig Prozent der Gespräche sind Geplauder – Idioten, die irgendeinen Unsinn austauschen. Neun Prozent sind Geschäftsangelegenheiten – Firmen, die über Produkte diskutieren, den Preis, Fortschritte, Vertrags- und Lieferbedingungen. Ein Prozent hat mit Regierungen zu tun. Dieses eine Prozent machte früher die Hälfte des Luftverkehrs aus.«

»Wieviel davon ist verschlüsselt?«

»Alle politischen Botschaften und die Hälfte des Geschäftsverkehrs. Aber die Codes der Firmen können wir größtenteils knacken.«

»Auf welcher Frequenz würde mein amerikanischer Freund senden?«

Der Spezialist hatte zu lange verdeckt gearbeitet, um sich nach Details zu erkundigen. »Wahrscheinlich auf der gleichen wie die Geschäftsleute«, entgegnete er. »Bei Regierungsangelegenheiten kennen wir die Quelle. Wir können vielleicht den Code nicht knakken, aber wir wissen, aus welcher Botschaft, Vertretung oder welchem Konsulat die Nachricht kommt. Ist Ihr Mann dort irgendwo?«

»Nein.«

»Dann benutzt er wahrscheinlich einen Satelliten für Geschäftsleute. Die Geräte der amerikanischen Regierung werden in erster Linie dazu benutzt, um uns abzuhören und zu beobachten. Und sie befördern auch den diplomatischen Verkehr. Aber jetzt schwirren auch noch jede Menge kommerzielle Satelliten über uns herum. Firmen mieten sie und kommunizieren dann mit ihren über die ganze Welt verteilten Zweigstellen.«

»Ich nehme an, mein Freund sendet von Moskau aus. Wahrscheinlich empfängt er hier auch.«

»Wenn er nur empfängt, kommen wir nicht weiter. Eine Botschaft, die ein Satellit über uns losschickt, könnte überall ankommen, ob in Archangelsk oder auf der Krim. Erst wenn er sendet, können wir ihn lokalisieren.«

»Wenn eine russische Handelsgesellschaft Sie also damit beauftragte, den Sender ausfindig zu machen, würden Sie das schaffen?«

»Vielleicht. Wir müßten natürlich ein beträchtliches Honorar fordern. Wie hoch, das hängt davon ab, wie viele Männer wir dafür abstellen müssen und wie lange die Überwachung dauern soll.«

»Rund um die Uhr«, sagte Grischin. »Wie viele Leute haben Sie?«

Der Wissenschaftler starrte ihn entgeistert an. Es ging um Millionen von US-Dollars. »Das ist ein Großauftrag!«

»Es ist mein voller Ernst.«

»Wollen Sie die Botschaften?«

»Nein. Nur den Standort des Senders.«

»Das ist schwieriger. Falls wir eine Nachricht abfangen, können wir sie in aller Ruhe analysieren. Der Sender wird nur für die Dauer einer Nanosekunde aktiv sein.«

Einen Tag nach Monks Gespräch mit General Nikolajew fing das SZKI ein Signal auf. Gleich darauf klingelte das Telefon in Grischins Büro am Kiselnyboulevard.

»Er war on-line«, meldete der Spezialist.

»Haben Sie die Botschaft?«

»Ja, und sie ist nicht kommerziell. Er benutzt einen Einmalcode. So was kann niemand knacken.«

»Nicht so gut«, knurrte Grischin. »Von wo aus hat er gesendet?«

»Moskau oder Umgebung.«

»Na, großartig – größer geht es wohl nicht mehr! Ich brauche das Gebäude.«

»Geduld. Wir glauben, den Satelliten, den er benutzt, zu kennen. Wahrscheinlich ist es eines von den beiden InTelCor-Geräten, die täglich über uns hinwegfliegen. Zum Zeitpunkt der Meldung war er nämlich gerade am Horizont zu sehen. Auf ihn können wir uns das nächste Mal konzentrieren.«

»Tun Sie das!« bellte Grischin.

Sechs Tage lang hatte sich Monk Grischins Straßenarmee entziehen können. Der Chef des Sicherheitsdienstes der UPK stand vor einem Rätsel. Irgendwas mußte der Mann doch essen. Entweder hockte er in einem Versteck und traute sich nicht mehr raus, womit er ja wenig Schaden anrichten konnte, oder aber er trieb sich als Russe verkleidet herum, was früher oder später seine Enttarnung zur Folge hatte. Oder hatte er nach seinem vergeblichen Gespräch mit dem Patriarchen heimlich das Land verlassen? Es gab allerdings noch eine vierte Möglichkeit: Er stand unter dem Schutz bestimmter Leute, und jemand stellte ihm alles zur Verfügung, was er brauchte – Nahrung, eine Schlafgelegenheit, neue Kleider, Leibwächter. Aber wer? Das war das Rätsel, und Grischin tappte weiterhin im dunkeln.

Zwei Tage nach seinem Gespräch mit Dr. Probyn im Ritz flog Sir Nigel Irvine nach Moskau. Als Begleiter hatte er einen Dolmetscher dabei. Zwar hatte er früher einmal die russische Sprache für den Hausgebrauch beherrscht, aber seine Kenntnisse waren seitdem zu lückenhaft geworden, als daß er sich in heiklen Diskussionen darauf hätte verlassen können.

Sein Begleiter war der des Russischen mächtige Exsoldat Brian Marks, der diesmal allerdings mit seinen richtigen Papieren, ausgestellt auf Brian Vincent, einreiste. Im Flughafen tippte der Zollbeamte beide Namen in seinen Computer ein, doch keiner war wegen kürzlicher oder häufiger Besuche registriert worden.

»Gehören Sie zusammen?« Der Beamte musterte die beiden Männer. Der weißhaarige, schlanke war eindeutig der ältere. Laut seinem Paß war er Mitte Siebzig. Der andere, ein Enddreißiger, sah äußerst fit aus und trug einen dunklen Anzug.

»Ich bin der Dolmetscher dieses Herrn«, erklärte Vincent.

»Mein Russki nichts gut«, sprang ihm Sir Nigel in seinem schlechtesten Russisch bei.

Der Beamte hatte sein Interesse schon wieder verloren. Ausländische Geschäftsleute brauchten oft einen Dolmetscher. Man konnte sich welche in einer Moskauer Agentur vermitteln lassen. Manche Industriemagnaten brachten ihren eigenen mit. Das war normal. Er winkte sie durch.

Die zwei Briten gingen ins National, in dem auch der unglückselige Jefferson übernachtet hatte. Auf Sir Nigel wartete bereits ein Umschlag, den am Vortag ein Mann mit olivfarbener Haut abgegeben hatte. Wer das gewesen war, vermochte niemand mehr zu sagen, doch zufällig handelte es sich um einen Tschetschenen. Irvine bekam den Umschlag zusammen mit dem Zimmerschlüssel überreicht.

Er enthielt nichts als einen leeren Papierbogen. Wäre er abgefangen worden oder verlorengegangen, wäre kein besonderer Schaden entstanden. Nicht der Bogen war beschriftet, sondern die Innenseite des Umschlags, und zwar mit einer in Zitronensaft getauchten Feder.

Brian schlitzte den Umschlag auf, strich ihn glatt und wärmte ihn behutsam mit einem Streichholz an. Sechs blaßbraune Zahlen wurden sichtbar, eine private Telefonnummer. Sir Nigel prägte sie sich ein und wies Brian an, das Papier zu verbrennen und die Asche in der Toilette hinunterzuspülen. Danach gingen die zwei Männer zum Dinner nach unten ins Hotel und warteten noch bis zehn Uhr in ihrem Zimmer.

Als das Telefon schrillte, nahm Patriarch Alexei II. persönlich ab, denn es handelte sich um seinen privaten Apparat, dessen Nummer nur sehr wenige Personen seines Vertrauens kannten.

»Ja«, sagte er vorsichtig.

Die Stimme am anderen Ende der Leitung hatte er noch nie

gehört. »Patriarch Alexei?« Der Mann war Ausländer, auch wenn sein Russisch sehr gut war.

»Wer spricht da bitte?«

»Eure Heiligkeit, wir kennen uns noch nicht. Ich bin lediglich der Dolmetscher des Herrn, den ich hierher begleitet habe. Vor einigen Tagen waren Sie so freundlich und empfingen einen Pater aus London.«

»Ich erinnere mich.«

»Er kündigte Ihnen für die nächsten Tage einen hochrangigen Besucher an. Nun, er steht jetzt neben mir und läßt fragen, ob Sie bereit sind, ihn zu empfangen.«

»Heute nacht noch?«

»Eile ist dringend geboten, Eure Heiligkeit.«

»Warum?«

»Es gibt in Moskau Kräfte, die diesen Herrn bald erkennen werden. Man könnte ihn unter Bewachung stellen. Darum ist äußerste Diskretion erforderlich.«

»Nun gut. Wo sind Sie jetzt?«

»Nur wenige Autominuten von Ihnen entfernt. Wir könnten jederzeit lsofahren.«

»In einer halben Stunde dann.«

Diesmal war der Kosake vorgewarnt. Er ließ die Besucher sofort und ohne Fragen zu stellen herein. Ein nervöser, doch überaus neugieriger Pater Maxim nahm die Fremden in Empfang und führte sie ins private Büro des Patriarchen. Das National hatte Sir Nigel die hoteleigene Limousine zur Verfügung gestellt, und er hatte den Chauffeur gebeten, vor dem Haus auf ihn zu warten.

Wieder trug Patriarch Alexei eine blaßgraue Soutane mit einem schlichten Kreuz um den Hals. Er hieß seine Besucher willkommen und forderte sie auf, sich zu setzen.

»Erlauben Sie mir bitte, daß ich mich als erstes bei Ihnen entschuldige«, fing Sir Nigel an. »Mein Russisch ist so dürftig, daß wir nur über einen Dolmetscher miteinander sprechen können.«

Vincent übersetzte, ohne zu stocken.

Der Patriarch nickte lächelnd. »Und leider spreche ich kein Englisch«, erwiderte er. »Ah, Pater Maxim, bitte stellen Sie den Kaffee auf den Tisch. Wir bedienen uns selbst. Sie dürfen gehen.«

Sir Nigel stellte sich vor, wobei er allerdings vermied, darauf hinzuweisen, daß er früher ein hoher Geheimdienstoffizier gewesen war und Rußland bekämpft hatte. Er erwähnte nur, daß er ein Veteran im Auswärtigen Amt sei (fast richtig), jetzt eigentlich in Pension lebe, aber für diese Verhandlungen noch einmal reaktiviert worden sei.

Den Council of Lincoln streifte er mit keinem Wort. Um so ausführlicher erklärte er, daß das Schwarze Manifest hochstehenden Männern und Frauen gezeigt worden war, die ausnahmslos zutiefst entsetzt reagiert hatten.

»Zweifelsohne nicht minder entsetzt als Sie, Eure Heiligkeit.«

Alexei nickte düster, als der Übersetzer endete.

»Darum bin ich gekommen, um Ihnen unser Angebot zu unterbreiten. Die gegenwärtige Situation betrifft alle, die guten Willens sind, ob inner- oder außerhalb von Rußland. In England gab es einmal einen Dichter, der sagte: Kein Mensch ist eine Insel. Wir alle sind Teil des Ganzen. Wenn Rußland, eines der größten Länder dieser Erde, wieder in die Hände eines grausamen Diktators fiele, wäre das nicht nur für Ihr Land eine Tragödie, sondern auch für uns im Westen und vor allem für die heilige Kirche.«

»Ich gebe Ihnen voll und ganz recht«, sagte der Patriarch, »aber die Kirche kann sich nicht in die Politik einmischen.«

»Offen mit Sicherheit nicht. Aber die Kirche muß sich doch gegen das Böse wehren. Die Kirche stand doch immer auf der Seite der Moral, nicht wahr?«

»Selbstverständlich.«

»Und die Kirche hat auch das Recht, sich vor Zerstörungen zu schützen. Und vor denen, die darauf aus sind, sie und ihre Mission auf dieser Erde zu vernichten.«

»Ohne Zweifel.«

»Darf die Kirche dann nicht auch die Gläubigen vor einer Entwicklung warnen, die das Böse begünstigen und der Kirche schaden würde?«

»Wenn die Kirche sich öffentlich gegen Igor Komarow wendet und er dennoch zum Präsidenten gewählt wird, hat sie ihre eigene Zerstörung herbeigeführt«, entgegnete Alexei II. »So werden es jedenfalls die hundert Bischöfe sehen, und die überwältigende

Mehrheit wird für Stillhalten plädieren. Ich fürchte, ich komme gegen ihr Votum nicht an.«

»Vielleicht gibt es aber noch einen dritten Weg«, sagte Sir Nigel und setzte dem Patriarchen mehrere Minuten lang die Möglichkeit einer Verfassungsreform auseinander. Alexei II. brachte vor Staunen den Mund nicht mehr zu.

»Das kann doch nicht Ihr Ernst sein, Sir Nigel«, murmelte er schließlich. »Die Monarchie wiederherstellen und den Zaren zurückholen. Das könnte niemand dem Volk vermitteln.«

»Sehen wir uns doch mal die Realität an«, meinte Irvine. »Wir wissen, daß es nach der Wahl nur noch schlimmer für Rußland kommen wird. Was sind denn die Alternativen? Chaos, möglicherweise das Auseinanderbrechen, vielleicht sogar Bürgerkrieg wie in Jugoslawien. Ohne Stabilität kann es aber keinen Wohlstand geben. Rußland treibt wie ein anker- und ruderloses Schiff im Sturm auf hoher See. Mit ihm sind alle Menschen an Bord den Wellen hilflos preisgegeben. Es ist eine Frage der Zeit, wann es auseinanderbricht und alle ertrinken.

Oder aber es kommt eine Diktatur, eine blutige Tyrannei, die alles in den Schatten stellt, was Ihr ohnehin schon seit Jahrhunderten geschundenes Land hat erdulden müssen. Welche Zukunft wäre Ihnen denn lieber für Ihr Volk?«

»Keine!« stöhnte der Patriarch. »Das eine wäre genauso entsetzlich wie das andere.«

»Dann denken Sie daran, daß eine konstitutionelle Monarchie immer ein Bollwerk gegen jeden Despotismus ist. Beides nebeneinander ist nicht möglich. Das eine oder das andere muß verschwinden. Alle Nationen brauchen ein Symbol, an das sie sich in schlechten Zeiten halten können, das die Menschen über Sprach- und Clangrenzen hinweg miteinander vereint. Komarow wird zu so einem Symbol, zu einer Ikone aufgebaut. Keiner wird gegen ihn und für das Vakuum stimmen. Es muß eine andere Ikone geben, die eine echte Alternative darstellt.«

»Aber für die Restauration predigen...«, wollte der Patriarch protestieren, doch Irvine, der immer noch ganz gut russisch verstand, schnitt ihm das Wort ab.

»Hieße ja nicht unbedingt gegen Komarow predigen, was Sie

jetzt befürchten. Es hieße für eine neue Stabilität, für eine Ikone predigen, die oberhalb der Politik angesiedelt ist. Komarow könnte Ihnen nicht vorwerfen, Sie würden sich in die Politik einmischen, ihn am Ende bekämpfen, selbst wenn er vielleicht ahnte, was sich gegen ihn zusammenbraut. Aber das ist bei weitem nicht der einzige Faktor...«

Geschickt breitete Nigel Irvine vor dem Patriarchen die verlockenden Aussichten aus: die Vereinigung von Kirche und Thron, die Wiederherstellung der orthodoxen Kirche in ihrer ganzen Pracht, die Rückkehr des Patriarchen von Moskau und aller Russenländer in seinen Palast innerhalb der Kremlmauern, die Möglichkeit von Krediten durch die westlichen Länder, weil dann wieder Stabilität gewährleistet wäre.

»Was Sie da sagen, klingt sehr logisch und wärmt mir das Herz«, antwortete Alexei II. nach längerem Überlegen. »Aber ich kenne das Schwarze Manifest und weiß, wozu der Mann fähig ist. Meine Brüder im Herrn, die Bischöfe, würden mir das jedoch nie glauben. Und wenn es veröffentlicht wird, ist vielleicht sogar die Hälfte der Bevölkerung dafür... Nein, Sir Nigel, ich überschätze meine Herde bestimmt nicht.«

»Aber wenn sich eine andere Stimme meldete? Nicht Ihre, Eure Heiligkeit, sondern eine mit Ausstrahlung und Überzeugungskraft, die Ihre heimliche Unterstützung hat?«

Irvine meinte Pater Gregor Rusakow, den Querdenker innerhalb der orthodoxen Kirche, dem der Patriarch gegen den Widerstand einiger altmodischer Bischöfe die Erlaubnis zu predigen erteilt hatte.

Pater Rusakow war in seiner Jugend von sämtlichen Priesterseminaren abgelehnt worden. Für den KGB, der sich buchstäblich überall eingemischt hatte, war er einfach zu intelligent und leidenschaftlich gewesen. So hatte er sich in ein einsames Kloster in Sibirien zurückgezogen, dort die Priesterweihe empfangen und war dann Wanderprediger ohne eigene Gemeinde geworden. Überall im Land hatte er die Leute mit seinen Predigten begeistert und war, ehe ihn die Geheimpolizei festnehmen konnte, wieder verschwunden.

Natürlich wurde er trotzdem bald verhaftet und wegen seiner angeblich staatsfeindlichen Äußerungen zu fünf Jahren Zwangsarbeit verurteilt. Vor Gericht lehnte er den vom Staat gestellten Verteidiger ab und hielt selbst eine so brillante Verteidigungsrede, daß die Richter nicht umhin konnten, als öffentlich einzugestehen, daß sie die sowjetische Verfassung vergewaltigten.

Als Pater Gregor aufgrund von Gorbatschows Amnestie für Geistliche wieder freigelassen wurde, hatte er nichts von seinem Feuer eingebüßt. In seinen Predigten geißelte er nun auch die Korruption und die Feigheit der Bischöfe, woraufhin sich einige heftig bei Alexei beklagten und seine erneute Inhaftierung forderten.

In der Soutane eines Gemeindepfarrers ging Alexei zu einer dieser Versammlungen, um selbst einen Eindruck von Gregor zu gewinnen. Ach, hätte ich doch nur die Gabe, soviel Feuer, soviel Leidenschaft zu erwecken! dachte er, während er, von niemandem erkannt, inmitten der Menge stand. Könnte ich doch auch mit einer solchen Sprachgewalt der Kirche dienen!

In der Tat fesselte Gregor seine Zuhörer. Er sprach die Sprache des Volkes, war einer von ihnen. Dazu konnte er seine Predigten mit den Flüchen aus den Baracken im Arbeitslager würzen. Er kannte die Sorgen der Jugend, ihre Popidole, wußte, wie schwer es für Hausfrauen war, über die Runden zu kommen, und verstand, daß Wodka einem bisweilen die Not erträglicher machte.

Er war fünfunddreißig und alleinstehend und führte ein asketisches Leben, doch wußte er mehr über die Sünden des Fleisches, als man im Priesterseminar lernt. Die führenden Teenagermagazine hatten ihn ihren Lesern sogar als Sexsymbol vorgeschlagen.

Nach der Predigt ging Alexei weder zur Miliz noch verlangte er Gregors Verhaftung. Nein, er lud den unbeugsamen Außenseiter zum Essen ins Danilowski-Kloster ein. Dort verzehrten sie an einem Holztisch eine karge Mahlzeit, die der Patriarch selbst auftrug.

Sie sprachen die ganze Nacht hindurch. Alexei erklärte Gregor ihre Aufgabe, die langsame Reform einer Kirche, die lange einer Diktatur hatte dienen müssen, ihre Versuche, zur Hirtenrolle für hundertvierzig Millionen Christen in Rußland zurückzufinden.

In der Morgendämmerung erzielten sie endlich Einigkeit. Pater Gregor willigte ein, seine Zuhörer zwar weiterhin zu bitten, Gott in Haus und Arbeit zu suchen, sie aber ebenfalls aufzufordern, in den Schoß der Kirche zurückzukehren.

Im Gegenzug eröffnete der Patriarch Gregor mit seiner stillen Hilfe ungeahnte Möglichkeiten. Ein größerer Fernsehsender erklärte sich plötzlich bereit, wöchentlich seine Predigten, die ohnehin schon für Volksaufläufe sorgten, zu übertragen, um sie somit auch in die Millionen von Haushalten zu bringen, die der Wanderprediger sonst nie erreicht hätte. Die Folge war: Im Winter 1999 galt dieser Priester noch vor Igor Komarow als der wortgewaltigste Redner Rußlands.

Nachdem Sir Nigel geendet hatte, schwieg der Patriarch eine ganze Weile. Schließlich murmelte er: »Ich werde mit Pater Gregor über die Rückkehr des Zaren sprechen.«

15

Der Wind peitschte über den Slawjanskiplatz und brachte wie jedes Jahr gegen Ende November die ersten Schneeflocken, die Boten der nahenden bitteren Kälte.

Der dickliche Priester verbarg sein Gesicht vor dem Wind und hastete durch das Tor, eilte über den kleinen Hof und betrat die Wärme der Allerheiligenkirche in Kulischki. Er roch nach Weihrauch und feuchter Wolle.

Auch diesmal war er von einem parkenden Auto aus beschattet worden, und als seine Beobachter sich überzeugt hatten, daß ihm niemand gefolgt war, ging Oberst Grischin ihm nach.

»Sie haben angerufen«, sagte er, als sie nebeneinander unter den wenigen Gläubigen standen und vorgaben, die Wandgemälde zu bewundern.

»Gestern abend. Da kam ein Mann. Aus England.«

»Nicht aus Amerika? Sind Sie sicher?«

»Ja, Oberst. Kurz nach zehn sagte mir Seine Heiligkeit, ich solle auf einen Herrn aus England warten und ihn einlassen. Er kam mit seinem Dolmetscher, einem jüngeren Mann. Ich ließ sie ein und führte sie ins Arbeitszimmer. Dann habe ich Kaffee serviert.«

»Worüber haben sie geredet?«

»Als ich im Zimmer war, entschuldigte sich der ältere Engländer dafür, daß er so schlecht Russisch spreche. Der jüngere Mann hat Wort für Wort übersetzt. Dann bat mich der Patriarch, das Tablett abzustellen, und schickte mich hinaus.«

»Sie haben an der Tür gehorcht?«

»Ich habe es versucht. Aber offenbar hat der jüngere Engländer seinen Schal über die Türklinke gehängt, jedenfalls habe ich nichts gesehen und konnte auch fast nichts hören. Dann kam der Kosak auf seinem Rundgang vorbei, und ich mußte gehen.«

»Hat er seinen Namen genannt, dieser ältere Engländer?«

»Nein, nicht, solange ich im Zimmer war. Vielleicht hat er sich vorgestellt, als ich Kaffee gekocht habe, aber weil der Schal vor dem Schlüsselloch hing, konnte ich nichts sehen und fast nichts verstehen. Und was ich verstanden habe, macht keinen Sinn.«

»Erzählen Sie nur, vielleicht werde ich ja schlau draus, Pater Maxim.«

»Einmal wurde der Patriarch lauter. Ich hörte, wie er ausrief. ›Den Zar zurückholen?‹ Er wirkte ziemlich erstaunt. Dann wurden sie wieder leiser.«

Oberst Grischin starrte die Bilder der Mutter Gottes mit dem Kind im Arm an, und ihm war, als hätte man ihm eine Ohrfeige verpaßt. Das Gehörte mochte für den dummen Priester keinen Sinn ergeben, aber er wußte, was es zu bedeuten hatte.

Mit einem Zaren an der Spitze einer konstitutionellen Monarchie würde es keinen Präsidenten geben. Regierungschef und Vorsitzender der Regierungspartei würde ein Premierminister sein, der sich allerdings immer noch der Duma, dem Parlament, zu verantworten haben würde. Dieses Szenario war himmelweit von der Einparteiendiktatur eines Igor Komarow entfernt.

»Wie sah er aus?« fragte er leise.

»Mittelgroß, hager, silberfarbenes Haar, Anfang bis Mitte Siebzig.«

»Keine Ahnung, wo er herkam?«

»Ach, der war nicht so wie der junge Amerikaner. Er kam mit dem Wagen, und der Fahrer hat auf ihn gewartet. Ich habe sie an die Tür gebracht. Der Wagen stand noch da. Kein Taxi, eine Limousine. Ich habe mir die Nummer aufgeschrieben.«

Er gab dem Oberst einen Zettel.

»Gut gemacht, Pater Maxim. Das wird man Ihnen nicht vergessen.«

Anatoli Grischins Detektive brauchten nicht lange. Ein Anruf beim Melderegister, und eine Stunde später wußte er Bescheid – die Limousine gehörte zum Hotel National.

Kusnezow spielte den Laufburschen. Sein amerikanisches Englisch war fast perfekt und konnte jeden russischen Angestellten davon überzeugen, daß er tatsächlich Amerikaner war. Gleich nach der Mittagszeit ging er ins National und wandte sich an den Portier.

»Hi, sorry, sprechen Sie Englisch?«
»Yes, Sir, natürlich.«
»Prima. Hören Sie, ich war gestern abend hier in der Nähe in einem Restaurant, und am Nachbartisch saß ein englischer Gentleman. Wir kamen ins Gespräch, aber als er ging, hat er dies hier auf seinem Tisch liegenlassen.«
Er hielt ein Feuerzeug in die Höhe. Es war aus Gold, teuer, ein Feuerzeug von Cartier. Der Portier blickte verwirrt drein.
»Ja, und?«
»Ich bin ihm hinterhergelaufen, aber es war schon zu spät. Er fuhr gerade ab... ein langer schwarzer Mercedes. Der Kellner meinte, der Wagen würde zu Ihrem Hotel gehören. Ich konnte mir die Nummer notieren.«
»Aha, stimmt, einer von unseren Wagen. Entschuldigen Sie bitte einen Augenblick.«
Der Portier überprüfte die Eintragungen vom Abend zuvor.
»Das müßte Herr Trubshaw gewesen sein. Soll ich ihm das Feuerzeug aushändigen?«
»Kein Problem. Ich geb's einfach an der Rezeption ab, die können es dann in sein Fach legen.«
Mit einem freundlichen Winken schlenderte Kusnezow zur Rezeption hinüber. Er steckte das Feuerzeug wieder ein.
»Hi! Könnten Sie mir bitte die Zimmernummer von Herrn Trubshaw sagen?«
Das russische Mädchen hatte dunkles Haar, sie war hübsch und Amerikanern auf den ersten Blick verfallen. Sie strahlte ihn an.
»Einen Augenblick bitte.«
Sie tippte den Namen in ihren Computer und schüttelte den Kopf.
»Tut mir leid. Herr Trubshaw und sein Begleiter sind heute morgen abgereist.«
»Ach, verdammt. Ich dachte, ich würde ihn noch erwischen. Wissen Sie, ob er Moskau bereits verlassen hat?«
Sie tippte noch einige Zahlen in den Computer.
»Ja, wir haben seinen Flug heute morgen bestätigt. Er flog mit der Mittagsmaschine nach London.«
Kusnezow hatte keine Ahnung, warum Oberst Grischin den

geheimnisvollen Herrn Trubshaw aufspüren wollte, aber er berichtete, was er herausgefunden hatte. Kaum war er fort, nutzte Grischin seine Kontakte zur Visaabteilung bei der Einwanderungsbehörde des Innenministeriums. Die Unterlagen wurden ihm zugefaxt, und ein Bote brachte ihm das Foto, das für den Visumantrag bei der russischen Botschaft in Kensington Palace Gardens in London abgegeben worden war.

»Vergrößern Sie das Foto«, befahl er seinen Mitarbeitern. Das Gesicht des ältlichen Engländers sagte ihm nichts.

Aber er meinte, einen Mann zu kennen, dem das Gesicht vielleicht mehr sagen würde. Fünf Kilometer die Twerskaja hinunter, an einer Stelle, an der die Straße inzwischen bereits zweimal ihren Namen geändert hatte, steht der große Triumphbogen, und genau dort biegt die Marosejkastraße ab.

Zwei große Wohnblocks sind in dieser Straße ausschließlich ehemaligen Mitarbeitern des früheren KGB vorbehalten, Pensionären des Staates, die hier ihren Lebensabend in bescheidenem Wohlstand verbringen.

Zu ihnen gehörte im Winter des Jahres 1999 auch General Juri Drosdow, einer der besten alten Spionagechefs Rußlands. In den Blütezeiten des kalten Kriegs war er für sämtliche KGB-Operationen an der Ostküste der Vereinigten Staaten verantwortlich gewesen, ehe er von Moskau abberufen wurde, um die ultrageheime illegale Abteilung zu führen.

Die »Illegalen« sind jene Agenten, die ohne diplomatischen Schutz auf feindliches Territorium vordringen, um als Geschäftsleute, Akademiker oder in ähnlichen Berufen in einer fremden Gesellschaft unterzutauchen und jene heimischen Agenten zu »führen«, die sie angeworben haben. Falls man sie schnappt, werden sie nicht ausgeliefert, sondern verurteilt und ins Gefängnis gesteckt. Jahrelang hatte Drosdow die Illegalen des KGB ausgebildet und zum Einsatz geschickt.

Grischin war ihm kurz begegnet, als Drosdow während seiner letzten Tage als aktiver Offizier dem kleinen und geheimen Team in Jasenewo vorstand, dessen Aufgabe die Analyse jener Flut von Materialien war, die Aldrich Ames ihnen zugespielt hatte. Damals hatte Grischin die Verhöre der verratenen Spione geleitet.

Das Mißfallen war gegenseitiger Natur gewesen. Drosdow zog Scharfsinn und Geschick der brutalen Gewalt vor, während Grischin, der bis auf einen kurzen und ruhmlosen Ausflug nach Ostberlin die UdSSR niemals verlassen hatte, jene Leute in der Ersten Hauptabteilung verachtete, die jahrelang im Westen gelebt hatten und von ausländischen Manieriertheiten »angesteckt« worden waren. Trotzdem hatte Drosdow eingewilligt, ihn in seiner Wohnung über der Marosejkastraße zu empfangen. Grischin legte ihm das vergrößerte Foto vor.

»Haben Sie den schon einmal gesehen?« fragte er.

Verblüfft sah er, wie der alte Spionagechef den Kopf in den Nacken warf und laut schallend lachte.

»Ihn gesehen? Persönlich nicht, nein. Aber dieses Gesicht ist allen Leuten meines Alters, die jemals in Jasenewo gearbeitet haben, ins Gedächtnis eingebrannt. Wissen Sie denn nicht, wer das ist?«

»Nein, sonst wäre ich wohl kaum hier.«

»Tja, wir nannten ihn den Fuchs. Nigel Irvine. Hat in den Sechzigern und Siebzigern sämtliche Operationen gegen unsere Seite geleitet und war anschließend sechs Jahre lang Chef des britischen Geheimdienstes.«

»Ein Spion.«

»Ein Meisterspion«, korrigierte ihn Drosdow. »Und er war einer der besten. Warum interessieren Sie sich für ihn?«

»Er war gestern in Moskau.«

»Ach, herrje, und wissen Sie, warum?«

»Nein«, log Grischin. Drosdow beobachtete ihn aufmerksam. Diesem »Nein« schenkte er keinen Glauben.

»Was geht Sie das überhaupt an? Sie sind doch jetzt draußen. Sind Sie nicht neuerdings der Anführer von Komarows schwarzuniformierter Verbrecherbande?«

»Ich bin der Sicherheitschef der Union Patriotischer Kräfte«, sagte Grischin pikiert.

»Ist doch das gleiche«, knurrte der alte General. Er begleitete Grischin zur Tür.

»Falls er noch mal wiederkommt, sagen Sie ihm, er soll auf einen Drink vorbeischauen!« rief er Grischin hinterher. Dann murmelte er »Arschloch« und schloß die Tür.

Grischin ließ seine Informanten in der Einwanderungsbehörde wissen, daß er sofort benachrichtigt werden wollte, falls ein Sir Nigel Irvine oder ein Herr Trubshaw noch einmal nach Moskau einreisen wolle.

Am nächsten Tag gab Armeegeneral Nikolai Nikojalew der größten Zeitung des Landes, *Iswestija*, ein Interview. Für die Zeitung war das Gespräch ein Knüller, denn bisher hatte sich der alte Kämpe noch nie den Medien gestellt.

Es war ausgemacht, daß sich das Interview um den bevorstehenden vierundsiebzigsten Geburtstag des Generals drehen sollte, und es begann mit einigen allgemeinen Fragen nach seiner Gesundheit.

Der General saß kerzengerade in einem Ledersessel in einem Zimmer des Offiziersklubs der Akademie Frunse und erzählte dem Reporter, daß seine Gesundheit ausgezeichnet sei.

»Ich habe noch meine eigenen Zähne«, blaffte er, »brauche keine Brille und marschiere jedem jungen Spund in Ihrem Alter davon.«

Der Reporter, Anfang Vierzig, glaubte ihm aufs Wort. Die zwanzigjährige Fotografin schaute ehrfürchtig zu ihm auf. Ihr Großvater hatte ihr erzählt, wie er dem jungen Panzerkommandanten vor vierundfünfzig Jahren nach Berlin gefolgt war.

Das Gespräch wandte sich der allgemeinen politischen Lage zu.

»Erbärmlich«, fauchte Onkel Kolja. »Eine Schande.«

»Bei der Wahl im Januar«, sagte der Reporter, »stimmen Sie doch sicherlich für die UPK und Igor Komarow, nicht wahr?«

»Für die? Niemals«, schnaubte der General. »Ein Haufen Faschisten, nichts sonst. Mit einer sterilisierten Kneifzange würde ich die nicht anfassen.«

»Ich verstehe nicht«, sagte der Journalist mit zitternder Stimme. »Ich hatte gedacht, Sie...«

»Junger Mann, glauben Sie doch bloß nicht, daß ich auf den falschen Patriotenquatsch reinfalle, den dieser Komarow vom Stapel läßt. Ich habe Vaterlandsliebe erlebt, mein Junge. Ich habe Männer dafür bluten sehen, gute Männer, die dafür gestorben sind. Wissen Sie, ich kann echten Patriotismus erkennen, wenn ich ihn sehe. Und dieser Komarow ist kein Patriot, alles bloß Blech und Bockmist.«

»Ich verstehe«, sagte der Reporter, der überhaupt nichts verstand und völlig verdutzt dreinblickte, »aber offenbar halten doch viele Menschen seine Pläne für Rußland...«

»Seine Pläne für Rußland bedeuten Blutvergießen«, knurrte Onkel Kolja. »Glauben Sie denn nicht, daß in diesem Land schon genug Blut vergossen wurde? Knietief bin ich durch den verdammten Saft gewatet, und ich will nicht noch mehr davon sehen. Der Mann ist ein Faschist. Wissen Sie, ich habe mein Leben lang gegen Faschisten gekämpft. Hab' sie in Kursk, in Bagration bekämpft, hab' sie über die Weichsel direkt bis zu diesem verdammten Bunker getrieben, und ob Deutscher oder Russe, ein Faschist ist ein Faschist, alle nichts als...« Er hätte irgendeines der vierzig Worte benutzen können, die im Russischen die Geschlechtsteile bezeichnen, doch da eine Frau anwesend war, entschied er sich für »Mersawtzi-Ganoven«.

»Aber sind Sie nicht auch der Ansicht«, protestierte der Journalist, »daß Rußland von all dem kriminellen Unrat befreit werden muß?«

»Natürlich, Unrat gibt es genug. Aber das meiste hat mit ethnischen Minderheiten nichts zu tun; unser Mist ist ureigener russischer Mist. Denken Sie nur an die verlogenen Politiker, die korrupten Bürokraten, die mit den Gangstern Hand in Hand arbeiten?«

»Aber Komarow will doch den Gangstern an den Kragen!«

»Dieser verdammte Igor Komarow wird von den Gangstern finanziert, begreifen Sie das denn nicht? Was glauben Sie denn, wo der das ganze Geld her hat? Von der Glücksfee? Wenn dieser Mann hier das Sagen hat, ist das ganze Land von Gangstern verraten und verkauft. Ich sag' Ihnen was, mein Junge: Kein Mann, der jemals die Uniform dieses Landes trug und sie mit Stolz getragen hat, sollte diesen schwarzberockten Verbrechern zur Macht in unserem Vaterland verhelfen.«

»Aber was sollen wir tun?«

Der alte General griff nach einer Ausgabe der Tageszeitung und zeigte auf die Rückseite.

»Haben Sie gestern abend diesen Prediger im Fernsehen gesehen?«

»Pater Gregor? Nein, warum?«

»Ich glaube, der hat es kapiert, und wir haben uns all die Jahre geirrt. Holen wir Gott und den Zaren zurück.«

Das Interview war eine Sensation; für Aufsehen sorgte allerdings nicht so sehr der Inhalt, sondern die Person, die das Interview gegeben hatte. Rußlands berühmtester Soldat hatte Anklage erhoben, und jeder Offizier, jeder einfache Soldat im Land und auch etliche Millionen Veteranen würden seine Worte lesen.

Das Interview wurde in ganzer Länge in der Wochenzeitschrift *Unsere Armee* abgedruckt, dem Nachfolgeblatt des *Roten Stern*, das in jede Kaserne Rußlands geliefert wurde. Auszüge wurden in den Landesnachrichten gebracht und am Radio wiederholt. Der General war danach zu keinen weiteren Interviews bereit.

Im Haus abseits des Kiselnyboulevards sah Kusnezow, den Tränen nahe, in das erstarrte Gesicht Igor Komarows.

»Ich verstehe das nicht, Herr Präsident. Ich verstehe es einfach nicht. Wenn es einen Menschen im ganzen Land gibt, den ich für einen überzeugten Anhänger der UPK und Ihrer Person gehalten hätte, dann General Nikolajew.«

Igor Komarow und Anatoli Grischin, der aus dem Fenster auf den verschneiten Hof starrte, hörten ihn in finsterem Schweigen an. Dann kehrte der junge Propagandachef in sein Büro zurück, um weitere Vertreter der Medien anzurufen und den Schaden möglichst zu begrenzen.

Die Aufgabe war nicht einfach. Er konnte Onkel Kolja kaum als Greis hinstellen, der seinen Verstand verloren hatte, denn das entsprach ganz offensichtlich nicht den Tatsachen. Also argumentierte er, daß der General alles falsch verstanden hatte, doch die Antwort auf die Frage, woher die UPK ihre Gelder bekam, ließ sich kaum noch umgehen.

Der Ruf der UPK würde sich leichter rehabilitieren lassen, wenn man die gesamte nächste Ausgabe von *Erwachet!* sowie die nächste Nummer von *Vaterland* diesem Thema widmen könnte, aber das war leider unmöglich, da die neuen Druckerpressen gerade erst aus Baltimore abgeschickt wurden.

Im Büro des Präsidenten der UPK wurde das Schweigen schließlich von Komarow gebrochen. »Er hat das Schwarze Manifest gesehen, stimmt's?«

»Wahrscheinlich«, sagte Grischin.

»Zuerst die Druckerpressen, dann die geheimen Treffen mit dem Patriarchen und jetzt dies. Was zum Teufel geht hier vor?«

»Wir werden sabotiert, Herr Präsident.«

Igor Komarows Stimme blieb verräterisch ruhig, zu ruhig, aber sein Gesicht war leichenblaß, und auf seinen Wangen brannten hellrote Flecken. Wie der verstorbene Sekretär Akopow hatte auch Anatoli Grischin erlebt, zu welchen Wutanfällen der Faschistenführer fähig war, und selbst er fürchtete sich davor. Als Komarow zu reden begann, schien er fast zu flüstern.

»Sie stehen an meiner Seite, Anatoli, als mein engster Mann, als Mann, der unter mir bald mehr Macht haben wird als jeder andere Mensch in Rußland. Und Ihre Aufgabe ist es, jegliche Sabotage zu verhindern. Also, wer tut mir das an?«

»Ein Engländer namens Irvine und ein Amerikaner namens Monk.«

»Nur zwei? Mehr nicht?«

»Sie werden offensichtlich von anderen Leuten unterstützt, Gospodin Präsident, und sie haben das Manifest. Sie zeigen es herum.«

Komarow stand auf, nahm ein schweres zylindrisches Ebenholzlineal von seinem Schreibtisch und begann damit, zum Takt seiner Worte in seine linke Hand zu schlagen. Seine Stimme wurde lauter.

»Dann finden Sie die beiden, und halten Sie sie auf, Anatoli. Finden Sie heraus, was die zwei als nächstes planen, und verhindern Sie es. Und jetzt hören Sie mir genau zu. Am fünfzehnten Januar, also in etwas mehr als sechs Wochen, haben hundertzehn Millionen Russen das Recht, mit ihrer Stimme den nächsten Präsidenten Rußlands zu wählen. Und ich will, daß sie mich wählen.

Bei einer Wahlbeteiligung von siebzig Prozent will ich von den etwa siebenundsiebzig Millionen abgegebenen Stimmen vierzig Millionen. Ich will in der ersten Runde siegen, keine Stichwahl. Vor einer Woche konnte ich noch mit sechzig Millionen rechnen. Dieser idiotische General hat mich gerade zehn Millionen gekostet.«

Die Worte »zehn Millionen« wurden wütend herausgeschleudert. Das Lineal hob und senkte sich, aber Komarow hieb jetzt damit auf die Tischplatte ein. Ohne Vorwarnung begann er, seine

Untergebenen anzuschreien, schlug mit dem Lineal auf sein eigenes Telefon, bis das Bakelit platzte und zerbrach. Grischin stand wie erstarrt, auf dem Flur herrschte absolutes Schweigen, die Büroangestellten verharrten reglos, wo immer sie sich gerade befanden.

»Und jetzt veranstaltet so ein beschränkter Pope eine neue Kesseljagd und will den Zaren zurück. Aber es wird in diesem Land keinen anderen Zaren als mich geben, und wenn ich erst regiere, werden sie schon noch lernen, was Disziplin heißt, und Iwan den Schrecklichen im Vergleich zu mir für einen frommen Chorknaben halten.«

Mit jedem Wort hieb das Ebenholzlineal erneut auf die zerstörten Überreste des Telefons ein, und Igor Komarow starrte die Trümmer an, als wäre das einstmals nützliche Instrument selbst das ungehorsame russische Volk, das nun unter seiner Knute lernte, was Disziplin bedeutete.

Der letzte Schrei »Chorknabe« verklang, und Komarow ließ das Lineal auf den Tisch fallen. Er holte einige Male tief Luft und riß sich zusammen. Seine Stimme klang wieder normal, doch seine Hände zitterten noch vor Erregung, so daß er alle zehn Fingerspitzen auf die Tischplatte aufstützte.

»Heute werde ich bei Wladimir auf einer Kundgebung sprechen, der größten Kundgebung des ganzen Wahlkampfs. Morgen wird die Rede landesweit ausgestrahlt. Und danach werde ich bis zur Wahl jeden Abend eine Ansprache an die Nation halten. Für das Geld ist gesorgt. Das ist meine Angelegenheit. Kusnezow kümmert sich um die Öffentlichkeitsarbeit.«

Er streckte einen Arm aus und zeigte über den Tisch hinweg mit dem Zeigefinger in Grischins Gesicht.

»Und Sie, Anatoli Grischin, Sie haben nur eine einzige Aufgabe: Schluß mit diesen Sabotageakten.«

Den letzten Satz hatte er wieder hinausgeschrien. Komarow sackte in seinem Sessel zusammen und entließ den Sicherheitschef mit einem Winken seiner Hand. Wortlos schritt Grischin über den Teppich zur Tür und ging stumm hinaus.

Zur Zeit des Kommunismus hatte es nur eine Bank gegeben, die Narodni- oder Volksbank. Doch seit der Wende und mit einsetzendem Kapitalismus waren Banken wie Pilze aus dem Boden geschossen, so daß es davon jetzt mehr als achttausend gab.

Viele waren, kaum hatten sie Fuß gefaßt, mitsamt dem Geld der Einzahler schon wieder verschwunden. Andere brachen über Nacht zusammen, das Resultat war das gleiche. Wer überlebte, lernte das Bankgeschäft gleichsam *en passant*, denn Erfahrung hatte man im einstigen kommunistischen Staat nur wenig.

Außerdem war das Bankgeschäft kein sicherer Broterwerb. In zehn Jahren waren mehr als vierhundert Bankiers ermordet worden, die meisten von ihnen, weil sie sich geweigert hatten, Gangstern unsichere Kredite zu gewähren oder auf illegale Weise mit ihnen zusammenzuarbeiten.

Ende der neunziger Jahre waren etwa vierhundert halbwegs verläßliche Banken übriggeblieben, mit den angesehensten fünfzig Instituten wickelte der Westen seine Geschäfte ab.

Das Bankwesen konzentrierte sich auf St. Petersburg und Moskau, vor allem aber auf Moskau. Ironischerweise hatten die Banken, ähnlich wie das organisierte Verbrechen, so oft fusioniert, bis die sogenannten Top ten achtzig Prozent aller Geschäfte abwickelten. In einigen Fällen aber waren die Investitionssummen derart hoch, daß ein Unternehmen nur durch ein Konsortium von zwei oder drei Banken finanziert werden konnte.

Zu den bedeutendsten Banken zählten im Winter 1999 die Most Bank, die Smolenski-Bank und – die größte von allen – die Moskowski-Bundesbank.

In der ersten Dezemberwoche wandte sich Jason Monk an das Hauptgeschäftsbüro der Moskowski-Bundesbank. Die Sicherheitsvorkehrungen erinnerten an Fort Knox.

Aufgrund der Gefahr für Leib und Leben beschäftigten die Vorsitzenden der größeren Banken private Sicherheitsdienste, gegen deren Aufwand der Personenschutz eines amerikanischen Präsidenten vergleichsweise lächerlich wirkte. Mindestens drei dieser Vorsitzenden hatten ihre Familien nach London, Paris oder Wien evakuiert und flogen in privaten Jets zu ihren Moskauer Büros. Wenn sie sich in Rußland aufhielten, belief sich die Zahl ihrer persönlichen Bewacher auf über hundert Personen. Weitere Tausende beschützten die Filialen der Bank.

Ein Gespräch mit dem Vorsitzenden der Moskowski-Bundesbank, das nicht mindestens Tage zuvor angemeldet war, galt schlichtweg als unvorstellbar. Doch Monk schaffte es. Er brachte etwas mit, das als gleichermaßen unvorstellbar galt.

Nach einer Leibesvisitation und einer Durchsuchung seiner Aktenmappe im untersten Stockwerk des Wolkenkratzers durfte er in Begleitung bis in die Vorstandsetage drei Stockwerke unterhalb der persönlichen Suite des Vorsitzenden hinauffahren.

Dort wurde der von ihm vorgezeigte Brief aufmerksam von einem gewandten jungen Russen studiert, der perfekt englisch zu sprechen schien. Er bat Monk zu warten und verschwand durch eine solide Holztür, die sich nur durch einen einzutippenden Code öffnen ließ. Die Minuten schleppten sich dahin. Zwei bewaffnete Wachposten ließen Monk nicht aus den Augen. Zur Überraschung der Empfangsdame kehrte der persönliche Sekretär des Vorsitzenden zurück und bat Monk, ihm zu folgen. Hinter der Tür wurde er noch einmal durchsucht und von einem elektronischen Scanner abgetastet, wofür der gewandte Russe sich entschuldigte.

»Ich verstehe schon«, sagte Monk. »Die Zeiten sind hart.«

Zwei Stockwerke höher wurde er in ein weiteres Wartezimmer geführt und dann in das Privatbüro von Leonid Grigorjewitsch Bernstein vorgelassen.

Der mitgebrachte Brief lag auf der Schreibtischunterlage. Der Bankier war untersetzt, breitschultrig, sein Haar grau und gewellt, die Blicke scharf und fragend, der Anzug elegant, aschgrau und aus der Savile Row. Der Bankier erhob sich und streckte seine Hand aus. Dann deutete er auf einen Sessel. Monk fiel auf, daß sich der gewandte Russe mit der Beule unter der linken Achselhöhle im Hintergrund des Zimmers aufhielt. Er mochte ja in Oxford studiert haben, aber Bernstein hatte offenbar auch dafür gesorgt, daß seine Ausbildung auf dem Schießstand in Quantico vervollständigt worden war.

Der Bankier deutete auf den Brief. »Nun, wie stehen die Dinge in London? Sind Sie gerade erst angekommen, Mr. Monk?«

»Vor einigen Tagen«, sagte Monk.

Der Brief war auf überaus edlem, cremeweißem Büttenpapier geschrieben und trug im Kopf das Emblem der fünf gespaltenen

Pfeile, die an die fünf Söhne von Mayer Amschel Rothschild aus Frankfurt erinnern sollten. Das Papier war echt. Nur die Unterschrift von Sir Evelyn de Rothschild am Ende des Briefes war gefälscht. Doch es gibt wohl kaum einen Bankier, der einen persönlichen Boten von N. M. Rothschild & Söhne aus der St. Swithin's Lane aus der City of London nicht empfangen würde.

»Sir Evelyn geht es gut?« fragte Bernstein.

Monk sprach ihn auf russisch an.

»Gewiß, soweit mir bekannt ist«, sagte Monk, »aber er hat diesen Brief nicht unterschrieben.« Er hörte hinter sich ein Rascheln. »Ich wäre Ihnen überaus dankbar, wenn Ihr junger Freund mir keine Kugel in den Rücken schießen würde. Ich trage keine kugelsichere Weste und würde gern am Leben bleiben. Außerdem trage ich nichts Gefährliches bei mir und bin nicht hergekommen, um Ihnen etwas anzutun.«

»Und warum sind Sie hergekommen?«

Monk schilderte ihm die Ereignisse seit dem vergangenen fünfzehnten Juli.

»Blödsinn«, erklärte Bernstein schließlich, »so einen Blödsinn habe ich mein Lebtag noch nicht gehört. Ich kenne Komarow. Ich habe es mir zur Aufgabe gemacht, ihn zu kennen. Für meinen Geschmack steht er zu weit rechts, aber wenn Sie glauben, Juden zu beleidigen sei etwas Neues in Rußland, dann kennen Sie das Land noch nicht. Das tut hier jeder, aber sie alle brauchen die Banken.«

»Beleidigungen sind eine Sache, Herr Bernstein, eine andere ist das, was ich in dieser Aktenmappe mit mir herumtrage, und ihr Inhalt deutet auf mehr als nur Beleidigungen hin.«

Bernstein musterte ihn lange und aufmerksam. »Dieses Manifest, haben Sie das mitgebracht?«

»Ja.«

»Wenn Komarow und seine Bande wüßten, daß Sie hier sind, was würden die dann machen?«

»Mich umbringen. Seine Männer suchen in der ganzen Stadt nach mir.«

»Sie haben vielleicht Nerven.«

»Ich habe diesen Job übernommen. Nachdem ich das Manifest gelesen hatte, schien es mir das Risiko wert zu sein.«

Bernstein streckte seine Hand aus. »Geben Sie her.«

Monk gab ihm zuerst den Prüfbericht. Der Bankier war es gewohnt, komplizierte Berichte mit großer Schnelligkeit zu lesen. Er war in zehn Minuten damit fertig.

»Drei Männer?«

»Der alte Raumpfleger, Sekretär Akopow, der das Dokument dummerweise auf dem Tisch liegenließ, so daß es gestohlen werden konnte, und Jefferson, der Journalist, von dem Komarow fälschlicherweise angenommen hatte, er würde das Manifest kennen.«

Bernstein drückte einen Knopf auf seiner Gegensprechanlage.

»Ludmilla, gehen Sie ins Pressearchiv und sehen Sie nach, ob Ende Juli, Anfang August etwas über einen Russen namens Akopow und einen englischen Journalisten namens Jefferson in den Lokalzeitungen gestanden hat. Schauen Sie beim ersten Namen auch unter den Todesanzeigen nach.«

Er starrte auf seinen Computer, als die Mikrofiche übertragen wurden. Dann grunzte er.

»Stimmt, sie sind tot. Und das sind Sie auch bald, Mr. Monk, wenn man Sie erwischt.«

»Ich hoffe doch, daß man mich nicht erwischen wird.«

»Nun, da Sie das Risiko schon einmal eingegangen sind, werde ich mir anschauen, wie Komarows geheime Pläne für uns aussehen.«

Wieder streckte er seine Hand aus. Monk gab ihm den schmalen schwarzen Ordner. Bernstein begann zu lesen. Eine Seite las er mehrere Male, blätterte zurück und wieder vor, während er den Text studierte. Ohne aufzuschauen sagte er: »Laß uns allein, Ilja. Geh, Junge, es ist alles in Ordnung.«

Monk hörte, wie hinter ihm eine Tür geschlossen wurde. Schließlich schaute der Bankier auf und starrte ihn an. »Das kann er doch nicht ernst meinen.«

»Die völlige Vernichtung? Sie wurde schon einmal versucht.«

»In Rußland leben eine Million Juden, Mr. Monk.«

»Ich weiß. Und zehn Prozent können es sich leisten, das Land zu verlassen.«

Bernstein erhob sich und ging zu den Fenstern, die den Blick über die weißbedeckten Dächer Moskaus freigaben. Das Glas war ein wenig grün getönt; es war zwölf Zentimeter dick und würde eine Panzergranate aufhalten.

»Das kann er nicht ernst meinen.«

»Wir denken da anders.«

»Wir?«

»Die Leute, die mich geschickt haben: mächtige, einflußreiche Leute, die Angst vor diesem Mann haben.«

»Sind Sie Jude, Mr. Monk?«

»Nein.«

»Wie schön für Sie. Er wird gewinnen, nicht? Die Umfragen sagen, er ist nicht mehr aufzuhalten.«

»Das kann sich ändern. Gestern hat General Nikolajew schwere Vorwürfe gegen ihn erhoben. Das könnte Folgen haben. Außerdem hoffe ich darauf, daß die orthodoxe Kirche noch eine gewisse Rolle spielen wird. Vielleicht läßt er sich noch aufhalten.«

»Ach, die Kirche. Die ist kein Freund der Juden, Mr. Monk.«

»Nein, aber mit der hat er auch was vor.«

»Also sind Sie auf eine Allianz aus?«

»Etwas Ähnliches. Kirche, Armee, Banken, ethnische Minderheiten. Jedes bißchen kann helfen. Haben Sie die Berichte über den Wanderprediger gelesen? Er ist für eine Wiederkehr des Zaren.«

»Ja. Verrückt, meiner Meinung nach. Aber lieber einen Zaren als einen Nazi. Was wollen Sie von mir, Mr. Monk?«

»Ich? Nichts. Die Wahl liegt bei Ihnen. Sie sind der Vorsitzende eines Konsortiums von vier Banken, die zwei unabhängige Fernsehsender kontrollieren. Ihre Grumman steht am Flughafen?«

»Ja.«

»Bis Kiew sind es nur zwei Flugstunden.«

»Warum Kiew?«

»Sie könnten Babi Yar aufsuchen.«

Leonid Bernstein wirbelte herum. »Sie können jetzt gehen, Mr. Monk.«

Monk nahm seine beiden Akten vom Tisch und ließ sie in die dünne Ledermappe gleiten, in der er sie hergebracht hatte.

Er wußte, er war zu weit gegangen. Babi Yar ist eine Schlucht außerhalb Kiews. Zwischen 1941 und 1943 waren hunderttausend Zivilisten am Rande der Schlucht von Maschinengewehren niedergemäht worden, so daß ihre Leichen in den Abgrund fielen. Bei einigen hatte es sich um Kommissare oder kommunistische Parteifunktionäre gehandelt, aber fünfundneunzig Prozent von ihnen waren Juden aus der Ukraine gewesen. Monk hielt die Türklinke in der Hand, als Leonid Bernstein ihn noch einmal ansprach.

»Sind Sie schon einmal dort gewesen, Mr. Monk?«
»Nein.«
»Und was haben Sie darüber gehört?«
»Ich hörte, daß es ein trostloser Ort sein soll.«
»Ich war einmal in der Schlucht von Babi Yar. Ein grauenhafter Ort. Guten Tag, Mr. Monk.«

Das Büro von Dr. Lancelot Probyn im Hauptgebäude des College of Arms in der Queen Victoria Street war klein und vollgestopft. Auf jeder ebenen Fläche stapelten sich Papiere, deren Ordnung keinem bestimmten System zu gehorchen schien, die aber für den Genealogen offenbar einen Sinn ergab.

Als Sir Nigel Irvine hereingeführt wurde, sprang Dr. Probyn auf, fegte die gesamte Familie Grimaldi auf den Boden und bat seinen Besucher, auf dem derart freigewordenen Stuhl Platz zu nehmen.

»Nun, wie steht's um die Frage der Nachfolge?« wollte Irvine wissen.

»Auf den Thron der Romanows? Nicht besonders gut. Wie ich befürchtet habe. Es gibt da einen, der Anspruch erheben könnte, aber der will nicht; dann einen, der will, aber aus zwei Gründen nicht in Frage kommt; und einen Amerikaner, der noch nicht gefragt wurde und sowieso keine Chance hat.«

»So schlecht sieht's aus?« sagte Irvine. Dr. Probyn blinzelte und hüpfte aufgeregt umher. Er war in seinem Element, seiner Welt der Stammbäume, Einheiraten und seltsamen Erbfolgegesetze.

»Fangen wir mit den Betrügern an«, sagte er. »Erinnern Sie sich noch an Anna Anderson? Sie war jene Frau, die ihr Leben lang behauptet hat, Großfürstin Anastasia zu sein und das Massaker in Jekatarinburg überlebt haben. Alles Lüge. Sie ist inzwischen tot, aber DNA-Tests haben zweifelsfrei bewiesen, daß sie eine Hochstaplerin war.

Vor einigen Jahren starb ein anderer Betrüger in Madrid, ein selbsternannter Großfürst Alexei. Er erwies sich als Schwindler aus Luxemburg. Also bleiben noch drei, die hin und wieder in der Presse erwähnt werden, wenn auch meist nicht ganz korrekt. Haben Sie jemals von Prinz Georgi gehört?«

»Verzeihen Sie, nein, habe ich nicht, Dr. Probyn.«

»Na ja, macht nichts. Er ist ein junger Mann, der seit Jahren von seiner überaus ehrgeizigen Mutter, der Großfürstin Maria, Tochter des verstorbenen Großfürsten Wladimir, überall in Europa und Rußland herumgereicht wird.

Wladimir hätte als Großenkel eines regierenden Herrschers vielleicht einen gewissen Anspruch anmelden können, doch selbst der wäre noch höchst fragwürdig gewesen, da seine Mutter zur Zeit seiner Geburt kein Mitglied der orthodoxen Kirche gewesen war und somit eine wesentliche Bedingung der Thronfolge nicht erfüllt hat.

Jedenfalls wäre seine Tochter Maria nicht als Nachfolgerin in Frage gekommen, obwohl er dies immer wieder behauptet hat. Das Paulsche Gesetz, wissen Sie.«

»Und das besagt...?«

»Es wurde von Paul I. erlassen. Außergewöhnliche Umstände ausgenommen, kommt für die Thronnachfolge einzig die männliche Nachkommenschaft in Betracht. Töchter zählen nicht. Sehr sexistisch, aber so war es nun einmal, und so ist es noch heute. Also ist die Großfürstin Maria eigentlich eine Prinzessin Maria, und ihr Sohn Georgi steht nicht in der Thronnachfolge. Das Paulsche Gesetz besagt nämlich auch, daß nicht einmal die Söhne der Töchter zählen.«

»Also hoffen sie einfach nur auf das Beste?«

»Ganz genau. Sehr ehrgeizig, aber kein Anspruch, der aufrechtzuerhalten wäre.«

»Sie erwähnten noch einen Amerikaner, Dr. Probyn.«

»Nun, das ist eine seltsame Geschichte. Vor der Revolution hatte Nikolaus II. einen Onkel, genannt Großfürst Paul, der jüngste Bruder seines Vaters.

Als die Bolschewiken kamen, ermordeten sie den Zaren, seinen Bruder und diesen Onkel Paul. Doch Paul hatte einen Sohn, einen Vetter des Zaren. Durch Zufall war dieser lebhafte junge Mann, Großfürst Dmitri, in die Ermordung von Rasputin verwickelt worden und befand sich zu dem Zeitpunkt, als die Bolschewiken losschlugen, im Exil in Sibirien. Das hat ihm das Leben gerettet. Er floh nach Shanghai und landete schließlich in Amerika.«

»Nie davon gehört«, sagte Irvine. »Fahren Sie fort.«

»Nun, Dmitri lebte, heiratete und hatte einen Sohn namens Paul, der als Major der US-Armee in Korea gedient hat. Dieser Major heiratete ebenfalls und hatte zwei Söhne.«

»Sieht mir nach einer ziemlich direkten Erbfolge aus. Wollen Sie damit behaupten, der wahre Zar ist ein Amerikaner?« fragte Irvine.

»Manche behaupten das, aber die täuschen sich«, sagte Probyn. »Sehen Sie, Dmitri heiratete eine bürgerliche Amerikanerin, ebenso wie sein Sohn Paul. Und nach Erlaß Nr. 188 des Herrscherhauses darf niemand unterhalb seines Standes heiraten, falls er nicht will, daß seine Nachkommenschaft den Anspruch auf sein Erbe verliert. Dieser Erlaß wurde später recht locker gehandhabt, das galt allerdings nicht für Großfürsten. Dmitri war demnach eine Ehe zur linken Hand eingegangen. Sein Sohn, der in Korea gedient hat, konnte die Anwartschaft daher ebensowenig geerbt haben wie einer der beiden Enkel aus einer weiteren morganatischen Ehe.«

»Sie kommen also nicht in Frage.«

»Leider nicht. Allerdings haben sie auch nie irgendwelches Interesse in dieser Richtung gezeigt. Ich glaube, sie leben heute in Kalifornien.«

»Wer bleibt also übrig?«

»Der letzte, der mit der reinsten Abstammung. Und das ist Prinz Semjon Romanow.«

»Ist er mit dem ermordeten Zaren verwandt? Keine Töchter, keine Ehen zur linken Hand?«

»Genau, aber dazu muß ich weit ausholen. Sie müssen an vier Zaren zurückdenken. Nikolaus II. folgte seinem Vater Alexander III. Er wiederum war der Sohn von Alexander II., dessen Vater Nikolaus I. war. Nikolaus I. nun hatte einen jüngeren Sohn, den Großfürsten Nikolaus, der natürlich niemals Zar geworden ist. Sein Sohn hieß Peter, dessen Sohn hieß Kyrill, und dessen Sohn wiederum ist Semjon.«

»Vom ermordeten Zaren müssen wir also drei Generationen zum Urgroßvater zurückgehen und dann die Nebenlinie des jüngeren

Sohnes nehmen, um schließlich vier Generationen später zu Semjon zu gelangen.«

»Genau.«

»Scheint mir ziemlich weit hergeholt, Dr. Probyn.«

»Stimmt, ein weiter Weg, aber so ist das nun mal mit Stammbäumen. Technisch gesprochen kommt Semjon der direkten Nachkommenschaft am nächsten. Doch das ist reine Theorie. Es gibt da einige praktische Schwierigkeiten.«

»Und die wären?«

»Zum einen ist er über siebzig. Selbst wenn man ihn also wieder auf den Thron setzen wollte, würde er es nicht mehr lange machen. Zum anderen hat er keine Kinder, seine Linie würde also mit ihm aussterben, und Rußland stünde wieder da, wo es jetzt steht. Zum dritten hat er wiederholt geäußert, daß er kein Interesse am Zarenthron habe und ihn auch dann ausschlüge, wenn er ihm angeboten werden sollte.«

»Bringt uns nicht viel weiter«, gab Sir Nigel zu.

»Es kommt noch schlimmer. Er ist eine Art Lebemann, begeistert sich für schnelle Autos, die Riviera und junge Frauen, gewöhnlich für die Zimmermädchen. An diesen Vorlieben sind bereits drei Ehen zerbrochen. Das Schlimmste allerdings ist, wie mir zugeflüstert wurde, daß er beim Backgammon betrügt.«

»Gütiger Himmel!« Sir Nigel war zutiefst schockiert. Bei Schäkereien mit dem Personal konnte man ein Auge zudrücken, aber Betrügereien beim Backgammon...

»Wo wohnt er?«

»Auf einer Apfelplantage in der Normandie. Züchtet Äpfel, um daraus Calvados zu machen.«

Sir Nigel blickte nachdenklich drein. Dr. Probyn betrachtete ihn mitfühlend.

»Könnte man es als legale Verzichtserklärung deuten, wenn Semjon öffentlich verlauten ließ, daß er bei einer Wiedereinführung des Zarentums keine Rolle spielen wolle?«

Dr. Probyn blies die Wangen auf. »Ich glaube, schon. Es sei denn, die Restauration findet tatsächlich statt, denn dann könnte er seine Meinung noch einmal ändern. Denken Sie nur an all die schnellen Autos und an die Zimmermädchen am Hofe.«

»Aber wie sähe es ohne Semjon aus? Worauf läuft es, wie unsere amerikanischen Freunde so gern sagen, letzten Endes hinaus?«

»Mein lieber Sir Nigel, letzten Endes können die Russen jeden verdammten Kerl auf dieser Welt zu ihrem Zaren machen. So einfach ist das.«

»Gibt es Präzedenzfälle für die Krönung eines Ausländers?«

»Ach, viele. Es ist immer wieder passiert. Sehen Sie, wir Engländer haben es dreimal getan. Als Elisabeth I. wenn nicht gar als Jungfrau, so doch kinderlos starb, baten wir James VI. aus Schottland, James I. von England zu werden. Drei Könige später warfen wir James II. hinaus und forderten den Holländer Wilhelm von Oranien auf, den Thron zu übernehmen. Als Königin Anne ohne Nachkommen starb, baten wir Georg von Hannover, Georg I. zu werden. Dabei konnte er kaum ein Wort Englisch.«

»Die Festlandeuropäer haben es genauso gehandhabt?«

»Natürlich. Die Griechen zweimal. 1833, nachdem sie sich ihre Freiheit von den Türken erkämpft hatten, forderten sie Otto von Bayern auf, König von Griechenland zu werden. Er gefiel ihnen aber offenbar nicht so recht, also baten sie Prinz Wilhelm von Dänemark, den Thron zu übernehmen. Er wurde Georg I. Dann riefen sie 1924 die Republik aus, führten 1935 die Monarchie wieder ein und schafften sie 1973 wieder ab. Sie konnten sich einfach nicht entscheiden.

Vor einigen hundert Jahren wußten die Schweden nicht weiter, also sahen sie sich um und baten Napoleons General Bernadotte, ihr König zu werden. Hat gut funktioniert, seine Nachkommen sitzen heute noch auf dem Thron.

Und zum Schluß noch die Norweger. 1905 baten sie Prinz Karl von Dänemark, ihr Haakon VII. zu werden, und auch seine Nachkommen sind heute noch in Amt und Würden. Wenn Sie einen leeren Thron haben und einen Monarchen wollen, ist es manchmal gar nicht schlecht, sich lieber für einen guten Außenseiter als für einen unnützen Einheimischen zu entscheiden.«

Sir Nigel schwieg eine Weile, in Gedanken verloren. Dr. Probyn vermutete längst, daß seine Nachfragen keineswegs rein akademischer Natur waren.

»Darf ich etwas fragen, Sir?« bat der Heraldiker.

»Natürlich.«

»Falls jemals die Frage einer Wiedereinführung des Zarentums in Rußland anstünde, wie würden da die Amerikaner reagieren? Ich meine, schließlich sind sie die letzte verbliebene Supermacht und halten die Hand am Geldhahn.«

»Die Amerikaner sind traditionell antimonarchistisch eingestellt«, gab Irvine zu, »aber sie sind auch keine Dummköpfe. 1918 spielten sie eine entscheidende Rolle, als es darum ging, den deutschen Kaiser ins Exil zu schicken. Das führte zum chaotischen Vakuum der Weimarer Republik, und dieses Vakuum füllte Adolf Hitler; die Folgen kennen wir alle. 1945 nahm Onkel Sam ganz bewußt davon Abstand, das japanische Herrscherhaus aufzulösen. Das Ergebnis? Japan war fünfzig Jahre lang die stabilste Demokratie Asiens, antikommunistisch und ein Freund Amerikas. Ich glaube, Washington würde der Ansicht sein, daß es Sache der Russen ist, ob sie sich für diesen Weg oder einen anderen entscheiden.«

»Aber müßte es dann nicht der durch Volksentscheid belegte Wille des ganzen russischen Volkes sein?«

Sir Nigel nickte. »Ja, ich glaube, schon. Ein Beschluß der Duma allein würde nicht genügen. Zu viele Korruptionsvorwürfe. Es müßte die Entscheidung der ganzen Nation sein.«

»Und wen haben Sie da im Sinn?«

»Das ist ja das Problem, Dr. Probyn. Niemanden. Nach dem, was Sie mir erzählt haben, würden ein Playboy oder ein herumziehender Hochstapler wohl kaum in Frage kommen. Lassen Sie uns kurz überlegen, wie ein künftiger Zar beschaffen sein müßte. Einverstanden?«

Die Augen des Heraldikers blitzten. »Das wäre viel faszinierender als meine übliche Arbeit. Wie steht's mit dem Alter?«

»Vierzig bis sechzig, meinen Sie nicht? Keine Aufgabe für einen Teenager, keine für einen Greis. Reif, aber nicht zu alt. Was kommt als nächstes?«

»Er müßte Prinz eines Herrscherhauses sein, entsprechend aussehen und einen angemessenen Lebenswandel führen«, sagte Probyn.

»Ein europäisches Herrscherhaus?«

»Auf jeden Fall. Ich schätze, die Russen würden sich wohl kaum mit einem Afrikaner, einem Araber oder Asiaten abfinden.«

»Stimmt. Also ein Weißer, Doktor.«

»Er bräuchte einen lebenden, ehelichen Sohn, und beide müßten sich zur orthodoxen Kirche bekehren lassen wollen.«

»Das dürfte kein unüberwindbares Hindernis bedeuten«, sagte Probyn. »Aber jetzt kommt ein echtes Problem. Seine Mutter müßte bei der Geburt der orthodoxen Kirche angehört haben.«

»Okay. Sonst noch etwas?«

»Königliches Blut in beiden Elternteilen, bei einem von beiden vorzugsweise auch etwas russisches Blut in den Adern...«

»Dann sollte er außerdem noch ein höherer Offizier der Armee sein, vielleicht auch ein Reserveoffizier. Die Unterstützung des russischen Offizierskorps könnte entscheidend sein. Ich weiß nicht, was die von einem Bilanzbuchhalter halten würden.«

»Eines haben Sie vergessen«, sagte Probyn. »Er müßte fließend russisch sprechen können. Als Georg I. in England ankam, sprach er nur deutsch, und Bernadotte sprach nur französisch. Aber die Zeiten sind vorbei. Heutzutage muß ein Monarch eine Rede an sein Volk halten können. Die Russen wären bestimmt nicht begeistert, wenn der Zar einen italienischen Redeschwall loslassen würde.«

Sir Nigel erhob sich und zog ein Stück Papier aus seiner Brusttasche. Es war ein Scheck, und zwar ein Scheck über eine ziemlich großzügige Summe.

»Wirklich, schrecklich anständig von Ihnen«, sagte der Heraldiker.

»Ich schätze, das College hat so seine Unkosten, mein lieber Doktor. Würden Sie mir einen Gefallen tun?«

»Wenn ich kann?«

»Schauen Sie sich um. Überprüfen Sie die Herrscherhäuser Europas. Suchen Sie mir einen Mann, der all den Anforderungen genügt.«

Sieben Kilometer nördlich vom Kreml liegt im Vorort Kaschenkin Lug der Gebäudekomplex der Fernsehzentren, von dem aus alle TV-Programme über Rußland ausgestrahlt werden.

Links und rechts des Akademika-Korolewa-Boulevards liegen

das nationale und das internationale Fernsehzentrum. Dreihundert Schritte weiter ragt die Nadelspitze des Ostankino-Fernsehturms in den Himmel, des höchsten Bauwerks der Stadt.

Das staatliche Fernsehen, das weitgehend der Kontrolle der amtierenden Regierung unterliegt, wird ebenso von hier ausgestrahlt wie die Programme der beiden unabhängigen oder kommerziellen Sender, die sich über Werbung finanzieren. Die Gebäude werden von allen Sendern gemeinsam genutzt, allerdings sind sie in unterschiedlichen Stockwerken untergebracht.

Boris Kusnezow wurde von einem Chauffeur in einem Mercedes der UPK hergebracht. Er hatte den Videofilm mit den Aufnahmen von der überwältigenden Kundgebung in Wladimir dabei, die Igor Komarow am Vortag abgehalten hatte.

Der Film, der unter dem jungen, genialen Regisseur Litwinow montiert und geschnitten worden war, erwies sich als exzellentes Meisterwerk. Vor einer wild jubelnden Menge hatte Komarow jenen Wanderprediger lächerlich gemacht, der eine Rückkehr zu Gott und Zar forderte, um dann mit kaum verhülltem Sarkasmus in scheinbar bedauerndem Tonfall das Geschwafel des alten Generals zu kommentieren.

»Männer von gestern mit den Hoffnungen von gestern«, schrie er seinen Anhängern entgegen, »doch wir, meine Freunde, ihr und ich, wir müssen an morgen denken, denn das Morgen gehört uns!«

Fünftausend Menschen waren auf dieser Versammlung gewesen, eine Menge, die sich unter Litwinows geschickter Kameraführung zu verdreifachen schien. Landesweit ausgestrahlt, und sei es auch zu dem horrenden Preis, den eine ganze Stunde Sendezeit kostete, würde die Ansprache nicht fünftausend, sondern fünfzig Millionen Russen erreichen, ein Drittel der gesamten Nation.

Kusnezow wurde unmittelbar ins Büro des Programmdirektors des größeren der beiden kommerziellen Sender geführt. Er schätzte Anton Gurow als persönlichen Freund und kannte ihn als Unterstützer von Igor Komarow und der UPK. Er warf die Kassette auf den Tisch.

»Es war einfach phantastisch«, sagte er begeistert. »Ich bin dagewesen. Das wird Ihnen gefallen.«

Gurow spielte mit seinem Stift.

»Es kommt noch besser. Ein größerer Auftrag, säckeweise Geld. Bis zum Wahltag möchte Präsident Komarow jeden Abend eine Ansprache an die Nation halten. Mensch, Anton, das ist der größte Auftrag, den dieser Sender je erhalten hat. Darauf können Sie sich einiges zugute halten.«

»Ich bin froh, Boris, daß Sie persönlich vorbeikommen. Es hat sich da leider ein Problem ergeben.«

»Nicht doch schon wieder irgendwelche technischen Schwierigkeiten. Werdet ihr hier denn niemals damit fertig?«

»Nein, technische Schwierigkeiten nicht gerade. Sie wissen doch, daß ich voll und ganz hinter Präsident Komarow stehe, nicht wahr?«

Als leitender Programmplaner wußte Gurow genau, welche bedeutende Rolle das Fernsehen als einflußreichstes Medium in jeder modernen Gesellschaft vor einer Wahl spielte.

Mit Ausnahme von Großbritannien, wo die BBC weiterhin um eine objektive politische Berichterstattung auf den landesweiten Kanälen bemüht war, nutzten die amtierenden Regierungen in allen übrigen Staaten West- und Osteuropas bereits seit Jahren ihre staatlichen Fernsehsender, um die jeweilige Regierung zu unterstützen.

In Rußland berichtete das staatliche Fernsehen ausgiebig über den Wahlkampf des amtierenden Präsidenten Iwan Markow, erwähnte aber, wenn überhaupt, die Existenz der beiden anderen Kandidaten nur beiläufig in irgendeinem langweiligen Nachrichtenzusammenhang.

Nach Ausscheiden der kleineren Fische waren nur zwei wichtige Kandidaten übriggeblieben: zum einen Gennadi Sjuganow für die neokommunistische Sozialistische Union und Igor Komarow für die Union Patriotischer Kräfte, die UPK.

Ersterer hatte offensichtlich Probleme, das Geld für seinen Wahlkampf aufzutreiben, letzterer schien über Unsummen verfügen zu können. Mit diesen Mitteln hatte sich Komarow die Öffentlichkeit buchstäblich nach amerikanischer Art gekauft, indem er gleich stundenweise Sendezeit bei den beiden kommerziellen Sendern bezahlte.

Durch den Ankauf von Sendezeit konnte er sicher sein, daß die Sendungen weder geschnitten noch zensiert wurden. Nur zu gern hatte Gurow bislang zu besten Sendezeiten Platz für eine ausgiebige Wiedergabe von Komarows Reden und Kundgebungen eingeräumt, schließlich war er kein Narr und hatte längst begriffen, daß es, sollte Komarow siegen, bei den Sendern zu massiven Entlassungen kommen würde. Wer sein Herz aber auf dem rechten Fleck gehabt hatte, der durfte mit Versetzung und Beförderung rechnen.

Kusnezow starrte ihn verwundert an. Irgend etwas stimmte nicht.

»Es hat da offenbar eine Art politischen Meinungsumschwungs auf Vorstandsebene gegeben. Mit mir hat das nichts zu tun, verstehen Sie mich richtig. Ich bin bloß der Botenjunge. Die Sache ist hoch über meinem Kopf abgelaufen, irgendwo in der Stratosphäre.«

»Was für einen politischen Meinungsumschwung, Anton? Wovon reden Sie überhaupt?«

Gurow rutschte unbehaglich hin und her und verfluchte den Geschäftsführer, der ihn zu dieser Aufgabe verdonnert hatte.

»Sie wissen doch sicherlich, Boris, daß wir wie alle großen Unternehmen auf die Zusammenarbeit mit den Banken angewiesen sind. Und wenn eines zum anderen kommt, dann haben die Banken einen ziemlichen Einfluß. Sie haben uns im Griff. Solange die Geschäfte laufen, lassen sie uns normalerweise in Ruhe, aber jetzt machen sie Druck.«

Kusnezow starrte ihn entgeistert an. »Verdammt, tut mir leid, Anton, das muß schlimm für Sie sein.«

»Für mich eigentlich nicht, Boris.«

»Ich meine, wenn der Sender baden geht und die Schotten dichtmacht...«

»Na ja, das ist wohl nicht ganz das, was die Banken gesagt haben. Der Sender kann weitermachen, aber sie verlangen einen Preis.«

»Was für einen Preis?«

»Nun, mein Freund, das alles hat nichts mit mir zu tun. Ginge es nach mir, würde ich Komarow vierundzwanzig Stunden am Tag über den Bildschirm flimmern lassen, aber...«

»Aber was? Spucken Sie es endlich aus.«

»Also gut, der Sender wird keinerlei Berichterstattung mehr über

Komarows Reden oder Wahlversammlungen bringen. So lautet die Anordnung.«

Kusnezow sprang auf, zornrot im Gesicht. »Sind Sie völlig verrückt geworden? Wir kaufen die Sendezeit, schon vergessen? Wir zahlen dafür. Dies ist ein kommerzieller Sender, ihr könnt unser Geld nicht ablehnen.«

»Offenbar doch.«

»Aber wir haben für diese Sendung im voraus bezahlt.«

»Anscheinend ist das Geld bereits rücküberwiesen worden.«

»Dann gehe ich nach nebenan. Ihr seid schließlich nicht der einzige Sender in dieser Stadt. Bislang habe ich Ihnen immer den Vorzug gegeben, Anton, aber das ist nun vorbei.«

»Die nebenan sind bei denselben Banken.«

Kusnezow setzte sich wieder, seine Knie zitterten. »Was zum Teufel geht hier vor?«

»Ich kann Ihnen auch nur sagen, Boris, daß hier jemand die Schrauben ansetzt. Ich begreife es selbst nicht ganz. Aber diese Anordnung wurde gestern vom Vorstand erlassen. Entweder lehnen wir es in den nächsten dreißig Tagen ab, über Komarow zu berichten, oder die Banken machen den Laden dicht.«

Kusnezow starrte ihn an. »Da geht Ihnen aber mächtig viel Sendezeit verloren. Was wollen Sie statt dessen bringen? Tanzende Kosaken?«

»Nein, das ist ja das Seltsame. Der Sender wird statt dessen über die Kundgebungen dieses Pfaffen berichten.«

»Was denn für ein Pfaffe?«

»Sie wissen doch, dieser Erweckungsprediger, der die Leute immer auffordert, sich Gott zuzuwenden.«

»Gott und dem Zaren«, murmelte Kusnezow.

»Eben der.«

»Pater Gregor.«

»Genau. Ich verstehe es selbst nicht, aber...«

»Sie sind verrückt. Der hat doch keine zwei Rubel in der Tasche.«

»Das ist es ja gerade. Das Geld scheint da zu sein, also bringen wir ihn in den Nachrichten und füllen die Sondersendungen mit ihm. Er hat einen höllischen Terminplan. Wollen Sie einmal reinschauen?«

»Nein, ich will seinen verdammten Terminplan nicht sehen!«
Mit diesen Worten stürmte Kusnezow hinaus. Er hatte keine Ahnung, wie er seinem Idol mit diesen Neuigkeiten gegenübertreten sollte. Doch ein Verdacht, der sich seit Wochen geregt hatte, war nun zur völligen Gewißheit geworden. Komarow und Grischin hatten bedeutsame Blicke gewechselt, als er ihnen von den Druckerpressen und später dann vom General erzählt hatte. Sie wußten etwas, was er nicht wußte. Doch eines war ihm klar, irgendwas lief katastrophal schief.

Auf der anderen Seite Europas wurde Sir Nigel Irvine an diesem Abend beim Dinner gestört. Der Clubdiener hielt ihm das Telefon hin.
»Ein Dr. Probyn, Sir Nigel.«
Die zwitschernde Stimme des Heraldikers drang aus dem Hörer. Er hatte offenbar in seinem Büro einige Überstunden gemacht.
»Ich glaube, ich habe Ihren Mann.«
»In Ihrem Büro, morgen früh um zehn? Ausgezeichnet!«
Sir Nigel reichte dem wartenden Diener den Hörer zurück.
»Ich denke, Trubshaw, jetzt wäre ein Gläschen angebracht. Bringen Sie bitte den Vintage-Port.«

16

In Rußland zählt die Miliz beziehungsweise die Polizei zum Zuständigkeitsbereich des Innenministeriums, also des MVD.

Wie die meisten Polizeiapparate zerfällt sie in zwei Kategorien: die Bundesmiliz auf der einen und die Bezirksmiliz auf der anderen Seite. Die einzelnen Bezirke nennt man Oblasts, und der größte von ihnen ist der Moskauer Oblast, ein Gebiet, das die gesamte Hauptstadt der Russischen Föderation und deren Umland umfaßt, eine Fläche, etwa so groß wie der Distrikt von Columbia mit einem Drittel Virginias und Marylands.

In Moskau sind deshalb, wenn auch in verschiedenen Gebäuden, sowohl die Bundesmiliz als auch die Moskauer Miliz zu Hause. Im Gegensatz zu westlichen Polizeiapparaten hat das russische Innenministerium allerdings auch noch eine Privatarmee zu seiner Verfügung – eine schwerbewaffnete MVD-Truppe von hundertdreißigtausend Mann, die es fast mit jeder echten Armee des Verteidigungsministeriums aufnehmen kann.

Kurz nach dem Fall des Kommunismus breitete sich das organisierte Verbrechen derart offen, unverschämt und flächendeckend aus, daß Boris Jelzin sich gezwungen sah, ganze Divisionen der Bundespolizei und der Polizei des Moskauer Oblast neu aufzustellen, deren einzige Aufgabe der Kampf gegen die anwachsende Mafia war.

Ziel der Bundesmiliz war es, das Verbrechen im gesamten Land zu bekämpfen, doch hatte sich die organisierte Kriminalität in Gestalt von Wirtschaftsverbrechen derart auf Moskau konzentriert, daß das Bezirksdezernat zur Bekämpfung des organisierten Verbrechens, kurz GUVD genannt, beinahe ebenso groß wurde wie sein bundespolizeilicher Gegenspieler.

Das GUVD hatte bis in die neunziger Jahre nur bescheidene Erfolge aufweisen können, bis es schließlich von Polizeigeneral

Walentin Petrowski übernommen wurde, dem obersten General des Kontrollkollegiums.

Man hatte ihn von außerhalb auf diesen Posten berufen, da er sich in der Industriestadt Nischni Nowgorod den Ruf eines unbestechlichen harten Mannes erworben hatte. Wie Eliot Ness sah er sich mit einer Situation konfrontiert, die an das Chicago der Zeit Al Capones erinnerte.

Doch im Gegensatz zum Anführer der Unbestechlichen verfügte er über weit mehr Feuerkraft und mußte längst nicht auf so viele Bürgerrechte Rücksicht nehmen.

Er begann sein Regime, indem er ein Dutzend der höchsten Offiziere feuerte, die nach seinen Worten dem Gegenstand ihrer Polizeiarbeit, dem organisierten Verbrechen, »zu nahe« gestanden hatten. »Zu nahe?« rief der FBI-Verbindungsoffizier der US-Botschaft. »Die standen bei denen auf der verdammte Gehaltsliste!«

Petrowski veranstaltete anschließend bei den hochrangigen Ermittlern eine Reihe von Tests unter dem Motto: »Wer nimmt die Bestechung an?« Schlug jemand das Angebot aus und forderte den Agenten auf zu verschwinden, wurde er befördert und bekam eine Gehaltserhöhung. Sobald Petrowski über eine verläßliche und ehrliche Truppe verfügte, erklärte er dem organisierten Verbrechen den Krieg. Sein Antimafiakommando war in der Unterwelt gefürchtet wie keine andere Polizeieinheit, und man gab ihm den Spitznamen »Molotok« – »der Hammer«.

Wie jeder ehrliche Polizist konnte er nicht alle auf seine Seite ziehen. Das Geschwür hatte sich zu weit ausgebreitet. Freunde des organisierten Verbrechens saßen auf einflußreichen Posten. Zu viele Gangster kamen vor Gericht und gingen straffrei aus, ein Lächeln auf den Lippen.

Folglich war Petrowski nicht allzu vorsichtig, wenn es um Verhaftungen ging. Zum Schutz ihrer Männer konnten die Antimafiakommandos von Bund und Stadt auf bewaffnete Truppen zurückgreifen. Die Einheiten der Bundesmiliz hießen OMON, Petrowskis eigene Schnelle Eingreiftruppe hieß SOBR.

Um Verrat zu vermeiden, führte Petrowski seine Razzien anfangs persönlich an. Kamen die Gangster friedlich mit, erhielten sie ein Verfahren; griff einer von ihnen zur Waffe oder versuchte, Beweismaterial zu vernichten oder zu fliehen, wartete Petrowski, bis alles vorbei war, sagte »na, na« und forderte Leichensäcke an.

Bis 1988 hatte er begriffen, daß die bei weitem größte und scheinbar unangreifbarste Gruppe der Mafia die in Moskau beheimatete Dolgoruki-Gang war, die einen Großteil Rußlands westlich des Ural kontrollierte, ungeheuer reich war und sich mit diesem Reichtum einen beachtlichen Einfluß erkaufen konnte. Im Winter 1999 führte er bereits seit zwei Jahren einen persönlichen Krieg gegen die Dolgoruki, und sie haßten ihn deshalb bis aufs Blut.

Umar Gunajew hatte Jason Monk bei ihrem ersten Treffen erzählt, daß er es in Rußland nicht nötig habe, Ausweise zu fälschen, da er sich mit Geld echte Papiere beschaffen könne. Anfang Dezember nahm Monk ihn beim Wort.

Er plante sein viertes Treffen mit einem einflußreichen Russen, das er mit einer gefälschten Identität zustande bringen wollte. Doch der angebliche Brief vom Metropoliten Anthony der russisch-orthodoxen Kirche in London war in jener Stadt fabriziert worden. Ebenso der Brief, der angeblich aus dem Hause Rothschild stammte. General Nikolajew hatte keinen Ausweis verlangt, die Uniform eines Generalstabsoffiziers hatte ihm genügt. Doch General Walentin Petrowski, der ständig mit Morddrohungen zu leben hatte, wurde Tag und Nacht bewacht.

Monk wollte nicht wissen, woher der Tschetschenenführer den Ausweis hatte, aber er sah gut aus. Das Foto zeigte Monk mit kurzgeschorenem blondem Haar, und die Angaben bezeichneten ihn als Oberst der Miliz aus dem persönlichen Stab des stellvertretenden Leiters des Dezernats Organisiertes Verbrechen des Innenministeriums. Petrowski würde ihn daher für einen Kollegen der Bundesmiliz halten und nicht erwarten, ihn persönlich zu kennen.

Eines der wenigen Dinge, die sich nach dem Ende des Kommunismus nicht geändert hatten, war die russische Angewohnheit, ganze Häuserblocks für höhere Offiziere zu reservieren. Während im Westen Politiker, Beamte und höhere Offiziere gewöhnlich in ihren eigenen Häusern irgendwo in den Vorstädten leben, neigen sie in Moskau dazu, eng beieinander und mietfrei in staatseigenen Häuserblocks zu wohnen, und zwar vor allem deshalb, weil der postkommunistische Staat eben diese Häuser vom alten Zentralkomitee übernommen hatte, um sie nach Leistung und Verdienst vergeben zu können. Viele solcher Siedlungen standen damals wie heute entlang der Nordseite des Kutusowskiprospekts, wo einstmals Breschnew und fast das gesamte Politbüro gelebt hatten. Petrowski hatte dort in einem Häuserblock, den er mit vielen anderen Milizoffizieren teilte, eine Wohnung unter dem Dach.

Ein Vorteil zumindest hatte es, all diese Männer mit demselben Beruf in ein einziges Gebäude einzuquartieren. Gewöhnliche Menschen hätten die Sicherheitsmaßnahmen zur Verzweiflung getrieben, Milizgeneräle aber begriffen ihre Notwendigkeit.

Der Wagen, den Monk an diesem Abend fuhr und den Gunajew sich wundersamerweise beschafft oder »geliehen« hatte, war ein echter schwarzer Tschaika der MVD-Miliz. Monk hielt an dem Schlagbaum vor dem Innenhof des Häuserblocks. Ein Wachposten der OMON deutete an, er solle das Fenster herunterkurbeln, während ihn ein zweiter Wachposten mit einer Maschinenpistole im Auge behielt.

Monk zeigte seinen Ausweis, nannte Petrowskis Namen und hielt den Atem an. Der Wachposten musterte den Ausweis, nickte und ging in sein Häuschen, um anzurufen. Dann kam er zurück.

»General Petrowski läßt fragen, was Sie von ihm wollen.«

»Sagen Sie dem General, ich hätte äußerst wichtige Papiere von General Tschebotarjow dabei«, sagte Monk. Er hatte den Namen jenes Mannes genannt, der angeblich sein Vorgesetzter war. Der Wachposten telefonierte ein zweitesmal, nickte dann seinem Kollegen zu, und der Schlagbaum ging in die Höhe. Monk stellte den Wagen auf einem freien Parkplatz ab und trat ins Haus.

Eine Wache am Empfang nickte ihm zu, zwei weitere Wachen standen vor dem Fahrstuhl im achten Stock. Sie tasteten ihn ab, durchsuchten den Attachékoffer und überprüften seinen Ausweis. Dann meldete sich einer der Posten über die Gegensprechanlage. Zehn Sekunden später ging die Tür auf. Monk wußte, daß er durch ein Guckloch beobachtet worden war.

Ein Dienstbote im weißen Jackett stand vor ihm, doch Körperbau und Haltung des Mannes deuteten an, daß er notfalls auch noch etwas anderes als Appetithäppchen servieren konnte; dann

machte sich die familiäre Atmosphäre bemerkbar. Ein kleines Mädchen rannte aus dem Wohnzimmer, starrte ihn an und sagte: »Das ist meine Puppe.« Sie hielt ihm eine flachshaarige Puppe im Nachthemd hin. Monk grinste. »Die ist aber hübsch. Und wie heißt du?«
»Tatjana.«
Eine Frau, Ende Dreißig, ging zu ihr, lächelte entschuldigend und scheuchte das Kind fort. Hinter ihr tauchte ein Mann in Hemdsärmeln auf und wischte sich den Mund ab, so wie es jeder Mensch tat, der beim Essen gestört worden war.
»Oberst Sorokin?«
»Zu Befehl.«
»Seltsame Zeit für einen Besuch.«
»Tut mir leid. Die Ereignisse haben sich ein wenig überschlagen, aber ich warte gern, bis Sie mit dem Essen fertig sind.«
»Nicht nötig. Ich war gerade fertig. Außerdem ist jetzt Trickfilmzeit im Fernsehen, also bin ich entlassen. Kommen Sie hier herein.«
Er führte ihn über den Flur in sein Arbeitszimmer. Hier waren die Lichtverhältnisse etwas besser, und Monk sah jetzt, daß der Ganovenjäger so alt wie er selbst und ebensogut in Form war.
Dreimal, beim Patriarchen, beim General und beim Bankier, hatte er das Gespräch damit eröffnet, daß er eine falsche Identität vorgegeben hatte, und jedesmal war er damit durchgekommen. Diesmal, so vermutete er, würde man ihn wahrscheinlich erst umbringen und sich hinterher entschuldigen. Er klappte den Attachékoffer auf. Die Wachen hatten ihn durchsucht, aber nur zwei Aktenmappen mit russischen Papieren gefunden und kein Wort gelesen. Monk hielt ihm die graue Akte hin, den Prüfbericht.
»Hier ist es, General. Wir halten die Sache für ziemlich besorgniserregend.«
»Kann ich das nicht später lesen?«
»Es könnte durchaus sein, daß wir noch heute abend losschlagen müssen.«
»Ach, verdammt. Trinken Sie?«
»Nicht im Dienst.«
»Offenbar ändern sich die Dinge beim MVD langsam zum besseren. Kaffee?«
»Gern, es war ein langer Tag.«

General Petrowski lächelte. »Wann ist das nicht so?«

Er rief seinen Burschen und bestellte Kaffee für zwei. Dann begann er zu lesen. Der Mann im weißen Jackett kam, brachte den Kaffee und ging wieder. Monk bediente sich. Schließlich blickte General Petrowski auf.

»Woher zum Teufel haben Sie das?«

»Vom britischen Geheimdienst.«

»Was?«

»Aber das ist keine *provokatsia*. Wir haben es überprüft. Sie können den Details morgen früh gern noch mal selbst nachgehen. N. I. Akopow, der Sekretär, der das Manifest liegenließ, ist tot, ebenso Saizew, der alte Raumpfleger, und auch der britische Journalist, der von dem Ganzen eigentlich nichts gewußt hat.«

»Ich erinnere mich an ihn«, sagte Petrowski nachdenklich. »Es sah nach Bandenmord aus, aber es gab kein Motiv, jedenfalls nicht für den Tod eines ausländischen Journalisten. Und Sie glauben, es war die Schwarze Garde von Komarow?«

»Oder Dolgoruki-Killer, die für den Job angeheuert wurden.«

»Und wo ist nun dieses geheimnisvolle Schwarze Manifest?«

»Hier, General.« Monk klopfte auf seinen Koffer.

»Sie haben eine Kopie? Sie haben es mitgebracht?«

»Ja.«

»Aber laut dieser Akte hier wurde es der britischen Botschaft übergeben und von da nach London weitergeleitet. Wie sind Sie darangekommen?«

»Es wurde mir gegeben.«

General Petrowski starrte ihn mit offenem Mißtrauen an.

»Und wie zum Teufel hat sich der MVD eine Kopie davon besorgt?... Sie sind nicht vom MVD. Wer zur Hölle sind Sie? Kommen Sie vom SVR? Vom VSD?«

»Weder noch. Ich komme aus Amerika.«

General Petrowski zeigte keine Angst. Er starrte seinen Besucher nur aufmerksam an, suchte nach der Andeutung einer Bedrohung, schließlich saß seine Familie nebenan, und der Mann war vielleicht ein bezahlter Killer. Doch dann rechnete er sich aus, daß dieser Betrüger weder eine Bombe noch eine Waffe bei sich haben konnte.

Monk begann zu reden, erklärte, wie der schwarze Ordner in seinem Koffer zur Botschaft, dann nach London und von dort nach Washington gelangt war, und erzählte dem General, daß kaum hundert Leute aus zwei Regierungen ihren Inhalt kannten. Den Council of Lincoln erwähnte er mit keinem Wort. Wenn General Petrowski glauben wollte, daß Monk die amerikanische Regierung repräsentierte, konnte das nicht schaden.

»Wie lautet Ihr wahrer Name?«

»Jason Monk.«

»Sind Sie tatsächlich Amerikaner?«

»Ja.«

»Ihr Russisch ist verdammt gut. Also, was steht in diesem Schwarzen Manifest?«

»Unter anderem Igor Komarows Todesurteil für Sie und die meisten Ihrer Männer.«

In der anschließenden Stille konnte Monk auf russisch die Worte: »Auf ihn, mit Gebrüll!« durch die Wand hören. »Tom und Jerry« im Fernsehen. Tatjana quietschte vor Vergnügen. Petrowski streckte die Hand aus.

»Zeigen Sie her«, sagte er.

Er brauchte dreißig Minuten, um die vierzig Seiten zu lesen, die in zwanzig Themenbereiche gegliedert waren. Dann warf er ihm die Akte zu.

»Blödsinn.«

»Wieso?«

»Damit würde er nicht durchkommen.«

»Bisher hat er es geschafft. Er hat die Schwarze Garde, seine Privatarmee, hervorragend ausgerüstet und gut bezahlt, außerdem verfügt er über ein zweites, allerdings nicht ganz so gut ausgebildetes Heer Junger Kämpfer. Und er schwimmt in Geld. Die Paten der Dolgoruki werden ihren Anteil wollen. Sämtliche Geschäftszweige ihrer Rivalen. Nach Beseitigung der Tschetschenen und der Verbannung der Armenier, Georgier und Ukrainer dürfte das auch kein Problem sein. Aber die werden noch mehr wollen. Rache an denen, die sie verfolgt haben. Und mit dem Kollegium der Antimafia-Einheiten werden sie anfangen.

Außerdem brauchen sie Nachschub für ihre neuen Sklavenlager, um Gold zu schürfen, Salz und Blei abzubauen. Wer wäre da besser geeignet als die jungen Männer, die unter Ihrem Kommando stehen, die SOBR und die OMON? Natürlich würden Sie selbst das nicht mehr erleben.«

»Vielleicht verliert er.«

»Stimmt, General, vielleicht. Sein Stern sinkt. General Nikolajew hat sich vor einigen Tagen gegen ihn ausgesprochen.«

»Das habe ich gehört. Kam verdammt überraschend, dachte ich. Haben Sie etwas damit zu tun?«

»Kann sein.«

»Ziemlich clever.«

»Die kommerziellen Fernsehsender haben aufgehört, über ihn zu berichten. Seine Zeitungen haben ihre Produktion eingestellt. Laut letzter Umfrage verfügt er noch über sechzig Prozent, statt über siebzig, wie im letzten Monat.«

»Seine Stimmenanteile sinken also, Mr. Monk. Vielleicht verliert er.«

»Und wenn nicht?«

»Ich kann doch nicht gegen den ganzen Präsidentschaftswahlkampf vorgehen. Ich bin zwar General, aber trotzdem nur ein Mann der Miliz. Sie sollten sich an den amtierenden Präsidenten wenden.«

»Der ist vor Angst wie gelähmt.«

»Ich kann Ihnen trotzdem nicht helfen.«

»Wenn er meint, nicht gewinnen zu können, könnte er gegen den Staat losschlagen.«

»Wenn jemand gegen den Staat vorgeht, Mr. Monk, wird sich der Staat zu verteidigen wissen.«

»Haben Sie jemals von ›Sippenhaft‹ gehört, General?«

»Nein, noch nie.«

»Das Wort kommt aus dem Deutschen. Darf ich mir Ihre private Telefonnummer aufschreiben?«

Petrowski wies mit einem Kopfnicken auf das Telefon neben ihm. Monk lernte die Nummer auswendig. Er nahm seine Akten und legte sie zurück in den Koffer.

»Das deutsche Wort. Was soll das bedeuten?«

»Als einige deutsche Offiziere sich gegen Hitler verschworen, wurden sie mit Klavierdraht erhängt. Die Gesetze der Sippenhaft brachten ihre Frauen und Kinder in die Konzentrationslager.«

»Das haben nicht mal die Kommunisten gewagt«, fauchte Petrowski. »Die Familien verloren ihre Wohnungen, die Kinder mußten von der Schule, aber doch nicht in die Lager.«

»Er ist verrückt, wissen Sie. Hinter der öffentlich gezeigten Maske verbirgt sich ein anderer Mensch. Und Grischin tut, was ihm sein Herz befiehlt. Darf ich jetzt gehen?«

»Verschwinden Sie lieber, ehe ich Sie verhaften lasse.«

Monk stand an der Tür. »An Ihrer Stelle würde ich vorsichtshalber einige Vorkehrungen treffen. Falls er siegt und auch, falls er zu verlieren glaubt, werden Sie vielleicht noch um Frau und Kind kämpfen müssen.«

Mit diesen Worten zog er die Tür hinter sich zu.

Dr. Probyn war aufgeregt wie ein kleiner Schuljunge. Stolz zeigte er Sir Nigel Irvine das offensichtlich von ihm selbst gezeichnete, ein Meter mal ein Meter große Diagramm, das er an die Wand geheftet hatte.

»Was meinen Sie?« fragte er.

Sir Nigel starrte das Papier verständnislos an. Namen, Dutzende von Namen, die alle mit horizontalen und vertikalen Linien miteinander verbunden waren.

»Eine Karte der mongolischen Untergrundbahn, aber ohne Übersetzung«, vermutete er.

Probyn kicherte. »Gar nicht schlecht. Sie sehen hier die Verbindungslinien zwischen den vier europäischen Königshäusern der Dänen, Griechen, Briten und Russen. Zwei davon gibt es noch, eines ist nicht mehr in Amt und Würden, ein anderes ausgelöscht.«

»Erklären Sie«, bat ihn Irvine.

Dr. Probyn nahm einen großen roten, einen blauen und einen schwarzen Markierstift. »Lassen Sie uns oben anfangen. Bei den Dänen. Sie sind der Schlüssel zu allem weiteren.«

»Die Dänen? Warum denn die Dänen?«

»Ich will Ihnen von einer wahren Begebenheit erzählen, Sir Nigel. Vor hundertsechzig Jahren herrschte in Dänemark ein König, der mehrere Kinder hatte. Sehen Sie hier.«

Er zeigte auf die obere Diagrammhälfte, wo unter dem Namen des Königs von Dänemark die mit horizontalen Linien verbundenen Namen seiner Sprößlinge standen.

»Nun, der älteste Junge wurde Kronprinz und trat die Nachfolge seines Vaters an, wodurch es für uns unwichtig wird. Aber der jüngste Sohn...«

»Sie erwähnten bereits beim letztenmal, daß Prinz William aufgefordert wurde, König Georg I. von Griechenland zu werden.«

»Ausgezeichnet«, sagte Probyn, »ein gutes Gedächtnis. Also folgendes: Er verschwindet nach Athen und wird König von Griechenland. Und was macht er dort? Er heiratet die Großfürstin Olga von Rußland, und gemeinsam zeugen sie Prinz Nikolaus, Prinz von Griechenland, der genetisch gesprochen allerdings halb Däne und halb Russe, also ein halber Romanow ist. Nun, lassen wir Prinz Nikolaus vorläufig noch ein wenig Junggeselle bleiben.«

Er markierte Nikolaus' Namen in Blau für Griechenland und zeigte dann wieder auf die Dänen an der Spitze des Diagramms.

»Der alte König hatte auch einige Töchter, und zwei davon trafen es gar nicht schlecht. Dagmar zog nach Moskau und wurde die Zariza von Rußland; sie änderte ihren Namen in Maria, trat zur orthodoxen Kirche über und gebar Nikolaus II., den Zaren aller Reußen.«

»Der mitsamt seiner Familie in Jekatarinburg ermordet wurde.«

»Genau. Aber achten Sie auf die andere Tochter. Alexandra von Dänemark kam nach England und heiratete unseren Prinzen, den späteren Edward VII. Dann zeugten sie Georg V. Verstehen Sie?«

»Also waren Zar Nikolaus und König Georg miteinander verwandt.«

»Richtig. Ihre Mütter waren Schwestern. Im Ersten Weltkrieg waren es also zwei Vettern, der Zar von Rußland und der König von England, die vereint in den Krieg zogen. Als König Georg den Zaren mit ›Vetter Nicky‹ ansprach, war das völlig korrekt.«

»Nur war 1918 damit Schluß.«

»Eben. Doch jetzt schauen Sie sich die britische Erbfolge an.«

Dr. Probyn malte einen roten Kreis um König Edward und Königin Alexandra. Dann zog sein roter Stift eine Linie hinunter zur nächsten Generation, zu König Georg V.

»Nun, der hier hatte fünf Söhne. John starb als Junge, die anderen wuchsen heran. Dort stehen sie: David, Albert, Henry und Georg. Letzterer interessiert uns besonders.«

Der rote Stift fuhr bis ans Ende des Diagramms und umkreiste den englischen Prinzen.

»Verfolgen Sie die Linien rückwärts«, sagte Dr. Probyn. »Sein Vater war Prinz Georg, sein Großvater König Georg, doch seine Urgroßmutter war die Schwester der Zarenmutter. Zwei dänische Prinzessinnen, Dagmar und Alexandra. Dieser Mann ist durch Ehe mit dem Haus der Romanows verbunden.«

»Hmmm. Liegt ziemlich lange zurück«, sagte Sir Nigel.

»Ach was, es geht noch weiter. Schauen Sie sich das an.«

Er schob ihm zwei Fotos über den Tisch zu. Zwei bärtige, düstere Gesichter starrten direkt in die Kamera.

»Was halten Sie davon?«

»Sie sehen aus wie Brüder.«

»Sind sie aber nicht. Zwischen den beiden Aufnahmen liegen achtzig Jahre. Dies hier ist Nikolaus II., der andere ist der noch lebende englische Prinz. Schauen Sie sich die Gesichter an, Sir Nigel. Es sind keineswegs typisch britische Gesichter – außerdem war der Zar sowieso halb Russe, halb Däne. Es sind auch keine typisch russischen Gesichter; die beiden sehen eher wie Dänen aus. Das Blut der beiden dänischen Schwestern kommt bei ihnen durch.«

»Ist das alles? Durch Ehe verbunden?«

»Ganz und gar nicht. Das Beste kommt noch. Sie erinnern sich noch an Prinz Nikolaus?«

»Den Junggesellen? Prinz von Griechenland, eigentlich jedoch halb Däne und halb Russe?«

»Ebender. Nikolaus II. hatte eine Cousine, die Großfürstin Elena. Was war mit ihr? Nun, sie machte sich auf nach Athen und heiratete den Prinzen Nikolaus. Er war nur ein halber Romanow, sie aber stammte direkt vom russischen Herrscherhaus ab. Ihre Nachkommen sind also zu drei Vierteln Russen und Romanows. Zudem hieß die Cousine noch Prinzessin Marina.«

»Die nach England kam...«

»Und Prinz Georg von Windsor heiratete. Diese beiden noch lebenden Männer, seine Söhne, sind also zu drei Achteln Romanows, und mehr kann man heutzutage wirklich kaum verlangen. Das soll allerdings nicht heißen, daß einer der beiden einen Thronanspruch hat – zu viele Frauen, die laut Paulschem Gesetz nicht in Frage kommen. Doch sie sind auf väterlicher Seite durch Ehe mit dem Herrscherhaus verbunden und mütterlicherseits mit den Romanows blutsverwandt.«

»Das gilt für beide Brüder?«

»Ja, und noch etwas. Ihre Mutter Marina gehörte bei ihrer beider Geburt der orthodoxen Kirche an, eine wesentliche Voraussetzung für ihre Anerkennung durch die oberen Zehntausend Rußlands.«

»Das gilt ebenfalls für beide Brüder?«

»Natürlich. Und beide dienten in der britischen Armee und stiegen zum Rang eines Majors auf.«

»Was ist also mit dem älteren Bruder?«

»Nun, Sie sprachen vom richtigen Alter, Sir Nigel. Der ältere Bruder ist vierundsechzig, scheidet also aus. Der jüngere wurde dieses Jahr siebenundfünfzig. Damit sind fast alle Ihre Bedingungen erfüllt. Gebürtiger Prinz eines Herrscherhauses, Vetter der Königin, verheiratet, ein zwanzigjähriger Sohn, die Frau eine österreichische Gräfin, an Zeremonien gewöhnt, noch recht rüstig, ein ehemaliger Soldat. Aber das Beste ist, daß er früher beim Nachrichtendienst war und den Kurs für Russisch belegt hat. Er beherrscht die Sprache nahezu perfekt.«

Mit strahlendem Gesicht trat Dr. Probyn von seinem vielfarbigen Diagramm zurück. Sir Nigel starrte auf das Foto.

»Wo wohnt er?«

»Wochentags hier in London, am Wochenende in seinem Haus auf dem Land. Irgendwo in Debrett.«

»Vielleicht sollte ich mal mit ihm reden«, überlegte Sir Nigel. »Ach, Dr. Probyn, gibt es noch einen Mann, der all diese Bedingungen gleichermaßen erfüllen würde?«

»Nicht auf dieser Welt«, sagte der Heraldiker.

Sir Nigel Irvine vereinbarte ein Treffen für das kommende Wochenende und fuhr bald darauf nach Westengland, um den jüngeren der beiden Prinzen in seinem Landhaus aufzusuchen. Er wurde herzlich empfangen und aufmerksam angehört. Schließlich brachte ihn der Prinz zu seinem Wagen.

»Wenn auch nur die Hälfte von dem stimmt, was Sie sagen, Sir Nigel, ist das wirklich eine ganz außerordentliche Geschichte. Natürlich habe ich die Ereignisse in Rußland in den Medien verfolgt. Aber so etwas... Ich werde sorgfältig darüber nachdenken, mich ausführlich mit meiner Familie beraten und natürlich um eine Privataudienz bei Ihrer Majestät nachsuchen.«

»Vielleicht wird es nie soweit kommen, Sir, vielleicht kommt es nie zu einer Volksabstimmung, vielleicht entscheidet das Volk sich auch ganz anders.«

»Dann werden wir bis zu diesem Tag warten müssen. Gute Fahrt, Sir Nigel.«

Im dritten Stock des Hotel Metropol befindet sich eines der besten traditionellen Restaurants Moskaus. Die Bojarski Sal oder Bojarenhalle ist nach der Gefolgschaft jener Adligen benannt, die einst dem Zaren zur Seite standen und – wenn er ein schwacher Herrscher war – an seiner Statt regierten. Es ist ein mit Holzpaneelen verkleideter und mit herrlichen Ornamenten verzierter Gewölbesaal, der an lang vergangene Zeiten erinnert. Ausgezeichnete Weine wetteifern mit eisgekühltem Wodka; Forelle, Lachs und Stör kommen frisch aus den Flüssen, Hase, Reh und Wildschwein aus den Steppen Rußlands.

In dieses Restaurant wurde General Nikolai Nikolajew am zwölften Dezember von seinem einzigen noch lebenden Verwandten eingeladen, um seinen vierundsiebzigsten Geburtstag zu feiern.

Galina, die kleine Schwester, die er früher einmal auf seinem Rücken durch die brennenden Straßen von Smolensk getragen hatte, war längst erwachsen, eine Lehrerin, die 1956 mit fünfundzwanzig Jahren einen Kollegen namens Andrejew geheiratet hatte. Ihr Sohn Mischa wurde noch im selben Jahr geboren.

1963 starben sie und ihr Mann bei einem Autounfall, eine dieser dummen Geschichten: Ein besoffener, nach Wodka stinkender Idiot war direkt in sie hineingefahren.

Oberst Nikolajew war aus seiner Kaserne im Fernen Osten heimgeflogen, um an der Beerdigung teilzunehmen. Doch das war noch nicht alles, es gab da nämlich einen Brief, den seine Schwester zwei Jahre zuvor geschrieben hatte.

Falls mir und Iwan etwas geschieht, hatte sie geschrieben, dann kümmere dich um den kleinen Mischa, ich flehe dich an. Und nun stand Nikolajew an ihrem Grab neben dem kleinen, ernsten Jungen, der gerade erst sieben geworden war und nicht weinen wollte.

Da beide Eltern Staatsangestellte gewesen waren – im Kommunismus waren alle Menschen Staatsangestellte –, fiel ihre Wohnung wieder an die Behörden zurück. Der siebenunddreißigjährige Panzeroberst hatte keine Bleibe in Moskau. Wenn er auf Urlaub heimkam, wohnte er im Junggesellenquartier des Offiziersklubs Frunse. Der Kommandant war damit einverstanden, daß der Junge – vorübergehend – beim Oberst bleiben durfte.

Nach der Beerdigung nahm Nikolajew den Jungen mit in die Kantine und ließ ihm ordentlich auftischen, aber sie hatten beide keinen großen Hunger.

»Was zum Teufel fang' ich nur mit dir an, Mischa?« fragte er, doch war die Frage eher an ihn selbst gerichtet.

Später dann steckte er den Jungen in sein schmales Bett, legte sich selbst aufs Sofa und warf ein paar Decken über sich. Durch die Wand konnte er hören, wie der Junge schließlich doch noch zu weinen begann. Um sich abzulenken, stellte er das Radio an und erfuhr, daß Kennedy gerade in Dallas erschossen worden war.

Es hatte so seine Vorteile, wenn man drei Heldenmedaillen auf der Brust trug; sie verhalfen dem eigenen Wort zumindest zu einem gewissen Nachdruck. Normalerweise kamen die Jungen erst im Alter von zehn Jahren an die renommierte Militärakademie Nachimow, doch in diesem Fall waren die Behörden mit einer Ausnahme einverstanden. Der kleine und verängstigte Siebenjährige wurde also in eine Kadettenuniform gesteckt und in die Nachimow aufgenommen. Dann fuhr sein Onkel zurück in den Fernen Osten, um seine Karriere fortzusetzen.

Nikolai Nikolajew hatte im Lauf der Jahre sein Bestes getan, hatte ihn besucht, so oft er auf Urlaub war, und hatte, kaum war er zum Generalstab befördert worden, eine eigene Wohnung in Moskau besorgt, in der der Heranwachsende seine Ferien verbringen konnte.

Als Mischa Andrejew mit achtzehn seinen Abschluß an der Akademie machte, war er bereits Leutnant und entschied sich, was niemanden überrascht haben dürfte, für eine Laufbahn in einer Panzereinheit. Fünfundzwanzig Jahre später war er dreiundvierzig, Generalmajor und Kommandeur einer Panzerelitedivision vor Moskau.

Die beiden Männer betraten das Restaurant kurz nach acht, ihr Tisch war reserviert. Wiktor, der Chefkellner, hatte in einem Panzerbataillon gedient; er eilte ihnen mit ausgestreckter Hand entgegen.

»Schön Sie zu sehen, General. Sie werden sich wohl kaum an mich erinnern. 1968 war ich Kanonier in der 131. Maikop in Prag. Ihr Tisch ist dort drüben, mit Blick auf die Galerie.«

Man drehte sich nach ihnen um, weil man wissen wollte, wem all diese Aufregung galt. Geschäftsleute aus Amerika, der Schweiz und Japan starrten sie neugierig an. Die russischen Gäste murmelten: »Ist das nicht Kolja Nikolajew?«

Wiktor hatte ihnen auf Kosten des Hauses zwei randvolle Gläser mit eisgekühltem Moskowskaja bereitgestellt. Mischa Andrejew prostete seinem Onkel zu, dem einzigen Vater, an den er sich erinnern konnte.

»*Sa wasche sdorowje.* Auf die nächsten vierundsiebzig!«

»Blödsinn. *Na sdorowje.*«

Beide Männer kippten den Wodka in einem Zug hinunter, warteten und grunzten behaglich, als der Schnaps seine Wirkung tat.

Über der Bar in der Bojarski Sal gibt es eine Galerie, von der aus den Gästen russische Volksweisen vorgetragen werden. An diesem Abend standen dort oben eine statuenhafte Blondine in der königlichen Garderobe einer Prinzessin der Romanows und ein Smoking tragender Mann mit vollem Bariton.

Als sie ihre im Duett gesungene Ballade beendet hatten, trat der Sänger einen Schritt vor. Das Orchester am Ende der Galerie verstummte, und die tiefe, warme Stimme hob an, das Liebeslied jenes Soldaten zu singen, der sein Mädchen »Kalinka« daheim zurückgelassen hat.

Das Geschirrgeklapper verklang, die Russen wurden still, und auch die Ausländer hörten auf zu reden. Der Bariton füllte den Saal... »Kalinka, Kalinka, Kalinka moja...«

Als die letzten Töne verklangen, erhoben sich die Russen und prosteten dem weißbärtigen Mann vor den Wandteppichen zu, während der Sänger sich verbeugte und für den Applaus bedankte. Wiktor stand neben einer Gruppe von sechs japanischen Gästen.

»Wer ist dieser alte Mann?« fragte einer von ihnen auf englisch.

»Ein Held des Großen Vaterländischen Krieges«, erwiderte Wiktor.

Der englisch sprechende Japaner übersetzte für den Rest der Gruppe.

»Ach, deshalb«, sagten sie und hoben ihre Gläser. »*Kampei.*«

Onkel Kolja nickte und strahlte, hob sein Glas auf den Sänger und den Saal und trank aus.

Es war ein gutes Mahl gewesen, Forelle und Ente, dazu armenischen Wein und zum Abschluß Kaffee. Bei den Preisen im Bojarski dürfte es den Generalmajor ein Monatsgehalt kosten, aber er fand, sein Onkel war es wert.

Erst als er etwa dreißig Jahre alt geworden war und einige recht üble, wenn auch durchaus hochrangige Offiziere kennengelernt hatte, wurde ihm allmählich klar, warum sein Onkel für die Panzergrenadiere zu einer solchen Legende geworden war. Ihn zeichnete etwas aus, was schlechte Offiziere nicht kannten, nämlich eine leidenschaftliche Sorge um die Männer, die unter ihm dienten. Nachdem er seine erste Division und seine ersten roten Schulterklappensterne bekommen hatte, schaute Generalmajor Andrejew auf die Ruinen Tschetscheniens und begriff, daß Rußland sich glücklich schätzen konnte, wenn es noch einmal einen Mann wie Onkel Kolja hervorbrachte.

Der Neffe würde nie vergessen, was er im Alter von zehn Jahren erlebt hatte. Zwischen 1945 und 1964 hatten es weder Stalin noch Chruschtschow für nötig gehalten, den Toten des Krieges in Moskau ein Denkmal zu errichten. Ihr eigener Personenkult war ihnen wichtiger gewesen, obwohl sie beide am Tag des Ersten Mai kaum auf Lenins Mausoleum gestanden und die Paraden abgenommen hätten, wären zwischen 1941 und 1945 nicht Millionen Menschen für ihr Land gestorben.

1966 dann, nachdem Chruschtschow gestürzt worden war, befahl das Politbüro endlich die Errichtung eines Ehrenmals mit einem Ewigen Licht zur Erinnerung an den Unbekannten Soldaten.

Doch das Denkmal wurde nicht auf einem freien Platz errichtet. Es stand verborgen unter den Bäumen des Alexandrowskigartens dicht an der Kremlmauer, wo es kein zufälliger Blick jener endlosen Menschenmenge entdecken konnte, die Schlange standen, um Lenins einbalsamierten Leichnam zu sehen.

Im Anschluß an die damalige Maiparade, nachdem die vorbeirollenden Panzer, die Kanonen und Raketen, die Truppen im Stechschritt und die tanzenden Turner auf dem Roten Platz vom zehnjährigen Kadetten mit weit aufgerissenen Augen bewundert worden waren, hatte ihn sein Onkel bei der Hand genommen und war mit ihm vorbei an den Gärten und der Manege die Kremlew-Allee entlanggegangen.

Unter den Bäumen lag eine flache, polierte Platte aus rotem Granit. Daneben brannte eine Flamme in einer bronzenen Schale.

Auf der Steinplatte standen die Worte: Unbekannt ist dein Grab, unsterblich dein Verdienst.

»Ich möchte, daß du mir etwas versprichst, Junge«, hatte der Oberst gesagt.

»Ja, Onkel.«

»Zwischen hier und Berlin liegen Millionen von ihnen. Wir wissen nicht, wo sie liegen, oft nicht einmal, wer sie waren. Aber sie haben mit mir gekämpft, und sie waren tapfere Männer. Verstanden?«

»Ja, Onkel.«

»Was man dir auch verspricht, ob Geld, Beförderung oder Ehre, ich möchte nicht, daß du diese Männer jemals verrätst.«

»Ich verspreche es, Onkel.«

Langsam hob der Oberst seine Hand an den Mützenrand. Der Kadett machte es ihm nach. Einige vorbeispazierende Provinzler lutschten an ihrem Eis und betrachteten die beiden neugierig. Ihr Führer, der ihnen erzählen sollte, was für ein großer Mann Lenin gewesen war, schien offensichtlich verlegen und scheuchte sie um die nächste Ecke zum Mausoleum.

»Hab' letztens den Artikel in der *Iswestija* gelesen«, sagte Mischa Andrejew. »Hat in der Kaserne für ziemliche Aufregung gesorgt.«

General Nikolajew starrte ihn aufmerksam an. »Hat's dir nicht gefallen?«

»War nur überrascht, sonst nichts.«
»Hab's ernst gemeint, weißt du.«
»Ja, glaub' ich dir. Tust du meistens.«
»Er ist ein Drecksack, Junge.«
»Wenn du meinst, Onkel. Sieht allerdings so aus, als würde er das Rennen machen. Vielleicht hättest du lieber den Mund gehalten.«
»Dafür bin ich zu alt. Ich rede, wie mir der Schnabel gewachsen ist.«

Der alte Mann schien eine Weile in Gedanken versunken zu sein und starrte hinauf zur singenden »Romanow-Prinzessin« auf der Galerie. Die ausländischen Gäste meinten, »Those were the days, my fried« wiedererkennen zu können, das keineswegs ein amerikanischer Song, sondern eine alte russische Ballade ist. Dann legte der General seinem Neffen die Hand auf den Arm.

»Hör mal, Junge, wenn mir etwas passiert...«
»Red keinen Unsinn, du wirst uns alle noch überleben.«
»Ich mein's ernst. Wenn mir was passiert, dann bring mich in Nowodewitschi unter die Erde. Klar? Ich will keine elende Zivilistenaffäre, ich will den Bischof mit allem Pomp, das ganze Register. Verstanden?«
»Du? Einen Bischof? Ich wußte gar nicht, daß du daran glaubst.«
»Sei nicht blöd. Wenn sechs Meter neben dir eine deutsche Achtundachtziger landet und nicht explodiert, dann mußt du einfach daran glauben, daß es da oben irgend jemanden gibt. Natürlich hab' ich mich verstellt, haben wir doch alle getan. Parteimitgliedschaft, politische Schulungen, das gehörte zum Beruf, aber war doch alles Mist. Gut, du weißt jetzt wenigstens, was ich will, und nun runter mit dem Kaffee und los. Bist du mit Chauffeur hier?«
»Ja.«
»Prima, wir sind nämlich beide blau. Aber du kannst ja fast nach Hause laufen.«

Der Schlafwagenzug aus Kiew, der Hauptstadt der Ukraine, ratterte durch die eiskalte Dunkelheit auf Moskau zu.
Im sechsten Wagen, Abteil 28, saßen zwei Engländer und spielten Rommé. Brian Vincent schaute auf seine Uhr.

»Noch eine halbe Stunde bis zur Grenze, Sir Nigel. Sie gehen jetzt besser zu Bett.«

»Wahrscheinlich haben Sie recht«, sagte Nigel Irvine. Vollständig angezogen stieg er ins obere Bett und zog die Decke hoch bis ans Kinn.

»Wie sehe ich aus?«

Der ehemalige Soldat nickte. »Überlassen Sie alles andere nur mir, Sir.«

An der Grenze hielten sie einen Augenblick an. Die ukrainischen Beamten im Zug hatten die beiden Pässe bereits kontrolliert. Nun stiegen die Russen zu.

Zehn Minuten später klopfte es an die Tür zum Schlafwagenabteil. Vincent machte auf.

»*Da?*«

»*Pasport, poschaluista.*«

Im Abteil brannte nur ein schwaches blaues Licht, und trotz der helleren Beleuchtung auf dem Gang konnte der russische Beamte die Dokumente kaum lesen.

»Keine Visa?« sagte er.

»Natürlich nicht. Dies sind Diplomatenpässe. Wir brauchen keine Visa.«

Der Ukrainer deutete auf das englische Wort auf den Ausweisen.

»Diplomat«, sagte er.

Der Russe nickte sichtlich verlegen. Er hatte Anweisung vom FSB in Moskau, eine Eilmeldung für alle Grenzübergänge, nach einem Namen und einem Gesicht oder nach beidem Ausschau zu halten.

»Der alte Mann«, sagte er und wies auf den zweiten Paß.

»Der liegt da oben«, sagte der junge Diplomat. »Aber Sie sehen ja, er ist ziemlich alt und fühlt sich nicht besonders gut. Müssen Sie ihn unbedingt stören?«

»Wer ist er?«

»Der Vater unseres Botschafters in Moskau. Deshalb soll ich ihn begleiten. Er möchte seinen Sohn besuchen.«

Der Ukrainer zeigte auf die schlafende Gestalt in der Koje.

»Vater des Botschafters«, sagte er.

»Danke, russisch kann ich verstehen«, sagte der Russe. Er war verwirrt. Der rundgesichtige, glatzköpfige Mann auf dem Paßfoto wies keinerlei Ähnlichkeit mit der Beschreibung auf, die man ihm übermittelt hatte. Auch der Name nicht. Kein Trubshaw, kein Irvine. Nur ein Lord Asquith.

»Da draußen auf dem Gang muß es doch bitterkalt sein«, sagte Vincent. »Kalt bis auf die Knochen. Hier. Ein Freundschaftsgeschenk. Aus dem Sondervorrat unserer Botschaft in Kiew.«

Der Wodka war von besonderer Qualität, eine Sorte, die man für Geld nicht kaufen konnte. Der Ukrainer nickte, lächelte und stieß seinem russischen Kollegen in die Seite. Der Russe grunzte, stempelte beide Pässe ab und ging weiter.

»Hab' unter der Decke kaum was verstanden, aber es klang nicht schlecht«, sagte Sir Nigel, sobald die Tür wieder geschlossen war. Er stieg aus dem Bett.

»Sagen wir einfach, je weniger von denen, desto besser«, meinte Vincent und fing an, die beiden falschen Pässe zu zerreißen. Die Schnipsel würden durch die Toilette gespült und über den Schnee des südlichen Rußland verstreut werden. Einer zum Reinkommen, einer zum Rauskommen. Die Pässe für den Rückweg mit ihren hübschen Einreisestempeln hatten sie gut versteckt.

Vincent starrte Sir Nigel neugierig an. Er war dreiunddreißig, und ihm war klar, daß der alte Mann biologisch gesehen nicht nur sein Vater, sondern sogar sein Großvater sein konnte. Als ehemaliger Soldat einer Spezialeinheit hatte er schon oft in schwierigen Situationen gesteckt, nicht zuletzt damals, als er im Westirak in der Wüste lag und darauf wartete, einer vorbeizischenden Scudrakete eine verpassen zu können. Aber immer hatte es Kameraden gegeben, ein Gewehr, Handgranaten, eine Möglichkeit zurückzuschlagen.

Die Welt, in die Sir Nigel Irvine ihn – wenn auch für eine ziemlich große Summe – gelockt hatte, war eine Welt voller Tarnungen, Fehlinformationen und endloser Vorspiegelungen, so daß er sich nach einem doppelten Wodka sehnte. Zum Glück war in seiner Tasche noch eine zweite Flasche aus dem Sondervorrat. Er bediente sich.

»Sie auch, Sir Nigel?«

»Nein, für mich nicht«, sagte Irvine. »Brennt in der Kehle und läßt den Magen rebellieren. Aber ich stoß gern mit etwas anderem an.«

Er holte eine silberne Taschenflasche aus seinem Attachékoffer, schraubte sie auf, goß die silberne Becherkappe voll, stieß mit Vincent an und probierte vorsichtig. Es war Mr. Trubshaws Vintage-Port aus dem St. James's Club.

»Ich glaube, Ihnen gefällt diese ganze Geschichte sogar«, sagte der einstige Sergeant.

»Mein lieber Junge, soviel Spaß habe ich seit Jahren nicht mehr gehabt.«

Kurz nach Anbruch der Dämmerung fuhr der Zug in den Moskauer Bahnhof ein. Draußen waren es fünfzehn Grad unter Null.

Mag ein Bahnhof im Winter jenen, die einem warmen Herd entgegeneilen, auch noch so trostlos erscheinen, so ist es in ihm doch immer noch wärmer als draußen auf der Straße. Als Sir Nigel und Vincent aus dem Kiewer Nachtexpreß stiegen, drängten sich in der Bahnhofshalle der Station Kursk die frierenden und hungernden Armen der Stadt.

Sie schoben sich so dicht wie möglich an die warmen Maschinen heran, versuchten, die Wärme zu nutzen, die hin und wieder beim Öffnen der Tür aus einem Café drang, oder lagen einfach auf dem Beton und hofften darauf, eine weitere Nacht zu überleben.

»Bleiben Sie so dicht wie möglich bei mir«, murmelte Vincent, als sie zur Fahrscheinkontrolle gingen, hinter der sich die Halle öffnete. Als sie zum Taxistand eilten, drängten sich einige Obdachlose mit ausgestreckten Händen, in Schals gehüllten Köpfen, unrasierten Gesichtern und eingesunkenen Augen an sie heran.

»Gütiger Himmel, wie schrecklich«, murmelte Sir Nigel.

»Lassen Sie bloß Ihr Geld stecken, sonst gibt es noch einen Aufstand«, fauchte sein Leibwächter. Trotz seines Alters trug Sir Nigel seine Tasche und seinen Attachékoffer selbst, so daß Vincent eine Hand frei hatte. Der einstige Soldat der Special Forces schob diese Hand unter seine linke Achselhöhle, um anzudeuten, daß er eine Waffe trug und sie auch zu benutzen wußte.

So trieb er den alten Mann vor sich her zum Bürgersteig, an dem hoffnungsvoll einige Taxen warteten. Als er eine bettelnde Hand aus der Menge zur Seite drängte, hörte Sir Nigel hinter sich die Stimme ihres Besitzers: »Ausländer. Verdammte Auländer!«

»Das rufen sie bloß, weil sie uns für reich halten«, flüsterte Vincent ihm ins Ohr. »Wir sind Ausländer, also sind wir reich.«

Die Schreie folgten ihnen nach. »Verfluchtes Ausländerpack. Wartet nur, bis Komarow kommt.«

Als sie im klapprigen Taxi saßen, lehnte Irvine sich im Sitz zurück und meinte: »Daß es so schlimm geworden ist, habe ich nicht gewußt. Beim letztenmal bin ich einfach vom Flughafen zum National und wieder zurückgefahren.«

»Wir sind mitten im tiefsten Winter, Sir Nigel. Im Winter ist es immer schlimmer.«

Als sie vom Vorplatz fuhren, bog ein Militärlaster vor ihnen ein. Zwei Männer der Miliz in ihren schweren Mänteln und Pelz*schapkas* saßen mit versteinertem Gesicht vorn im warmen Führerhaus. Der Laster brauste davon, und sie konnten einen Blick auf die Ladefläche werfen.

Reihenweise Beine, lumpenumwickelte Füße wurden kurz sichtbar, als die Plane einen Augenblick zur Seite wehte. Leichen, steinhart gefrorene Leichen, wie Holzscheite eine über die andere gestapelt.

»Der Gefrierfleischlaster«, meinte Vincent kurz angebunden. »Die Frühschicht. Jede Nacht sterben an die fünfhundert in den Hauseingängen entlang der Kais.«

Sie hatten Zimmer im National reserviert, wollten sich dort aber erst am späten Nachmittag blicken lassen. Also verbrachten sie den Tag im Salon des Palace Hotels in weichen Ledersesseln.

Zwei Tage zuvor hatte Jason Monk eine kurze, kodierte Nachricht über seinen Laptop ausgesandt. Er hatte General Petrowski getroffen, und alles schien gut zu laufen. Die Tschetschenen brachten ihn noch immer von einem Ort zum anderen, oft als Priester verkleidet, als Offizier der Armee oder der Miliz oder auch als Penner. Der Patriarch hatte eingewilligt, seinen englischen Gast ein zweites Mal zu empfangen.

Es war diese Nachricht, die rund um die Welt zum Hauptquartier der InTelCor und von dort, noch immer chiffriert, an Sir Nigel nach London gesandt worden war. Einzig Sir Nigel besaß ein Duplikat jenes Verzerrers, mit dem sich der Code entschlüsseln ließ.

Es war die Nachricht gewesen, die ihn aus London-Heathrow nach Kiew und von dort aus nach Moskau geführt hatte.

Doch diese Nachricht war auch von der SZKI aufgefangen worden, die jetzt nahezu ausschließlich für Oberst Grischin arbeitete. Der Direktor der SZKI unterhielt sich mit Grischin, während der Nachtzug von Kiew nach Moskau durch die Nacht dampfte.

»Verdammt, wir hätten ihn fast gehabt«, sagte der Direktor. »Diesmal war er im Bezirk Arbat, beim letztenmal irgendwo draußen bei Sokolniki. Also wechselt er ständig die Wohnung.«

»Im Arbat?« fragte Grischin wütend. Der Bezirk Arbat liegt kaum eine halbe Meile von der Kremlmauer entfernt.

»Da ist noch etwas, wovor ich Sie warnen sollte, Oberst. Falls er die Art Computer benutzt, die wir bei ihm vermuten, muß er beim Senden oder Empfangen nicht unbedingt anwesend sein. Er könnte den Computer entsprechend einstellen und wieder verschwinden.«

»Finden Sie einfach das Gerät«, befahl Grischin. »Früher oder später kommt er dahin zurück, und wenn er kommt, werde ich ihn erwarten.«

»Falls er noch zweimal sendet oder eine Sendung von über einer halben Sekunde ausstrahlt, haben wir die Welle. Bis aufs Stadtviertel, möglicherweise sogar bis aufs Haus genau.«

Keiner der beiden Männer wußte, daß Monk laut Sir Nigel Irvines Plan noch mindestens drei Sendungen in den Westen ausstrahlen mußte.

»Er ist wieder da, Oberst Grischin.«

Die Stimme von Pater Maxim am Telefon klang schrill vor Aufregung. Es war sechs Uhr abends, stockdunkel draußen und lausig kalt. Grischin saß noch an seinem Schreibtisch im Haus am Kiselnyboulevard. Er wollte gerade gehen, als der Anruf eintraf. Die Telefonzentrale hatte den Namen »Maxim« gehört und den Anruf gemäß der Anweisung direkt zum Sicherheitschef durchgestellt.

»Beruhigen Sie sich, Pater Maxim. Wer ist wieder da?«

»Der Engländer. Der alte Engländer. Seit einer Stunde ist er bei Seiner Heiligkeit.«

»Das ist unmöglich.«

Grischin hatte für jeden Mitarbeiter in der Einwanderungsbehörde des Innenministeriums und der Abteilung für Spionageabwehr des VSD eine große Belohnung ausgesetzt, um rechtzeitig vorgewarnt zu sein, aber ihm war nichts mitgeteilt worden.

»Wissen Sie, wo er wohnt?«

»Nein, aber er ist mit derselben Limousine gekommen.«

Im National, dachte Grischin. Der alte Trottel hat sich für dasselbe Hotel entschieden. Allein die Erinnerung daran, wie er den alten Spionagechef beim letztenmal verloren hatte, weil »Mr. Trubshaw« zu schnell für ihn gewesen war, ließ ihn noch immer zusammenzucken. Diesmal würde er keinen Fehler machen.

»Wo sind Sie jetzt?«

»Ich stehe auf der Straße und telefoniere über das Handy.«

»Das ist nicht sicher. Gehen Sie zum üblichen Treffpunkt, und warten Sie da auf mich.«

»Ich muß zurück, Oberst. Man wird mich vermissen.«

»Hören Sie zu, Sie Idiot. Sie rufen jetzt an und sagen, daß Sie sich unwohl fühlen. Sagen Sie, Sie würden zur Apotheke gehen, um ein Mittel zu holen, aber kommen Sie gefälligst zum Treffpunkt, und warten Sie dort auf mich.«

Er knallte den Hörer auf die Gabel, griff dann wieder danach und befahl seinem Stellvertreter, einem ehemaligen Oberst der Abteilung Grenzwachen des KGB, sich sofort in seinem Büro zu melden.

»Bringen Sie zehn Männer mit, Ihre besten Leute. In Zivil. Und drei Wagen.«

Eine Viertelstunde später legte er seinem Stellvertreter ein Foto von Sir Nigel Irvine vor.

»Das ist er. Wahrscheinlich in Begleitung eines jüngeren Mannes, dunkles Haar, durchtrainiert. Sie sind im National. Zwei Mann bleiben in der Eingangshalle und behalten die Fahrstühle, den Empfang und die Türen im Auge; zwei bleiben unten im Café, zwei auf der Straße, vier in zwei Wagen. Wenn er kommt, lassen Sie ihn hinein und geben mir dann Bescheid. Sobald er drin ist, darf er ohne mein Wissen nicht wieder hinaus.«

»Und wenn er das Hotel im Wagen verläßt?«

»Folgen Sie ihm, falls nicht klar ist, daß er zum Flughafen will. Dann sorgen Sie für einen Unfall. Er darf den Flughafen nicht erreichen.«

»In Ordnung, Oberst.«

Während sein Stellvertreter die Instruktionen an seine Mannschaft weitergab, telefonierte Grischin mit einem weiteren Experten auf seiner Gehaltsliste, einem ehemaligen Einbrecher, der sich auf Hotels spezialisiert hatte und in der Lage war, jede Hoteltür in Moskau zu öffnen.

»Suchen Sie Ihre Sachen zusammen und kommen Sie zum Hotel Intourist, setzen Sie sich in die Eingangshalle und lassen Sie Ihr Handy eingeschaltet. Sie müssen heute nacht für mich in ein Hotelzimmer einbrechen, wann genau, ist noch unklar. Ich melde mich, wenn ich Sie brauche.«

Das Hotel Intourist stand etwa zweihundert Meter vom National entfernt, direkt um die Ecke in der Twerskajastraße.

Oberst Grischin war eine halbe Stunde später in der Allerheiligenkirche in Kulischki. Der Priester wartete auf ihn, vor lauter Angst standen ihm Schweißperlen auf der Stirn.

»Wann ist er angekommen?«

»Er kam um vier, ohne Voranmeldung. Doch Seine Heiligkeit hat ihn offensichtlich erwartet. Er bat mich, ihn mit seinem Dolmetscher direkt zu ihm zu führen.«

»Wie lange waren sie bei ihm?«

»Etwa eine Stunde. Ich habe ihnen den Samowar mit Tee gebracht, aber sobald ich im Zimmer war, hörten sie auf zu reden.«

»Haben Sie an der Tür gelauscht?«

»Ich habe es versucht, Oberst. Es war nicht leicht. Diese beiden Nonnen, die Putzfrauen, trieben sich vor der Tür herum. Außerdem war da noch der Erzdiakon, sein Privatsekretär.«

»Was haben Sie gehört?«

»Wenig. Es wurde viel von einem Prinzen geredet. Der Engländer schlug dem Patriarchen irgendeinen Prinzen für ein Amt vor. Ich hörte die Formulierung ›das Blut der Romanows‹ und ›überaus geeignet‹. Der alte Mann spricht ziemlich leise, aber das ist egal, ich verstehe ja doch kein Englisch. Der Dolmetscher redet zum Glück etwas lauter.

Meistens hat der Engländer geredet, und Seine Heiligkeit hat zugehört. Einmal konnte ich erkennen, daß sie sich irgendeinen Plan angesehen haben. Dann mußte ich von der Tür verschwinden. Danach habe ich dann angeklopft und bin noch einmal hineingegangen, um zu fragen, ob ich den Samowar nachfüllen soll. Sie waren still, da seine Heiligkeit einen Brief schrieb. Er sagte nein und winkte mich fort.«

Grischin starrte nachdenklich vor sich hin.

»Noch etwas?«

»Ja, ein letztes. Bevor sie gingen, wurde die Tür einen Spaltbreit geöffnet. Ich wartete auf dem Gang, die Mäntel in der Hand, und hörte den Patriarchen sagen: ›Bei nächster Gelegenheit werde ich mich an unseren amtierenden Präsidenten wenden.‹ Das war ganz deutlich, der einzige Satz, den ich klar verstanden habe.«

Grischin drehte sich zu Pater Maxim um und lächelte. »Ich fürchte, der Patriarch konspiriert mit ausländischen Mächten gegen unseren künftigen Präsidenten. Das ist wirklich sehr unangenehm, denn er wird damit keinen Erfolg haben. Seine Heiligkeit meint es sicherlich gut, aber er verhält sich äußerst ungeschickt. Nach der Wahl kann man diesen ganzen Unsinn natürlich einfach vergessen. Doch Sie, mein Freund, Sie wird man nicht vergessen. In meiner Zeit beim KGB habe ich den Unterschied zwischen einem Verräter und einem Patrioten kennengelernt. Verrätern kann unter Umständen vergeben werden, Seiner Heiligkeit etwa, doch wahre Patrioten werden immer ihren Lohn bekommen.«

»Vielen Dank, Oberst.«

»Haben Sie jemals frei?«

»Einen Abend in der Woche.«

»Nach der Wahl müssen Sie unbedingt mal zum Essen in das Lager unserer Jungen Kämpfer kommen. Recht ungeschlachte Burschen, aber gutmütig. Und natürlich überaus durchtrainiert. Alle so zwischen fünfzehn und neunzehn. Die Besten von ihnen übernehmen wir in die Schwarze Garde.«

»Das wäre wirklich... sehr... schön.«

»Und natürlich werde ich Präsident Komarow nach der Wahl vorschlagen, daß die Garde und die Kämpfereinheiten einen Kaplan brauchen. Der Rang eines Bischofs würde dazu sicherlich notwendig sein.«

»Zu freundlich, Oberst.«

»Sie werden noch merken, wie freundlich ich sein kann, Pater Maxim. Doch zurück zum Patriarchen. Halten Sie mich auf dem laufenden. Nehmen Sie lieber dies hier mit. Sie werden wissen, wie man damit umgehen muß.«

Kaum hatte der Informant Oberst Grischin verlassen, befahl er seinem Fahrer, ihn zum Hotel National zu bringen. Es war an der Zeit, dachte er, diesem lästigen Westler und dem amerikanischen Aufrührer einige harte Tatsachen über das moderne Moskau beizubringen.

17

Oberst Grischin befahl seinem Fahrer, etwa hundert Meter in die Ochotni Riad, die »Jägergasse«, hineinzufahren, die entlang der Nordwestseite des Manegeplatzes verläuft, an dem das Hotel National steht.

Aus dem Wagen konnte er die beiden Fahrzeuge seines Observierungsteams beobachten, die an der Ladenzeile vor dem Hotel parkten.

»Warten Sie hier«, befahl er seinem Fahrer und stieg aus. Um sieben Uhr abends war es schon unter zwanzig Grad. Ein paar vermummte Gestalten schlurften vorüber.

Er ging über die Straße und klopfte ans Fahrerfenster. Als der elektrische Motor die Scheibe herunterließ, gab sie in der Kälte ein knirschendes Geräusch von sich.

»Ja, Oberst?«

»Wo ist er?«

»Er muß noch drinnen sein, falls er im Hotel war, als wir ankamen. Seither hat niemand das Haus verlassen, der ihm auch nur entfernt ähnlich sieht.«

»Ruf Kusnezow an. Sag ihm, ich brauche ihn hier.«

Zwanzig Minuten später traf der Propagandachef ein.

»Ich möchte, daß Sie für mich noch einmal den amerikanischen Touristen spielen«, sagte Grischin. Er zog ein Foto aus seiner Tasche und zeigte es Kusnezow.

»Das ist der Mann, den ich suche«, sagte er. »Probieren Sie es mit den Namen Trubshaw oder Irvine.«

Kusnezow war zehn Minuten später wieder zurück.

»Er hat sich unter dem Namen Irvine angemeldet und ist auf seinem Zimmer.«

»Nummer?«

»252. War das alles?«

»Das ist alles, was ich wissen wollte.«

Grischin ging zurück zu seinem eigenen Wagen und rief über Handy den Tresorknacker und Einbrecher an, den er in der Eingangshalle des Hotel Intourist postiert hatte.

»Sind Sie soweit?«

»Ja, Oberst.«

»Bleiben Sie in Alarmbereitschaft. Wenn ich Ihnen den Befehl gebe, möchte ich, daß Sie Zimmer 252 durchsuchen. Nehmen Sie nichts mit, aber schauen Sie sich alles genau an. Einer meiner Männer ist in der Eingangshalle, er kommt mit.«

»Verstanden.«

Um acht Uhr kam einer der beiden Männer, die Grischin in der Eingangshalle plaziert hatte, aus dem Hotel, nickte seinen Kollegen im Wagen auf der anderen Straßenseite zu und schlenderte davon.

Gleich darauf tauchten zwei Gestalten in schweren Wintermänteln und Pelzhüten auf. Grischin konnte einige weiße Haarsträhnen erkennen, die unter einem der Pelzhüte hervorquollen. Die Männer bogen nach links in die Straße Richtung Bolschoitheater ein.

Grischin rief seinen Einbrecher an. »Er hat das Hotel verlassen. Das Zimmer ist leer.«

Langsam rollte einer von Grischins Wagen hinter den beiden Männern her. Zwei weitere Posten, die im Parterrecafé des National gesessen hatten, kamen aus dem Hotel und folgten den Engländern. Vier Männer bummelten durch die Straße, vier weitere saßen in zwei Wagen. Grischins Fahrer fragte:

»Sollen wir sie einkassieren, Oberst?«

»Noch nicht, ich will wissen, wohin sie gehen.«

Vielleicht brachte ihn Irvine zu dem Amerikaner Monk, dann hätte Grischin sie alle auf einen Schlag.

Die beiden Engländer blieben an der Ampel vor der Twerskajastraße stehen, warteten, bis es grün wurde, und gingen dann auf die andere Seite. Sekunden später bog der Einbrecher um die Ecke Twerskajastraße.

Er war ein äußerst erfahrener Mann und sah stets wie ein ausländischer Geschäftsmann aus, ein Exemplar jener Spezies, die zu den wenigen gehörten, die sich die Moskauer Spitzenhotels noch leisten konnten. Mantel und Anzug waren gestohlen und stammten aus London, außerdem strahlte der Mann eine Selbstsicherheit aus, die nahezu jeden Hotelbediensteten täuschen mußte.

Grischin sah ihm nach, bis er die Drehtür des Hotels aufstieß und im Innern verschwand. Dem Oberst war nicht entgangen, daß Nigel Irvine zum Glück keinen Attachékoffer bei sich trug. Falls er einen besaß, mußte er ihn auf seinem Zimmer gelassen haben.

»Los«, befahl er seinem Fahrer. Der Mercedes glitt vom Bürgersteig fort und schob sich bis auf hundert Schritt an die Männer heran.

»Sie wissen, daß wir beschattet werden?« fragte Vincent beiläufig.

»Zwei Männer vor uns, zwei hinter uns, ein Wagen im Kriechtempo auf der anderen Straßenseite«, sagte Sir Nigel.

»Ich bin beeindruckt, Sir.«

»Mein lieber Junge, ich mag ja alt und grau sein, aber ich will doch hoffen, daß ich es noch merke, wenn ich derart auffällig und ungeschickt verfolgt werde.«

Aufgrund ihrer allgewaltigen Macht hatte sich die alte Zweite Hauptabteilung selten unauffällig durch die Straßen Moskaus bewegen müssen. Im Gegensatz zum FBI in Washington oder zum MI5 in London hatte man dort auch niemals aus der Kunst des unsichtbaren Beschattens einen Kult entwickelt.

Nachdem sie die illuminierte Pracht des Bolschoitheaters und dann das kleinere Malytheater passiert hatten, näherten sich die beiden Spaziergänger einer engen Nebenstraße, der Theatergasse.

Kurz vor der Abzweigung befand sich ein Türeingang, vor dem ein Bündel Lumpen lag und trotz beißender Kälte zu schlafen versuchte. Sir Nigel blieb stehen.

Vor und hinter ihm taten die Schwarzen Gardisten, als betrachteten sie aufmerksam einige leere Schaufenster.

Das Bündel im Türeingang, der von den Straßenlampen nur schwach erhellt wurde, regte sich und blickte auf. Der Mann war nicht betrunken, er war nur alt, das Gesicht unter der Wollmütze müde, verkniffen und von den Jahren der Arbeit und der Entbehrung gezeichnet. Am Revers des zerschlissenen Mantels hing eine Anzahl verblichener Ordensbänder. Zwei tiefliegende, erschöpft dreinblickende Augen sahen zu dem Ausländer auf.

Als Nigel Irvine in Moskau stationiert gewesen war, hatte er sich die Zeit genommen, russische Orden zu studieren. Ein Band in der fleckigen Reihe erkannte er wieder.

»Stalingrad?« fragte er leise. »Sie waren in Stalingrad?«
Der greise, in Wolle gepackte Kopf nickte langsam.
»Stalingrad«, krächzte der Alte.

Er konnte damals, im eisigen Winter 42, höchstens zwanzig gewesen sein, als er gegen die Sechste Armee von Paulus gekämpft und jeden Stein und jeden Keller der Stadt an der Wolga verteidigt hatte.

Sir Nigel kramte in seiner Hosentasche herum und zog einen Geldschein heraus. Fünfzig Millionen Rubel, etwa dreißig amerikanische Dollar.

»Essen«, sagte er auf russisch, »heiße Suppe. Ein Gläschen Wodka. Für Stalingrad.«

Er richtete sich auf und ging rasch und wütend davon. Vincent folgte ihm eilig. Ihre Beschatter lösten sich von den Schaufenstern und nahmen die Verfolgung wieder auf.

»Gütiger Himmel, was ist bloß aus ihnen geworden?« sagte er halblaut vor sich hin und bog in die Gasse ein.

Grischins Funkgerät knackte, als einer der Beschatter in seiner Handgerät sprach.

»Sie sind abgebogen. Sie gehen ins Restaurant.«

Das Silver Age ist ebenfalls eines dieser traditionellen altrussischen Restaurants und liegt in einer verwinkelten Gasse hinter den Theatern. Früher war es einmal das zentralrussische Bad gewesen, die Wände gefliest und mit Mosaiken ländlicher Szenen aus längst vergangenen Tagen bedeckt. Als die beiden Gäste eintraten, schlug die warme Luft wie eine Welle über ihnen zusammen.

Das Restaurant war gut besucht, nahezu alle Tische waren besetzt. Der Chefkellner eilte ihnen entgegen.

»Tut mir leid, meine Herren, wir sind ausgebucht«, sagte er auf russisch. »Eine geschlossene Gesellschaft. Tut mir wirklich leid.«

»Da ist doch noch ein freier Tisch«, antwortete Vincent in derselben Sprache. »Schauen Sie, da hinten.«

An der rückwärtigen Wand stand tatsächlich ein freier, für vier Personen gedeckter Tisch. Der Kellner sah bestürzt drein. Er wußte, daß die beiden Touristen Ausländer waren und wahrscheinlich in Dollar zahlen würden.

»Da muß ich den Gastgeber fragen«, sagte er und hastete davon. Er sprach einen attraktiven Mann mit olivenfarbener Haut an, der von Freunden umgeben am größten Tisch im Saal saß. Der Mann betrachtete die beiden Fremden nachdenklich und nickte dann.

Der Chefkellner kam zurück.

»Er hat eingewilligt. Bitte folgen Sie mir.«

Sir Nigel Irvine und Vincent setzten sich Seite an Seite auf die Bank an der Wand. Irvine sah zu dem Mann hinüber und nickte dem Gastgeber des Festes dankend zu. Der Mann nickte zurück.

Sie bestellten Ente in Kranichbeerensoße und ließen sich vom Kellner einen Rotwein der Krim vorschlagen, der im Geschmack ein wenig an Bull's Blood erinnerte.

Draußen ließ Grischin die Gasse durch vier seiner Soldaten abriegeln. Der Mercedes des Oberst fuhr bis vor die enge Straße, dann stieg Grischin aus, besprach sich kurz mit seinen Männern, setzte sich anschließend wieder in den Wagen und griff zum Telefon.

»Wie kommen Sie voran?« fragte er.

Vom Flur des zweiten Stockwerks des Hotel National hörte er die Antwort: »Arbeite noch am Schloß.«

Zwei Männer von den vieren, die ursprünglich vor dem National postiert worden waren, standen noch dort. Der eine hielt sich jetzt am Ende des Flurs bei den Fahrstühlen auf. Er sollte darauf achten, ob jemand ausstieg und in den Flur Richtung Zimmer 252 einbog. War dies der Fall, überholte er die Gäste, pfiff eine Melodie, um den Einbrecher zu warnen, und ging an ihm vorbei.

Sein Kollege war beim Tresorknacker, der sich über das Schloß zum Zimmer 252 beugte und sein Bestes tat.

»Sagen Sie mir Bescheid, sobald Sie drin sind«, sagte Grischin.

Zehn Minuten später war ein leises Klicken zu hören, und das Schloß gab nach. Grischin wurde informiert.

»Jedes Blatt Papier, sämtliche Dokumente fotografieren und zurücklegen«, sagte er.

Die Durchsuchung von Sir Nigel Irvines Zimmmer erfolgte

schnell und gründlich. Der Einbrecher blieb zehn Minuten im Bad, kam dann wieder heraus und schüttelte den Kopf. Die Schubladen der Kommode enthielten nur die zu erwartende Ansammlung von Schlipsen, Hemden, Unterwäsche und Taschentücher. Die Schublade vom Nachttisch war leer. Das galt ebenso für den kleinen Koffer oben auf dem Schrank und die Taschen der beiden Anzüge im Schrank.

Der Einbrecher ging in die Knie und stieß einen langen, zufriedenen Seufzer aus.

Der Attachékoffer lag mitten unter dem Bett, wo er kaum zufällig zu entdecken war. Der Einbrecher angelte ihn mit einem Kleiderhaken hervor. Für das Zahlenschloß brauchte er ganze drei Minuten.

Als der Deckel aufklappte, war er enttäuscht. In einem Plastikumschlag fand er Travellerschecks, die er eingesteckt hätte, wäre ihm das nicht verboten worden, eine Brieftasche mit einigen Kreditkarten sowie eine Rechnung vom White's Club in London. Eine silberne Taschenflasche verströmte einen Geruch, der ihm unbekannt war.

Die Deckelinnentasche enthielt ein Rückflugticket von Moskau nach London und einen Moskauer Stadtplan. Er schaute im Plan nach, ob irgendwelche Straßen markiert waren, konnte aber nichts entdecken.

Mit einer Kleinbildkamera fotografierte er die Papiere. Der Schwarzgardist gab seine Funde an Oberst Grischin durch.

»Es muß noch ein Brief da sein«, drang die metallische Stimme aus der fünfhundert Meter entfernten Straße durch das Telefon.

Dieser Hinweis brachte den Einbrecher dazu, den Attachékoffer noch einmal gründlich zu untersuchen, und so entdeckte er den doppelten Boden. Er enthielt einen langen, cremefarbenen Umschlag, in dem sich ein einzelnes Blatt Papier derselben Farbe befand, das den eingravierten Briefkopf des Patriarchen von Moskau und ganz Rußland trug. Dies wurde gleich dreimal fotografiert, nur um sicherzugehen.

»Packen Sie Ihre Sachen zusammen und verschwinden Sie«, befahl Grischin.

Die beiden Männer legten den Brief wieder in den Umschlag, steckten ihn zurück in den doppelten Boden, stellten am Zahlenschloß dieselbe Zahlenkombination ein, die sie vorgefunden hatten, und schoben den Koffer wieder unters Bett, genau an seinen alten Platz. Als das Zimmer aussah, als wäre es nicht mehr betreten worden, seit Sir Nigel Irvine es verlassen hatte, gingen die Männer hinaus.

Die Tür zum Silver Age ging auf und schloß sich wieder mit leisem Zischen. Grischin und vier Männer durchquerten den kleinen Vorraum und schoben die schweren Vorhänge zur Seite, die den Durchgang zum Speisesaal verdeckten. Der Chefkellner stürzte auf sie zu.

»Tut mir leid, meine Herren...«

»Aus dem Weg«, herrschte Grischin ihn an, ohne ihn auch nur anzuschauen.

Der Kellner zuckte zusammen, entdeckte die vier Männer hinter dem großen Mann in dem schwarzen Mantel und wich zurück. Er wußte Bescheid und erkannte ernsthafte Schwierigkeiten, wenn sie vor ihm standen. Die vier Leibwächter mochten Zivil tragen, aber sie waren allesamt ziemlich stämmig gebaut und hatten Gesichter, die offenbar schon so manche Schlägerei überstanden hatten. Auch wenn sie keine Uniformen trugen, wußte der Kellner doch, daß sie zur Schwarzen Garde gehörten. Er hatte im Fernsehen ihre Uniformen gesehen, die marschierenden Bataillone, die ihren Arm nach oben streckten, wenn sie ihren Führer auf dem Podest begrüßten, und er war klug genug, um zu wissen, daß Kellner sich nicht mit der Schwarzen Garde anlegten.

Der Anführer der Truppe musterte die Gäste, bis sein Blick auf die beiden Ausländer fiel, die am anderen Ende des Saals speisten. Mit einem Kopfnicken befahl er einem seiner Männer, ihn zu begleiten, die übrigen drei wies er an, ihn von der Tür aus zu decken, obwohl er wußte, daß er ihren Schutz kaum brauchen würde. Der jüngere der beiden Engländer könnte vielleicht einigen Ärger bereiten, aber das würde nur ein paar Sekunden dauern.

»Freunde von Ihnen?« fragte Vincent ruhig. Unbewaffnet fühlte er sich nackt, und er überlegte, wie weit er mit dem gezackten Steakmesser neben seinem Teller kommen würde. Nicht sehr weit, sagte ihm seine Vernunft.

»Ich glaube, das sind die Gentlemen, deren Druckerpressen Sie vor einigen Wochen ein wenig demoliert haben«, sagte Irvine. Er wischte sich den Mund ab. Die Ente war köstlich gewesen. Der Mann im schwarzen Mantel kam auf sie zu, blieb vor ihnen stehen und sah auf sie herab. Seine »schweren Jungs« stellten sich hinter ihn.

»Sir Irvine?« Grischin sprach nur russisch. Vincent übersetzte.

»Nun, eigentlich heißt es Sir Nigel. Aber mit wem habe ich das Vergnügen?«

»Treiben Sie keine Spielchen mit mir. Wie sind Sie in dieses Land gelangt?«

»Mit einem Flugzeug.«

»Lüge.«

»Ich versichere Ihnen, Oberst... Sie sind doch Oberst Grischin, nicht wahr?... meine Papiere sind völlig in Ordnung. Sie liegen natürlich beim Empfang im Hotel, sonst würde ich sie Ihnen gern zeigen.«

Einen Moment lang schien Grischin unentschlossen. Wenn er den Staatsorganen Anweisungen erteilte und die entsprechenden Bestechungsgelder aussetzte, wurden seine Befehle zumeist befolgt. Aber es konnte auch eine Panne gegeben haben. Das würde noch jemand bereuen müssen.

»Sie mischen sich in die inneren Angelegenheiten Rußlands, *Anglichanin*, und das paßt mir nicht. Ihre amerikanische Marionette, diesen Monk, den haben wir uns auch bald geschnappt, und dann werde ich meine Rechnung mit ihm persönlich begleichen.«

»Sind Sie fertig, Oberst? Denn sollten Sie fertig sein, werde ich Ihnen, da Sie nun einmal so offen zu mir sind, ebenso offen antworten.«

Vincent übersetzte in Windeseile. Grischin starrte ihn ungläubig an. Niemand redete so mit ihm, vor allem aber kein hilfloser alter Mann. Nigel Irvine hob den Blick von seinem Glas Wein und schaute Grischin direkt an.

»Sie sind ein zutiefst verabscheuungswürdiger Mensch, allein der Mann, dem Sie dienen, ist vielleicht noch widerlicher als Sie.«

Vincent öffnete den Mund, schloß ihn wieder und murmelte dann auf englisch: »Halten Sie das für klug, Chef?«

»Übersetzen Sie nur, seien Sie so lieb.«

Vincent tat, wie befohlen. An Grischins Stirn schwoll eine Ader an.

Der Ganove hinter ihm sah aus, als würde sein Hals nicht mehr lange in seinen Kragen passen.

»Das russische Volk«, fuhr Irvine im Plauderton fort, »mag viele Fehler begangen haben, aber Sie hat es ebensowenig verdient, wie irgendeine andere Nation der Erde solchen Abschaum wie Sie verdient hat.«

Vincent hielt bei dem Wort »Abschaum« einen Moment inne, schluckte und benutzte dann das russische Wort *pisdjuk*. Die Ader pulsierte immer heftiger.

»Kurz, Oberst Grischin, es besteht vielleicht noch eine Chance, daß Sie und Ihr Oberlude dieses großartige Land niemals regieren werden. Das Volk durchschaut nämlich langsam Ihre Fassade, und in dreißig Tagen werden Sie hoffentlich feststellen müssen, daß es seine Meinung geändert hat. Und was wollen Sie dagegen schon unternehmen?«

»Ich glaube«, sagte Grischin bedächtig, »ich werde damit anfangen, daß ich Sie umbringe. Rußland werden Sie jedenfalls nicht wieder lebend verlassen.«

Vincent übersetzte und fügte dann auf englisch hinzu: »Ich denke, er meint es ernst.«

Der Saal verstummte. Die Gäste an den Tischen zu beiden Seiten hatten mit Vincents Hilfe den Wortwechsel zwischen Grischin und Irvine verfolgen können. Grischin machte sich keine Sorgen. Moskowiter, die abends zum Essen ausgingen, würden sich weder einmischen noch sich daran erinnern, was sie gesehen hatten. Das Morddezernat suchte noch heute nach den Männern, die den Londoner Journalisten umgebracht hatten.

»Das wäre wohl kaum Ihre klügste Entscheidung«, sagte Irvine.

Grischin schnaubte verächtlich. »Was glauben Sie denn, wer Ihnen helfen sollte? Diese Schweine vielleicht?«

Schweine war das falsche Wort. Etwas schlug links von Grischin heftig auf dem Tisch auf. Er wandte sich halb danach um. Die glitzernde und noch immer vibrierende Klinge eines Schnappmessers stak im Holz der Tischplatte. Es hätte das Steakmesser des Gastes vor ihm sein können, doch das lag noch neben dem Teller. Ein weiterer Gast zu seiner Linken nahm seine weiße Serviette auf. Darunter lag eine Neun-Millimeter-Steyr.

Über die Schulter gewandt fragte Grischin seine Schwarzgardisten hinter ihm: »Wer sind diese Leute?«

»Tschetschenen«, zischte der Gardist.

»Alle?«

»Ich glaube, ja«, sagte Irvine, nachdem Vincent für ihn übersetzt hatte. »Und sie mögen es überhaupt nicht, wenn man sie Schweine nennt. Moslems, wissen Sie. Mit gutem Gedächtnis. Sie können sich sogar noch an Grosny erinnern.«

Kaum hatte er den Namen ihrer zerstörten Hauptstadt genannt, war ein lautes metallisches Klicken zu hören, als fünfzig Gäste ihre Waffen entsicherten. Allein sieben Revolver richteten sich auf die drei Schwarzgardisten bei den Vorhängen am Durchgang. Der Kellner duckte sich hinter seiner Kasse und betete darum, seine Enkel noch einmal wiedersehen zu dürfen.

Grischin sah auf Sir Nigel herab. »Ich habe Sie unterschätzt, *Anglichanin*. Das passiert mir nicht noch mal. Verschwinden Sie aus Rußland, und hören Sie auf, sich in unsere inneren Angelegenheiten einzumischen. Und finden Sie sich damit ab, daß Sie Ihren amerikanischen Freund nie wieder sehen werden.«

Er machte auf dem Absatz kehrt und stolzierte zur Tür. Seine Wachen folgten ihm.

Vincent stieß einen langen Seufzer aus. »Sie wußten über diese Leute im Lokal Bescheid, stimmt's?«

»Nun, ich hatte gehofft, daß meine Nachricht angekommen ist. Sollen wir gehen?«

Er hob sein Glas mit dem letzten Schluck starken Rotwein und prostete dem Saal zu.

»Auf Ihr Wohl, meine Herren. Und vielen Dank.«

Vincent übersetzte, dann gingen sie. Sie gingen alle zusammen. Die verbleibenden Stunden der Nacht bewachten die Tschetschenen das Hotel, und am nächsten Morgen begleiteten sie die Besucher nach Scheremetjewo, von wo aus sie den nächsten Flug nach London nahmen.

»Was Sie mir auch anbieten, Sir Nigel«, sagte Vincent, als die Maschine der British Airways über der Moskwa drehte und nach Westen schwenkte, »ich werde nie, ich wiederhole, nie wieder nach Moskau zurückkehren.«

»Das trifft sich gut, ich nämlich auch nicht.«

»Und wer ist der Amerikaner?«

»Oh, ich fürchte, der ist immer noch irgendwo da unten und lebt am Rand des Abgrunds, direkt am Abgrund. Wirklich ein ganz besonderer Mensch.«

Umar Gunajew ging hinein, ohne anzuklopfen. Monk saß am Tisch und betrachtete einen detaillierten Stadtplan von Moskau. Er blickte auf.

»Wir müssen miteinander reden«, sagte der Tschetschenenführer.

»Sie sind unzufrieden«, sagte Monk. »Das ist schade.«

»Ihre Freunde sind fort. Sie leben. Aber was letzte Nacht im Silver Age passiert ist, war einfach verrückt. Ich habe eingewilligt, weil ich Ihnen seit damals etwas schuldig bin. Aber so langsam habe ich meine Schuld abgetragen. Und ich allein stehe in Ihrer Schuld. Warum soll ich meine Männer in Gefahr bringen, nur weil Ihre Freunde verrückte Spielchen treiben wollen?«

»Tut mir leid. Der alte Mann mußte unbedingt nach Moskau kommen. Er hatte eine überaus wichtige Verabredung, die er persönlich wahrnehmen mußte. Also ist er hergekommen. Und Grischin hat entdeckt, daß er im Land war.«

»Dann hätte er im Hotel essen sollen. Da wäre er vergleichsweise sicher gewesen.«

»Offenbar wollte er Grischin unbedingt kennenlernen, mit ihm reden.«

»Reden nennen Sie das? Ich saß nur drei Tische weiter. Er hat ihn praktisch gebeten, ihn umzubringen.«

»Ich verstehe es doch auch nicht, Umar. So lauteten jedenfalls seine Anweisungen.«

»Es gibt in diesem Land zweieinhalbtausend private Sicherheitsdienste, Jason, allein achthundert davon in Moskau. Er hätte problemlos fünfzig Mann anheuern können.«

Mit steigender Kriminalitätsrate waren diese Sicherheitsgesellschaften wie Pilze aus dem Boden geschossen. Gunajews Zahlen stimmten ziemlich genau. Zumeist rekrutierten sie ihre Leute aus ehemals militärischen Verbänden, so daß es Sicherheitsdienste aus

Exmarinetruppen, Exspezialeinheiten, aus ehemaligen paramilitärischen Gruppierungen, der Exmiliz und dem Ex-KGB gab.

Die Zahl der Sicherheitsleute betrug 1999 achthunderttausend, ein Drittel davon befand sich in Moskau. Theoretisch war es Aufgabe der Miliz, an jede Sicherheitsgesellschaft eine Lizenz zu vergeben, und laut Gesetz hatte sie alle Männer auf den jeweiligen Gehaltslisten zu kontrollieren, sie auf ihre Eignung und auf eventuelle Vorstrafen hin zu durchleuchten und ihren Sinn für Verantwortung, Anzahl und Marke der Waffen und den Grund für ihre Bewaffnung zu überprüfen.

Soweit die Theorie. In der Praxis konnte ein gut gefüllter Umschlag alle notwendigen Lizenzen besorgen. Die Tarnung als »Sicherheitsgesellschaft« war derart nützlich, daß die Banden einfach ihre eigene Gesellschaft anmeldeten, so daß jeder Ganove in der Stadt ein Papier zücken konnte, das ihn als Angehörigen des Sicherheitsdienstes auswies und ihn berechtigte, das zu tragen, was er unter der linken Achselhöhle verbarg.

»Das Problem ist nur, Umar, daß man sie kaufen kann. Die sehen Grischin und wissen, der verdoppelt ihr Gehalt. Sie würden die Seiten wechseln und den Auftrag selbst erledigen.«

»Also haben Sie meine Männer genommen, weil die Sie nicht verraten würden?«

»Mir blieb keine andere Wahl.«

»Ihnen ist klar, daß Grischin nun genau weiß, wer Sie beschützt? Sollte er vorher noch seine Zweifel gehabt haben, dürften die jetzt ausgeräumt sein. Von jetzt an wird das Leben ziemlich schwierig. Auf der Straße gibt es bereits erste Gerüchte, die besagen, daß die Dolgoruki sich zu einem größeren Bandenkrieg rüsten. Und das letzte, was ich jetzt gebrauchen kann, ist ein Bandenkrieg.«

»Wenn Komarow an die Macht kommt, werden die Dolgoruki Ihr geringstes Problem sein.«

»Was zum Teufel haben Sie und Ihr dämlicher schwarzer Ordner hier eigentlich ins Rollen gebracht?«

»Was es auch ist, Umar, wir können es nicht mehr aufhalten.«

»Wir? Ich höre immer ›wir‹. Sie haben mich um Hilfe gebeten. Sie brauchten Schutz. Ich habe Ihnen meine Gastfreundschaft angeboten, aber jetzt droht man mir mit offenem Krieg.«

»Ich könne versuchen, ihn abzuwenden.«

»Wie denn?«

»Ich rede mit General Petrowski.«

»Mit dem? Diesem Tschekisten? Wissen Sie, wie viele Geschäfte der und seine GUVD mir versaut haben? Wissen Sie, wie viele Razzien der in meinen Clubs, meinen Lagerhäusern und Casinos durchgeführt hat?«

»Er haßt die Dolgoruki mehr als die Tschetschenen. Außerdem muß ich mich mit dem Patriarchen treffen. Ein letztes Mal.«

»Warum?«

»Ich muß mit ihm reden. Es gibt da ein paar Dinge, die er wissen muß. Aber wenn ich wieder ungeschoren davonkommen will, brauche ich noch einmal Hilfe.«

»Ihn hat doch keiner in Verdacht. Verkleiden Sie sich als Priester, und gehen Sie zu ihm.«

»Ganz so einfach ist es nicht. Ich glaube, der Engländer ist mit der Hotellimousine vorgefahren. Und wenn Grischin die Eintragungen überprüft, was er wahrscheinlich längst getan hat, dann weiß er, daß der Engländer beim Patriarchen war. Also wird er das Haus in Tschisti Pereulok bewachen lassen.«

Umar schüttelte ungläubig den Kopf.

»Weißt du, mein Freund, dein englischer Freund ist ein alter Narr.«

Oberst Grischin saß an seinem Tisch und betrachtete das vergrößerte Foto mit unverhohlener Befriedigung. Dann drückte er eine Taste auf der Gegensprechanlage. »Ich muß mit Ihnen reden, Herr Präsident.«

»Kommen Sie herein.«

Igor Komarow studierte die Fotografie des Briefs, der in Sir Nigels Attachékoffer gefunden worden war. Er war auf dem offiziellen Briefpapier des Patriarchen geschrieben worden und begann mit den Worten: »An Ihre Königliche Hoheit.« Unterschrift und Siegel stammten von Seiner Heiligkeit Alexei II.

»Was ist das?«

»Die ausländische Verschwörung gegen Sie, Herr Präsident, ist aufgedeckt. Unsere Widersacher gehen dabei in zwei Richtungen vor. Hier in Rußland versucht man, Ihre Wahlkampagne zu destabilisieren und Besorgnis und Mutlosigkeit zu verbreiten, indem man gewissen ausgewählten Personen ihr privates Manifest zeigt. Resultat war die Sabotage an den Druckerpressen, die Anordnung der Banken, jede landesweite Berichterstattung einzustellen und die hetzerische Rede des alten Trottels von General. Das hat Schaden angerichtet, kann aber Ihren Sieg nicht verhindern.

Der zweite Teil der Verschwörung ist auf gewisse Weise sogar noch gefährlicher. Er zielt auf eine Restauration des Zarentums, um Sie damit schachmatt zu setzen. Aus Eigennutz hat der Patriarch dem zugestimmt. Vor Ihnen liegt sein persönlicher Brief an einen gewissen Prinzen im Westen. In dem Schreiben wird die Idee der Restauration befürwortet, und für den Fall ihrer Realisierung verspricht die Kirche, sich dafür einzusetzen, daß dieser Mann gebeten wird, den Thron aller Reußen zu besteigen.«

»Und was schlagen Sie vor, Oberst?«

»Ganz einfach, Präsident. Ohne einen Thronfolger bricht die Verschwörung in sich zusammen.«

»Kennen Sie einen Mann, der... diesen edlen Herrn entmutigen könnte?«

»Für alle Zeit. Der Mann ist gut, und er ist daran gewöhnt, im Westen zu arbeiten. Spricht mehrere Sprachen. Er arbeitet für die Dolgoruki, läßt sich aber kaufen. Bei seinem letzten Auftrag hatte er es mit zwei Abtrünnigen von der Mafia zu tun, die zwanzig Millionen Dollar in London deponieren sollten, sich es dann aber anders überlegt haben und das Geld in die eigenen Taschen steckten. Vor zwei Wochen wurden sie in einer Wohnung in Wimbledon gefunden, einer Vorstadt von London.«

»Ich denke, dann sollten wir die Dienste dieses Mannes in Anspruch nehmen, Oberst.«

»Überlassen Sie alles weitere mir, Herr Präsident. In zehn Tagen gibt es keinen Thronfolger mehr.«

Und dann, dachte Grischin, als er in sein Büro zurückging, wenn der edle Prinz auf einer Marmorplatte liegt und Jason Monk, von SZKI aufgespürt, in einem Keller hängt, werden wir Sir Nigel einen Packen Fotos schicken, die ihm sein Weihnachten so richtig versüßen werden.

Der Chef der GUVD hatte sein Essen beendet, hielt seine kleine Tochter auf dem Knie und saß mit ihr vor dem Fernseher, um sich ihre liebste Trickfilmsendung anzuschauen, als das Telefon klingelte. Seine Frau nahm ab.

»Für dich.«

»Wer ist dran?«

»›Der Amerikaner‹ hat er einfach nur gesagt.«

Der Milizgeneral setzte Tatjana auf den Boden und stand auf.

»Ich gehe ins Arbeitszimmer.«

Nachdem er die Tür geschlossen und den Hörer in die Hand genommen hatte, hörte er es klicken, als seine Frau den Hörer des Zweitapparats auflegte.

»Ja?«

»General Petrowski?«

»Ja.«

»Wir haben letztens miteinander gesprochen.«

»Das haben wir.«

»Ich habe einige Informationen, die für Sie interessant sein könnten. Haben Sie einen Stift und ein Blatt Papier zur Hand.«

»Von wo aus telefonieren Sie?«

»Aus einer Telefonzelle. Mir bleibt nicht viel Zeit. Bitte beeilen Sie sich.«

»Schießen Sie los.«

»Komarow und Grischin haben ihre Freunde, die Dolgoruki, zu einem Bandenkrieg überredet. Sie wollen sich mit der Tschetschenenmafia anlegen.«

»Eine Ratte frißt die andere. Was kümmert's mich?«

»Nun, eine Delegation der Weltbank ist in Moskau und verhandelt über die nächste Kreditrunde. Wenn ein Kugelhagel über die Straßen niedergeht, dürfte der amtierende Präsident nicht gerade begeistert sein, schließlich macht er sich schon genug Sorgen um sein Ansehen in der Welt und um seine Wahlchancen. Er wird sich fragen, warum das gerade jetzt passieren mußte.«

»Und weiter?«

»Sechs Adressen. Schreiben Sie bitte mit.«

Monk betete die Adressen herunter, während sich General Petrowski Notizen machte.

»Was sind das für Adressen?«

»Die ersten beiden sind Waffenarsenale der Dolgoruki. Die dritte Adresse ist ein Casino, in der die Buchhaltung der Dolgoruki aufbewahrt wird. An den letzten drei finden Sie Lagerhäuser, die Diebesgut im Wert von zwanzig Millionen Dollar enthalten.«

»Woher wissen Sie das?«

»Ich habe so meine Kontakte. Kennen Sie die folgenden Offiziere?«

Monk nannte ihm zwei Namen.

»Natürlich. Einer meiner Stellvertreter und ein Truppenkommandant der SOBR. Warum?«

»Sie stehen beide auf der Gehaltsliste der Dolgoruki.«

»Ich kann nur hoffen, Amerikaner, daß Ihre Angaben stimmen.«

»Sie stimmen. Wenn Sie Razzien veranstalten wollen, dann ohne lange Vorankündigung. Und halten Sie die beiden im ungewissen.«

»Ich weiß, wie ich meinen Job zu tun habe.«

Monk beendete das Gespräch. Nachdenklich legte Petrowski den Hörer auf. Wenn dieser sonderbare Ausländer recht hatte, waren seine Informationen unbezahlbar. Er hatte die Wahl. Er konnte den Bandenkrieg seinen Lauf nehmen lassen oder dem mächtigsten Mafiasyndikat eine Reihe von Tiefschlägen verpassen, die ihm zum jetzigen Zeitpunkt auch noch ein dickes Lob vom Präsidenten einbringen mußte.

Ihm standen mit der SOBR, der Schnellen Eingreiftruppe, dreitausend zumeist junge und ehrgeizige Männer zur Verfügung. Wenn auch nur die Hälfte von dem stimmte, was der Amerikaner über Igor Komarow und seine Pläne nach der Machtübernahme gesagt hatte, würde es im neuen Rußland für ihn, für seine Antimafiabande und die Leute aus seiner Truppe keinen Platz geben. Er ging zurück ins Wohnzimmer.

Der Trickfilm war vorbei. Jetzt würde er nie erfahren, ob der Kojote den Roadrunner zum Abendessen verspeist hatte oder nicht.

»Ich gehe noch mal ins Büro«, sagte er zu seiner Frau. »Ich werde die ganze Nacht fortbleiben und komme morgen erst spät zurück.«

Im Winter fluten die Stadtbehörden gewöhnlich die Pfade und Wege des Gorkiparks, und da das Wasser gleich steinhart gefriert, entsteht so die größte Eisbahn des Landes. Das Eis erstreckt sich meilenweit und ist bei Moskowitern jeden Alters und aller Klassen beliebt, die ihre Schlittschuhe und einen guten Vorrat Wodka mitbringen, um eine Zeitlang ihre Sorgen und Probleme auf der weiten Fläche zu vergessen.

Einige Zufahrten bleiben eisfrei und enden auf kleinen Parkplätzen. Zehn Tage vor Weihnachten trafen sich auf einem dieser Plätze zwei dick eingemummte Männer mit Pelzmützen. Sie stiegen aus ihren Wagen und blickten über das Eis, auf dem sich Schlittschuhläufer tummelten und einander umkreisten.

Der eine war Anatoli Grischin, der andere ein einsamer Mann, der in der Unterwelt unter dem Namen *Mekhanik*, der »Mechaniker«, bekannt war.

Killer gab es in Rußland für wenige Rubel dutzendweise, doch für mehrere Mafiabanden, vor allem aber für die Dolgoruki war der Mechaniker etwas Besonderes.

Er stammte eigentlich aus der Ukraine, ein ehemaliger Major der Armee, der vor Jahren zu den Sondereinheiten der Speznas und von dort zur Spionageabteilung der GRU abkommandiert worden war. Im Anschluß an die Sprachenschule war er zweimal in Westeuropa stationiert gewesen. Nach seiner Entlassung aus der Armee hatte er begriffen, daß er mit seiner Kenntnis der englischen und französischen Sprache, seiner Fähigkeit, sich problemlos in Gesellschaften, die den meisten Russen fremd und eigentümlich erschienen, bewegen zu können, sowie seinem Mangel an Hemmungen, wenn es darum ging, einen Menschen zu töten, einer lukrativeren Beschäftigung nachgehen konnte.

»Mir wurde gesagt, daß Sie mich sehen wollen«, sagte er.

Er wußte, wer Oberst Grischin war, und er wußte auch, daß der Sicherheitschef der UPK ihn kaum innerhalb Rußlands benötigen würde. Bei der Schwarzen Garde, um von der Dolgoruki-Mafia gar nicht erst zu reden, gab es genügend schießwütige Leute, die nur auf einen entsprechenden Befehl warteten. Doch im Ausland zu arbeiten, das war längst nicht so einfach.

Grischin reichte ihm ein Foto. Der Mechaniker starrte es an und drehte es um. Auf der Rückseite standen in Maschinenschrift ein Name und die Adresse eines weit im Westen gelegenen Landhauses.

»Ein Prinz«, murmelte er. »Ich werde immer besser.«

»Behalten Sie Ihren Sinn für Humor für sich«, sagte Grischin. »Ein leichtes Ziel. Kein nennenswerter Personenschutz. Bis zum fünfundzwanzigsten Dezember.«

Der Mechaniker dachte nach. Zu schnell. Er brauchte Zeit, um sich vorzubereiten. Er lebte noch und war noch auf freiem Fuß, weil er alles sorgfältig anging, und das brauchte seine Zeit.

»Neujahr«, sagte er.

»Also gut. Sie haben Ihren Preis.«

Der Mechaniker nannte ihn.

»Einverstanden.«

Weiße Atemwolken stiegen von beiden Männern auf. Der Mechaniker erinnerte sich, im Fernsehen eine Versammlung eines charismatischen jungen Erweckungspredigers gesehen zu haben, der für eine Rückkehr zu Gott und eine Wiederkehr des Zaren gebetet hatte. Darauf also wollte Grischin hinaus. Er bedauerte es, nicht das Doppelte verlangt zu haben.

»Das ist alles?« fragte er.

»Falls Sie nicht noch mehr wissen wollen...«

Der Killer steckte das Foto in seinen Mantel.

»Nein«, sagte er, »ich denke, ich weiß alles, was ich wissen muß. Immer wieder schön, mit Ihnen Geschäfte zu machen, Oberst.«

Grischin drehte sich um und packte den Mann am Arm. Der Mechaniker sah auf die behandschuhte Hand, bis sie den Griff löste. Er mochte es nicht, wenn man ihn anfaßte.

»Es darf keine Fehler geben, keine Verwechslung, keine Verzögerung.«

»Ich mache keine Fehler, Oberst, sonst hätten Sie nicht nach mir verlangt. Ich schicke Ihnen die Nummer meines Kontos in Liechtenstein per Post. Guten Tag.«

In den frühen Morgenstunden, kurz nach der Begegnung an der Eisbahn im Gorkipark, ließ General Petrowski gleichzeitig sechs Razzien durchführen.

Die beiden Verräter wurden zu einem Essen in das Offizierscasino der SOBR eingeladen und so lange mit Wodka abgefüllt, bis sie herrlich besoffen waren. Man hatte ihnen Zimmer besorgt, in denen sie ihren Rausch ausschlafen konnten. Um ganz sicherzugehen, wurde vor jede Tür noch ein Wachposten gestellt.

Eine für diesen Tag angesetzte »taktische« Übung wurde kurz vor Mitternacht zum Ernstfall. Die Truppen hockten alarmbereit in den Mannschaftswagen in einer Reihe geschlossener Garagen. Gegen zwei Uhr morgens erhielten Fahrer und Zugführer Adressen und Einsatzbefehle. Seit Monaten zum erstenmal war die Überraschung vollkommen.

Die drei Lagerhäuser boten kaum Schwierigkeiten. Vier Wachen, die die Kostbarkeiten schützen wollten, wurden niedergeschossen. Acht weitere Wachen ergaben sich gerade noch rechtzeitig. Die Lagerhäuser enthielten zehntausend Kisten mit zollfrei importiertem Wodka, der in den letzten beiden Monaten aus Finnland und Polen ins Land geschmuggelt worden war. Die schlechte Weizenernte hatte die Nation mit dem höchsten Wodkaverbrauch der Welt gezwungen, das eigene Gebräu zu Preisen einzuführen, die dreimal so hoch wie im Erzeugerland waren.

Ansonsten befanden sich in den Lagerhäusern noch Geschirrspüler, Waschmaschinen, Fernseher, Videogeräte und Computer, die allesamt im Westen gestohlen worden waren.

Die beiden Arsenale enthielten genügend Waffen für ein ganzes Infanterieregiment, einfache Schnellfeuergewehre waren ebenso vertreten wie tragbare Panzerabwehrraketen und Flammenwerfer.

Petrowski führte die Fahndungsaktion im Casino persönlich an. Während die Spieler kreischend in die Nacht flüchteten, jammerte der Manager und behauptete, daß sein Geschäft vollkommen legal und von den Behörden genehmigt worden sei. Erst als sein Tisch im Büro zur Seite geschoben, der Teppich angehoben und die Falltür zum Keller freigelegt wurde, fiel er in Ohnmacht.

Noch am späten Vormittag luden die Truppen der SOBR Kiste um Kiste mit Unterlagen in Lastwagen und brachten sie zur Auswertung in das Hauptquartier der GUVD in die Schabolowkastraße 6.

Bis zum Mittag hatten vom dreihundert Meter entfernt gelegenen Tschitnyplatz zwei Generäle aus dem Präsidium des MVD, des

Innenministeriums, angerufen, um ihre Glückwünsche zu übermitteln.

Erste Meldungen über die Geschehnisse der letzten Nacht brachten die Radionachrichten am Vormittag, gegen Mittag strahlte das Fernsehen einen ziemlich vollständigen Bericht aus. Die Zahl der Opfer unter den Gangstern, unterstrich der Nachrichtensprecher, sei auf sechzehn gestiegen, während die Schnelle Eingreiftruppe nur zwei Verletzte zu beklagen hatte, einen Schwerverletzten mit Bauchschuß und einen weiteren Mann mit einer leichten Fleischwunde. Siebenundzwanzig Mafiosi waren lebend gefaßt worden, sieben von ihnen lagen im Krankenhaus, zwei weitere, so hieß es, legten im GUVD bereits ausführliche Geständnisse ab.

Die letzte Behauptung stimmte zwar nicht, war aber von Petrowski an die Medien weitergegeben worden, um für zusätzliche Panik unter den Führern der Dolgoruki zu sorgen.

Letztere standen tatsächlich wie unter Schockwirkung, als sie sich in einer luxuriös eingerichteten und äußerst gut bewachten Villa weit außerhalb der Stadt, etwa zweieinhalb Kilometer entfernt von der Archangelskojebrücke über die Moskwa, trafen. Unbändige Wut war vielleicht das einzige Gefühl, das die allgemeine Panik noch übertraf. Die meisten Anwesenden gingen davon aus, daß die Ausschaltung ihrer beiden Spitzel, die völlige Überraschung, die der SOBR gelungen war und die Exaktheit der Informationen, die offenbar vorgelegen hatten, auf eine undichte Stelle hinwiesen.

Noch während sie sich berieten, trugen ihnen ihre Leute von der Straße das Gerücht zu, daß ein hoher Offizier der Schwarzen Garde geplaudert habe. Angesichts der Millionen Dollars, die die Dolgoruki in Igor Komarows Wahlkampf gesteckt hatten, war die Mafia nicht gerade begeistert.

Sie sollten nie erfahren, daß dieses Gerücht auf Anraten von Jason Monk durch die Tschetschenen in die Welt gesetzt worden war. Die Führer der einzelnen Clans beschlossen jedoch, auf einer lückenlosen Erklärung zu bestehen, ehe sie weitere Summen an die UPK bewilligen wollten.

Kurz nach drei erhielt Monk Besuch von Umar Gunajew, der unter schwerem Begleitschutz zu der kleinen Wohnung nördlich vom Ausstellungsgelände im Sokolnikipark gefahren war, in der sich Monk zur Zeit aufhielt.

»Ich weiß nicht, wie Sie das geschafft haben, mein Freund, aber letzte Nacht ist eine ziemlich große Bombe in die Luft gegangen.«

»Eine Frage des Eigennutzes«, sagte Monk. »Petrowski hatte ein beträchtliches Interesse daran, seine Vorgesetzten bis hinauf zum Büro des amtierenden Präsidenten in eben jener Woche zu erfreuen, in der eine Abordnung der Weltbank in der Stadt weilt. Das ist alles.«

»Na schön. Nun, die Dolgoruki sind wohl kaum noch in der Lage, einen Bandenkrieg gegen mich zu führen. Sie werden Wochen brauchen, um den angerichteten Schaden zu verdauen.«

»Und die undichte Stelle in der Schwarzen Garde zu finden«, erinnerte ihn Monk.

Umar Gunajew warf ihm eine Ausgabe der *Segodnja* in den Schoß.

»Werfen Sie einen Blick auf Seite drei«, riet er.

Dort stand ein Bericht des führenden Meinungsforschungsinstituts Rußlands, dem zufolge die Wahlchancen der UPK weiter gesunken waren und momentan bei fünfundfünfzig Prozent lagen.

»Die Umfragen werden meistens in den Städten durchgeführt«, sagte Monk. »Das ist praktischer und einfacher. Komarow ist in den Städten besonders stark, aber entscheidend werden die vernachlässigten Massen auf dem Land sein.«

»Glauben Sie wirklich, daß Komarow an der Wahlurne noch zu besiegen ist?« fragte Gunajew. »Vor sechs Wochen hätten Sie nicht die geringste Chance gehabt.«

»Ich weiß«, sagte Monk.

Dies war wohl kaum der Augenblick, um dem Tschetschenenführer zu sagen, daß für Sir Nigel eine Wahlniederlage überhaupt nicht in Frage kam. Er mußte daran denken, wie der alte Spionagechef, der in der Welt des großen Spiels noch immer als ein Meister der Täuschung durch Fehlinformation verehrt wurde, in der Bibliothek von Schloß Forbes mit der Familienbibel in der Hand vor ihm gesessen hatte.

»Gideon ist der Schlüssel, mein Junge«, hatte er gesagt. »Denken Sie wie Gideon.«

»Sie sind meilenweit fort«, sagte Gunajew. Monk schreckte aus seinen Träumen auf.

»Sie haben recht, tut mir leid. Ich muß heute abend noch einmal zum Patriarchen. Zum letztenmal. Ich brauche Ihre Hilfe.«

»Um hineinzukommen?«

»Ich glaube eher, um wieder herauszukommen. Ich habe Ihnen ja schon gesagt, daß Grischin das Haus wahrscheinlich beobachten läßt. Ein Mann wäre genug, aber dieser eine wird andere alarmieren, sobald ich im Gebäude bin.«

»Dann sollten wir uns besser einen Plan zurechtlegen«, sagte der Tschetschene.

Oberst Anatoli Grischin war in seiner Wohnung und wollte gerade zu Bett gehen, als sein Handy klingelte. Er erkannte die Stimme auf Anhieb.

»Er ist hier. Er ist wieder hier.«

»Wer?«

»Der Amerikaner. Er ist zurückgekommen. Er ist gerade bei Seiner Heiligkeit.«

»Er hat keinen Verdacht geschöpft?«

»Ich glaube, nicht. Er kam allein.«

»Als Priester verkleidet?«

»Nein. Ganz in Schwarz, aber in Zivil. Der Patriarch schien ihn zu erwarten.«

»Wo sind Sie?«

»In der Flurküche. Ich mache Kaffee, muß jetzt aber wieder gehen.«

Er hatte aufgelegt. Grischin bemühte sich, seine Erregung zu zügeln. Er hielt den verhaßten Amerikaner schon fast in der Hand. Diesmal würde es kein Ostberlin geben. Er rief den Anführer der Kerntruppe der Schwarzen Garde zu sich.

»Ich brauche zehn Leute, drei Wagen, Mini-Uzis, und zwar sofort. Verriegeln Sie beide Enden der Straße Tschisti Pereulok. Wir treffen uns da in dreißig Minuten.«

Eine halbe Stunde nach Mitternacht.

Zehn Minuten nach eins erhob sich Monk und wünschte dem Patriarchen eine gute Nacht.

»Ich glaube nicht, daß wir uns noch einmal begegnen werden, Eure Heiligkeit. Ich weiß, Sie werden tun, was für dieses Land und Ihr geliebtes Volk, das Sie so sehr lieben, das Beste ist.«

Alexei II. erhob sich ebenfalls und begleitete ihn bis zur Tür.

»Mit Gottes Segen werde ich es versuchen. Leben Sie wohl, mein Sohn. Mögen die Engel Ihnen beistehen.«

Im Augenblick, dachte Monk, als er die Treppe hinunterging, wären mir ein paar Kämpfer aus dem nördlichen Kaukasus lieber.

Der fette Kammerdiener stand wie immer an der Tür und wollte ihm seinen Mantel geben.

»Bitte keinen Mantel, Pater«, sagte er. Was ihn in seinen Bewegungen behindern mochte, konnte er jetzt nicht gebrauchen. Er zog ein Handy aus der Tasche und tippte eine Nummer ein. Beim ersten Klingeln wurde abgenommen.

»Monakh«, sagte er.

»Fünfzehn Sekunden«, antwortete eine Stimme. Monk erkannte Magomed, den Anführer der Schutztruppe, die Gunajew ihm zugeteilt hatte. Monk zog die Haustür einen Spaltbreit auf und starrte nach draußen.

Auf der engen Gasse wartete ein einsamer Mercedes unter einer funzligen Straßenlampe. In ihm saßen vier Männer, einer am Steuer, die anderen drei hielten Mini-Uzis in der Hand. Die weiße Qualmwolke, die hinter dem Wagen aufstieg, ließ erkennen, daß der Motor lief.

Zur anderen Seite hinunter verbreitete sich die Tschisti Pereulok zu einem kleinen Platz. Dort standen im Schatten der Häuser zwei weitere schwarze Wagen. Wer die Gasse zu Fuß oder mit dem Wagen verlassen wollte, mußte an diesem Hinterhalt vorbei.

Vom anderen Ende der Gasse, von dort, wo der einsame Wagen stand, näherte sich ein weiteres Fahrzeug, ein Taxi; das gelbe Licht leuchtete über der Windschutzscheibe. Die Beobachter ließen es herankommen. Der Wagen war offenbar herbestellt, um ihr Opfer abzuholen. Pech für den Taxifahrer, auch er würde sterben.

Das Taxi befand sich neben dem Mercedes, als mit doppeltem Klirren zwei grapefruitgroße Metallkugeln auf die eisige Straße fielen und unter die Limousine rollten. Kaum war das Taxi am Mercedes vorbei, als Monk hinter der Haustür, die er inzwischen einige Handbreit aufgezogen hatte, das zweifache Krachen der Sprengsätze hörte.

Gleichzeitig rollte ein großer Lieferwagen auf den Platz am anderen Ende, ratterte bis zum Anfang der Gasse und hielt an. Der Fahrer sprang aus dem Wagen und sprintete über das Pflaster.

Monk nickte dem zitternden Priester zu, zog die Tür weit auf und trat auf die Straße. Das Taxi war fast auf seiner Höhe, als die hintere Tür aufflog. Er warf sich auf den Rücksitz. Von vorn langte ein starker Arm nach hinten und zog ihn ganz hinein. Der Lastwagenfahrer folgte ihm auf dem gleichen Weg.

Im Rückwärtsgang schoß das Taxi die Strecke zurück, die es gerade gekommen war. Jemand lag flach hinter dem unbeweglichen Laster auf dem Boden und ließ aus einer Maschinenpistole einen Kugelhagel über sie niedergehen. Dann flogen die beiden Sprengsätze unter dem Fahrgestell des Lastwagens in die Luft, und das Schießen hörte auf.

Einem der Männer war es gelungen, aus dem Mercedes zu entkommen. Er stand benommen neben der Hintertür und versuchte, eine Waffe anzulegen, als ihn die rückwärtige Stoßstange des Taxis erwischte und durch die Luft schleuderte.

Kaum hatte das Taxi die Gasse passiert, schlitterte es seitwärts, rutschte über das Eis, fing sich, schoß vorwärts und raste davon. Der Benzintank des Mercedes explodierte und erledigte den Rest.

Magomed drehte sich auf dem Fahrersitz um, und Monk sah die Zähne unter dem schwarzen Zapataschnauzer aufblitzen.

»Du machst das Leben interessant, *Amerikanets*.«

Auf dem kleinen Platz am anderen Ende der Gasse stand Oberst Grischin und betrachtete das Wrack des Lieferwagens, das den Zugang zur Straße blockierte. Zwei seiner Männer lagen tot unter den Trümmern, getötet von zwei kleinen, am Fahrgestell befestigten Sprengsätzen, die aus dem Taxi heraus gezündet worden waren. Als er um das Fahrzeug herum in die Gasse starrte, konnte er seinen zweiten Wagen an ihrem anderen Ende brennen sehen.

Er nahm sein Handy, tippte sieben Nummern ein und hörte es zweimal klingeln, ehe eine verschreckte Stimme flüsterte:

»*Da?*«

»Er ist uns entwischt. Haben Sie, was ich haben will?«

»*Da.*«
Am selben Ort. Um zehn Uhr.«

Die kleine Allerheiligenkirche in Kulischki war um diese Uhrzeit fast leer. Pater Maxim stand an der rechten Wand und hielt eine flackernde Kerze in der Hand, die er sich vom Stand am Haupteingang gekauft hatte, als Oberst Grischin neben ihm auftauchte.

»Der Amerikaner ist entkommen«, sagte er leise.

»Das tut mir leid. Ich habe mein Bestes versucht.«

»Wie hat er Verdacht geschöpft?«

»Offenbar hat er angenommen, daß das Haus bewacht wird.« Wie stets schwitzte der Priester. »Er hatte ein Handy am Gürtel, und damit hat er jemanden angerufen.«

»Erzählen Sie von Anfang an.«

»Er kam etwa um zehn nach zwölf. Ich wollte gerade ins Bett gehen. Seine Heiligkeit war noch auf und arbeitete im Studierzimmer. Das macht er immer um diese Stunde. Dann klingelte es an der Haustür, aber ich habe nichts gehört. Ich war auf meinem Zimmer. Die Nachtwache, der Kosake, hat aufgemacht. Dann waren Stimmen zu hören. Ich kam aus meinem Zimmer, und da stand er vor mir im Flur.

Ich habe gehört, wie Seine Heiligkeit von oben rief: ›Bringen Sie den Herrn herauf!‹ Dann hat er sich über die Brüstung gebeugt, mich gesehen und Kaffee verlangt. Ich bin in die Flurküche gegangen, und von dort habe ich Sie angerufen.«

»Wie lange hat es gedauert, bis Sie im Zimmer waren?«

»Nicht lange. Ein paar Minuten. Ich habe mich beeilt, damit ich möglichst wenig verpasse. Innerhalb von fünf Minuten war ich da.«

»Und der Kassettenrecorder, den ich Ihnen gegeben habe?«

»Den habe ich angemacht, bevor ich mit dem Kaffee ins Zimmer gegangen bin. Als ich klopfte, hörten sie auf zu reden. Ich ließ beim Einschenken einige Zuckerstückchen auf den Boden fallen und habe mich gebückt, um sie wieder aufzuheben.

Seine Heiligkeit meinte, ich solle sie doch liegenlassen, aber ich habe mich trotzdem hingekniet und dabei den Kassettenrecorder unter den Tisch geschoben. Dann bin ich gegangen.«

»Und zum Schluß?«

»Er kam allein die Treppe herunter. Ich habe mit seinem Mantel auf ihn gewartet, aber den wollte er nicht. Der Kosake war in seinem Zimmerchen an der Tür. Der Amerikaner schien nervös zu sein. Er zog sein Handy heraus und wählte eine Nummer. Jemand antwortete, und er sagte nur: ›Monakh.‹«

»Sonst nichts?«

»Nein, Oberst, nur Monakh. Dann hat er zugehört. Ich konnte die Antwort nicht verstehen, weil er den Apparat so dicht ans Ohr hielt. Dann hat er gewartet. Er zog die Tür einen Spalt weit auf und schaute nach draußen. Ich hielt immer noch seinen Mantel auf dem Arm.«

Grischin dachte nach. Der alte Engländer konnte gesagt haben, daß man ihm durch die Hotellimousine auf die Spur gekommen war. Dadurch wäre der Amerikaner gewarnt gewesen, und er hätte gewußt, daß das Haus unter Beobachtung stand.

»Fahren Sie fort, Pater.«

»Ich hörte einen Motor aufjaulen, dann zwei Explosionen. Der Amerikaner riß die Tür auf und rannte los. Dann habe ich Schüsse gehört und bin von der offenen Tür zurückgesprungen.«

Grischin nickte. Der Amerikaner war gerissen, aber das hatte er schon gewußt. Der Mann war durch falsche Überlegungen zur richtigen Schlußfolgerung gelangt. Er, Grischin, hatte die Residenz des Patriarchen tatsächlich beobachten lassen, jedoch nicht von außen, sondern von innen, von einem abtrünnigen Priester.

»Und die Kassette?«

»Als es draußen zu den Explosionen kam, stürzte der Kosake mit seinem Gewehr aus der Kammer. Der Amerikaner war fort, und die Tür stand offen. Der Kosake warf einen Blick auf die Straße, schrie ›Gangster‹ und knallte die Tür zu. Ich lief nach oben, als Seine Heiligkeit gerade aus der Bibliothek kam, sich über die Brüstung beugte und fragte, was los sei. Und noch während er hinunterblickte, habe ich die Kaffeetassen und den Kassettenrecorder aus dem Zimmer geholt.«

Wortlos streckte Grischin seine Hand aus. Pater Maxim fuhr mit einer Hand in seine Soutane und zog eine kleine Kassette heraus, eine von der Sorte, wie sie in jenen Miniaturkassettenrecorder paßte, den er dem Priester bei ihrem letzten Treffen gegeben hatte.

»Ich hoffe, ich habe das Richtige getan«, sagte der Priester furchtsam. Manchmal hätte Grischin dieser Kröte am liebsten mit bloßen Händen den Hals umgedreht. Vielleicht würde er es eines Tages noch tun.

»Sie haben genau das Richtige getan, Pater«, sagte er. »Sie haben hervorragende Arbeit geleistet.«

Auf dem Weg zurück ins Büro saß Grischin in seinem Wagen und betrachtete noch einmal die Kassette. Er hatte in den frühen Morgenstunden sechs gute Männer und seine Beute verloren, doch in seinen Händen hielt er die genaue Aufzeichnung dessen, was dieser lästige Amerikaner zum Patriarchen gesagt hatte. Eines Tages, so schwor er sich, würden beide für ihre Verbrechen zahlen müssen. Doch was den Augenblick betraf, so sagte er sich, würde der Tag sicherlich besser enden, als er begonnen hatte.

18

Oberst Anatoli Grischin verbrachte den Rest des Vormittags, die Mittagsstunde und den halben Nachmittag damit, sich eingeschlossen in seinem Büro die Kassette mit dem Gespräch zwischen Patriarch Alexei II. und Jason Monk anzuhören.

Einzelne Passagen waren zu leise, etwa wenn beim Umrühren die Löffel in den Tassen klirrten, aber das meiste war deutlich zu verstehen.

Die Wiedergabe begann mit dem Geräusch einer sich öffnenden Tür – Pater Maxim, der auf einem Tablett Kaffee ins Zimmer trug. Die Geräusche klangen gedämpft, da der Recorder noch in der Tasche seiner Soutane steckte.

Grischin hörte, wie das Tablett auf dem Tisch abgestellt wurde, dann eine gedämpfte Stimme, die sagte: »Ach, lassen Sie doch.«

Es folgte eine gleichermaßen gedämpfte Antwort, als Pater Maxim sich auf den Teppich kniete, um die Zuckerstückchen wieder aufzuheben.

Der Klangwiedergabe besserte sich, als der Spitzel den Recorder aus der Tasche zog und ihn unter den Tisch legte. Deutlich hörte Grischin die Stimme des Patriarchen, der zu Pater Maxim sagte: »Danke, Pater, das wäre alles.«

Es blieb still, bis sich eine Tür schloß und der Spitzel aus dem Zimmer war. Dann sagte der Patriarch: »Würden Sie mir nun bitte erklären, was Sie mir mitzuteilen haben?«

Monk begann zu reden. Grischin konnte sogar das sanfte Näseln des fließend russisch sprechenden Amerikaners heraushören. Er machte sich Notizen.

Dreimal hörte er sich die vierzig Minuten währende Unterhaltung an, ehe er eine Mitschrift anfertigte. Dies war keine Arbeit für eine Sekretärin, mochte sie auch noch so vertrauenswürdig sein.

Seine ordentliche kyrillische Schrift füllte Seite um Seite. Manchmal hielt er inne, spulte zurück, versuchte, den genauen Wortlaut zu verstehen, und schrieb dann weiter. Als er sicher wußte, daß er alles genau aufgeschrieben hatte, legte er den Stift aus der Hand.

Er hörte, wie ein Stuhl zurückgeschoben wurde und dann Monks Stimme: »Ich glaube nicht, daß wir uns noch einmal begegnen werden, Eure Heiligkeit. Ich weiß, Sie werden tun, was für dieses Land und Ihr geliebtes Volk das Beste ist.«

Die Schritte zweier Männer auf dem Teppich. Etwas undeutlicher hörte er Alexeis Antwort von der Tür her: »Mit Gottes Segen werde ich es versuchen.«

Dann wurde offenbar die Tür hinter Monk geschlossen. Grischin hörte, wie sich der Patriarch wieder hinsetzte. Zehn Sekunden später war die Kassette zu Ende.

Grischin lehnte sich zurück und dachte über das Gehörte nach. Die Neuigkeiten waren denkbar schlecht. Schwer zu verstehen, sinnierte er, wie ein einzelner Mann einen derart systematischen Schaden anrichten konnte. Ursache war natürlich diese verdammte Nachlässigkeit des verstorbenen N. I. Akopow, der das Manifest einfach liegengelassen hatte, so daß es gestohlen werden konnte. Der Schaden, der aus diesem einen Fehler erwachsen war, ließ sich kaum noch überschauen.

Monk hatte fraglos den größten Teil des Gesprächs bestritten. Anfangs hatte Alexei II. nur hin und wieder seine Zustimmung angedeutet. Einen eigenen Beitrag leistete er erst gegen Ende der Unterhaltung.

Der Amerikaner war nicht gerade untätig gewesen. Er legte dar, daß man in einer gemeinsamen Anstrengung unmittelbar nach Neujahr die Wahlchancen von Igor Komarow durch eine landesweit ausgestrahlte Kampagne der Diskreditierung zunichte machen sollte.

General Nikolei Nikolajew wollte offenbar Zeitungen, Radio und Fernsehen eine Reihe von Interviews geben, um vor der UPK zu warnen und jeden Soldaten und Reservisten aufzurufen, sich gegen Komarow auszusprechen und seine Stimme einer anderen Partei zu geben. Unter den einhundertzehn Millionen Wahlberechtigten gab es zwanzig Millionen Veteranen. Der Schaden, den Nikolajew anrichten konnte, war nicht abzusehen.

Die Einstellung der Berichterstattung über Igor Komarow durch die beiden kommerziellen Fernsehsender war das Werk der Bankiers; drei von den vieren waren Juden, und ihr Wortführer war ein gewisser Leonid Bernstein von der Moskwski-Bundesbank. Das allein waren schon zwei offene Rechnungen, die es noch zu begleichen galt.

Monks dritter Schlag hatte die Dolgoruki getroffen. Für Grischin waren sie allesamt nur Abschaum, künftiger Nachschub für die Konzentrationslager, aber im Augenblick war die Partei auf ihre finanzielle Unterstützung angewiesen.

Kein Politiker in Rußland konnte ohne eine landesweite Wahlkampagne, die Billionen von Rubeln kostete, auf das Amt des Präsidenten hoffen. Das geheime Abkommen mit dem mächtigsten und reichsten Mafiaclan westlich des Ural hatte ihnen Zugang zu einer Schatztruhe verschafft, deren Inhalt bei weitem alles überstieg, was anderen Kandidaten zur Verfügung stand. Einige hatten bereits das Handtuch geworfen, da sie mit dem finanziellen Aufwand der UPK nicht mithalten konnten.

Die sechs Razzien in den frühen Morgenstunden des Vortags waren für die Dolgoruki katastrophal gewesen, doch am schlimmsten hatte sie die Entdeckung der Buchhaltung getroffen. Es kamen nur wenige Leute in Frage, von denen die GUVD derartige Details erfahren konnte. Eine konkurrierende Mafiabande wäre die naheliegendste Vermutung gewesen, doch in der eng umgrenzten Welt der Gangster würde trotz tödlicher Rivalität niemand Informationen an die verhaßte GUVD weiterleiten. Und da kommt dieser Monk und informiert den Patriarchen über die undichte Stelle – ein enttäuschter und übergelaufener Offizier aus Grischins Schwarzer Garde.

Falls die Dolgoruki dies jemals nachweisen konnten – und Grischin kannte die Gerüchte, die auf den Straßen kursierten, Gerüchte, die er vehement verneint hatte –, dann würde es mit der Allianz vorbei sein. Und als wäre dies nicht schon schlimm genug, verriet die Kassette auch noch, daß ein Team fähiger Buchhalter sich bereits über die Akten hermachte, die im Casino gefunden worden waren, und daß man damit rechnete, bis Neujahr die finanzielle Unterstützung der UPK durch die Mafia beweisen zu können. Die entsprechenden Belege würden dem amtierenden Präsidenten direkt zugeleitet werden. Und im selben Zeitraum wollte General Petrowski von der GUVD, der sich weder bestechen noch einschüchtern ließ, die Dolgoruki unablässig mit weiteren Razzien unter Druck setzen.

Falls ihm dies gelang, so überlegte Grischin, würden die Dolgoruki wohl kaum noch seiner Versicherung glauben, daß die GUVD keinen Informanten bei der Schwarzen Garde hatte.

Doch der Beitrag des Patriarchen, der sich erst gegen Ende der Kassette zu Wort meldete, barg möglicherweise die schlimmsten Informationen.

Der amtierende Präsident Iwan Markow würde die Neujahrsfeiern bei seiner Familie außerhalb Moskaus verbringen und am dritten Januar in die Stadt zurückkehren. An diesem Tag wollte er den Patriarchen empfangen, der versprach, sich persönlich beim amtierenden Präsidenten dafür einzusetzen, daß Igor Komarow aufgrund des vorliegenden Beweismaterials zur »ungeeigneten Person« erklärt und seine Kandidatur deshalb nicht anerkannt werden solle.

Mit dem von Petrowski gelieferten Nachweis einer Verbindung zur Mafia und der persönlichen Fürsprache des Patriarchen von Moskau und ganz Rußland würde Markow nur allzugern bereit sein, dieser Bitte stattzugeben. Außerdem war er selbst ein Kandidat und wollte sich nicht mit Komarow an der Wahlurne messen.

Vier Verräter, grübelte Grischin. Vier Verräter am neuen Rußland, das nach dem sechzehnten Januar mit ihm selbst als Chef einer Elitetruppe von zweihunderttausend Schwarzgardisten entstehen sollte, einer Truppe, die bereit war, die Anweisungen ihres Führers auszuführen. Nun, er hatte sein Leben damit zugebracht, Verräter zu bestrafen und auszumerzen. Er wußte, wie man mit ihnen fertig wurde.

Eigenhändig tippte er den handschriftlichen Text noch einmal ab und bat Komarow um zwei ungestörte Stunden seiner Aufmerksamkeit am Abend.

Jason Monk war aus der Wohnung am Sokolnikipark ausgezogen und befand sich jetzt an einem anderen Ort, von wo aus er durch die

Fenster den Halbmond über jener Moschee sehen konnte, in der er Magomed zum erstenmal getroffen hatte, jenen Mann, der geschworen hatte, sein Leben zu schützen, und der damals ebenso bereit gewesen war, ihn umzubringen.

Er mußte Sir Nigel Irvine in London eine Nachricht übermitteln, die zweitletzte, wenn weiterhin alles nach dem Plan des alten Mannes verlief.

Er tippte sie in seinen Laptop ein, so wie er es bislang immer gemacht hatte. Als er damit fertig war, drückte er auf die Taste »Encode«, und die Nachricht verschwand vom Bildschirm, durch den Einmalverzerrer sorgsam in scheinbar willkürliche Zahlenfolgen verschlüsselt und auf der Floppydisc gespeichert, wo sie den nächsten Überflug des InTelCor-Satelliten abwarten würde.

Er brauchte sich nicht weiter darum zu kümmern. Die Batterien waren aufgeladen, der Apparat war eingeschaltet und wartete auf die Verbindung mit dem ComSat im All.

Monk hatte noch nie von Ricky Taylor in Columbus, Ohio, gehört, hatte ihn nie kennengelernt und würde es wohl auch nie, aber der picklige Teenager rettete ihm vermutlich das Leben.

Ricky war siebzehn und ein Computerfreak. Er war einer jener entwicklungsgestörten jungen Männer, wie sie das Computerzeitalter hervorgebracht hatte: Kids, die ihre Tage damit verbrachten, in einen öden, fluoreszierenden Bildschirm zu starren.

Seinen ersten PC hatte er im Alter von sieben Jahren erhalten, und er hatte sich durch die diversen Stadien des Expertentums vorgearbeitet, bis die gesetzlichen Herausforderungen ausgereizt waren und nur noch die verbotenen Tests jene Verlockungen versprachen, die dem Süchtigen den einzig wahren »Kick« bieten.

Der sanfte Wechsel der Jahreszeiten, die Freundschaft mit anderen Jungs, selbst das Verlangen nach einem Mädchen bedeuteten Ricky nichts. Ricky war nur »scharf« darauf, in die bestgehütetsten Datenbanken einzudringen.

1999 zählte InTelCor nicht nur zu den größten Anbietern von globaler Kommunikation für strategischen, diplomatischen und kommerziellen Gebrauch, die Firma tat sich auch in der Erfindung und Vermarktung von überaus komplexen Computerspielen hervor.

Ricky war durch das Internet gesurft, bis es ihn langweilte. Alle bekannten und kostenlosen Spiele hatte er geknackt, und er sehnte sich danach, es mit InTelCors Ultraprogrammen aufzunehmen. Es gab da nur ein Problem: Wer sich in diese Programme einloggen wollte, mußte eine Gebühr zahlen. Rickys Taschengeld reichte dafür nicht aus. Also versuchte er seit Wochen, durch die Hintertür in die InTelCor-Datenbank einzudringen. Und nach langer Mühe hatte er es fast geschafft.

Acht Zeitzonen westlich von Moskau stand zum tausendstenmal auf seinem Bildschirm: »access code, please«. Er tippte ein, wovon er sich Zugang erhoffte, aber wieder teilte ihm der Bildschirm mit: »access denied«.

Irgendwo südlich der Berge Anatoliens trieb der InTelCor-ComSat durch das All, unterwegs nach Norden, nach Moskau.

Als die Techniker des multinationalen Konzerns Monks kodierten Sender/Empfänger zusammengebastelt hatten, wurde auf Anweisung ein Code mit vier Ziffern eingegeben, der das gesamte Programm löschen sollte. Dieser Code sollte Monk im Fall einer Gefangennahme schützen, vorausgesetzt, er konnte die Ziffern noch eintippen, ehe er gefaßt wurde.

Denn falls der Apparat unbeschädigt in die Hände der anderen Seite fiel, so argumentierte der Kodierer, ein ehemaliger Kryptologe der CIA aus Warrenton, den man eigens für diesen Job aus dem Ruhestand geholt hatte, dann konnten die »bösen Jungs« mit dem Laptop falsche Informationen aussenden.

Um seine Identität zu beweisen, mußte Monk daher gewisse harmlose Worte in bestimmter Reihenfolge in seine Nachrichten einfügen. Falls eine Sendung ohne diese Worte ausgestrahlt wurde, wußte der CIA-Mann, daß dort draußen irgend jemand – wer immer dies auch sein mochte – nicht auf der richtigen Gehaltsliste stand. Im selben Augenblick würde er sich über den Großrechner von Compuserve via Satellit in Monks PC einloggen und mit dem Code von vier Ziffern den Speicher löschen, so daß die Gegenseite nur noch eine nutzlose Blechdose vor sich hatte.

Ricky Taylor hatte bereits Zugang zum Großrechner, als er diese vier Ziffern eintippte. Der Satellit flog über Moskau und schickte seinen Ruf: »Bist du da, Baby?« aus. Der Laptop antwortete »Ja, bin ich«, und der Satellit löschte entsprechend seiner Programmierung sämtliche Informationsdateien.

Monk merkte, daß etwas nicht stimmte, als er nach dem Laptop sah und seine unverschlüsselte Nachricht auf dem Bildschirm fand. Also war die Annahme der Nachricht verweigert worden. Er löschte Wort für Wort und wußte, daß aus für ihn unerklärlichen Gründen irgendwas schiefgelaufen und er ohne Verbindung nach außen war.

Er hatte eine Adresse, die Sir Nigel Irvine ihm kurz vor seiner Abreise aus London gegeben hatte. Er wußte nicht, wo das war oder wer dort wohnte, aber diese Adresse war alles, was er hatte.

Er konnte seine letzten beiden Nachrichten in eine einzige Sendung komprimieren, der Spionagechef würde schon die nötigen Schlüsse ziehen. Senden konnte er also vielleicht noch ein letztes Mal, empfangen aber war unmöglich. Von nun an war er ganz auf sich allein gestellt. Keine Berichte mehr, keine Bestätigung eingeleiteter Aktionen, keine weiteren Instruktionen.

Jetzt, da diese für Milliarden Dollar entwickelte Technik nutzlos geworden war, würde er sich auf die ältesten Verbündeten im großen Spiel verlassen müssen: auf den Instinkt, die Nerven und sein Glück. Er betete, daß sie ihn nicht im Stich ließen.

Igor Komarow las die letzte Seite und lehnte sich zurück. Sein Gesicht hatte schon immer ein wenig farblos gewirkt, aber jetzt fiel Grischin auf, daß es weiß wie ein Blatt Papier geworden war.

»Das sieht schlecht aus«, sagte Komarow.

»Sehr schlecht, Gospodin Präsident.«

»Sie hätten ihn längst fassen müssen.«

»Er wird von der tschetschenischen Mafia versteckt gehalten, soviel wissen wir inzwischen. Sie hausen wie die Ratten in ihrer eigenen Unterwelt.«

»Ratten kann man ausmerzen.«

»Ja, Gospodin Präsident. Und wir werden sie ausmerzen, sobald Sie der unangefochtene Führer dieses Landes sind.«

»Dafür sollen sie zahlen.«

»Das werden sie. Alle, ohne Ausnahme.«

Komarow starrte ihn immer noch mit seinen haselnußbraunen

Augen an, doch sie schienen durch ihn hindurch zu sehen, als betrachteten sie einen anderen Raum, eine andere Zeit, einen Augenblick in der Zukunft, an dem die Rechnungen mit den Feinden beglichen wurden. Zwei rote Flecken leuchteten auf seinen Wangen.

»Rache. Ich will Rache. Sie haben mich angegriffen, haben Rußland angegriffen, das Vaterland. Für einen solchen Abschaum darf es keine Gnade geben...«

Er hob seine Stimme, die Hände begannen zu zittern, als er vor Wut seine übliche Selbstbeherrschung verlor. Grischin wußte, wenn er dieses Problem nur geschickt genug darlegte, dann konnte er gewinnen. Er beugte sich über den Schreibtisch, so daß Komarow ihm in die Augen schauen mußte. Langsam versiegte die satanische Wut, und Grischin wußte, daß er seine Aufmerksamkeit wiedererlangt hatte.

»Hören Sie mir zu, Gospodin Präsident. Bitte. Mit dem, was wir jetzt wissen, können wir den Spieß einfach umdrehen. Sie werden Ihre Rache bekommen. Sie müssen mir bloß Ihr Wort geben.«

»Wie meinen Sie das?«

»Der Schlüssel für jede erfolgreiche Gegenspionage, Gospodin Präsident, ist die Kenntnis der feindlichen Absichten. Über die verfügen wir jetzt. Also können wir Gegenmaßnahmen einleiten. Das ist bereits geschehen. In einigen Tagen wird es keinen Anwärter auf den Thron aller Reußen mehr geben. Jetzt haben wir Kenntnis über ihre weiteren Pläne erhalten. Und ich schlage noch einmal Gegenmaßnahmen vor, Maßnahmen, die zugleich Ihren Wunsch nach Rache erfüllen werden.«

»Für alle vier?«

»Wir haben keine Wahl.«

»Man darf uns nichts nachweisen können. Noch nicht. Dafür ist es noch zu früh.«

»Man wird uns nichts beweisen können. Der Bankier? Wie viele Bankiers sind in den letzten zehn Jahren umgebracht worden? Fünfzig? Mindestens. Maskierte und bewaffnete Männer, eine beglichene Rechnung. So etwas passiert ständig.

Der General der Miliz? Die Dolgoruki werden diesen Auftrag nur allzugern übernehmen. Wie viele Polizisten sind in den letzten Jahren draufgegangen? So etwas passiert doch auch ständig.

Und bei diesem Narr von Armeegeneral könnte es einen Einbruch geben, der schiefläuft. Das geschieht alle naselang. Und für den Popen einen Hausdiener, den man dabei ertappt, wie er nachts das Studierzimmer durchsucht. Er wird vom Kosaken niedergeschossen, der selbst wiederum vom sterbenden Dieb erledigt wird.«

»Wird man uns das abkaufen?«

»Ich habe einen Mann im Haus des Patriarchen, der beschwören wird, daß es so gewesen ist.«

Komarow warf einen Blick auf die Seiten, die er gerade gelesen hatte, und auf die danebenliegende Kassette. Er lächelte schwach.

»Natürlich haben Sie den. Ich möchte nichts mehr von all dem wissen. Ich bestehe sogar darauf, daß ich nichts mehr davon erfahre.«

»Aber Sie wünschen, daß diese vier Männer, die Ihre Vernichtung planen, nicht länger gegen Sie agieren?«

»Natürlich.«

»Danke, Gospodin Präsident. Mehr wollte ich nicht wissen.«

Das Zimmer im Hotel Spartak war auf den Namen Kuzischkin vorbestellt worden, und ein Mann dieses Namens hatte sich auch angemeldet. Doch nachdem er dies getan hatte, war er wieder hinausgegangen und hatte Jason Monk den Schlüssel zugesteckt. Die tschetschenischen Wachposten schlenderten durch die Eingangshalle, die Treppe hinauf und überwachten den Zugang zu den Fahrstühlen, als Monk nach oben ging. Dieses Vorgehen war vergleichsweise sicher, wenn man telefonieren und ein zwanzigminütiges Gespräch führen wollte, das, sollte man es rückverfolgen wollen, nur zu einem Zimmer in einem nicht von Tschetschenen geleiteten Hotel weit außerhalb des Stadtzentrums wies.

»General Petrowski?«

»Sie schon wieder.«

»Sie haben offenbar in einem Hornissennest herumgestochert.«

»Ich weiß nicht, woher Ihre Informationen stammen, aber sie scheinen zu stimmen.«

»Danke, Komarow und Grischin werden dies allerdings kaum widerstandslos hinnehmen.«

»Was ist mit den Dolgoruki?«

»Nebensächlich. Die Hauptgefahr geht von Grischin und seiner Schwarzen Garde aus.«

»Haben Sie das Gerücht ausgestreut, daß der Informant ein hoher Offizier der Schwarzen Garde war?«

»Freunde von mir.«

»Geschickt, aber gefährlich.«

»Grischins schwächster Punkt sind diese Papiere, die Sie gefunden haben. Vermutlich können Sie damit beweisen, daß die Mafia Komarow von Anfang an finanziell unterstützt hat.«

»Man kümmert sich bereits darum.«

»Das gilt auch für Sie, General.«

»Wie meinen Sie das?«

»Sind Ihre Frau und Tatjana immer noch da?«

»Ja.«

»Mir wäre es lieber, Sie würden sie aus der Stadt bringen. Heute abend noch. Irgendwohin, wo sie weit fort und sicher sind. Und Sie sollten ebenfalls verschwinden. Ziehen Sie aus. Wohnen Sie eine Weile in den SOBR-Kasernen. Bitte.«

Eine Weile war es still. »Was wissen Sie, Amerikaner?«

»Bitte, General. Verschwinden Sie, solange noch Zeit ist.«

Er legte auf, wartete eine Weile und wählte eine neue Nummer. Das Telefon klingelte auf Leonid Bernsteins Tisch in der Zentrale der Moskowski-Bundesbank. Es war spätnachts, und er erreichte nur einen Anrufbeantworter. Da er die private Telefonnummer des Bankiers nicht besaß, konnte Monk nur hoffen, daß Bernstein seine Nachrichten innerhalb der nächsten Stunden abhören würde.

»Herr Bernstein, hier spricht der Mann, der Sie an Babi Yar erinnert hat. Bitte gehen Sie nicht in Ihr Büro, wie dringend Ihre Geschäfte auch sein mögen. Ich bin mir sicher, daß Komarow und Grischin jetzt wissen, wer hinter der Einstellung aller Fernsehberichterstattung über die UPK steckt. Bitte lassen Sie Ihre Familie im Ausland, fahren Sie zu ihr, bis Sie sicher zurückkehren können.«

Er legte den Hörer auf. Er konnte nicht wissen, daß meilenweit entfernt in einem schwer bewachten Haus eine Lampe an einer Konsole aufleuchtete und Leonid Bernstein wortlos seiner Nachricht lauschte.

Der dritte Anruf galt dem Haus des Patriarchen.

»Ja.«

»Eure Heiligkeit?«

»Ja.«

»Sie erkennen meine Stimme?«

»Natürlich.«

»Sie sollten in das Dreifaltigkeitskloster St. Sergius fahren. Fahren Sie hin, und bleiben Sie dort.«

»Warum?«

»Ich fürchte um Ihr Leben. Der gestrige Abend hat gezeigt, daß die Dinge gefährlich werden.«

»Ich muß morgen eine Messe im Danilowski lesen.«

»Der Metropolit könnte Sie vertreten.«

»Ich werde über Ihre Worte nachdenken.«

Er legte auf. Beim vierten Anruf wurde erst nach dem zehnten Klingeln abgenommen, und eine grummlige Stimme fragte:

»Ja?«

»General Nikolajew?«

»Wer ist da... warten Sie einen Augenblick, ich kenne Sie. Sie sind dieser verdammte Yankee.«

»Der bin ich.«

»Keine Interviews mehr. Hab' getan, was Sie von mir verlangt haben, hab' mein Verslein aufgesagt. Nichts mehr davon. Verstanden?«

»Ich fasse mich kurz. Sie sollten verschwinden und bei Ihrem Neffen im Stützpunkt wohnen.«

»Warum?«

»Es gibt da ein paar Ganoven, denen nicht gefallen hat, was Sie gesagt haben. Ich schätze, die werden Ihnen bald einen Besuch abstatten.«

»Gangster, wie? Ach, Blödsinn. Die können mich mal. Hab' noch nie gekniffen. Und jetzt fang' ich damit nicht mehr an.«

Er hatte aufgelegt. Monk seufzte und legte ebenfalls auf. Er sah auf seine Uhr. Fünfundzwanzig Minuten. Zeit zu gehen. Zurück in die labyrinthischen Rattenlöcher der tschetschenischen Unterwelt.

Die Killer zogen in vier Gruppen los und schlugen zwei Nächte später, am einundzwanzigsten Dezember, zu.

Der größte Trupp mit der besten Bewaffnung nahm sich das Haus von Leonid Bernstein vor. Ein Dutzend Wachposten hatten Dienst, vier von ihnen starben im Kugelhagel. Zwei Schwarzgardisten mußten ebenfalls dran glauben. Die Haustür wurde mit einer Sprengladung aufgerissen, und die Männer stürmten in ihren Kampfanzügen, die Gesichter hinter Kapuzenmasken versteckt, durch das Haus.

Man trieb die überlebenden Wachposten zusammen und brachte sie in die Küche. Ihr Anführer wurde brutal zusammengeschlagen, wiederholte aber immer wieder nur, daß sein Arbeitgeber zwei Tage zuvor nach Paris geflogen sei. Die übrigen Wachposten mußten die kreischenden Frauen übertönen, um diese Angabe bestätigen zu können. Schließlich nahmen die schwarzgekleideten Männer ihre beiden Toten mit und verschwanden auf ihren Lastwagen.

Der zweite Angriff galt dem Wohnblock im Kutosowksiprospekt. Ein schwarzer Mercedes fuhr durch die Toreinfahrt und hielt am Schlagbaum. Einer der beiden OMON-Posten kam aus dem warmen Wachhäuschen, um sich die Papiere anzusehen. Zwei Männer, die geduckt hinter der Limousine hergelaufen waren, hoben ihre schalldämpferbestückten Automatikwaffen und schossen ihm durch den Hals, direkt über der kugelsicheren Weste. Der zweite Posten wurde erledigt, noch ehe er das Wachhäuschen verlassen konnte.

Der Sicherheitsposten am Empfang im Erdgeschoß erlitt das gleiche Schicksal. Vier Schwarzgardisten stürmten von der Straße herein und sicherten die Eingangshalle, sechs Mann fuhren mit dem Fahrstuhl nach oben. Diesmal standen überhaupt keine Wachen im Flur, allerdings wußten die Angreifer nicht, warum.

Die Wohnungstür war stahlverstärkt, aber ein halbes Pfund Plastiksprengstoff ließ sie auffliegen, und die sechs Männer stürmten hinein. Ein Hausdiener im weißen Jackett verpaßte einem von ihnen einen Schuß in die Schulter, ehe er selbst erledigt wurde. Eine gründliche Durchsuchung der Wohnung ergab, daß sich dort niemand aufhielt. Enttäuscht zog der Trupp wieder ab.

Im Erdgeschoß kam es erneut zu einem Schußwechsel mit zwei weiteren OMON-Wachen, die aus dem Bereitschaftsraum im hinteren Gebäudebereich herbeigeeilt waren. Sie töteten eine Wache, verloren einen ihrer Männer und mußten mit leeren Händen wieder abziehen. Im Kugelhagel kehrten sie zur Allee zurück und verschwanden in drei wartenden GAZ-Jeeps.

In der Residenz des Patriarchen gingen sie etwas subtiler vor. Ein einzelner Mann klopfte an die Haustür, sechs weitere Männer kauerten links und rechts von ihm auf dem Boden, wo sie durch das Guckloch in der Tür nicht zu sehen waren.

Der Kosake blickte durch das Guckloch und fragte über die Gegensprechanlage, mit wem er es zu tun habe. Der Mann an der Tür hielt einen gültigen Milizausweis in die Höhe und sagte: »Polizei.«

Vom Ausweis getäuscht, öffnete der Kosake die Tür. Er wurde gleich erschossen, sein Leichnam nach oben getragen.

Laut Plan sollte der Privatsekretär mit dem Gewehr des Kosaken erschossen werden, während der Primat mit derselben Waffe getötet werden sollte, die man für den Kosaken benutzt hatte. Diese Waffe wollte man dann dem toten Sekretär in die Hände legen, den man dann später an seinem Schreibtisch auffinden würde.

Pater Maxim hätte dann beschwören müssen, daß Kosake und Primat den Sekretär dabei überrascht hatten, wie er die Schränke im Studierzimmer durchwühlte. Im anschließenden Schußwechsel seien dann laut Pater Maxims Aussage alle drei gestorben. Daraufhin wäre es zwar zu einem mächtigen Skandal in der Kirche gekommen, aber die Miliz hätte den Fall zu den Akten gelegt.

Statt dessen fanden die Killer einen fetten Priester oben auf der Treppe, der sich offenbar ins Nachthemd gemacht hatte und sie anschrie: »Was wollen Sie hier?«

»Wo ist Alexei?« fauchte ihn einer der schwarzen Männer an.

»Er ist nicht da«, stammelte der Priester, »er ist zum Dreifaltigkeitskloster St. Sergius gefahren.«

Eine Durchsuchung der Privatgemächer ergab, daß der Patriarch und die beiden Nonnen tatsächlich nicht da waren. Die Killer verschwanden, zurück blieb die Leiche des Kosaken.

Zum einsamen Haus an der Straße nach Minsk wurden nur vier Leute geschickt. Sie kamen in der eigenen Limousine, und während sich ein Mann der Tür näherte, warteten die anderen drei im Schutz der Bäume.

Der alte Wolodja machte ihm auf. Er bekam einen Schuß in die Brust, dann stürmten die vier Männer an ihm vorbei ins Haus. Der Wolfshund rannte durch das Wohnzimmer auf sie zu und sprang dem ersten Schwarzgardisten an die Kehle. Er konnte seinen Arm noch hochreißen, ehe der Hund die Zähne in sein Fleisch grub. Der nächste Schwarzgardist schoß ihm in den Kopf.

Vor dem glimmenden Kaminfeuer saß ein alter Mann mit borstigem, weißem Schnauzbart, der mit einer Makarow, einer Dienstwaffe der Armee, auf die Männer an der Tür zielte und zweimal abdrückte. Die erste Kugel landete im Türrahmen, die zweite traf den Mann, der gerade seinen Hund getötet hatte.

Dann trafen den alten General drei Kugeln in rascher Folge in die Brust.

Kurz nach zehn Uhr morgens rief Umar Gunajew an.

»Ich bin gerade in mein Büro gekommen. Draußen ist die Hölle los.«

»Wie meinen Sie das?«

»Der Kutusowskiprospekt ist gesperrt, und es wimmelt von Miliz.«

»Was ist passiert?«

»Irgendein Überfall letzte Nacht auf einen Wohnblock hoher Milizoffiziere.«

»Das war schnell. Ich werde ein sicheres Telefon brauchen.«

»Was ist mit Ihrem jetzigen Anschluß?«

»Läßt sich orten.«

»Geben Sie mir eine halbe Stunde. Ich schicke Ihnen ein paar Männer.«

Um elf saß Monk in dem kleinen Büro eines Warenhauses voller geschmuggeltem Schnaps. Ein Telefontechniker wurde gerade mit seiner Arbeit fertig.

»Der Anschluß hat eine doppelte Sperre«, sagte er und wies auf das Telefon. »Falls jemand Ihren Anruf rückverfolgen will, wird er in einem zwei Meilen entfernten Café landen. Das ist einer unserer Treffpunkte. Umgeht man die erste Sperre, wird man glauben, der

Anruf käme von einer Telefonzelle am Ende der Straße. Bis dahin wissen wir Bescheid.«

Monk begann mit dem Privatanschluß von General Nikolajew. Eine männliche Stimme antwortete.

»Geben Sie mir General Nikolajew«, sagte Monk.

»Wer ist da?« fragte die Stimme.

»Das gleiche könnte ich fragen.«

»Der General ist nicht zu sprechen. Wer sind Sie?«

»General Malenkow, Verteidigungsministerium. Was ist los?«

»Tut mir leid, General. Hier spricht Inspektor Nowikow vom Morddezernat der Moskauer Miliz. General Nikolajew ist tot.«

»Wie? Was reden Sie da?«

»Es hat letzte Nacht einen Überfall gegeben. Sieht nach Einbrechern aus. Sie haben den General und seinen Hausdiener umgebracht. Und den Hund. Die Putzfrau hat sie kurz nach acht gefunden.«

»Ich weiß nicht, was ich sagen soll. Er war ein Freund von mir.«

»Tut mir leid, General Malenkow. Wir leben in schweren Zeiten...«

»Lassen Sie sich bei Ihrer Arbeit nicht aufhalten, Inspektor. Ich werde den Minister informieren.«

Monk legte auf. Also hatte Grischin schließlich doch den Kopf verloren. Darauf hatte Monk gesetzt, aber er verfluchte die Halsstarrigkeit des alten Generals. Dann rief er im Hauptquartier des GUVD in der Schabolowkastraße an.

»Verbinden Sie mich mit General Petrowski.«

»Er ist beschäftigt. Wer sind Sie?« fragte die Vermittlerin.

»Gehen Sie zu ihm. Sagen Sie, es geht um Tatjana.«

Petrowski war zehn Sekunden später am Apparat. Angst klang in seiner Stimme.

»Petrowski.«

»Ich bin's, Ihr später Besucher.«

»Verdammt, und ich habe geglaubt, es wäre was mit meinem Kind.«

»Sind beide aus der Stadt, Frau und Kind?«

»Ja, kilometerweit fort.«

»Ich glaube, es hat einen Überfall gegeben.«

»Sie waren zu zehnt, allesamt maskiert und bis an die Zähne bewaffnet. Sie haben vier Leute von OMON und meine Wohnungswache umgebracht.«

»Sie waren auf der Suche nach Ihnen.«

»Natürlich. Ich habe Ihren Rat befolgt. Ich wohne in der Kaserne. Wer zum Teufel waren diese Leute?«

»Keine Gangster. Sie gehörten zur Schwarzen Garde.«

»Grischins Bande. Warum?«

»Diese Papiere. Sie haben Angst, man könnte dadurch einen Zusammenhang zwischen der Dolgoruki-Mafia und der UPK nachweisen.«

»Nun, kann man nicht. Das Zeug ist wertlos, meist nur Casinoquittungen.«

»Das weiß Grischin aber nicht, General. Er fürchtet das Schlimmste. Haben Sie schon von Onkel Kolja gehört?«

»Dem Panzergeneral? Was ist mit ihm?«

»Sie haben ihn erwischt. Ein zweites Überfallkommando. Letzte Nacht.«

»Scheiße.«

»Er hat sich gegen Komarow ausgesprochen. Erinnern Sie sich?«

»Natürlich, aber ich hätte nie geglaubt, daß sie so weit gehen. Dreckskerle. Zum Glück fallen Politiker nicht in mein Metier. Ich hab's mit Gangstern zu tun.«

»Nicht mehr. Kennen Sie jemanden im Milizkollegium?«

»Sicher.«

»Warum geben Sie denen keinen Wink? Ein Tip aus der Unterwelt.«

Monk legte auf und rief dann die Moskowski-Bundesbank an.

»Ilja, Herrn Bensteins persönlicher Assistent. Ist er da?«

»Einen Augenblick, bitte.«

Dann vernahm er Iljas Stimme. »Ja?«

»Sagen wir, Sie hätten mir vor kurzem fast eine Kugel in den Rücken gejagt«, sagte Monk auf englisch.

Er hörte ein tiefes Lachen.

»Ja, das hätte ich fast.«

»Ist der Chef in Sicherheit?«

»Kilometerweit fort.«

»Raten Sie ihm, daß er bleiben soll, wo er ist.«
»Keine Sorge. Sein Haus wurde letzte Nacht gestürmt.«
»Gab es Tote?«
»Vier von unseren Leuten. Und zwei von denen, vermuten wir jedenfalls. Sie haben alles auseinandergenommen.«
»Sie wissen, wer diese Leute waren?«
»Wir nehmen es an.«
»Grischins Schwarze Garde. Und das Motiv ist offensichtlich Vergeltung für die Einstellung der Berichterstattung über Komarow.«
»Das wird ihnen noch leid tun. Der Chef hat verdammt viel Einfluß.«
»Aber entscheidend sind die kommerziellen Fernsehsender. Deren Reporter sollten sich mit einigen Generälen der Miliz unterhalten. Fragen Sie doch mal an, ob sie nicht daran denken würden, Oberst Grischin über einige weitverbreitete Gerüchte zu interviewen...«
»Dann sollten Sie lieber einige Beweise vorlegen können.«
»Nein. Dafür sind Reporter da. Sie schnüffeln, sie stochern herum. Können Sie den Chef erreichen?«
»Falls nötig, ja.«
»Warum schlagen Sie es ihm nicht vor?«
Sein nächster Anruf galt der überregionalen Zeitung *Iswestija*.
»Die Nachrichtenredaktion.«
Monk nahm einen ziemlich barschen Ton an. »Holen Sie mir Repin an den Apparat.«
»Wer ist dort?«
»Sagen Sie ihm, Armeegeneral Nikolai Nikolajew muß dringend mit ihm sprechen. Er kennt mich.«
Repin war jener Journalist, der das Interview im Offiziersklub Frunse geführt hatte. Er kam an den Apparat.
»Ja, General? Repin hier.«
»Ich bin nicht General Nikolajew«, sagte Monk. »Der General ist tot. Er wurde letzte Nacht ermordet.«
»Was? Wer sind Sie?«
»Nur ein ehemaliger Panzersoldat.«
»Woher wissen Sie das mit dem General?«

»Ist doch unwichtig. Kennen Sie seine Adresse?«

»Nein.«

»Er hat ein Haus an der Straße nach Minsk, nicht weit vom Dörfchen Kobjakowo. Warum schnappen Sie sich nicht einen Fotografen und fahren so schnell wie möglich hin? Fragen Sie nach Inspektor Nowikow.«

Er legte auf. Die andere große Zeitung des Landes war die *Prawda*, das ehemalige Zentralorgan der kommunistischen Partei, das politisch auf seiten der erstarkenden neokommunistischen Sozialistischen Unionspartei stand. Doch im Bemühen um neue und keineswegs bloß linientreue Glaubwürdigkeit hatte die Partei damit begonnen, die orthodoxe Kirche zu umwerben. Monk hatte die Zeitung oft genug gelesen, um den Namen des Journalisten zu kennen, der für die Berichterstattung über Verbrechen zuständig war.

»Verbinden Sie mich bitte mit Pamfilow.«

»Er ist im Augenblick nicht im Büro.«

Verständlich. Wahrscheinlich war er mit der übrigen Pressemeute am Kutusowskiprospekt und versuchte, Details über den Angriff auf Petrowskis Wohnung herauszufinden.

»Hat er ein Handy?«

»Natürlich, aber die Nummer kann ich Ihnen nicht geben. Kann er Sie zurückrufen?«

»Nein. Rufen Sie ihn an und sagen Sie ihm, daß einer seiner Informanten aus der Miliz ihn dringend sprechen muß. Ein ziemlich heißer Tip. Ich melde mich in fünf Minuten wieder.«

Beim zweiten Anruf erhielt er die Nummer von Pamfilows Handy und erreichte ihn in seinem Auto vor dem Wohnblock der Milizoffiziere.

»Pamfilow?«

»Ja. Wer sind Sie?«

»Ich mußte lügen, um Ihre Telefonnummer zu erfahren. Wir kennen uns nicht, aber ich glaube, ich habe da etwas für Sie. Letzte Nacht hat es noch einen zweiten Überfall gegeben. Auf die Residenz des Patriarchen. Man hat versucht, ihn umzubringen.«

»Sie sind verrückt. Ein Attentat auf den Patriarchen? Dummes Zeug. Es gäbe kein Motiv.«

»Für die Mafia nicht, nein. Warum fahren Sie nicht hin?«
»Ins Kloster Danilowski?«
»Da wohnt er nicht. Sein Haus ist in der Tschisti Pereulok Nummer fünf.«

Pamfilow saß in seinem Wagen und hörte auf das Wimmern des Freitons. Er war verblüfft. Etwas Ähnliches war ihm in seiner Karriere noch nie passiert. Wenn von dem Gesagten auch nur die Hälfte stimmte, war dies die größte Story seines Lebens.

Als er zur Gasse kam, war sie abgeriegelt. Normalerweise hätte er seinen Presseausweis gezückt und wäre durchgewinkt worden. Diesmal klappte es nicht. Zum Glück entdeckte er einen Kommissar der Miliz, mit dem er persönlich bekannt war, und rief den Mann zu sich. Der Kommissar kam an die Absperrung.

»Was ist los?« fragte der Reporter.
»Einbrecher.«
»Sie sind doch beim Morddezernat.«
»Der Nachtwächter wurde getötet.«
»Und der Patriarch? Alexei II.? Ist ihm was passiert?«
»Woher zum Teufel wissen Sie, daß der hier wohnt?«
»Ist doch egal. Geht es ihm gut?«
»Ja, er ist im Dreifaltigkeitskloster St. Sergius. Hören Sie, es war nur ein Einbruch, sonst nichts.«
»Mir ist zugeflüstert worden, daß man hinter dem Patriarchen her war.«
»Blödsinn. Das war ein ganz normaler Einbruch.«
»Was gibt es denn hier zu holen?«

Der Kommissar sah besorgt drein. »Woher haben Sie Ihre Information?«
»Lassen wir das. Könnte es stimmen? Wurde irgendwas gestohlen?«
»Nein. Sie haben einfach nur den Posten erschossen, das Haus durchsucht und sind wieder verschwunden.«
»Also *haben* sie jemanden gesucht. Und derjenige war nicht da. Mann, was für eine Story.«
»Seien Sie bloß vorsichtig«, warnte ihn der Kommissar. »Es gibt keine Beweise.«

Doch allmählich begann er, sich Sorgen zu machen. Und seine

Sorgen wuchsen, als ihn ein Polizist zu seinem Wagen rief. Am Telefon war niemand Geringerer als ein General aus dem Präsidium, der nach wenigen Sätzen wie der Journalist begann, Andeutungen in dieselbe Richtung zu machen.

Am dreiundzwanzigsten Dezember war in der Medienwelt der Teufel los. In den Frühausgaben konzentrierten sich die Zeitungen jeweils auf die Story, auf die Monk sie angesetzt hatte. Doch kaum hatten die Journalisten die anderen Blätter gelesen, wurden die Artikel umgeschrieben und Zusammenhänge zwischen den vier Überfällen hergestellt.

Die Fernsehnachrichten brachten am Morgen einen zusammenfassenden Bericht über vier Attentatsversuche, von denen einer erfolgreich gewesen war. In den übrigen drei Fällen, so hieß es weiter, habe nur unwahrscheinliches Glück die potentiellen Opfer gerettet.

Der Behauptung, daß es sich um Einbrüche gehandelt habe, wurde kein Glauben geschenkt. Spezialisten führten aus, daß ein Einbruch im Haus eines pensionierten Generals nicht sonderlich wahrscheinlich sei, ebensowenig wie der Einbruch in die Wohnung eines bestimmten Offiziers, da doch alle übrigen Wohnungen im Häuserblock ignoriert worden waren. Für die Residenz des Patriarchen gelte ähnliches.

Diebstahl könnte als Motiv für den Überfall auf das Haus des außerordentlich reichen Bankiers Leonid Bernstein in Frage kommen, aber die überlebenden Wachposten gaben an, daß der Einbruch wie ein militärischer Überfall durchgeführt worden war. Außerdem berichteten sie, daß die Angreifer ausdrücklich nach ihrem Arbeitgeber gefragt hatten. Entführung oder Mord lauteten daher die beiden wahrscheinlichsten Erklärungen. In zwei Fällen wäre eine Entführung jedoch kaum sinnvoll gewesen, und im Fall des Generals war sie nicht einmal versucht worden.

Die meisten Experten mutmaßten daher, daß die Täter zu den allgegenwärtigen Gangstern der Unterwelt zählten, die bereits für Hunderte von Morden und Entführungen verantwortlich waren.

Zwei Kommentatoren gingen allerdings noch weiter und wiesen darauf hin, daß das organisierte Verbrechen zwar durchaus Anlaß hatte, General Petrowski und seine auf die Mafia spezialisierte GUVD zu hassen, und daß so mancher Ganove sicherlich gern eine offene Rechnung mit dem Bankier Bernstein begleichen würde, doch wer wollte einen alten General hassen, der zudem noch dreifacher Kriegsheld war, wer den Patriarchen von Moskau und ganz Rußland?

Alle Leitartikelschreiber bedauerten zum x-tenmal die astronomische Verbrechensrate im Land, und in zwei Artikeln wurde der amtierende Präsident aufgefordert, endlich zu handeln und den völligen Zusammenbruch von Recht und Ordnung im Vorfeld zu der entscheidenden Wahl in vierundzwanzig Tagen zu verhindern.

Seinen zweiten Tag am Telefon begann Monk am späten Vormittag, als die Zeitungsschreiber, erschöpft vom Werk des Vortags, sich allmählich wieder in ihren Büros blicken ließen.

Ein zusammengerolltes Papiertaschentuch in jeder Wange verstellte seine Stimme so weit, daß sie sich kaum als die Stimme des gestrigen Anrufers wiedererkennen ließ. Den Schreibern der größten Artikel in den sieben Morgen- und Abendausgaben, die eine Story über die vier Attentatsversuche gebracht hatten, übermittelte er die gleiche Nachricht. Mit Pamfilow von der *Prawda* und Repin von der *Iswestija* fing er an.

»Sie kennen mich nicht, und ich kann Ihnen meinen Namen nicht nennen, dafür ist mir mein Leben zu lieb. Aber als Russe unter Russen bitte ich Sie, mir zu vertrauen.«

»Ich bin ein Offizier der Schwarzen Garde, aber ich bin auch ein gläubiger Christ. Seit vielen Monaten höre ich mit wachsendem Entsetzen die zunehmend antichristlichen, antikirchlichen Kommentare von höchster Stelle der UPK, vor allem von Komarow und Grischin. Trotz der schönen Worte, die sie in der Öffentlichkeit sagen, hassen sie die Kirche und die Demokratie; sie wollen eine Einparteienherrschaft, um dann wie die Nazis zu regieren.

Mir reicht es jetzt. Ich muß jetzt einfach reden. Es war Oberst Grischin, der den alten General zum Tod verurteilt hat, denn Onkel Kolja hatte seine Maske durchschaut und Komarow öffentlich angegriffen. Mit dem Bankier war es genauso, der ließ sich auch nicht täuschen. Sie wissen es vielleicht nicht, aber Bernstein hat seinen Einfluß bei den Fernsehstationen benutzt, um die Propaganda für Komarow zu unterbinden. Der Patriarch hatte Angst vor der UPK und wollte seine Bedenken publik machen. Und der GUVD-General hat die Dolgoruki, die Zahlmeister der UPK, angegriffen. Falls Sie mir nicht glauben, überprüfen Sie, was ich Ihnen gesagt habe. Die Schwarze Garde ist für alle vier Überfälle verantwortlich.«

Dann legte er auf. Sieben Moskauer Journalisten waren wie vom Schlag getroffen, doch kaum hatten sie sich erholt, begannen sie, das Gehörte zu überprüfen.

Leonid Bernstein war außer Landes, aber die beiden kommerziellen Fernsehsender gaben unausgesprochen zu verstehen, daß die Änderung in ihrer Berichterstattung auf das Bankkonsortium zurückzuführen war, bei dem sie in der Kreide standen.

General Nikolajew war tot, aber die *Iswestija* brachte Ausschnitte aus seinem früheren Interview unter der Schlagzeile: »Mußte er deshalb sterben?«

Die sechs Razzien der GUVD in den frühen Morgenstunden auf die Lagerhäuser, die Waffenkammern und das Casino der Dolgoruki waren allgemein bekannt. Nur der Patriarch blieb im Dreifaltigkeitskloster St. Sergius, so daß sich nicht bestätigen ließ, ob die UPK ihn ebenfalls für ihren Feind hielt.

Am Nachmittag umlagerte die Presse das Hauptquartier von Igor Komarow. Drinnen herrschte eine Stimmung, die schon fast an Panik grenzte.

Boris Kusnezow, der Propaganda- und Pressechef, saß in Hemdsärmeln in seinem Büro. Schweißflecken unter den Armen, rauchte er eine Zigarette nach der anderen, obwohl er das Rauchen vor zwei Jahren aufgegeben hatte, und versuchte, mit der Reihe von Telefonapparaten vor ihm fertig zu werden, die pausenlos klingelten.

»Nein, das *stimmt* nicht«, wetterte er bei jeder Nachfrage. »Das ist eine verdammte Lüge, eine üble Verleumdung, und wir werden strafrechtlich gegen jeden vorgehen, der diese Behauptungen wiederholt. Nein, es gibt weder eine finanzielle noch sonst eine Verbindung der Partei zur Mafia. Komarow hat immer wieder klargemacht, daß er der Mann ist, der Rußland endlich säubern wird... Was für Papiere soll die GUVD untersuchen?... Wir haben nichts zu befürchten... ja, General Nikolajew hatte Vorbehalte gegen unsere Politik, aber er war ein sehr alter Mann. Sein Tod ist tragisch, steht aber in keinem Zusammenhang... Das dürfen Sie so nicht sagen... Jeder Vergleich zwischen Komarow und Hitler zieht sofort eine Anklage nach sich... Ein hoher Offizier der Schwarzen Garde...?«

Oberst Grischin saß ebenfalls in seinem Büro und rang mit seinen eigenen Problemen. Da er zeit seines Lebens Offizier in der Zweiten Hauptabteilung des KGB gewesen war, hatte es schon immer zu seinen Aufgaben gezählt, Spione zu jagen. Monk hatte zweifellos einigen Ärger verursacht, erheblichen Ärger sogar. Doch diese neuen Vorwürfe waren schlimmer als alles andere: ein hoher Offizier seiner eigenen Elite, ein Mann seiner fanatisch treuen Schwarzen Garde ein Überläufer? Er selbst hatte sie persönlich ausgesucht, alle sechstausend Mann. Und einer davon sollte ein praktizierender Christ sein, ein Waschlappen mit Gewissen, gerade jetzt, wo der Gipfel der Macht in Sicht war? Unmöglich.

Doch er erinnerte sich, einmal gelesen zu haben, was die Jesuiten zu sagen pflegten: Zeig mir den siebenjährigen Jungen, und ich sage dir, wie der Mann sein wird. Konnte einer seiner besten Leute sich wieder in jenen Meßdiener verwandelt haben, der er vor Jahren einmal gewesen war? Er würde das überprüfen müssen. Die Lebensläufe aller hohen Offiziere mußten mit feinem Kamm durchkämmt werden.

Doch was war ein »hoher« Offizier? Zwei Ränge unter ihm – zehn Männer, drei Ränge – vierzig, fünf Ränge – fast hundert Mann. Sie zu überprüfen wäre ziemlich zeitaufwendig, und Zeit hatte er nicht. Er würde sein gesamtes Offizierskorps kurzfristig säubern müssen, würde seine erfahrensten Kommandanten einzeln an einen sicheren Ort bringen und sie eliminieren müssen. Eines Tages, schwor er sich, eines Tages würden alle zahlen, die für diese Katastrophe verantwortlich waren – und wie sie zahlen würden! Angefangen mit Jason Monk. Allein der Gedanke an den Namen des amerikanischen Agenten sorgte dafür, daß sich die Knöchel seiner um die Schreibtischkante gekrallten Hände weiß färbten.

Kurz vor fünf gelang es Boris Kusnezow, einen Termin mit

Komarow zu vereinbaren. Zwei Stunden lang hatte er um eine Gelegenheit gebeten, den Mann sprechen zu können, den er wie einen Helden verehrte, weil er ihm vorschlagen wollte, was seiner Meinung nach getan werden mußte.

In Amerika hatte Kusnezow während seines Studiums die Macht einer Öffentlichkeitsarbeit bewundern gelernt, die auf wirksame und raffinierte Weise massenhafte Unterstützung für den offensichtlichsten Unsinn bewirken konnte. Außer seinem Vorbild Igor Komarow schätzte Kusnezow nur noch die Macht der Worte und des beweglichen Bildes, ihre Fähigkeit zu überreden, zu täuschen, zu betören und letzlich alle Widerstände überwinden zu können. Ob dabei gelogen wurde oder nicht, war völlig unwichtig.

Wie alle Politiker und Anwälte war er ein Mann des Wortes und überzeugt, es gebe kein Problem, das sich nicht durch Worte lösen ließe. Der Gedanke, es könnte ein Tag kommen, an dem ihm die Worte ausgingen, an dem sie nicht mehr überzeugen und andere, bessere Worte ihn austricksen und vernichtend schlagen konnten, an dem man ihm und seinem Führer nicht mehr glauben würde, solch ein Tag war für Boris Kusnezow unvorstellbar.

In Amerika hatten sie es »public relations« genannt, diese milliardenschwere Industrie, die aus einem talentlosen Trottel einen Star, aus einem Narren einen Weisen und aus einem Wendehals einen Staatsmann machen konnte. In Rußland nannten sie es Propaganda, aber das Werkzeug war das gleiche.

Dieses Werkzeug, Litwinows phantastische Bilder und die Arbeit im Studio hatten mitgeholfen, einen ehemaligen, redebegabten Ingenieur in einen Koloß zu verwandeln, in einen Mann, der kurz davor stand, Rußlands höchsten Preis in Empfang zu nehmen, das Amt des Präsidenten.

Die russischen, noch an die grobe, umständliche Propaganda ihrer kommunistischen Jugend gewöhnten Medien waren wie leichtgläubige Kinder gewesen, als er ihnen die Aufzeichnungen über die raffinierten, geschickt inszenierten Wahlveranstaltungen für Igor Komarow gezeigt hatte. Doch jetzt war etwas schiefgelaufen, irgendwas war gründlich danebengegangen.

Es gab eine neue Stimme, die Stimme des leidenschaftlichen Priesters, die mittels Radio und Fernsehen durch Rußland hallte,

Medien, die Kusnezow für sein ureigenes Revier gehalten hatte, und diese Stimme predigte den Glauben an einen größeren Gott und forderte die Rückkehr einer anderen Ikone.

Hinter dem Priester stand der Mann am Telefon – man hatte ihm von der Kampagne anonymer Anrufe berichtet –, Lügen, doch ach, welch beredsame Lügen, die in die Ohren wichtiger Journalisten und Kommentatoren geflüstert worden waren, Leute, die er zu kennen und zu kontrollieren glaubte.

Für Boris Kusnezow lag die Antwort immer noch in den Worten von Igor Komarow, Worte, denen es nicht an Überzeugung fehlte, die niemals fehlgehen konnten.

Als er das Büro des Führers betrat, war er von der Verwandlung schockiert. Komarow saß wie betäubt an seinem Tisch. Auf dem Boden verstreut lagen die Tageszeitungen, deren Schlagzeilen ihre Anklagen gegen die Zimmerdecke schrien. Kusnezow kannte sie bereits alle, die Beschuldigungen in bezug auf General Nikolajew, auf die Überfälle und Razzien, die Gangster und das Geld der Mafia. Noch nie hatte es jemand gewagt, so über Igor Komarow zu reden.

Zum Glück wußte Kusnezow, was jetzt getan werden mußte. Igor Komarow mußte reden, und alles würde wieder gut sein.

»Herr Präsident, ich muß Sie dringend bitten, morgen eine große Pressekonferenz abzuhalten.«

Komarow starrte ihn mehrere Sekunden an, als versuchte er zu begreifen, was ihm gesagt wurde. In seiner gesamten politischen Laufbahn war er mit Zustimmung Kusnezows Pressekonferenzen aus dem Weg gegangen. Sie waren unkontrollierbar. Er bevorzugte arrangierte Interviews mit vorab eingereichten Fragen, abgelesene Reden, eine vorbereitete Ansprache, die jubelnde Versammlung.

»Ich halte keine Pressekonferenzen ab«, fauchte er.

»Aber nur so können wir diesen widerlichen Gerüchten ein Ende bereiten. Die Mutmaßungen der Medien geraten außer Rand und Band. Ich kann sie nicht länger steuern. Das kann niemand mehr. Die vermehren sich wie von selbst.«

»Ich hasse Pressekonferenzen, Kusnezow. Das wissen Sie.«

»Sie können wunderbar mit der Presse umgehen, Gospodin

Präsident. Sie sind vernünftig, ruhig, überzeugend. Ihnen wird man zuhören. Sie allein können unter diesen Lügen und Gerüchten jetzt noch einen Schlußstrich ziehen.«

»Wie sehen die Umfragen aus?«

»Landesweite Zustimmung für Sie, Gospodin Präsident, fünfundvierzig Prozent, Tendenz fallend. Dabei waren es vor vier Wochen noch siebzig Prozent. Sjuganow von der Sozialistischen Union hat achtundzwanzig Prozent, Tendenz steigend. Markow, der amtierende Präsident von der Demokratischen Allianz hat neunzehn Prozent, langsam ansteigend. Die Unentschlossenen sind nicht erfaßt. Ich muß Ihnen allerdings sagen, Herr Präsident, daß Ihnen die letzten beiden Tage weitere zehn Prozent oder mehr kosten können, wenn sich die Wirkung erst auf die Umfrage niederschlägt.«

»Warum sollte ich also eine Pressekonferenz abhalten?«

»Weil dann landesweit über Sie berichtet wird, Herr Präsident. Jeder größere Fernsehsender wird an Ihren Lippen hängen. Und Sie wissen doch, wenn Sie reden, kann Ihnen keiner widerstehen.«

Schließlich nickte Igor Komarow. »Veranlassen Sie alles Nötige. Ich werde meine Ansprache vorbereiten.«

Die Konferenz fand um elf Uhr morgens im großen Bankettsaal des Hotel Metropol statt. Kusnezow eröffnete die Veranstaltung mit einer Begrüßung der einheimischen und ausländischen Presse und wies, ohne weitere Zeit zu verlieren, darauf hin, daß hinsichtlich der Politik und der Aktivitäten der Union Patriotischer Kräfte in den letzten zwei Tagen gewisse Anschuldigungen von unbeschreiblicher Widerwärtigkeit erhoben worden waren. Es sei daher ein besonderes Privileg, ihnen jenen Mann ankündigen zu dürfen, der diese ehrlosen Verunglimpfungen vollständig und endgültig zurückweisen könne, »der künftige Präsident Rußlands, Igor Wiktorowitsch Komarow«.

Der Führer der UPK teilte die Vorhänge der Bühne und schritt zum Vortragspult. Er fing an, wie er stets anfing, wenn er zu den Versammlungen seiner Anhänger sprach, redete vom großen Rußland, das er schaffen wollte, wenn ihn das Volk mit der Präsidentschaft geehrt hatte. Nach fünf Minuten machte ihn das Schweigen unruhig. Warum sprang kein Funke aus dem Publikum über? Wo blieb der Applaus? Wo waren seine Claqueure? Er hob den Blick in die Ferne und beschwor die ruhmreichen Tage seines Landes herauf, das sich heute im Würgegriff von ausländischen Bankiers, Profiteuren und Kriminellen befand. Seine Litanei hallte durch den Saal, doch keiner sprang auf, keiner hob den rechten Arm zum UPK-Gruß. Selbst als er seine Rede beendet hatte, hielt das Schweigen an.

»Haben Sie vielleicht irgendwelche Fragen?« wollte Kusnezow wissen. Und das war ein Fehler. Gut ein Drittel des Publikums war von der ausländischen Presse. Der Mann von der *New York Times* sprach fließend russisch, ebenso die Journalisten der Londoner *Times*, des *Daily Telegraph*, der *Washington Post*, des *CNN* und auch der übrigen Medien.

»Herr Komarow«, rief der Korrespondent der *Los Angeles Times*, »meiner Schätzung nach haben Sie bislang etwa zweihundert Millionen Dollar für Ihre Wahlkampagne ausgegeben. Das dürfte ein Weltrekord sein. Woher kommt das Geld?«

Komarow funkelte ihn an. Kusnezow flüsterte ihm etwas ins Ohr. »Spenden vom großen russischen Volk«, sagte er.

»Das wäre fast ein Jahresgehalt für jeden Einwohner Rußlands. Woher kommt es wirklich?«

Andere Journalisten meldeten sich zu Wort. »Stimmt es, daß Sie alle Oppositionsparteien abschaffen und eine Einparteiendiktatur errichten wollen?«

»Wissen Sie, warum General Nikolajew nur drei Wochen nach seiner Kritik an Ihnen ermordet wurde?« Diese Frage tauchte immer wieder auf.

»Leugnen Sie, daß die Schwarze Garde hinter den vor zwei Nächten verübten Attentatsversuchen steht?«

Die Kameras und Mikrofone des staatlichen Fernsehens und der beiden kommerziellen Sender wanderten durch den Saal und richteten sich auf die unverschämten ausländischen Fragensteller und die gestammelten Antworten Komarows.

Der Mann vom *Daily Telegraph*, dessen Kollege Mark Jefferson im letzten Juli niedergeschossen worden war, hatte ebenfalls einen anonymen Anruf erhalten. Er stand auf, und die Kameras richteten sich auf ihn.

»Herr Komarow, haben Sie jemals von einem geheimen Dokument namens ›Das Schwarze Manifest‹ gehört?«

Ein verblüfftes Schweigen breitete sich aus. Weder die russische noch die ausländische Presse wußte, wovon er redete. Er selbst wußte es ehrlich gesagt auch nicht. Igor Komarow, der sich ans Vortragspult und an die letzten Reste seiner Selbstbeherrschung klammerte, wurde weiß im Gesicht.

»Was für ein Manifest?«

Ein weiterer Fehler.

»Laut meinen Informationen, Herr Komarow, enthält dieses Manifest Ihre Pläne für die Errichtung einer Einparteienherrschaft, für die Wiedereröffnung von GULAGs für Ihre politischen Gegner, für die Machtergreifung im Land durch zweihunderttausend Schwarzgardisten und für die Invasion der angrenzenden Republiken.«

Das Schweigen war ohrenbetäubend. Vierzig Korrespondenten im Saal kamen aus der Ukraine, aus Weißrußland, Estland, Lettland, Litauen, Georgien und Armenien. Etwa die Hälfte der russischen Presse unterstützte Parteien, die abgeschafft und deren Vorsitzende, begleitet von ihren Presseleuten, in die Lager geschickt werden sollten – falls der Engländer recht hatte. Alle starrten Komarow an. Erst jetzt begann der wahre Tumult.

Und dann machte er seinen dritten Fehler. Er verlor die Nerven. »Ich bleib' hier nicht länger, um mir diese Scheiße anzuhören!« schrie er und stürmte von der Bühne, gefolgt von einem unglücklichen Kusnezow.

Im Hintergrund des Saals stand Oberst Grischin im Schatten eines Vorhangs und funkelte die Presse haßerfüllt an. Nicht mehr lange, schwor er sich, nicht mehr lange.

19

In der südwestlichen Ecke der Innenstadt Moskaus, auf einer Landzunge, die von einer engen Schleife in der Moskwa gebildet wird, steht das mittelalterliche Kloster Nowodewitschi, und im Schatten seiner Mauern liegt der große Friedhof.

Auf zwanzig Morgen Land, überschattet von Kiefern, Birken, Weiden und Linden, liegen in zwanzigtausend Gräbern die Großen Rußlands aus zwei Jahrhunderten versammelt.

Der Friedhof ist in elf größere Gärten unterteilt. Gräber aus dem neunzehnten Jahrhundert befinden sich ausschließlich in Nummer eins bis vier, deren Areal auf der einen Seite von der Klostermauer, auf der anderen von der zentralen Friedhofsumfassung begrenzt wird.

Die Nummern fünf bis acht liegen zwischen der Umfassung und der eigentlichen Friedhofsmauer, hinter der die Laster über die Khamownitschesky Val donnern. Hier liegen die Großen und die Übeltäter der kommunistischen Zeit. Marschälle, Politiker, Wissenschaftler, Akademiker, Schriftsteller und Kosmonauten kann man hier entlang der Pfade und Gassen finden; schlichte Grabsteine stehen neben pompösen Monumenten der Selbstverherrlichung.

Gagarin, der Kosmonaut, der beim Flug mit einem neuen Prototyp starb, voll mit Wodka, liegt hier wenige Schritte neben dem rundköpfigen Abbild Nikita Chruschtschows. Flugzeugmodelle, Modelle von Raketen und Kanonen bezeugen, was diese Männer in ihrem Leben getrieben haben, andere Gestalten starren heroisch in die Vergangenheit, die Brust mit granitenen Medaillen übersät.

Am Ende des Mittelwegs steht eine weitere Mauer, in der sich ein schmaler Durchgang zu drei kleinen Gärten öffnet, zu den Nummern neun, zehn und elf. Hier war der Platz im Winter 1999 überaus rar geworden, doch für den Armeegeneral Nikolai Nikolajew war eine Grabstelle reserviert worden, und am sechsundzwanzigsten Dezember trug der Neffe Mischa Andrejew hier seinen Onkel Kolja zu Grabe.

Er hatte das Begräbnis so zu arrangieren versucht, wie es sich der alte Mann bei ihrem letzten gemeinsamen Essen gewünscht hatte. Zwanzig Generäle waren anwesend, der Verteidigungsminister eingeschlossen, und einer der beiden Metropoliten Moskaus hielt die Andacht.

Mit allem Pomp hatte es der alte Kämpe gewollt, also schwangen die Ministranten die Weihrauchfässer, und der aromatische Duft stieg in Schwaden in die bitterkalte Luft.

Der Grabstein war wie ein Kreuz geformt und aus Granit, doch das Gesicht des Toten war nicht eingemeißelt, statt dessen stand dort nur sein Name und darunter die Worte: *Russki Soldat*, ein russischer Soldat.

Generalmajor Andrejew hielt die Grabrede. Er faßte sich kurz. Onkel Kolja wollte zwar wie ein Christ beerdigt werden, aber überschwengliche Lobreden hatte er immer gehaßt.

Während der Bischof zum Schlußgebet ansetzte, legte der Generalmajor die drei dunkelroten Bänder und die goldene Medaille des Helden der Sowjetunion auf den Sarg, der von acht seiner Soldaten aus der Division Tamanskaja getragen wurde. Langsam ließen sie ihn in die Erde sinken. Andrejew trat einen Schritt zurück und salutierte. Die zwei Minister und die übrigen achtzehn Generäle taten es ihm nach.

Als sie über den Mittelweg zurück zum Eingang und zum Trauerzug der wartenden Wagen und Limousinen gingen, legte der stellvertretende Verteidigungsminister, General Butow, eine Hand auf Generalmajor Andrejews Schulter.

»Eine schreckliche Geschichte«, sagte er, »entsetzlich, wenn man so abtreten muß.«

»Eines Tages«, sagte Andrejew, »werde ich sie mir schnappen, und dann werden sie dafür büßen.«

Butow schien offenbar peinlich berührt. Er war ein Politiker, ein Schreibtischhengst, der niemals irgendwelche Truppen befehligt hatte.

»Nun ja, ich bin sicher, daß die Miliz ihr Bestes tut«, sagte er. Auf dem Bürgersteig schüttelten die Generäle ihm feierlich die

Hand, einer nach dem anderen, dann stiegen sie in ihre Dienstwagen und eilten davon. Generalmajor Andrejews Wagen wartete ebenfalls auf ihn und brachte ihn zurück in die Kaserne.

Als am frühen Nachmittag allmählich die Winterdämmerung einsetzte, eilte acht Kilometer vom Friedhof entfernt ein untersetzter Priester in Soutane und *Klobuk* durch den Schnee und schlich geduckt in die Zwiebelturmkirche am Slawjanskiplatz. Fünf Minuten später gesellte sich Oberst Anatoli Grischin zu ihm.

»Sie scheinen beunruhigt zu sein«, sagte der Oberst leise.

»Ich habe fürchterliche Angst«, sagte der Priester.

»Das müssen Sie nicht, Pater Maxim. Es hat zwar einige Rückschläge gegeben, aber damit werde ich schon fertig. Sagen Sie, warum ist der Patriarch so plötzlich abgereist?«

»Ich weiß nicht. Am Morgen des einundzwanzigsten erhielt er einen Anruf aus dem Dreifaltigkeitskloster St. Sergius. Ich wußte nichts davon, weil der Privatsekretär den Anruf entgegengenommen hatte, und erfuhr es erst, als man mir sagte, daß ich seinen Koffer packen soll.«

»Aber warum St. Sergius?«

»Das habe ich dann später herausgefunden. Pater Gregor war vom Kloster eingeladen worden, dort eine Predigt zu halten. Und der Patriarch hatte beschlossen, sich diese Predigt anzuhören.«

»Womit er Gregor und sein lächerliches Unterfangen mit seiner persönlichen Autorität unterstützt hat«, fauchte Grischin. »Ohne selbst auch nur ein Wort zu sagen. Seine Anwesenheit war beredt genug.«

»Jedenfalls habe ich ihn gefragt, ob ich mitkommen soll. Der Sekretär verneinte, da Seine Heiligkeit nur einen Kosaken als Fahrer und ihn selbst, den Sekretär, mitnehmen wolle. Den beiden Nonnen hatte er einige Tage frei gegeben, damit sie Verwandte besuchen können.«

»Davon haben Sie mir nichts gesagt, Pater.«

»Wie hätte ich denn wissen können, daß in der Nacht jemand kommt?« jammerte der Priester.

»Schon gut, weiter.«

»Nun, ich mußte hinterher die Miliz anrufen. Der Leichnam des

Kosaken lag auf dem oberen Treppenabsatz. Am nächsten Morgen habe ich dann im Kloster angerufen und mit dem Sekretär gesprochen. Ich sagte ihm, es habe einen bewaffneten Einbruch und eine Schießerei gegeben, sonst nichts, aber die Miliz hat diese Version später geändert. Sie behauptete, der Überfall habe Seiner Heiligkeit gegolten.«

»Und dann?«

»Der Sekretär rief mich zurück. Er sagte, Seine Heiligkeit sei zutiefst beunruhigt. ›Erschüttert‹ war das Wort, das er gebraucht hatte, vor allem wegen der Ermordung des Kosaken. Jedenfalls blieb er im Kloster und ist erst gestern zurückgekommen. Hauptsächlich wohl, weil er eine Andacht für den Kosaken halten will, ehe der Leichnam zu seinen Verwandten am Don überführt wird.«

»Also ist er zurück. Haben Sie mich deshalb angerufen?«

»Nein, natürlich nicht. Es geht um die Wahl.«

»Um die Wahl brauchen Sie sich keine Sorgen zu machen, Pater Maxim. Trotz des angerichteten Schadens besiegen wir den amtierenden Präsidenten in der ersten Wahlrunde. Und in der Stichwahl wird Igor Komarow über den Kommunisten Sjuganow triumphieren.«

»Darum geht es ja gerade, Oberst. Heute morgen fuhr Seine Heiligkeit zum Starajaplatz zu einem privaten Treffen mit dem amtierenden Präsidenten, das auf seinen eigenen Wunsch zustande kam. Offenbar waren auch zwei Generäle der Miliz und einige andere Leute anwesend.«

»Woher wissen Sie das?«

»Er kam zum Mittagessen zurück. Er nahm das Essen in seinem Arbeitszimmer ein, allein, nur sein Privatsekretär war bei ihm. Ich habe aufgetragen, und sie haben mich nicht weiter beachtet. Beim Essen sprachen sie dann über den Entschluß, zu dem Iwan Markow sich durchgerungen hat.«

»Was für einen Entschluß?«

Pater Maxim Klimowski zitterte wie Espenlaub. Die Flamme der Kerze in seiner Hand flackerte, und ihr Licht huschte unstet über das Gesicht der Muttergottes an der Wand.

»Beruhigen Sie sich, Pater.«

»Das kann ich nicht. Sie müssen meine Lage verstehen, Oberst.

Ich habe für Sie getan, was ich konnte, weil ich an Komarows Vision eines neuen Rußland geglaubt habe, aber jetzt kann ich nicht mehr. Der Überfall auf das Haus, das Treffen heute ... das wird mir alles zu gefährlich.«

Er zuckte zusammen, als sein Oberarm von einem stahlharten Griff umklammert wurde.

»Sie können sich jetzt nicht einfach zurückziehen, Pater Maxim, dafür stecken Sie viel zu tief drin. Wo wollten Sie denn auch hin? Ihnen bleibt doch trotz Soutane und Priesterweihe nur die Möglichkeit, entweder wieder als Kellner zu arbeiten oder in einundzwanzig Tagen mit Igor Komarow und mir selbst zu unerhörten Höhen aufzusteigen. Also, worum ging es bei diesem Treffen mit dem amtierenden Präsidenten?«

»Es wird keine Wahl geben?«

»WAS?«

»Na ja, es gibt eine Wahl. Aber nicht mit Komarow.«

»Das wird er nicht wagen«, flüsterte Grischin. »Der erklärt Igor Komarow doch niemals für unfähig, mehr als das halbe Land unterstützt uns.«

»Sie gehen viel weiter, Oberst. Ich glaube, die Generäle haben darauf bestanden. Die Ermordung des alten Generals und die Attentatsversuche auf den Bankier, den Polizisten und vor allem auf Seine Heiligkeit haben sie offenbar dazu veranlaßt.«

»Zu was veranlaßt?«

»Am ersten Januar. Am Neujahrstag. Sie glauben, alle haben dann wie immer so gefeiert, daß sie zu keinem gemeinsamen Vorgehen mehr fähig sind.«

»Wer ist alle? Was für ein Vorgehen? Erklären Sie, Mann.«

»Alle Ihre Leute. Alle, die Sie befehlen. Es geht um Ihre Verteidigung. Man will ein Heer von vierzigtausend Mann aufstellen. Die Präsidentengarde, die Schnelle Eingreiftruppe der SOBR und der OMON, einige Einheiten der Spesnaz, die Elite der in Moskau stationierten Truppen des Innenministeriums.«

»Und wozu?«

»Um alle zu verhaften. Unter Anklage der Verschwörung gegen den Staat. Die Schwarze Garde niederwerfen, sie in ihren Kasernen verhaften oder vernichten.«

»Das können sie nicht. Sie haben keine Beweise.«
»Offenbar ist ein Offizier der Schwarzen Garde bereit auszusagen. Ich habe gehört, wie der Privatsekretär den gleichen Einwand vorbrachte, und so lautete die Antwort des Patriarchen.«

Oberst Grischin sah aus, als habe ihn der Schlag getroffen. Ein Teil seines Verstands sagte ihm, daß diese Schlappschwänze nicht den Mumm hatten, so etwas durchzuziehen. Ein anderer Teil sagte ihm, daß es durchaus stimmen konnte. Igor Komarow hatte sich nie dazu herabgelassen, die Schlangengrube der Duma zu betreten. Er war Vorsitzender der Partei, aber kein Mitglied der Duma und besaß deshalb auch keine parlamentarische Immunität. Ebensowenig wie er selbst, Anatoli Grischin.

Falls es wirklich einen hohen Offizier der Schwarzen Garde gab, der zur Aussage bereit war, konnte der Moskauer Staatsanwalt die Haftbefehle ausstellen und sie wenigstens bis zur Wahl in Untersuchungshaft stecken.

Als Verhörspezialist hatte Grischin erlebt, wozu Menschen in der Lage waren, die in Panik gerieten, wie sie von einem Gebäude sprangen, sich vor einen Zug warfen oder sich in einen elektrisch geladenen Zaun stürzten.

Wenn der amtierende Präsident und die Männer um ihn herum, die Prätorianergarde, die Generäle der Antimafiaeinheiten, die Milizkommandanten, wenn sie alle begriffen hatten, was sie nach Komarows Wahlsieg erwartete, dann könnten sie sich durchaus in diesem Zustand der Panik befinden.

»Kehren Sie in die Residenz des Patriarchen zurück, Pater Maxim«, sagte er schließlich, »und denken Sie daran, was ich Ihnen gesagt habe. Sie stecken viel zu tief in unserer Sache drin, als daß Sie beim gegenwärtigen Regime noch Zuflucht finden könnten. Ihre einzige Hoffnung ist ein Sieg der UPK. Ich will wissen, was passiert, will jedes Wort hören, das Sie aufschnappen können, will über jede weitere Entwicklung, über jedes Treffen und jede Besprechung informiert werden. Von heute bis zum Neujahrstag.«

Dankbar huschte der verängstigte Priester davon. In den nächsten sechs Stunden erkrankte seine ältliche Mutter an einer schweren Grippe. Bis zu ihrer Genesung bat er seinen liebenswürdigen Patriarchen um Urlaub, der ihm auch prompt gewährt wurde. Bei

Anbruch der Dämmerung saß er im Zug nach Tschitomir. Er hatte sein Bestes getan, sagte er sich. Er hatte alles getan, worum man ihn gebeten hatte, sogar noch mehr. Doch selbst der Erzengel Michael und all seine Heerscharen würden ihn nicht einen Augenblick länger in Moskau halten können.

An diesem Abend setzte Jason Monk seine letzte Nachricht an den Westen auf. Ohne Computer schrieb er langsam und sorgsam in Großbuchstaben, bis er zwei DIN-A4-Blätter bedeckt hatte. Dann knipste er die Tischlampe an, nahm die kleine Kamera, die Umar Gunajew ihm besorgt hatte, fotografierte beide Seiten mehrmals, verbrannte dann die beiden Blätter und spülte die Asche die Toilette hinunter.

Im Dunkeln nahm er den belichteten Film heraus und steckte ihn in den kleinen Behälter, in dem er verkauft worden war. Das Röhrchen war kaum größer als das letzte Glied seines kleinen Fingers.

Um halb zehn fuhren Magomed und seine beiden anderen Leibwächter ihn zu der Adresse, die er ihnen genannt hatte. Es war ein bescheidenes Haus, eine einsame Hütte oder *ischba*, weit draußen in einem südöstlichen Vorort Moskaus, im Distrikt Nagatino.

Der alte Mann, der ihm öffnete, war unrasiert, und ein Wollpullover flatterte um seinen ausgezehrten Körper. Komarow konnte nicht wissen, daß dieser Mann einst ein geachteter Professor an der Moskauer Universität gewesen war, bis er mit dem kommunistischen Regime brach und für seine Studenten einen Aufsatz veröffentlichte, in dem er eine demokratische Regierung forderte.

Das war lange vor den Reformen gewesen. Später hatte man ihn rehabilitiert, zu spät, als daß es ihm noch etwas bedeutet hätte, außerdem war eine kleine Rente für ihn ausgesetzt worden. Damals hatte er sich glücklich geschätzt, weil er nicht ins Lager mußte. Seine Arbeit und seine Wohnung hatten sie ihm natürlich genommen, und zum Straßenkehrer hatten sie ihn gemacht.

So wurde dergleichen bei den Kommunisten geregelt. Wenn der Missetäter nicht in den Lagern für antisowjetische Aktivitäten verschwand, wurde er einfach aller lebenerhaltenden Systeme beraubt. Nun, den tschechischen Premierminister Alexander Dubček hatten sie gezwungen, Holz zu fällen.

Daß er überhaupt überlebt hatte, verdankte er einem Mann in seinem Alter, der eines Tages neben ihm auf der Straße gestanden und ihn in passablem Russisch mit englischem Akzent angesprochen hatte. Sir Nigel Irvines Namen hatte er nie erfahren, er nannte ihn einfach nur *lisa*, den Fuchs. Der Spion aus der Botschaft wollte eigentlich nicht viel, verlangte nur hin und wieder eine helfende Hand. Kleinigkeiten mit geringem Risiko, aber die Hundertdollarscheine hatten Leib und Seele zusammengehalten.

An diesem Winterabend zwanzig Jahre später starrte er den jungen Mann vor seiner Tür an und sagte: »*Da?*«

»Ich habe einen Leckerbissen für den Fuchs«, sagte Monk.

Der alte Mann nickte und streckte die Hand aus. Monk gab ihm das winzige Röhrchen; der Mann trat zurück und schloß die Tür. Monk drehte sich um und ging zum Wagen zurück.

Um Mitternacht wurde die kleine Martti, das Röhrchen um ein Bein geschnallt, freigelassen. Wochen vorher hatten Mitch und Ciaran sie auf ihrer langen Fahrt von Finnland nach Moskau mitgenommen, und Brian Vincent hatte sie abgeliefert, da er russische Karten lesen konnte und das seltsame Haus schließlich gefunden hatte.

Martti stand einen Augenblick auf dem kleinen Vorsprung, dann breitete sie die Flügel aus und stieg in Spiralen in den kalten Nachthimmel über Moskau auf. Sie flog über dreihundert Meter hoch, dorthin, wo die Kälte einen Menschen in einen frosterstarrten Klumpen verwandelt hätte.

Im selben Augenblick begann einer der InTelCor-Satelliten seine Bahn über die gefrorenen Steppen Rußlands zu ziehen. Entsprechend seiner Programmierung sandte er die kodierte Nachricht: »Bist du da, Baby?« in die Stadt hinunter und wußte nicht, daß er sein elektronisches Kind zuvor vernichtet hatte.

Am Rand der Hauptstadt warteten die Lauscher der SZKI an ihren Bildschirmen auf jenes Signal, das ihnen verriet, daß der von Oberst Grischin gesuchte Agent eine Nachricht ausgeschickt hatte, denn nur dann konnten die Triangulatoren die Quelle der Sendung bis auf ein Gebäude genau bestimmen.

Der Satellit zog davon, und das Signal blieb aus.

Ein magnetischer Impuls in Marttis winzigem Köpfchen verriet ihr, daß ihr Heim, jener Ort, wo sie drei Jahre zuvor als blindes und hilfloses Küken aus dem Ei geschlüpft war, im Norden lag. Also wandte sie sich nach Norden, drehte in den bitterkalten Wind und flog Stunde um Stunde durch Dunkelheit und Kälte, einzig von dem Verlangen getrieben heimzukehren, dorthin, wohin sie gehörte.

Niemand sah sie. Niemand sah sie die Stadt verlassen oder die Küste überqueren, die Lichter von St. Petersburg zu ihrer Rechten. Sie flog einfach weiter und immer weiter mit der Nachricht und ihrem Verlangen heimzukehren. Sechzehn Stunden, nachdem sie Moskau verlassen hatte, flatterte sie durchgefroren und erschöpft durch eine Dachgeschoßluke am Rand von Helsinki. Warme Hände nahmen die Nachricht von ihrem Bein ab, und drei Stunden später las Sir Nigel Irvine sie in London.

Er lächelte, als er den Text las. Die Nachricht hatte ihn auf schnellstem Weg erreicht und sagte ihm, daß Jason Monk noch eine letzte Aufgabe zu erledigen hatte, ehe er wieder so lange untertauchen würde, bis er das Land sicher verlassen konnte. Doch selbst Irvine hätte nicht genau sagen können, was dieser verrückte Virginier eigentlich vorhatte.

Während Martti ungesehen über ihre Köpfe davonflog, besprachen sich Igor Komarow und Anatoli Grischin im Büro des Parteivorsitzenden. Bis auf diese beiden Männer war das kleine Haus leer, in dem das Hauptquartier der Partei untergebracht war, von den Posten im Wachraum der unteren Etage einmal abgesehen. Durch die Dunkelheit draußen streiften die Killerhunde.

Komarow saß an seinem Tisch und sah im Lampenlicht aschfahl aus. Grischin hatte gerade zu sprechen aufgehört und dem Führer der Union Patriotischer Kräfte mitgeteilt, welche Neuigkeiten er von seinem klerikalen Spitzel erhalten hatte.

Als er das Wort ergriff, schien Komarow in sich zusammenzusinken. Die einst eisige Kontrolle versagte, die blitzschnelle Entschlossenheit schien ihn verlassen zu haben. Grischin kannte diese Anzeichen.

Es geschah den schrecklichsten Diktatoren, wenn ihnen die Macht plötzlich genommen wurde. Mussolini, dieser herumstolzierende Duce, war 1944 über Nacht zu einem elenden, verängstigten kleinen Mann auf der Flucht geworden.

Wenn die Banken ihre Darlehen aufkündigten, der Jet konfisziert wurde, die Limousinen gepfändet, die Kreditkarten einbehalten wurden, der engste Mitarbeiterstab kündigte und das Kartenhaus einstürzte, dann schienen einstige Geschäftsmagnate tatsächlich kleiner zu werden, und ihre alte Entschlossenheit wurde zu leerem Gehabe.

Grischin kannte die Anzeichen, weil er Generäle und Minister in ihren Zellen gesehen und erlebt hatte, wie die einst mächtigen Drahtzieher des Apparats dort kauerten und nur noch auf das erbarmungslose Urteil der Partei warteten.

Die Welt um sie herum fiel auseinander, die Tage der Worte waren vorbei, die eigene Stunde war gekommen. Er hatte Kusnezow immer verachtet, der sich seine Welt aus Worten und Bildern schuf und glaubte, daß ein offizielles Kommuniqué Macht verkörperte. In Rußland kam alle Macht aus Gewehrläufen, das war immer so gewesen und würde immer so sein. Ironischerweise hatte es jenes Mannes bedurft, den er wie keinen anderen Menschen auf der Welt haßte, diesen amerikanischen Scarlet Pimpernell, um die gegenwärtige Lage herbeizuführen, in der der Präsident der UPK all seinen Willen verloren und beinahe bedingungslos bereit schien, Grischins Rat zu befolgen.

Denn Anatoli Grischin hatte keineswegs die Absicht, sich der Miliz oder dem amtierenden Präsidenten Iwan Markow auszuliefern. Er konnte auf Igor Komarow nicht verzichten, aber er konnte seinen Kopf retten und so zu unerhörter Macht aufsteigen.

Gefangen in seiner Welt, saß Igor Komarow wie Richard II. da und sinnierte über die Katastrophe, die in so kurzer Zeit über ihn hereingebrochen war. Er konnte diesen Wandel einfach nicht verstehen, vermochte gerade noch zu begreifen, wie er sich Schritt für Schritt vollzogen hatte.

Anfang November hatte es noch so ausgesehen, als wenn keine Macht auf Erden ihn davon abhalten konnte, die Wahlen im Januar zu gewinnen. Seine politische Organisation arbeitete weit effizienter als jede andere im Land; seine Redegewalt schlug die Massen in ihren Bann. Meinungsumfragen zeigten, daß er siebzig Prozent der Stimmen im Land bekommen würde, ein klarer Sieg im ersten Wahlgang.

Seine politischen Gegner wirkten demoralisiert und zogen sich entweder zurück, da ihnen die Mittel ausgingen, oder verzweifelten angesichts seines Vorsprungs. Wer Beförderung oder seine Gunst für die Zeit nach dem sicheren Wahlsieg suchte, kam zu ihm, um ihn zu umwerben. Im November schien sein politischer Triumph bereits Tatsache zu sein.

Der Diebstahl des Schwarzen Manifests war zuerst höchst beunruhigend gewesen, doch als in den Wochen nach Mitte Juli nichts geschah, hatte er sich wieder gefaßt. Die Schuldigen waren bestraft, der allzu clevere Journalist aus dem Ausland war zum Schweigen gebracht worden. Dann war monatelang nichts geschehen, und er hatte seinen Marsch auf das höchste Amt des Landes fortgesetzt.

Daß ein einzelner ausländischer Agent, dessen Gesicht er von einem Foto kannte, ihm ernstlich Schaden zufügen konnte, hatte er damals einfach nicht glauben wollen. Die Zerstörung der Druckerpressen und die Einstellung seiner Zeitschriften und Zeitungen waren zwar überaus ärgerlich, aber durchaus nicht lebensbedrohlich gewesen. Sabotage und Gewalt zählten zu den festen Bestandteilen eines russischen Lebens, doch war Oberst Grischin auf seinen Befehl hin bislang immer damit fertig geworden. Das Ende der Berichterstattung im Fernsehen aber war der Anfang dessen gewesen, was ihn weniger wütend als vielmehr verwirrt zurückgelassen hatte.

Er verachtete die Kirche und alle ihre Priester, also hatte er auch nie damit gerechnet, daß die Staatsorgane den Patriarchen und seine verrückte Idee, die Monarchie wieder einführen zu wollen, ernst nehmen konnten. Außerdem wollte er einfach nicht glauben, daß Alexei II. nennenswerten Einfluß auf die Menschen Rußlands besaß.

Hatten sie, die Menschen Rußlands, nicht *ihm* die Treue geschworen? Erwarteten sie denn nicht von ihm ihr Heil, eine neue Ordnung, die Säuberung ihres russischen Landes? Was brauchten sie einen Gott, wenn sie ihn, Igor Wiktorowitsch Komarow, hatten?

Er begriff, warum sich der Jude Bernstein gegen ihn gewandt

hatte. Wenn ihm der lästige Amerikaner das Manifest gezeigt hatte, dann war begreiflich, warum er derartige Konsequenzen zog. Doch warum der General? Warum hatte Nikolajew ihn derart angeschwärzt? Hatte er nicht begriffen, welch glorreiche Zukunft die russische Armee erwartete? Hatte der Held von Kursk und Bagration sich wirklich Sorgen um Juden und Tschetschenen gemacht?

Das Interview in der *Iswestija* und das Ende der Berichterstattung hatten ihm jenen doppelten Schlag versetzt, durch den er erst begriff, welche Stärke und Bandbreite die Allianz gegen ihn besaß.

Dann waren da noch die Dolgoruki, die durch die Razzien bis aufs Blut gereizt worden waren, und schließlich noch die Presse. Sie alle würde er später sowieso unterdrücken: die Kirche, die Mafia, die freie Presse, die Juden, die Tschetschenen und die Ausländer – sie alle würden büßen müssen.

»Es war falsch, die vier Attentatsversuche zu unternehmen«, sagte er schließlich.

»Bei allem Respekt, Gospodin Präsident, es war taktisch durchaus vernünftig. Wir haben einfach nur fürchterlich Pech gehabt, weil drei von den vier Opfern gerade nicht zu Hause waren.«

Komarow grunzte. Pech vielleicht, aber die Folgen waren katastrophal gewesen. Woher wußte die Presse nur, daß er hinter den Anschlägen steckte? Wer hatte es ihr verraten? Die Medien hatten ihm immer an den Lippen gehangen; und jetzt beschimpften sie ihn. Die Pressekonferenz war eine Katastrophe gewesen. Diese Ausländer schrien einfach ihre unverschämten Fragen in die Menge. Noch nie hatte er sich solche Frechheiten gefallen lassen müssen. Dafür hatte Kusnezow stets gesorgt. In seinen Interviews hatte man ihn immer mit äußerstem Respekt behandelt, hatte sich aufmerksam seine Ansichten angehört und verständnisvoll mit dem Kopf genickt. Und dann hatte dieser junge Narr eine Pressekonferenz vorgeschlagen...

»Ist Ihre Quelle sicher, Oberst?«

»Ja, Gospodin Präsident.«

»Vertrauen Sie dem Mann?«

»Natürlich nicht. Ich verlasse mich nur auf seine Gier. Er ist käuflich und korrupt, aber er strebt ein hohes Amt an und sehnt sich nach dem Leben eines Lüstlings, und beides ist ihm versprochen worden. Er hat mir beide Besuche des englischen Spions beim Patriarchen verraten, ebenso beide Treffen mit dem amerikanischen Agenten. Sie haben die Mitschrift der Aufnahme vom zweiten Treffen mit Monk gelesen, die Drohungen, die mich zu dem Entschluß veranlaßten, die Opposition endgültig zum Schweigen zu bringen.«

»Aber diesmal... glauben Sie wirklich, die besitzen die Unverfrorenheit, gegen uns loszuschlagen?«

»Ich glaube nicht, daß wir die Möglichkeit außer acht lassen dürfen. Jetzt wird mit harten Bandagen gekämpft, um es mit einem Ausdruck aus der Boxersprache zu sagen. Unser Idiot von amtierendem Präsidenten weiß selbst, daß er vielleicht gegen Sjuganow, aber niemals gegen Sie gewinnen kann. Und die Generäle der Miliz haben in letzter Sekunde begriffen, welche Säuberung ihnen nach Ihrer Wahl bevorsteht. Aus dem Vorwurf einer finanziellen Verbindung zwischen der UPK und der Mafia könnten sie sich eine Anklage zurechtzimmern. Ja, ich glaube, sie könnten es wirklich versuchen.«

»Wären Sie an ihrer Stelle, Oberst, was würden Sie tun?«

»Genau das gleiche. Als mir der Priester erzählte, worüber der Patriarch beim Essen gesprochen hat, da glaubte ich, das kann nicht wahr sein, doch je länger ich darüber nachdenke, um so logischer scheint es mir zu sein. Der erste Januar bei Tagesanbruch, ein brillant gewählter Zeitpunkt. Wer hat da keinen Kater vom Abend zuvor? Welche Posten sind da noch wach? Wer kann da schnell und entschieden reagieren? Die meisten Russen können am Neujahrstag nicht mal klar sehen – falls sie am Abend vorher nicht ohne einen Tropfen Wodka in ihre Kasernen eingesperrt werden. Ja, das alles ergibt durchaus einen Sinn.«

»Was wollen Sie damit sagen? Daß wir am Ende sind? Daß alles, was wir getan haben, umsonst gewesen ist? Daß sich unsere große Vision wegen einiger panisch reagierenden, ehrgeizigen Politiker, eines fanatischen Priesters und einiger allzu schnell beförderten Polizisten nie verwirklichen wird?«

Grischin stand auf und beugte sich über den Tisch. »Haben wir es bis hierher geschafft, um jetzt aufzugeben? Niemals, Gospodin

Präsident. Die Kenntnis der Pläne des Feindes ist der Schlüssel zum Erfolg. Und diese Pläne kennen wir. Sie lassen uns keine Wahl. Wir müssen zu einem Präventivschlag ausholen.«

»Einem Präventivschlag? Gegen wen?«

»Nehmen Sie sich Moskau, Herr Präsident. Nehmen Sie sich Rußland. Beide gehören Ihnen in zwei Wochen. An Silvester werden unsere Feinde sich auf den nächsten Tag vorbereiten, und ihre Truppen sitzen bis zur Dämmerung eingesperrt in den Kasernen. Ich kann eine Armee von achtzigtausend Mann aufstellen und Moskau noch in derselben Nacht einnehmen. Und wer Moskau hat, dem gehört Rußland.«

»Ein *coup d'état*?«

»Es wäre nicht das erste Mal, Gospodin Präsident. Die gesamte russische und europäische Geschichte ist eine Geschichte von Männern mit Vision und Entschlossenheit, von Männern, die den richtigen Augenblick ergriffen und den Staat an sich gerissen haben. Mussolini nahm sich Rom und damit Italien. Die griechischen Obristen nahmen sich Athen und damit Griechenland. Kein Bürgerkrieg. Nur ein schneller Schlag. Die Besiegten fliehen, ihre Anhänger verlieren die Nerven und suchen ein Bündnis. Und Neujahr kann Rußland schon Ihnen gehören.«

Komarow dachte nach. Er würde die Fernsehsender besetzen und eine Rede an die Nation halten. Er würde behaupten, daß er handeln mußte, um eine Verschwörung gegen das Volk und die Absetzung der Wahl zu verhindern. Man würde ihm glauben. Die Generäle würde er gefangennehmen lassen, und die Oberste würden sich auf seine Seite schlagen, weil sie befördert werden wollten.

»Können Sie es schaffen?«

»Gospodin Präsident, in diesem korrupten Land kann man alles kaufen. Deshalb braucht unser Vaterland einen Igor Komarow, der den Augiasstall endlich ausmistet. Mit Geld kann ich so viele Soldaten kaufen, wie ich brauche. Geben Sie mir Ihr Wort, und am Nachmittag des Neujahrstags sind Sie im Kreml.«

Igor Komarow stützte das Kinn auf seine gefalteten Hände und sah auf den Notizblock auf seinem Tisch. Nach einigen Sekunden hob er den Blick und schaute Oberst Grischin an.

»Also gut«, sagte er.

Falls man von Grischin verlangt hätte, innerhalb von vier Tagen eine bewaffnete Truppe zur Eroberung Moskaus aufzustellen, dann hätte er dies niemals geschafft.

Aber er hatte seine Vorarbeiten längst geleistet. Seit Monaten wußte er, daß in den Tagen unmittelbar nach Igor Komarows Wahlsieg die Übertragung aller Staatsmacht auf die UPK beginnen mußte.

Die politische Seite des Problems, die formelle Abschaffung der Oppositionsparteien, überließ er Komarow. Seine eigene Aufgabe würde die Unterwerfung oder Entwaffnung und Auflösung aller staatlichen bewaffneten Truppen sein.

Während der Vorbereitungen auf diese Aufgabe hatte er längst herausgefunden, wer seine natürlichen Verbündeten und wer seine offensichtlichen Gegner sein würden. Unter den letzteren war vor allem die Präsidentengarde zu nennen, dreißigtausend bewaffnete Männer, von denen sechstausend in Moskau und tausend im Kreml selbst stationiert waren.

Unter Führung von General Sergei Korin, dem Nachfolger von Jelzins berüchtigtem Alexander Korschakow, wurden sie allesamt von Offizieren befehligt, die der verstorbene Präsident Tscherkassow eingesetzt hatte. Und deshalb würden sie für den Staat und gegen den Putsch kämpfen.

An zweiter Stelle kam das Innenministerium mit seiner Armee von hundertfünfzigtausend Mann. Zum Glück für Grischin war diese Truppe weit und breit über Rußland verstreut, nur fünftausend Soldaten waren in und um Moskau stationiert. Die Generäle aus dem Präsidium des MVD würden rasch begreifen, daß sie zu den ersten gehörten, die man in Viehwaggons auf dem Weg in die GULAGs schicken würde, da für sie und die Präsidentengarde im neuen Rußland kein Platz neben Grischins Schwarzer Garde war.

Als drittes – eine unverhandelbare Forderung der Dolgoruki – waren die Soldaten der beiden Antimafiaeinheiten zu verhaften, jene vom nationalen Hauptquartier des MVD am Tschitnyplatz befehligte Bundesabteilung und die Moskauer Abteilung des GUVD, die vom Quartier des Generals Petrowski in der Schabolowkastraße geführt wurde. Beide Einheiten sowie deren Schnelle Eingreiftruppen, die OMON und die SOBR, dürften keinen Zweifel daran haben, daß sie in Grischins Rußland des Jahres 1999 nur die Wahl zwischen Arbeitslager und Exekution hatten. Für den Sieg war es notwendig, daß die Armee im unklaren blieb, daß sie verwirrt, uneins und somit letztlich machtlos war.

Grischin selbst verfügte über sechstausend Schwarzgardisten und zwanzigtausend Junge Kämpfer im Teenageralter.

Die Gardisten waren eine Elitetruppe, die er im Lauf der Jahre aufgebaut hatte. Das Offizierkorps bestand ausschließlich aus kampferprobten Soldaten ehemaliger Sondereinheiten, Fallschirmspringer, Marineinfanteristen und MVD-Leute, die in grausamen Aufnahmeritualen ihre Rücksichtslosigkeit und ihre Treue zur extremen Rechten unter Beweis stellen mußten.

Doch einer der vierzig Offiziere war ein Verräter. Irgend jemand war ganz offensichtlich mit den Behörden und den Medien in Kontakt getreten, um die vier Attentatsversuche vom einundzwanzigsten Dezember als Werk der Schwarzgardisten zu brandmarken. Und die Opfer waren allzu rasch verschwunden, um nicht gewarnt worden zu sein.

Ihm blieb keine Wahl. Er mußte diese vierzig Offiziere von der Truppe isolieren und einsperren, und der beste Tag hierfür war der achtundzwanzigste Dezember. Intensive Befragung und die Demaskierung des Verräters würden warten müssen. Um die Moral zu wahren, mußte er die jüngeren Offiziere befördern, damit sie die Lücken füllten. Er würde ihnen sagen, daß sich ihre Kommandanten auf einem Lehrgang befänden.

Grischin beugte sich über einen detaillierten Plan vom Moskauer Oblast und bereitete seinen Schlachtplan für den Silvesterabend vor. Es war sein großer Vorteil, daß die Straßen der Stadt an diesem Abend nahezu leer sein würden.

Silvester zählt in Rußland zu den bedeutendsten Feiertagen. Am Nachmittag des letzten Tages im Jahr ist fast überhaupt keine Arbeit mehr möglich, da die Moskauer mit entsprechendem Schnapsvorrat auf dem Weg nach Hause oder zu privaten Partys sind, wo sie zumeist auch über Nacht bleiben. Nachmittags gegen halb vier bricht die Dunkelheit an, und danach wagen sich nur noch jene verzweifelten Menschen in die eisige Nacht hinaus, die ihren zur Neige gegangenen Vorrat an Alkohol wieder auffüllen wollen.

Alle Welt feiert, selbst die unglückseligen Nachtwächter und das Personal, dem nicht freigegeben worden war. Wer arbeiten mußte, der brachte seine flüssigen Vorräte eben zur Arbeit mit.

Um sechs Uhr, so hatte sich Grischin ausgerechnet, würde er die Straße für sich haben. Um sechs würden alle wichtigen Ministerien und Regierungsgebäude bis auf das Nachtpersonal verlassen sein, und um zehn würden selbst dieses Personal und die Soldaten, die noch in den Kasernen waren, keinen Widerstand mehr leisten können.

Sobald seine Truppen in der Stadt waren, galt es als erstes, Moskau nach außen abzuriegeln. Diese Aufgabe hatte er den Jungen Kämpfern zugedacht. Zweiundfünfzig Haupt- und Nebenstraßen führten in die Stadt, und um sie alle zu sperren, würde er hundertvier schwere, mit Beton beladene Lkw brauchen.

Er teilte die Jungen Kämpfer in einhundertvier Gruppen ein, die jeweils unter dem Kommando eines erfahrenen Soldaten der Schwarzen Garde standen. Die Lastwagen würde man sich von Speditionsunternehmen mieten oder am Silvestermorgen mit vorgehaltener Waffe stehlen. Zur festgesetzten Stunde sollten sie dann paarweise an die angegebenen Positionen gebracht und an den Kreuzungen aufeinander zugefahren werden, bis sie Kühler an Kühler quer auf jeder Straße standen; anschließend würde man sie fahruntüchtig machen.

Die Grenze zwischen dem Moskauer Oblast und dem jeweiligen Nachbarbezirk wird auf jeder größeren Straße nach Moskau durch einen Milizposten des MVD markiert, ein Wachhäuschen mit ein paar gelangweilten Gefreiten, einem Telefon und einem Panzerwagen. An Silvester waren die Panzerwagen wahrscheinlich unbesetzt, da die Mannschaft mit den übrigen Kameraden im Wachhäuschen feiern würde. Nur auf der Straße, auf der Grischin in die Stadt einfallen wollte, würde man den Posten »ausschalten«. In allen übrigen Fällen würden die Jungen Kämpfer mit ihren Blockadelastern die Straße an der nächsten Kreuzung hinter den Wachhäuschen abriegeln und die Miliz ungestört weitersaufen lassen. Die Jungen Kämpfer, etwa zweihundert pro Gruppe, würden dann auf der Stadtseite bei den Lastern in Stellung gehen und dafür sorgen, daß keine Verstärkung nach Moskau gelangen konnte.

In der Stadt selbst mußte er fünf sekundäre und zwei primäre Ziele einnehmen. Da seine Schwarze Garde in fünf Lagern im Umland untergebracht war und sich in der Stadt selbst nur eine kleine Kaserne befand, die die Wachen für Komarows Haus stellte, wäre es am einfachsten, wenn er von fünf verschiedenen Stellen aus ins Zentrum vordringen würde. Doch um die entsprechende Koordination gewährleisten zu können, bräuchte es eine wahre Flut von Funkmeldungen, und Grischin zog es vor, seine gesamte Truppe bei Funkstille in die Stadt zu holen. Deshalb zog er den Gedanken an eine einzige Fahrzeugkolonne vor.

Da die größte Kaserne der Schwarzen Garde und ihr Hauptquartier im Nordosten der Stadt lagen, beschloß er, die gesamten sechstausend Mann voll bewaffnet und mitsamt Fahrzeugen am dreißigsten Dezember dort zusammenzuziehen und über jene Hauptverkehrsstraße, die anfangs Jaroslawkoje-Chaussee heißt und kurz vor der inneren Ringstraße zum Mira Prospekt, zum Friedensboulevard, wird, in die Stadt einzufallen.

Eines der beiden primären Ziele, der große Studiokomplex am Ostankino, lag nur einen halben Kilometer von dieser Straße entfernt. Zweitausend seiner sechstausend Mann wollte er hierfür abkommandieren.

Mit den restlichen, von ihm selbst angeführten viertausend Mann wollte er nach Süden vorstoßen, am Olympiastadion vorbei und über die Ringstraße in das Herz Moskaus zum wichtigsten Ziel, dem Kreml.

Zwar heißt »Kreml« soviel wie »Festung«, und in allen alten Städten Rußlands steht im Zentrum der ehemaligen Stadtummauerung eine Festung, doch der Kreml von Moskau ist schon seit langem vor allem das Symbol der höchsten Amtsgewalt in Rußland und sichtbare Verkörperung dieser Macht. Der Kreml mußte bei Tagesanbruch in seiner Hand und die Besatzung überwältigt sein; aus dem Funkraum durfte kein Hilferuf nach draußen dringen, denn sonst konnte das Pendel noch nach der anderen Seite ausschlagen.

Die fünf sekundären Ziele wollte er den vier bewaffneten Truppen überlassen, die er in der knappen verbleibenden Zeit zu einem Bündnis überreden wollte.

Diese fünf Ziele umfaßten das Büro des Bürgermeisters in der Twerskajastraße, aus dessen Nachrichtenzentrale Hilfsappelle ausgestrahlt werden konnten; das Innenministerium am Tschitnyplatz mit seinen Kommunikationskanälen zu den angrenzenden OMON-Kasernen und der über ganz Rußland verteilten Armee des MVD; den Komplex der präsidialen und ministeriellen Gebäude am Starajaplatz; den Flugplatz Khodinka mit seinen GRU-Kasernen, einen perfekten Landeplatz für Fallschirmspringer, falls sie zur Hilfe gerufen wurden, und das Parlamentsgebäude, die Duma.

Als Boris Jelzin 1993 die Kanonen seiner Panzer auf die Duma richten ließ, um die rebellischen Kongreßabgeordneten zu zwingen, mit erhobenen Händen herauszukommen, hatte das Gebäude beträchtlichen Schaden erlitten. Vier Jahre lang residierte die Duma in den alten Gosplan-Wirtschaftsgebäuden am Manegeplatz, doch nach Beseitigung der Schäden war das russische Parlament wieder in das Weiße Haus am Fluß am Ende des Nowi Arbat umgezogen.

Das Büro des Bürgermeisters, die Duma und die Ministerien am Starajaplatz würden an Silvester nur leere Hüllen sein, und wenn man die Türen aufsprengte, dürfte ihre Besetzung keinerlei Problem bedeuten. In den OMON-Kasernen und am Flugplatz Khodinka könnten einzelne Kämpfe aufflammen, falls die Antimafiaeinheiten oder die wenigen Fallschirmspringer und Nachrichtenoffiziere der Armee Widerstand leisteten. Diese beiden Ziele sollten von Sondereinheiten eingenommen werden, deren Dienste er sich erkaufen wollte.

Ein achtes und für jeden Putsch selbstverständliches Ziel würde das Verteidigungsministerium sein. Dieser riesige, graue Steinklotz am Arbatskiplatz würde ebenfalls kaum besetzt sein, doch in seinem Innern lag das Kommunikationszentrum, das sofortige Verbindung zu jedem Armee-, Marine- oder Luftwaffenstützpunkt in Rußland herstellen konnte. Trotzdem stellte er zu dessen Erstürmung keine Truppen ab, da er bezüglich des Verteidigungsministeriums besondere Pläne hatte.

Für einen Putschversuch der extremen Rechten in Rußland waren Verbündete nicht unbedingt schwer zu finden. Als erstes boten sich da die Vereinten Sicherheitsdienste, die VSD, an. Sie waren die

Erben der einst allmächtigen Zweiten Hauptabteilung des KGB, jener weitverzweigten Organisation, die die Unterdrückung in der UdSSR auf dem vom Politbüro gewünschten Niveau gehalten hatte. Seit Beginn jener verachteten Ideologie namens Demokratie war seine alte Macht allerdings ziemlich geschrumpft.

Für die Spionageabwehr war immer noch die VSD verantwortlich, deren Hauptquartier sich in der berüchtigten KGB-Zentrale am ehemaligen Dserschinskiplatz, dem heutigen Lubjankaplatz, befand, hinter dem das ebenso berüchtigte und gefürchtete Gefängnis Lubjanka lag. Außerdem war dort eine Abteilung untergebracht, die sich ausschließlich dem Kampf gegen das organisierte Verbrechen verschrieben hatte, doch war diese Abteilung bei weitem nicht so effektiv wie die GUVD von General Petrowski, weshalb sie sich auch mit keiner dringlichen Racheforderung der Dolgoruki konfrontiert sah.

Zur Unterstützung ihrer Aufgaben waren dem VSD zwei Kommandos Schneller Eingreiftruppen zugeordnet, das Kommando Alpha und das Kommando Wimpel.

Diese beiden Kommandos hatten früher zu den besten und gefürchtetsten Einheiten in ganz Rußland gezählt und waren oft mit der britischen SAS verglichen worden. Doch etwas war schiefgelaufen, und bei diesem Etwas war es um eine Frage der Treue gegangen.

1991 hatten der Verteidigungsminister Jasow und der Leiter des KGB, Krjutschkow, einen Staatsstreich gegen Gorbatschow geplant. Der Coup schlug fehl, trotzdem wurde Gorbatschow demontiert und Jelzin ins Rampenlicht gerückt. Ursprünglich hatte das Kommando Alpha den Staatsstreich unterstützen sollen, wechselte aber mitten im Geschehen die Seiten und ließ zu, daß Boris Jelzin aus der Duma trat, auf einen Panzer sprang und in den Augen der Welt zum Helden wurde. Als ein schockierter Gorbatschow schließlich aus seinem Hausarrest auf der Krim entlassen und nach Moskau zurückgeflogen wurde, nur um seinen alten Widersacher Jelzin an der Macht zu finden, wurden die Treue und Verläßlichkeit des Kommandos Alpha ziemlich skeptisch beurteilt. Gleiches galt für das Kommando Wimpel.

1999 war das Ansehen der beiden schwerbewaffneten Kommandos erfahrener Soldaten immer noch nicht wiederhergestellt, doch Grischin boten sie zwei Vorteile. Zum einen zeichneten sie sich wie die meisten Sondereinheiten durch eine Überzahl von Offizieren und Unteroffizieren zu vergleichsweise wenigen unerfahrenen Gefreiten aus, und außerdem neigten die Veteranen politisch zur äußersten Rechten: Sie waren antisemitisch, ausländerfeindlich und antidemokratisch eingestellt. Darüber hinaus hatten sie seit sechs Monaten keinen Sold erhalten.

Grischins Angebot klang in ihren Ohren wie Sirenengesang: die Wiedereinsetzung des KGB in die alten Machtpositionen, eine Vorzugsbehandlung, wie wahre Eliten sie verdient hatten, und ab sofort doppeltes Gehalt.

In der Silvesternacht sollte das Kommando Wimpel sich bewaffnen, die Kasernen verlassen, zum Flugplatz Khodinka vorstoßen und Startbahnen und Stützpunkt sichern. Das Innenministerium und die angrenzenden OMON-Kasernen wurden dem Kommando Alpha anvertraut, eine Grischin unterstellte Einheit sollte die SOBR-Kasernen hinter der Schabolowkastraße stürmen.

Am neunundzwanzigsten Dezember nahm Oberst Grischin in einem luxuriös eingerichteten Landhaus außerhalb Moskaus an einem Treffen der Dolgoruki teil. Er besprach sich mit dem Schkod, dem obersten Rat der Mafia. Dieses Treffen war für die weitere Entwicklung von entscheidender Bedeutung.

Soweit es die Mafia betraf, hatte er ziemlich viel zu erklären. Die Razzien von General Petrowski waren noch lange nicht vergessen, und als seine Zahlmeister verlangten sie dafür eine Erklärung.

Grischins Rede veränderte die Stimmung. Als er ihnen mitteilte, daß es Absichten gebe, Igor Komarow für ungeeignet zu erklären, um ihn von der kommenden Wahl auszuschließen, schlug die Verärgerung in Entsetzen um. Sie alle hatten ein handfestes Interesse an Komarows Wahlsieg.

Grischins Mitteilung, daß dieser Gedanke nun aufgegeben worden war und der Staat beabsichtigte, Komarow zu verhaften und die Schwarze Garde aufzulösen, versetzte ihnen einen Tiefschlag. Nach kaum einer Stunde waren es die Mafiosi, die Rat suchten, doch als Grischin ihnen seine Pläne darlegte, wirkten sie wie vor den Kopf geschlagen. Räubereien, Betrug, Schwarzmarkt, Erpressung, Drogen, Prostitution und Mord waren ihre Spezialität, aber einen *coup d'état* fanden sie wirklich verdammt hoch gegriffen.

»Ein Staatsstreich ist einfach nur der größte Diebstahl, den es gibt, der Diebstahl der Republik«, sagte Grischin. »Halten Sie sich raus, dann können Sie sich wieder vom MVD, dem VSD und all den anderen jagen lassen. Machen Sie mit, und das Land gehört uns.«

Er benutzte das Wort *semlia*, was Land, aber auch Erde bedeutet, und alles, was sie enthält.

Am Kopf der Tafel saß der oberste Mafiosi, ein alter *wor wi sakone*, ein »amtlicher Dieb«, der wie sein Vater und sein gesamter Clan in die Unterwelt hineingeboren worden war und für die Dolgoruki so etwas wie der Pate aller Paten war. Er starrte Grischin lange an, während alle übrigen Anwesenden warteten. Dann nickte der alte Gangster, sein faltiger Schädel hob und senkte sich wie der Kopf einer alten Echse, die ihre Zustimmung verkündete. Die nötigen Geldmittel waren genehmigt worden.

Und damit konnte Grischin auch über seine dritte bewaffnete Macht verfügen. Zweihundert der etwa achthundert privaten »Sicherheitsfirmen« in Moskau waren Tarngesellschaften der Dolgoruki. Sie konnten ihm über zweitausend Mann zur Verfügung stellen, allesamt ehemalige Soldaten oder schwerbewaffnete KGB-Ganoven; achthundert, um das leere Weiße Haus, die Stätte der Duma, zu stürmen und zu halten, und eintausendzweihundert für das Präsidentenbüro und die angrenzenden Ministerien am Starajaplatz, die an Silvester ebenfalls leerstehen würden.

Am selben Tag rief Jason Monk General Petrowski an, der immer noch in den SOBR-Kasernen wohnte.

»Ja?«

»Ich bin's wieder. Was machen Sie?«

»Was geht Sie das an?«

»Packen Sie?«

»Woher wissen Sie das?«

»Alle Russen wollen Silvester bei ihren Familien verbringen.«

»Hören Sie, mein Flug geht in einer Stunde.«

»Ich glaube, den sollten Sie stornieren lassen. Es wird andere Silvesterabende geben.«

»Wovon reden Sie eigentlich, Amerikaner?«
»Haben Sie die Morgenausgaben gelesen?«
»Ein paar. Warum?«
»Die letzten Meinungsumfragen. Diejenigen, die die Presseverlautbarungen über die UPK und Komarows Pressekonferenz vom Vortag berücksichtigen. Demzufolge bekommt er nur vierzig Prozent, und sein Stimmenanteil fällt weiter.«
»Prima, dann verliert er die Wahl, und wir kriegen statt dessen Sjuganow, diesen Neokommunisten. Was hat das mit mir zu tun?«
»Glauben Sie, Komarow wird das einfach so hinnehmen? Ich habe Ihnen doch schon mal gesagt, daß er nicht ganz normal ist.«
»Er wird sich damit abfinden müssen. Wenn er in vierzehn Tagen verliert, dann hat er eben verloren. Das war's dann.«
»An jenem Abend damals, da haben Sie mir auch etwas gesagt.«
»Was meinen Sie?«
»Sie sagten, wenn der russische Staat angegriffen wird, dann wird er sich zu verteidigen wissen.«
»Verdammt, wissen Sie etwas, das ich nicht weiß?«
»Ich *weiß* überhaupt nichts. Ich bin nur mißtrauisch. Wußten Sie nicht, daß Mißtrauen ein russischer Charakterzug ist?«
Petrowski starrte den Hörer an und dann seinen halb gepackten Koffer auf der schmalen Pritsche des Kasernenzimmers.
»Das würde er nicht wagen«, sagte er tonlos. »Das würde niemand wagen.«
»Jasow und Krjutschkow haben es gewagt.«
»Das war 1991. Das war was anderes.«
»Nur weil sie es verpatzt haben. Warum bleiben Sie über die Feiertage nicht in der Stadt? Nur für alle Fälle.« General Petrowski legte auf und packte den Koffer wieder aus.
Mit seinem letzten Verbündeten wurde Grischin sich am dreißigsten Dezember in einer Bar einig. Sein Gesprächspartner war ein bierbäuchiger Kretin, doch wohl der einzige, der sich mit einiger Berechtigung Chef der Straßenbanden der Bewegung Neues Rußland nennen konnte.
Trotz ihres hochtrabenden Namens war die BNR kaum mehr als eine lockere Gruppierung von tätowierten, glatzköpfigen Schlägern der extremen Rechten, die sich ihren Unterhalt wie ihre Unterhal-

tung mit Überfällen und Judenpöbeleien verschafften, beides, wie sie zufälligen Passanten gern zubrüllten, im Namen Rußlands.

Der Stapel Dollarscheine, den Grischin hervorgeholt hatte, lag auf dem Tisch zwischen ihnen, und der BNR-Typ starrte gierig auf das Geld.

»Ich kann Ihnen jederzeit fünfhundert brauchbare Jungs besorgen«, sagte er. »Worum geht's?«

»Ich gebe Ihnen fünf Männer meiner eigenen Schwarzen Garde, und Sie befolgen ihre Befehle beim Kampfeinsatz, oder das Geschäft ist geplatzt.«

Kampfeinsatz klang gut. Irgendwie militärisch. Die BNR hielt sich darauf zugute, Soldaten eines neuen Rußland zu sein, auch wenn sie sich niemals der UPK angeschlossen hatten. Disziplin war nicht nach ihrem Geschmack.

»Wie lautet der Auftrag?«

»Silvester zwischen zehn Uhr abends und Mitternacht stürmen und halten Sie das Büro des Bürgermeisters, allerdings nur unter einer Bedingung: Vor Morgengrauen wird nicht gesoffen.«

Der Kommandant der BNR dachte nach. Er war zwar nicht gerade der hellste Kopf, konnte sich aber ausrechnen, daß die UPK aufs Ganze ging. Wurde auch langsam Zeit. Er beugte sich über den Tisch und umklammerte die Dollarnoten.

»Aber wenn alles vorbei ist, kriegen wir die Itzigs.«

Grischin lächelte. »Das wird mein persönliches Geschenk an Sie sein.«

»Abgemacht.«

Sie besprachen die Details für ein Treffen der BNR vor den Gärten am Puschkinplatz, etwa zweihundert Meter von jenem Gebäude entfernt, in dem die Verwaltung der Stadt Moskau untergebracht war. Sie würden kaum Aufsehen erregen. Am Platz befand sich ein McDonald's.

Zu gegebener Zeit, dachte Grischin, als er im Wagen saß, würde man sich tatsächlich um die Juden von Moskau kümmern, allerdings auch um diesen Abschaum von BNR. Es dürfte amüsant werden, wenn man sie mit den Juden in dieselben Züge nach Osten verfrachtete, bis hinunter nach Workuta.

Am Morgen des einunddreißigsten rief Jason Monk noch einmal

General Petrowski an. Der General war in seinem Büro im bereits wieder halb besetzten GUVD-Hauptquartier.

»Immer noch auf dem Posten?«

»Ja, verdammt.«

»Verfügt die GUVD über einen Hubschrauber?«

»Natürlich.«

»Kann der bei diesem Wetter aufsteigen?«

Petrowski starrte aus dem vergitterten Fenster in die grauen, bleiernen Wolken.

»Er kann nicht rauf in diese trostlose Suppe, aber er könnte drunter bleiben, denke ich.«

»Kennen Sie die Standorte von Grischins Schwarzer Garde außerhalb der Stadt?«

»Nein, aber die könnte ich ausfindig machen. Warum?«

»Warum fliegen Sie nicht mal hin, um Sie sich anzusehen?«

»Warum sollte ich?«

»Nun, falls sie friedliebende Bürger sind, dann müßten überall in den Kasernen die Lichter brennen, die Soldaten hocken im Warmen, gönnen sich ein Schlückchen vor dem Essen und bereiten sich auf die Feier am Abend vor. Riskieren Sie einen Blick. In vier Stunden rufe ich Sie wieder an.«

Als er zurückrief, klang Petrowski ziemlich bedrückt.

»Vier Stützpunkte sehen aus, als wären sie geschlossen, aber sein Hauptquartier im Nordosten gleicht einem Ameisenhaufen. Hunderte von Lastwagen sind vorgefahren. Man könnte glauben, daß er sein ganzes Heer an diesem einen Standort zusammenzieht.«

»Warum sollte er so etwas tun, General?«

»Sagen Sie's mir.«

»Ich weiß es nicht, aber mir gefällt's nicht. Das riecht nach einer Nachtübung.«

»An Silvester? Sie sind ja verrückt. Jeder Russe besäuft sich an Silvester.«

»Eben. Jeder Soldat in Moskau wird bis Mitternacht sternhagelvoll sein. Es sei denn, man befiehlt ihm, nüchtern zu bleiben. Kein Befehl, der Sympathien verschafft, aber wie gesagt, es wird noch andere Silvesterabende geben. Kennen Sie den kommandierenden Offizier vom OMON-Regiment?«

»Natürlich. General Koslowski.«
»Und den Kommandanten der Sicherheitstruppe des Präsidenten?«
»Ja, General Korin.«
»Beide sind jetzt bei ihren Familien?«
»Das nehme ich an.«
»Hören Sie, von Mann zu Mann, falls das Schlimmste geschieht, falls Komarow doch noch gewinnt, was glauben Sie, was dann mit Ihnen, Ihrer Frau und Tatjana geschieht? Würde sich da nicht eine Nachtwache lohnen? Ein paar Anrufe?«

Nachdem er aufgelegt hatte, griff Jason Monk nach einem Stadtplan von Moskau und Umgebung. Mit dem Finger fuhr er die Gegend nordöstlich der Hauptstadt ab. Dort, so hatte Petrowski gesagt, lag das Hauptquartier der Schwarzen Garde.

Die wichtigste Straße von Nordosten in Richtung Stadtmitte war die Jaroslawskoje-Chaussee, die später dann Mira Prospekt hieß. Sie war eine Hauptverkehrsader und führte am Fernsehkomplex Ostankino vorbei. Er griff noch einmal zum Telefon.

»Umar, mein Freund. Ich muß Sie um einen letzten Gefallen bitten. Ja, ich schwöre es Ihnen, es ist der letzte. Ein Auto mit Telefon und die Nummer, unter der Sie heute nacht zu erreichen sind... Nein, Magomed und seine Jungs brauche ich nicht. Ich würde ihnen bloß die Silvesterparty vermiesen. Nur den Wagen mit Telefon. Ach, und eine Waffe. Falls Ihnen das keine allzu großen Schwierigkeiten bereitet.«

Er lauschte auf das Lachen am anderen Ende der Leitung.

»Eine bestimmte Waffe? Nun ja,...«

Er mußte an Schloß Forbes denken.

»Sie könnten mir nicht zufällig eine Schweizer Sig Sauer besorgen, ja?«

20

Zwei Zeitzonen westlich von Moskau war das Wetter völlig anders, ein strahlendblauer Himmel, die Temperaturen kaum zwei Grad unter Null, als der Mechaniker zwischen den Bäumen hindurch zum Landhaus schlich.

Wie stets hatte er sich sorgfältig auf seine Reise durch Europa vorbereitet und war auf keinerlei Probleme gestoßen. Er hatte es vorgezogen, mit dem Wagen zu fahren. Waffen und Flugzeuge, das vertrug sich nicht, aber ein Auto bot viele Verstecke.

In Weißrußland und Polen war sein in Moskau gemeldeter Volvo nicht weiter aufgefallen, und seine Papiere wiesen ihn als einfachen russischen Geschäftsmann aus, der zu einer Besprechung nach Deutschland unterwegs war. Eine Durchsuchung seines Wagens hatte nichts Verdächtiges zutage gefördert.

In Deutschland, wo die russische Mafia längst Fuß gefaßt hatte, tauschte er seinen Volvo gegen einen in Deutschland gemeldeten Mercedes und besorgte sich ohne jede Schwierigkeit ein Jagdgewehr mit Hohlspitzmunition und Zielfernrohr, ehe er weiter nach Westen fuhr.

Seit Inkrafttreten der neuen Grenzregelung innerhalb der Europäischen Union waren die Grenzen so gut wie aufgehoben, und mit einem gelangweilten Winken ließ ihn ein einzelner Zollinspektor in einer Autoschlange von einem Land ins andere passieren.

Er hatte sich eine detaillierte Straßenkarte besorgt, das Dorf ausfindig gemacht, das seinem Ziel am nächsten lag, und dann das Landhaus selbst gefunden. Im Dorf mußte er einfach nur den Hinweisschildern zur kurzen Auffahrt folgen, entdeckte dort eine Holztafel, auf der ihm mitgeteilt wurde, daß er das richtige Haus gefunden hatte, und fuhr dann weiter.

Nachdem er die Nacht in einem achtzig Kilometer entfernten Motel verbracht hatte, fuhr er vor dem Morgengrauen zurück, stellte seinen Wagen drei Kilometer vor dem Landhaus ab, ging die restliche Strecke durch den Wald zu Fuß und tauchte schließlich am Waldrand hinter dem Haus auf. Während die blasse winterliche Sonne am Himmel aufstieg, suchte er sich am Stamm einer großen Buche eine Auflage für sein Gewehr und wartete. Von hier aus ließen sich Haus und Hof aus dreihundert Schritt Entfernung überschauen, ohne daß er selbst gesehen werden konnte.

Als das Land um ihn herum zum Leben erwachte, stolzierte ein Fasan nur wenige Schritt vor ihm her, starrte ihn verärgert an und huschte dann davon. Zwei graue Eichhörnchen spielten in der Buche über seinem Kopf.

Um neun Uhr trat ein Mann in den Hof. Der Mechaniker nahm sein Fernglas und stellte die Schärfe nach, bis er sich den Mann scheinbar auf fünfzehn Meter herangeholt hatte. Es war nicht sein Opfer, nur ein Hausangestellter, der einen Korb mit Feuerholz aus einem Schuppen an der Hofmauer holte und wieder ins Haus ging.

Der Hof wurde auf einer Seite von mehreren Ställen begrenzt. Zwei der offenen Boxen waren besetzt. Die Köpfe der beiden großen Pferde, ein Rotbrauner und ein Kastanienbrauner, beugten sich über die Türklappe, und um zehn Uhr wurde ihre Geduld belohnt, als ein Mädchen aus dem Haus kam und ihnen frisches Heu brachte. Dann ging die Kleine wieder hinein.

Kurz vor Mittag kam ein älterer Mann heraus, ging über den Hof und tätschelte die Nüstern der Pferde. Der Mechaniker betrachtete das Gesicht durch sein Fernglas und blickte prüfend auf das Foto im rauhreifbedeckten Gras an seiner Seite. Kein Zweifel.

Er hob das Jagdgewehr und blickte durch das Zielfernrohr. Die Tweedjacke füllte sein Blickfeld. Der Mann hatte sich zu den Pferden umgedreht und der Hügelseite den Rücken zugewandt. Entsichern, ruhig bleiben, langsam abdrücken.

Der Schuß hallte durch das Tal. Der Mann in der Tweedjacke schien gegen die Stalltür geschleudert zu werden. Das Loch in seinem Rücken auf der Höhe seines Herzens war im Tweedmuster kaum auszumachen, und die Austrittswunde wurde gegen die weiße Stalltür gedrückt. Die Knie gaben nach, der Mann glitt zu Boden, und ein roter Streifen zog sich über die weiße Farbe. Der zweite Schuß riß ihm den halben Kopf weg.

Der Mechaniker stand auf, schob das Gewehr ins Schaffellfutteral, hing es sich über die Schulter und begann zu laufen. Er lief schnell. Den Weg zu seinem Wagen, den er vor sechs Stunden gekommen war, hatte er sich genau gemerkt.

Auf dem Land sind zwei Schüsse an einem Wintermorgen keine Seltenheit. Ein Bauer, der ein Kaninchen oder eine Krähe schießt. Irgendwann würde jemand aus dem Fenster sehen und über den Hof laufen. Es würde Schreie geben, ungläubige Blicke, Wiederbelebungsversuche: alles Zeitverschwendung. Dann zurück ins Haus, der Anruf bei der Polizei, die verworrene Erklärung, die umständlichen Nachfragen der Beamten. Schließlich würde ein Streifenwagen kommen, dann würde man Straßensperren errichten.

Zu spät. Eine Viertelstunde später war er an seinem Wagen, zwanzig Minuten später unterwegs. Fünfunddreißig Minuten nach den Schüssen war er auf der nächsten Autobahn, ein Wagen unter vielen. Die Polizei hatte inzwischen ein Protokoll aufgenommen und forderte nun über Funk aus der nächsten Stadt zusätzliche Beamte an.

Eine Stunde nach der Tat hatte der Mechaniker Gewehr und Futteral über die Brüstung einer Brücke in einen Fluß geschleudert, den er sich vorher ausgesucht hatte, und sah der Waffe nach, wie sie im schwarzen Wasser verschwand. Dann brach er zu seiner langen Heimfahrt auf.

Die ersten Scheinwerfer tauchten kurz nach sieben auf und bewegten sich langsam durch die Dunkelheit auf den hell erleuchteten Gebäudekomplex zu, in dem das Fernsehzentrum Ostankino untergebracht war. Jason Monk saß am Steuer seines Wagens, der Motor lief, damit die Heizung die Kälte vertreiben konnte.

Er parkte in einer Nebenstraße des Boulevard Akademika Korolewa, direkt vor ihm das zentrale Bürohaus auf der anderen Seite des Boulevards, der Sendeturm hinter ihm. Als er merkte, daß die Scheinwerfer diesmal nicht zu einem einzelnen Auto gehörten, sondern von einer Wagenkolonne stammten, machte er den Motor aus, und der verräterische Auspuffqualm verflog.

Es waren etwa dreißig Laster, doch nur drei davon fuhren auf den Parkplatz vor dem Hauptgebäude, einem riesigen Gebilde mit zwei

Haupteingängen, dessen untere fünf Stockwerke ziemlich hoch und dreihundert Meter breit waren; darüber erhob sich ein hundert Meter breiter Aufbau mit achtzehn Stockwerken. Normalerweise arbeiteten hier achttausend Leute, aber an Silvester waren kaum fünfhundert im Haus, um den Nachtbetrieb zu gewährleisten.

Bewaffnete, schwarz gekleidete Männer sprangen von den drei Lastwagen und rannten sofort in die beiden Eingangsbereiche. Mit vorgehaltener Waffe wurde das verängstigte Empfangspersonal innerhalb von Sekunden an die Rückwand getrieben, wo es aus der Dunkelheit heraus für Monk gut sichtbar war. Dann mußte er zusehen, wie die Leute aus seinem Blickfeld gejagt wurden.

Innerhalb des Hauptgebäudes wurde das Vorauskommando von einem verschreckten Pförtner direkt zur Schaltzentrale geführt, wo es das Personal überwältigte, während einer der Männer, ein ehemaliger Techniker der Telekom, alle Leitungen kappte.

Ein Schwarzgardist trat aus der Tür, eine Taschenlampe in der Hand, und gab dem restlichen Konvoi ein Signal, woraufhin die Laster sich wieder in Bewegung setzten, auf den Parkplatz rollten und das Bürogebäude mit einem Verteidigungsring umgaben. Zu Hunderten strömten Gardisten aus den Transportern und liefen ins Gebäude.

Monk konnte zwar nur vage Schatten an den Fenstern der oberen Stockwerke erkennen, doch die Gardisten besetzten planmäßig Stockwerk um Stockwerk, nahmen der entsetzten Nachtschicht alle Handys ab und stopften sie in ihre Segeltuchtaschen.

Links von Monks Wagen stand ein kleineres Gebäude, das ebenfalls zum Fernsehkomplex gehörte und den Buchhaltern, Programmplanern und leitenden Angestellten vorbehalten war, die jetzt alle zu Hause saßen und Silvester feierten. Das Haus war in Dunkelheit gehüllt.

Monk griff zum Autotelefon und wählte eine Nummer, die er auswendig kannte.

»Petrowski.«

»Ich bin's.«

»Wo sind Sie?«

»Ich sitze in einem sehr kalten Auto draußen in Ostankino.«

»Nun, ich sitze in einer eher warmen Kaserne zusammen mit tausend jungen Männern, die kurz vor einer Meuterei stehen.«
»Beruhigen Sie Ihre Leute. Ich sehe gerade zu, wie die Schwarze Garde das Fernsehzentrum einnimmt.«
Am anderen Ende der Leitung herrschte Totenstille.
»Seien Sie kein verdammter Idiot. Sie müssen sich irren.«
»Na schön. Also es sind hier tausend Männer in schwarzen Uniformen in dreißig Lastwagen mit abgedunkelten Scheinwerfern vorgefahren, um das Ostankinozentrum zu stürmen und das Personal mit vorgehaltener Waffe in Schach zu halten. Genau das spielt sich nämlich zweihundert Meter von hier ab, ich kann es durch meine Windschutzscheibe sehen.«
»Verdammte Scheiße. Er meint es tatsächlich ernst.«
»Ich habe Ihnen ja gesagt, daß er verrückt ist. Vielleicht ist er aber auch nicht völlig verrückt. Er könnte gewinnen. Gibt es heute abend genügend nüchterne Soldaten in Moskau, um den Staat zu verteidigen?«
»Geben Sie mir Ihre Nummer, Amerikaner, und dann verschwinden Sie aus der Leitung.«
Monk gab ihm die Nummer. Die Vertreter von Gesetz und Ordnung würden heute zu beschäftigt sein, um seinen Wagen zu verfolgen.
»Ein letztes noch, General. Das geplante Fernsehprogramm werden sie wohl kaum unterbrechen. Noch nicht. Sie werden die aufgezeichneten Sendungen ganz normal weiterlaufen lassen – bis sie soweit sind.«
»Das sehe ich. Ich lasse gerade das erste Programm laufen. Man zeigt das Kosakenballett.«
»Eine Konserve. Bis zu den Nachrichten gibt es keine Live-Sendung. Ich denke, jetzt sollten Sie allmählich einige Anrufe machen.«
Doch General Petrowski hatte bereits aufgehängt. In diesem Augenblick wußte er noch nicht, daß seine Kasernen innerhalb der nächsten sechzig Minuten angegriffen werden würden.
Es war zu still. Wer immer die Übernahme des Fernsehzentrums geplant hatte, hatte gute Arbeit geleistet. Der Boulevard wurde von Wohnblöcken gesäumt, in denen die Lichter brannten und die

Bewohner in Hemdsärmeln, Glas in der Hand, vor dem Fernseher saßen und sich das Programm des Senders anschauten, der nur wenige Schritte entfernt in aller Stille überfallen wurde.

Monk hatte einige Zeit damit verbracht, sich den Stadtplan des Bezirks Ostankino anzusehen. Wollte er jetzt auf den Boulevard fahren, würde er die Schwierigkeiten geradezu herausfordern, doch hinter ihm lag ein dichtes Netzwerk kleiner Straßen, die nach Süden in Richtung Stadtzentrum führten.

Das Naheliegendste wäre es gewesen, durch das Straßengewirr zum Mira Prospekt, der Hauptstraße in Richtung Zentrum, zu fahren, aber vermutlich war heute nacht auch auf dieser Straße kein Platz für einen Jason Monk. Ohne die Scheinwerfer einzuschalten, drehte er, stieg aus, duckte sich und verfeuerte sein ganzes Magazin auf Laster und Fernsehgebäude.

In zweihundert Metern Entfernung klingen die Schüsse einer Pistole wie Knallfrösche, aber die Kugeln fliegen weit genug. Drei Fenster im Gebäude gingen zu Bruch, eine Windschutzscheibe zerplatzte, und ein Zufallstreffer riß einem Schwarzgardisten ein Ohr ab. Einer seiner Kameraden verlor die Nerven und gab mit seiner Kalaschnikow einen Feuerstoß in die Nacht ab.

Die bittere Kälte macht Doppelverglasung in Moskau lebensnotwendig, und da die Fernseher lärmten, hatten die meisten Anwohner noch immer nichts gehört. Doch die Kugeln der Kalaschnikow zertrümmerten drei Wohnzimmerscheiben, und einige Leute steckten in panischer Angst ihre Köpfe aus den Fenstern. Dann verschwanden sie, da die Leute zu ihren Telefonapparaten rannten, um die Polizei anzurufen.

Die Schwarzgardisten formierten sich und stießen zu ihm vor. Monk kroch in seinen Wagen und jagte davon. Er machte kein Licht an, aber die Gardisten hörten den Motor aufheulen und feuerten hinter ihm her.

Im Hauptquartier des MVD am Tschitnyplatz war der höchste Offizier vom Dienst, der Kommandant des OMON-Regiments, General Iwan Koslowski, der in seinem Büro saß, ebenso mißmutig wie die dreitausend Männer in seiner Kaserne, deren Urlaub er heute gegen seine bessere Einsicht gestrichen hatte. Der Mann, von dem er dazu überredet worden war, telefonierte aus der vierhundert

Meter entfernten Schabolowkastraße mit ihm, und Koslowski schrie ihn an.

»Verfluchter Quatsch. Ich sehe mir doch gerade dieses verdammte Programm an. Wer sagt das? Was soll das heißen, Sie sind informiert worden? Sekunde, einen Moment...«

Es blinkte an seinem zweiten Apparat. Er langte nach dem Hörer und schrie: »Ja?«

Eine nervöse Telefonistin meldete sich. »Tut mir leid, daß ich Sie belästigen muß, General, aber Sie scheinen der ranghöchste Offizier im Gebäude zu sein. Ich habe einen Mann in der Leitung, der draußen in Ostankino wohnt und behauptet, auf den Straßen würde geschossen. Eine Kugel sei in sein Fenster eingeschlagen.«

General Koslowskis Ton änderte sich. Er sprach langsam und deutlich. »Holen Sie jedes Detail aus diesem Mann heraus, und rufen Sie mich zurück.«

In den anderen Hörer sprach er: »Sie könnten recht haben, Walentin. Gerade hat ein Bürger angerufen und behauptet, da draußen gäbe es eine Schießerei. Ich gebe roten Alarm.«

»Ich auch. Übrigens habe ich vorhin mit General Korin telefoniert. Er war damit einverstanden, ein paar Männer der Präsidentengarde in Bereitschaft zu versetzen.«

»Gute Idee. Ich rufe ihn an.«

Acht weitere Anrufer meldeten eine Schießerei auf den Straßen von Ostankino, dann rief ein Ingenieur aus dem obersten Stockwerk einer Wohnung gegenüber vom Fernsehzentrum an und gab eine exakte Beschreibung der Geschehnisse. Der Anruf wurde zu General Koslowski durchgestellt.

»Ich kann sie von hier oben sehen«, sagte der Ingenieur, der wie jeder Russe seinen Militärdienst geleistet hatte. »Etwa tausend Mann, alle bewaffnet, ein Konvoi mit über zwanzig Lastern. Zwei Panzerwagen stehen auf dem Parkplatz vor dem Gebäude, BTR 80As, würde ich sagen.«

Dem Himmel sei Dank für die Reservisten, dachte Koslowski. Falls er noch irgendwelche Zweifel gehabt hatte, wurden sie durch diese Meldung beseitigt. Der BTR 80A ist ein achträdriger Panzerwagen mit einer Dreißig-Millimeter-Kanone, der einen Kommandanten, einen Fahrer und sechs Mann Besatzung befördern kann.

Wenn die Angreifer Schwarz trugen, gehörten sie nicht zur Armee. Seine eigenen Soldaten von der OMON waren zwar auch schwarz uniformiert, aber die saßen unten. Er rief seine Zugführer.

»Aufsitzen und abfahren!« befahl er. »Ich will zweitausend Mann draußen auf den Straßen sehen; tausend bleiben hier, um den Stützpunkt zu verteidigen.«

Falls ein Staatsstreich stattfand, mußten die Angreifer das Innenministerium und die Kasernen neutralisieren. Zum Glück war der Stützpunkt ausgebaut wie eine Festung.

Draußen waren bereits andere Einheiten unterwegs, die allerdings nicht zu Koslowskis Leuten gehörten. Das Kommando Alpha umstellte das Ministerium.

Grischins Problem war der Zeitplan. Ohne die Funkstille in letzter Minute zu durchbrechen, mußte er die Angriffe aufeinander abstimmen. Schlug er zu früh los, hatten die Verteidiger vielleicht noch gar nicht richtig angefangen zu feiern; kam er zu spät, verlor er einige Stunden Dunkelheit. Das Kommando Alpha sollte um neun Uhr angreifen.

Um halb neun verließen zweitausend OMON-Soldaten ihre Kasernen in Lastwagen und Panzerwagen. Kaum waren sie fort, verriegelte die restliche Truppe ihre Festung und besetzte die Verteidigungspositionen. Um neun gerieten sie unter Beschuß, aber die Angreifer konnten das Moment der Überraschung nicht mehr nutzen.

Kugeln sirrten über die Straßen um das Ministerium und flogen über den Tschitnyplatz. Das Kommando Alpha sollte das Ministerium übernehmen und hätte dazu gern Artilleriefeuer eingesetzt, aber Artillerie gab es nicht.

»Amerikaner?«

»Ja.«

»Wo sind Sie jetzt?«

»Ich versuche, am Leben zu bleiben, und fahre vom Fernsehzentrum unter Umgehung des Mira Prospekt nach Süden.«

»Unsere Truppen sind unterwegs. Tausend von meinen Männern und zweitausend OMON-Soldaten.«

»Darf ich einen Vorschlag machen?«

»Wenn es sein muß.«

»Ostankino ist nur ein Teil des Problems. Wenn Sie an Grischins Stelle wären, was würden Sie angreifen?«

»Das MVD, die Lubjanka.«

»MVD ja, Lubjanka nein. Ich glaube nicht, daß ihm seine alten Kumpel aus der Zweiten Hauptabteilung irgendwelche Schwierigkeiten bereiten werden.«

»Da könnten Sie recht haben. Was noch?«

»Auf jeden Fall den Sitz der Regierung am Starajaplatz und die Duma. Um den Anschein von Legitimität zu wahren. Und dann die Stellen, an denen es zu Widerstand kommen könnte. Ihr GUVD, die Fallschirmspringer am Flughafen Khodinka. Und das Verteidigungsministerium. Aber vor allem den Kreml. Er muß den Kreml haben.«

»Der wird verteidigt. General Korin wurde informiert und hat Alarm ausgelöst. Wir wissen allerdings nicht, wie viele Mann Grischin aufbieten kann.«

»Dreißig-, vielleicht vierzigtausend.«

»Verdammt, wir haben höchstens die Hälfte.«

»Aber die besseren Leute. Und er hat fünfzig Prozent verloren.«

»Welche fünfzig Prozent?«

»Das Moment der Überraschung. Wie sieht es mit Verstärkung aus?«

»Wahrscheinlich unterhält General Korin sich darüber gerade mit dem Verteidigungsministerium.«

Generaloberst Sergei Korin, Kommandant der Präsidentengarde, hatte die Kasernen innerhalb der Kremlmauern erreicht und das multidefensive Kutafjator hinter sich geschlossen, als Grischins Hauptkolonne auf den Manegeplatz marschierte. Kurz hinter dem Kutafjaturm steht der größere Dreifaltigkeitsturm, in dem sich rechter Hand die Mannschaftsräume der Präsidentengarde befinden. General Korin war in seinem Büro und telefonierte mit dem Verteidigungsministerium.

»Geben Sie mir den ranghöchsten Offizier vom Dienst!« rief er. Es folgte eine Pause, und dann hörte er eine ihm bekannte Stimme.

»Hier Butow, stellvertretender Verteidigungsminister.«

»Gott sei Dank, daß Sie da sind. Wir haben ein Problem. Hier findet irgendein Staatsstreich statt. Ostankino ist verloren. Das

MVD wird angegriffen, vor dem Kreml steht eine Kolonne gepanzerter Fahrzeuge und Mannschaftswagen. Wir brauchen Hilfe.«

»Die werden Sie bekommen. Was benötigen Sie?«

»Alles. Wie steht es mit der Dserschinski?«

Er bezog sich damit auf eine mobile Infanteriedivision für besondere Aufgaben, die nach dem Putschversuch von 1991 ausschließlich als Einheit zur Abwehr eines Staatsstreichs konzipiert worden war.

»Die ist in Riasan. In einer Stunde kann sie unterwegs sein, dann wäre sie in drei Stunden bei Ihnen.«

»So rasch wie möglich. Wie steht's mit den VDV?«

Er wußte, daß kaum eine Flugstunde entfernt eine Elitebrigade der Fallschirmspringer lag, die über dem Flugplatz Khodinka abspringen konnte, falls es ihnen gelang, die Flugleitfeuer für die Männer einzuschalten.

»Sie kriegen alles, was ich Ihnen besorgen kann, General. Einen Moment, bitte.«

Eine Gruppe von Schwarzgardisten stürmte unter dem Abwehrfeuer ihrer Maschinengewehre vor, erreichte den Schutz des überdachten Borowitskitors und brachte Plastiksprengstoff an allen vier Scharnieren an. Als sich die Gruppe zurückzog, fielen zwei Leute im Feuer der Männer auf den Festungsmauern. Sekunden später gingen die Ladungen hoch. Die zwanzig Tonnen schweren Holztore bebten, als die Angeln zerbarsten, taumelten und krachten dann zu Boden.

Ungeachtet des Gewehrfeuers fuhr ein Panzerwagen über die Zufahrt in den Schutz des Torbogens. Die Holztore hatten den Blick auf ein riesiges Stahlgitter freigegeben, hinter dem jetzt auf dem Parkplatz, auf dem die Touristen so gern spazierengingen, ein Soldat der Präsidentengarde zu sehen war, der mit einer Panzerabwehrrakete durch das Gitter auf den Panzerwagen zielte. Doch noch ehe er feuern konnte, wurde er von der Kanone auf dem Panzer zerfetzt.

Schwarzgardisten sprangen aus dem Bauch des gepanzerten Fahrzeugs und brachten weitere Sprengladungen am Stahlgitter an. Kaum waren die Angreifer wieder in Sicherheit, fuhr der Panzerwagen wieder außer Reichweite, bis die Ladungen explodierten und das Gitter trunken an einem einzelnen Scharnier baumelte. Dann preschte das Fahrzeug vor und riß das Gitter ab.

Trotz des Kugelhagels stürmten die Schwarzgardisten in die Festung und stellten sich in vierfacher Übermacht der Präsidentengarde. Einige Verteidiger zogen sich auf die verschiedenen Bastionen und Kasematten zurück, die die Mauern des Kremls säumten, andere verteilten sich über die dreiundsiebzig Morgen große Fläche von Palästen, Waffenkammern, Kathedralen, Gärten und Plätzen des Kreml; an manchen Orten wurde Mann gegen Mann gekämpft. Allmählich gewannen die Schwarzgardisten die Oberhand.

»Was zum Teufel ist eigentlich los, Jason?«

Umar Gunajew war am Telefon.

»Grischin will Moskau und damit ganz Rußland einnehmen, mein Freund.«

»Geht's Ihnen gut?«

»Bis jetzt noch, ja.«

»Wo sind Sie?«

»Ich fahre von Ostankino nach Süden und versuche, den Lubjankaplatz zu meiden. Warum?«

»Einer meiner Männer ist gerade die Twerskaja heraufgefahren. Da treibt sich eine Riesenmeute von diesen BNR-Schlägern herum und prügelt sich ins Büro des Bürgermeisters vor.«

»Sie wissen, was die Bewegung Neues Rußland von Ihnen und Ihren Leuten hält?«

»Natürlich.«

»Warum lassen Sie da nicht ein paar von Ihren Jungs alte Rechnungen begleichen? Diesmal wird sich bestimmt niemand einmischen.«

Eine Stunde später tauchten dreihundert bewaffnete Tschetschenen in der Twerskajastraße auf, wo die Typen von der BNR im Amtsgebäude der Stadt Moskau herumrandalierten. Auf der anderen Straßenseite saß die Statue von Juri Dolgoruki, dem Gründer Moskaus, auf ihrem steinernen Pferd und starrte voller Verachtung auf sie herab. Die Tür zum Rathaus war zertrümmert und stand weit offen.

Die Tschetschenen zückten ihre langen kaukasischen Messer,

ihre Revolver und Mini-Uzis und gingen hinein. Sie alle erinnerten sich an die Vernichtung der tschetschenischen Hauptstadt Grosny im Jahr 1995 und an die Vergewaltigung Tschetscheniens in den folgenden beiden Jahren. Nach zehn Minuten war der Kampf entschieden.

Die Duma, das Weiße Haus, war den Söldnern der »Sicherheitsfirmen« nahezu kampflos in die Hände gefallen, da sich dort nur einige Hausmeister und Nachtwächter aufgehalten hatten. Doch am Starajaplatz kämpften die tausend Soldaten der SOBR-Truppen um jedes Zimmer, jede Straße gegen die übrigen Männer der zweihundert »Sicherheitsfirmen«. Die schweren Waffen der Schnellen Eingreiftruppen der Antimafiaeinheiten wogen die größere Anzahl ihrer Gegner auf.

Das Kommando Wimpel traf am Flughafen Khodinka auf den unerwartet heftigen Widerstand der wenigen Fallschirmspringer und Nachrichtenoffiziere der GRU, die gerade noch rechtzeitig gewarnt worden waren und sich verbarrikadiert hatten.

Monk bog auf den Arbatplatz ein und hielt verblüfft an. Auf der Ostseite des weiten Dreiecks lag still und verlassen der graue Granitblock des Verteidigungsministeriums. Keine Schwarze Garde, keine Feuergefechte, kein Zeichen von gewaltsamem Eindringen. Unter allen Institutionen, die jeder, der einen Staatsstreich plant – ob nun in Moskau oder einer anderen Hauptstadt –, zuallererst einnehmen muß, sollte das Verteidigungsministerium ganz oben auf der Liste stehen. Aus kaum zweihundert Meter Entfernung hörte er aus der Snamenkastraße und über den Borowitskiplatz das Knattern von Gewehrsalven vom Kampf um den Kreml.

Warum war das Verteidigungsministerium nicht eingenommen worden? Warum wurde es nicht belagert? Der Antennenwald auf dem Dach des Gebäudes schrie doch sicherlich seine Hilferufe über Rußland aus und flehte die Armee um Unterstützung an. Er sah in seinem schmalen Adreßbuch nach und tippte eine Nummer in sein Autotelefon.

Hundert Meter hinter dem Haupttor des Stützpunkts Kobjakowa schob Generaloberst Mischa Andrejew in seinem Privatquartier seinen Schlips zurecht und machte sich ausgehfertig. Er hatte sich schon oft gefragt, warum er seine Uniform anzog, um am

Silvesterabend den Vorsitz im Offiziersklub zu übernehmen. Am nächsten Morgen würde sie so verdreckt sein, daß er sie in die Reinigung schicken mußte. Doch seine Panzeroffiziere waren stolz darauf, sich von niemandem dreinreden zu lassen, wenn es um ihre Silvesterfeier ging.

Das Telefon klingelte. Das war sicherlich sein Erster Offizier, der ihn zur Eile ermahnen und daran erinnern würde, daß die Jungs endlich zulangen wollten, erst beim Wodka während der endlosen Trinksprüche, dann beim Essen und um Mitternacht beim Champagner.

»Ich komme ja schon«, sprach er ins leere Zimmer und griff nach dem Hörer.

»General Andrejew?« Die Stimme war ihm unbekannt.

»Ja.«

»Sie kennen mich nicht. Ich war gewissermaßen ein Freund Ihres verstorbenen Onkels.«

»Was Sie nicht sagen.«

»Er war ein guter Mann.«

»Das denke ich auch.«

»Er hat getan, was er tun konnte, um Komarow in seinem Interview anzuschwärzen.«

»Worauf wollen Sie hinaus, wer immer Sie auch sind?«

»Igor Komarow unternimmt in Moskau einen Staatsstreich. Heute nacht. Angeführt von seinem Leithund Oberst Grischin. Die Schwarze Garde erobert Moskau und damit auch Rußland.«

»Na schön, der Spaß hat lang genug gedauert. Jetzt greifen Sie wieder zur Wodkaflasche, und verschwinden Sie aus dieser Leitung.«

»Wenn Sie mir nicht glauben wollen, General, dann rufen Sie doch irgendeinen Ihrer Bekannten in der Moskauer Innenstadt an.«

»Warum sollte ich?«

»Weil auf den Straßen die Hölle los ist. Die halbe Stadt kann die Schießerei hören. Und noch eins. Onkel Kolja wurde von der Schwarzen Garde umgebracht. Auf Befehl von Oberst Grischin.«

Mischa Andrejew starrte verblüfft auf das Telefon und hörte auf den Summton des Freizeichens. Er war wütend. Wütend, weil jemand über seinen Privatanschluß seine Privatsphäre verletzt hatte, wütend über die Beleidigung seines Onkels. Wenn in Moskau etwas Entscheidendes geschah, dann hätte das Verteidigungsministerium längst sämtliche Armee-Einheiten in einem Radius von hundert Kilometern um die Hauptstadt in Alarmbereitschaft versetzt.

Das zweihundert Morgen große Kasernengelände lag nur sechsundvierzig Kilometer vom Kreml entfernt; er wußte das, weil er selbst einmal die Strecke mit seinem Wagen ausgemessen hatte. Außerdem lag hier die Einheit, die sein ganzer Stolz war, die Tamanskaja, eine Elitedivision von Panzersoldaten, bekannt als Taman-Garde.

Er legte den Hörer wieder auf. Im selben Augenblick klingelte der Apparat erneut.

»Kommen Sie, Mischa, wir warten auf Sie.«

Sein Erster Offizier rief aus dem Klub an.

»Ich komme, Konni. Muß nur noch ein paar Anrufe erledigen.«

»Lassen Sie uns nicht zu lange warten, sonst müssen wir ohne Sie anfangen.«

Er wählte eine Nummer.

»Verteidigungsministerium«, sagte eine Stimme.

»Geben Sie mir den diensthabenden Offizier der Nachtwache.«

In Sekundenschnelle war eine andere Stimme in der Leitung zu hören.

»Wer spricht dort?«

»Generalmajor Andrejew, Kommandant der Tamanskaja.«

»Ich bin der stellvertretende Verteidigungsminister Butow.«

»Aha, tut mir leid, daß ich Sie belästige. Ist in Moskau alles in Ordnung?«

»Natürlich. Warum fragen Sie?«

»Nur so, Herr Minister. Ich habe da einige Gerüchte gehört... höchst seltsam... Ich könnte unterwegs sein in...«

»Sie bleiben auf Ihrem Stützpunkt, General. Das ist ein Befehl. Alle Einheiten bleiben auf ihren Stützpunkten. Gehen Sie zurück in Ihren Offiziersklub.«

»Jawohl, Herr Minister.«

Er legte den Hörer wieder auf. Der stellvertretende Verteidigungsminister? In der Schaltzentrale um zehn Uhr abends in der

Silvesternacht? Warum zum Teufel war er nicht bei seiner Familie oder vögelte seine Geliebte irgendwo draußen auf dem Land? Er zermarterte sein Gehirn auf der Suche nach einem Namen, der irgendwo in seinem Gedächtnis vergraben liegen mußte, ein Kamerad vom Offizierskolleg, der zu den Nachrichtenleuten gegangen war, zu diesen Typen vom GRU. Schließlich zoger ein geheimes Militärtelefonbuch zu Rate und rief an.

Er hörte es lange klingeln und sah auf seine Uhr. Zehn vor elf. Die waren natürlich alle besoffen. Dann nahm jemand auf dem Flughafen Khodinka den Hörer ab. Noch ehe er ein Wort sagen konnte, schrie eine Stimme: »Ja, hallo?«

Im Hintergrund war ein lautes Scheppern zu hören.

»Wer sind Sie?« fragte er. »Ist Oberst Demidow da?«

»Woher verdammt noch mal soll ich das wissen?« schrie die Stimme. »Ich liege hier auf dem Boden und bin froh, wenn mich keine Kugel trifft. Sind Sie vom Verteidigungsministerium?«

»Nein.«

»Dann hör zu, Mann! Ruf sie an und sag ihnen, sie sollen Verstärkung schicken, und zwar schnell. Lange halten wir nämlich nicht mehr durch.«

»Was für eine Verstärkung?«

»Das Ministerium will uns Truppen aus der Stadt schicken. Hier ist der Teufel los.«

Der Sprecher knallte den Hörer auf und kroch wahrscheinlich wieder in Deckung.

General Andrejew stand da, den Hörer in der Hand und dachte: Nein, das tut es nicht; es wird euch überhaupt nichts schicken.

Der Befehl war korrekt und eindeutig. Er kam von einem Viersternegeneral, einem Minister der Regierung. Bleiben Sie auf dem Stützpunkt! Er brauchte nur dem Befehl zu gehorchen.

Er starrte hinaus über den zehn Meter langen, schneebedeckten Kiesweg auf die hell erleuchteten Fenster des Offizierklubs, aus dem Lachen und fröhliches Geschrei herüberklangen.

Doch dann sah er im Schnee eine hohe, gerade Gestalt mit einem kleinen Kadetten an der Seite. Was sie dir auch versprechen, sagte der große Mann, ob Geld, Beförderung oder Ehre, ich will nicht, daß du jemals diese Männer verrätst.

Er tippte auf die Telefongabel, unterbrach das Besetztzeichen und wählte zwei Nummern. Sein Erster Offizier meldete sich, im Hintergrund schallendes Gelächter.

»Konni, ich weiß nicht, wie viele T-80 einsatzbereit sind, auch nicht wie viele BTR, aber ich will sämtliche Fahrzeuge dieser Kaserne, jeden Soldaten, der noch stehen kann, in einer Stunde mit voller Bewaffnung abmarschbereit sehen.«

Einige Sekunden herrschte Stille.

»Meinen Sie das ernst?« fragte Konni.

»Todernst, Konni. Die Tamanskaja rollt nach Moskau.«

Eine Minute nach Mitternacht im Jahr des Heils zweitausend rollten die Ketten des ersten Panzers der Taman-Garde aus der Kaserne Kobjakowa und wandten sich der Minsker Autobahn und den Toren des Kreml zu.

Die schmale Landstraße von der Kaserne bis zur Autobahn, über die die Kolonne von sechsundzwanzig T-80-Kampfpanzern und einundvierzig BTR-80-Panzerwagen hintereinander und mit gedrosseltem Tempo fahren mußten, war nur drei Kilometer lang.

Kaum waren sie auf der Autobahn, gab General Andrejew Befehl, beide Fahrstreifen zu benutzen und auf maximale Fahrgeschwindigkeit zu erhöhen. Die Wolken brachen auf, und einzelne Sterne leuchteten hell und strahlend hindurch. Links und rechts der donnernden Kolonne ächzten die Kiefernwälder in der Kälte.

Bis zu den Toren des Kreml waren es dreiundvierzig Kilometer, die Fahrgeschwindigkeit der Panzer betrug über sechzig Kilometer pro Stunde. Irgendwo vor ihnen näherte sich ein einsames Fahrzeug, doch als das Licht der Scheinwerfer auf die graue, herandonnernde Stahlmasse fiel, lenkte der Fahrer sein Auto direkt in den Wald.

Zehn Kilometer vor Moskau traf die Kolonne auf den Milizposten, der die Stadtgrenze markierte. Vier Polizisten schielten in der Wellblechbaracke über das Fensterbrett, hockten sich rasch wieder hin und umarmten sich und ihre Wodkaflaschen, als die Vibrationen der Panzer ihre Hütte erzittern ließen.

Andrejew war im Führungspanzer und sah die Blockadelaster als erster. Eine Reihe Privatwagen hatte sich im Laufe der Nacht der

Sperre genähert, eine Weile gewartet und dann wieder kehrtgemacht. Die Kolonne hatte keine Zeit anzuhalten.

»Feuer frei!« rief Andrejew.

Sein Kanonier zielte und gab einen Schuß aus seiner 125-Millimeter-Kanone im Turm ab. Nach vierhundert Meter Entfernung hatte die Granate noch Mündungsgeschwindigkeit, als sie auf den Laster traf und ihn in Stücke riß. Andrejews Erster Offizier, der im Führungspanzer auf der Gegenfahrbahn saß, tat es seinem Vorgesetzten gleich und zerstörte den anderen Laster. Unmittelbar hinter der Straßensperre kam es zu vereinzeltem Gewehrfeuer aus dem Hinterhalt.

In der Stahlkanzel auf dem Panzerdach saß Andrejews Kanonier und nahm seine Straßenseite mit seinem 12,7-Millimeter-Maschinengewehr unter Beschuß. Das Gewehrfeuer verstummte.

Als die Kolonne vorbeidonnerte, starrten die Jungen Kämpfer ungläubig auf die Trümmer ihrer Straßensperre, dann verdrückten sie sich in die Nacht.

Sechs Kilometer weiter verlangsamte Andrejew das Tempo seiner Kolonne auf dreißig Stundenkilometer und stellte zwei Kommandos zusammen. Fünf Panzer und zehn Panzerwagen schickte er nach rechts, um die auf dem Flugplatz Khodinka belagerte Garnison zu verstärken, und eine Ahnung veranlaßte ihn, weitere fünf Panzer und zehn Panzerwagen nach links zu schicken, damit sie im Nordosten Moskaus das Fernsehzentrum Ostankino sicherten.

Auf der Gartenringstraße lenkte er seine übrigen sechzehn T-80 und einundzwanzig Panzerwagen nach rechts zum Kudrinskiplatz und dann nach links zum Verteidigungsministerium.

Die Panzer fuhren nun wieder hintereinander und hatten ihr Tempo auf zwanzig Stundenkilometer reduziert; ihre Ketten rissen Löcher in den Teer, als sie sich in Reihe ordneten und Richtung Kreml fuhren.

In der im Keller gelegenen Nachrichtenzentrale des Verteidigungsministeriums hörte der stellvertretende Verteidigungsminister Butow das Rumpeln über seinem Kopf und wußte, in einer kriegführenden Stadt kann ein solches Dröhnen nur eine Ursache haben.

Die Kolonne donnerte über den Arbatplatz, am Ministerium

vorbei und quer über den Borowitskiplatz auf die Mauern des Kreml zu. Keiner der Soldaten in den Panzern und Panzerwagen bemerkte den Mann in Steppjacke und Stiefeln, der aus einem der am Platz geparkten Wagen stieg und ihnen hinterherlief.

Im Rosy O'Grady Pub sorgten die irischen Einwohner der russischen Hauptstadt dafür, daß das neue Jahr so richtig gefeiert wurde, wie immer auch mit einem ausgiebigen Feuerwerk, das im Kreml am Ende der Straße und auf der anderen Platzseite abgehalten wurde. Dann rollten die ersten T-80 an den Fenstern vorbei.

Der irische Kulturattaché wollte sein Guinness an die Lippen setzen, hob den Blick, sah nach draußen und sagte erstaunt zum Barkeeper. »Himmel, Pat, ich glaube, ich habe gerade einen verdammten Panzer gesehen.«

Vor dem Borowitskitor stand ein BTR-80-Panzerwagen der Schwarzen Garde und deckte mit seinem Maschinengewehr die Mauerzinnen, hinter denen sich die letzten Männer der Präsidentengarde verschanzt hatten, mit einem Kugelhagel ein. Vier Stunden lang hatten diese Männer sich ihren Weg durch das Kremlgelände gekämpft, auf Verstärkung gewartet und nicht gewußt, daß General Korins Truppen am Stadtrand in einen Hinterhalt geraten waren.

Um ein Uhr morgens hatte die Schwarze Garde alles besetzt bis auf die Zinnen der Mauer, die zweitausendzweihundertfünfunddreißig Meter lang und so breit war, daß fünf Mann nebeneinander marschieren konnten. Dicht zusammengedrängt hielten sich hier die letzten paar hundert Mann der Präsidentengarde, sicherten die schmalen Steinstufen von unten und verhinderten die endgültige Eroberung des Kreml durch Grischins Männer.

Von Westen näherte sich Andrejew in seinem Führungspanzer über den Borowitskiplatz, sah den BTR und jagte ihn mit einem einzigen Schuß in die Luft. Als die Panzer über die Trümmer fuhren, waren die Reste kaum größer als Radkappen, die von den Ketten zur Seite geschleudert wurden.

Um vier Minuten nach eins raste General Andrejews T-80 über die baumbestandene Zufahrt zu Turm und Tor, fuhr durch den Torbogen mit der zerschmetterten Tür und dem gesprengten Gitter und rollte in den Kreml.

Wie sein Onkel haßte es Andrejew, unter dem geschlossenen Panzerturm zu hocken und durch das Periskop zu starren. Seine Luke war aufgeklappt, Kopf und Oberkörper ragten hinaus in die Kälte, der Helm war wattiert, das Gesicht durch eine Schutzbrille maskiert.

Einer nach dem anderen rollten die T-80 vorbei am großen Kremlpalast, der pockennarbigen Erzengel-Michael- und der Uspenskij-Kathedrale und zogen an der Zarenglocke vorbei auf den Iwanowskiplatz, auf dem einstmals die Erlasse des Zaren ausgerufen wurden.

Zwei Panzerwagen der Schwarzen Garde versuchten, es mit ihnen aufzunehmen. Beide wurden in heiße Metallsplitter zerfetzt.

Neben Andrejew ratterte pausenlos das 7.62-Millimeter-Maschinengewehr und seine behäbigere Schwester, die 12.7-Millimeter-Kanone, während die Scheinwerfer des Panzers sich die rennenden Gestalten der Putschisten aus dem Dunkel suchten.

Noch immer durchkämmten dreitausend kampferprobte Schwarzgardisten die dreiundsiebzig Morgen des Kreml, so daß es für Andrejews Mannschaft gefährlich gewesen wäre, die Panzerwagen zu verlassen. Seine knapp zweihundert Mann hätten zu Fuß gegen diese Armee nur verlieren können, doch solange sie in ihren gepanzerten Fahrzeugen blieben, standen ihre Chancen gut.

Mit gepanzerten Fahrzeugen hatte Grischin nicht gerechnet; also hatten seine Leute auch keine Panzerabwehrwaffen dabei. Die Panzerwagen der Tamanskaja waren wendig und flink und konnten auch in die engen Gassen vordringen, die für Panzer unpassierbar waren. Draußen im Freien aber warteten mit ihren Maschinengewehren die Panzer, denen Gewehrfeuer nichts anhaben konnte.

Doch ihre stärkste Wirkung war psychologischer Natur. Für den Infanteristen ist der Panzer ein wahres Ungeheuer, dessen Mannschaft ihn ungesehen durch gepanzertes Glas anstarrt und dessen Maschinengewehrrüssel unermüdlich auf der Suche nach weiteren hilflosen Opfern herumwirbelt.

In fünfzig Minuten brach die Abwehr der Schwarzen Garde zusammen, ihre Soldaten stürmten ins Freie und suchten Schutz in den Kirchen, Palästen und Kathedralen des Kreml. Manche schafften es, andere wurden vom Feuer der BTR oder den Maschinengewehrkugeln der Panzer erfaßt.

Die einzelnen Kämpfe innerhalb der Stadt befanden sich in den unterschiedlichsten Stadien. Das Kommando Alpha stand kurz davor, die OMON-Kaserne am Innenministerium zu stürmen, als ein Soldat per Funk den Schrei eines entsetzten Schwarzgardisten aus dem Kreml auffing, der um Hilfe rief. Er beging den Fehler, die T-80 zu erwähnen. Die Nachricht von den Panzern verbreitete sich in Windeseile, und das Kommando Alpha entschied, daß es jetzt genug sei. Die ganze Geschichte war anders gelaufen, als Grischin es ihnen versprochen hatte. Er hatte ihnen Überrumpelung des Feindes, überlegene Feuerkraft und einen hilflosen Gegner garantiert. Nichts davon traf zu. Also zog sich das Kommando zurück und versuchte, wenigstens die eigene Haut zu retten.

Am Rathaus waren die Schlägerbanden der Bewegung Neues Rußland bereits von den Tschetschenen aufgerieben worden.

Am Starajaplatz trieben die OMON-Truppen mit Hilfe von General Petrowskis SOBR-Männern die Söldner der »Sicherheitsfirmen« der Dolgoruki-Mafia aus dem Amtssitz der Regierung.

Am Flughafen Khodinka wendete sich das Blatt. Fünf Panzer und zehn Panzerwagen hatten das Kommando Wimpel auf der Flanke angegriffen und trieben die nur leicht bewaffnete Truppe durch das Gewirr von Hangars und Lagerhäusern, aus denen dieser Stützpunkt bestand.

Die restlichen Angehörigen der »Sicherheitsfirmen« hielten die Duma zwar noch besetzt, wußten aber nicht, wohin, und konnten nichts anderes tun, als die Entwicklungen draußen über Funk zu verfolgen. Sie fingen ebenfalls den Hilferuf aus dem Kreml auf, ahnten, welche Wirkung die Panzer haben würden, und machten sich einer nach dem anderen aus dem Staub, doch redete sich jeder von ihnen ein, daß man seinen Namen mit etwas Glück schließlich niemals erfahren würde.

Ostankino war immer noch in Grischins Hand, die triumphale Verkündung des Staatsstreichs aber, die für die Morgennachrichten vorgesehen war, wurde verschoben, da die zweitausend Schwarzgardisten aus den Fenstern zusehen konnten, wie die Panzer langsam den Boulevard hinauffuhren und ihre Laster einen nach dem anderen in Brand schossen.

Der Kreml ist auf einem Hügel an der Moskwa erbaut worden, dessen Hänge mit Bäume und vielen immergrünen Sträuchern bewachsen sind. Hinter der Westmauer liegt der Alexandrowskigarten. Unter Bäumen führen Wege zum Borowitskitor. Keiner der Soldaten innerhalb der Kremlmauern sah die einsame Gestalt, die aus dem Gebüsch trat und auf das offene Tor zuging; es sah auch niemand, wie der Mann die letzte Anhöhe zur Auffahrt hinauflief und in den Kreml huschte.

Als er aus dem Torbogen auftauchte, glitt das Licht eines der Scheinwerfer von Andrejews Panzern über ihn, aber die Mannschaft hielt ihn für einen ihrer Leute. Seine Steppjacke ähnelte ihren eigenen Uniformjacken, und sein runder Pelzhut glich eher ihrer Kopfbedeckung als den schwarzen Stahlhelmen von Grischins Garde. Wer auch immer am Scheinwerfer saß, konnte den Mann für einen Panzergrenadier aus dem zusammengeschossenen Panzerwagen, der unter dem Torbogen Schutz gesucht hatte, halten.

Der Scheinwerferstrahl huschte über ihn hinweg und verschwand, als Jason Monk den Torbogen verließ, die Kiefern als Deckung nutzte und nach rechts rannte. Aus dem Schutz der Dunkelheit heraus beobachtete er die Umgebung und wartete.

Es gibt neunzehn Türme in der Kremlmauer, doch nur drei von ihnen haben begehbare Tore. Touristen betreten und verlassen den Kreml durch das Borowitski- oder das Dreifaltigkeitstor, Truppen kommen und gehen durch das Spasskitor. Von den drei Toren stand nur eines weit offen, und Monk wartete in der Nähe.

Ein Mann, der sich retten wollte, mußte das ummauerte Gelände verlassen. Bei Tagesanbruch würden die Staatstruppen die Besiegten aus ihren Verstecken treiben, aus jedem Zimmer, jeder Sakristei, jedem Schrank und jeder Speisekammer, selbst aus den geheimen Räumen des Kommandantenhauses am Spasskigarten. Wer also am Leben bleiben und nicht im Gefängnis landen wollte, würde wissen, daß er bald durch das einzige offene Tor verschwinden mußte.

Von seinem Platz aus konnte Monk die Rüstkammer sehen,

dieses Schatzhaus einer tausendjährigen russischen Geschichte, dessen Tür zersplittert in ihren Scharnieren hing, seit ein Panzer sie bei einer Kehrtwende eingedrückt hatte. Die flackernden Flammen eines brennenden Panzerwagens der Schwarzen Garde ließen die Fassade rot aufglühen.

Das Kampfgeschehen entfernte sich vom Tor in Richtung Alter Senat und dem Arsenal in der Nordostecke der Festung. Das Feuer des brennenden Wagens prasselte.

Kurz nach zwei bemerkte er eine Bewegung an der Mauer des Großen Kremlpalasts, dann sah er einen schwarz uniformierten Mann in gebückter Haltung an der Fassade der Rüstkammer entlanglaufen. Beim brennenden Panzerwagen blieb er stehen und sah sich nach Verfolgern um. Ein Reifen fing Feuer und brannte lichterloh, so daß der Fliehende sich rasch umwandte, doch Monk hatte sein Gesicht in dem gelben Licht bereits erkannt. Er hatte es nur einmal zuvor gesehen, und zwar auf einem Foto an einem Strand in der Sapodilla Bay auf den Turks- und Caicosinseln. Er trat hinter seinem Baum hervor.

»Grischin.«

Der Mann blickte auf und schaute angestrengt in das Zwielicht unter den Kiefern. Dann erkannte er, wer ihn gerufen hatte. Er trug eine Kalaschnikow, eine AK 47 mit abgeknicktem Lauf. Monk sah, wie der Lauf hochklappte, und sprang zurück hinter den Baum. Dann hörte er einen knatternden Feuerstoß. Holz splitterte aus dem Stamm. Gleich darauf war es wieder still.

Monk spähte hinter dem Stamm hervor. Grischin war verschwunden. Zwischen ihm und dem Tor lagen knapp zwanzig Meter, für Monk waren es nur drei. Also war Grischin noch nicht an ihm vorbei.

Gerade noch rechtzeitig sah Monk, wie sich die Mündung der AK 47 aus der zertrümmerten Tür schob, und wich zurück, als die Kugeln erneut den Baum vor ihm zerfetzten. Dann hörte das Feuer wieder auf. Zwei Magazinhälften, schätzte Monk, sprang hinter dem Baum hervor und rannte über die Straße, um sich eng an die ockerfarbene Wand des Museums zu drücken. Die Sig Sauer hielt er an die Brust gepreßt.

Wieder schob sich der Lauf durch die Tür, während der Schütze sein Ziel auf der anderen Straßenseite suchte. Da Grischin nichts sehen konnte, trat er noch einen Schritt vor.

Monks Kugel traf den Schaft der AK mit solcher Wucht, daß er dem Oberst aus der Hand gerissen wurde. Die Waffe fiel auf das Pflaster und schlitterte außer Reichweite. Dann hörte Monk hastige Schritte auf den Bodenfliesen, und nur Sekunden später hatte er den Feuerschein des brennenden Panzerwagens hinter sich gelassen und kauerte in der pechschwarzen Finsternis des Eingangs zur Rüstkammer.

Das Museum erstreckt sich über zwei Stockwerke und enthält neun große Säle mit fünfundfünfzig Schaukästen. In ihnen liegen historische Artefakte, die buchstäblich mehrere Milliarden Dollar wert sind, denn der Reichtum und die Macht Rußlands waren einst so groß gewesen, daß alles, was die Zaren besessen hatten – ihre Kronen, Throne, Waffen, Kleider, selbst das Zaumzeug ihrer Pferde – mit Silber und Gold ausgelegt und mit Diamanten, Smaragden, Rubinen, Saphiren und Perlen besetzt war.

Als sich seine Augen an die Dunkelheit gewöhnt hatten, konnte Monk vor sich die fahle Kontur der Treppe zum oberen Stockwerk erkennen. Zu seiner Linken führte ein Torbogen zu den vier ebenerdigen Sälen. Von innen hörte er ein leises Scheppern, als sei jemand an einen der Schaukästen gestoßen.

Monk holte tief Luft, warf sich in einer Flugrolle durch den Torbogen und rollte immer weiter durch die Dunkelheit, bis er gegen eine Wand prallte. Als er an der Tür vorbeikam, sah er blauweißes Mündungsfeuer aufblitzen, und Glassplitter regneten auf ihn herab, als ein Schaukasten von einer Kugel getroffen wurde.

Monk konnte den Saal nicht sehen, der sich lang und schmal vor ihm ausdehnte und dessen Seiten langgezogene Schaukästen säumten. In der Mitte stand ebenfalls eine Glasvitrine. Unschätzbare russische, türkische und persische Krönungsroben der rurischen Prinzen und der Romanow-Zaren warteten hier auf gleißendes elektrisches Licht und gaffende Touristen. Wenige Zentimeter von einem dieser Gewänder und den darauf applizierten Juwelen konnten einen Arbeiter auf Jahre hinaus ernähren.

Kaum war das Klirren der Glasscherben verhallt, spitzte Monk die Ohren und hörte schließlich ein unterdrücktes Keuchen, als würde jemand nach Luft schnappen, der seinen Atem lange unterdrückt hatte. Monk nahm einen Glassplitter und schleuderte ihn durch die Dunkelheit auf dieses Geräusch zu.

Glas prallte auf Glas, und wieder zerriß ein zielloser Feuerstoß die Stille, doch war zwischen den Schüssen das Echo hastiger Schritte zu hören. Monk lief gebückt in den Saal und versteckte sich hinter der Vitrine in der Mitte, bis er begriff, daß Grischin sich bereits in den nächsten Saal geflüchtet hatte und dort auf ihn wartete.

Monk schlich zum Torbogen, der die Säle trennte, einen zweiten Glassplitter in der Hand. Als er dort war, schleuderte er den Splitter in den Raum, sprang dann durch das Tor, lief zur Seite und versteckte sich hinter einem Schaukasten. Diesmal wurde kein Schuß abgefeuert.

Sein Blick gewöhnte sich allmählich an die Dunkelheit, und er sah, daß er sich in einer kleineren Halle befand, die mit Juwelen und Elfenbein geschmückte Thronsitze enthielt. Er wußte nicht, daß der Thron von Iwan dem Schrecklichen wenige Schritte links von ihm stand und sich gleich dahinter der Thron von Boris Godunow befand.

Der Mann vor ihm war offensichtlich längere Zeit gerannt, denn während Monks Atem nach der Wartezeit unter den Bäumen ruhig und gleichmäßig ging, konnte er irgendwo vor sich Grischins mühsam unterdrücktes Keuchen hören.

Monk schlug mit dem Lauf seiner Automatik auf die Glasabdeckung des Schaukastens und zog seine Hand rasch wieder nach unten. Gleich darauf sah er das Mündungsfeuer in der Dunkelheit und schoß sofort zurück. Wieder zerplatzte Glas über seinem Kopf, und Grischins Kugel ließ Brillanten aus dem Diamantenthron Zar Alexeis regnen.

Monk hatte Grischin offenbar nur knapp verfehlt, denn Grischin wandte sich um und rannte in die nächste Halle, die, was Monk nicht wußte und Grischin offenbar vergessen hatte, der letzte Raum war, eine Sackgasse, der Saal der alten Kutschen.

Als er vor sich die hastigen Schritte hörte, rannte Monk rasch hinterher, um seine Stellung zu wechseln, ehe Grischin eine neue Schußposition finden konnte.

Dann war er im letzten Saal und duckte sich hinter eine prunkvolle, vierrädrige Kutsche aus dem siebzehnten Jahrhundert, die mit goldenen Fruchtemblemen verziert war. Zwar boten die Kutschen halbwegs sicheren Schutz, aber sie waren auch eine ideale Deckung für Grischin. Die Kutschen standen auf erhöhten Podesten und waren von den Besuchern nicht durch einen Glaskasten, sondern durch Seile getrennt, die an senkrechten Pfosten rund um die Podeste gespannt waren.

Monk steckte vorsichtig den Kopf um die Staatskarosse, die Elisabeth I. von England im Jahr 1600 Boris Godunow zum Geschenk gemacht hatte, und versuchte, seinen Feind auszumachen, aber im Saal war es stockfinster; selbst die Kutschen ließen sich nur als vage Umrisse erkennen.

Dann riß die Wolkendecke vor den hohen, schmalen Fenstern auf und ließ einen einzelnen Mondstrahl in den Saal fallen. Die Fenster waren diebstahlsicher und doppelt verglast; das Licht war äußerst schwach.

Doch etwas blitzte auf. Irgendwo hinter dem reichverzierten und vergoldeten Rad der Kutsche der Zariza Elisabeth leuchtete in dieser tiefen Dunkelheit ein winziger Punkt auf.

Monk versuchte sich an die Anweisungen George Sims' in Schloß Forbes zu halten. Vergiß den OK-Corral – das ist bloß ein Märchen.

Monk hob die Sig Sauer mit beiden Händen und zielte auf einen Punkt zehn Zentimeter über dem Lichtpunkt. Langsam einatmen, ruhig bleiben, Feuer.

Die Kugel schlug durch die Radspeichen und traf auf etwas Weiches dahinter. Kaum war das Echo verklungen und das Summen in seinen Ohren verstummt, hörte er, wie etwas Schweres zu Boden glitt und dumpf aufschlug.

Das konnte eine Falle sein. Er wartete fünf Minuten, doch der Schatten auf dem Boden neben der Kutsche rührte sich nicht. Vorsichtig huschte er von Deckung zu Deckung, vorbei an den alten, hölzernen Fahrzeugen, bis er den Rumpf und den Kopf mit zu Boden gewandtem Gesicht sehen konnte. Erst dann trat er näher heran, die Pistole schußbereit, und drehte den Körper um.

Der Schuß hatte Oberst Anatoli Grischin direkt über dem linken

Auge erwischt. Das, hätte George Sims gesagt, dürfte für eine Weile reichen. Jason Monk sah auf den Mann, den er gehaßt hatte, und fühlte nichts. Er hatte nur getan, was getan werden mußte.

Er steckte die Pistole ein, bückte sich, griff nach der linken Hand des Toten und zog etwas von einem der Finger.

Im Dämmerlicht war der kleine Gegenstand in seiner Hand kaum zu erkennen: amerikanisches Silber, das im Mondlicht geglitzert hatte, ein leuchtender Türkis, von den Utah oder Navajos aus dem Stein der Berge geschlagen. Ein Ring, der von den Hochebenen seines eigenen Landes kam, der auf einer Parkbank auf Jalta einem tapferen Mann gegeben und auf einem Hof im Lefortowo-Gefängnis einem Toten vom Finger gezogen worden war.

Er steckte den Ring ein, drehte sich um und ging zu seinem Wagen. Die Schlacht um Moskau war zu Ende.

Epilog

Am Morgen des ersten Januar erfuhren Moskau und ganz Rußland, welch schreckliche Ereignisse sich in ihrer Hauptstadt zugetragen hatten. Fernsehkameras übertrugen die Bilder in jeden Winkel des großen Landes, und die Nation reagierte mit Betroffenheit auf das, was sie sah.

Der Kreml bot einen Anblick der Verwüstung. Die Fassaden der Uspenskij- und der Erzengel-Michael-Kathedrale waren von Einschüssen übersät. Glasscherben glitzerten auf Schnee und Eis.

Schwarze Brandflecken von brennenden Fahrzeugen verunzierten die Außenwände des Terem- und Facettenpalastes, und die Mauern des Senats und des Großen Kremlpalastes waren von Maschinengewehrfeuer zerfetzt.

Unter der Zarenkanone lagen dicht zusammengedrängt zwei Leichen, und die Aufräumarbeiter brachten weitere Tote aus dem Arsenal und dem Kongreßpalast, wohin sich die Schwarzgardisten in den letzten Minuten ihres Lebens geflüchtet hatten.

Die Panzerwagen und Laster der Schwarzen Garde qualmten und rauchten im Morgenlicht. Die Flammen hatten den Asphalt geschmolzen, der später in der Kälte zu Wellen erstarrt war.

Der amtierende Präsident Iwan Markow flog sogleich aus seinem Urlaubsort zurück und traf gegen Mittag ein. Am späten Nachmittag empfing er den Patriarchen von Moskau und ganz Rußland zu einem Gespräch unter vier Augen.

Alexei II. übte zum ersten und einzigen Mal direkten Einfluß auf die politischen Geschehnisse in Moskau aus. Er argumentierte, daß es nun unmöglich sei, die Präsidentschaftswahl wie geplant am sechzehnten Januar abzuhalten, und daß dieses Datum einer Volksabstimmung über die Wiedereinrichtung der Monarchie vorbehalten sein sollte.

Markow war übrigens für diese Idee sehr aufgeschlossen,

schließlich war er kein Narr. Vier Jahre zuvor hatte der verstorbene Präsident Tscherkassow ihn zum Premierminister ernannt, weil er ein geschickter Verwaltungsfachmann war, ein Mann im grauen Anzug mit Erfahrungen in der Ölindustrie. Doch im Lauf der Zeit hatte Markow die Macht der Exekutive schätzen gelernt, auch wenn die meiste Macht in diesem System beim Präsidenten und nicht beim Premierminister lag.

In den sechs Monaten seit Tscherkassows tödlichem Herzinfarkt hatte er allerdings für den Pomp des höchsten Amts eine noch weit größere Vorliebe entwickelt.

Da sich die Wahlchancen der Union Patriotischer Kräfte zerschlagen hatten, wußte Markow, daß sich das Rennen zwischen ihm und den Neokommunisten der Sozialistischen Union entscheiden mußte. Und er wußte auch, daß er wahrscheinlich nur den zweiten Platz belegen würde.

Doch ein konstitutioneller Monarch würde in einer seiner ersten Amtshandlungen einen erfahrenen Politiker und Verwaltungsbeamten zur Bildung einer Regierung der nationalen Einheit berufen müssen. Und wer wäre da besser geeignet, so dachte sich Markow, als er selbst?

Am selben Abend berief Iwan Markow kraft eines präsidialen Erlasses die Abgeordneten der Duma zu einer Eilsitzung.

Am dritten Januar strömten die Abgeordneten selbst aus den fernsten Winkeln Sibiriens und den nördlichen Schneewüsten von Archangelsk nach Moskau.

Die Eilsitzung der Duma fand am vierten Januar im nahezu unzerstörten Weißen Haus statt. Die Stimmung war gedämpft, nicht zuletzt wegen der Abgeordneten der Union Patriotischer Kräfte, die allen, die ihnen zuhören wollten, immer wieder versicherten, daß sie persönlich nichts von Igor Komarows irrsinnigen Plänen für die Silvesternacht gewußt hätten.

Der amtierende Präsident Markow eröffnete die Sitzung und schlug vor, daß die gesamte Nation am sechzehnten Januar über die Frage der Wiedereinführung der Monarchie abstimmen sollte. Da er selbst der Duma nicht angehörte, konnte er keinen eigenen Antrag einbringen. Dies übernahm der Parlamentspräsident, ein Mitglied von Markows Demokratischer Allianzpartei.

Die Neokommunisten sahen die Präsidentenmacht ihren Händen entgleiten und stimmten geschlossen gegen diesen Antrag, doch Markow hatte gute Vorarbeit geleistet.

Einzeln hatte er noch am selben Morgen mit den Mitgliedern der UPK gesprochen, die um ihre persönliche Sicherheit fürchteten. In diesem Gespräch war ihnen nachdrücklich der Eindruck vermittelt worden, daß die Frage einer Aufhebung ihrer parlamentarischen Immunität sehr wohl unter den Tisch fallen könnte, falls sie in der Abstimmung für den Vorschlag des amtierenden Präsidenten votierten. Und dies würde bedeuten, daß sie ihren Sitz in der Duma behalten konnten.

Gemeinsam mit der Union Patriotischer Kräfte überstimmte die Demokratische Allianz die Neokommunisten. Der Vorschlag wurde angenommen.

Rein technisch gesehen war die Änderung der Wahl in eine Volksabstimmung nicht besonders schwierig. Da die Wahlurnen bereits aufgestellt waren, blieb nur die Aufgabe, hundertfünf Millionen Stimmzettel mit einer einfachen Frage und zwei Kästchen zu drucken, eines für »ja« und eines für »nein«.

Am fünften Januar fügte der für den Hafen der kleinen nordrussischen Stadt Wiborg zuständige Polizist Pjotr Gromow der Geschichte seines Landes eine Fußnote hinzu. Kurz nach dem Morgengrauen sah er, wie das schwedische Frachtschiff *Ingrid B* sich anschickte, nach Göteborg auszulaufen.

Der Polizist wollte sich gerade umdrehen und zu seinem Frühstück in die Wachstube zurückkehren, als zwei Gestalten in blauen Steppjacken hinter einem Stapel Kisten hervorkamen und zur Gangway liefen, die soeben hochgezogen werden sollte. Er konnte später nicht sagen, warum er ihnen zurief, daß sie stehenbleiben sollten.

Die beiden Männer wechselten ein paar Worte und rannten dann zur Gangway. Gromow zog seine Waffe und gab einen Warnschuß ab. Es war das erste Mal seit drei Jahren, daß er die Waffe im Hafengelände benutzte, und es machte ihn mächtig stolz. Die beiden Matrosen blieben stehen.

Ihre Papiere wiesen sie als Schweden aus. Der Jüngere sprach englisch, doch davon verstand Gromow nur ein paar Brocken.

Allerdings hatte er lange genug im Hafen gearbeitet, um sich ganz passabel auf schwedisch verständlich machen zu können. Also fauchte er den Älteren an:

»Wozu die Eile?«

Der Mann sagte keinen Ton. Beide Männer hatten ihn nicht verstanden. Er streckte die Hand aus und zog dem Alten die Pelzmütze vom Kopf. Irgendwie kam ihm das Gesicht bekannt vor. Er hatte es schon mal gesehen. Der Polizist und der flüchtige Russe starrten sich an. Dieses Gesicht... an einem Rednerpult... wie es zu den Massen schrie.

»Ich weiß, wer Sie sind«, sagte er. »Sie sind Igor Komarow.«

Komarow und Kusnezow wurden verhaftet und nach Moskau zurückgebracht. Man klagte den ehemaligen Vorsitzenden der UPK des Hochverrats an und steckte ihn bis zum Prozeß in Untersuchungshaft. Es entbehrte nicht einer gewissen Ironie, daß er seine Zeit im Lefortowo-Gefängnis absitzen mußte.

Zehn Tage lang drehte sich nahezu jedes Gespräch um die Zukunft des Landes, während in Zeitungen, Zeitschriften, Radio- und Fernsehsendern ein Experte nach dem anderen um seine Meinung gefragt wurde.

Am Freitag nachmittag, dem vierzehnten Januar, hielt Pater Gregor Rusakow eine Erweckungsversammlung im Olympiastadion in Moskau ab. So wie zuvor Komarows Ansprachen wurde seine Rede landesweit übertragen und erreichte laut Meinungsumfragen etwa achtzig Millionen Russen.

Sein Anliegen war einfach und klar. Siebzig Jahre lang hatte das russische Volk die beiden Götter des dialektischen Materialismus und des Kommunismus angebetet und war von beiden betrogen worden. Fünfzehn Jahre lang hatte es im Tempel des republikanischen Kapitalismus gebetet und erlebt, wie seine Hoffnungen verraten wurden. Deshalb, so drängte er seine Zuhörer, sollten sie alle sich am morgigen Tag wieder dem Gott ihrer Vorväter zuwenden, zur Kirche gehen und um Beistand bitten.

Ausländische Beobachter hatten seit langem den Eindruck, daß die russische Bevölkerung nach siebzig Jahren kommunistischer Industrialisierung in erster Linie aus Stadtbewohnern bestand. Das war ein Irrtum. Selbst im Winter des Jahres 1999 lebte die Hälfte der Russen noch immer unbeachtet und unauffällig in kleinen Städten und Dörfern auf dem Land, diesem weiten Land, das sich über sechstausend Kilometer und neun Zeitzonen von Weißrußland bis Wladiwostok erstreckt.

Dieses große Land gliedert sich in hunderttausend Kirchsprengel, die in den hundert Bischofssitzen der russisch-orthodoxen Kirche zusammengefaßt werden und alle ihre Pfarrkirchen mit großem oder kleinem Zwiebelturm haben. Zu ebendiesen Kirchen strömte die Hälfte der russischen Bevölkerung am Sonntag, dem sechzehnten Januar, durch bittere Kälte, und hörte das von jeder Kanzel verlesene Sendschreiben des Patriarchen.

Dieses Schreiben, das später als große Enzyklika bekannt werden sollte, war vermutlich das kraftvollste und mitreißendste Schriftstück, das Alexei II. jemals aufgesetzt hatte. In der Woche zuvor war es in einer Konklave der Metropoliten, also der Bischöfe, in einer zwar nicht einmütig, doch überzeugenden Abstimmung genehmigt worden.

Nach dem Frühgottesdienst gingen die Russen von den Kirchen zu den Wahllokalen. Aufgrund der Größe des Landes und der fehlenden Technologie in den ländlichen Bezirken dauerte die Auszählung der Stimmen zwei Tage. Das Verhältnis der gültigen Stimmen war fünfundsechzig zu fünfunddreißig Prozent – für die Monarchie.

Am zwanzigsten Januar nahm die Duma den Entscheid an und bestätigte das Ergebnis. Außerdem verabschiedete sie zwei Anträge. Mit dem ersten Antrag wurde Iwan Markows Übergangsregierung bis zum einunddreißigsten März im Amt verlängert, der zweite Antrag veranlaßte die Einsetzung eines Verfassungskomitees, das die Verabschiedung des Volksentscheids als Gesetz vorbereiten sollte.

Am zwanzigsten Februar baten der amtierende Präsident und die Duma aller Russen einen außerhalb Rußlands lebenden Prinzen, die Aufgaben eines Herrschers innerhalb einer konstitutionellen Monarchie wahrzunehmen und den Titel eines Zaren aller Reußen zu tragen.

Zehn Tage später landete nach langem Flug ein russisches Verkehrsflugzeug auf dem Flughafen Wnukowo in Moskau.

Der Winter ging dem Ende entgegen. Die Temperatur war auf mehrere Grad über Null gestiegen, und die Sonne schien. Aus den Birken- und Kiefernwäldern hinter dem kleinen, für Sondermaschinen reservierten Flugplatz drang ein Duft nach Erwachen und feuchter Erde herüber.

Vor dem Flughafengebäude stand Iwan Markow mit einem großen Empfangskomitee, zu dem der Präsident der Duma, die Vorsitzenden aller wichtigen Parteien, die Stabschefs und der Patriarch Alexei II. zählten.

Aus dem Flugzeug trat der Mann, den die Duma eingeladen hatte, der siebenundfünfzig Jahre alte Prinz aus dem britischen House of Windsor.

Weit im Westen, in einer ehemaligen Remise am Rand des Dörfchens Langton Matravers, verfolgte Sir Nigel Irvine die Zeremonie auf dem Bildschirm.

In der Küche spülte Lady Irvine das Frühstücksgeschirr, wie sie es immer tat, ehe ihre »Perle«, Mrs. Moir, zum Saubermachen kam.

»Was schaust du dir an, Nigel?« rief sie, als sie das schaumige Wasser abließ. »Du siehst doch sonst morgens nie fern.«

»Ach, irgendwas aus Rußland, meine Liebe.«

Es war, dachte er, verdammt knapp gewesen. Er hatte sich an seine eigenen Grundsätze für die Vernichtung eines reicheren, stärkeren und zahlenmäßig überlegenen Feindes durch minimalen Einatz gehalten, eine Vernichtung, die einzig durch Tücke und Täuschung gelingen konnte.

Sein erster Schritt war es gewesen, Jason Monk dazu zu bringen, jene Kräfte zu einem lockeren Bündnis zusammenzuschließen, die allen Grund hatten, Igor Komarow zu fürchten oder zu verachten, nachdem sie das Schwarze Manifest gelesen hatten. Zur ersten Kategorie zählten diejenigen, deren Vernichtung von diesem russischen Nazi geplant war – die Tschetschenen, die Juden und die Miliz, die Komarows Verbündeten, die Mafia, gejagt hatten. Zu den übrigen gehörten Kirche und Armee, verkörpert durch den Patriarchen und den angesehensten aller lebenden Generäle, von Nikolai Nikolajew.

Die nächste Aufgabe hatte darin bestanden, einen Verräter in das Lager des Feindes zu schleusen, doch nicht, um verläßliche Informationen zu erhalten, sondern um falsche Informationen auszustreuen.

Während Monk noch im Schloß Forbes sein Training absolvierte, hatte der Spionagechef bereits unbemerkt seinen ersten Ausflug nach Moskau unternommen, um zwei seit langem ruhende Agenten zu aktivieren, die er Jahre zuvor angeworben hatte. Der eine von ihnen war ein ehemaliger Moskauer Universitätsprofessor, dessen Brieftauben auch in der Vergangenheit schon von Nutzen gewesen waren.

Doch als der Professor den Kommunisten demokratische Reformen vorgeschlagen und deshalb seine Stelle verloren hatte, war auch sein Sohn vom Gymnasium gewiesen worden, wodurch ihm jegliche Hoffnung auf ein Studium an der Universität genommen war. Der junge Mann hatte sich dann der Kirche angeschlossen und war nach nicht bedeutsamen Aufenthalten in diversen Kirchensprengeln beim Patriarchen Alexei als Hausdiener und Butler eingestellt worden.

Pater Maxim Klimowski war ermächtigt worden, Irvine und Monk zu vier verschiedenen Gelegenheiten an Oberst Grischin zu verraten. Der Sinn dieses Manövers lag einzig darin, ihn im Herzen des feindlichen Lagers als einen Verräter zu etablieren, dem das Vertrauen des Anführers der Schwarzen Garde sicher war.

Zweimal hatten Irvine und Monk fliehen dürfen, ehe Grischin auftauchte, doch bei den letzten beiden Gelegenheiten war dies unmöglich gewesen, und sie hatten sich ihren Weg freikämpfen müssen.

Irvines dritter Leitsatz lautete, den Feind nicht glauben zu lassen, daß nicht gegen ihn vorgegangen wurde, denn das wäre unmöglich gewesen, sondern ihn davon zu überzeugen, daß die Gefahr woanders lag und deshalb nicht länger existieren würde, wenn er sich erst um ihre Ursache gekümmert hatte.

Im Anschluß an seinen zweiten Besuch in der Residenz des Patriarchen hatte Irvine bleiben müssen, damit Grischin und seine Schläger genügend Zeit hatten, sein Zimmer während seiner Abwesenheit zu durchsuchen, den Umschlag zu finden und den belastenden Brief zu fotografieren.

Der Brief war eine Fälschung gewesen, die in London auf dem echten Briefpapier des Patriarchen und anhand von Schriftproben von Alexeis eigener Hand, die Pater Maxim besorgt und Irvine bei einem früheren Aufenthalt überreicht hatte, angefertigt worden war.

Laut diesem Brief berichtete der Patriarch dem Adressaten, daß er dem Gedanken an eine Wiedereinführung der Monarchie in Rußland sehr gewogen sei (was nicht stimmte, da er noch unentschlossen war) und daß er darauf drängen werde, dem Empfänger dieses Briefs dieses Amt anzutragen.

Unglücklicherweise war der Brief an den falschen Prinzen gerichtet. Auf dem Umschlag stand der Name Prinz Semjon, der mit seinen Pferden und seiner Freundin in einem Bauernhaus in der Normandie lebte. Man hatte ihn der Notwendigkeit geopfert.

Jason Monks zweiter Besuch beim Patriarchen hatte die vierte Phase eingeleitet – den Feind dazu anzustiften, auf eine vermeintliche, aber nicht existente Bedrohung gewaltsam zu reagieren. Dies wurde durch den Mitschnitt jener Unterhaltung erreicht, die angeblich zwischen Monk und Alexei II. stattgefunden hatte.

Eine echte Stimmprobe des Patriarchen war während Irvines erstem Besuch aufgenommen worden, da sein Dolmetscher Brian Vincent ein Tonband hatte laufen lassen. Und Monk hatte auf Schloß Forbes stundenlang Bänder mit seiner eigenen Stimme besprochen.

Ein russischer Stimmenimitator und Schauspieler hatte jene Sätze auf Kassette gesprochen, die angeblich von Alexei II. stammten, und mit Computertechnologie waren die entsprechenden Hintergrundgeräusche kreiert worden, selbst das Klappern der Löffel in den Kaffeetassen. Von Pater Maxim, dem Irvine die Kassette auf dem Flur im Vorübergehen zugeschoben hatte, war die Aufnahme einfach von seinem eigenen Recorder auf das Gerät überspielt worden, das Grischin ihm gegeben hatte.

Jedes Wort auf der Kassette war eine Lüge gewesen. General Petrowski hätte keine weiteren Razzien gegen die Dolgoruki durchführen können, da Monk ihm alles, was die Tschetschenen über die rivalisierende Mafiabande in Erfahrung bringen konnten, bereits mitgeteilt hatte. Außerdem enthielten die Papiere aus dem Casino keinerlei Beweise dafür, daß die Dolgoruki die Wahlkampagne der UPK finanziell unterstützt hatten.

General Nikolajew hatte keineswegs die Absicht gehabt, Komarow in einer Reihe von weiteren Interviews nach dem Neujahrstag anzugreifen. Er hatte gesagt, was er sagen wollte, und einmal, so meinte er, war genug.

Doch das Wichtigste war, daß der Patriarch nicht die geringste Absicht gehabt hatte, sich beim amtierenden Präsidenten dafür einzusetzen, daß man Komarow zur unfähigen Person erklärte. Er hatte deutlich zu verstehen gegeben, daß er sich nicht in die Politik einmischen wollte.

Doch weder Grischin noch Komarow hatten das gewußt. Sie glaubten, die Absichten ihrer Gegner genau zu kennen und einer schrecklichen Gefahr gegenüberzustehen, so daß sie völlig überreagierten und vier Attentatsversuche befahlen. Da Monk damit gerechnet hatte, konne er alle vier Zielpersonen warnen. Nur eine weigerte sich, auf seine Warnung zu hören. Bis zum Abend des einundzwanzigsten Dezember, vielleicht sogar noch danach, hätte Komarow die Wahl immer noch mit einer sicheren Mehrheit gewinnen können.

Nach dem einundzwanzigsten Dezember begann die Phase fünf. Monk nutzte die Überreaktion, um die Zahl jener wenigen Feinde Komarows, die das Schwarze Manifest kannten, um eine wütende Meute kritischer Journalisten zu vermehren. Mitten hinein in dieses Gemenge streute Monk das Gerücht, daß die Quelle für Komarows zunehmende Diskreditierung ein hoher Offizier der Schwarzen Garde war.

Wie in so vielen Angelegenheiten der Menschen zieht auch in der Politik der Erfolg weiteren Erfolg nach sich, aber auch der Mißerfolg nährt künftigen Mißerfolg. Als nun die Kritik an Komarow zunahm, wuchs mit ihr jene Paranoia, die in allen Tyrannen ruht. Und Nigel Irvine setzte bei den letzten Zügen in seinem Spiel auf ebendiese Paranoia und hoffte gegen alle Hoffnung, daß der überforderte Pater Maxim ihn nicht im Stich lassen würde.

Als der Patriarch aus dem Dreifaltigkeitskloster zurückkehrte, hatte er keineswegs den amtierenden Präsidenten aufgesucht. Auch hatten die Organe des russischen Staates vier Tage vor Neujahr keinerlei Absicht, am Neujahrstag gegen die Schwarze Garde vorzugehen und Komarow zu verhaften.

Mit Hilfe von Pater Maxim wandte Irvine die alte Taktik an, den Feind davon zu überzeugen, daß seine Gegner weit zahlreicher, mächtiger und entschlossener waren, als er bislang vermutet hatte. Dieser zweite »Stich« überzeugte Komarow schließlich von der Notwendigkeit, zuerst zuschlagen zu müssen. Und von Monk gewarnt, verteidigte sich der russische Staat dann selbst.

Sir Nigel Irvine war zwar kein besonders gewissenhafter Kirchgänger, doch ein genauer Kenner der Bibel, und unter all ihren Gestalten gefiel ihm der hebräische Held Gideon am besten.

Im Hochland Schottlands hatte er Jason Monk erklärt, daß Gideon der erste Kommandeur einer Spezialeinheit und der erste Befürworter überraschender Nachtangriffe gewesen war.

Als sich ihm zehntausend Freiwillige anboten, wählte Gideon nur dreihundert aus, die Stärksten und die Besten. Bei seinem nächtlichen Angriff auf die im Tal Jesreel lagernden Midianiter wandte er die dreifache Taktik des gewaltsamen Weckens, der gleißenden Lichter und des betäubenden Lärms an, um die überlegene Armee in Verwirrung und Panik zu stürzen.

»Mit dieser Taktik, mein lieber Junge, hat er den halbwachen Midianitern vorgegaukelt, daß ihnen ein riesiges und gefährliches Heer gegenübersteht. Also haben sie die Nerven verloren und sind geflohen.«

Sie flohen nicht nur, sie zerfleischten in der Dunkelheit auch noch die eigenen Männer. Und Grischin wurde durch eine weitere Fehlinformation dazu gebracht, sein ganzes Offizierskorps gefangenzusetzen.

Lady Irvine kam ins Zimmer und schaltete den Fernseher ab.

»Komm schon, Nigel, es ist so schönes Wetter draußen, und wir müssen noch die Kartoffeln setzen.«

Der Spionagechef hievte sich aus dem Sessel. »Natürlich«, sagte er, »die Frühkartoffeln. Ich hole meine Stiefel.«

Er haßte die Graberei im Garten, aber Penny Irvine liebte er über alles.

Kurz nach Mittag verließ die *Foxy Lady* Turtle Cove und steuerte auf das Cut zu.

Auf halbem Weg zum Riff kam Arthur Dean mit seiner *Silver Deep* längsseits. Er hatte im Heck zwei Touristen, die tauchen wollten.

»Hallo, Jason, lange nicht gesehen.«

»Stimmt. War eine Weile drüben in Europa.«

»Und wie war's?«

Monk dachte nach.

»Interessant«, sagte er schließlich.

»Schön, daß du wieder da bist.« Dean warf einen Blick auf das Achterdeck der *Foxy Lady*. »Keine Kunden heute?«

»Nein, heute nicht. Zehn Meilen vor dem Point soll es einen Schwarm Makrelen geben, und ich werde mir ein paar ganz für mich allein rausholen.«

Arthur Dean grinste. Er kannte das Gefühl.

»Petri Heil, Mann!«

Der Motor der *Silver Deep* heulte auf, und das Schiff zog davon. Die *Foxy Lady* glitt durch das Cut, und Monk fühlte das Auf und Ab der Wellen unter seinen Füßen und den herrlich riechenden Salzwind im Gesicht.

Er schob den Gashebel vor, wendete die *Foxy Lady*, ließ die Inseln hinter sich und fuhr unter weitem Himmel hinaus auf das offene Meer.

FREDERICK FORSYTH

Die Faust Gottes
Roman

Deutsch von Wulf Bergner
640 Seiten. Gebunden

16. Januar 1991: Die Welt hält für eine lange Nacht den Atem an – einen Tag nach Ablauf des westlichen Ultimatums an Saddam Hussein greifen um drei Uhr früh alliierte Bomber irakische Stellungen an. Jeder wartet auf den entscheidenden Schlag gegen den Irak, doch »Operation Wüstensturm« läßt auf sich warten...

Eine Handvoll Männer kämpft unterdessen fieberhaft darum, die Menschheit vor einer Atomkatastrophe zu bewahren. Mike Martin, ein britischer SAS-Major und Fallschirmspringer, ist der Kopf des geheimen Unternehmens. Seit Monaten bereits operiert er als Spitzel im besetzten Kuwait. Schließlich gelingt es ihm, Kontakt mit »Jericho« aufzunehmen, dem ominösen Spion aus dem engsten Kreis um Saddam, der den Mossad zeitweise mit Informationen versorgte. Er bestätigt Martin, was bis dahin nur ein Gerücht ist: Saddam Hussein besitzt »Qubth-ut-Allah« – die »Faust Gottes«, wie er die Atombombe nennt. Vier Tage bleiben Martin für den gefährlichsten Auftrag seines Lebens: die »Faust Gottes« zu finden und zu zerstören...

»Frederick Forsyth versteht es hervorragend, die Welt seiner Erfindung so realistisch zu präsentieren, daß man die Trennlinie zwischen Schein und Wirklichkeit überhaupt nicht mehr registriert. Dieser Autor hat die *faction*, die literarische Verbindung von Fakten und Fiktion, auf ein schwindelerregendes Niveau geführt, wohin ihm kein Kollege bislang folgen konnte. Das ist höchste Meisterschaft.«
Berliner Zeitung

C. BERTELSMANN